THE SILK ROAD
A NEW HISTORY

図説 シルクロード文化史

ヴァレリー・ハンセン 田口未和 訳
Valerie Hansen *Miwa Taguchi*

原書房

図版1　トルファンのアスターナ古墳群で発掘された乾燥した絹製の造花

1972年に墓所のひとつで見つかった鮮やかな色の絹製の造花。高さ32センチ。中国北西部、新疆のオアシス都市トルファンの遺跡が、いかに保存条件に恵まれていたかがわかる。年間降雨量2.5センチ未満の乾いた土壌のおかげで、中国のほかの地域にはまったく見つからない多くの遺物が生き残った。これほど保存条件のすぐれた土地は世界にもわずかしかない。考古学者は造花の茎のあいだに数本の毛髪を見つけ、そこから、この花は紀元600～700年代に春の訪れを祝う踊り子が髪飾りとして身に着けていたものとわかった。

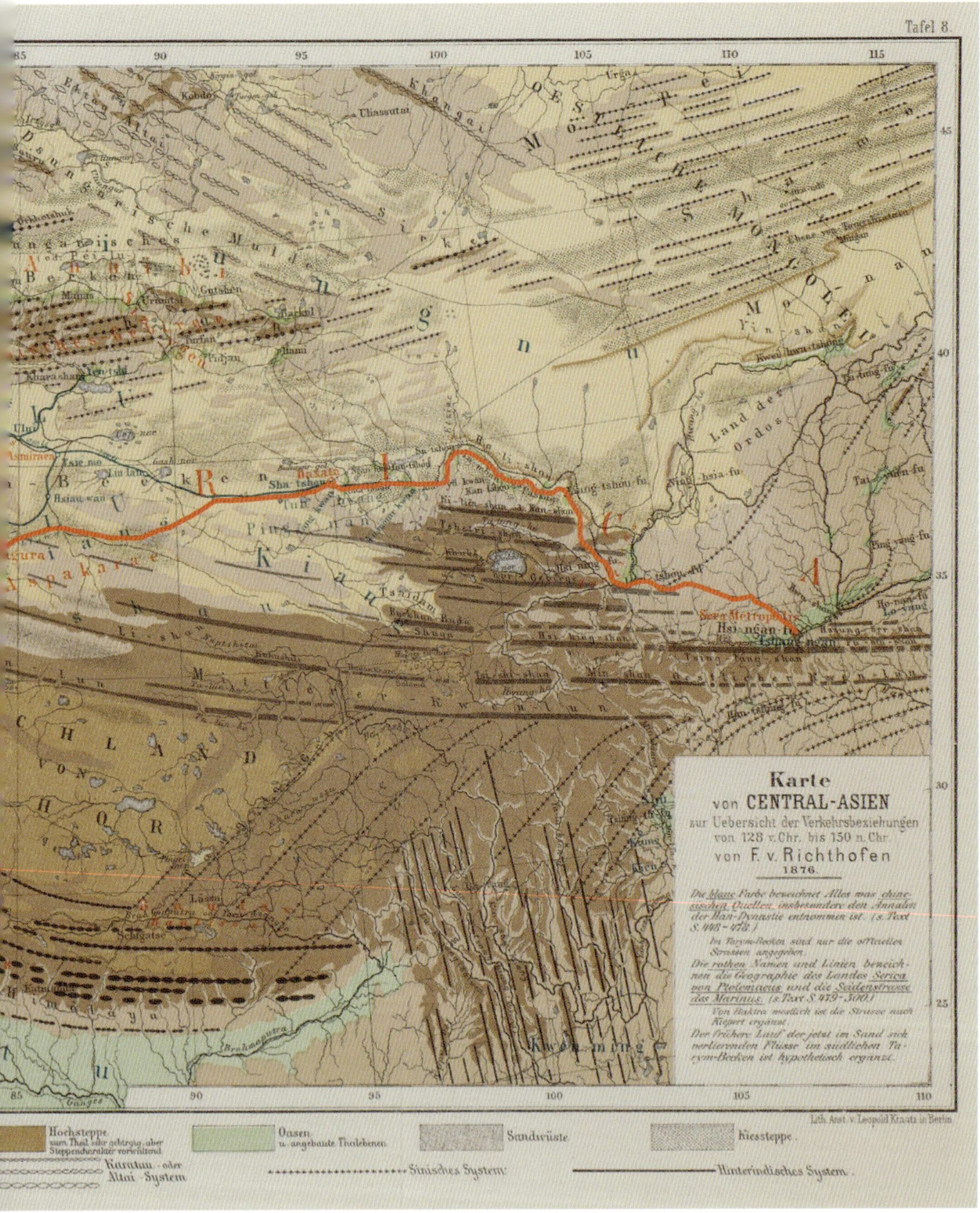
Tafel 8.
Karte
von CENTRAL-ASIEN
zur Uebersicht der Verkehrsbeziehungen
von 128 v. Chr. bis 150 n. Chr.
von F. v. Richthofen
1876.
Die blaue Farbe bezeichnet Alles was chinesischen Quellen, insbesondere den Annalen der Han-Dynastie entnommen ist. (s. Text S. 448–478.)
Im Tarym-Becken sind nur die officiellen Strassen angegeben.
Die rothen Namen und Linien bezeichnen die Geographie des Landes Serica von Ptolemaeus und die Seidenstrasse des Marinus. (s. Text S. 479–500.)
Von Baktra westlich ist die Strasse nach Kiepert ergänzt.
Der frühere Lauf der jetzt im Sand sich verlierenden Flüsse im südlichen Tarym-Becken ist hypothetisch ergänzt.
Lith. Anst. v. Leopold Kraatz in Berlin
Hochsteppe, zum Theil sehr gebirgig, aber Steppencharakter vorwiegend
Oasen u. angebaute Thalebenen
Sandwüste
Kiessteppe.
Karatau- oder Altai-System
Sinisches System
Hinterindisches System.
Sera Metropolis
Hsi-ngan-fu
Land der Ordos
Urga
Uliassutai
Kobdo
Barkul
Turfan
Hami
Tsaidam
Kwen-lun
Brahmaputra
Ganges

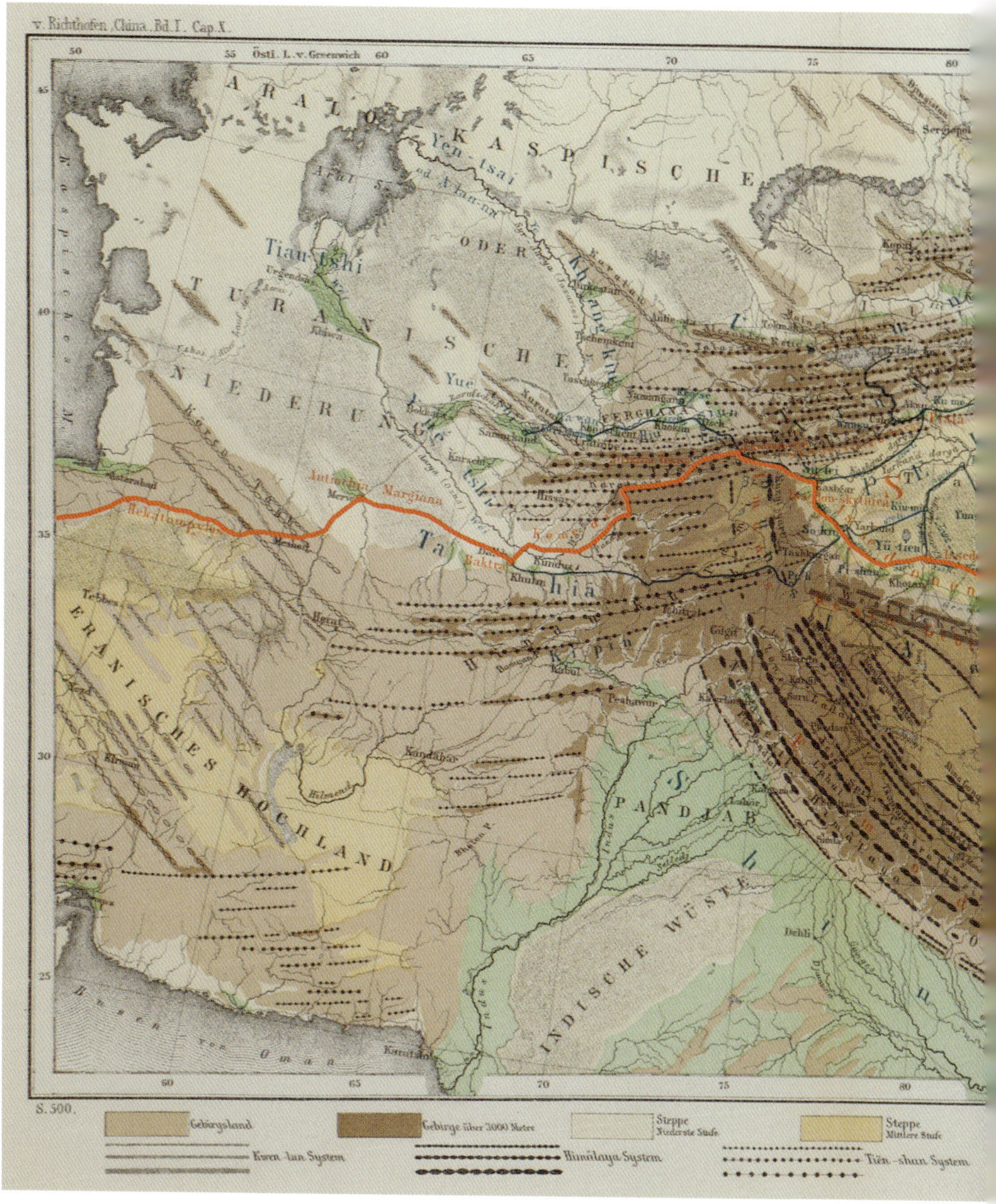

図版２-３　シルクロードの地図第１号、1877年

ドイツの地理学者フェルディナント・フォン・リヒトホーフェンがこの地図上で「シルクロード」という語を最初に使った。オレンジの線がシルクロードを表している。ドイツから中国までの理想的な鉄道ルートを探すのが任務だったフォン・リヒトホーフェンは、古代の交易ルートを１本の線として思い描いた。

図版 4A　副葬品として使われた古代ローマの模造貨幣

シルクロード交易が漢王朝の中国と古代ローマを結びつけていたという一般的な見解に反して、中国で発見されたもっとも古いローマ貨幣は紀元 500 年代のものだ。コンスタンティヌス帝が 330 年に首都をローマからビザンティウムに移したずっとあとの時代になる。これまで中国全土で見つかったローマの金貨は 50 枚にも満たず、その多くは模造品だった。写真の貨幣は直径 1.6 センチ、重さ 0.85 グラムで、薄い金に刻印を押したもの。表側に像が浮き上がり、裏側はボトルキャップのようにへこんでいる。本物の金貨は重さが 5 倍以上ある。中国人はこのような模造貨幣をお金としてではなく、お守りとして使っていた。大英博物館所蔵。

図版 4B　トルファンのアスターナ古墳群から出土したササン朝時代の純銀の貨幣

西暦 500 年代後半から 600 年代にかけて、西域の住民はしばしばササン朝ペルシア（224 ～ 651 年）の銀貨を使って貸しつけをしたりものを購入したりしていた。写真の貨幣は直径 3.1 センチで重さ 4.28 グラム。表面は、特徴的な羽根つきの王冠をかぶったササン朝の皇帝ホスロー２世（在位 591 ～ 628 年）。裏面は、ゾロアスター教の火の祭壇とそれを見守る２人の祭司。これと同じような 1000 枚を超える貨幣が中国北西部で見つかっており、ササン朝の銀貨が首都クテシフォン（現在のバグダードの近く）から中国の首都長安まで流通していたことがわかる。©The Trustees of the British Museum.

図版 5A　通貨としての絹

３世紀か４世紀のものとされるこの絹の反物は、楼蘭に駐屯する中国軍兵士たちの支払いに使われた。ふたつに折れる前は長さ 50 センチあった。絹１疋はそれに相当する貨幣よりずっと軽く、陸路で運ぶのも楽だった。シルクロードで使われた絹の多くは、ぜいたく品としてではなく通貨としての役割を果たした。この絹地が簡素なバスケット織り（経糸と横糸を交互に織ったもの）で、なんのデザインもほどこされていないのはそのためだ。これが、３〜４世紀に貨幣として使われた唯一現存する絹。

図版 5B　ミーラン遺跡で発見されたローマ風の有翼人物のモチーフ

ローマでは、エロス神は羽のある美しい少年として描かれることが多かった。しかし、これはオーレル・スタインがニヤと楼蘭のあいだに位置するミーラン遺跡で、仏教関連の遺構から発見した 16 の人物画のひとつだ。このような芸術的モチーフはシルクロードを通って簡単に伝えることができただろう。画工が故郷を遠く西域まで旅したのかもしれないし、スケッチブックにあったものを模写したのかもしれない。

図版6　ニヤ遺跡の古代の仏塔

ニヤ遺跡の中心にある 1700 年前の仏塔。高さは約 7 メートル。長い年月のあいだに風化し、外側の層ははぎとられ、基礎部分の煉瓦がむき出しになっている。オーレル・スタインが 1901 年 1 月 28 日にここにたどり着いたときには、すでに盗掘者が基礎部分にある収納庫を開き、そこに納められていた仏陀の遺物をもちさっていた。遺跡の残りは砂の下に埋もれていたが、スタインは 100 以上の住居と 1000 枚を越える木簡を発見した。

図版7　シルクロードの合葬墓

このニヤで発掘された棺は長さ 230 センチで、夫婦の死体が納められていた。左側が男性で、右側が妻。男性の首にはナイフで切られた傷があり、それが死因と思われる。妻の死体には傷がないので、ふたりをいっしょに埋めるため、彼女は窒息死させられた可能性が高い。この墓にはみごとに織られた３～４世紀の絹織物が全部で 37 枚使われ、シルクロード上の遺跡で見つかったもっともぜいたくな織物に数えられる。何枚かには「王」や「侯」の文字が模様に組みこまれていることから、中国の王朝からこの地方の支配者への贈呈品だったと思われる。王炳華氏提供。

図版8　シルクロードの最先端ファッション

7世紀に唐の首都長安で制作されたこの中国美人の像は、髪型と化粧は唐時代に特徴的なスタイルで、額に描かれた花もそのひとつ。衣服には中央アジアの洗練されたファッション――向かいあった鳥を真珠で囲んだシャツ――と中国のモチーフ――ショールとストライプのスカートに紗のオーバースカート――が組みあわされている。この像をニューヨークのメトロポリタン美術館で展示したとき、スタッフが「唐のバービー」の愛称をつけた。バービー人形と高さが同じで（29.5センチ）、同じようにファッショナブルだったからだ。新疆博物館所蔵。

図版9　ベゼクリクの仏教石窟

かつては辺境の地にあった仏教の修道場だが、いまではトルファンを訪れる旅行者の観光の目玉となっている。ベゼクリク石窟は新疆にあるほかの仏教石窟の大部分と同じように、渓谷を見下ろす丘の斜面のもろい礫岩層を掘って造営されている。石窟（写真左側）にもともとあった壁画の多くは、現在はベルリンの博物館に展示されている。20世紀初めの探検隊がもち帰ったものだ。ベゼクリクには貴重なマニ教の壁画がまだ一枚残っているが、施錠された扉の奥にあり、それを見ることのできる旅行者はほんのわずかしかいない。干しブドウを乾燥させるための煉瓦造りの家（中央下）は、トルファンの郊外の典型的な風景だ。著者撮影。

図版 10　舟でタクラマカン砂漠を横断するスヴェン・ヘディン

タクラマカン砂漠の川の大部分は、現在は完全に干上がっている。しかし 1899 年には、スウェーデンの探検家スヴェン・ヘディンが長さ 12 メートルの舟で、この地域の水路を探検した。ヤルカンドの北を出発点に、ヘディンは 82 日かけて 1500 キロを進み、最後はコルラから 3 日というところで川旅は終わった。大きな氷塊が川をふさいでいたからだ。ヘディンの描いた水彩画から、船の上には彼のテント、暗室として使っていた小さな木製の箱、料理人たちが食事を用意するための粘土製の炉を置けるだけの広さがあったことがわかる。

図版11A　失われた宗教に新たな光をあてる

トルファン文書が発見されるまで、マニ教についての情報は、アウグスティヌスの自伝『告白』に批判的に書かれているものがすべてだった。マニ教は預言者マニ（210ごろ～276年）が創始したイランの宗教で、マニは光と闇の戦いについて説いた。この美しく彩色された挿絵の一部は、トルファンで発見された8世紀または9世紀の本に掲載されていたもので、マニ教のもっとも重要な年中行事であるベマの祭りを描いている。マニ教の教義の中心となる変容のプロセスがテーマで、一般の人々がメロン、ブドウ、太陽と月のような形のパンの山を「選良者」（聖職者）に捧げると、彼らはそれを食べ、光の分子に変える。ウイグルの可汗が762年にマニ教に改宗すると、彼は世界史上でただひとり、マニ教を国家の公式の宗教にした支配者となった。Bildarchiv Preussischer Kulturbesitz/Art Resource, NY.

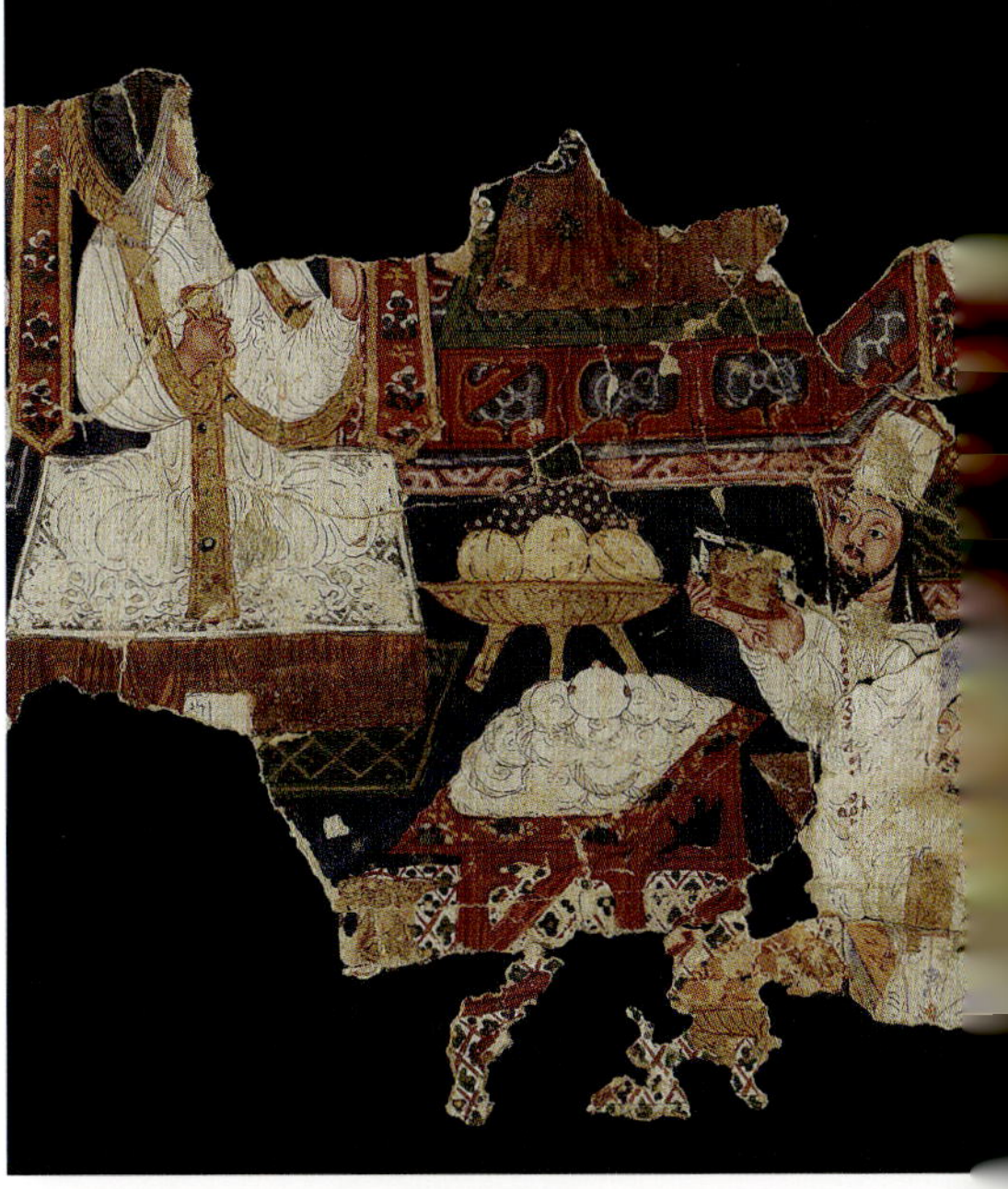

図版11B　サマルカンドからの特使の行列

サマルカンドのアフラシヤブ遺跡に見つかった紀元600年代なかばの壁画。サマルカンドの王のもとに献上品をたずさえて向かう3人の使節が描かれている。当時のサマルカンドはソグド人の故郷であるソグディアナの中心地だった。近隣の国からやってきた3人の使節は、いずれも美しい模様が入った長衣を着ている。彼らをふくめて壁画にはトルコ人、中国人、朝鮮人、ソグド人など40人以上の人物が描かれていた。ソグド人の知る世界の文化の幅広さがわかり、シルクロード交易における使節の重要性を物語っている。フランソワ・オリ提供。

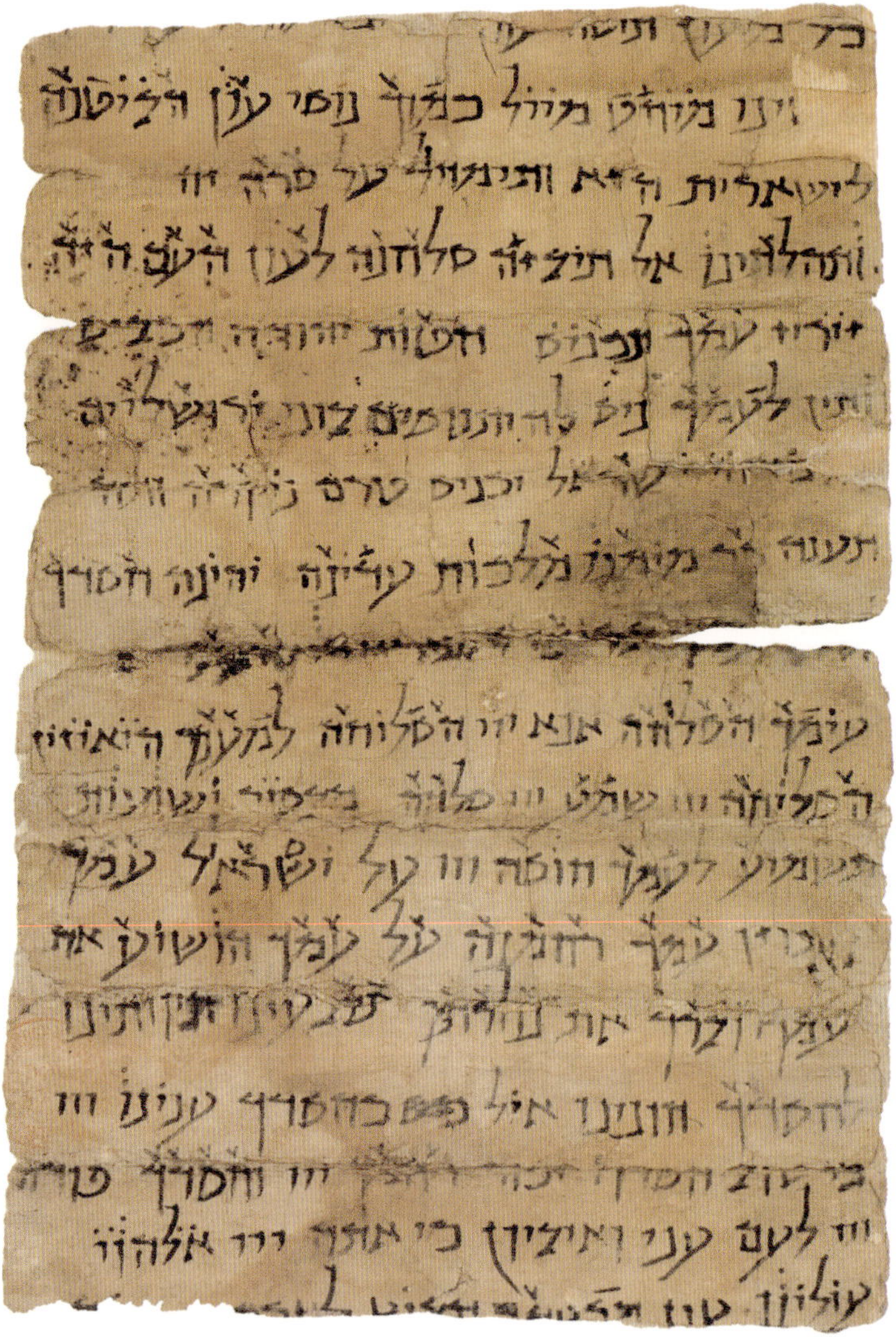

図版 12　敦煌の蔵経洞に見つかったヘブライ語の祈り

敦煌の蔵経洞には、中国語またはチベット語で書かれた約４万点の大量の文書が保管されていた。それ以外の言語——サンスクリット語、ソグド語、ウイグル語、ホータン語、ヘブライ語——の史料も、研究者を魅了している。それらがなければわたしたちが何ひとつ知ることのなかった人々の存在を書き記しているからだ。写真は蔵経洞に見つかった唯一のヘブライ語文書で、聖書の詩編からとった祈りの言葉が 18 行にわたって書かれている。何度か折りたたんで袋に入れられていたので、バビロンから中国までお守りとしてもってきたものである可能性が高い。フランス国立図書館所蔵。

図版 13　ホータン出土のウールのズボン

このウールのズボンは地元で織られたものだが、ギリシア神話のケンタウロスと、その下には戦士が描かれている。ホータン郊外のシャンプラ遺跡で発見された。このモチーフはアレクサンドロス大王の軍隊によってアフガニスタンとパキスタンの北部にもちこまれ、そこから中国北西部に伝えられた。ケンタウロスのケープと兵士の襟部分の花と菱形はギリシアのモチーフを中央アジア風にアレンジしたものだ。この遺跡は盗掘がくりかえされたため、このズボンの正確な年代は特定できないが、シャンプラ遺跡からは紀元前３世紀から紀元４世紀までの史料が見つかっている。

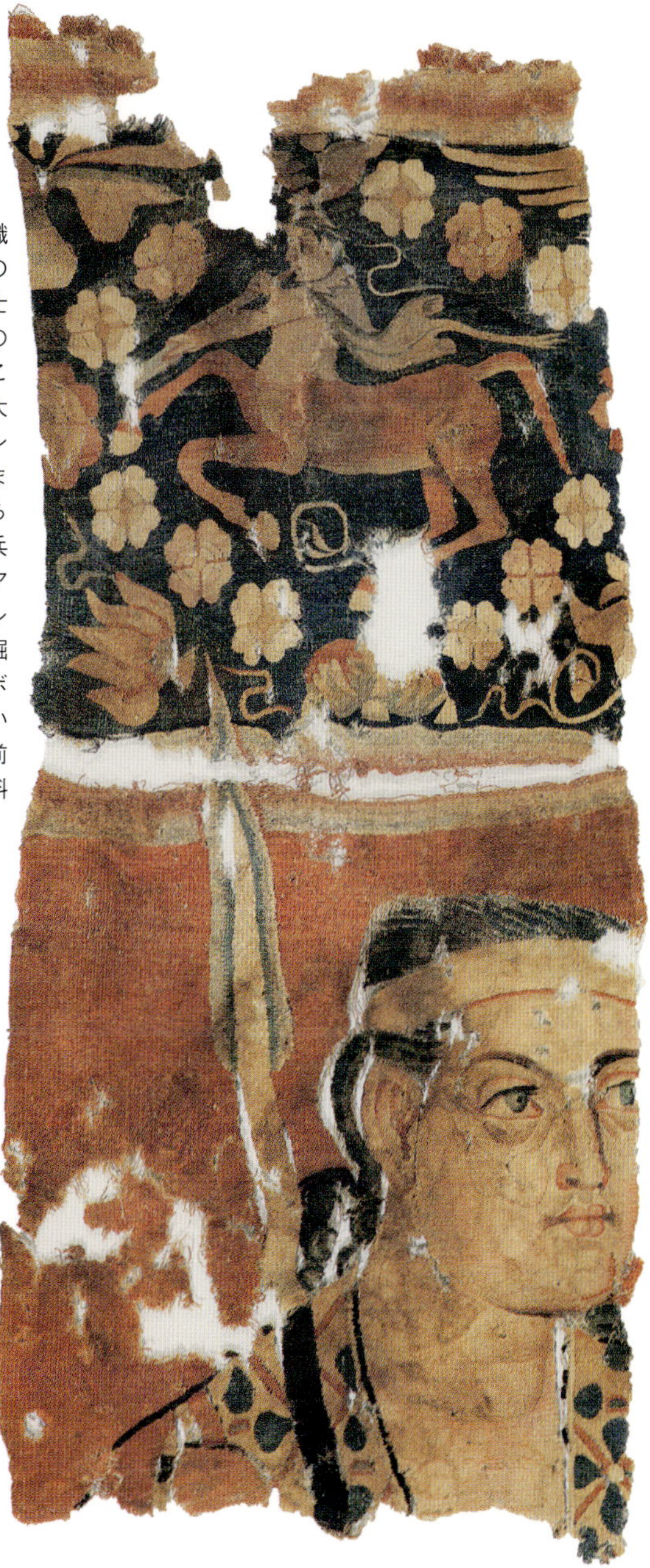

図版 14　西安の安伽墓に描かれたシルクロードの舞踏会

ソグド伝統の男女ともに軽快に旋回する舞踊は、シルクロード上のすべての土地で受け入れられた。当時の人がこの胡旋舞のことを「動きが速く興奮する」と表現している。この彩色された石屏風は西安のソグド人の有力者の墓に納められた石床の一部で、没年は 579 年。写真は、金色の背景に赤、黒、白を使って描かれた 12 枚からなる浅浮き彫りの屏風の 1 枚で、すべてが故人の人生の異なる場面を描いている。中国で暮らしたソグド人の生活をかいまみられる貴重な遺物だ。文物出版社

図版 15　安伽墓のゾロアスター教美術

ソグド人は紀元 500 ～ 800 年の中国で、最大の外国人コミュニティを形成していた。このソグド人の墓は、中国の家屋をモデルにした典型的な中国様式の石の墓の入り口をもつが、上部に描かれているのはゾロアスター教美術のモチーフで、ふたりの僧侶がゾロアスター教の火の祭壇につきしたがっている場面。興味深いことに、故人の骨は当時の中国で習慣とされたように墓室の石台の上に納められるのではなく、扉の外に置かれていた。文物出版社。

図版 16A
新疆初のイスラムの支配者の墓

新疆ではじめてイスラム教に改宗したカラハン朝のスルタン、サトゥク・ボグラ・ハンの霊廟は、新疆西部のキルギスタンとの国境近く、カシュガルから北東に 45 キロほどのアトゥシュにある。このマザル（神殿）の墓所は新疆ではもっとも崇められている場所のひとつだが、北京の旅行会社が改修して入場料をとるようになってからは訪問者が減っている。マシュー・アンドルーズ提供。

図版 16B
イマムのムーサーカーズィムの墓所で祈る女性

ホータン郊外のムーサーカーズィム・マザルのイマムの墓の前で、女性がひざまずき祈りを捧げている。供物としては、羊の皮や、コーランの言葉が書かれたさまざまな色の旗が一般的だ。1006 年にカラハン朝のイスラム軍がホータン王の軍隊を破り、それが新疆のイスラム化のはじまりとなった。訪れる人はひんぱんに麦わらをつめた動物の死骸や、竿につけた旗を故人の墓の上に供えていく。マシュー・アンドルーズ提供。

パジリク遺跡
バイカル湖
モンゴル
匈奴
ウルムチ
新疆
ウバオ遺跡
ゴビ砂漠
トルファン
ハミ
居延（エジン旗、内モンゴル）
懸泉
嘉峪関
（璧玉山）
万里の長城
北海道
日本海
楼蘭
（クロライナ）
玉門
北京
黄河
韓国
敦煌
蘭州
慶州
日本
タクラマカン
砂漠
河西回廊
長安（西安）
黄海
京都
ニヤ
涼州
（姑臧／武威）
博多
チベット
揚子江
武漢
九州
成都
良渚遺跡
杭州
ヒマラヤ山脈
中国
東シナ海
泉州
広州
イラワジ川
ベンガル湾
南シナ海
太平洋
アンコール
メコン川
インドネシア
0 500 1000 マイル
0 500 1000 キロ

ユーラシア大陸の主要ルート
シルクロード
古代遺跡
ウラル山脈
セライ
モシチェバヤ・バルカ
ヴェネツィア
ローマ
黒海
コンスタンティノープル（イスタンブール）
カフカス山脈
カスピ海
アラル海
シル・ダリヤ
キジルクム砂漠
ムグ山
アム・ダリヤ
サマルカンド
ブハラ
ソグディアナ
メルヴ
パンジケント
バルフ
バクトリア
ヒンドゥークシュ山脈
ビザンティン帝国
アテネ
ティグリス川
タブリーズ
ユーフラテス川
アンティオキア
テヘラン
地中海
コス島
パルミラ
イラン
ヘラート
カブール
エルサレム
ダマスカス
バグダード
ササン朝
アレクサンドリア
カイロ
ペルセポリス
インダス川
エジプト
ペルシア湾
カラチ
アラビア砂漠
サハラ砂漠
ナイル川
メッカ
紅海
アラビア海
コンゴ川
インド洋

ジムへ

ほかにだれがいる？

図説シルクロード文化史◆目次

謝辞

このプロジェクトには長い時間がかかり、たくさんの人たちが資料を提供し、質問に答え、さまざまな形で力を貸してくれた。どのような協力を得られたかについては、巻末の注の各章の冒頭で具体的に説明しているので、ここでは通常期待される学者同志の協力以上の助けをあたえてくださったみなさんの名前をあげることにする。

イェール大学のフィリス・グラノフと篠原亨一には、ご自宅でおいしい食事をごちそうになりながら、アジアの多様な宗教の伝統について貴重な助言をいただいた。

フランス国立科学研究センターのフランツ・グルネは、中央アジア芸術についての知識を授けてくださった。彫像の個人コレクションも拝見することができた。そのいくつかは才能あふれるフランソワ・オリーの作品だ。

イェール大学のスタンリー・インスラーは、わたしがこの分野の研究に進むのを最初に励ましてくれた人物で、シルクロードにかんするクラスを共同で教える機会も得た。グルメへブンのランチを食べながら、いつもわたしの質問に心よく答えてくださった。

ヴァージニア美術館のリ・ジアンからは、デイトン美術館でのシルクロード展覧会の仕事に誘っていただき、何家村の埋蔵品についても教えていただいた。

ペンシルヴェニア大学のヴィクター・メアには、まだわたしが大学院生だった三〇年前に敦煌にかんするゼミで最初に教えを受けたときから、つねに助けになっていただいている。

エルミタージュ美術館のボリス・マルシャクは、二〇〇六年に亡くなる前に、ソグド人にかんする講義や会話のなかで、豊かな知識をおしみなく分けあたえてくださった。

華東師範大学の牟発松は、二〇〇五―六学年度のあいだ、わたしの家族のホスト役となってくださった。彼は指導教官だった唐長孺の研究姿勢を引き継いでいることを、身をもって示している。

フランス国立高等研究実習院のジョルジュ＝ジャン・ピノには、インド＝ヨーロッパ語族の言語、とくにトカラ語について指導していただいた。

北京大学の栄新江は、この地域について比類なき知識をもつ研究者で、自身の蔵書や記事を快く貸してくださった。

マクマスター大学のアンジェラ・シェンは、繊維についての専門知識と温かい友情をあたえてくれた。

ロンドン大学東洋アフリカ研究学院のニコラス・シムズ＝ウィリアムズと、ロンドンの大英図書館のウルスラ・シムズ＝ウィリアムズは、どちらもわたしがビュレティン・オヴ・ジ・アジア・インスティチュート（Bulletin of the Asia Institute）誌に提出した記事のたくさんのまちがいを根気強く訂正し、中央アジアの言語、とくにホータン語について指導してくださった。

ハーヴァード大学のプロッズ・オクトル・シェルヴェは、何年ものあいだ、わたしのひんぱんな質問に答え、またイェール大学で何度も発表を行ない、自身の未刊行の翻訳のコピーを提供してくださった。

フランス国立高等研究実習院のエティエンヌ・ド・ラ・ヴェシエールは、つきることのない寛大さで、ソグド人についてのあらゆる質問、中央アジア人についての多くの質問に、一日もしないうちに、たいていは一時間のうちに（わたしの改訂作業の最後の週になってからでさえ）答えてくださった。

中国人民大学の王炳華からは、新疆の考古学、とくにニヤと楼蘭の遺跡についての深い知識を分けあたえていただいた。

大英博物館のヘレン・ワンからは、貨幣学について指導していただくことができた。また、本書の複数の章をていねいに読んでいただいた。

京都大学文学部の吉田豊は、ソグドとホータンの言語と歴史について助言してくださった。

オックスフォード大学出版の担当編集者スーザン・ファーバーは、もう一〇年以上前になる本書の契約のときから、辛抱強くサポートしてくれた。丹念な編集でどの章も改善された。彼女はわたしからのあらゆる質問に、驚くほどの早さで答えてくれる。おそらくこれまでにわたしが出会っただれより仕事熱心な人だからだろう。上級制作編集者のジョエリン・オーサンカは、この本の準備に見事なまでの効率のよさで取り組んでくれた。そして、ベン・サドックは、優しくも鋭い眼識で原稿編集にあたってくれた。

全米人文科学基金からの一年間の支援のおかげで、ロシアで学ぶことができた。またアセル・ウムルザコワの協力で、ムグ山の史料に没頭することができた。フルブライト奨学金教員プログラムのおかげで、二〇〇五〜六年度に上海の華東師範大学に留学する資金を得ることができた。蔣経国国際学術交流基金（アメリカ）が、地図とイラストのための寛大な助成金を提供してくれた。

これまでシルクロードにかんするわたしのクラスを受講したイェール大学の学部生と大学院生全員が、わたしの論点を明らかにする手助けをしてくれた。エリザベス・ダッガンは、序文（はじめに）の初期の草稿を読んで助言してくれた。わたしの二〇一〇年春のシルクロードゼミに参加した学生たち、メアリ・オーガスタ・ブラゼルトン、ウォンヒー・チョー、デニーズ・フォースター、イン・ジャ・タン、クリスティン・ワイト、二〇一一年春クラスのアーノード・バートランドが、最終稿に近い段階の原稿を読み、修正すべき個所について多くの貴重な提案をしてくれた。各章を文書史料ではじめるというのも彼らのアイディアである。リサーチアシスタントのマシュー・アンドルーズは、何役もの仕事をこなし、イェール法科大学院の一年生だというのに、退屈な画像集めの仕事に迅速かつ快活に取り組んでくれた。ジョーゼフ・スザスファイとイェール大学フォト+デザインのスタッフは、問題の多い画像をデジタルに変換して出版の準備を整えてくれた。

現在はペンシルヴェニア大学の中国研究司書のブライアン・ヴィヴィエは、注釈すべてを注意深く編集してくれた。ジンピン・ワンは、最終段階で出てきた疑問を彼女らしい博識をもって解決してくれた。カルトグラフィクスのアリス・シードは、美しい地図を作成してくれた。なじみのない地名ばかりだったので、ほんとうにたいへんだっただろう。イェール大学院の副学部長のパメラ・シルマイスターは、校了のほんの数日前に序文部分について鋭い指摘をしてくださった。

夫のジム・ステパネクと子どもたち、ブレット、クレア、リディアは、いつも絶妙のユーモアで、わたしの執筆と教員としての仕事を支えてくれている。彼らが——だれかひとりでも、みんなでも——いっしょにいればまちがいなく最高の旅になる。本書が完成するまで中国ですごした最後の数か月は、家族総がかりで校正し、表を準備し、原稿の推敲に取り組んだ。このプロジェクトをはじめる直前に生まれたブレットが、わたしが毎日書く平均ワード数の少なさをもうからかえなくなったいま、これからは何がわが家の話題になるだろう?

二〇一一年九月三〇日

北京にて

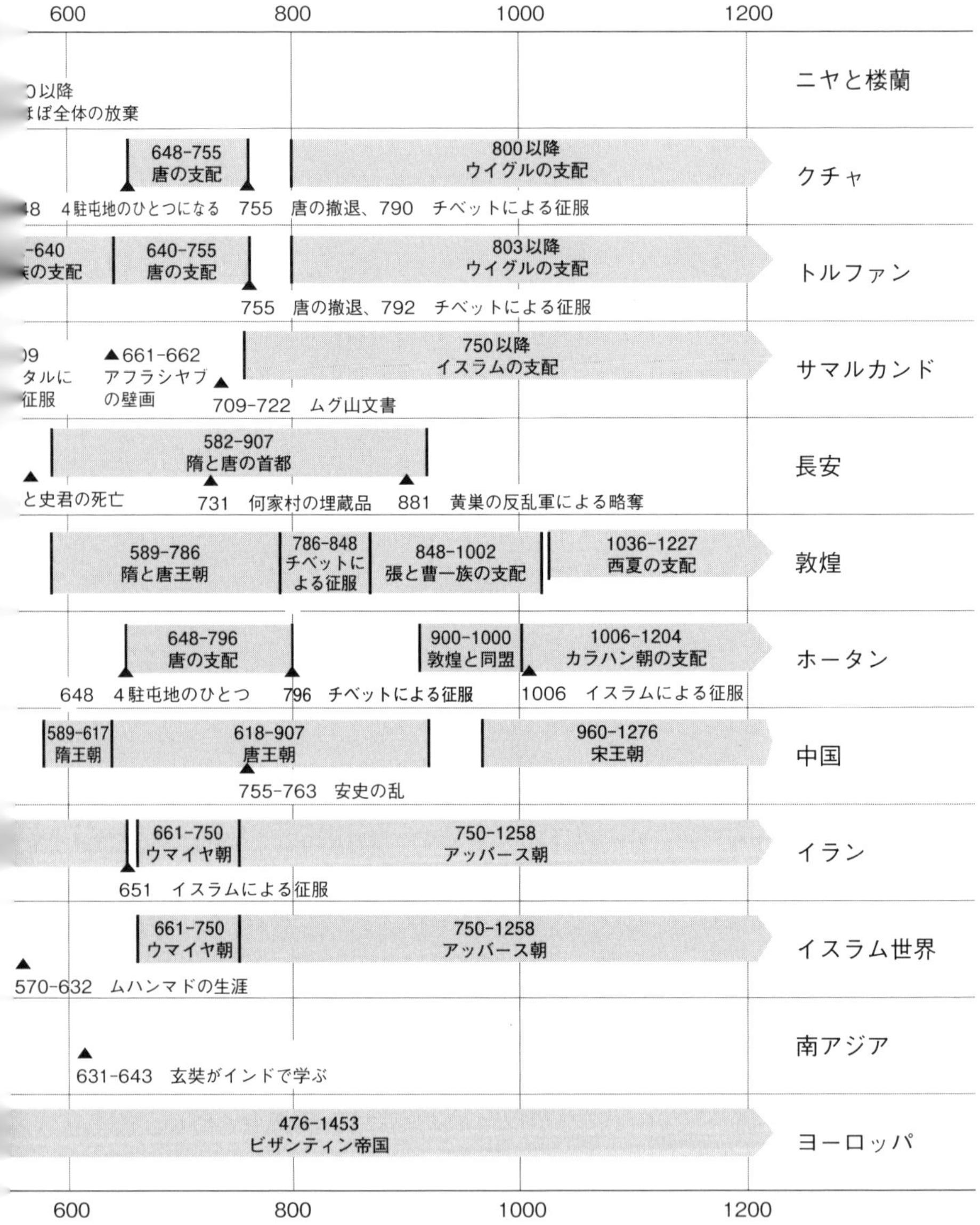
600
800
1000
1200
ニヤと楼蘭
0以降
ほぼ全体の放棄
クチャ
648-755
唐の支配
800以降
ウイグルの支配
48　4駐屯地のひとつになる　755　唐の撤退、790　チベットによる征服
トルファン
-640
族の支配
640-755
唐の支配
803以降
ウイグルの支配
755　唐の撤退、792　チベットによる征服
サマルカンド
09
タルに
征服
▲661-662
アフラシヤブ
の壁画
750以降
イスラムの支配
709-722　ムグ山文書
長安
582-907
隋と唐の首都
と史君の死亡
731　何家村の埋蔵品　881　黄巣の反乱軍による略奪
敦煌
589-786
隋と唐王朝
786-848
チベットによる征服
848-1002
張と曹一族の支配
1036-1227
西夏の支配
ホータン
648-796
唐の支配
900-1000
敦煌と同盟
1006-1204
カラハン朝の支配
648　4駐屯地のひとつ　796　チベットによる征服
1006　イスラムによる征服
中国
589-617
隋王朝
618-907
唐王朝
960-1276
宋王朝
755-763　安史の乱
イラン
661-750
ウマイヤ朝
750-1258
アッバース朝
651　イスラムによる征服
イスラム世界
661-750
ウマイヤ朝
750-1258
アッバース朝
570-632　ムハンマドの生涯
南アジア
631-643　玄奘がインドで学ぶ
ヨーロッパ
476-1453
ビザンティン帝国
600
800
1000
1200

シルクロードの年表

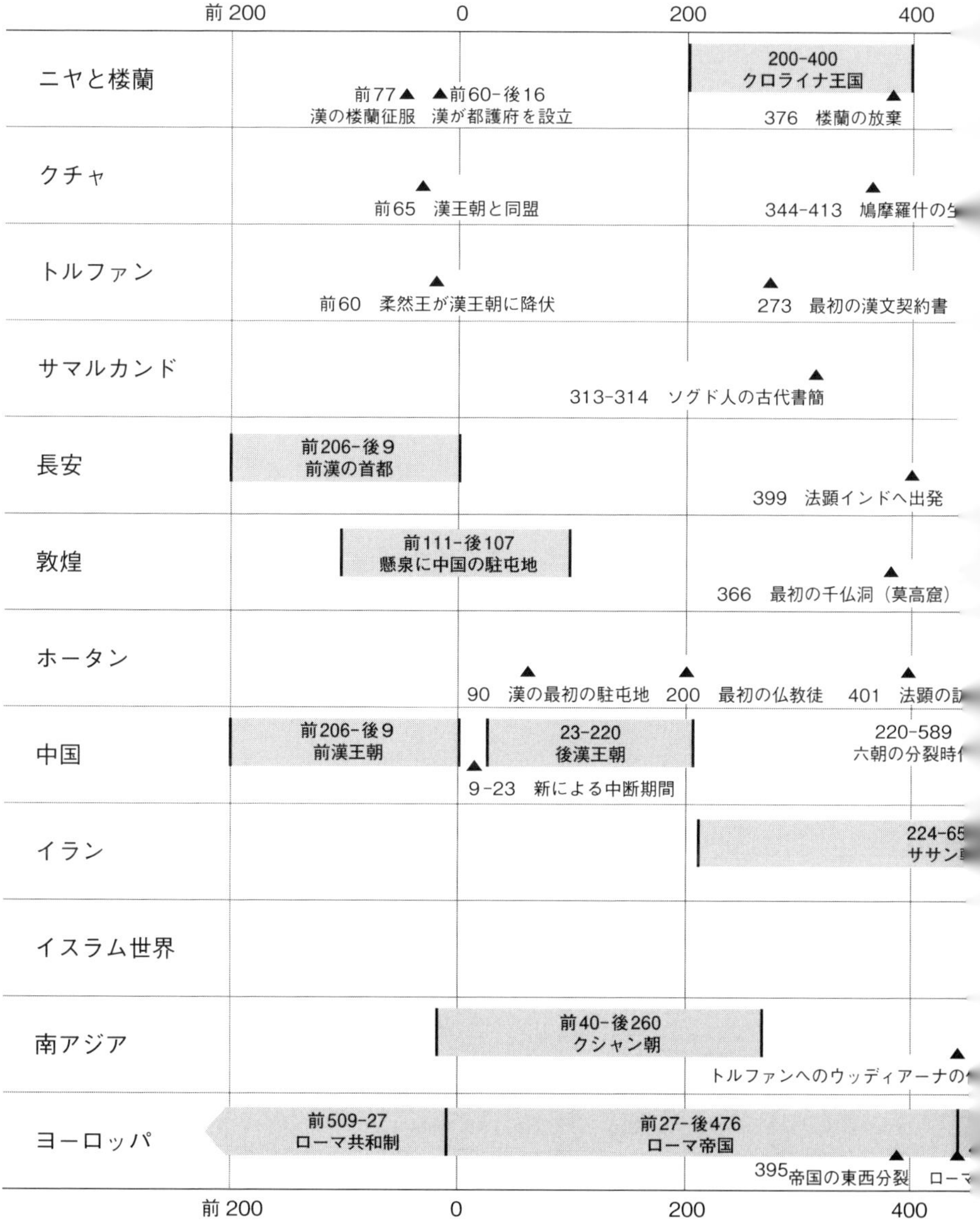

前200
0
200
400
ニヤと楼蘭
200-400
クロライナ王国
前77
漢の楼蘭征服
前60-後16
漢が都護府を設立
376　楼蘭の放棄
クチャ
前65　漢王朝と同盟
344-413　鳩摩羅什の
トルファン
前60　柔然王が漢王朝に降伏
273　最初の漢文契約書
サマルカンド
313-314　ソグド人の古代書簡
長安
前206-後9
前漢の首都
399　法顕インドへ出発
敦煌
前111-後107
懸泉に中国の駐屯地
366　最初の千仏洞（莫高窟）
ホータン
90　漢の最初の駐屯地
200　最初の仏教徒
401　法顕の
中国
前206-後9
前漢王朝
23-220
後漢王朝
220-589
六朝の分裂時
9-23　新による中断期間
イラン
224-65
ササン
イスラム世界
南アジア
前40-後260
クシャン朝
トルファンへのウッディアーナの
ヨーロッパ
前509-27
ローマ共和制
前27-後476
ローマ帝国
395 帝国の東西分裂
ロー
前200
0
200
400

図説シルクロード文化史

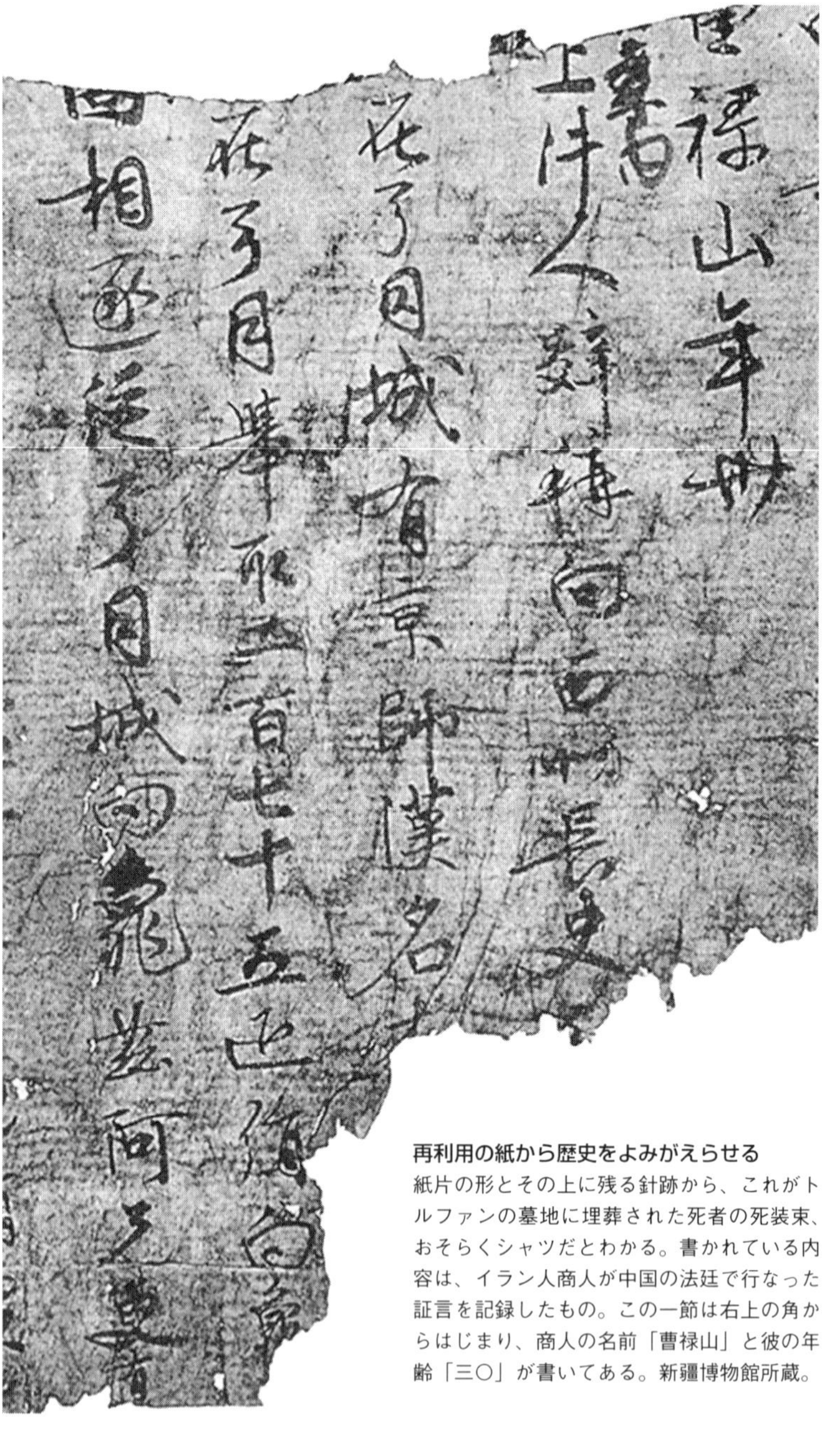

再利用の紙から歴史をよみがえらせる

紙片の形とその上に残る針跡から、これがトルファンの墓地に埋葬された死者の死装束、おそらくシャツだとわかる。書かれている内容は、イラン人商人が中国の法廷で行なった証言を記録したもの。この一節は右上の角からはじまり、商人の名前「曹禄山」と彼の年齢「三〇」が書いてある。新疆博物館所蔵。

はじめに

前ページの古文書が本書のテーマを表している。これは紀元六七〇年ごろ、中国に住むイラン人商人が法廷で証言した内容を記録したものである。この商人は自分の死んだ兄が受けとるはずだった絹地二七五疋《ひき》〔訳注／疋は織物の単位で二反分を表す〕をとりもどそうと、法廷に助けを求めた。証言によれば、兄は中国人の商売相手にこの絹を貸したあと、ラクダ二頭、牛四頭、ロバ一頭をつれて商用の旅に出たが、砂漠で行方不明になり、死亡したものと思われた。法廷は死んだ男性の遺族であるイラン人商人には絹を受けとる権利があると判断したが、この裁定どおりに絹が返却されたかどうかまではわからない。

この一件はシルクロード交易について多くを物語る。シルクロード交易で実際に取引された品物はほんの少量だった。この例でいえば、死亡したイラン人商人の交易品はわずか七頭の動物で全部を運べるほどの量だった。そのうち二頭はラクダだが、それ以外は四頭の牛と一頭のロバで、荷役用として重宝された動物だ。イラン人商人の存在にも注目される。なぜなら中国のおもな交易相手は古代ローマではなく、イラン世界の東の端に位置するサマルカンドの人々だったのだから。さらに、この訴訟が起こったのは、西域に中国の大規模な軍事拠点が置かれ、シルクロードを移動する商人が栄えた時期だった。七世紀には、中国政府による支出が地域経済の大きな刺激剤となっていた。

そして、なにより重要なこととして、わたしたちがこの訴訟について知ることができるのは、この証言を記録した紙が別の目的のために再利用されたからだった。廃棄された政府の公用書類が紙くずとして売られ、それが最終的に職人たちの手にわたり、死者のための紙製の死装束を作るのに利用されたのである。それから約一三〇〇年後、トルファン近くの墓地のなかにこれらの死装束が見つかり、中国の考古学者たちが断片をつなぎあわせてもとの書類を再現した。よせ集めた紙片を組みあわせることで現れたのが、訴訟当事者双方の証言記録だった。

ここ数十年のあいだに、考古学者たちは数多くの文書の断片を集め、その再構築に取り組んできた。そこから現れたものには契約書、訴訟書類、受領書、積荷目録、処方箋、さらには一〇〇〇年以上前のある日の市場で、銀貨一二〇枚で売られた奴隷の少女の胸が痛む売買契約書もあった。文書は古代の漢語、サンスクリット語、その他のいまはもう使われていない言語など、さまざまな言語で書かれている。

文書の多くが現存しているのは、かつては紙が貴重なもので使いすてにされなかったからだ。職人たちは紙を再利用して来世へと旅立つ死者とともに埋める靴、像、張り子の副葬品などを作った。もとの文書はこうした埋葬用の品を作るために再利用されたので、ばらばらになった紙片をつなぎあわせるには想像力が必要だった。たとえば、前述のイラン人の宣誓供述書は、紙をはさみで切ったあとで死装束を作るために縫いあわされていたため、記録の一部は裁縫部屋の床に落ちてそのまま消えてしまったはずだ。熟練した歴史学者たちが紙片の形と針をとおした穴から推測し、もとの文書を再構築した。

こうした文書は、交易にかかわったおもな人物、取引された商品、キャラバン（隊商）のおおよその規模、そして、キャラバンが通過する土地の地元経済に交易があたえた影響を明らかにしてくれる。また、シルクロード上のもっと広範囲の影響、とくに戦争で荒廃した故郷をのがれ、より平和な新天地を求めて移住してきた難民が、新しい土地にもちこんだ宗教や技術についても解き明かしてくれる。

シルクロード沿いのコミュニティは、商業の町というよりは主として農村で、住民の多くは土地を耕し、交易にかかわってはいなかった。多くが生まれた土地に住みつづけ、そこで死を迎える人たちだった。商取引があったとしても、それはおもに地元住民のあいだで行なわれるもので、貨幣を使うより物々交換が多かった。当時もいまと変わらず、コミュニティにはそれぞれの特徴があった。シルクロードのコミュニティが大勢の難民を吸収するのは、戦争や政治的動乱のために故郷をすてるほかなかった人々が大挙して移動するときにかぎられた。

こうした移民は自分たちの信仰や言語を新しい土地へともちこんだ。インドに生まれ、中国で栄えた仏教は、まちがいなく大きな影響力をもったが、マニ教、ゾロアスター教、シリアを中心とするキリスト教の東方教会も、信者を増やしていった。シルクロード沿いの町に住む人々はこれらの信仰体系を伝え、翻訳し、修正をくわえることに重要な役割を果たし、こうして宗教がひとつの文明から別の文明へと伝播していった。この地域にイスラム教が伝わるまで、シルクロード上に点在するコミュニティは驚くほどほかの宗教に寛容だった。そのときどきの支配者が特定の宗教を信奉し、臣民にも自分の例にならうように奨励することはあっただろうが、それでも個々の住民がそれぞれの宗教的慣習を維持するのは許していた。

シルクロード文化への多くの貢献者のなかでも、とくに重要なのが、現在のウズベキスタンの大都市サマルカンド周辺に住んでいたソグド人だった。彼らの故郷ソグディアナと中国とのあいだの交易は紀元五〇〇～八〇〇年にピークを迎える。発掘された文書に名前が見つかった商人のほとんどはサマルカンド出身者か、その子孫だった。彼らはイラン語の一種であるソグド語を話し、多くが古代イランの導師ツァラトゥストラ（紀元前一〇〇〇年ごろの人物で、ギリシア語ではゾロアスターとよばれた）のゾロアスター教の教えを信奉していた。ツァラトゥストラは、真実を語ることが最高の美徳であると説いた。新疆地方の遺跡のめったにない恵まれた保存条件のおかげで、ソグド人と彼らの信仰については故郷よりも中国の遺跡のほうにより多くの情報が残っている。

シルクロードにかんする多くの書物とは違って、本書は芸術ではなく文書を中心に扱っている。古代の遺物がどのように発掘された場所にたどり着いたのか、だれが運んできたのか、そして、人、言語、文化がなぜこれほど活発にシルクロード上を行き交うことになったのかを説明してくれる文書である。

シルクロード上で発掘された紀元二〇〇～一〇〇〇年ごろ（本書が重点的に扱う時代）の文書のすべてが、再利用された紙に書かれたわけではない。木材、絹、皮革、その他の素材に書かれたものもある。文書は墓所からだけではなく、打ちすてられた郵便施設、神殿、家屋、乾いた砂漠の砂の下からも発見されている。砂漠の極端に乾いた気候は、芸術、衣服、古代の聖典、化石化した食べ物、人間の死体とともに、文書にとっても理想的な保存環境になった（カラー図版1）。

これらの文書にはほかに類を見ない特徴がある。多くが一度は失われ、偶然発見されたものであること、また富と権力の持ち主で教養もある特権階級だけでなく、社会の幅広い背景の人々によって書かれたものであることだ。これらは後世に残すことを意識して書かれた史料ではない。書き手は後世の人々が読むなどとは考えもせず、長く残そうと思っていたわけでもなかった。これらの文書はしばしば読んで楽しくなるような個人の日常、出来事、逸話をとおして、歴史の一端をのぞかせてくれる。ごみ箱から見つかる情報ほど貴重なものはない。なぜなら、そうした文書にはいっさい編集の手がくわえられていないからだ。

こうした文書から得られるほとんどの情報が、これまでのシルクロード観の誤りをつきつける。つまり、シルクロードの「道《ロード》」は実際の「道」ではなく、広大な砂漠と山岳地帯をつらぬく、標識もない、つねに変化する道筋のつらなりだった。そして実際には、これらのあてにならない道筋を通って運ばれる荷の量は少なかった。それでも、シルクロードはたしかに東西の文化を大きく変えた。過去二〇〇年間に発見された文書、とくにここ数十年間に発掘された驚くべき新しい証拠に目を向けることで、本書はこの道ともいえない道が、どのような経緯で人類史におけるもっとも影響力あるスーパーハイウェイとして、ただ交易品だけでなく、思想、技術、芸術的モチーフを伝えるルートになったのかを説明する。

シルクロードの「絹《シルク》」は、「道《ロード》」以上に誤解をまねいている。絹はシルクロードの数多くの交易品のひとつにすぎなかったからだ。化学薬品、香辛料、金属、鞍《くら》、皮革製品、ガラス、紙もよく取引されていた。積荷目録には塩化アンモニウムと記載されたものもある。これは金属の溶解や皮革の処理のために使われる薬品で、一部のルートの主要な交易品だった。

取引の多かったもうひとつの商品が紙で、紀元前二世紀に発明された紙は、衣服の素材として使われることが多かった絹よりも、人類の歴史にまちがいなく大きな貢献を果たした。(1) 紙はシルクロードを通って、八世紀に中国からイスラム世界へ最初に伝わり、そこからシチリア島とスペインのイスラム勢力の進出拠点を経由してヨーロッパへと伝わった。アルプス以北の人々が独自に紙の製造をはじめるのは、一四世紀後半になってからのことだった。(2)

「シルクロード」というよび名もわりと最近になってつけられたものにすぎない。このいくつかに枝分かれした交易路上の土地に住む人たちは、この道をシルクロードとはよんでいなかった。ただ「サマルカンドへの道」(あるいは、どこであれ次の大きな町への道)、あるいはタクラマカン砂漠の「北側」または「南側」の道とだけよぶのがふつうだった。(3) 一八七七年にはじめて、ドイツのフェルディナント・フォン・リヒトホーフェン男爵が「シルクロード」というフレーズを使った。リヒトホーフェンは著名な地理学者で、一八六八年から一八七二年まで中国の石炭鉱床を調査し、その後、五巻からなる地図帳を作成した。「シルクロード」という語がはじめて使われたのが、その地図上だった。

彼の地図(カラー図版2-3)は、中国と古代ローマ時代のヨーロッパを結ぶルートを幹線道路として描いている。リヒトホーフェンは中国の文献を翻訳版で読み、ヨーロッパの地理学者としてははじめて中国王朝の歴史的データをこの地域の地図に組みこんだ。オレンジの線は古代の地理学者プトレマイオスとマリヌスから得た情報を、青の線は中国の歴史資料から得た情報を表す。(4) 多くの面で、彼が記したシルクロードのルートはユーラシア大陸を横断するまっすぐな鉄道路に似ている。事実、リヒトホーフェンはドイツの勢力圏だった山東省から西安近くの炭田を経由し

パジリク遺跡
バイカル湖
モンゴル
匈奴
ウルムチ
新疆
ウバオ遺跡
ゴビ砂漠
山脈
トルファン
ハミ
居延（エジン旗、内モンゴル）
懸泉
嘉峪関
(璧玉山)
万里の長城
楼蘭
(クロライナ)
玉門
北京
敦煌
黄河
タクラマカン
砂漠
河西回廊
蘭州
涼州
(姑臧／武威)
長安（西安）
チベット
成都
武漢
揚子江
杭州
良渚遺跡
中国
東シナ海
広州
泉州
北海道
日本海
韓国
慶州
黄海
日本
京都
博多
九州
ヒマラヤ山脈
イラワジ川
ベンガル湾
アンコール
メコン川
南シナ海
太平洋
インドネシア
500
1000 マイル
500
1000 キロ

ユーラシア大陸の主要ルート
シルクロード
古代遺跡
ウラル山脈
ヴェネツィア
ローマ
セライ
モシチェバヤ・バルカ
黒海
コンスタンティノープル（イスタンブール）
カフカス山脈
カスピ海
アラル海
シル・ダリヤ
キジルクム砂漠
ムグ山
アム・ダリヤ
サマルカンド
ブハラ
ソグディアナ
メルヴ
パンジケント
バルフ
バクトリア
ビザンティン帝国
ティグリス川
タブリーズ
ユーフラテス川
アテネ
アンティオキア
テヘラン
カブール
地中海
コス島
パルミラ
イラン
ヘラート
バグダード
エルサレム
ダマスカス
ササン朝
アレクサンドリア
カイロ
ペルセポリス
インダス川
エジプト
ペルシア湾
アラビア砂漠
カラチ
サハラ砂漠
ナイル川
メッカ
紅海
アラビア海
コンゴ川
インド洋

て、本国ドイツまで延びる鉄道路を検討する仕事をまかされていた。[5]

シルクロードという語は徐々に受け入れられていった。スウェーデンの地理学者スヴェン・ヘディンが自身の中央アジアでの探検調査について書いた一九三六年刊行の著書は、一九三八年に英語に翻訳されたときには『シルクロード』のタイトルがつけられた。一九四八年のタイムズ紙（ロンドン・タイムズ）には、「家族のための炉端クイズコーナー〈一般常識テスト〉」の欄に、シルクロードは「どこからどこまでですか（でしたか）」という質問が掲載された。その答えは、「中国の国境線からさまざまなルートを通ってヨーロッパまで」だった。[6]「シルクロード」という語はユーラシア大陸を横断する陸上交易と文化交流を意味するものとして、いつしかすっかり定着していた。

最初から、シルクロードは比較的まっすぐで、人々がひんぱんに利用した道として紹介されていたが、事実はまったく異なる。一〇〇年以上にわたる考古学調査では、ユーラシア大陸を横断するはっきりした標識のある舗装された道、たとえば古代ローマのアッピア街道を少しでも思わせるようなルートは見つからなかった。そのかわりに見つかったのは、つねに道筋が変わる小道と、目印などまったくない歩道のパッチワークである。見分けのつく道が少なかったので、ほとんどの旅人は行程の区切りごとにガイドを雇い案内してもらった。途中で旅が続けられなくなり、別の道へ移動することもよくあった。

蛇行しながら続くいく筋もの小道はオアシスの町で合流する。それが本書でとりあげる町々である。現在なら、かつてシルクロード沿いの主要都市を潤していた河川のおもな水源を特定しようと思えば、この地域の上空を飛行機で飛び、もっとも高い地点を見つけるだけでいい。文書の多くはおもにこれらのオアシス都市から出土したものなので、本書はシルクロード沿いの七つの古代都市遺跡を中心に構成している。うち六つは中国北西部にある遺跡、残るひとつはサマルカンド東部の遺跡で、この七都市を本書の各章で紹介していく。

これらの都市はタクラマカン砂漠をとり囲むように点在する半独立の都市国家だった。支配者は、みずから統治するのであれ、中国の王朝の代理として統治するのであれ、交易を厳重に管理し、また品物やサービスの購買者としても中心的な役割を果たした。このことが矛盾を生み出した。行商人が過酷な原野を越えてこれらのオアシス国家に入ると、突然規制が厳しくなったのである。

この状況は、中国が中央アジアに軍を駐屯させていた時代、おもに漢王朝（紀元前二〇六～紀元二二〇年）と唐王朝（六一八～九〇七年）の時代にとくにあてはまる。中央政府は駐屯地に穀物や軍服を支給し、また数千人の兵士に報酬を支払うため莫大な支出をしていた。唐時代には絹織物がまた別の重要な機能を果たした。唐では中央政府の支出をカバーするだけの十分な銅貨を鋳造できなかった。そのため三つの日用品、すなわち銅貨、穀物、そして絹織物を代用通貨として認めていた。政府はしばしば銅貨不足に悩まされたため、また穀物は腐ってしまうという欠点があったため、支出の大部分は平織りの絹でまかなわれた（カラー図版5A）。北西部に駐屯する軍への交付金の大部分は絹織物の形で支払われ、その結果、絹は西域全体に流通した。兵士たちが地元の市場でたくさん買い物をするようになると交易がさかんになったが、反乱が起こって皇帝が全軍を西域から引き揚げると、取引はいちじるしく減少した。

中国軍の駐屯地をとおしたものをふくめ、ローマ帝国時代に中国とローマのあいだで交易があったという記録は残っていない。一般に信じられていることとは違い、ローマ人は金貨を中国の絹と直接交換することはなかった。中国で見つかったもっとも古いローマの金貨は、ビザンティン帝国（東ローマ帝国）のソリドゥス金貨で、多くの模造品もふくまれた（カラー図版4A）。これらは六世紀の古墳から出土したもので、コンスタンティヌス帝（在位三一二～三三七年）がローマ帝国の首都をコンスタンティノープルに移してからずっとあとの時代ということになる。

地理的には、シルクロードは驚くほど変化に富んだ地形をつらぬき、その大部分は旅をするには危険な土地だった。西安から西に向かう旅人は、まず河西《かせい》回廊を横切る。これは、南は青海省の山脈、北はモンゴルのゴビ砂漠のあいだをおもに東西に走る一〇〇〇キロのルートだ。甘粛の敦煌のオアシスに達すると、そこでタクラマカン砂漠の北側のルートと南側のルートのどちらを進むかを選ばなければならない。ふたつの道はカシュガルでふたたび合流する。もし両方の道が通行不能であれば、地球上でもっとも荒涼たる砂漠の真ん中を横切る中央ルートをとることもできた。

敦煌をすぎると、新疆《しんきょう》とよばれる地域に入る。文字どおりには「新たにくわわった国土」を意味する。これは一八世紀にこの地域を征服した清王朝が使った語で、それ以前の中国人は西の地域を意味する「西域」とよんでいた。西は現在のウズベキスタンとタジキスタン、東は現在の中国の甘粛省と陝西省にまで広がる地域である。(7) 現在の新疆は中国西部のシルクロードのほぼ全域をふくむ。

新疆地方の息をのむような風景を目にすれば、現代の旅行者も、シルクロードがなぜ一本の道ではなく複数のルートに分かれていたのかを理解するだろう。この地域を横断する勇気のあった初期の旅人たちは、照りつける太陽で猛烈な暑さになる時期を避けて冬に砂漠を横断する方法と、雪が少ない夏に山岳地帯のどの峠を越えるべきかを学んだ。なにより重要なこととして、彼らは砂漠の縁に沿って進み、途中で休み、水を飲み、先のルートについて情報を得ることを学んだ。オアシス都市に着くたびに、数日か数週間、ときにはもっと長く滞在し、次の行程の計画を練っていたかもしれない。

旅はうんざりするほどゆっくりだった。一九九三年、イギリスの士官で探検家でもあるチャールズ・ブラックモアが、探検隊を率いてタクラマカン砂漠を徒歩で横断した。一行とラクダは楼蘭からカシュガル南西のメルケトまで、一四〇〇キロの道のりを五九日かけて踏破した。一日平均二一キロの計算になる。砂丘の上を歩くのは骨が折れる。そのため一日に一六キロも進めない日もあったが、平らな砂利の土地を歩くときには、一日に二四キロ進むこともあった。(8) このペースを考えれば、過去の旅人たちがどれほどたいへんな思いをして砂漠を越えたかがよくわかる。

砂漠を渡りきると、旅人の眼前にはタクラマカン砂漠の西と南に壁をつくる険しい頂がそびえている。ここパミール高原で地球最大級の山脈――ヒマラヤ山脈、天山山脈、カラコルム山脈、崑崙《こんろん》山脈、ヒンドゥークシュ山脈――がぶつかりあい、雪と氷のマルディ・グラをくりひろげている。ここを越えれば、旅人はさらに西のサマルカンドへ向かうか、南のインドへと下る。

サマルカンドと長安を結ぶ中央アジアの約三六〇〇キロの距離を、すべて踏破した個人はほとんどいない。もっとも有名な（もっとも信頼できるわけではないが）シルクロードの旅人といえば、マルコ・ポーロ（一二五四～一三二四年）だろう。彼はヨーロッパから中国まで陸路で横断し、海路で戻ったと主張している。ほとんどの旅人はもっと狭い範囲の移動にとどまり、自分の住む土地から次のオアシスのあいだの五〇〇キロほどを旅するだけで、それより遠くへは行かなかった。商品の取引は地方ごとのもので、多くの手を通ったので、シルクロード交易の大部分は微々たる量の取引だった。歴史文書に数百の動物をつらねた長距離のキャラバンの記録がのっている例はめったになく、通常は国家間の外交使節の交換の場合だけだった。

現在、敦煌とサマルカンドを結ぶ地域へは、有名な遺跡を見るために多くの旅行者がやってくる。なかにはホータン郊外のラワクの仏教寺院、トルファンの城塞都市、敦煌とクチャの石窟など、砂漠に深く埋まっている遺跡もある。地方の博物館には墓所で見つかった埋葬品が展示されている。金・銀の器や織物などで、東洋と西洋のモチーフをうまく組みあわせた洗練された装飾がほどこされている。砂漠の乾いた気候のおかげで、見事な芸術品だけでなく、少数ながらさまざまな日用品が残っている遺跡もある。たとえば、中国の餃子がインド北部でよく食べられていた丸くて平たいナンのそばに埋まっていた。一〇〇〇年以上前のシルクロードの住民が焼いたものだ。

一九世紀末までは、新疆の砂が遠い過去の文書や遺物をこれほど大量に保存していたことにだれも気づかなかった。一八九〇年、イギリス軍人のハミルトン・バウアー大尉がある殺人事件の調査のために、タクラマカン砂漠の北側ルート（天山南路）にあるオアシスの町クチャへと向かった。滞在中に、バウアーは樺の木の皮に文字が書かれた古代の文書を五一点購入し、この発見をベンガル王立アジア協会に報告した。二、三年のうちには、それが五世紀の医学文書であることが確認された。現在この文書は、世界で発見されたもっとも古い、ほぼ一〇〇〇年前のサンスクリット語の文献として知られている。(9) この発見の重要性に注目したヨーロッパのアジア駐在外交官たちは、次々と文

トルファンから出土した干からびた餃子
トルファンの乾燥した気候が食べ物をはじめとする多くの傷みやすい遺物を保存してきた。写真のワンタン４個と餃子１個は、600年代か700年代のものとされる。割れて中身が見えている餃子を考古学者が調べたところ、ニラとなにかの肉が確認できた。当時の新疆はまだイスラム化されていなかったので、肉は豚肉である可能性が大きい。新疆博物館所蔵。

書を購入してヨーロッパに送り、文献学に精通した学者たちが解読に取り組んだ。

一八九五年には、スウェーデンの探検家スヴェン・ヘディンがこれらの古代文書の多くが眠る新疆に向かうため、初の科学調査隊を組織した。その年の四月、ヤルカンド川流域の町メルケトを出発したヘディンの一行は、ホータン川の源流を探そうとタクラマカン砂漠に入る。一五日後には、自分と四人の隊員のための十分な水がないことに気づいたが、引き返しはしなかった。探検が失敗したとは認めたくなかったのだ。食料と水がつきると、必死に水を探した。隊員とラクダが次々と倒れていき、疲れ果てたヘディンは干上がった川床を這うようにして進んだ。水がなくなってから六日目、ついに小川を見つけた彼は、浴びるように水を飲むと、ブーツにくんで残っていた隊員のところまで運び、ひとりの命を救ったという。

砂漠をようやく抜けたところで、ヘディンは四人の商人と荷役用の動物からなるキャラバンと遭遇し、彼らから馬三頭と「荷物用の鞍を三つ、乗用の鞍をひとつ、はみ、トウモロコシ一袋、小麦粉一袋、茶、水差し、鉢、ブーツ一足」を買った。[10] このリストから重要なことがわかる。ヘディンが訪れた二〇世紀初めになってもまだ、過去の時代と同じように、タクラマカン砂漠で取引される品物のほぼすべてが地元産の生活必需品で、外国からの輸入品ではなかったということだ。ようやく砂漠を離れたヘディンは、倒れた隊員のひとりは羊飼いに助けられたが、あとのふたりは死んでしまったと知った。

この失敗を悔やんだヘディンは同じ年の一二月、ふたたびタクラマカン砂漠に戻った。今回は隊員のための十分な水をもっていった。砂漠の南縁にある主要オアシス都市のひとつホータンから砂漠に入った彼らは、ダンダンウイリクの遺跡を発見した。砂のなかに立つ木の柱やくずれた壁のあいだに、仏像が何体か横たわっていた。しかし、ヘディンは掘り起こすことはしなかった。その理由をのちに、「本格的な発掘をするための装備をもっていなかった。それに、わたしは考古学者ではないからだ」と説明している。[11] ヨーロッパの新聞はヘディンのタクラマカン砂漠探検を大々的にとりあげた。それは現在の宇宙探検と同じくらい、ロマンをかきたてるとともに危険な冒険だった。

一八九七年の末に、ポーランドの炭鉱の現場監督がヘディンの探検についての新聞記事のひとつを、弟のオーレル・スタインに送った。当時、スタインは大英帝国のインドの植民都市ラホール（現在はパキスタン）で教育者として働いていた。[12] ハンガリー生まれのスタインは、一八八三年にテュービンゲン大学でサンスクリット語の博士課程を修了し、その後もラホールで著名なインド人学者のゴヴィンド・カウル師のもとでこの言語の研究を続けた。サンスクリット語は一九世紀をとおして人気の研究分野だった。ラテン語やギリシア語との関係が深いが、これらの言語よりもさらに古いインド・ヨーロッパ語族の言語を、多くの人々が学びたがったのだ。スタインはドイツでの研究生活のあいだに、もっとも初期のもっとも完全な形の写本を手に入れることが、いかに重要であるかに気づいていた。

ヘディンの発見が古代写本の研究にあたえる重要性を認めるとすぐに、スタインはイギリスの考古学会にホータン行きの資金援助を申請した。遺跡の組織的な調査を行なえば、これまでの略奪で得られたものより多くの情報が得られるはずだ、と彼は主張した。また、すでにはじまっていた世界各国による古代遺物の獲得競争についてもほのめかした。ヘディンはこの地域にかならず戻ってくるだろうし、ロシア人も探検隊の派遣を検討している、と。結局、インド政府が彼の申請を認めて出資してくれることになった。

本書でとりあげる遺跡の多くを最初に発見し地図上に記したオーレル・スタインは、驚くべき貴重な遺物や文献を数多く見つけている。一九〇〇年から一九三一年のあいだに調査隊のリーダーとして四度の探検を率いた彼は、膨大な公式報告書だけでなく、もっとくだけた探検談も書き残している。彼の発掘は現在の基準から見れば不完全なものだった。雇った人夫に土を掘らせ、なにか見つかれば追加で報酬をあたえるというやり方で、当時としては一般的な習慣だったものの、しばしば発掘を急ぎすぎる結果につながった。しかし、新疆で古代文書を発見した数少ない発掘者たち――フランスのポール・ペリオ、ドイツのアルベルト・フォン・ル・コック、日本の大谷光瑞《こうずい》など――のだれも、スタインほど詳細な考古学報告書を残していない。スタインほど多くの場所を訪れた者もいなければ、彼ほど多くの発見物を発表した者もいなかった。

それぞれの遺跡のもとの状態を再構築するには、スタインが書き残した描写が欠かせない。文書が砂に埋まるにいたった状況についての彼の説明も同じように重要で、のちの世代の学者たちはみな、スタインの研究を出発点として、そこに新たな発見をくわえていった。スタインをはじめ、一九世紀末から二〇世紀初めにかけての学者たちの報告書が貴重なのは、少数を除いて、書き手が過去の旅人たちと同じルートを旅し、同じ交通手段を使ったからだ。彼らの説明は過去の旅人たちが伝えてくれなかった細かい空白部分の多くを埋めてくれる。それによって、現代のわたしたちも古代の交易路上の旅を追体験できるのである。

これらの探検家、そして彼らに続いた多くの探検家が、砂に下に隠されていたものを日のもとにさらした。まず、長距離の陸上交易が古くにはじまったことを示す考古学的証拠が発見された。早くも紀元前一二〇〇年ごろには、新疆に暮らすさまざまな人々が中国の中央部に品物を送っていた。当時は商王朝（紀元前一七六六～一〇四五年）の歴代の王が黄河の下流域を支配していた時代で、現存するもっとも初期の形の漢字で書いた記録が残っている。王の妻で婦好《ふこう》という名の女性のぜいたくな墓には、千を超える翡翠《ひすい》（玉《ぎょく》）の装飾品が見つかった。そのいくつかはホータン産のものに特徴的な乳白色の混じった玉から作られたものだった。中央アジア、とくに甘粛省のハミの近くにあるウバオからも、同時代の貝殻が大量に見つかっており、東の中国か南のインドの海岸地域、あるいは西の地中海沿岸地域との交易関係があったことを示している。(13)

次に、多様な民族集団がかつてこの地域に暮らしていたことが明らかになった。たとえば、紀元前一八〇〇年から紀元前最後期の世紀のものとされる新疆と甘粛の遺跡では、乾燥した砂漠の気候のために五〇〇体ほどの遺体がミイラになってそのまま保存されていた。(14)男性の多くは身長一八〇センチを超え、同時代の中国人よりも背が高い。また死者の多くが金髪で色白の肌という、中国人とは異なるコーカソイド（白色人種）の特徴があった。その容貌から、学者たちはタクラマカン砂漠周辺のオアシス都市を経由して旅をし、定住した人たちの多くは、インド・ヨーロッパ語族の言語を話す人々の子孫であると主張した。言語学者は、おそらく黒海北岸のポントス平原を故郷とする人々が、紀元前二〇〇〇年から一〇〇〇年のあいだに古代のインドとイランへ移住したのだろうと考えている。(15)一部のミイラは格子柄の入った毛織物の衣服を身に着けている。紀元前第二千年紀のアイルランドにみられるものとよく似ており、これもインド・ヨーロッパ語族をルーツとする説のさらなる証拠となる。(16)この人たちが、第2章でとりあげるインド・ヨーロッパ語族のトカラ語を話していたと主張する研究者もいる。しかし、墓地の遺跡からは文字の証拠が何も見つかっていないため、彼らが実際にどんな言語を話していたかを知ることはできない。(17)

また、紀元前五世紀のものとされるシベリアのパジリク遺跡の出土物から、北部地方との交易があったこともわかった。この遺跡の住民たちは、墓所に中国の銅鏡と絹を副葬品として埋めていた。(18)絹のきれ端のひとつには、おそらくは中国のモチーフ（あるいはなにか中国製のものをまねたモチーフ）と思われる不死鳥が刺繍されていた。不死鳥は中国の文化と強いかかわりがあるからだ。やはり紀元前五世紀のものと思われる、トルファンで見つかった絹織物にも、色あせた黄色の絹地の上に美しい不死鳥の刺繍がある。(19)これらの発見から、紀元前の時代に陸路を使った交易が行なわれていたことはまちがいないが、こうした品をだれがどのような目的で運んでいたのかを説明する文書は見つかっていない。

シルクロード交易についての最初の記述は、張騫《ちょうけん》(紀元前一一三年没)と関連したものだ。紀元前二世紀、漢の武帝(在位紀元前一四〇～八七年)の治世に、張騫は中国の使節として長安から中央アジアへと旅をした。武帝はフェルガーナ地方(現在のウズベキスタン)を支配する月氏《げっし》とよばれる民族と同盟を組み、共通の敵である北方(現在のモンゴル)の匈奴の連合を倒したいと望んでいた。その説得のために張騫を派遣したのである。張騫について書かれた現存する最古の文献は、彼の旅からすくなくとも一五〇年はあとのもので、正確な行程など旅の基本的な部分はあまり教えてくれない。

それでも、張騫が月氏に向かう途中で匈奴の領土に入ったことはまちがいない。匈奴に捕らえられて投獄され、逃げ出すまでに約一〇年かかったが、それでも旅を続けて月氏を訪問した。紀元前一二六年ごろに中国に帰還すると、中央アジアのさまざまな民族についての情報を皇帝に報告した。これは、中央アジアの民族について中国人が知りえた最初の詳細にわたる情報といえる[20]。張騫がなにより驚いたのは、中国人商人と交易品が自分より早く中央アジアに到達していたことだった。現在のアフガニスタン北部にあるバクトリアの市場で、張騫は数千キロ離れた四川省で作られた竹や衣服を目にした。それらの品が陸路で運ばれたことはまちがいない。

張騫の帰還後、漢王朝の勢力圏は徐々に北西部に拡大し、紀元前二世紀の終わりには河西回廊と敦煌を勢力下に置いた。中国軍は新しい地域を征服するたびに、一定の間隔で烽火台を建設した。なにか騒乱が起これば、烽火台を守っている兵士がたいまつに火をつけて、次の烽火台にいる兵士に警告する。それが、騒乱の起こった地域に軍を派遣できる最初の駐屯地に達するまでくりかえされた。烽火台にくわえて、漢の軍隊は新しく征服した土地に駐屯地を建設した。軍が地元住民から衣服や穀物を購入した内容を記録した竹簡が、居延《きょえん》(内モンゴルのエジン旗。甘粛省金塔県の北東九〇キロ)と、疏勒《そろく》(甘粛省の敦煌と酒泉の近く)で見つかっている[21]。

シルクロードの初期の文書がもっとも大量に発掘されたのは、敦煌の東六四キロに位置する懸泉の駐屯地跡だった[22]。施設をとり囲む四方の土塁はそれぞれ五〇メートル幅で、南端には厩舎がある。政府の仕事で旅をする役人は駐屯地で新しい馬に乗り換えることができた。また、ここは郵便施設としても機能していた。北側と西側の端には、ごみの廃棄場所もある。西側のごみすて場はいちばん深い場所で一・二メートルの深さに掘られていた。遺跡からは貨幣、農具、武器、荷馬車の鉄の一部、櫛や箸などの日用品、さらに穀物、にんにく、クルミ、アーモンドなどの食品、動物の骨など、二六五〇〇点もの遺物が出土した[23]。

懸泉の遺跡からは廃棄された書類が三万五〇〇〇点以上出土している。漢文が書かれた二万三〇〇〇点の木簡のほかに、一定のサイズに切りそろえられた一万二〇〇〇の竹があり、あきらかにあとからの使用を意図したものとわかる。二〇〇〇点ほどの木簡には、この駐屯地が使われていた紀元前一一一年から紀元一〇七年の日付が入っていた。

木や竹が使われたのは、当時はまだ紙がようやく中央アジアに広まりはじめたところだったからだ。紀元前二世紀に中国で発明された紙は、当初はものを包むために使われ、文字を書くためのものではなかった。たとえば、公式の歴史書によれば、紀元前一二年にある殺人者が紙に包んだ毒を使った[24]。懸泉で見つかったもっとも古い紙片のいくつかは紀元前一世紀のものとされ、薬の名前が書かれていたことから、発明された当初の紙が包装用に使われていたことが確認された。

中国の広範囲で文字を書くために紙が使われるようになるのは、それから四世紀後の紀元二世紀になってからのことだ。シルクロードで紙がものを書くためのものとして一般的になり、木や竹に代わるまでには、さらに長い時間がかかった。紙はつねに高価だったため、人々は皮革や樹皮のようなものに文字を書いていた。懸泉で見つかった木簡のほとんどは、何本もつなぎあわせた状態にしてあった（アイスキャンディの棒をつなげて作ったテーブルマットをイメージしてほしい）。

懸泉出土の文書には懸泉の郵便施設に駐在していた役人と、近隣の町にいる役人とのあいだの日常の連絡事項が書

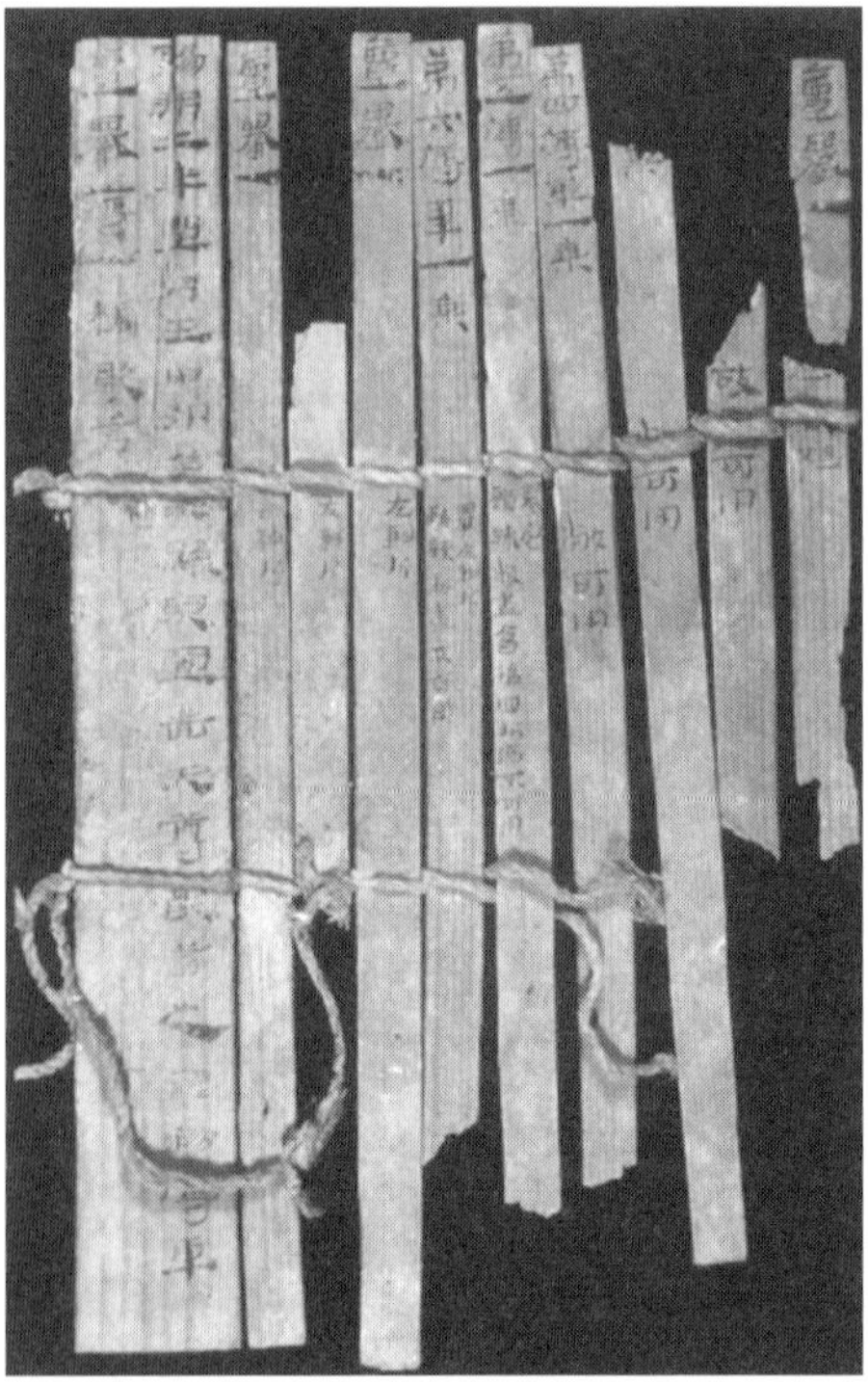

紙の発明以前の文書

紀元前２世紀に中国からシルクロードへ紙の製法が伝えられて以降も、文字を書くために木片が使われつづけた。最初期の紙は薬を包むために使われ、ものを書くための用具として木から紙へ完全に移行するのは３世紀のことだ。写真の木簡は、駐屯地から注文された積荷を記録している。糸でつなげた木片は保存するときには巻いた形にした。文字は上から下へ、右から左へ読んでいく。つまり、右端の木簡を上から下まで読んだら、２本目に移ってまた上から下まで読む。これを左端の木簡のいちばん下まで続ける。

かれたもの、たとえば皇帝による新しい布告、脱獄した囚人についての知らせ、個人的な手紙などが多い。書記官は木の種類によって使い道を変えていた。高品質の松の樹皮は皇帝の布告用にとっておき、日常的な書類や連絡文書には簡単にたわむポプラやタマリスクの木の樹皮を使った。

　懸泉は中国から敦煌へ向かうルートの最後の経由地だったので、漢王朝の中国を訪問する使節のほとんどが行き帰りにここに立ちよった。漢時代の中国の地理にかんする史料には、五〇以上の中央アジアの王国名が記されている。中国の文献は通常、こうした国の支配者を王とよんでいるが、人口わずか数百人から多くても数千人のオアシスの町ひとつだけで構成されている国も多かった。こうしたオアシスは王国というよりは小さな都市国家に近い[25]。

　大小の違いはあれ、これらの国家は格上の国と認める中国の都に朝貢使節を送り、皇帝に献上品を贈り、返礼の品を受けとった。もっとも貴重とされる献上品のひとつは中央アジアの草原で飼育される馬だった。放牧されて育つ馬のほうが、厩舎で飼い葉を食べて育つ、もっと小さく貧弱な中国の馬よりも強かったからだ。中国人はとりわけウズベキスタンのフェルガーナ盆地産の「天馬」を絶賛していた。この初期の漢王朝の時代でさえ、外交使節が献上品（馬やラクダなどの動物が多かった）をたずさえて訪問し、返礼に自分たちの王へのなにかの品を受けとるという公式の交易と、同じ使節が同じ馬を中国人にあたえ、かわりになにか自分のための品物を受けとるという私的な取引を区別することはむずかしい。

中央アジアの王国から献上品を運んでくる朝貢使節団の規模はさまざまだった。ときには、一〇〇〇人を超える大規模な使節団になることもあった。たとえば、ホータンの王は一七一四人からなる一団を派遣したことがある。[26]より一般的な例は、紀元前五二年のソグディアナからの使節団で、使節二人と貴族一〇人が、その他の数が明記されていない随行者とともに、馬九頭、ロバ三一頭、ラクダ二五頭、牛一頭をひきつれて中国に向かった。[27]

これらの使節団はあらかじめ決められた行程どおりに進み、訪問が許可された経由地の町の名前を順番どおりに記入した通行証をたずさえていた。これより前の時代の先例にもとづいた漢王朝の法律によれば、陸路でも海路でも、旅行者が関所を通過するには「過所《かしょ》」（文字どおりには「ひとつの場所を通過する」の意）とよばれる通行証が必要だった。[28]

懸泉文書のいくつかは、漢の領土に入って最初の町である敦煌と、漢の都（紀元前一世紀なら長安、紀元一世紀なら洛陽）を結ぶすべての経由地をあげている。使節団はこの決められたルートをはずれることは認められなかった。それぞれの経由地に着くと、中国の役人が使節団の人員と動物の数を数え、通行証に記載されている内容と完全に一致するかどうかを確認する。役人は通行証を修正したり、新しい通行証を発行する権限をもち、中国へ向かう途中で懸泉を通過する使節団をチェックし、半年後くらいに中央アジアに戻る帰路でふたたび彼らが懸泉を通る際にもチェックした。懸泉の料理人たちは、中国人であれ外国人であれ、客に提供した食事にかかった経費を細かく記録し、客の身分や旅の目的地（東か西か）についても明記していた(29)。

懸泉出土の木簡に書かれた記録は驚くほど細かい。とくに長文のもののひとつに、紀元前三九年に起こったもめごとについての記録がある。このとき、四人のソグド人使節が中国の役人に対して、ラクダを売ったときに受けとった額が少なすぎると抗議した。中国人が支払ったのはやせた黄色いラクダの値段だったが、自分たちが実際に渡したのはもっと高価な、太った白いラクダだったと訴えている。ソグド人の使節は市場価値について正しい知識をもっていただけでなく、売り値が自分たちの期待に見あわないときには抗議すれば法的に正してもらえる可能性があることもよくわかっていた。彼らはまた、公式の証明書をたずさえた使節なのだから、途中の滞在地ではどこでも宿と食べ物が提供されるものと思っていたが、実際に着いてみると食事代を払わなければならなかった。紀元前三九年にこの訴えを聞いた敦煌の役人は、ソグド人は十分な補償をあたえられたと結論した。使節がひどい扱いを受けた理由のひとつとして考えられるのは、漢の役人が中国のかねてからの敵である匈奴に協力したソグド人を恨み、安い料金しか払わないことで報復したというものだ(30)。

懸泉の文書は当時の中国から見た全世界を紹介している。中国の西の端、現在のカシュガルの近くにあるオアシスから、現在の中国の国境を越えて、ウズベキスタン、パキスタン、アフガニスタンにまで広がる範囲である。中央アジアのオアシス国家の支配者たちは、漢の皇帝との外交使節の交換に参加していた。これらの地域から定期的に派遣される使節は、シルクロードを通って中国の都へと向かった。

漢王朝の皇帝を訪問して朝貢品を贈った多くの外交使節のなかで、ローマからと認められる使節はひとつしかない。中国の正史によれば、大秦（文字どおりには「偉大なる秦」）からの使節が一六六年に海路で中国に入った。大秦は中国人が知る世界の西の端にある国で、ユートピアの多くの特徴をそなえていた。ユートピアという語がはっきりローマに対して使われる例はわずかしかない。大秦の使節団は東南アジアの特産物である象牙とサイの角を献上した。この使節団については、実際には遠くのよく知られていない土地からやってきたようによそおう詐欺師たちで、ただ交易の許可を得ようともくろんでいたのではないかと疑う研究者も多い。この指摘は興味深いが、決定的な証拠には欠ける。[31]

懸泉文書やその他の史料から明らかなように、漢王朝がタクラマカン砂漠沿いのルートで定期的な交易を開始したのは、純粋に戦略的な理由からだった。宿敵である匈奴の勢力圏を迂回して中央アジアに達するルートを必要としていたのである。公式の使節団がしばしば私的な取引を行なうことはあったにしても、それはつねに公式な任務のついでにすぎなかった。彼らは自由に行動できたわけではなく、細かい予定を記載した行程表にしたがって旅をした。懸泉文書は中央アジアのオアシス国家と中国との交易を詳細に記しているが、クシャン朝（アフガニスタン北部とパキスタン）より西の地域への言及はなく、もちろん、ローマについての記述はいっさいない。

残念ながら、懸泉文書に匹敵するほど記述が細かい文書は、ヨーロッパでは発掘されていない。そのため、ヨーロッパの交易についての分析は、既存のギリシア語とラテン語の史料に頼るしかない。もっとも情報量が豊かな文献のひとつが『エリュトゥラー海案内記』で、エジプトに住むある商人が一世紀にギリシア語で書いたものだ。[32] 東アフリカ、アラビア、インド各地の港を紹介したあと、既知の世界を越えて広がる陸地についての描写でしめくくっている。

これまでの旅の最北端の地であるこの地域［ガンジス川河口の港の東の沖合にある島］を超えると、はるか彼方のどこかで海洋が終わり、そこにThinaとよばれる大きな内陸の都市がある。そこからは絹糸、織り糸、生地が陸路と…ガンジス川を通って…運ばれる…このThinaに到達するのはたやすいことではない。向こうからやってくる者もめったになく、いたとしてもほんのわずかである。[33]

Ｔｈｉｎａ？　この綴りは意味をなす。古代ギリシア語には「ｃｈ」の音を表す文字がなく、「シータ（θ）」の文字がおそらく「ｔｓ」に似た発音だった。この書き手はインド人商人から聞いた耳慣れない名前を記録するのに最善をつくしたのだろう。サンスクリット語では、中国は「チーナ」（秦王朝［紀元前二二一～二〇七年］に対してのよび名）と発音された。このサンスクリット語の言葉が英語の「China」のもとになっている。これより少しあとの世紀に、プトレマイオス（一〇〇～一七〇年ごろ）などのローマの地理学者が中央アジアについてもっとよく知るようになるが、現代の研究者はいまだに古代の学者たちの説明をこの地域の実際の地図に重ね合せることに苦労している。[34]『エリュトゥラー海案内記』の著者が中国人についてはっきりさせている情報はただひとつ。彼らが繭《まゆ》から絹糸を生産し、その糸を紡ぎ、織物にしていたということだ。

中国人はたしかに世界ではじめて絹を生産した民族だった。もし浙江省の河姆渡《かぼと》遺跡から見つかった象牙に彫られたカイコの模様が、絹の生産の証拠になるのであれば、その歴史はおそらく紀元前四〇〇〇年にまでさかのぼる。杭州の中国シルク博物館によれば、発掘された最古の絹の断片は紀元前三六五〇年のもので、中国中央部の河南省から出土した。[35]そうした早い年代に疑いをもつ中国以外の国の専門家は、最古の絹が生産されたのは紀元前二八五〇～二六五〇年のあいだの、揚子江下流域で良渚《りょうしょ》文化（紀元前三三一〇～二二五〇年）が栄えた時代と考えている。[36]

『エリュトゥラー海案内記』が書かれた紀元一世紀には、ローマ人は絹の製法を知らなかった。大プリニウス（二三～七九年）は、絹布は一世紀までにはローマに流入したと書いているが、彼は絹の製法については誤解していた。絹が「植物の葉にくっついている白い綿毛状のもの」から作られていて、セレスの人々はこの綿毛を葉からすき落として糸にしていたと考えたのだ（この説明は木綿の製法にもっとよくあてはまる）。しかし、別の部分で、彼はカイコについても書いている。[37]現代の通訳者はセレスを中国と訳すことが多いが、古代ローマ人にとってのセレスは、世界の北の果てにある見知らぬ土地を意味した。

中国は大プリニウスの時代に絹を生産していた唯一の国ではない。紀元前二五〇〇年には、すでに古代インド人も野生のカイコガから絹をとって織物を作っていた。これは中国で養蚕していたものとは別の種類のカイコである。中国人とは対照的に、インド人はカイコが成長して蛾になり、繭を破って外に出たあとでそれを集めた[38]。同様に、古代にはエーゲ海東部のギリシアのコス島でコスシルクが生産された。こちらも野生のカイコガが破った繭から糸をとって紡いだものだ。中国人は早い段階で、繭をゆでてカイコを殺すことで、繭を完全な形に保ち、糸がとぎれずに長く残るようにする方法を学んだ。たとえそうでも、中国の絹は野生のカイコガからとった糸とそう違うわけではないため、大プリニウスが中国製の絹ではなく、インドかコス島の絹のことを説明していた可能性はある[39]。

中国とコス島の絹はほんとうによく似ているため、分析者が絹織物の断片からその出所を特定するには中国独特のモチーフを見つけなければならない。しかし、モチーフはいくらでもまねできるので、中国製かどうかを調べるもっとも信頼できる手がかりは、モチーフに漢字がふくまれるかどうかになる。漢字を布に織りこむのは中国人だけだったからだ。シリアのパルミラ遺跡で見つかった一～三世紀の織物が、中国から西アジアに達した最初期の中国製の絹とされている[40]。中国の皇帝が定期的に西域に使節を派遣し、その土地の支配者に贈った織物が、おそらくそこからさらに西へと運ばれたのだろう。

しかし、ヨーロッパで発見される「中国製」とされる美しい絹のほとんどは、実際にはビザンティン帝国（四七六～一四五三年）で織られたものだった。七世紀から一三世紀のものとされる一〇〇〇点ほどの標本を調べたある学者は、中国製のものはわずかに一点だけだったと報告した[41]。

大プリニウスがとくに絹に関心をもったのは、彼にはなぜローマ人が女性の体の大部分をあらわにするような布地を輸入したのかが、まったく理解できなかったからだ。彼はこう書いている。「大勢の労働者を雇い、世界のはるか彼方の地域のものをとりよせてまで、わざわざローマの既婚婦人に肌が透けて見えるような服を着せ、公の場を練り歩かせている[42]」。彼は絹以外の輸入品――乳香、琥珀、べっこうなど――についても非難している。こうした輸入品の消費が、ローマを弱体化させる原因になると考えていたからだ[43]。

中国とローマのあいだの交易に大プリニウスが主張するような重要性があったのだとすれば、ローマの貨幣がいくらかでも中国で見つかっていてよさそうなものだ。しかし、中国で発掘されたもっとも古いヨーロッパの貨幣はローマではなくビザンティン帝国のもので、紀元五三〇年代から五四〇年代のものだった。[44] 中国では一枚のローマの貨幣も見つかっていない（これには反論がないわけではないが明快ではない）。このことは、ローマの商人がしばしば旅をしたインドの南海岸で数千枚ものローマの金貨や銀貨が見つかったこととは対照的だ。[45] 歴史家はときおり、貴重な金属から造られる貨幣は、一定の時期にふたつの場所で流通した可能性はあるが、あとで溶解されてしまったために現存していないのかもしれないと主張する。しかし、のちの時代の外国の貨幣が中国に大量に残っていたことを考えると、この主張は疑わしい。ササン朝（二二四～六五一年）時代のイランで鋳造された銀貨は、数百枚という単位で見つかっている（カラー図版４Ｂ）。

以上をまとめると、考古学遺物や文書による証拠がないことが、古代ローマと漢王朝のあいだの交流が驚くほど少なかったことをさししめしている。大プリニウスは絹の交易について自信たっぷりに批判したものの、紀元一世紀にローマの貿易収支について信頼できる統計データを集められた者はいない。[46] もしローマ人がローマの貨幣で中国の絹を買っていたのなら、中国の絹のきれ端がいくらかでもローマで出土していたはずだ。二～三世紀以降は、いくらかの品がローマと中国のあいだで取引されるようになった。これはパルミラで発見された絹と同じ時代で、ローマ人がセレスの場所を特定しはじめた時期でもあった。

中国の美術史も、二～三世紀に入ってローマと中国の断続的な交流が加速したことを裏づけている。漢時代には、中国の美術品に外国のモチーフが使われる例はまれだった。それが唐時代になると、ペルシア、インド、さらにはギリシア・ローマのモチーフを使った美術品が増える。[47] 唐時代は中央アジアへの中国の影響がもっとも強く、シルクロード交易のもっとも栄えた時期でもあった。

本書は、中国と西洋の交易のはっきりした証拠が現れはじめる二～三世紀から、敦煌とホータン出土の文書が書かれた最後の時代となる一一世紀初めまでを扱う。出土した文書の内容から選んだシルクロード上の都市遺跡を、章ごとに年代順でとりあげていく。そのうちニヤ、クチャ、トルファン、敦煌、ホータンは中国北西部に位置する。サマルカンドは現在のウズベキスタンにある町で、そこからほど近いムグ山は現在のタジキスタンとの国境を越えたところにある。7章でとりあげる長安（現在の西安）は唐時代の都で、中国中央部の陝西省に位置する。

第1章では、まずニヤと楼蘭の遺跡から話をはじめる。なぜなら、このふたつの町からは、土着住民、中国人、そしてガンダーラ地方（現在のアフガニスタンとパキスタンにまたがる地域）からの移民集団とのあいだに、最初の継続的な文化交流があったことを裏づける文書が大量に見つかっているからだ。移民たちは独自の文字と、木片の上に記録を残す技術を新しい土地にもちこんだ。また彼らは西域に入った最初の仏教徒でもあった。仏教の戒律は、仏僧や尼僧は独身でなければならないとしているが、ニヤの仏僧の多くは結婚し、子どもをもうけ、一般に考えられているように禁欲的な仏教寺院の共同体で生活するのではなく、家族といっしょに暮らしていた。

第2章でとりあげるクチャは、中国ではもっとも有名な仏教の訳経者のひとり、鳩摩羅什《くまらじゅう》（三四四～四一三年）の故郷で、彼は仏典をはじめて理解できる形の漢文に訳した。鳩摩羅什はこの地方の言語のクチャ語を話して育ち、若いころにサンスクリット語を学び、一七年間中国にとらわれの身となっているあいだに漢語を学んだ。クチャで発見された文書は、西域に住む人々がなぜ自分たちの母語とはまったく異なるインド・ヨーロッパ語族の言語を話したのか、その謎の解明に取り組む言語学者たちを興奮させ、一世紀にわたって熱い議論を続けさせている。

ソグド人はシルクロード交易が栄えた時期の中国で、もっとも重要な外国人コミュニティを形成した。第3章でとりあげる北部ルート上のトルファンには多くのソグド人が定住し、そこで農業、宿の経営、獣医、そして商人などさまざまな職についた。(48) 六四〇年に唐の軍隊がトルファンを征服すると、全住民が中国の直接の支配下に置かれた。トルファンの極端に乾燥した気候のおかげで、シルクロードの町の日常生活を記録する貴重な文書が現代まで保存されることになった。

第4章ではサマルカンド（現在のウズベキスタンとタジキスタン）周辺のソグド人の故郷に焦点をあてる。中国は

モンゴル
ジュンガリア
北部
ルート
七角井
ウバオ
遺跡
ハミ
ゴビ砂漠
居延（エジン旗、内モンゴル）
万里の長城
劉園
楼蘭
（クロライナ）
懸泉
安西
陽関
河西回廊
ロプ・ノール
玉門
ミーラン
敦煌
玉門関
黄河
アルティン山脈
涼州
（姑臧 / 武威）
蘭州
黄河
ルート
長安
（西安）
揚子江
中国
チベット
成都
タクラマカン砂漠周辺の主要路
古代遺跡
マプトラ川

0 100 200 300 マイル
0 100 200 300 キロ
シル・ダリヤ
カザフスタン
バルハシ湖
キジルクム砂漠
ウズベキスタン
天山山脈
イシク・クル
ザラフシャン川
キジル石窟
キルギスタン
ムグ山
フェルガーナ渓谷
クチャ
アクス
サマルカンド
アム・ダリヤ
ソグディアナ
パンジケント
カシュガル
タリム川
タジキスタン
タクラマカン砂漠
メルケト
ヤルカンド川
マザルタグ
ヤルカンド
パミール高原
カラドン
カルギリク
ダンダンウイリク
タシュクルガン
ホータン川
アフガニスタン
ニヤ
ホータン
ケリヤ
ヒンドゥークシュ山脈
崑崙山脈
エンデレ
民豊
カラコルム山脈
クシャン朝
ヒマラヤ山脈
パキスタン
ガンジス川
インダス川
インド
ネパール

外国人を歓迎しない国として知られてきたが、第一千年紀、とくに七一二年にサマルカンドがイスラム勢力の支配下に入って以降に、大勢の外国人が中国に移り住んでコミュニティを形成した。

近年の考古学的発見のなかでもとくに興味深いものとしてあげられるのが、第5章でとりあげる唐の首都長安、現在の西安に暮らしていた外国人住民の墓所だった。イラン世界からやってきたソグド人移民は、中国にゾロアスター教をもちこみ、火の祭壇で祈りを捧げ、生贄の動物を神に捧げた。死者が出ると、ぶじに来世へ旅立てるように死体を野外に放置して動物に肉を食べさせ、きれいになった骨だけを埋葬した（肉は土を汚染すると考えられていた）。ソグド人の大部分はゾロアスター教の教えに従っていたが、六世紀末から七世紀初めにかけて長安で生活していたソグド人のなかには中国様式の埋葬を好む者もいた。彼らの墓に残る壁画は、イラン世界に残るどんな美術品よりも、ゾロアスター教徒の死後の世界を細かく描いている。

第6章でとりあげる敦煌莫高窟《ばっこうくつ》の蔵経洞から見つかった四万点ほどの文書は、世界でももっとも驚くべき貴重なコレクションといえるだろう。このなかには世界最古の印刷本『金剛般若経』もふくまれる。仏教寺院の書庫として使われていた蔵経洞に保管されていたのは、仏教の経典だけではなかった。なぜなら、ほかのさまざまな種類の文書が経典の裏に書き写されていたからだ。敦煌の石窟壁画はまちがいなく、中国の仏教遺跡のなかではもっとも保存状態がよく規模も大きい。そのすばらしさから、これらの美しい芸術作品の製作を命じた支配者だけでなく、地元住民の信仰心の篤さも伝わってくる。こうした傑作が生み出された時代でも、敦煌の住民は貨幣を使うことはなく、すべての支払いに穀物や布地を使っていた。この状況は中国軍が撤退した八世紀なかば以降の西域全域にあてはまる。

敦煌の支配者は、第7章でとりあげるオアシス都市ホータンと密接な関係を維持していた。ホータンはシルクロード南道（西域南道）の町、ニヤのすぐ西にある。ホータンから出土した文書のほぼすべてがホータン語で書かれていた。これはイラン系の言語だが、サンスクリット語由来の語が多くふくまれる。このホータン語で書かれた文書が敦煌の蔵経洞と、ホータン周辺の町々で見つかった。不思議なことに、ホータンの町自体からはこれらの初期の文書はまったく見つかっていない。文書には外国語学習の教材のようなものもふくまれていた。これを見るとホータンの人たちが、仏教寺院で使われていたサンスクリット語と、西域で広く使われていた漢語をどのように学んだかがわかる。一〇〇六年にイスラム勢力に征服されたホータンは、現在の新疆地方でイスラムに改宗した最初の都市だった。そして、現在この地域を訪れる旅行者もすぐに気づくように、新疆にはいまも圧倒的にイスラム教徒が多い。最終章は、イスラム到来以降のこの地域の歴史と交易を考察してしめくくる。

簡単にまとめれば、本書の目的はオアシス都市それぞれの歴史におけるおもな出来事をたどり、そこに暮らしたさまざまな背景の人々の文化交流や交易の性格を探り、最終的にはシルクロードの血と肉の通った物語を伝えることにある。その物語の大部分は、再利用された紙の上に書かれたものである。

第1章
中央アジアの交差路
クロライナ王国

一九〇一年一月下旬、オーレル・スタインがニヤ（尼雅）の遺跡へ向かっていると、まだ遺跡にたどり着く前だというのにラクダの御者がやってきて、彼に文字の書かれた二枚の木片を手渡した。スタインはそれがカロシュティー文字だとわかり、「うれしい驚き」に包まれたと報告している。この文字は三世紀から四世紀にかけて、サンスクリット語とそれに近いインドの地方言語を書くために使われていたものだ。(1) その片方の木簡が次ページの写真のもので、シルクロードが言語、文化、宗教の伝達に決定的な役割を果たした証拠となる貴重な歴史資料となった。本書が失われた古代都市ニヤについての章からはじめるのも、それが理由である。

ニヤ遺跡とその周辺で見つかった木簡は、シルクロードの南道（西域南道）に沿って八〇〇キロ（ニヤ遺跡から東のロプノールの塩湖まで）に延びる小さなオアシスの王国が存在したことを裏づける。クロライナ王国は紀元二〇〇年から四〇〇年にかけて繁栄した。住民が話す言語は文字をもたず、（ほかの民族によって記録された名前を除き）完全に失われてしまっている。

わたしたちがこの王国の人々について少しでも知ることができるのは、西の山脈を越えてこの地にたどり着いた移

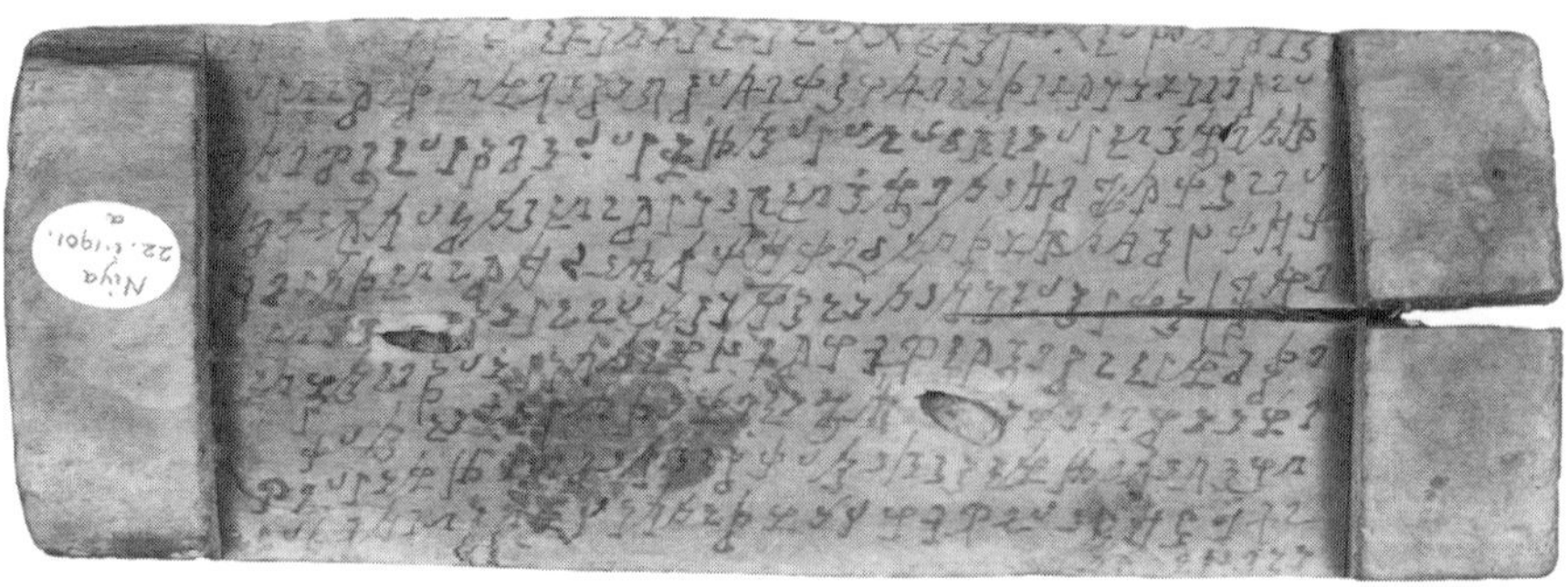

シルクロード上の文化交流の証拠となる文書
紀元200年ごろ、現在のアフガニスタンとパキスタンの北部からやってきた移民たちが、文字体系をもたなかった中国北西部の人々に文書で記録を残すという新しい技術を伝えた。その証拠となるこの木簡は、2枚の板を使った引き出しのような構造で、下側の板（写真）にもう1枚の板をスライドさせて重ねる。上側の板は文字が書かれた部分を保護する蓋の役目を果たした。移民たちが故郷で使っていたカロシュティー文字で書かれた木簡には、契約書、王命、手紙、訴訟の裁決などがあり、当時の社会のさまざまな背景の人々の交流を再構築する手がかりになる。逆さまになったラベルには日付と地名（ニヤ）――この木簡が発見された場所――が書いてある。大英図書館所蔵。

民たちが、カロシュティーの文字体系をもちこんだからにほかならない。移民たちはこの文字を使って土地の譲渡、法的論争の処理ごと、公務のほか、さまざまな重要な出来事を記録した。カロシュティー文字はクロライナの文明、とくに失われた古代都市ニヤの歴史をひもとく鍵となる。ほとんどの木簡は、ニヤの遺跡と、さらに砂漠を進んだ先にある楼蘭の遺跡で見つかった。楼蘭はクロライナ王国の歴史の一時期に都だった場所である。これらの木簡を補足するのが漢王朝時代の貴重な漢文文書で、クロライナ王国と初期の中国王朝との関係に光をあてる。

移民たちは現在のアフガニスタンとパキスタンにまたがるガンダーラ地方からやってきた。彼らが木簡に記すために学んだ文字は、シルクロード上の文化交流が二世紀末にはすでにはじまっていた最初の証拠となる。移民たちはこの王国を「クロライナ」という名前でよんだ。中国でのよび名は「鄯善《ぜんぜん》」という。紀元二〇〇年ごろにやってきた移民の波は、一度に多くても一〇〇人程度の小さなものだったと思われる。彼らは移り住んだ社会に同化し、現地の人々を征服したり、クロライナ王国の転覆を試みたりするようなことはなかったようだ。難民としてやってきた彼らは土着住民と通婚し、文字を伝え、書記の職につき、地元の役人に木簡を作る方法を教えた。彼らはインドから仏教ももちこんだが、仏教の規範をかなり柔軟に解釈していた。西域にやってきた初期の仏僧は、結婚し、家族とともに自分の家をもって暮らした。

クロライナ王国は中国の辺境の見すてられた地域に広がっていた。現在は核実験場跡地となっているので、考古学の専門家くらいしか足をふみいれない。しかし、早くも紀元前四〇〇〇年にはこの辺境の地に人が居住するようになり、漢王朝時代（紀元前二〇六～紀元二二〇年）にはいくつかのオアシス都市国家が存在していた。漢王朝はこの地域に軍を駐屯させることはあったものの、支配は断続的なものにとどまった。

ニヤ遺跡でのオーレル・スタインの発見は、中国領トルキスタン（スタインと彼の時代の人々が現在の新疆に対して名づけた地名）が、「インド、中国、アジア西部のギリシア文化圏をつなぐ交流経路となっていた」(2)という見解を裏づけた。一八九七年にスタインが最初にインドのイギリス政府に資金援助を申請したとき、彼は古代の文化交流についての目に見える証拠をもち帰ると約束していた。ニヤの砂に埋まっていた木簡こそ、彼が期待していたものだったのだ。

イギリスと同じくらいの面積のクロライナは、スタインが訪れたときにはほとんど荒野に近い状態だった。農業が行なわれているのは、崑崙山脈の氷河が解けて北に流れてくる川に沿った土地だけにかぎられる。わたしたちがクロライナについて知るすべての情報は、木簡が出土したふたつの重要な遺跡――ニヤと楼蘭――と、壁画や織物が見つかったふたつの遺跡――ミーラン（米蘭）とインパン（営盤）から得たものだ。いずれも砂漠の奥深くにある遺跡で、ラクダか四輪駆動のジープでもなければ近づけない。砂漠が拡大してきたため、どの遺跡も現在のタクラマカン砂漠の南端に沿って走る高速道路から北へ八〇～一六〇キロは離れている。

古代のクロライナ王国があったのは、まちがいなく地球上でもっとも到達するのがむずかしい場所だった。しかし、スヴェン・ヘディンとオーレン・スタインはわずか数か月の違いでこの遺跡に達した。一九〇〇年三月、ヘディンは深い青緑色の澄んだ水で有名な孔雀河《くじゃくが》に沿って進んだ。(3) ロプノールからは西へ向かい、楼蘭を一日だけ調査してさらに旅を続けた。

それから数か月後の一九〇一年一月、ホータンを出発したスタインがはじめてニヤに入った。彼は一九〇六年にもふたたびこの遺跡に戻り、さらに楼蘭へと旅を続ける。こうした初期の旅で、ヘディンとスタインはこの地域の遺跡から大量の美術品と文書を掘り出したが、その後の調査隊、とくに一九九〇年代の日中共同探検隊も重要な発見をしている。(4)

スタインは非常に興味を引く疑問を投げかけている。ガンダーラ地方（現在のパキスタンとアフガニスタンにまたがり、バーミヤン、ギルギット、ペシャワル、タキシラ、カブールなどの都市がふくまれる）に住む数百人、もしかすると数千人の人々は、どうやって世界でももっとも険しい山岳地帯を越えて一六〇〇キロ近くの距離を旅したのだろう？

スタインは移民たちが二〇〇〇年近く前に通ったのと同じ、インドからタクラマカン砂漠までのルートをたどった。出発地点はインドのカシミール。そこから標高七六〇〇メートルを超える三〇ほどの山がつらなる「パミールの結び目《ノット》」とよばれる山岳地域を越えた。年に七ミリずつ隆起している、世界でも成長の速さで知られる山、ナンガ・パルバットもここにある。(5)

これらの山脈はインド亜大陸がユーラシア大陸と衝突したおよそ五〇〇〇万年前に形成されたもので、巨大な山脈群がらせんを描くような形で時計まわりに、カラコルム、ヒンドゥークシュ、パミール、崑崙、ヒマラヤ山脈の順につらなっている。

スタインはイギリスがそのわずか一〇年前に開拓したギルギットの町を通る新しいルートを使った。トラグバル峠（三六四二メートル）とバージル峠（四一六一メートル）を越えるタイミングは、雪が解けたあとの夏に合わせた。ふたつの峠を越えてからはインダス川沿いに進み、チラスをすぎると、目の前にナンガ・パルバットの頂がそびえていた。インダス川はギルギット川に流れこみ、そのギルギット川はさらにフンザ渓谷に流れついている。

楽な道のりではなかった。スタインの一行は凍結した川から何百メートルもの高さに岸壁が切り立つ渓谷沿いに、危険な小道を歩きつづけなければならなかった。木の枝と石で作ったラフィクとよばれる人工の補助具を使い、それを断崖の岩の割れ目につき刺すようにして少しずつ進む。スタインは荷物を運ぶための人夫を雇っていた。動物ではこの危険な道を通り抜けられなかったからだ。ミンタカ峠（四六二九メートル）を越えて中国に入ると一行は北のカシュガルに向かい、そこからホータンへ、さらにニヤへと進んだ。

ギルギット道の一部では、古代の旅人が岩壁に残した絵や文字をいまも見ることができる。旅人が途中で数か月足止めをくらうこともめずらしくなかった。スタインがそうだったように、夏になって雪が解けるのを待たなければならず、砂漠を横切るルートは涼しい冬にしか通れなかったからだ。こうした足止め期間に、彼らはとがった道具や石を使って金属をふくんだ岩の表面を削り、短いメッセージや簡単なスケッチを直接きざみこんだ。[6]

スタインは旅のルート上で、絵や文字が彫られた岩があることに気づいていたものの、多くの人がそれを直接目にできるようになるのは、一九七九年に中国とパキスタンを結ぶカラコルム・ハイウェイが完成してからのことだ。それ以来、研究者チームがこのルート上にある五〇〇〇を超える文字や絵の写真を撮り、書き写してきた。[7]

カラコルム峠に最初に見つかった判別可能な岩絵は紀元一世紀から三世紀にかけてのもので、ストゥーパとよばれる円形の埋葬塚と、それに登るためのはしごが描かれている。紀元前四〇〇年ごろとされる仏陀の死後、信奉者は彼の遺体が納められた埋葬塚のまわりを時計まわりに歩いた。これらの埋葬塚は時代とともに形を変え、より高く、柱に近い形になり、最後には中国や日本にみられるパゴダ（仏塔）の形になった。初期の仏教芸術は仏陀その人を描くことはなかったが、七～八世紀になると仏陀の前世や、ほかの仏や菩薩が登場するさまざまな場面が描かれた。菩薩は、涅槃にいたろうとする瞬間にそこから引き返し、まだ地上にいる衆生が仏の道を達成するのを手助けする存在と信じられていた。イランの預言者ツァラトゥストラの教えに従うゾロアスター教徒も、火の祭壇を描いた岩絵を残し

モンゴル
ウルムチ
トルファン
焉耆（アグニ、
カラシャール）
ゴビ砂漠
チャ
コルラ
新疆
ロプ・ノール
塩原
万里の長城
玉門県
楼蘭
（クロライナ）
安西
マカン砂漠
敦煌
玉門
蘇州（酒泉）
インパン
孔雀河
甘州
盆地
ミーラン
アルティン山脈
チャルマダナ
（チェモー、チャルチャン）
黄河
サチャ
（エンデレ、アンディルランガル、
アリディルランガン）
揚子江
中国
チベット
クロライナ王国（鄯善）
３世紀のクロライナ王国のおおよその領土
ブラマプトラ川
----- 使節が使ったルート

0 100 200 300 マイル
0 100 200 300 キロ
シル・ダリヤ
バルハシ湖
カザフスタン
キジルクム砂漠
ウズベキスタン
イシク・クル
天山山脈
ザラフシャン川
キルギスタン
ムグ山
フェルガーナ渓谷
サマルカンド
アム・ダリヤ
ソグディアナ
パンジケント
カシュガル
タジキスタン
ヤルカンド川
メルケト
クシャン朝
ヤルカンド
パミール高原
カルギリク
アフガニスタン
タシュクルガン
ホータン川
ミンタカ峠
ヒンドゥークシュ山脈
ギルギット
崑崙山脈
バーミヤン
現在の
カラコルム・
ハイウェイ
シャティアル
ナンガ・
パルバット
カラコルム山脈
ガンダーラ
トラグバル峠
カブール
バージル峠
ペシャワール
イスラマバード
スリナガル
カシミール
タキシラ
ヒマラヤ山脈
パキスタン
ガンジス川
インダス川
インド
ネパー

カラコルム・ハイウェイ沿いに残る仏教徒の落書き
巨岩で埋めつくされた広大な土地に残された石絵。パキスタンのギルギット・バルティスタン州、インダス川上流北岸の町ホドゥルの近くにある。描かれているのはストゥーパとよばれる仏教徒の埋葬塚で、両脇を２体の仏が守っている。カラコルム・ハイウェイに残された後期の石絵のひとつで、６世紀から８世紀のもの。右側には中国と現在のパキスタンのあいだを行き来した旅人たちが残した落書きも見える。ハイデルベルク科学アカデミー・ロックアート・アーカイブ提供。

ている。

初期の旅人たちは二種類のインド系の文字でメッセージや落書きを残した。ニヤ遺跡で発掘された文書に使われていたカロシュティー文字のものが一〇〇〇点、そしてブラーフミー文字で書かれたものが四〇〇〇点ほど見つかっている。ブラーフミー文字は紀元四〇〇年ごろに中央アジア全域でカロシュティー文字にとって代わった。カロシュティー文字の使用は、旅人の多くがガンダーラ地方の出身だったことをさしめす(8)。マケドニアのアレクサンドロス大王がガンダーラ地方を征服した紀元前四世紀以降、この地域にはギリシア、インド、東アジアにルーツをもつさまざまな国の人々が集まってきた。最近の一連の調査で発掘された文書には、アフガニスタンのガンダーラ語をカロシュティー文字で書き表したものがあり、仏教のダルマグプタカ（梵）派が紀元一世紀前半にこの地域で活動していたことがわかった(9)。

カラコルム峠の石刻の数は数千に上るが、その多くはうんざりするほど型にはまったものだ。大多数は単純に「aの息子bが到着した」とか、仏教徒なら「b、aの息子、が参詣する」とだけ書いている(10)。書き手の何人かはそのときに君臨していた王の名を記しているが、まったく名前の知られていない地方の王ばかりだ。その結果、研究者が石刻の年代を決定するには、特定の文字の形を分析するしかなかった。そのため推定は大ざっぱなものにならざるをえず、一世紀から八世紀と幅広い(11)。

ほかにも、チラスから五〇キロほど下流のシャティアル遺跡では、五五〇の石刻にソグド文字が使われていた。これはサマルカンドの人々が使っていた言語である。石刻のひとつにはこう書かれていた。「わたし、ナリサフの息子、ナナイ・ヴァンダクは、一〇日の日にここに到着し、聖地K'rtの霊に祈り…できるだけ早くタシュクルガンに到着し、元気な兄の姿を見て安心できるように願った(12)」。この文章は、ギルギットを通るルートで、旅人が目的地、つまりタシュクルガンについて言及している数少ない例のひとつだ。タシュクルガンはカシュガルのすぐ西にある山中の要塞で、旅人はここから新疆に入った。また、別のイラン系言語、中国語、チベット語で書かれた石刻もいくつかある。もっとも新しい時代のものにヘブライ語で書かれたものがあり、ふたりの男性の名前がきざまれている。ユダヤ人商人もカラコルム・ハイウェイを利用していた証拠となるものだ(13)。

スタインは二〜三世紀にインドからクロライナにやってきた移民たちも、自分と同じようにインダス川、ギルギット川、フンザ川に沿って進み、山岳地帯を越えるルートを使ったはずだと確信していた。フンザ川の最後までくると、新疆へのルートはいくつかの選択肢がある(14)。石刻の専門家であるジェイソン・ニーリスは、これらのルートを「毛細血管」とよび、山岳地帯から新疆までの道のりが、動脈と静脈にたとえられる主要路とそこから毛細血管のように延びる多くの脇道の複雑なネットワークになっていることを表現した。一九世紀末から二〇世紀初めにかけての旅行者は、スタインがそうしたようにミンタカ峠から中国に入るのが一般的だったが、現在はカラコルム・ハイウェイでもう少し南東のクンジェラブ峠から中国に入る。

現存する石刻は、なぜ移民たちがガンダーラを離れたのかは明かしてくれない。当時、クシャン朝は衰退期に入っていた。紀元四〇～二六〇年にインド北部の大部分（現在のパキスタンとアフガニスタンをふくむ）を支配したクシャン朝は、二世紀前半の偉大なカニシカ王（一二〇～一四六年ごろ）の治世に最盛期を迎えた。[15] 五世紀なかばに書かれた正史『後漢書』は、クシャン朝が新疆に何度か軍隊を送ったと記している。[16] それによれば、紀元九〇年、クシャン朝の王は西域に七万の兵士を派遣した。この大人数は額面どおりに受けとるわけにはいかないが、クシャン朝が新疆の西部に軍を送るだけの勢力を誇っていたことはまちがいない。

中国の歴史書ではインドからの移民についてはほとんどふれていないが、インド人の家系に生まれた支謙《しけん》という仏教指導者の伝記にこう説明されている。「彼は大月氏（クシャン朝）からやってきた。祖父のファドゥに率いられた同胞数百人が霊帝（一六八～一八九年ごろ）の治世に中国へ移住し、ファドゥは政府の職をあたえられた[17]」。

ガンダーラ語を話すニヤの住民がパキスタンとアフガニスタンからやってきたというこの結論は、中国の公式の歴史記述をはっきり否定する。中国の正史によれば、クシャン人（中国語では月氏）はもともと敦煌近くの甘粛に住んでいたが、紀元前一七五年ごろに匈奴の隆盛によって中国の故郷をすてざるをえなくなり西に移動した。また、大月氏は、紀元二二三年ごろに建設されたクシャン朝を構成した五つの遊牧民族集団のひとつとされている。[18] 月氏が甘粛省から移住したという中国王朝史の説明を疑う理由はいくつかある。何世代もあとになってから歴史書を発行する編纂者たちは、非中国人にかんしては一般通念や伝説にしたがって書いていた。外国人の故郷はほとんどいつも中国内の土地とされている。匈奴や日本人もそうだし、とくにありえないと思えるのは、当時の中国から見て世界の西の果てに存在した神秘の帝国大秦についても同様の扱いをしている。最後にもうひとつ、なにより説得力ある理由をあげるなら、中国からの移住を示す考古学的証拠はいっさい見つかっていない。[19]

いちばん真実味のある説明はもっとも簡単なものだ。複数の遊牧民集団が紀元前三～二世紀にこの広大な領土を横切って移動した。ただし、それから三世紀あとにこうした移住について書いた中国人の観察が正確だとは思えない。中国人は月氏の故郷を中国だとしたが、わたしたちにはっきりわかるのは、月氏が紀元前一三八年にバクトリア（アフガニスタン北部中央部のヒンドゥークシュ山脈とオクサス川にはさまれた土地で、バルフに都があった）に存在したということだけだ。張騫がそこで実際に彼らと出会っているからである。それより早い時期に彼らがどこから移動してきたかについては、どの説も推測の域を出ない。

古代の移民たちと同じ山脈越えの過酷なルートを選んだスタインは、ついに新疆に入り、点々とつらなるオアシスの町を訪ねた。ヤルカンド、ホータン、ケリヤ、ニヤなど、タクラマカン砂漠の南端に沿ってネックレスのビーズのようにつらなる町々だ。ほとんどは一日で行けるほどの間隔だった。旅行者は行程が長くなれば、それだけ多くの水や食料を用意しなければならない。スタインはケリヤで出会った、アブドゥッラーという名の「尊敬すべき年老いた」農夫から、砂漠のなかで廃墟を見たという話を聞いた。ニヤ遺跡は現在のニヤの町——いまは民豊《ミンフォン》とよばれ、ホータン・ミンフォン・ハイウェイ沿いに町が延びている——の一二〇キロ北にある。スタインがミンフォンに着くと、ラクダの御者が、イブラヒムという「商売っ気のある若い村人」がやってきて、彼にカロシュティー文字が書かれた木簡を売ろうとした、と報告した。この章の冒頭ページの写真がその木簡である。

スタインはすぐにイブラヒムを調査隊の案内人として雇い、ニヤ川沿いを北に進み、人が住む最後の村までたどり着いた。そこでは、イスラム教の導師イマム・ジャファル・サディクに捧げられた祭壇がまだ利用されていた。川はそこで終わっている。スタインの一行が干上がった川床をさらに北へ三九キロ進むと、ニヤの古代遺跡が現れ、砂のなかに多くの木造家屋の廃墟と煉瓦造りの仏塔《ストゥーパ》が見つかった（カラー図版6）。

スタインはこの遺跡の第一印象について、彼らしく詳細に記録している。

古代の果樹のしなびた幹が砂からつき出していた。そこから北へ三キロたらずのところに最初の「古い家」が二軒見えた。はじめは小さな台地の上に立っているように見えたが、近づいてみると、周辺の土地が侵食されるなか、そこだけ黄土の一部が残ったものだとわかった…

さらに三キロほど北へ進み、延々とうねりの続く砂丘を越えると、日干し煉瓦でできた廃墟にたどり着いた。アブドゥッラーがケリヤで話していたものだ…思ったとおり、これは小さな仏塔の跡であることがわかった。大部分は円錐状に高く積もった砂丘の斜面の下に埋もれている…

古代の暮らしを見守っていたであろうこれらの静かな遺物のそばで最初の夜をすごしながら、わたしの頭を占めていたのは木簡のことだった。イブラヒムが一年前に「探検した」ときに残していったという木簡のどれほど多くが、いまもそこで見つけられるのを待っているのだろう。

文明の交差を裏づける直接の証拠に魅せられたスタインは、ニヤ遺跡を四回訪れている。一九〇一年に一五日間、一九〇六年に一一日、一九一六年に五日、一九三一年に一週間だ。訪れるたびに、新しい家屋、仏教関連の遺物、木簡が見つかった。

四回目の探検は、それまでの三回ほど順調には進まなかった。[20] 一九三〇年代に入って中国政府が、外国人による発掘調査は中国人協力者との共同調査にかぎって遺物の国外へのもち出しを認める、という法律を通過させていたからだ。イギリス政府の後押しを得て探検調査を行なっていたスタインは、新疆での遺跡発掘の許可を得ているものと思っていたが、カシュガルに着いてみると、発掘現場から彼が何ももち出さないように地元当局が警備員を送りこんでいた。ニヤ遺跡では、スタインが遺跡をうろついて警備員の注意を自分のほうに引きよせているあいだに、助手のアブドゥル・ガファルがこっそり文書を探した。カシュガルに戻ったときには、なんとか一五九袋分の遺物を集めることができていた。

しかし結局、スタインの発掘調査は失敗した。中国当局が彼に国外への遺物のもち出しを認めなかったからだ。遺物はそれ以来紛失したままになった。その発掘調査でもち帰れたものは、スタインの綿密な記録と写真だけだった。スタインは絶望的な気持ちで、カシュガルから友人のパーシー・スタフォード・アレンに手紙を書き送っている。「わたしはあのお気に入りの古代遺跡、ほかのどの場所より失われた過去とふれあいながらすごせる場所に最後の別れを告げた[21]」

スタインははじめてこの遺跡にたどり着く以前から、その古代の中国名を特定しておく必要に気づいていた。そうすることではじめて、中国の正史に記された膨大な地理情報を活用することができる。『漢書』とその続編である『後漢書』は、西域に存在したすべての王国について簡単にまとめている。首都からの距離、人口（世帯数、個人の数、「武器をとれる」者の数）、そして歴史についても概観している。漢王朝が西域の管理のために紀元前六〇年ごろに設置した西域都護府が、紀元一六年に廃止されるまで、中央政府の正史編纂部門にこうした情報を提供した[22]。

その一世紀後に、歴史を管轄する部署の官吏が西域のさまざまなオアシス国家を説明するのにこの情報を参考にした[23]。それによると、鄯善国（クロライナの中国名）は漢の首都長安から六一〇〇里（約二五〇〇キロ）の距離にあった[24]（楼蘭から長安までの実際の距離は一七九三キロ）。中国の正史に記載されている距離は、おそらく動物が一日に移動できるおおよその距離を計算し、目的地に着くまでの日数をそれに掛けて割り出したものだろう。そのため正確な距離ではないが、オアシスの王国の位置関係を把握するためには役立つ。

一九〇一年、スタインは「鄯善王の布告」を意味する四つの文字（詔鄯善王）がきざまれた木製の印章を見つけた。これは漢王朝、またはのちの朝廷が、外交関係を維持する地方の統治者にあたえたものだ[25]。スタインは、鄯善国の都とするにはニヤは小さすぎると考えた。ニヤで発掘した家屋は五〇ほどだけだったからだ（スタインのナンバリング方式に従えば、「N.xiv.ii.1」はニヤ（N）で見つかった一四番目の家屋の部屋番号一で最初に見つかった遺物または文書を表す）。その後、考古学者はこの遺跡で一〇〇以上の構造物を発掘してきたが、一万四一〇〇人の住民が一五七〇の家屋に住んでいたという中国正史の記述にあてはめるには少なすぎる。一九二一年に刊行された『セリンディア Serindia』で、スタインはニヤの古代遺跡を精絶《せいぜつ》国の中心だった町としている。正史では四八〇の家屋に三三六〇人が暮らしていたとされている国だ[26]。この数字でさえ、ニヤの遺跡には大きすぎる。もっと多くの家がまだ砂の下に埋まっていると主張する研究者もいるが、遠く離れた西域の国にかんする漢王朝の人口調査が不正確だった可能性もある。

多くの研究者はニヤを精絶とするスタインの主張を受け入れているが、楼蘭が鄯善国の都だったという彼の見解についてはまだ議論が続いている。ニヤと同じように、楼蘭の遺跡には煉瓦造りの仏塔ひとつ、木造家屋の跡、ガンダーラ方式の木彫が少しだけしか見つかってない。楼蘭は「クロライナ」を漢語で音訳したもので、カロシュティー文書では王国とその首都の名の両方に使われている[27]。

『漢書』によれば、漢王朝は紀元前一〇八年から楼蘭という小さな王国の、やはり楼蘭とよばれた都に軍を派遣してしばしば攻撃したが、この町を征服するにはいたらなかった。数十年のあいだ、楼蘭の王は漢王朝と現在のモンゴルを拠点とする匈奴という、対立するふたつの勢力の両方と友好的な関係を保とうと試み、双方に人質として王子を差し出していた。

その戦略は紀元前七七年に頓挫する。きっかけは、楼蘭王の弟が漢の役人に、自分たちの王は匈奴に肩入れしていると告げたことだった。漢はさっそく刺客を送りこむ。最初のうち、この刺客は友好的なふりをよそおって王を安心させ、そのあとで自分のテントに招いて殺害した。それに続いて漢の軍隊が楼蘭に侵攻し、この王国の名を鄯善にあらためた。漢はエンデレ（現在のチャルクリク）を鄯善の新しい都に定め、楼蘭には西域での漢王朝の活動すべてを監督する役人を駐在させた[28]。

中国の歴史書は、楼蘭が紀元前七七年から五世紀以上にわたって占領されていたと伝えるが、それほど長期にわたる占領をさししめす証拠はほとんど見つかっていない。中国による支配のもっとも直接的な証拠となるのは新しく鋳造された貨幣で、おそらくは楼蘭の近くに置かれた駐屯地から送られてきたと思われる。スタインは四角い穴の開いた円形の銅貨を二一一枚見つけている。銅貨は長さ二七メートル、幅一メートルほどの範囲に均一にちらばっていた。[29]あきらかに新しく鋳造されたとわかるこの銅貨は、「五銖銭《ごしゅせん》」とよばれる種類のもので（「銖」は重さの単位）、紀元前八六年から紀元前一年の年号が入っていた。[30]スタインは次のように説明している。

これらの貨幣がすべて、古代の道があったとわたしが考えるルート上を移動していたキャラバンの落とし物だったことは明らかだ。袋か容器を結んでいたひもがゆるんで開き、徐々にこぼれ落ちていたことに気づかなかったのだろう。容器を運んでいたラクダか荷車がゆれるたびに落ちたと考えれば、前述したような間隔で貨幣がちらばっていたこともうまく説明がつく。[31]

最後の銅貨から約四五メートル離れたところに、スタインの助手のひとりが未使用の矢じりの山を見つけた。これもまちがいなく、銅貨といっしょに運ばれていた軍の供給品の一部だったはずだ。銅貨と矢じりがいっしょに見つかったことは、漢王朝時代の中国の一部の地域では、新しく鋳造された貨幣のおもな使い道が兵士への給料の支払いだったことを示している。[32]

ニヤ遺跡からは、おそらくこの初期の時代のものと思われる漢文文書も少数見つかっている。そのことから、漢時代のこの地域には軍隊以外の中国人も存在したと思われる。家屋一四号には一七メートル×一二・五メートルの大広間とふたつの部屋があった。[33]

広間のなかで、スタインの人夫たちがごみの山を掘り返し、両面に漢字が書かれた一一の木簡を発見した。そのうち八点は判読可能だった。それぞれに送り主の名前と、受け手である王、その母と妻、王家の後継者、あるいは廷臣の名前が記録してある。[34]たとえば、一枚の表側には、「大臣のChengdeが頭を低く垂れ、うやうやしく玉《ぎょく》を献上する。彼はふたたび頭を下げて許可を求める」と書かれ、裏側には受け取り手として、この場合には「偉大なる王」と記してある。[35] この内容から、紀元一世紀初めに精絶国の宮廷を訪問したか、そこに暮らしていた中国人顧問が、王に対してこれらの言葉を贈り物にくわえるように助言したものとわかる。家屋一四号の部屋で見つかった三本の木簡は、前漢と後漢のあいだに一四年だけ続いた新王朝の皇帝、王莽《おうもう》（在位九～二三年）のものとわかる特徴的な言葉を使っている。[36] 家屋一四号のごみすて場から見つかった別の漢文文書のいくつかには、外交使節についての言及がある。「フェルガーナ（大宛）王の使者の椅子。彼の下には左側に大月氏の使者」。[37] これらの文書はすべて、西暦がはじまる前後の時代に、中国がニヤになんらかの種類の前線基地をもっていたことをさししめす。

中国の法律によれば、旅行者は中国内の新しい町に到着するたびに、通行許可証の「過所」を地元の役人に提出しなければならなかった。役人はその旅人がまちがいなく通行証に記載されている名前の人物であることを確認する。ニヤ遺跡で発掘された三世紀の通行証には、旅行者が自由な身分の者かどうか、体型の特徴、目的地が明記されていた。たとえば、一枚の通行証はその三〇歳の旅行者を、「中肉中背、黒髪、目が大きく、口ひげとあごひげを生やしている」と表現している。通行証には旅の行程も書きこまれ、旅人はそのあらかじめ決められたルートを守らなければならなかった。二枚の木簡は、旅行者が通行証を紛失した場合にどう対処すべきかについて、役人に指示をあたえる内容だが、実際にその問題が起こったときに役人がどうしたかはわからない。関所の役人は単純に新しい通行証を発行したのだろうか？　それとも通行証をなくした商人を罰したのだろうか？　どちらにしても、ニヤの中国人官吏は通行証にかんする規則があることをまちがいなく知っていた。[38]

この時代のこの地域における中国の勢力の分析は、現在の政治にも直接の意味あいをもつ。中国政府が正当性を主張する新疆地方の政治支配は、一部には漢王朝の先例に従っているからだ。しかし、もし現存する文書がさししめすように、当時の地方の王国が大部分において独立し、ただ中国軍の駐屯を受け入れ、ときおり顧問や使節の訪問を受けていただけだとすれば、中国政府のその主張の根拠はかなり弱くなる。

西暦がはじまる前後の中国の勢力拡大について何を教えてくれるにせよ、ニヤの家屋一四号で見つかった木簡は、この場所に住んでいた人々の生活についてはほとんど語っていない。幸いにも、これらの初期の漢文文書を補ってくれるほかの遺物がある。古代のニヤの住民は、木の梁を何本かつなぎあわせて家の基礎を造り、床の梁に垂直の柱をはめこんで壁を築いていた。その後、壁のすきまに草や敷物をつめ、風雨から守った。屋根も梁を組みあわせて造ったものだった。家屋は一部屋の小さなものから、複数の部屋がある壁幅五メートルを越えるものまでさまざまだ。スタインとヘディンはニヤと楼蘭で、いくつか精巧な彫刻を見つけている。そのデザインはガンダーラ地方にみられる木彫と一致するため、職工たちが現在のパキスタンとアフガニスタン周辺から新疆に移り住んできた証拠となる。

ニヤ遺跡の家屋 26 号

1906 年にニヤで家屋 26 号の発掘を終えたスタインは、写真に撮るため、広間の天井を支えていた腕木を柱の上に置くように指示した。ガンダーラ地方によくみられる彫刻の入った腕木は、中央に果物と花の入ったつぼを配置し、その横には、竜の頭と馬の体をもち、羽のある神秘的な動物が描かれている。長さ 2.74 メートル、幅 46 センチあるこの腕木は、そのまま運ぶには大きすぎる。スタインの助手たちはこれをロンドンに送れるように、のこぎりで切って短くし、なかをくり抜いた。大英図書館提供。

極端に乾燥した気候のおかげで、ニヤと楼蘭の遺跡には古代の住民の死体一〇〇体ほどがミイラになってそのまま保存されていた。楼蘭では、スタインが「金髪」や「赤い口ひげ」のミイラを発見した。スタインもヘディンも、これらのミイラが中国人にもインド人にも見えないことに気がついた。のちにこの地域で発掘調査を行なった研究者はみな、死体の保存状態のよさに驚かされてきた。白い肌で金髪、身長が一八〇センチ近くあるとなれば、まちがいなくコーカソイド（白色人種）だ。クロライナ王国の住民は、中央アジアに住むほかの人々と同じように、もともとはイラン草原のどこかからやってきた可能性が高い(39)。

ニヤと楼蘭の墓地は、そこに葬られた人々について多くを教えてくれる。彼らはもっとも大事にしているものを死後の世界にもっていったからだ。一九五九年、新疆博物館の考古学者一〇人からなるチームがラクダの隊列を組んで砂漠地帯に入り（砂漠用の車両をもちあわせていなかった）、七日間歩いてたどり着いた遺跡で墓地を発見した。そのなかにあった長さ二メートルで四本の木製の脚がついた大きな棺は、二世紀から四世紀のものと判断された(40)。棺には男女の死体と、彼らの持ち物を入れたふたつの木製の容器が入っていた。男性用のものは弓と、四本の矢が入った弓矢入れ、女性用のものは化粧箱、櫛、女性のみだしなみに関係した品だ。ふたりの衣服の肌にふれていた部分は朽ち果ててしまっていたが、なんとか十種類以上の繊維、木綿や絹のきれ端が回収できた。木綿と絹の存在は、ニヤの場所が中国と西洋を結ぶ陸路の中間地点にあった証拠となる。

カイコの育て方や絹の紡ぎ方についての知識は中国中央部から西に伝えられ、木綿は西アジアから東のニヤに伝わった。この木綿や、ほかの場所で見つかった絞り染めの木綿は、中国でこれまでに発掘されたもっとも古い綿織物である(41)。中国の百科事典は、三三一年にフェルガーナ（ウズベキスタン西部）の王が、木綿の生地とガラスを北の中国の支配者に贈ったとしており、西から木綿が伝えられたことを確認している(42)。

ニヤ遺跡からは繭と、クワの木の種子も見つかっている。クワの葉はカイコが主として餌にしているものだ。住民は絹糸の紡ぎ方も簡単な平織り（一本の糸を上に、一本を下に編んでいくもので、バスケット織りともよばれる）の

ニヤ出土の綿織物
墓所から見つかった特徴的なプリントがほどこされた綿織物。四角く区切られたいくつかの部分に市松模様、中国の龍、ヤギの角をもつ女神、動物の尾と２本の足が描かれている。その上の部分は残っていない。龍のモチーフはあきらかに中国のものだが、女神はアフガニスタン美術にひんぱんに現れるギリシアの町の守り神テュケ。テュケはヘラクレスといっしょに描かれることが多いので、動物の足と尾はヘラクレスが倒した獅子のものである可能性が高い。

方法も知っていたが、棺のなかに見つかった複雑な文様の絹織物（ブロケード）を作るために必要な洗練された織り機はもっていなかった。一九五九年の発掘物には男性用の手袋と靴下、夫婦用の枕もあり、すべて同じ生地から作ったもので、長寿と子孫繁栄を願う七文字の漢字が織りこまれていた。このふたつ――長寿と多くの男子の子孫に恵まれること――は、中国では古くから人々のもつ願いだった。パルミラで見つかったブロケードとよく似ているこれらの絹織物は、いっしょに見つかった鏡と同様にあきらかに中国製のものだ。銅鏡の縁に沿ってきざまれている四つの文字は、死んだこの墓の持ち主に「高位の官吏になるべきだ」とうながしている[43]。死んだ男女が漢字を読めたのかどうかはわからないが、文字が織りこまれた生地と鏡を棺に納めたのは、それらが貴重な品だったからだろう。

一九九五年にニヤ遺跡に入った調査隊がさらに八つの墓を発掘した。そのうち三つには長方形の棺、五つには舟形の棺が納められていた。ポプラ

ニヤ出土の中国の絹織物
芸術的に生地に織りこまれた漢字は「王侯合昏千秋萬歳宜子孫」。「王と諸侯は数千の秋と数万の年月をともにすごし、子孫に恵まれる」を意味する。これは、ニヤの古墳で見つかった17枚の織物のひとつで、シルクロード沿いで発見されたもっとも重要な遺物に数えられる。王炳華氏提供。

の木から作ったもので、火をつけたあとでくり抜かれている。もっとも大きい墓（M３）の棺には、男女の死体が納められ、非常によい保存状態だった（カラー図版７）。一九五九年発見のものと同じように、男女の役割の違いは明らかだ。男性は弓、矢、短剣、ナイフの鞘などの副葬品とともに埋められ、妻のほうは化粧箱、中国製の青銅の鏡、櫛、針、小さな反物といっしょに埋められていた。男性には耳から首までナイフの傷跡があり、その傷が死因になったとわかる。妻の体には傷がなく、夫といっしょに埋めるために窒息死させられた可能性が高い。

夫婦は青い絹地に赤、白、茶で踊り子の文様が入った一枚のブロケードにおおわれて横たわり、夫婦とも衣服一式をきちんと身に着けていた。

それよりわずかに新しい墓（M８）にも死んだ夫婦が納められ、漢字の入った織物と、「王」の文字が書かれた簡素な粘土の舟がいっしょに入っていた。[44] M３とM８の墓に見つかった織物に「王」と「侯」の文字が使われていたことは、これらが中国の朝廷から地方の王への贈り物だったことを意味する。『後漢書』の記述によれば、紀元四八年以降のどこかの時点で、鄯善国は精絶国を「統合」した[45]。精絶国の都だったニヤもまた、もっと大きな鄯善国の一部になった。

インパン（楼蘭の南西）の遺跡で見つかった同時代の墓は、ニヤの墓とは非常に対照的で、死体は綿や絹ではなく毛織物をまとって埋められていた[46]。男性の赤い長衣には二本の向かいあうザクロの木、動物、人間からなる複雑な模様が織りこまれていた。天使のように見える裸の人物が、もうひとりと対決する姿勢で刀と投げ縄をふりかざしている。二枚を織りあわせてあるこの毛織物は、この地方の職人が作ったにしては複雑すぎる。おそらく遠く西のバクトリアで作られたものだろう。そこでは地元の職人がギリシア・ローマ風のモチーフを使っていた。紀元前四世紀にマケドニアのアレクサンドロス大王の軍隊が最初にこの地域に伝えたモチーフに修正をくわえたものだ[47]。考古学者たちはこの美しく着飾ったミイラの身元についてあれこれ推測してきた。新疆文物考古研究所の王炳華元所長は、この男性はまた別の小さなオアシス国家――正史で言及されている「山国」――の支配者だったかもしれないと考えている。この王国は南東で鄯善国と接していた[48]。

ニヤのＭ３墓やインパンの墓の死体が実際に地方の王だったかどうかは別として（現在もその可能性が高いと考えられている）、彼らはまちがいなくこの地方の入植地で暮らすもっとも裕福な人たちだった。彼らの墓は当時の地元

インパンの埋葬
彩色した木製の棺に納められた死者は、白いマスクを着けている。何枚もの麻を糊づけしたもので、額の部分には長方形の金箔がのせられている。この男性は二そろえの小さな衣服といっしょに埋葬された（来世で着るためか）。ひとつは左腕に、もうひとつは胃の上あたりに置いてある。1995 年に M15 墓から出土したもの。王炳華氏提供。

経済のようすを鮮やかに浮かび上がらせる。この地域の住民は、死者といっしょにキビ、大麦、小麦などの穀物や、ブドウ、梨、桃、ザクロ、ナツメヤシのような果樹園で育つ果物を埋めた。また、子羊の脚一本を来世での饗宴のメインディッシュにふさわしい最大のごちそうとみなし、輸入した繊維で作った衣服が来世で着るにもっともふさわしいものと考えた。

分析者のほとんどは、ニヤ、インパン、楼蘭で発掘された遺物が二世紀から四世紀のものであることには同意しているが、正確な年代についてはわかっていない。対照的に、楼蘭で発見された文書のほうは年代がはっきりしている。漢字とカロシュティー文字で書かれた文書が、三世紀後半から四世紀初めにかけて中国の軍隊が楼蘭に駐屯していたことを明らかにしてくれる。

楼蘭出土の漢文文書の大部分は二六三年から二七二年のもので、三三〇年のものとわかる文書もいくつか見つかっている。[49] これは鄯善国がニヤから楼蘭にいたる地域を支配していた時代と、漢王朝を引き継いだ華北の王朝、とくに魏（二二〇～二六五年）と西晋（二六五～三一六年）が楼蘭に軍を駐屯させていた時代にあたる。楼蘭からは五〇点ほどのカロシュティー文書が見つかっているが、漢文文書は七〇〇を超え、木片か小さな紙きれに短い文章が書かれていた（通常は長くても一〇文字を越えない）。[50] 中国人はしばしば個人的な取引の内容を紙に記録した。これに対して、駐屯地の役人は記録用に木簡を使うことが多かった。このことから、政府の役人より民間人のほうが早く紙を使うようになったと考えられる。[51]

それ以前の漢王朝と同じように、楼蘭の駐屯地は中国の屯田政策に組みこまれ、そこで暮らす兵士は軍への奉仕にそなえて待機しているあいだ、自分たちで食物を育てる必要があった。中国政府に雇われた兵士たちは牛や馬などの役畜を使って土地を耕し、小麦、大麦、キビなどを育てた。彼らはかならずしも中国人とはかぎらない。中国軍は地元住民からも徴兵したからだ。農夫兼兵士たちは、畑に水を送るための灌漑設備など、農業技術も駐屯地に紹介した。彼らは牛に鋤を引かせて耕作する方法を実験し、新しい種類の鉄製の鋤と鎌を使った。これが、この地域に導入された最初の金属製の道具になった[52]。

中国政府の規定では、兵士ひとりにつき一日に一斗二升（約二・四リットル）〔訳注／一〇升で一斗。当時の升は約二〇〇ミリリットル〕の穀物が支給されるはずだった。しかし、地元の役人はいつも規定どおりの量を支給できたわけではなく、配給量はときには半分に減らされることもあった[53]。現存する文書によれば、農夫兼兵士が栽培する穀物が不足すると、中国の役人はそれを補うために貨幣や染色した絹を使って地元住民から穀物を購入した。楼蘭の駐屯地は東の甘粛にある敦煌や武威などの軍事拠点から、貨幣と絹の両方を資金として受けとっていた。絹はさまざまな色に染められ、長いものと短いものの二種類があった。一九〇一年にオーレル・スタインが楼蘭で平織りの絹一疋を発見している（カラー図版５Ａ）。それが、この時代に貨幣として使われた絹織物の唯一現存する例である[54]。

多くの史料が三種類の通貨――貨幣、染色された絹織物、穀物――の交換レートを記している。役人は配下の人員のための穀物や馬を買うために絹織物を使い、兵士も靴や衣服を買うために絹や穀物と交換した。使う通貨によって、価格を変換するのが一般的だった[55]。

楼蘭の文書にはもっと大きな取引について言及したものも少数ながらある。三三〇年の日付が入った木簡には、ソグド人（サマルカンド地方出身の商人たち）が当局に、一万ピクル（担）（一ピクルは約二〇リットル）のなにか（この部分の文字が欠けているが穀物である可能性が高い）と二百枚の貨幣（銭）を納めたと書いてある[56]。木簡の裏には役人二人の印が押してあるが、この文書はなぜソグド人商人がこの支払いをしたのかは説明していない。税金の支払いか、あるいは駐屯軍に食料を提供する一連の取引のひとつだったのだろう。別の文書の断片には、染色した絹四三二六疋に対して動物三一九頭という大がかりな支払いが記録してある[57]。これも、ソグド人商人から中国当局への支払いのように思われる。そして、スタインが発見したふたつのソグド語文書の断片から、この当時、ソグド人が楼蘭で積極的に活動していたことがわかった[58]。のちの世紀には、ソグド人は中国軍への物資の供給に重要な役割を果たすようになる。彼らが四世紀初めの楼蘭ですでにその活動をはじめていた可能性は十分にある。

スタインとヘディンが楼蘭で発見した漢文文書は、特定の数か所から出土したものだ[59]。それでも、この発見から受ける印象は、楼蘭での取引は駐屯地全体または個々の兵士たちがかかわるものが圧倒的に多く、穀物、絹、貨幣を使って、穀物、馬、衣服、靴などを地元住民から購入していたというものだ。つまり、地元は自給自足経済だったが、ときおり中国軍の駐屯地に地元産の日用品を供給していた。大阪教育大学の伊藤敏雄教授は徹底した調査のあとで、これらの文書には利益目的の商業活動にかんする言及は見つからない、と結論した[60]。商人の存在にかんして得られる唯一の証拠は――それもかなり断片的なものでしかないが――、ソグド人商人が軍当局のために働いていたというものだ。

ニヤと楼蘭で見つかったカロシュティー文書は、漢文文書より内容が豊かで、当時の社会をもっと幅広く伝える。社会の底辺の農民から王その人まで、人々がごく日常的なものをふくめ、さまざまな活動に参加しているようすが記録されている。したがって、これらの文書は漢文文書ではわからない、シルクロードのオアシスに暮らす人々の生活をかいま見せてくれる。

カロシュティー文書のいくつかは、その当時の王の名、統治の年、ときには前任者や後継者の名前を記している。一九二〇年、エドワード・ラプソンと彼の協力者たちがそうした手がかりを使い、合わせて約九〇年にわたって君臨した歴代五人の王の一覧を作成した。しかし、これらの地方の王が正確にいつ支配していたのかはだれにもわからない。一九四〇年にトマス・バローがカロシュティー文書のうち意味を理解できたものすべてをまとめて翻訳したことで、内容は理解されたが、書かれた年代についてはわからないままだ。

その後、一九六五年にジョン・ブラフがカロシュティー文書の年代を特定する鍵を見つけたと発表した。中国語の肩書きの「侍中」――文字どおりの意味は廷臣――は、jitumghaという語に相当する、とブラフは主張した。二六三年、クロライナ王のアムゴーカが、この新しい肩書きをはじめて使った。これは、洛陽（河南省）に都を置いていた中国の地方王朝の西晋（二六五～三一六年）の皇帝から受けとった称号かもしれない。もっとも、文書の年号は西晋がそれに先立つ王朝に決定的な勝利をおさめた年より二年早い。王に対する敬称も時代によって変化した。アムゴーカの在位一七年目までは、書き手は王を表すのに長い肩書きを使っていた。この年以降は、肩書き部分は目立って短くなり、jitumghaという語をふくむようになった[61]。

二六三年という年は、アムゴーカ王の治世の一七年目にあたる。この年が正確に特定できたので、あとはそれぞれの王の在位期間を暦どおりにあてはめていけばよかった。ブラフが最初に作成した年表は、王の名前を記した新たなカロシュティー文字史料の発見によって、のちにわずかに期間が引き延ばされた[62]。だれもがブラフの年表を受け入れているわけではなく、研究者によって二〇年ほどの差はあるものの、カロシュティー文書の年代を三世紀なかばから四世紀なかばとすることについては広く合意されている。この時期は二六三～三三〇年の年号が入った楼蘭出土の漢文文書の年代と重なりあう。そして、カロシュティー文書は特定の範囲の地域で起こった出来事にしか言及していないので、これより正確に年代を特定できる可能性は低い。

この地域の住民は独自の文字をもたなかったため、カロシュティー文字は人の名前、とくに奇妙な響きの名前を記録するのに役立った。カロシュティー文書にはおよそ一〇〇〇の固有名詞と一五〇の外来語が確認できる。つまり、ニヤで話されていたのは中国語ではなく、ガンダーラ地方からの移民が話していたまったく異なる言語であることを意味する。トマス・バローは一九三五年に、ニヤの現地語はシルクロードの北部ルート沿いで話されていたインド・ヨーロッパ語族のトカラ語と関連があると主張したが、彼の見解は広く受け入れられてはおらず、さらなる研究を刺激してもいない[63]。移民がやってくる以前から、この土地の人々は独自の言語をもっていたが、それを文字にする手段はなく、そのためカロシュティー文字をとりいれたのではないかと思われる。

王はリペーヤ（Lyïpeya）のような現地由来の名前をもつ傾向があったが、書記の多くはブッダセナ（Buddhasena）のようなサンスクリット語に由来する名前をもっていた。ちなみにブッダセナは「仏陀を師とする者」を意味する。現在でもよくあるように、名前はかならずしもその人の民族的背景を知るための信頼できる手がかりとはならない。

移民は自分の子どもたちには新しい故郷の文化になじむ名前をつけることがある。それでも、シルクロードに暮らしていた特定の人物について、その身元を探る手がかりは名前だけである場合が多い。

ガンダーラからの移民がより高度な技術をもっていたことを考えれば、彼らがニヤの支配者を倒して自分たちの国家を建設したのではないか、と考えるのがふつうかもしれない。しかし王と書記の名前を見ると、興味深いことがわかる。多くの書記はガンダーラ人だったのに対し、王はそのまま地元出身の人物でありつづけた。そこで、もっとも可能性として高いのは、インド北部からの難民は一度にせいぜい一〇〇人程度の小集団で移動してきたというシナリオだ。

カロシュティー文書には、インドから最初の移民がやってきたときに何が起こったかについては記録されていない。のちの王のひとりが地元の役人に対して、難民を受け入れ、「同胞だと思って面倒を見るように」指示をあたえている。その王はまた、難民に土地と家、種をあたえて、「彼らが十分な耕作ができるように」とりはからった[64]。すべての難民がこれほどの厚遇を得たわけではない。一部の人々は地元住民の奴隷として働く仕事を割りあてられた。この後者の移民についての情報は貴重で、ガンダーラからの移民が新しい土地にやってきてどのような扱いを受けたかを教えてくれる。

移民はその土地の住民に自分たちの文字を教え、記録を保管所に保存する方法も教えた。その最初のものを、スタインが一九〇六年にルスタムという男性といっしょに発見した。ルスタムはスタインが「わたしの一九〇一年の発掘調査隊でもっとも経験を積み、もっとも信頼できた」と言っていた人物だ。ふたりは家屋二四号の部屋八号にふたたび戻ってきた。その理由をスタインは次のように説明している。

わたしは最初の発掘作業のときにすでに、木簡の包みが見つかった壁の近くに粘土か漆喰の大きな塊があることに気づいていた。たまたまその場所に置かれたものだろうと、とりたてて気にはしなかったのだが、そのままの状態で触らないように指示をあたえていた。ルスタムがその塊と壁のあいだのすきまから、保存状態のよい二枚重ねの楔形の木簡を掘り出した。彼が必死に床の下に手を伸ばしている姿は、ちょうど飼い犬のフォックステリアの「ダッシュ」が、ねずみの巣穴を広げているときのようだった。わたしがなにか質問する前に、ルスタムは床下一五センチほどのところから、完全な長方形をした木簡を誇らしげに引っぱり出した。二重の粘土の封印は手つかずのままで、文書は開封されていなかった。床の穴をもっと大きく広げてみると、壁ぎわのスペースと基礎の梁の下に、同じような文書が何層にも積み重なってびっしりつまっていた。わたしたちが小さな隠し倉庫を探りあてたことは明らかだった。[65]

粘土か漆喰の塊でその場所に目印を残してあるのは、もともとの所有者が急いで村を出なければならなくなったが、また戻ってくるつもりだったからだろう、とスタインは考えた。

このひとつの場所だけで八〇点近くの文書が見つかり、そのうち二六点は「二枚の長方形の板を重ねたもの」で、封印はそのままだった。[66]スタインはこの表現を特定の種類の木簡を表現するのに使っている。浅い引き出し状になったもので、蓋側の木の板が下の長方形の木の板に差しこまれる。二枚の板はひもでしっかり固定され、封印されていた。

地元の役人はこうした文書を保存して、必要なときに取り出していた。ある例では、ひとりの修道僧が三頭の馬とひきかえに、ラムショツァという男にいくらかの土地を売った。二〇年後、だれかがラムショツァの土地を侵害したとき、役人は保管してあった長方形の木簡を確認し、土地はたしかにラムショツァのものであると判断した。[67]ニヤ遺跡では全部で二〇〇点を超える二枚重ねの長方形の木簡が発掘された。そのほとんどは、当時者のどちらかが交換条件に反した場合にあたえられる罰則と、その証文の「効力は一〇〇〇年で生涯有効」などの宣言でしめくくられている。[68]

木簡の形が異なるのは、目的が違うからではないかと考えたスタインは、第二のタイプの「楔形の木片」は、王の

カロシュティー文書に記録された東西の出合い

ニヤ遺跡から完全な形で出土した木簡。上の板を下の板にはめこむ引き出しのような構造で、２枚の板に入れた切りこみをとおしてひもを巻き、粘土で封印する。左の印には漢字がきざまれている。右側は西洋人風の顔で、ギリシアかローマの神である可能性が高い。ガンダーラ地方の印にしばしばみられるものだ。このような２枚重ねの長方形の木簡はさまざまな所有物――奴隷、家畜、土地――の交換を記録し、その取引を記録した役人の名前も記載している。

布告か政策決定に関連したものだと主張した。彼はこのタイプの文書を三〇〇点近く発見している。楔形の文書は同じサイズ（長さ一八～三八センチ、幅三～六センチ）の二枚の板の表面を向かいあわせて重ね、ひもでしばってから封印してあった。封印にはアテナ、エロス、ヘラクレスなどギリシアの神が描かれている。ガンダーラ地方からやってきた移民たちが何世紀も前から崇拝してきたなじみのある神々だ。[69] 外側の板には受取人の名前が書かれ、内側には王の命令が書いてある。そのほとんどは次のような定型句ではじまる。

> チョジボーのタンジャカにあたえる。
> 大王が記す。王はチョジボーのタンジャカに以下の訓令をあたえる。[70]

これらは、クロライナ王国の王から現在の知事に相当する地方の高官（チョジボー）にあたえられた公式の命令書だ。[71] 地方でもめごとが起こったときに当時者の話を聞いて裁決をくだすのがチョジボー（cozbo）で、その下に補佐役の下級役人がいた。

この楔形の木簡は、チャドータ（Cadh'ota）のチョジボーであるタンジャカに向けて書かれている。カロシュティー文書に現れるチャドータは、ニヤの入植地を表す語として使われている。王はチョジボーに、近隣地区の兵士たちに牛二頭を盗まれたという住民の苦情を調査するように指示している。その住民は、兵士たちは牛の一頭はすでに食べてしまったので、残りの一頭だけを返しにきたと主張した。王からの命令は、このような地方問題にかんするものも多かった。

もし王がもっと緊急な命令を発する必要があるときは、それを皮革の上に書いた。このタイプの文書はほんのわずかしか現存していない。ニヤから出土した別の形の文書は、私信やリスト作成のために使われた。京都大学でインドの言語を教える赤松明彦教授は、カロシュティー文書の種類が異なるのは、『実理論』に記録されているような、インド北部のマウリヤ王朝（紀元前三二〇～一八五年ごろ）の官僚制度にその起源があるのではないかと論じている。[72]『実理論』はそれより以前の文献をもとにしたものかもしれないが、二世紀から四世紀にカウティリヤが書いたとされる。[73]これは、政治についてのあらゆる助言がつめこまれたマニュアル書のようなものだった。統治者が配下の者に文書による命令を発する場合を想定して、『実理論』には「すぐれた王命の特徴」と悪い王命の「欠点」があげられている。また、法律の根拠としてダルマ（通常は法や慣習に従った正しい行動を意味するサンスクリット語と理解されているが、ときには仏陀の教えを特別に意味することもある）、証拠、慣習、王命をあげている。王命はダルマと一致するものとみなされるので、それ以外の法律の根拠より優先される。

『実理論』は、九種類の王命をあげている（いくつかサブ項目に分かれているものもある）。すべてがニヤ文書と一対一で符号するわけではないが、重なりあうものが目立つ。たとえば、ニヤ出土のカロシュティー文書の多くは、受けとる相手に指示をあたえる「条件つき命令」の分類にあてはまるように思える。「もしこの報告書に真実があるなら、次のことをなすべきである」というものだ。[74]この類似は驚くことではない。『実理論』を書いたのも、カロシュティー文書を書いたのも、三〜四世紀の南アジアの官僚主義の規範に慣れ親しんだ人たちだったからだ。

初期の研究者は、インドの言語で書かれた文書がこれほど多いのは、クシャン朝が（正史の記述にあるように軍事力で征服したあとに）実際にニヤを占領した証拠だと考えていた。より近年の解釈では、ガンダーラ地方からの移民集団がこの文書保管のシステムを新しい土地の住民に簡単に教えられたはずで、ニヤはクシャン朝の直接の支配下に入ったわけではなかったと考えられている。[75] これほど多くの王がインド名ではなくこの地方で使われる名前を維持したことからも、この移民が伝えたというシナリオが支持される。

移民も土着住民と同じように、土地を耕し、家畜を育てた。彼らはしばしば動物、敷物、穀物と、家畜（馬、ラクダ、牛）や奴隷（はっきり区別された社会的集団）を交換した。ときには、養子をもらった父母が「哺乳料」とよばれる支払いをすることもあった（通常は馬で支払った）。その場合には、新たに迎え入れた養子はその家族に平等の立場でくわわる。しかし、哺乳料が支払われないときには、もらわれた子どもは奴隷として扱われた。[76]

女性もこの経済に同等な立場で参加していた。女性たちみずから交渉をはじめることもあれば、証人になることも、役所に訴訟をもちこむこともでき、土地も所有した。さらに、子どもを養子にとることも、逆に養子に出すこともできた。ある女性は自分の息子を養子に出し、哺乳料としてラクダ一頭を受けとった。その後、自分の息子が養子先の主人に奴隷として扱われていると知ると、彼女は息子をとりもどし、養父を裁判所に訴えた。裁判所は彼女の訴えを認めたものの、息子は養父のもとに戻し、以後は少年を奴隷としてではなく息子として扱うように命じた。[77]

村の住民はクロライナの王に税金を支払ったが、滞納することが多かった。ある地域の住民がザクロ、衣服、穀物、牛、ギー［訳注／インドで料理用油として使われる発酵バター］、袋、かご、羊、ワインを、税金の支払いにあてた例がある。この品物一覧は、村人がさまざまな農産物や地元の手工芸品で税金を支払っていた有力な証拠となる。[78] 彼らは支払いと負債額を穀物の単位で記録した。そのことからも穀物が一種の通貨として機能していたことがわかる。[79]

クロライナ王国で貨幣がわずかしか流通していなかったことは、ニヤの経済が部分的にしか貨幣化していなかったことを意味する。クロライナの支配者が独自の貨幣を鋳造することはなく、隣国のホータンやクシャン朝の貨幣を使っていた。クシャン朝はスターテルとよばれる金貨を発行していた（もともとは前四世紀にアレクサンドロス大王の軍隊がガンダーラ地方にもちこんだギリシアの貨幣だった）。また、ニヤから二四〇キロ西にあるオアシス国家ホータンでは、青銅のスターテル硬貨が見つかっている。さらに、ホータン王はスターテルをまねて、片面には漢字、もう片面にはカロシュティー文字がきざまれた独自の銅貨を鋳造していた。これはシノ＝カロシュティー銭とよばれる。[80]ニヤで流通していた貨幣の種類から考えれば、このオアシス都市のおもな交易相手はホータンとクシャン朝で、一般に信じられてきたローマではなかったことになる。

首都からニヤにやってきた役人は、スターテル金貨で税金を集めようとしたが、かならずしもうまくはいかなかった。ある地域の人々が支払った税金の内容を記した報告書で、ひとりの役人が特殊な例に言及している。「別の機会に女王がこの地に来られ、スターテル金貨一枚を求めた。しかし金貨はないので、われわれはかわりに長さ一三ハンドの絨毯（tavastaga）を渡した[81]」。金貨が手に入らないとき、ニヤの住民は貨幣に鋳造されていない純金を使うこともあった。だれかが金のネックレスで借金を返済したという記録もある。[82]別の例では、ある中国人がスターテル金貨二枚とドラクマ銀貨二枚で、ホータンの南を拠点に襲撃と略奪をくりかえすスピの人々から買った奴隷の代金を支払った。これはニヤで銀貨が使われた取引としては記録に残る唯一の例で、銀貨は金貨よりもさらに流通量が少なかったことを示している。[83]

ニヤの住民は貨幣よりリスクの少ない穀物で支払うか、動物と交換するほうを好んだ。この地域はつねに政治的に不安定だったため、ほかの種類の通貨はいつ価値を失うかわからないと考えたからだろう。役人はしばしば戦争による損失をほのめかしている。騎馬民族による攻撃やホータン人による略奪、そしてつねに「危険」とみなされていた域外のスピ族の襲撃などのことだ。襲撃はひんぱんにあったため、地元の役人は失った財産にかんする所有者の訴えに耳をかさなかった。王はある布告でこう説明している。「この地方に適用される法では、ホータン人による略奪以前にあたえられたもの、あるいは受けとったものは、法的論争の対象にはならない[84]」。

カロシュティー文書で言及されている中国人は、ニヤとその周辺の村に住んで土地を所有し、逃げた牛をあたえられたほんの何人かだけだ[85]。王命のひとつにはっきり中国人について述べているものがある。王は楔形の木簡で次のような内容の王命を発した。

現在のところ、中国からやってきた商人はいない。したがって絹の負債については目下のところ調査を行なわない…商人たちが中国から到着したときに絹の負債についての調査を行なう。もし法廷にもちこまれることがあれば、われわれの面前で決定がくだされるだろう[86]。

あきらかに、当局は通貨としての絹の使用を中国人と結びつけ、彼らの専門家としての助言を求めていた。そのため、絹についての争いを解決するのは中国人商人の到着を待たなければならなかった。絹が支払いに使われることはあまり多くなかったのだろう。もし一般的に使われていたなら、役人はその価値を知っていたはずだから。

通常、絹を通貨として利用するのは、村の住民ではない部外者だけだった。ある例では、役人と思われる男性が、いくつかの種類の絹織物をもって首都から戻ってきた。そのうち一種類は特別に「王の絹」に指定されていた[87]。朝廷が定めた法律と首都の仏教寺院で草案された規範には、法的手続きの違反に対しての絹による罰金の支払いを明記している。ニヤの村人たちは絹による支払いを、それに相当する穀物、敷物、動物に変換して支払った。こうした異なる通貨が併用されたことは、村でなにかを買おうとする者はだれでも、貨幣、金塊、絹のどれで支払うか、あるいはなにか別のものを使って物々交換するかを決めなければならなかったことを意味する。

こうした不安定な時代でも、ホータンとクロライナの統治者は、外交使節の交換を続けていた。使節は訪問先の土地の王への献上品をたずさえていった。文書にはそれがどんな品だったかは明記されていないが、おそらくは墳墓M8とM3で見つかったような高級織物などだったのだろう。ニヤはホータンから楼蘭へ向かうルート上の経由地のひとつだった。外交使節には交通手段（通常はラクダ）、案内人、そして食べ物、肉、ワインなどが提供された。ある使節はカルマダナ（現在の且末）からサカ（アンディルランゲル）まで、さらにサカからニナ（ニヤの遺跡）まで、護衛をつけてもらったが、ニヤの役人はそこからホータンまでの最後の行程でこの使節に護衛をつけなかった。[88]王は使節が自分で立て替えた費用に対してその補償を支払うように命じた。

外交使節のほかにも、ホータンとクロライナのあいだを旅した者たちがいた。カロシュティー文書は一般に、襲撃や反撃によって土地を追われた人々を表すのに「逃亡者」を意味する語を使っている。[89]盗難の届け出は、ほとんど文書に記録が残っていない旅人たちがどんな品物を運んでいたかを明らかにしてくれる。そして、その延長線上で考えれば、この政治的に不安定な時期にどの品物がもっとも価値を一定に保っていたかもわかってくる。「逃亡者」として記録されているある盗難の被害者は、「粗織りの布地四枚、ウールの衣服三枚、銀の装飾品一点、二五〇〇マシャ（おそらく中国の貨幣）、上着二枚、somstamni二枚（なんらかの種類の衣類である可能性が高い）、ベルト二本、中国製の衣服三枚」が盗まれたと報告した。[90]「逃亡者」ではあっても、彼は無一文でやってきて当局の助けを必要とした難民たちよりはあきらかに裕福だった。

別の盗難の届け出は、「真珠（mutilata）七連、鏡一枚、多色染めの絹織物で作ったlastuga、sudiの耳飾り一個が盗まれたと記録している。真珠は大部分が現在のスリランカ産のもので、海に潜って見つけてきた。鏡と多色使いの絹織物は中国製だった。この場合は盗人が罪を認めたが、品物はもう手放したし、その代金も受けとっていないと主張した。男は否定したものの、おそらくはこのリストにあるような品物を売買していたにちがいない。品物はどれももち運びしやすく、簡単に転売できるものだった。[91]

カロシュティー文書は千点以上発見されているが、「商人」という語は一度しか使われていない（絹の価格を知っていた中国人商人に言及したもの(92)。文書に記録されている何人かの盗難の被害者が、商人だったかどうかはわからない。このことは、三世紀から四世紀にかけてのシルクロードの町では、陸路での交易がわずかしかなかったことを意味するのだろうか？

発掘された文書は例外的な保存環境のために現在に伝えられた。それは同時に、膨大な証拠のほんの一部のものしか生き残らなかったという意味でもある。それでも、ニヤと楼蘭での発見は一度だけの偶然のものではなく、複数の種類の文書が見つかり、そのなかには意図的に埋められたものもあれば、無造作にすてられたものもあった。こうした種類の異なる文書があるにもかかわらず、「商人」という語が一度しか出てこないこと、また貨幣の使用がかぎられていたことから、この地域の三～四世紀のシルクロード交易は規模がごく小さいものだったと考えられる。これらの文書はまちがいなく、現在のパキスタンとアフガニスタンにまたがるガンダーラ地方から新疆への人々の移動があったことを証明する。また、地方の王たちが近隣諸国にひんぱんに使節を派遣していたことも明らかにする。しかし、個人による商取引の証拠はほんのわずかしかない。

カロシュティー文書をひとまとめに読んで分析してみると、三～四世紀のニヤの社会でもっとも重要だった集団が浮かび上がる。土地を耕し家畜を育てていた地元住民は、チョジボーなどの役人を立会人として所有物の取引の記録を残した。クロライナの首都に住む王は、しばしばチョジボーに対して、さまざまな事案を調査するように指示をあたえた。別の集団――スピの襲撃者、ホータンからの難民、逃亡者、使節――が入植地にやってくることでもちあがるさまざまな問題についても、役人がその解決にあたっていた。ガンダーラ地方からの難民がもちこんだ重要な新しい技術――木片に記録を残す技術――によって、地元の役人はさまざまな種類の係争や所有権の移譲を記録できるようになったが、長距離のぜいたく品の交易を記録したものはほとんど見あたらない。

文字体系のほかに、難民たちは仏教の教えもこの地域にもちこんだ。仏教はこの地域の人々には新しい宗教だったが、のちには東アジア全体にはかりしれない影響をあたえる。三～四世紀にニヤにやってきたガンダーラからの移民たちは、すでに仏教の信奉者で、多くが仏教徒としての名前をもっていた。カロシュティー文書はこれらの移民を、標準的な仏教用語である「シュラマナ」（通常は「僧侶」と訳される）という語を使って表現している。仏教の戒律「ヴィナヤ」によれば、すべてのシュラマナは独身の誓いを守らなければならなかった。しかし、ニヤに移り住んだシュラマナは、あきらかにそうではなかった。彼らは妻や子どもたちといっしょに暮らし、一般の人々と同じように、哺乳料や養子にした子どもたちの身分などについてなんらかの法的論争にかかわることがあった。こうした仏教徒の多くは、たとえシュラマナとはよばれても、家族といっしょに自分の家に暮らしていたのである。

独自の宗教的共同体に暮らす仏教徒もいた。ある王命は、ニヤの「僧侶の共同体」に対して首都の「僧侶の共同体」が定めた、一連の規範を記録している。首都の共同体がこうした規則を守らせる「寺院の責任者」として二人の年長者を任命した。新しい規則は太陰月の第一日と第一五日に行なう「布薩《ふさつ》」の儀式にかんするもので、この儀式のあいだに仏教徒の守るべき規則が寺院の共同体に説明される。儀式に参加しなかったり、「一般家庭用の衣服」を着ていた場合には、絹織物で罰金を支払うこととされていた。仏教徒は集団儀式に参加するときには僧衣しか着てはならないと定められていたのだろう(93)。別の文書でも、仏僧の共同体は集会を開き、所有権の移管の立会人となり、もめごとの判定をくだす法的権威をもっていたと記している。

ニヤで見つかった仏教関連の遺物の多くは、ルスタムが発見した隠し場所のある家屋二四号から出土したものだ。これは一〇部屋もある大きな家で、八×六メートルほどの広い部屋もあり、裕福な人物の家だったことはまちがいない。家屋二四号からはガンダーラ語ではなく、古いサンスクリット語の文法と語彙をそれより地方色の濃い方言と組みあわせた言語で書かれた文書が四点出土している。特定の教えを覚えるために使われた音節の一覧、サンスクリット語の大叙事詩『マハーバーラタ』の断片、僧侶の守るべき規則をあげた「戒律」の文章、そして、仏像を洗い清める者にあたえられる「すぐれた顔色」と「よい香りのする体」など目に見える恩恵や、仏教徒の最終的な目的である「輪廻転生からの解脱」の約束が書かれた細長い木製の板だ(94)。仏教徒が仏像を洗い清める「灌沐《かんもく》」の儀式などに参加していたことはまちがいない。家屋二四号にある大きな集会部屋と付随する九つの部屋は、仏教徒が集まる場所として使われ、何人かはずっとそこで暮らしていたのかもしれない。ほかの者たちは儀式が終わると平服に着替え、家族のもとに戻っていったのだろう。

カロシュティー文字で書かれた一通の手紙が、多くの研究者の興味を引いてきた。というのも、この手紙には「大乗」を意味するサンスクリット語「マハーヤーナ」が使われているからだ。大乗仏教の信奉者は、一般の人であっても救済を得られると信じた。彼らは涅槃にいたるのは出家した信者だけにかぎられるとした初期の教えを、軽蔑的に「小乗（ヒーナヤーナ）」とよんだ。仏教史の研究者は最近になって、大乗仏教と小乗仏教を厳格に区別する従来の考え方を見なおしている。(95) 個々の僧侶は仏門に入ったときの誓いに応じて、自分が属する宗派を決めていた。誓いの内容は宗派によってわずかな違いがあり、三〜四世紀の中央アジアでは、「説一切有部《せついっさいうぶ》」と「法蔵部《ほうぞうぶ》」がとくに活動的だった。入門後は大乗の教えを学ぶ者もあれば、そうでない者もいて、その結果、大乗仏教の信奉者がこの教えを受け入れない者と隣りあって暮らすこともあった。

「大乗」という語を使っている手紙は、多くの手紙がそうであるように、受け取り手の美徳をたたえる文句からはじまっている。この手紙の場合は、受取人はシャマセナという名の地方のチョジボーだった。「偉大なるチョジボーのシャマセナのみ足のもとに。人間からも神からも愛され、人間からも神からも尊敬され、名声をほしいままにするチョジボー殿は、大乗の教えに身を置き、無限の人徳にあふれ、部下のタスカは…深く頭をさげる。その聖なる体からはかぎりない活力があふれでる」。「大乗の教えに身を置く」というフレーズは、すくなくともほかのふたつの文書にも現れる。ひとつは三世紀なかばにエンデレで書かれたもので、鄯善国の王をほめたたえている。もうひとつはクシャン朝のカニシカ王の後継者であるフヴィスカ王を賞賛したもので、アフガニスタンのバーミヤンで出土した四世紀の文書に現れる。(96) しかし、このフレーズが使われているからといって、大乗仏教信仰がニヤの仏教徒の礼拝にどのような影響をあたえたかまではわからない。また現存する史料からは、仏教のどの宗派がニヤに伝えられたのかもわ

ニヤ遺跡の方形の仏塔

1990 年代に発掘された方形の仏塔。一辺が 2 メートルで、幅 1.1 ～ 1.4 メートルの通路で囲まれている。信徒が祈りを捧げながら歩くこの通路は、もとは絵画で装飾されていた。その名残が左手外側の壁に見える。王炳華氏提供。

からない。

見たところ、ニヤの仏教徒たちは仏塔での祈りを重視していたようだ。それはガンダーラからの移民たちも同じで、彼らはカラコルム・ハイウェイ沿いの岩場に数多くの仏塔の絵を残した。ニヤ遺跡のもっとも重要な遺構は正方形の基壇の上に立つ仏塔で、陶製の煉瓦と草を混ぜた泥で作った椀型の塔が上にのっている（カラー図版6）。入植地の中央に位置する仏塔は高さ七メートルで、基壇部分が五・六メートルある。オーレル・スタインが訪れたときには、中央の部屋――仏教関連の遺物や僧院に贈られた価値ある品が置かれていた――はすでに略奪にあって空っぽになり、一部はくずれ落ちていた。

ニヤの遺跡には第二の方形の仏塔がある。家屋五号の近くにあるその遺構は、日中共同調査隊によって発掘された。シルクロード南道沿いでは、ほかのいくつかの場所でも同様の方形の構造物の遺構が見つかっている。ホータンの上流地域にあるケリヤの遺跡もそのひとつだ[97]。仏教徒は仏塔にやってきては、四角い基壇部分に沿って時計まわりに歩き、みずからの信仰心を語りながら祈りを捧げた。ニヤ遺跡の仏塔の通路にみられる絵画は、ケリヤのものと同じように諸仏の姿を描いたもので、物語性はない。

スタインは東の楼蘭へ向かうルートの中間地点にあるミーラン遺跡の仏教寺院など、もっと複雑な構造の仏教施設も発見している[98]。カロシュティー文字とならんでブラーフミー文字が使われていることから、この遺跡はニヤよりも新しく、おそらく紀元四〇〇年をすぎてからのものと思われる。ここでは、仏教徒たちは屋根のある円形の仏塔のまわりを歩いた。中央の柱には仏陀の遺物が安置され、壁には仏教徒の生活のさまざまな場面が描かれている。円形の建物の屋根は崩壊してしまっていたため、スタインと助手たちは砂をとりのぞき、ようやく遠い昔に礼拝者たちが供え物を置いていったもとの通路にたどり着いた。

ミーラン三号（M3）の廃墟では、彼らは風景の描かれた布地を掘り出した。（おそらくは信者によって）絹と綿の花模様が背景に縫いこまれている。また親類の健康を願う内容の言葉がカロシュティー文字で書かれた布地も見つかった。スタインが発見した壁画はとくに興味を引く。壁の腰の高さより下の部分に、羽のある一六人の人物が描かれている。あきらかに西洋人の顔つきだ（カラー図版5B）。それより上の部分はほんの一部しか残っていなかったが、スタインは仏陀とその弟子たちだとわかる部分を見つけた。絵画は仏陀の生活のさまざまな場面を描いた物語になっている。この種の物語性のある壁画は、ニヤで見つかった諸仏の肖像画よりもあとの時代に見られるようになった。

そこから六〇メートルほど離れた別の建物（M5）は、M3と同じような屋根のある円形の仏塔で、壁に絵を描いた通路がとりまいていた。M5ではM3よりも壁画が多く残り、スタインは仏陀の生涯の一場面とわかる部分を見つけた。まだ若い王子の釈迦が馬に乗って現れ、父親の宮殿を後にする場面だ。壁画の作者は自分の名前「ティタ」をカロシュティー文字で署名し、もらった報酬も記録していた。西洋文化の影響をすぐに見分けられたスタインは、ティタはもとはティトゥスというローマ人の名前で、それを現地風にしたものだと結論した。たとえその画家が実際は外国風の名前をもつ中央アジア人だったとしても、絵画にみられる図像、とくに波状の花冠のあいだにケルビム天使を描いた下側の部分は、あきらかにローマ美術のモチーフを借りている。おそらく、ローマ帝国の東の端のシリアからやってきた芸術家がもちこんだものか、スケッチブックにあった絵をまねたものだろう。

クロライナ王国の住民は五世紀の途中まで、厳しい砂漠の環境のなかで生活を続けていた。現存する文書は、なぜ住民たちが楼蘭、ミーラン、ニヤを去っていったのかは説明してくれない。西域南道にあるケリヤなどいくつかの遺跡は、放棄された時代に環境の悪化の徴候があったことをはっきり示しているが、ニヤにかんしては、考古学者たちは三～四世紀のものと思われるよく育ったまま石化した樹木を発見している。なかには材木用に切り倒せるほどの大きさのものもあった[99]。

ニヤ遺跡のあちらこちら、住民たちがまた戻ってくるつもりでいたことを示す形跡がある。彼らはかなりの量のキビをいくつかの場所に残していった。文書は注意深く埋められ、あとで見つけられるように穴に印をつけていた。遺跡を離れる前に荷物をまとめる十分な時間があったこともわかる。スタインは遺跡の観察から、住民たちが貴重品を何ひとつ残さずもちさったと判断した。おそらくホータン人かスピ族の襲撃があり、ふたたび戻ってくるつもりで避難したが、結局戻れなくなったのだろう。

王国の終わりがいつだったのかについては、中国の有名な求法僧、法顕が残した漢文の文献に頼るしかない。紀元四〇一年、クロライナ王国を訪れた法顕《ほっけん》は、その印象を次のようにひかえめに書いている。

土地は起伏があり、やせている。人々の衣服は粗末で、漢の人々が住む土地と変わらない。唯一の違いはフェルトと織りの粗い布地を使っていることだ。この国の王はダルマを崇拝している。僧の数は四〇〇〇人を超えるかもしれない。いずれも小乗仏教を奉じている。さまざまな国出身の住民とシュラマナは、だれもがインドのダルマを実践しているが、その程度には大きな差がある。[100]

法顕が正確にどの町を訪れたのかについては、はっきりしない。楼蘭の町は三七六年に放棄されたからだ。その年、楼蘭を拠点にしていた王朝を、どこか別の地方の王朝が征服した。中国の正史は、五世紀前半の鄯善国に言及している。これは、北魏という非漢族の王朝が華北の地方王朝のいくつかを徐々に征服していった時期にあたる。鄯善の王は四五〇年に北魏に降伏した。その二〇年後、中央アジアのゴビ砂漠の北部からやってきた遊牧民族連合の柔《じゅう》然《ぜん》が鄯善国を占領した。

五世紀は中央アジアの動乱の時代だった。そのため、タクラマカン砂漠を横断する人の流れは停止し、紀元五〇〇年以降の中国の歴史書には、目的地として鄯善国が記載されることはなくなった。そして、ほとんどの旅行者はタクラマカン砂漠の北側のルートを使うようになった。この新たなルートが次章のテーマである。[101]

第2章
シルクロード言語への玄関口
クチャとキジル石窟

さまざまな国の人々が出会う場所となったシルクロードは、言語が交換される土地としても長い歴史をもつ。辞書や教科書など、現在使われているような学習教材が発達するずっと以前のことだ。もっとも熱心な外国語教師となったのは、サンスクリット語で書かれていた仏教の洗練された教義を人々に教え、改宗させたいと考えた仏教徒たちだった。タクラマカン砂漠の北を通る西域北道（天山南路）のオアシスとして繁栄していたクチャの住民たちは、シルクロード沿いに暮らすほかの言語学習者たちより有利な立場にあった。彼らの母語であるクチャ語（次ページの写真参照。クチャ語の文章が書かれた木簡）は、サンスクリット語と同じインド・ヨーロッパ語族に属していたからだ。クチャ（「クチャ」はウイグル語の発音で、中国人は「クチェ」と発音した）は、仏教を中国に伝えるためのうってつけの玄関口となった。このオアシスは仏教の伝道者たちに、クチャへやってくる複数の言語をあやつる旅行者たちと出会う機会もあたえた。当時のクチャは西域北道ではもっとも栄えた入植地で、これに匹敵するのはトルファンだけだった。

クチャの出身者としてとくに有名な鳩摩羅什（三四四～四一三年）は、サンスクリット語の仏典をはじめて理解可

シルクロードの通行証
クチャ語で書かれたこの通行証は 8.3 × 4.4 センチの大きさで、ブラーフミー文字が使われている。内容は、関所を通過する旅行者一行を調べた役人の名前、その報告を送る相手側の役人の名前、そして、通行証を所持する人物の名前。同様の通行証が 100 点以上見つかっている。通常はグループを構成する人員と動物の記載が続くが、この文書にはその情報が欠けている。V 字型の切りこみが入ったポプラの木片の上にインクで書かれたこの通行証は、もともとはもう 1 枚の木片でおおい、ひもを巻いたうえで封印されていたが、完全な形で残っている例はない。フランス国立図書館所蔵。

能な漢語へ翻訳した人物で、この新しい宗教を中国で普及させるうえで大きな貢献をした。[1]彼が中心となって漢訳した三〇〇ほどの仏典のなかでもとくに重要なのが『法華経《ロータス・スートラ》』である（スートラは仏陀の手による経典を意味するサンスクリット語だが、実際には多くの経典が紀元前四〇〇年ごろとされる仏陀の死後、かなりたってから形になった）。のちの世代の訳経家たちが鳩摩羅什の漢訳を改善しようと試みたが、彼の翻訳の多くは、その読みやすさが評価され、現在でも使われつづけている。

　鳩摩羅什はきわだってすぐれた言語能力をもつ学者で、クチャの住民の多くと同じように、母語であるクチャ語をふくむ複数の中央アジア言語をあやつり、ほかに中国語、サンスクリット語、ガンダーラ語、そしておそらくアグニ語とソグド語も習得していた。鳩摩羅什の父親はニヤへの移民がみなそうだったように、故郷のガンダーラではガンダーラ語を話していた。サマルカンド周辺ではおもにソグド語が話され、クチャから東に四〇〇キロほど離れた焉耆《えんき》を中心にしたシルクロードの北道沿いの地域ではアグニ語が使われていた。焉耆は中国名で、ウイグル語ではカラシャールとよばれる。鳩摩羅什らはブラーフミー文字を使ってクチャ語とサンスクリット語を読み書きし、カロシュティー文字も習得していたかもしれないが、こちらは四〇〇年ごろには使われなくなっていた。

この章ではこれらの言語、とくに失われたクチャ語とアグニ語を理解するために多大な努力がそそがれた一八九二年以降の研究に目を向ける。世界中の研究者がクチャ語の翻訳に取り組みはじめてから、すでに一〇〇年近くになる。彼らはこの言語を解読するだけでなく、これと関係が深い、同じインド・ヨーロッパ語族に属するアグニ語とどう違うかを理解しようと努めてきた。その努力は非常に価値あるものになった。

鳩摩羅什の生きた時代に、クチャの西六七キロにある世界的に有名なキジル石窟の造営がはじまった。この石窟は新疆ではとくに人気の観光地で、現在ならクチャかコルラまで車か列車、あるいは飛行機で行き、そこから陸路で石窟のある谷まで行けばいい。しかし、およそ一世紀前までは、ほぼすべての旅人が舟でやってきて、タクラマカン砂漠にそそぎこむ氷河からの融水で増水した多くの川をくだった。もっとも大きいタリム川は、砂漠の北辺に沿って流れる。その支流のふたつがクチャの近くを通るクチャ川とムザルト川で、キジル石窟の目の前を流れている。中国北西部で水の需要が増した結果、これらの川はいまでは昔よりも水量が少ない。現在は、砂漠を舟で横断しようと思えば、水量がもっとも多くなる早春を選ぶしかない。一世紀前には、これらの川は氷でふさがれないかぎり、ほぼ一年をとおして通行が可能だった。

一世紀前のクチャ周辺の環境が現在とどれほど違っていたかを理解するには、スウェーデン人のスヴェン・ヘディンのすぐれた著作を読めばいい。一八九九年の秋、彼は一艘の荷船を購入した。長さ一二メートル、喫水は三〇センチをわずかに超える舟で、甲板にはヘディンのテント、暗室、料理用の粘土製の炉が設置された。マラルベシ（現在のバチュ）付近で川幅が狭まっていることに気づくと、ヘディンは用心のために「半分以下のサイズ」の第二の舟を

モンゴル
ガリア
北庭都護府
万里の長城
ァン
ハミ
センギム／
勝金口
ゴビ砂漠
ュク
楼蘭
（クロライナ）
懸泉
劉園
安西
陽関
敦煌
玉門
河西回廊
ロプ・ノール
ミーラン
玉門関
黄河
羌
アルティン山脈
涼州
（姑臧／武威）
黄河
長安
（西安）
中国
揚子江
クチャ地方
シルクロード北路（西域北道）
古代遺跡

0 100 200 300 マイル
0 100 200 300 キロ
シル・ダリヤ
カザフスタン
バルハシ湖
ウズベキスタン
キジル石窟
シャルディラン
ザラフシャン川
イシク・クル
天山山脈
キルギスタン
白城
クチャ
ムグ山
フェルガーナ渓谷
アクス
策達雅
サマルカンド
ヤンギコル
ムザルト川
パンジケント
カシュガル
タリム川
アム・ダリヤ
タジキスタン
マラルバシ（バチュ）
ドゥルドゥル
ヤルカンド川
メルケト
パミール
高原
ヤルカンド
タリム盆地
バルフ
トカリスタン
タシュクルガン
カルギリク
新疆
バクトリア
ホータン川
アフガニスタン
ホータン
民豊
バーミヤン石窟
ケリヤ
ヒンドゥークシュ山脈
崑崙山脈
カラコルム山脈
ガンダーラ
安西都護府の
最大領域
ヒマラヤ山脈
パキスタン

買い、二艘の舟で旅を続けた（カラー図版10）。

旅の出発点に選んだのは、新疆の西の端にあるヤルカンドだった。現在のカシュガルのほんの少し東南にあたる。一八九九年九月一七日にヤルカンドのライリク埠頭を出発するときのようすを、ヘディンは生き生きと描写している。「波止場は活気にあふれていた。大工たちがのこぎりやハンマーを使い、鍛冶職人が鍛造に励み、コサックたち［ヘディンに雇われた護衛たち］が作業全体を監督した」。その日、ヘディンは川幅を一三四メートル、水深を三メートルと記録している(2)。

六日後に、ヤルカンド川がいくつかの小さな流れに分かれる地点までやってきた。どれを選んでも危険はある。

川底の幅が狭まってきた。われわれは流れに乗って危険なほどのスピードで進んでいた。舟のまわりで水がうねり泡立っている。急流をはねるようにして下る。川幅が非常に狭く、急に方向が変わるため、うまく舟をあやつれない。大きいほうの舟が激しく川岸に打ちつけられ、荷物の箱がもう少しで外に放り出されそうになった…水はどこまでも渦巻いている。ものすごいスピードで進んでいたため、岸に激しくたたきつけられたときには、もう少しで舟がひっくり返りそうだった。

その後、急流は突然終わり、ヘディンの大きいほうの舟は泥のなかで動けなくなった。陸に上がって舟を運ぶために三〇人を雇い、ようやく旅を再開することができた。

さらに川を下り、ヤルカンド川を北に進むと、北から流れてくるアクス川と合流し、そこからタリム川の流れとなる。ヘディンはタクラマカン砂漠をさらに東へと進んだ。ちょっとした気晴らしのため、小さいほうの船に乗りこんで、そのあとを大きな荷船が続くこともあった。川は秒速一メートルの順調なペースで流れつづけたが、流れに浮かぶ氷塊がどんどん大きくなり、出発地点から一五〇〇キロ近くまでやってきた八二日目、ヘディンはエンギコルで川旅の終わりを宣言した。オアシスの町コルラからは三日の距離だった。[3] もし彼がもっと早く、夏のあいだに出発していれば、そこから三〇〇キロ少し離れたクチャまで全行程を舟で行けたかもしれない。

ヘディンの探検はヨーロッパの関心を大いに引き、イギリス、フランス、ドイツが次々と探検隊を編成した。ドイツはたてつづけに三度の探検隊を派遣している。第三次探検隊のアルベルト・フォン・ル・コック隊長は、文字どおりコイントスの裏表の結果で北のクチャに向かうことを決め、一九〇六年にキジル石窟に到達した。そこで彼は中国全土でもとくに美しい宗教遺跡のひとつを発見した。丘の斜面に約二キロの長さにわたって全部で三三九の石窟が彫られていたのだ。[4] 小さい石窟もあれば、高さ一一〜一三メートル、奥行き一一〜一八メートルの大きなものもある。七キロ南にはムザルト川が流れる。石窟を背景にしたオアシスが美しい自然の景観をつくり出し、現代の中国ではめずらしいカッコーの鳴き声もときおり聞こえてくる。

キジルの丘の斜面は礫岩性の地層で岩が軟らかいため、石窟を掘るのは簡単だっただろう。しかし、同時に石窟がくずれやすくもなるため、作業にあたった者たちは洞窟の中心に支えとなる柱を残すことも多かった。その後、何世紀ものあいだに地震がこの遺跡に大きなダメージをあたえ、前室は崩壊し、奥にあった部屋が風雨や日差しに直接さらされている場所もある。ル・コックは一九〇六年三月にテオドア・バルトスや助手たちとともに実際に地震を経験したときのことを次のように書き残している。

雷のような奇妙な音に続き、突然、すさまじい量の岩石が上からくずれ落ちてきた…次の瞬間――すべてがあっというまの出来事だった――バルトスと助手たちが険しい斜面を駆け下りてくるのが目に入った。わたしのテュルク人［ウイグル人］の助手たちも、叫びながらあとに続いてくる。わたしも彼らに従った。全員が平地までたどり着いたほんの一瞬あとに、大きな岩の塊がものすごい勢いでわたしたちを追い抜いていった。だれもけがをしなかったのは幸いだったが――なぜ、どのように切りぬけられたのか、いまもって不思議でならない。

川のほうに目を向けると、水が激しくうねり、大波が岸に打ちつけていた。はるか上流の横谷で、突然巨大な砂埃のような煙が巨大な柱となって天まで立ち上った。それと同時に地面がゆれ、雷のようなものすごい音が断崖に鳴り響いた。そのときになってようやく、わたしたちはそれが地震だとわかった。(5)

石窟の不安定な状況にくわえ、ル・コックやほかの探検隊が相当な数の壁画をもちさったにもかかわらず、多くの壁画がまだその場所に残り、現在の訪問者も目にすることができる。キジルのすぐ近くにあるクムトラなど、別のいくつかの遺跡にも同じような壁画のある石窟が広範囲にちらばっているため、この地域は訪れるだけの価値がある。

キジル石窟の多くは同じ構造をしている。部屋の中央に仏塔に見立てた柱があり、信者がそのまわりを歩けるようになっている。仏陀が死亡した時代から、信者はインド北部を訪ね、仏陀の遺物が埋められた場所を時計まわりに歩くことで信仰を表現していたが、西域でも同じように仏塔のまわりを歩く習慣があった。ニヤとミーランの仏塔とは違って、シルクロード北道沿いの遺跡に立つ仏塔の中央の柱には、仏陀の遺物は納められていない。そのかわりに、柱の窪みにはもともと仏像が安置されていたが、そのほとんどはもう残っていない。

紀元四〇〇年ごろのものとされるキジル第三八号窟は、すべての石窟のなかでもまちがいなくもっとも古い、おそらく見た目にももっとも美しいものだろう。(6)第三八号窟の背面の壁には、死の床についた仏陀のまわりに、彼に敬意を表するためにやってきた各国の王たちの姿が描かれている。中央の柱のところに立って洞窟の入り口をふりかえると、上部の壁に未来仏である弥勒菩薩が見える。

第三八窟のアーチ型天井の中軸に沿って描かれているのは、インドの太陽、月、風の神々で、炎に包まれた二体の立仏像と頭がふたつあるガルーダの姿もある。ガルーダはインドの伝説の鳥で、仏教徒の戒律を守っている。壁画は典型的なインド様式で、おそらくインドからやってきた画家が描いたか、インドからもちこまれたスケッチにもとづいて描いたものと思われる。乾いた漆喰の上に描かれたこれらの壁画をル・コックは「フレスコ画」とよんでいる

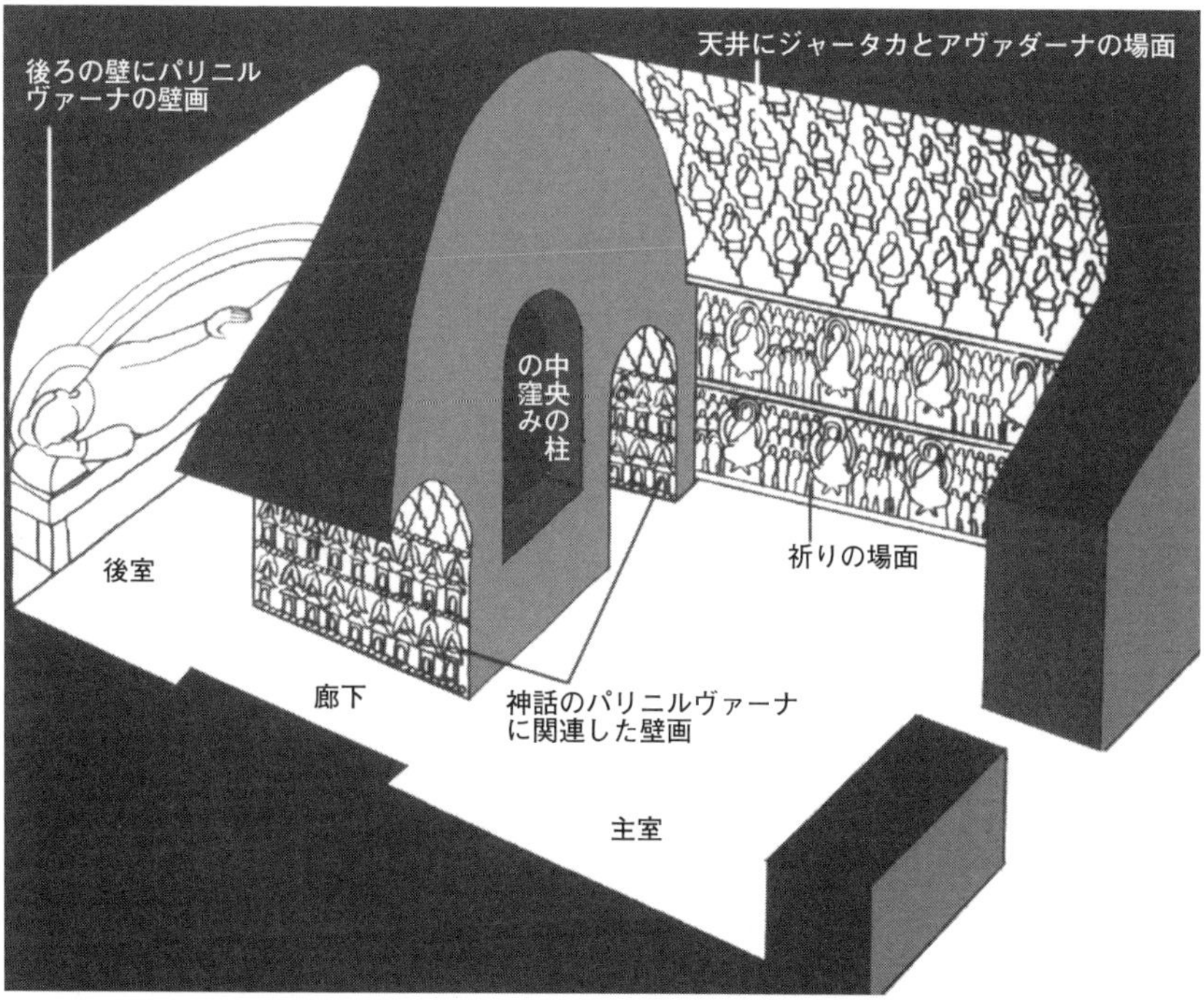

キジル石窟の標準的な構造
キジルの石窟の多くは、もとは同じ構造をしていた。訪れた人は前室から扉を通って主室に入る。そこで中央のストゥーパ（仏像が安置され、仏教の宇宙の中心とされる須弥山を表す岩と大きな木の枝で飾られている）の柱のまわりをまわって祈りを捧げる。装飾品を置いてあった部分は、穴だけが残っているものが多い。背面の壁には仏陀の涅槃像が描かれている。ワシントンD.C.のフリーア美術館、アーサー・M・サックラー・ギャラリー提供。

が、正確にはフレスコ画とは異なる。フレスコ画は濡れた状態の漆喰の上に描いたものをさすからだ。石窟の造営方法そのものもインド式で、ボンベイ郊外にあるアジャンターの壮大な石窟群や、初期の仏教徒によって造営されたほかの石窟とよく似ている。
　第三八窟の天井の中軸の両側には、菱形に区切られた壁画が何列にもつらなる。一つひとつの菱形の端は切手のようにぎざぎざになっていて、隣同士でぴったりかみあっている。列ごとに仏陀の前世を物語る『アヴァダーナ』と『ジャータカ』の仏教説話が交互に描かれているのがわかる。これらは因果応報の説話ともよばれ、座った仏陀ともうひとりの人物が描かれている。仏陀についての寓話的

キジルの石窟壁画
キジル石窟のヴォールト（かまぼこ型）天井部分に描かれた壁画の一部。切手のように縁がぎざぎざになった菱形に区切られているのが特徴で、地元の画家たちが仏陀の前世の場面を描いている。それぞれの菱形がジャータカの物語の一場面。語り部はこの壁画を使って物語全体を語り、洞窟を訪れた人たちを楽しませていた。

な物語をとおして、それを聞く者に現世での行動が来世以降にも長く影響をあたえるのだと教えることを目的としたものだ。

通常、『ジャータカ』の説話は、以前からあったインドの民話を仏教の価値観を教えるために解釈しなおしたもので、たとえば、王の庭から果物を盗んだ猿の一団についての「猿の王」の話がある。王の護衛たちが盗みを働いた猿たちを広い川まで追っていくと、大きなリーダー猿が自分の体を伸ばして橋がわりにし、子分たちが渡れるようにした。全員が渡りきったところでリーダー猿は川に落ちて死んでしまう。仏教徒の説明によれば、この伝統的な民話は、他者のために自分を犠牲にしようという仏陀の意志を、ここでは猿のリーダーに置き換えて語っている。

いくつかの石窟に描かれている別の『ジャータカ』の説話は、とくに商人たちに好まれているものだ。あるとき、五〇〇人からなる集団が夜間に旅をしていた。暗くなってもう周囲が見えなくなると、隊のリーダー――前世の仏陀――が、自分の腕に白いフェルトを巻き、バターに浸して火をつけると、それを松明がわりに掲げ、商人たちの進む道を照らした。この話でもやはり、仏陀は他者のために自分を犠牲にしている。僧侶が語るこうした『ジャータカ』の説話に耳を傾けた信者は、涅槃にいたるのは仏陀と少数の傑出した僧侶だけなのだと理解した。これは初期仏教の重要な教えである。

現在、キジル最大の石窟（第四七窟）は、空っぽの状態だ。高さ一六・八メートルのこの石窟には、もともと大きな仏陀像が安置されていた。ムザルト川に沿ってこの場所までやってくる旅人は、遠くからでもその像を目にできただろう。この種の記念碑的な仏像石窟はキジル発祥のものではない。アフガニスタンのバーミヤンの石窟にあった同様の巨大な大仏のことを、キジル石窟を築いた者たちも知っていたにちがいない。この大きな石窟の両側には木製の柱をわたす五列の穴があり、大仏の脇に置かれる小さな仏像の土台を支えていたものと考えられる。キジルのほかの石窟にも、いまはもうない大きな仏陀像が納められていた。かつてここを訪れた中国のある僧侶が、それぞれ二八メートルほどの高さがある二体の仏像が町の西門の両側に立ち、五年ごとに開かれる大きな祭りで崇められていたと報

告している。(7)

現在のキジル石窟を訪れれば、どんなに不注意な人でも石窟内の壁を切りとった大きな跡がたくさんあることに気づくだろう。世界中の主だった東アジア美術コレクションは、いずれもキジル石窟の壁画を収蔵している。ラピスラズリの濃いブルーとマラカイトグリーンがいまもまだ鮮やかだ。これらの壁画の多くは、一九一四年の第一次世界大戦の勃発以前にもち出されたもので、ドイツのベルリンのコレクションはとくに規模が大きい。ル・コックはもろい壁画を切りとる新しい技術の先駆者だった。それについて自慢げに記録を残している。

フレスコ画を切りとるプロセスは次のようになる。

壁画は特殊な表面の層に描かれている。ラクダのふん、切りきざんだ麦わら、野菜の繊維を混ぜあわせた粘土をのばして塗ったあと、さらに薄い漆喰の層でおおっている。

まず、荷物ケースにおさまる大きさにするために絵画部分を鋭いナイフで丸く切る。切りこみが表面の層にしっかり入るように注意する。荷車で運ぶケースは大きいものもあるが、ラクダ用はもっと小さく、馬用はそれよりもっと小さい…

次に、壁画の横の壁につるはしで穴を開けなければならない。フォックステイル型のこぎりを使うスペースを作るためだ。すでに述べたように、発掘された石窟寺院のなかでは、岩をハンマーとのみで削って、このためのスペースを作らなければならないことも多かった。幸いなことに岩は非常に軟らかかった。(8)

この手順を読むと背筋が寒くなる。壁画芸術にあたえるダメージの大きさが簡単にイメージできるからだ。ヨーロッパ人のなかには、壁画をとりのぞくことについて全面的に反対している人たちもいた。ル・コックの同僚のアルベルト・グリュンヴェーデルは、遺跡はスケッチに描いて注意深く寸法を測り、必要であればヨーロッパでレプリカを作成できるようにするのがいいと主張した。しかし、この見解も当時は少数派だった。

ドイツの第三次探検隊の到達から一年後の一九〇七年、フランスの東洋学者のポール・ペリオがクチャを訪れ、八か月間滞在して、現地のクチャ語で書かれた重要な文書を多数集めた。彼はまた、一か月をかけて天山山脈を超えて北にいたるルートを探検した。キジルからムザルト川を北に向かうと、タリム盆地と北の草原地帯を結ぶふたつのルートがあった。[9] この草原地帯は新疆の北半分（ジュンガリア）、現在のカザフスタン、その隣のウズベキスタンに広がる。そこは何世紀ものあいだ、中国の歴代王朝に脅威をあたえつづけた代々の北方遊牧民族の故郷だった。

クチャは草原地帯へのルート上に位置していたため、中国の正史にも早くから登場する。紀元前二世紀末、漢の武帝の命を受けて現在のウズベキスタンにあるフェルガーナ（大宛）に派遣された李広利将軍が、クチャを経由している。[10] クチャの王も楼蘭の王と同じように、漢王朝とその敵である匈奴の両方と良好な関係を維持しようと手をつくしていた。匈奴は現在のモンゴルの草原地帯を支配していた勢力である。前一七六年から一〇一年までは、クチャの王は匈奴が優勢とみて、王子を人質として送り、彼らのもとで生活させていた。従属する王国がもっとも重要な同盟国に王子を送って生活させるのは当時の習慣で、その国の言語を学び、習慣になじませる目的があった。

しかし紀元前一世紀に匈奴が弱体化すると、クチャ王は漢王朝にねがえった。[11] 王と王妃は前六五年に漢の首都長安を訪問し、そこに一年滞在している。前六〇年には、漢王朝が西域の統御にあたる都護を任命して、中央アジアでの活動を監督させた。この都護府が北西部にあるいくつかのオアシス国家についての情報を中央に送り、その報告が中国の正史に記録された。漢の正史は、クチャ王国の人口を八万一三一七人としているので、西域北道では最大のオアシスということになる。[12] この地域そのものには、漢王朝による支配の痕跡はほとんど残っていない。当時の中国の拠点は現在の策達雅《チャディール》（クチャ近くの輪台県《ブグル》）にあり、そこに漢王朝時代の入植地の遺跡が見つかっている。[13] 前四六年、クチャは隣接するオアシス国家のヤルカンドに敗れた。

中央アジアは国家間の勢力争いでつねにゆれうごいていたため、漢王朝は断続的にしか駐屯地を統制できなかった。紀元九一年に西域都護に任命された漢の将軍班超《はんちょう》は、クチャをふたたび中国の統制下に置くことに成功し、白氏一族を王位につけた。しかし、それから二〇年もたたない紀元一〇七年、いくつかのオアシス国家が中国の支配に対して立ち上がり、中国はふたたび駐屯地の統制力を失った。それから数世紀間は、権力をとりもどした白氏一族が、ときには独立した王国として、ときには近隣勢力の属国としてのクチャを支配した。

鳩摩羅什が生まれた四世紀までには、クチャは仏教学の中心地になっていた。白という姓をもつ何人かの翻訳者——ほとんどはクチャの王家の血筋を引く者たち——が、経典の翻訳に参加した。クチャに仏教が伝わっていたことを示すもっとも古い記録は三世紀のもので[14]、その当時の信徒の多くは小乗仏教の教えに従う「説一切有部《せついっさいうぶ》」の宗派に属して活動していた[15]。クチャの住民はインド人の伝道者から仏教について学んだ。インドの影響がピークに達したのが三～四世紀で、それは鳩摩羅什と彼の両親がインドとクチャのあいだを苦もなく移動できたことにも表れている。

クチャは将来の経典翻訳者が育つには完璧な環境だった。このオアシスの王国はガンダーラと密接なつながりをもっていた。タクラマカン砂漠を横切る川に沿って進めば、南のヤルカンドとホータンのオアシスへ行き着き、そこから山を越えればガンダーラ地方だったからだ。鳩摩羅什の父親はインドで代々宰相をつとめてきた名家の出だったが、クチャで仏教研究をきわめようとガンダーラを離れた。クチャ王に自分の妹と結婚するように圧力をかけられ、彼はしぶしぶそれに同意した。この結婚によって生まれた鳩摩羅什は、ガンダーラ語と現地語のクチャ語の両方を話した。

鳩摩羅什の母親は敬虔な仏教徒で、結婚生活を送るつもりはなかった。鳩摩羅什が七歳のとき、彼女は仏教寺院に入る許可を求めたが、夫は認めなかった。六日間の断食という強硬手段に出たところ、ついに夫も折れ、彼女は鳩摩羅什をつれて尼寺に入る。クチャはインド以外では女性が出家できる数少ない土地のひとつだった。ある仏教関連文書に、クチャにあった四つの尼寺の記載があり、尼僧の人数は一か所に五〇人から一七〇人だったと書かれている[16]。

クチャで学んだあと、鳩摩羅什は母親といっしょにガンダーラへ行き、小乗仏教の教師のもとで経典を学んだ。そ

鳩摩羅什を追悼する
キジル石窟を訪れる人すべてを巨大な鳩摩羅什の銅像が迎える。経典翻訳者としていまも変わらず名声を保っていることがわかる。しかし、鳩摩羅什が実際にどんな顔をしていたのかはわからない。肖像画の類は残っておらず、彫刻家は完全に自分の想像をもとにこの像を製作した。渡部武氏提供。

の後、現在のカシュガルへ向かい、今度は大乗仏教の教師のもとで学んだ。クチャへ戻ると、何人かの僧を大乗仏教の教えに転向させた。のちの仏教の史料では、小乗仏教と大乗仏教の教えをはっきり区別しているが、鳩摩羅什の時代にはそれほど厳格ではなかった。若者が仏門に入るときには、特定の宗派で叙任された僧侶からそれを認めてもらう。説一切有部など特定の宗派に属しても、小乗仏教に従うか大乗仏教に従うかを選ぶ必要はなかった。鳩摩羅什がそうしたように小乗仏教の経典から学びはじめ、次に大乗仏教の教えを学ぶこともできた。ふたつの異なる宗派に属する僧侶が同じ仏教寺院で隣同士で生活することもあり、それで問題が生じることもなかったようだ(17)。

それでも、実際には小乗仏教と大乗仏教の教えにはいくつかの違いがあった。小乗仏教の僧侶たちが、自分たちが食べる目的で動物を故意に殺すのでないかぎり、肉を食べることは認められると考えたのに対し、大乗仏教を奉じる僧侶たちは、肉を食べることを全面的に拒絶した。のちの時代のある旅行者は、クチャの僧侶たちが肉、タマネギ、ポロネギを食べていることに気がついた。どれも大乗仏教では禁じられているものだ。それを見てこの旅行者は、クチャでは小乗仏教が優勢なのだろうと判断した(18)。

三八四年、鳩摩羅什が四〇歳くらいのころ、彼の故郷であるクチャの町が呂光《りょこう》将軍率いる中国軍に制圧された。この時期の町の描写が残っている。

町は三層の城壁でとり囲まれ、長安に匹敵する大きさだった。城壁の内側にある仏塔と寺院の数は数千に上る。白王の宮殿は神々の居所であるかのごとく堂々として美しい。町の非漢族の住民はぜいたくで豊かな暮らしをしていた。家には一〇〇〇担(約二〇〇〇リットル)もの葡萄酒が貯蔵され、一〇年たっても腐ることはない。兵士たちは葡萄酒のある家を次々とわたり歩くうち、そのなかで溺れてしまった(19)。

町を制圧した呂光は、自分の信心深さを示すため、都の涼州(現在の甘粛省武威)に鳩摩羅什をいっしょにつれ帰った。鳩摩羅什は独身の誓いを立てていたが、呂光は鳩摩羅什のような偉大な師が自分の子をもたないのはもったいないと考えた。そこで、鳩摩羅什を泥酔させ、うまくそそのかして若い女性といっしょに床に入らせた。鳩摩羅什の伝記作家によれば、これが、彼が禁欲の誓いを破った三度のうちの最初だった。

四〇一年、地方王朝のひとつだった後秦の姚興《ようこう》（在位三九四～四一六年）の命令で、鳩摩羅什はふたたび拉致され、今度は現在の西安に送られた。鳩摩羅什が彼自身の「ダルマの種」の父になることを期待して、姚興は鳩摩羅什に仏教寺院の外に家庭を築き、複数の内縁の妻たちと暮らすようにうながした。独身の誓いを破った三度目の事例は正史にも記録されているもので、鳩摩羅什はこのときはみずからの意思で女性を望み、双子を授かっている[20]。仏僧の伝記にみられる誇張傾向と、現存する鳩摩羅什の伝記の内容に幅があることから、研究者はこうした三度の出来事が実際に起こったことなのかどうか判断できていない。それでも、こうしたさまざまな逸話が残っていることから考えて、紀元四〇〇年ごろには仏僧が独身の誓いを破っても、一般の人を驚かせることはなかったという点では研究者の見解は一致している[21]。

鳩摩羅什の逸脱は、仏教の師としての彼の卓越さをそこなうことはなかった。四〇一年に長安にやってきた鳩摩羅什を、姚興は翻訳部門の責任者にした。それから四一三年に没するまで、鳩摩羅什はここで翻訳業務の指揮にあたった。彼の遺産として現在まで影響力をもちつづけているのが、サンスクリット語から漢語への経典の翻訳である[22]。なかでもとくによく知られているのが大乗仏教の『法華経』で、この経典は最初期の小乗仏教の教えを否定し、ほんの一行でも経典を唱えた者には救済を約束している[23]。

鳩摩羅什以前の翻訳者たちもサンスクリット語の原典を漢語に訳していたが、彼らの訳した経典の多くは、サンスクリット語を学んだことのある少数の中国人にしか理解できない、専門的な語彙が多くふくまれていた。これらの初期の漢訳は、ほとんど同じ方法で訳されていた。仏教の師――通常はインド出身者――が覚えている経典を暗唱し、その内容を口頭で説明する。それを弟子たちが漢語に直して書きとめる。この翻訳手順は多くのまちがいをひき起こした。師は弟子たちが書いた漢語を読めないので、彼らがほんとうに自分の言葉を理解したのかどうかがわからなかったからだ。[24]

経典の翻訳が非常にむずかしかったのは、中国語とサンスクリット語がふたつのまったく異なる言語体系に属していたためだった。サンスクリット語はほかの古代インド・ヨーロッパ語族の言語と同じように抑揚が激しく、動詞と名詞は文章内での役割に応じて多様に変化する。シナ・チベット語族に属する漢語は、文法的にはもっとシンプルで、名詞と動詞は形を変えない。そのため文章の意味は語順によって決まり、あいまいさが残る。紀元四〇〇年ごろの言語学習者にとっては、同じ文章を二か国語で併記したもので学ぶことができれば幸運だった。

鳩摩羅什の偉大な功績は、漢語の翻訳をインド語の原典と比較できるスタッフをそろえた翻訳部門を設立したことだった。彼らの翻訳——鳩摩羅什の翻訳とされているもの——は、読みやすいことで有名だ。サンスクリット語をまったく知らない中国人でも理解でき、言葉の流れがあまりに美しかったので、多くの中国人がのちの時代のもっと正確なテキストよりも、美しい流れの鳩摩羅什版を好んだ。

鳩摩羅什やほかの翻訳者たちのおかげで、中国人が何千もの経典にふれられるようになり、彼らが開発した翻訳法は現在もまだ使われている。特定の漢字とその発音を外国語の音節に割りあてるという方法で、これが現代中国語のピンイン表記の基礎になっている。たとえば「コカコーラ（Coca Cola）」は「Kekou kele」、「マクドナルド（McDonald's）」は「Maidanglao」となる。鳩摩羅什の名前は「Kuw-ma-la-dzhip」のように発音された。[25] 時代が下るとともに中国語も変化したため、現在のピンインでは「Jiumoloushi」で表される。[26]

この習慣の重要性——サンスクリット語の原典の意味をよりよく理解するために、口語の要素をとりいれた漢語に直すこと——は、中国語そのものにも変化をもたらした。ペンシルヴェニア大学の中国語教授ヴィクター・メアは、この方式の発達のおかげで中国語の語彙は三万五〇〇〇語も増えた、と推測している。サンスクリット語で「般若」を意味する「プラジュナー」のような仏教用語だけでなく、「瞬間」のような一般語もふくまれた。サンスクリット語との出合いは、中国人が彼ら自身の言語の音韻をよりよく理解するのも助けた。たとえば、中国人は自分たちの言葉が、中国語学習者が第一日目に習うような声調のある言語だとは気づいていなかった。この時代にはじめて、自分たちの言葉にふくまれる声調を体系的に理解するようになったのである。(27)

鳩摩羅什と同僚たちが長安で仕事に励んでいたのと同じ世紀に、中央アジア全域にいるほかの翻訳者たちも、サンスクリット語の仏典を現地言語で読めるようにするという息の長い事業に取り組んでいた。もっとも重要な地方言語のひとつがクチャ語で、近くの焉耆で話されるアグニ語とは重要な点で違いがあった。シルクロードに関係する多くの研究がそうであるように、これらの言語の発見のプロセスは挫折と大きな遠まわりと激しい議論で彩られている。世界中の研究者のほぼ一世紀におよぶ努力によって、ようやくふたつの言語の関係性が理解された。

現在はクチャ語として知られる失われた言語の存在について、最初の手がかりが得られたのは一八九二年のことだった。この年、カシュガルのロシア領事が、なじみのあるブラーフミー文字で書かれた文書を購入した。ブラーフミー文字はサンスクリット語の研究者にはよく知られていたが、この文書はあきらかにサンスクリット語ではなかった。文書の意味は何年も研究者を悩ませた。同じ言語で書かれた文書がさらに見つかったあとでさえ、研究に使える素材が腹立たしいほど少なかった。現存するもののほとんどは、葉っぱの形をした紙に書かれたばらばらの文書の一部と、木片に書かれた商売か行政にかんする文書で、おまけにこうした文書のほとんどには日付が入っていなかった。(28)

それでも、一九〇八年にはエミル・ジークとヴィルヘルム・ジークリングのふたりのドイツ人研究者が、二か国語で書かれた文書を使ってこの未知の言語の解読に成功した。学校で習うのと同じように、サンスクリット語と未知の言語を一語ずつ対比させていったのである。その言語に名前をつけている資料が見あたらなかったので、文書に残っていた短いコロフォン（奥付）をもとにその言語の名前を決めた（コロフォンには、文書の各章のタイトル、文書全体のタイトル、著者または著作権者、あるいはその両方の名前が書いてある。その文書が複製された日付と、手書きの写本の費用を負担する寄進者の名前をふくむ場合もある）。

そのコロフォンは、ウイグル語（古テュルク語）で書かれた『弥勒下生経《みろくげしょうきょう》』（弥勒菩薩との出会い）という経典のものだった。ウイグル語は現在のモンゴルの草原に暮らす人々が話していたテュルク語の一種で、この人々は九世紀なかばにタリム盆地にやってきた[29]。コロフォンはこの文書が「インド語」から「トクリ語」（Twghry）へ、「トクリ語」から「ウイグル語」へと翻訳されてきたことを記録していた[30]。そのためジークとジークリングは、「トクリ」こそ未知の言語のウイグル名にちがいないと結論した。『弥勒下生経』はウイグル語と新しく見つかった言語だけに存在するため、この見解は信憑性があるように思える。

ジークとジークリングはさらに、「トクリ」（Twghry）は「トカラ語」のウイグル語の綴りではないかと考えた。トカラ語はギリシア系として知られる古代の民族トカラ人の言語で、彼らはアフガニスタンのバクトリア地方、現在のパキスタンの町バルカ周辺に暮らしていた。そして、トカラ人と月氏――クシャン朝を創設した部族のひとつ――は同一民族だという考えにいたった。ジークとジークリングは、月氏が紀元前二〇〇年ごろに甘粛の小月氏とフェルガーナ渓谷の大月氏というふたつのグループに分かれたという、中国の伝統的な見解を受け入れていた。それでも、なぜ新しい言語で書かれた文書のすべてが、月氏の故郷と推測される甘粛や、彼らが定住した現在のウズベキスタンにあるフェルガーナ渓谷のどちらからも遠く離れた、シルクロード北道で発見されたのかは説明できなかった[31]。

のちの研究者も、王朝史に書かれた月氏の移住についての記述と、最近の発見を結びつけることに苦労してきた。たとえば、歴史書の説明とは違って、月氏のもともとの故郷は敦煌地域にかぎられていたわけではなく、新疆と甘粛全域に広がっていたと考える研究者もいた[32]。また、月氏は甘粛を離れるときにはトカラ語を話していたが、その後、アフガニスタンにやってきたときにバクトリア地方で使われていたイラン語に切り替えたのだと主張する研究者もいた[33]。しかし、月氏の子孫がニヤにたどり着いたときには、彼らはまた別のガンダーラ語を話していた。これはイランではなくインドの言語である。したがって、こうした多くの主張を考えあわせると、中国の歴史書にのっている月氏の移住についての伝統的な説明と、トカラ語という名称の正確さはさらに疑わしくなってくる。

一九三八年、W・B・ヘニングは、「トクリ」（Twghry）についてまた別の、それまでより説得力ある解釈を提供した。彼は、「四つのTwghry」という語（最後のyがないものもある）が、九世紀前半に編纂されたソグド語、中期ペルシア語、ウイグル語のいくつかの文書に現れることに気がついた。[34]「四つのTwghry」という語は、北庭《ほくてい》（ウイグルのビシュバリク）、トルファン、焉耆にまたがる地域に言及するもので、クチャではない。ヘニングは、トクリ語はもともと東のトルファンや北庭から西の焉耆まで、タクラマカン砂漠の北辺で話されていた言語だったが、まずトルファンと北庭で、のちには焉耆でもすたれていき、最終的にはウイグル語がとって代わったのだという説を提唱した。ウイグル語は現在も新疆地方で話されている。[35]ヘニングの説は、世界的に受け入れられているわけではないが、トクリ語文書の地理的な広がりを説明するという点では、貴重な見解といえた。

実際には、月氏はバクトリア語を公用語として使っていたことがわかっている。[36]これはギリシア文字を使って書き表すイランの言語である。この理由のため、トカラ語は誤った呼称ということができる。クチャ周辺で発見された文書に見られるこの言語を、アフガニスタンのトカリスタン地方の住民が話していた証拠になるものは見つかっていない。ジークとジークリングはトクリをアフガニスタンのトカラ人と結びつけたという点ではまちがっていたが、彼らがつけた新しい言語の名称はそのまま定着した。

ジークとジークリングは、現存する写本に使われている言語をAとBのふたつの方言に分けた。現在は「トカラ語A」と「トカラ語B」という別個の言語として知られている。どちらもインド・ヨーロッパ語族に属し、サンスクリット語と同じように語の活用変化が激しく、動詞と名詞の語末が文章内での役割に応じて変化する複雑な文法体系をもつ。トカラ語Aとトカラ語Bは多くの語彙を共有していた。そこから、どちらも共通の未知の言語から派生したものと考えられる。

二〇世紀の傑出した言語学者として知られるアメリカのジョージ・シャーマン・レーンは、ふたつの言語の違いがあまりに大きいので、おそらくは一〇〇〇年、すくなくとも五〇〇年をかけて別々に発展したものという印象を受けた[37]。トカラ語Aとトカラ語Bは、たしかに現在のフランス語とスペイン語くらい大きな違いがあるので、一方の言語を話す人はもう一方の言語を話す人の言うことを理解できなかっただろう[38]。

これらの言語が使われていた地域、つまりタクラマカン砂漠の北側のルートを考えると、ふたつのトカラ語が近隣するイランやインドで話されていたインド・ヨーロッパ語族のインド・イラン語と多くの要素を共有していたと推測するのがふつうだろう。しかし、ふたつのトカラ語は、イラン語やサンスクリット語よりも、ドイツ語、ギリシア語、ラテン語、ケルト語との共通要素のほうが多いとわかった。アイダホ大学のダグラス・Q・アダムズ英語学教授は、「ドイツ語やギリシア語などとの関係性から考えれば、トカラ語を後期インド・ヨーロッパ祖語圏のどこか、たとえば、（北の？）ドイツ語と（南の？）ギリシア語のあいだに位置づけるのは可能だろう」と述べている[39]。アダムズのこのあいまいな言葉づかいが意味するのは、遠い過去のどこかの時点、おそらくは紀元前三〇〇〇年から二〇〇〇年のあいだ、つまり、ドイツ語を話す人々とギリシア語を話す人々がそれぞれインド・ヨーロッパ祖語圏から離れた時期に、トカラ語Aとトカラ語Bに発展する言語が、母語であるインド・ヨーロッパ祖語から分離したのではないかということだ。古代の人々の移住についてはまだほんのわずかしかわかっておらず、また、言語に関連した証拠を使って移住の流れを再構築するのは危険があるため、トカラ語を話した古代の人々がタリム盆地に移住する前にどこにいたのかを特定することはできない。また、トカラ語Aとトカラ語Bにもっと近い別のインド・ヨーロッパ語族の言語が中央アジアで話されていた可能性もあるが、こうした失われた言語で書かれた文書は現存していない。

しかし、結論としてひとつだけ確かなことがある。中央アジアの民族はつねに移動していたため、その結果として特定の地域で話される言語を変化させることも多かった。中国語の文献は、紀元前二世紀の匈奴の勢力拡大や、六世紀のテュルク系民族の隆盛（中国人が突厥とよんでいた民族で、現在のトルコに住むトルコ人の遠い祖先）、さらに九世紀にはウイグル人（やはりテュルク系言語を話していた）が新疆に移住してきたことで、そのたびに土地を追われる民族がいた、と記している[40]。民族の移動によってほかの民族が土地を追われるという状況は、記録に残る以前の遠い過去にもまちがいなく起こっていただろう。中央アジアでは、言語は継続して使われるより変化していくほうがふつうだった。

ジークとジークリングの時代以降、言語学者たちはトカラ語Ａ（より正確にはアグニ語）とトカラ語Ｂ（現在はクチャ語として認識されている）とよばれるふたつの言語の関係性を明らかにしてきた。二〇〇七年、オーストリア科学アカデミーの研究者メラニー・マルツァーンは、アグニ語で書かれたすべての現存文書の全数調査を行なった。彼女は葉っぱ型の文書と断片の総数を一一五〇としている[41]。完全に葉の形が残っているものは、せいぜい五〇を数える程度だった[42]。

アグニ語写本のうち、三八三点は焉耆の南西、コルラへ向かう途中のショルチュク遺跡からまとまって出土した[43]。現存する文書のどれにも言語の名称自体は書かれていないが、ほぼすべての文書が焉耆の近く――サンスクリット語で「アグニ」とよばれていた町――で発見されたことから、学者たちはこの言語をアグニ語とよぶようになった。したがって本書でもここからはその呼称に従うことにする[44]。現存する文書は、焉耆（アグニ）とトルファンの住民が、西暦の最初の何世紀かにはアグニ語を話していたかもしれないという可能性を示唆している。これは、西方に住んでいたイラン人が仏教の教えを最初に伝えた時期にあたる。

もっとも長文のアグニ語文書は、連続した二五枚の紙で構成され、途中に大きく欠けている部分はなかった。ほかのほとんどの文書がばらばらの断片になっているのとは違っている。書いてあるのはジャータカの物語で、古典の『コッペリア』の物語のように、同じような筋書きの物語がいくつも存在する。これはパニアヴァン（Punyavan）という王子の物語で、このサンスクリット語の名前は「功徳を積む」を意味する。王子は国王の座を四人の兄弟と競いあう（四人の兄弟の名は、それぞれ「男らしい力の持ち主」「技術の持ち主」「すぐれた容姿の持ち主」「知恵の持ち主」を意味する）。この物語のアグニ語版は、サンスクリット語のオリジナル版とも、のちの中国語やチベット語版とも異なり、王位継承をめぐる争いは一七枚のうちわずか二枚を占めるにすぎない。残りはそれぞれの王子が自分の特性を表現する長い口上に使われている。

物語のなかで「知恵の持ち主」はこんな話をする。若い画家が、職人が作った機械仕掛けの人形に恋をする。職人が画家の部屋に一晩置いていったものだ。画家が人形に手を伸ばすと、彼女はばらばらに壊れてしまう。それを見た画家は壁にくくりつけたひもで首をつる。画家が自殺しているのを発見した職人は、近所の人たちと役人を集めた。彼らがやってくると、職人は死体がぶら下がっているひもを切ろうとする。その瞬間、画家が壁の背後から現れて、職人に言う。「絵に描いたものと生きている画家はまったく別のものだ」。画家が描いた自分にそっくりのだまし絵は、機械仕掛けで動くがまったく知恵をもたない人形への彼の答えだった[45]。この記憶に残る物語は、聴衆、おそらくは仏教寺院で学ぶ者たちに、知恵がいかに重要であるかを教えるために使われた。

トルファン郊外のセンギム（勝金口）でドイツの調査隊が発見したある文書には、ふたつのトカラ語の用法の違いがはっきり表れている。この文書はアグニ語で書かれ、クチャ語の説明書きが一九枚、ウイグル語のものが二枚そえられていた。レーンはこう説明する。「これが、仏教寺院に新しくやってきただれかがトカラ語A（アグニ語）文書に注釈をつけたものであることは明らかだろう。彼はそれまですくなくとも仏教寺院では方言B（クチャ語）を使っていて、この新しい寺院で使っている〝古い〟言語はなじみのないものだった。彼自身の母語はテュルク語（ウイグル語）だったかもしれない[46]」。その後、六～八世紀には、アグニ語は仏教寺院で暮らす仏教徒だけが使う、完全な書き言葉になっていた。現存するアグニ語文書には地域による違いは見られない。そのことからも、この言語がほぼ化石化の道を歩んでいたことがわかる。寺院以外の場所では、焉耆とトルファン周辺に暮らす住民のほとんどは、中国語かウイグル語を話していた。

クチャ語とアグニ語には重要な違いがある。クチャ語には地方ごとの方言があり、土地ごとに言葉が進化していったことがわかる。発展段階もはっきりしていて、古語、古典、後期、口語へと変わっていく[47]。一九八九年、トカラ語研究の第一人者であるフランスのジョルジュ＝ジャン・ピノは、クチャ語で書かれた文書の総数を三一二〇点と計算した[48]。彼はその後、ベルリンから新たに届いた断片をくわえて、数字を六〇六〇に修正している。それでも、完全な形で残っているものはせいぜい二〇〇点ほどしかない[49]。

二〇世紀初めに、ペリオがこれらの断片約二〇〇〇点を発掘した。大部分はクチャの南二〇キロの場所にあるドゥルドゥル・アクルの仏教寺院のすぐ近くで見つかったものだ[50]。アグニ語文書とは違い、これらの文書はそれを書いている言語の名称をクチャ語と明記している[51]。クチャ語はタクラマカン砂漠北辺の広い範囲で使われていた。中心はクチャ地域だが、東はトルファンにまで広がり、アグニ語の中心地である焉耆とも重なりあう。

ペリオの注釈によれば、漢文文書とクチャ語文書の多くが、ひとつの書庫で見つかった。壁が崩壊したためになかにあったものが保存されていたが、その後の火災で文書は大きく損壊した。ペリオはほかにも数か所から生き残った文書を発掘している。宗教的な文書は仏教寺院の内部にある祭壇と仏塔に、行政にかんする文書は寺院の端のほうの部屋にあったものと思われる[52]。

五世紀末、クチャの住民がまだクチャ語を話していた時代に、中央アジアは動乱期に入り、さまざまな部族連合が形成された。柔然（中国では芮芮《ぜいぜい》や蠕蠕《ぜんぜん》、ヨーロッパではアヴァール人ともよばれた）やエフタル族などが、おもな商業ルートの支配をめぐって争った。柔然連合はクチャと焉耆の両方を征服するが、やがて分裂し、五五二年にテュルク人（中国語では突厥）があとを継ぎ、別の強力な連合を形成してクチャと焉耆を征服した。ただし、征服後も現地の王をそのままの地位にとめおいた。五五二年以降にテュルク連合の創設者の兄弟が西への一連の軍事侵攻を率いて成功し、新疆の一部と黒海にまで延びる土地を征服した。兄弟はやがてふたつの地域からなる可汗国［訳注／可汗はおもに遊牧国家の君主の称号］を形成し、創設者の兄が東の支配者となり、弟は西の領土の支配者として従属的な役割を受け入れた。やがて、この関係性が公式のものとなり、五八〇年には西突厥と東突厥の別々の国が形成される[53]。西突厥の可汗を君主として受け入れたクチャの王は、表敬訪問を欠かさず、求められれば軍隊を派遣した。

白氏一族の王が六世紀から八世紀までひき続きクチャの支配を続けたことは、中国の正史で確認できる。これらの歴史書の編纂者たちは、それ以前の歴史記述をくりかえし、この王国が豊かで、貴重な品を中国に贈っていたと伝えている。五五一～五五四年に編纂された北魏の正史『魏書』は、クチャ王国の人々が銀貨で税を支払っていたと報告する最初のものだった。「住民の習慣は勝手気ままなものだ。彼らは市を開き、そこでは女性が売られ、役人が男性の支払う貨幣を集める」。『魏書』は、めずらしい天然資源の存在についても報告している。「北西の山中に、軟膏のようなものからできた川が形成され、それがしばらく流れて地中にそそぎこむ。澄ましバターに似ていて嫌な臭いがする。抜けた髪や歯のあとにそれを塗ると、また生えてくる。病人はみなすっかり回復した」。この不思議な物質は、石油のことだとわかった[54]。現在、コルラには中国でもとくに重要な油田がある。

そのおよそ一世紀後に書かれた北朝の正史は、土地を耕して生活していた住民は、税を穀物で支払い、それ以外の住民は銀で支払ったと記録している。またクチャの生産品として、上質の絨毯、銅、鉄、鉛、鹿皮（ブーツを作るのに使う）、塩化アンモニウム（冶金や繊維の染色に使う重要な融剤）、フェルトの壁かけ、化粧用の白と黄色の粉、お香、上等な馬、牛などがあげられている[55]。六二九年にこの王国を訪れたとある中国の仏僧は、住民が金貨と銀貨、小さな銅貨を使っていたと報告した[56]。

こうした文献はすべて、クチャでは銀貨が使われていたと述べているが、これまでのところ銅貨しか発掘されていない。おそらく、のちの世代に見つかった銀貨は溶かして再利用されたからだろう。ペリオは一三〇〇枚の貨幣が入った土器を見つけた。そのうち一一〇五枚は現在、パリの国立図書館メダル陳列室に保管されている。漢の貨幣と三世紀にそれを引き継いだ王朝の貨幣もふくまれているが、唐時代のものはない。このコレクションのキュレーターであるフランソワ・ティエリは、貨幣の年代を三世紀から七世紀、おそらくは六世紀か七世紀と考えている[57]。貨幣の鋳型、そして銅の鋳造所二か所が発見されたことから、クチャの白氏一族の王たちは、国内で青銅貨幣を鋳造するために必要なものすべてをもっていたと考えられる。

クチャ語で書かれた文書のなかに、仏教寺院の支出、受領、収支を記録したものがあり、寺院では銅貨を使っていたことがわかる。[58] 式典で演奏した音楽家をもてなすための砂糖とアルコールの支出も一覧になっていた。寺院では儀式用に石油などの供給品も購入し、製粉業者に料金を支払って穀物をひいてもらっていた。

仏教寺院は現物による寄付も受けとっていた。僧侶や寺院に住みこみで働く者たちを支援するために食料をもってくる寄進者もいた。また、村人たちは寺院への借金の返済として、羊やヤギで支払うこともあった。クチャ語には羊とヤギを表現する語彙がたくさんあり、オスかメスか、若いか中ぐらいか年をとっているかなどによって別の語を使った[59]（成熟したものは文字どおりには「大きな歯をもつ」を意味する語でよばれた。成熟した動物は真ん中に永久歯の門歯があるため）。ある取引では、年寄りたちは二匹のヤギとひきかえに二五〇ポンド（約一一三キロ）分の大麦を、羊一匹とひきかえに二〇〇ポンド（約九〇キロ）の穀物を受けとった。支払いには貨幣のかわりに一定量の大麦と穀物が使われ、文書にはどの種類の貨幣についてもまったく記述がない。これらの仏教寺院の会計記録に出てくるのは、オアシス内で生産された品だけだった。そのことから、寺院はほぼ自給自足で、長距離の交易には参加していなかったという印象を受ける。

六世紀から八世紀のクチャ語はまちがいなくまだ生きた言語で、仏教寺院の運営者が会計を記録するため、国王が布告を発するため、歴史家が年代記をまとめるため、旅行者が落書きを書くため、信者が寺院への寄進の品に表書きをそえるために使っていた。さらに、語り部たちもクチャ語を使って仏教説話を話して聞かせていた。のちの中国語の「変文《へんぶん》」のように、こうした物語は散文と詩が交互に組みあわされている。詩の部分の前には音楽の節の名前が入り、語り部にどのように歌うかの指示をあたえていた。[60] 文書には三つのフレーズ──「ここ」「そのあと」「もう一度」──が現れ、仏陀の誕生、裕福な子ども時代、宮殿からの出立、民衆の苦しみの目撃、そして最終的に啓示を得るまでの有名な物語が語られる。同じフレーズは、キジル石窟（第一一〇窟）とクムトラ石窟（第三四窟）の物語場面を描いた壁画の下にも見られ、イラストのキャプションの役割を果たしている。語り部が壁画に描かれた物語を語るときには、特定の場面を指さし、「ここが…の場所です…」とでも言ったのだろう。[61] アグニ語がほぼ消滅した時代にクチャ語はまだ話されていたが、八〇〇年をすぎたころにはクチャ語もまた日常語としては使われなくなっていた。[62]

クチャ語文書の一部は仏教関連の内容ではなく、もっと実務的な日常の取引について書いている。ペリオが発見し、ピノが出版した一連の興味深いクチャ語文書は、クチャを行き来するキャラバンについて記している。一九〇七年一月、地元住民がペリオのところにブラーフミー文字が書かれた何本かの木簡をもってきた。塩水溝の峠から少し離れた仏教遺跡で発見したものだ。[63] ペリオはその後、シャルディラン近くのまだ使われている税事務所まで行った。クチャの北の山中にある小さな場所で、白城に向かう峠にある。断崖の上にある監視塔の廃墟の周辺で、ペリオは雪の下二〇センチのところに全部で一三〇の通行証を見つけた。

クチャ王の役人たちは、キャラバンを構成する人と動物の数——最初に人間、次に動物——を記録してからこれらの通行証を発行していた。キャラバンが運んでいた品物については記録していない。キャラバンは関所を通るたびにその地点までの通行証を手渡し、新しいものを受けとる。ペリオが塩水溝ですてられた通行証を一〇〇枚以上見つけたのは、このように古い通行証が廃棄されたためだった。

クチャでは紙が広く普及し、仏教寺院の会計文書や書簡には使われていたものの、役人たちはポプラの木を削った木片で通行証を作っていた。そのほうが紙よりも安かったからだ。平均すると長さ一〇センチ、幅五センチだが、通行証の大きさはさまざまだ（本章の扉の写真参照）。ニヤ遺跡で発見されたカロシュティー文字の木簡と同じように、クチャ語の木簡も二枚の板を組みあわせてできていた。外側の板が封筒のような役割を果たし、内側の木片を部分的におおっている（滑らせて閉じる種類のものもある）。そうすることで、外から文書を読めなくしていた。表側には郵便施設の役人の名前だけが見える。[64]

通行証のサイズはばらばらだったが、内容は一定の型に従っていた。送り手の役人の名前と受け取り手の役人の名

表 2.1　クチャに出入りしたキャラバンの構成　641 ～ 644 年

資料番号	男性	女性	ロバ	馬	牛
1	20	-	3	1	-
2	-	-	-	-	4
3	2	-	-	-	-
5	10	-	-	5	1
12	-	-	-	3	-
15	-	-	-	3	-
16	4	-	-	-	2
21	3	-	15	-	-
25	5	1	-	-	-
30	6	10	4	-	-
31	-	-	-	-	5
33	32	-	-	7	-
35	3	-	12	-	-
37	2	-	2	-	-
44	3	-	-	4	-
50	8	-	-	17	-
64	-	X	X	3	-
79	-	-	-	-	2
80	40	-	-	-	-
95	-	-	-	10	-

出 典：Georges-Jean Pinault, "Épigraphie koutchéenne: I. Laisser-passer de caravanes; II. Graffites et inscriptions," in *Mission Paul pelliot VIII. Sites divers de la région de Koutcha*（Paris : Collège de France, 1987）, 78.

前と住所、導入部のあいさつ文、通行証を所持する旅行者の名前に続き、キャラバンを構成する人と動物が明記されている。最初に男性、次に女性、それからロバ、馬、牛の順だ。短縮形ではない数詞を使っているのは、これらが公式の行政文書だったことを意味する。文書の最後は次のような勧告の言葉でしめくくっている。「この者たちを通過させるように。一行の構成数がここに記載されている内容より多ければ、通過を許可してはならない」。最後に、文書には王の治世の年、月、日と、立会人の証文が記してあった。発見された文書の日付はすべて六四一年から六四四年のもので、クチャのスヴァルナデーヴァ王（在位六二四～六四六年）の治世の終わりの数年にあたる。また、この文書からは、キャラバンが許可された目的地から次の目的地へと向かうあいだ、政府が厳しく監視していたことがわかる。

ピノは、キャラバンを構成する人間と動物すべてを記載した通行証をわかりやすい表にしている。キャラバンの男性の人数が記載されている一三例のうち、九隊は男性の数が一〇人未満で、人数の多い四つのキャラバンは、男性の数がそれぞれ一〇、二〇、三二、四〇人だった。動物の数はもっとも多いものが馬一七頭で、八人の男性がいるキャラバンのものだ。通行証八〇号は不完全なので、四〇人の男性のキャラバンに何頭の動物がいたかはわからない。現在の新疆がまだそうであるように、ロバは貴重な旅の足になった。なかには男性数人とロバ数頭だけのキャラバンもある。ふたつの通行証には子どもがふくまれ、別のふたつには「仏教寺院からの付添人」が記載されている。彼らはヴィナヤの律で僧侶には禁じられていた仕事をすることを認められていた。(65) キャラバンのひとつ（通行証六四号）は、リーダーの男性ひとりを除き、すべて女性で構成されていた。女性（とロバ）の数は判読できない。おそらくこれらの女性たちは、正史で言及されているようにクチャの市で売られるために移動中だったのだろう。通行証にはキャラバンがどんな品物を運んでいたかは書いていないが、クチャ王がクチャを出入りするキャラバンを厳しく監視し、あらかじめ決められたルートをかならず守るように監督していたことがわかる。

これらの文書が重要なのは、キャラバンの規模を詳細に記した史料がほんとうに少ないためだ。六二九年ごろに編纂された周王朝（五五七～五八一年）の正史には、甘粛の武威に向かうキャラバンの話がのっている。二四〇人の外国人商人で構成されたこのキャラバンは、六〇〇頭のラクダを従え、多色染めの絹織物一万疋を運んでいた。(66) これは隋が統一国家を築く以前の、まだ旅が困難だった時代のものだ。商人は大規模な集団を構成し、多くの場合は護衛を雇い、できるかぎり旅の安全を確保した。クチャの通行証から、七世紀には旅行者が少数で移動できるほど道中が安全になり、キャラバンの旅が一般化していたことが読みとれる。

これらの情報源——中国の正史、発見された貨幣、クチャ語の文書——は、クチャの地方経済が繁栄し、貨幣経済と自給自足経済が並存していたようすを描いている。その後、六四八年に唐王朝の軍隊がクチャを征服した。白氏一族の王は、西突厥可汗国の臣下から、唐王朝の臣下へと変わった。クチャは「安西四鎮」（安西都護府管下の主要四駐屯地）を監督する本部が置かれた土地だった（クチャ自体も四鎮にふくまれた）。唐はそれからの一世紀の大部分は、断続的な支配を維持するにとどまった。クチャ以外の駐屯地は、ホータン、カシュガル、焉耆に置かれた（六七九年から七一九年のあいだは、焉耆からトクマクに移された）[67]。漢王朝と同じように唐も西域に軍を駐屯させたが、漢とは重要な違いがひとつある。唐は西域に対して、中国の中心地域と同じ監督制度を使った。クチャ州は、中国中央部にある州とまったく同じように構成された。州は県に分割され、県がさらに地方の農村と都市部地域に分けられた。

中国の西域支配についてのもっとも重要な情報源は、ペリオがクチャのすぐ南にあるドゥルドゥル・アクルの仏教遺跡で見つけた損傷の激しい文書群である。二一四の紙片の多くが火事で損傷し、非常にもろい状態だった。漢文で書かれたこれらの文書は、もっとも古いものは唐による征服から五〇年後の六九〇年代のもので、政治的な動乱が続いた時期にあたる。七世紀の後半にチベットの民族が強力な拡張主義の帝国を築き、六七〇年に中央アジアの支配をめぐって唐と対決した。唐がクチャの支配をとりもどすのは六九二年のことだ[68]。その後、安定した中国の支配が五〇年続いたが、ソグド人と突厥系の血を引く安禄山《あんろくざん》という将軍が反乱軍を率い（安史の乱）、もう少しで唐を倒すところまでいった。唐は傭兵を雇って七六三年にようやく反乱軍の鎮圧に成功した。

唐王朝は弱体化し、中央アジアから軍を撤退させたが、安西都護府の監督下でクチャの屯田地は存続した。七六六年からすくなくとも七八一年までは、郭昕という中国人役人が、クチャを拠点とする安西都護府の最高幹部として残っていたが、長安の唐の宮廷との接触はなかった[69]。七八一年、郭昕は使節を送って唐との関係を再構築したが、クチャではみずからの統治を続けた。七九〇年にはチベット人がこの地域を征服するが、彼らは考古学記録にはほんのわずかな痕跡しか残していない。その後、九世紀初めにウイグル人がクチャを占領し、一三世紀のモンゴルの到来まで支配力を維持した(70)。

ドゥルドゥル・アクルの漢文文書は、唐の勢力がまだ絶大だった六九〇年代からはじまり、ついにクチャの支配力を失う七九二年まで続く(71)。クチャ語の宗教文書や仏教寺院の会計文書とは違って、漢文史料は世俗的な出来事もカバーしている。クチャに駐屯する中国人兵士が書いたものには、家族に書き送った手紙のほか、故人の戦場での武勇をたたえる死亡通知三枚も見つかった。自分の罪を悔やむ信者は、兵役についているあいだに犯した仏教の戒律に反する行為、たとえば酒を飲む、肉を食べる、菜食による精進をおこたる、寺院の所有物をそこなう、動物を傷つける、などを書きつらねている(72)。これらの史料は幅広い活動を記録し、寺院で経を唱える僧侶、手紙を書く女性、耕作地の大きさ、道教の儀式に使われる旗の数、役人の仕事に対する評価などもある(73)。これらの文書から、クチャには中国人の入植地、おそらくは兵士が家族といっしょに暮らしていた駐屯地が存在していたと推測される(74)。

クチャ語の通行証のように、これらの史料もキャラバンの移動を記録している。さまざまな人が書いた手紙がこうしたキャラバンに託されて、宛先に届けられたからだ。ある手紙の送り主は、あきらかにみずからも旅の途中にいた人で、クチャに戻る入植者の一行に預けるため急いで書いたらしく、特定の文句をくりかえして彼らが出発する時間にまにあうように書きおえている(75)。

こうした文書に言及されているおもな交易品は馬で、中国人がクチャの北に住む遊牧民と、一〇〇〇斤（およそ六〇〇キロ）の鉄鋼か、およそ一〇〇〇尺の布地と交換した。ある文書には、馬の世話を頼むために政府の役人に渡した穀物（粉砕した穀物と大豆、ぬか、あるいは大麦）の量と種類が書いてある(76)。別の馬商人からの手紙は、馬が病気になったが、のちに回復したと報告している。民兵やさまざまな遠征軍が馬を使い、郵便施設や中継地も同様だった(77)。ソグド人――サマルカンドやその周辺からの移民か、その子孫――が、唐の軍隊に馬を供給するうえで重要な役割を果たしていたことを裏づける文書もある。ドゥルドゥル・アクルの遺物の断片からも、わずかながらソグド人の存在を裏づける痕跡が見つかった(78)。楼蘭の駐屯地から出土した文書と同じように、これらの文書は取引があったことをさしめすが、それは中国の役人が必要としたもの、おもに馬の購入にかんするものだ。断片的なので解釈がむずかしくはあるが、これらの文書が記録している内容の多くは、政府の出資による取引についてだった。

この政府主導の商取引という構図と一致するのが、ドゥルドゥル・アクルの文書にしばしばみられる貨幣への言及である。これらの文書は、特定の個人が個々の取引でかなりの額を支出する貨幣経済があったことを記録している。公式な肩書きを記していないある人物は、労役を免除してもらうために一〇〇〇枚の貨幣で税を支払った。別の人物は一五〇〇枚の貨幣を支払った。債務者の一覧には、貨幣四八〇〇枚、四〇〇〇枚（おそらくそれ以上）、二五〇〇枚など、名前があがっている人たちが支払った額もいっしょに記録してある。(79) 考古学者たちはクチャの別の遺跡で一一点の漢文契約書を発見した。保存状態のよい三点の契約書は、それぞれ貨幣一〇〇〇枚のローンの契約書で、借り手は二〇〇枚ずつの分割で返済することに同意している。(80)

これらの貨幣はだれがどんな理由で鋳造したのだろう？　何人かのローマ史研究者が貨幣の製造者としてもっとも可能性が高いのは、兵士に報酬を支払っていた国家だと指摘してきた。しかし、もしその地方に市場が存在していなかったのなら、兵士には貨幣は必要なかったはずだ、と指摘する研究者もいる。(81) 唐は三種類の通貨――貨幣、穀物、布地（通常は一定の長さの絹織物）――で税を徴収や支払いをしていた。政府から軍への支出額が大きかったため、クチャでは大量の貨幣が流通した。

七五五年に安史の乱が起こると、唐王朝はクチャから軍隊を引き揚げたため、この地域への貨幣の流入は突然停止する。クチャの統治者はそれを補うため、唐の貨幣をまねた質のおとった貨幣をみずから鋳造した。開元（七一三～四一年）の元号の時代の貨幣を使って鋳型を作り、「開元」の二文字を唐の皇帝によって宣言された新しい元号に置き換えたものだ（大暦、七六六～六九年、建中、七八〇～八三年）。本物と比べると文字は粗雑で、新しい文字にはまちがっている部分もあった。これらのクチャ発行の貨幣には、中国の中央政府が鋳造したものではないとわかるほかの特徴もあった。貨幣の真ん中の穴は本物と同じ長方形ではなく八角形になることもあった（鋳型をきちんとならべていなかったため)。鋳造に使われる金属も、本物より少し赤みがかった銅で、それが地方鋳造の貨幣であるもうひとつの手がかりになる。このタイプの貨幣一〇〇〇枚が新疆で見つかっているが、このうち八〇〇枚はクチャ地方から出土している。中国中央部では二枚しか見つかっていない。[82] あきらかに、これらはおもに新疆で流通していた貨幣だとわかる。クチャは唐から切り離されたが、地元の支配者はまだ彼らの軍隊に報酬を支払っていたため、そのための貨幣が必要だった。

ドゥルドゥル・アクル出土の漢文史料はかぎられた数しかない。合計でわずか二〇八点の文書があるだけで、その多くは文字がほんのわずかだが、驚くほど多岐にわたる活動を記録している。これらの文書をフランス語に翻訳した歴史家のエリック・トロンベールは、内容を次のようにまとめている。「ドゥルドゥル・アクル出土の漢文文書——ペリオと大谷が収集したもの——のもうひとつの特徴は、商業書類と特定できるものがないことだ。商品として売るための品物のリストはない。塩水溝の郵便施設近くで見つかったキャラバン用の多くの通行証のような旅行書類はない。契約書はほんのわずかあるが、おもに農民同士の取引にかんするもののようだ[83]」。ここでもやはり、内容は多岐にわたっていても、これらの文書にはこれまで描かれてきたようなシルクロード交易を思わせる言及は何ひとつない。そこからは、民間の商人が大量の品物を運ぶために長距離を移動する姿は浮かび上がらない。トロンベールは商業文書がまったく残っていない理由を、クチャは商業の中心地だったが、そこへ旅する商人たちは、ドゥルドゥル・アクルではなく、町のなかかオアシスの外側にとどまったからだと考えた。

しかし、シルクロード沿いのもっと多くの史料が見つかっている遺跡でも、ドゥルドゥル・アクルと同じように、やはり長距離交易について書かれた文書は見あたらない。この章のテーマであるクチャ出土のアグニ語、クチャ語、漢語の史料は、本書でとりあげる遺跡のなかでは、まちがいなくもっとも断片的で損傷が激しい。クチャ周辺で出土した漢語とクチャ語の史料をすべて合わせても、一万点に満たない。そのうち、わずか数百の文書が内容を読んで理解できるだけの状態を保っている。クチャでの交易はあったが、通行証が示すように、政府の役人が厳しく管理していた。そして、ドゥルドゥル・アクルの中国の駐屯地からの史料で明らかになったように、中国軍の馬の需要が、この交易の大きな構成要素になっていた。軍事衝突があいついだ七〇〇年代後半に入っても、地方の支配者は貨幣の鋳造を続けた。それは、交易が軍隊の存在と切り離せない関係にあったことを物語る。

クチャに残る証拠は断片的なものではあっても、シルクロード交易の伝統的なイメージに代わるものを浮かび上がらせる。これらの史料からわかるのは、民間の商人が長距離交易をはじめ、その中心になって活動していたのではなく、中国の軍隊がシルクロード経済に大きく貢献していたという構図である。中国軍が中央アジアに駐屯していた時期には、通貨――貨幣、穀物、布地という形の通貨――がこの地域に流れこんだ。中国軍が撤退したあとは、おもに地方の旅行者と商売人によって小規模の取引が続けられた。

第3章
中国とイランの中間地点 トルファン

タクラマカン砂漠の北側を通るルート沿いに位置するトルファンは、中国とイランを結ぶ架け橋となり、現在も国際都市の雰囲気をよくとどめている。街角のあちらこちらで露天商が売るナンは、中央アジアとインド北部でよく見かける発酵させた生地で作る平らなパンだ。わたしが一九九〇年代なかばにこの町で開かれた会議に出席したときのこと、朝食会場で陽気に参加者全員を迎えたノルウェー人のイラン語教授が、ロバの耳ざわりな鳴き声で目を覚ましたのは一九七九年の革命以前にイランを訪ねて以来のことだ、と話した。町を歩くと、ウイグル人や中国人らしい顔つきをした人たちを大勢見かける。バザール——中国人でさえ「市場」ではなく「バザール」という現地語でよぶ——の商店では、絨毯やきらびやかな宝石で飾られたナイフを薦められ、なにか買ってくれそうな客にはどこでもお茶が一杯ふるまわれる。

古くから、トルファンの人口はさまざまな民族で構成されてきた。なかでも大きなコミュニティを形成していたのが、中国やソグディアナ（サマルカンド周辺）からやってきた移民たちだった。二二〇年に漢王朝が滅びたあとには、中国人が大挙して北西部に移住した。タクラマカン砂漠の北側では、トルファンとクチャが二大入植地となっ

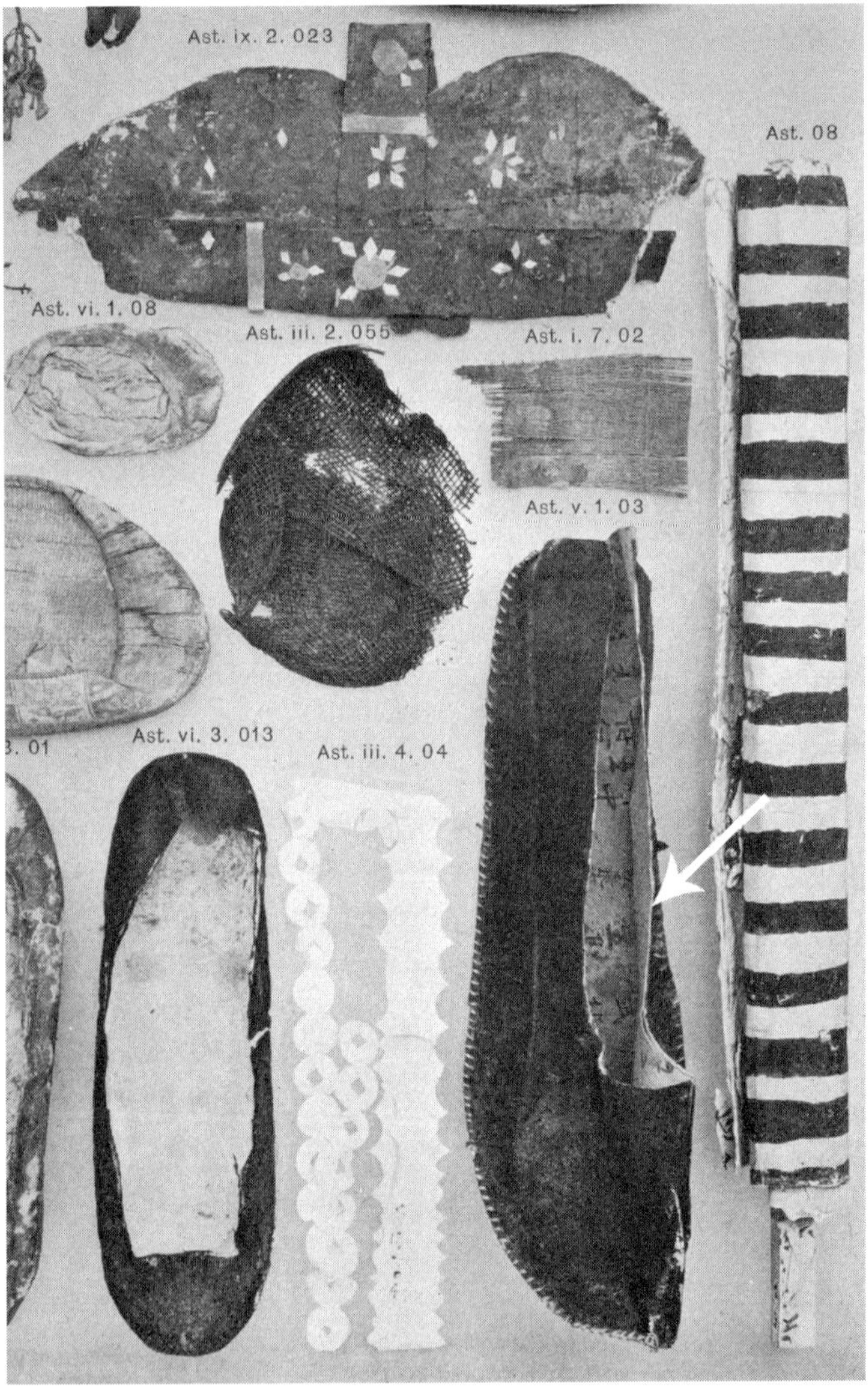

アスターナ古墳出土の再利用の紙で作った副葬品
オーレル・スタインは考古学報告書のスペースを節約するために、ひとつの遺跡で発見した同様の遺物に整理番号をふり、同じページにまとめて写真を撮った。この写真は彼がトルファンのアスターナ古墳群で発見した紙製の副葬品を写したもの。花飾りのついた帽子、巻いた旗、ひもに通した貨幣のほか、靴もとくに多かった。職人は書類を靴底と上部の形に切って糸で縫いあわせ、そのあとで外側を黒く塗った。矢印は靴の内側に文字がまだ見えることを示している。これらを分解してもとの文書を再現することで、考古学者たちはシルクロードに住む人々の生活について多くの情報を得た。

た。トルファンの中国人住民はイランの音楽を聴き、男性も女性もなくソグドのダンスを踊った。当時流行していた、胡旋舞とよばれる勢いよくグルグルまわるダンスである（カラー図版14）。ソグド人から見れば、トルファンは中国の雰囲気が濃かったので、彼らはこの町をチャイナタウンとよんだ。[1]

ソグド人と中国人に数で圧倒されたトルファンの土着住民の一部は、もとはクチャ語を話していたが、二七三年にはすでに漢字を使っていたことがわかっている。このオアシス都市でこれまでに見つかったもっとも古い漢文文書が、二七三年のものだった。トルファン出土の史料はとくに貴重なものとなった。というのも、住民が文字の書かれた紙を再利用して、死者に着せる靴、ベルト、帽子、衣服を作っていたからだ。このような形で保存された記録は、シルクロードがもっとも栄えていた時期の人々の生活について、編集の手をくわえない無作為の情報を提供してくれる。

紀元五〇〇年以降にタクラマカン砂漠の南側を通るルート（西域南道）が使われなくなると、多くの旅行者はトルファンを通る北側の西域北道（天山南路）を選ぶようになった。そうした旅人のひとり、中国の仏僧の玄奘（五九六〜六六四年ごろ）は、仏教の経典をサンスクリット語の原典で学ぶため、六二九年にインドに行く決心をした。漢語版では理解できなかったからだ。[2]この旅のタイミングはこれ以上ないというほど最悪だった。新たに成立した唐王朝が国境を越える旅を禁じていたのである。

わたしたちが玄奘の旅について知ることができるのは、中国に帰国後の六四九年に、彼が自分の経験した過酷な旅について弟子の慧立《えりゅう》（六一五〜六七五年ごろ）に詳しく語り、口述筆記させたからだ。[3]慧立が伝えているように、玄奘は河南省の洛陽近くで生まれ、十代のうちに仏門に入った。その後、隋王朝が崩壊した六一八年に洛陽を離れ、一年をかけて最初は唐の首都長安（現在の陝西省西安）で、その後は四川省で経典を読む。さらに、旅にそなえてサンスクリット語も学んだ。仏教の典礼で用いられ、寺院でも使われていたのがサンスクリット語だった。[4]

敦煌からトルファンまで五五〇キロの距離を移動するには、現在なら夜行列車か車で一日の旅ですむ。この現在の

トルファン地方
—— 玄奘のルート
----- 西域北道（天山南路）
万里の長城
黄河
涼州
（武威）
欽州
長安（西安）
洛陽
河南
黄海
四川
揚子江
東シナ海

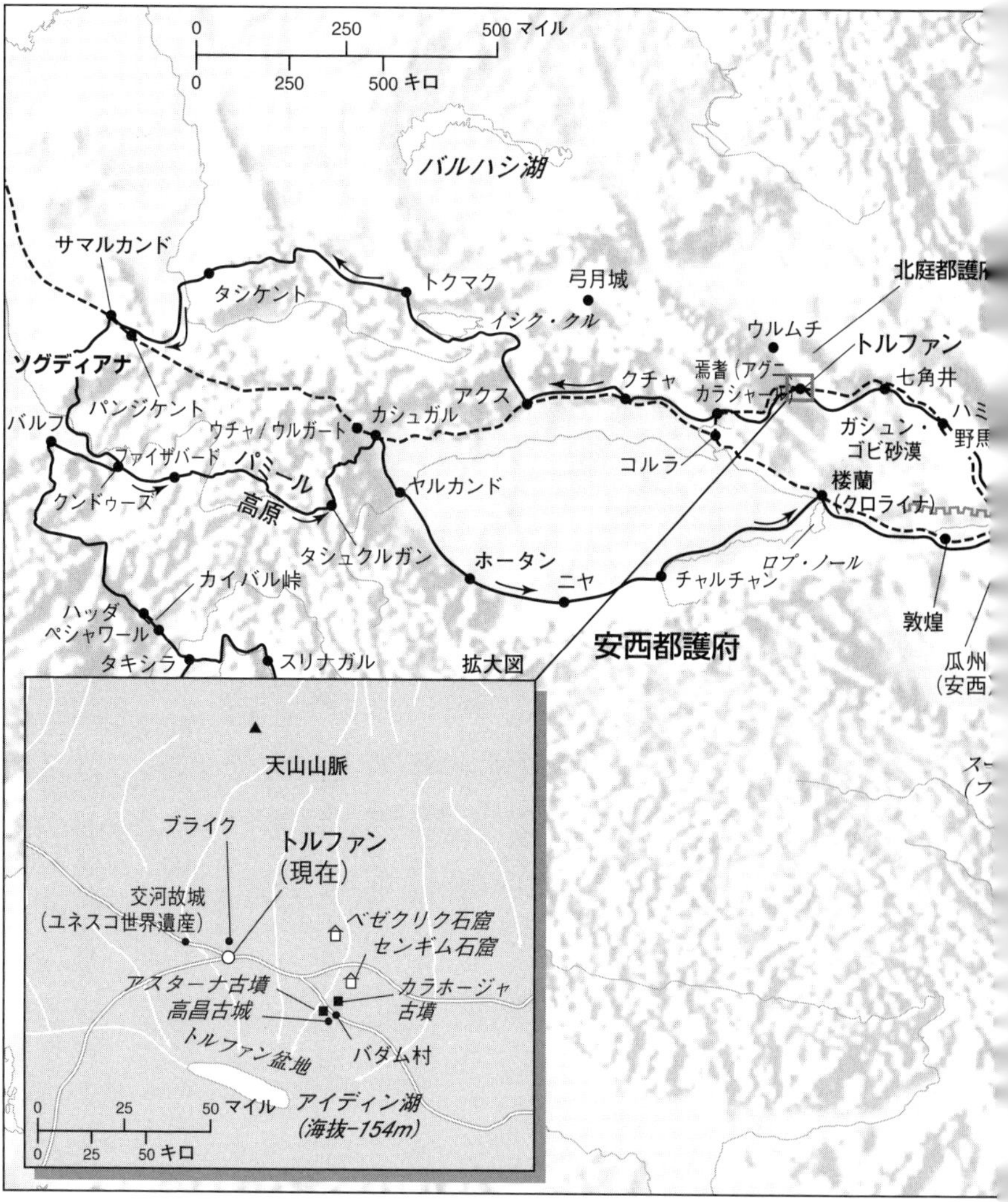

0
250
500 マイル
0
250
500 キロ
バルハシ湖
サマルカンド
タシケント
トクマク
弓月城
北庭都護府
イシク・クル
ウルムチ
トルファン
ソグディアナ
焉耆（アグニ
カラシャール）
七角井
パンジケント
クチャ
アクス
ハミ
ウチャ／ウルガート
カシュガル
ガシュン・
ゴビ砂漠
野馬
バルフ
ファイザバード
コルラ
パミール
クンドゥース
高原
ヤルカンド
楼蘭
（クロライナ）
タシュクルガン
ホータン
ロプ・ノール
カイバル峠
ニヤ
チャルチャン
ハッダ
ペシャワール
敦煌
安西都護府
タキシラ
スリナガル
拡大図
瓜州
（安西
天山山脈
ブライク
トルファン
（現在）
交河故城
（ユネスコ世界遺産）
ベゼクリク石窟
センギム石窟
アスターナ古墳
カラホージャ
古墳
高昌古城
トルファン盆地
バダム村
0
25
50 マイル
アイディン湖
（海抜−154m）
0
25
50 キロ

旅の手軽さのため、かつての旅がどれほど危険だったかを思い描くのはむずかしい。玄奘はまず、最初の行程として涼州（現在の甘粛省武威）へ向かった。ここは「パミール高原の東の諸国からやってくる商人と仏僧が、ひっきりなしに行き交う」重要な町だった。[5] 涼州は唐王朝時代の中国では国内最後の主要都市で、そこから先へは西に向かうキャラバンにくわわって旅を続けた。

涼州の高位の役人である都督は、玄奘に中国を離れる計画をあきらめるように説得したが、地元の法師が玄奘を助けて瓜州《かしゅう》まで向かう手はずを整えた。瓜州の役人は涼州から届いた玄奘逮捕の通牒を破りすて、できるだけ早く出発するようにうながしたという（玄奘は敦煌を通らず、近くの瓜州を通った）。瓜州まで来た玄奘は、国境を越えてからの最初の大きな経由地であるハミへの道のりがいかに厳しいかを知った。途中に瓠蘆《ころ》川の急流があり、その北には五つの烽火台が続き、無許可の旅人をつねに見張っている。そして最後にはガシュン・ゴビの砂漠が待ちかまえる。一九〇七年に玄奘の足跡をたどったオーレル・スタインは、玄奘の移動距離を三五一キロと推測した。[6] スタインは慧立の説明が驚くほど正確だとわかったが、ひとつだけ例外があった。慧立は最初の烽火台から四番目の烽火台まで、歩いて二日かかる部分をはぶいている。おそらく話を早く進めるためだろう。

はっきりした道がなかったため、玄奘は石槃陀《せきばんだ》という男を雇って、ハミまで案内してもらうことにした。この案内人の姓の「石」は、彼の一族がもともとサマルカンド郊外のケシュ（シャフリサブス）出身だったことを表す。一方、彼の下の名前の「槃陀」はソグド人に多い「ヴァンダク」という名前（神の「僕」を意味する）の音に漢字をあてたものだ。[7] 槃陀は玄奘をもうひとりの年長のソグド人に引きあわせた。すでにハミへ一五回も旅したことのあるこの老人は、玄奘の年老いた馬を自分の馬数頭と交換したほうがいいと助言した。玄奘は長安の占い師から、やせて老いた赤毛の馬に乗るだろうと予言されていたことを思い出し、この交換に応じた。

真夜中すぎ、槃陀と玄奘は出発した。瓠蘆川に沿って北へ進むと、やがて川を渡れるくらいの浅瀬になった。槃陀は胡楊《こよう》の木を何本か切り倒し、自分と玄奘と馬が反対岸に渡れるように簡単な橋をつくった。ぶじに川を渡ったところで彼らは横になり、しばし眠りにつくことにする。ところが、しばらくして玄奘は槃陀が短刀を手に自分のほうへ近づいてくるのを見たような気がした。これは悪夢なのか？　しかし、彼が観音菩薩に念仏を唱えると危機は去った。

翌朝、槃陀が自分はここで引き返すと言い出した。「この先の道は危険で遠すぎる。水も草もない。五つの烽火台のそばには水があるが、夜中に近づき、水を盗んで進むしかない。見つかればまちがいなく殺される」。玄奘は槃陀とはそこで別れることに決め、彼に馬一頭をあたえ、そこからはひとりで砂漠を進んだ。

慧立は、師のひとり旅の恐怖を生々しく表現している。馬の糞と以前そこを通った旅人の干からびた骨しか目印のない道を進むうちに、玄奘は幻覚に襲われ、遠くの蜃気楼のなかに次々と姿を変える数百人もの兵士を見た。ようやく第一の烽火台にたどり着くと、窪みに隠れて夜になるのを待ち、それから貯水槽の水を腹いっぱい飲んだ。皮袋にも水を満たしていると数本の矢が飛んできて、あやうくひざに刺さるところだった。玄奘は立ち上がり叫ぶ。「わたしは首都からやってきた僧です。矢を放たないでください」。見張りが烽火台の扉を開き、守備隊長が彼をなかに招き入れ、一晩休んでいくように勧めた。隊長は、四番目の烽火台には自分の親類がいるので、助けてくれるようにとりはからっておくと約束した。そこでも最初は矢が降りそそいだが、玄奘が身分を明らかにすると、見張りが通過を認めてくれた。烽火台の隊長は彼に、まっすぐ五〇キロほど離れた野馬泉まで行くように勧めた。そこがいちばん近い水源だった。

徒歩でひとり旅を続けた玄奘は、どれだけ歩いても泉を見つけられなかった。途中で歩みを止めて皮袋の水を飲もうとすると、袋が指から滑り落ちて、入っていた水がすべて流れてしまった。がっかりした玄奘は、いったんは引き返そうとしたものの思いなおす。「東に戻って生きるよりも、西に向かって死んだほうがいい」。砂漠を四晩五日さまよった玄奘が、ふたたび観音菩薩に念仏を唱えると、馬がそれにこたえるかのように、ついに砂漠のなかにわき出る泉につれていってくれた。玄奘は脱水症から回復し、ハミへと旅を続ける。町に着くと三人の中国僧が彼を仏教寺院に迎え入れた。ついに中国を離れたのだ。

長安からトルファンへの玄奘の旅の話は、慧立の手による聖人伝のほんのひとつのエピソードにすぎず、一章にも満たない。慧立の最大の目的は、玄奘がなしとげた多くの奇跡を記録することだったからである。聖人伝作家はだれでもそうだが、慧立は師の敬虔さを伝えるために旅の危険を誇張して書いている。それでも、現代の読者が読むと、この旅の細部についていくつか疑問が生じるのは避けられない。拘留すべき人物を前にして、中国の役人が逮捕の通達書を破りすてたりするだろうか？なぜ玄奘は自分のことを短刀でおどし、旅のもっとも困難な行程を前に自分を見すててしまうような案内人に、大事な馬をあたえたのだろう？

古代高昌市の遺跡

トルファン近くの高昌市の堡塁は、中国全土でも数少ない完全に地表に出ている遺跡のひとつ。古代の住民が夏も涼しくすごせるように地中に穴を掘って住居をつくった場所や、掘り出した土を積んで高い壁をつくった場所が確認できる。写真からもわかるように、ほかの建物を見下ろすようにふたつの土製の塔が立っている。玄奘は629年にハンガーストライキを終えたあと、この塔のどちらかで説教をしていた可能性が高い。著者撮影。

どうして助けてくれる者などひとりもいない砂漠の旅で、玄奘は生き残ることができたのだろう？　別々のふたつの烽火台の隊長ふたりが、たとえ相手が仏僧であったとしても、逃亡者の通行を許可したりするだろうか？　水のない状態で五日も砂漠で生き残ることができただろうか？（これについては、たしかにヘディンも一八九六年に水なしで六日間生きながらえた(8)。

慧立の説明を読むと、皇帝の命令に反するこの行為――出国禁止令にかかわらず中国を離れること――は、玄奘がすべて単独で行なったことのように聞こえる。玄奘はもともとまっすぐ西突厥の可汗――中央アジアの支配をめぐる唐の主たるライバル――に会いにいこうと考えていたはずだ。しかし、慧立は内容に修正をくわえ、玄奘が自分で中国を離れる決断をした唐の忠実な民で、出発してから可汗を訪問することに決めたように書いている(9)。

出発のときの状況がどうであれ、玄奘の経験は西域北道を通ったふつうの旅人のものとは大きく異なる。甘粛からトルファンまで玄奘はひとりで旅したが、ほとんどの旅人はキャラバンで移動した。出国禁止令が出される以前の時代には、関所で通行証を申請することができた。砂漠越えの道を見つけるのがむずかしい場所では、案内人がついて旅人たちを導いたので、途中に見つかる骸骨となった人たちと同じ運命に終わることなく、旅をぶじにのりきることができた。玄奘の行程を見ると、トルファンがシルクロードの要衝だったことがわかる。トルファンはクチャとならぶ西域の大都市だった。

慧立が伝えているように、唐の領域を離れたとたんに玄奘の運は好転した。ハミの次にあるオアシス国家の高昌国では、トルファンに居を定めていた麹文泰《きくぶんたい》という王が、玄奘を迎えるために使者を出した。暗闇のなかを進んだ玄奘と案内人が真夜中に王城に到着すると、王が侍臣とともに松明を手に彼を出迎えた。王は玄奘と夜通し話を続け、翌朝にはまだ玄奘が眠っているうちから王と王妃が扉の外で待ち、彼にまっさきにあいさつすることで敬意を示そうとした。玄奘はその後、寺院に移り、そこで一〇日間すごしたあと、旅を再開することにした。

王は彼にとどまってくれるように懇願したという。

法師のお名前を耳にしてからというもの、わたしの体と魂は喜びで満たされ、わたしの手足は踊り出しました。ここにとどまってくだされば、生涯、必要とされるものはなんでも提供いたします。この王国の民すべてに、あなたの弟子になるように命じましょう。どうか、ここにいる僧侶たちを教え導いてください。多数とは申せませんが、その数は数千にはなるでしょう。

玄奘が難色を示したために二人は口論となり、王は彼を唐に送り返すとおどしをかけた。玄奘がどうしても出発すると言うと、王は彼を城のなかに閉じこめ、毎日自分で食事を運んだという。三日間、玄奘は食べ物も飲み物もすべて拒否した。四日目になって王はついに降参し、妥協策を話しあった。玄奘はトルファンにあと一か月だけとどまって『仁王経』を講義し、そのあいだに王が旅の必要品を用意することになった。

約束の一か月がすぎて出発のときがくると、王は新たに受戒した僧四人と二五人の従者を玄奘につけ、全員にマスク、手袋、ブーツ、靴下を提供した。また、玄奘にはおそらく二〇年はかかると思われる旅の支出をまかなえるだけの十分な貨幣と布地をあたえた。金一〇〇両、銀貨三万銭、綾絹五〇〇疋。金、銀貨、絹――七世紀のシルクロードでは、このすべてが通貨として使われていた。さらに重要なのは、王が西突厥の可汗と二三の属国の王たち（高昌の王と同じように可汗の同盟国の王たち）への二四通の紹介状を用意したことだった。(10)

玄奘の選んだルートは、西突厥とその同盟国が支配する領土に長くとどまることができた。西突厥は、現在のキルギスタンにあるイシク・クル湖の北西端の町トクマクに都を置いていた。高昌国の王は可汗のために、綾絹五〇〇疋とおいしい果物（おそらく乾燥させたもの）を積んだ二台分の荷を贈った。高昌国の王たちは冬でも果物を楽しめるように貯氷庫をもっていたが、可汗の野営地までの長い道のりを新鮮な果物を運ぶことはできない。玄奘がトルファンを出発したのは冬のことで、おそらく六二九年の一二月だったと思われる。(11)

王の一族は五〇二年から権力の座についていた。(12) 麹氏一族はおそらく漢民族ではないが、中国の習慣を幅広くとりいれていた。トルファンにもとから住んでいた車師《しゃし》の人々は、「フェルトのテントで暮らし、水と放牧用の草地を求めて移動を続け、耕作についての知識が豊富だった」と、『後漢書』に書かれている。[13] 車師王の墳墓には、人間の死体を納めるための長方形の穴と、馬のための円形の穴があり、彼らが遊牧民に特徴的な習慣をもっていたことがわかる。[14] 紀元前六〇年、匈奴が弱体化すると、車師の王は漢王朝に降伏した。その後、中国人は交河に駐屯地を建設し、紀元四五〇年までのほとんどの時期は、歴代の中国王朝がこの地方の支配を維持した。交河はふたつの川が合流するすばらしい景観を誇る。ここを訪れると、ユネスコが建設した舗装された通路があり、建物の表示にしたがって廃墟を見学することができる。[15]

中国の支配下にあった数世紀のあいだ、多くの中国人移民がトルファンに定住した。そして、現地住民の多くが中国語を学んだ。三〜四世紀のトルファンでは、ニヤやクチャと同じように貨幣はほとんど流通していなかった。トルファン出土のもっとも古い漢文の契約書は二七三年のもので、棺ひとつと住民が通貨として使っていた絹二〇疋が交換されている。[16] この契約書は絹織物が精練処理されたものであることを特記している。これは絹を熱湯に入れて表面をおおう層をとりのぞき、染色しやすくしていたことを意味する。トルファンの住民は何世紀ものあいだ、精錬した絹を好んでいた。また、敷物と一定量の穀物を物々交換に使っていた。

五〇二年に権力を掌握した麹氏一族は中国の文化的規範を受け入れ、中国の皇帝の多くと同じように仏教を信奉した。官僚制度も中国の例にならい、行政用語には漢語を使っていた。首都をとり囲む城壁には、よく知られた中国名をつけた門がある。学校でも中国の古典と王朝史を教えたが、ただし自分たちの言語、おそらくクチャ語かソグド語に翻訳したものを教材に使っていた。[17]

唐の軍隊が高昌軍を破り、このオアシス国家を征服した六四〇年以降、トルファンではさらに中国の影響が強くなった。第一〇代にして最後の高昌国王、玄奘をもてなした麹文泰（在位六二〇〜六四〇年）は戦闘で死亡し、彼の息子が降伏したことにより、中国が直接統治を確立。拠点となる交河に安西都護府を置き、西域の統治にあたらせた。[18]

トルファンは唐帝国の三〇〇の州とまったく同じ位置づけだったので、役人は帝国全土に適用された均田制にしたがって土地の再配分を実施した。戸籍は三年ごとに更新しなければならず、世帯主と家族、同じ家に住む者全員の名前のほか、税務が記載された。身体的に健全な男性は全員が三種類の税——祖（穀物）、庸（労役）、調（絹）——を支払う義務があった。戸籍には税務が少ないか免除される年少者、高齢者、身体障害者、女性についても記載された。

身体能力のある男性のいる世帯は、税を納めることで二〇畝（約一・二ヘクタール）の永業田（世襲が認められた土地）と、八〇畝（約四・八ヘクタール）の口分田（一代かぎりの土地）を手にできた[19]。当局は永業田は長期的な投資（カイコが餌にするクワの木を植えるなど）にあて、三年ごとに再配分される口分田は、ふつうの畑として耕作するように奨励したいと考えていた。

六四〇年に各世帯の戸籍を作成したところ、トルファンには八〇〇〇世帯に三万七七〇〇人が暮らしていた[20]（その一〇〇年後、世帯数は一万一六四七に増えていた[21]）。オアシスのトルファンでは土地はとぼしかったため、戸籍には各世帯がどれだけの土地を受けとったか（通常は五畝、約〇・三ヘクタール）、配分予定の土地がどれだけあるかも記載された。政府は規定どおりに配分できるだけの十分な土地がないことはわかっていたが、この架空の土地配分の記録は彼らが唐の律令に従っていたことを表す。地方レベルでこのような柔軟な対処があったおかげで、唐の法は成り立っていた。役人がすべての規則を地方の状況に合わせて調整できたのである。

トルファンの唐の役人がまだ配分していない土地を記録に残していたことを、現在のわたしたちが知ることができるのは、トルファンの人々が死者を葬るときに、再利用した紙で作った衣服、帽子、ブーツ、ベルトを故人に着せる習慣があったからだ。ほかの地方に住む中国人も死者に同じような紙の死装束を着せていたようだが、紙製のもろい衣服はすっかり分解されてしまって残っていない[22]。生きている人たちは、紙には天上の死後の世界に上っていく性質がそなわっていると信じていたのかもしれない。仏教徒は地上の世界のはるか上のどこかに天国があると考えていた。トルファンで見つかった五世紀初めのものとされる靴底には、青い顔料で「上がる」を意味する漢字が一文字書かれていた[23]。

紙は高価だったため、トルファンの住民はすてられた紙、ときには廃棄された公文書を再利用して死者のための衣服を作った。中国の正史は、高昌国の役人はなにかの問題が解決されると、関連するすべての文書を廃棄していたと伝えている。彼らがすてなかった唯一の文書が戸籍だった。六四〇年以降、トルファンは唐の支配下に入り、高昌国のすべての文書は不必要になった。さらに、文書保管のスペースを最小限にするため、唐の規則はすべての文書は三年たったら廃棄するように定めていた[24]。埋葬用の衣服を作っていた人たちは、ときには手紙、契約書、詩、薬の処方箋、学校の課題のような、個人的な書類を再利用することもあった。トルファンの文書が興味を引くのは、死装束からじつにさまざまな種類の史料が復元できたからだ。

トルファンの乾燥した気候が、紙や繊維などのもろい素材を保存するのを助けている。このオアシスは、数千万年前にインド亜大陸がユーラシア大陸と衝突してヒマラヤ山脈が形成されたときにできた、極端に低い窪地に広がっている。トルファンのなかでもアイディン湖が干上がった場所がいちばん低く、海抜はマイナス一五四メートル。ここは地球上で死海に次いで低い陸地である。トルファンは乾燥して暑い。あまりの暑さのため、中国では「火州」とよばれることもある。夏の気温は摂氏六〇度に達するのがふつうで、人間がエアコンなしですごすのは耐えられないが（古来の住居は地下を掘って造り、涼しさを保っている）、トルファン名産のメロンとブドウには完璧だ。トルファンの乾燥した気候は紙文書にくわえて、一〇〇を超える人間の死体、さらには絹で作った造花まで保存してきた（カラー図版１）。

一九一五年一月一八日、オーレル・スタインが高昌の町をとり囲む壁のすぐ外にあるアスターナ古墳群を訪れたとき、墓はすでに徹底的に荒らされていた。マシクという名の地元の墓堀人はスタインに、自分と父親がこの遺跡にあるすべての墓を調べてみた、と説明した。

わたしたちが墓地の発掘助手として特別に雇ったマシクは、ミイラを探すのに慣れていて、なんの良心のとがめもなく頭蓋骨のあごの骨を砕き、口の空洞から薄っぺらい金貨を取り出していた…マシクは経験から、死者の口に置かれた金貨や銀貨を探すのはだれよりも早いと言ったが、彼の探索が報われることはめったになかった。[25]

アスターナとカラホージャの古墳群で、スタインはマシクが死者の口からほじくり出した何枚かの貨幣をふくめ、いくつかの遺物を見つけたが、彼も、彼に続いてこの遺跡にやってきたほかの発掘隊も、この古墳にどれほど多くの文書が眠っているかには気づかなかった。

現在、アスターナ古墳は一般公開されている。旅行者は階段を下りてふたつの墓所に入り、そこにある壁画を見ることができる。この古墳がどれほど大きなものか（東西二・四キロの長さに幅一・二キロに広がる）、そして発掘された文書をつなぎあわせて多くの情報を再構築してきた歴史家たちの努力を考えたとき、ようやくこの遺跡の価値を実感できる。

地元の考古学者たちは、アスターナ古墳群は深刻な被害を受けてはいるものの、まだ多くの遺物が残っていると気づいていたが、本格的な発掘調査がようやく実施されたのは一九五八年になってからのことだった。これは共産党が中国経済をイギリスの水準にまで引き上げることをめざし、そのための大々的な取り組みとして「大躍進政策」を立ち上げた年だった。だれもが——すべての農場、すべての工場、すべての労働単位——が、ノルマを達成することで生産性を増すように求められたものの、その多くは目標が高すぎてとうてい達成することなどできないものだった。多くの地方で強制的な集団主義化と農業の軽視のために深刻な飢饉が起こり、四五〇〇万人が死亡した。[26]

新疆の考古学者たちにも数千の遺物発見というノルマが課された。[27] 彼らはいくつかの場所で試掘を試みたが、もっとも実りが多かったのがアスターナ古墳群だった。発掘作業員に報酬を支払うための資金を使い果たすと、地元当局は道路や灌漑用水路を掘る作業員といっしょに発掘作業をすることを認め、労働者を雇うコストを節約した。考古学者たちは多数の墓を見つけた。現在のトルファンの考古学者たちは、遺物をウルムチ博物館まで運ぶトラックの隊列を、二〇世紀初めのヨーロッパの探検隊がラクダの隊列を組んで遺物をもちさったときと同じように語る。考古学者たちはノルマを達成し、この遺跡での発掘は一九七五年まで続けられた。そのあいだに多くの政治騒動が起こり、とくに一九六六年から一九七六年までの文化大革命の時代にはそれが激しかった。重視されるのはいつも、発見する遺物の量で、そのため報告書の内容はとぼしいことが多かった。(28) こうした急がされた発掘についての公式報告書からは、どの遺物がどの墓から出土したかを特定できないこともある。

出土した文書の扱いはもう少しましだった。武漢大学の歴史学教授、唐長孺氏の先見の明あるリーダーシップのもとで、政府が支援した研究者グループが北京に集まり、遺跡から出土した文書を分析した。再利用の紙で作った衣服をばらばらにして、もとの文書を再構築することもあった。こうして再現された文書それぞれが、専門家による現代中国語訳と明瞭な写真とともに発表された。一九五九年以降、アスターナとカラホージャ古墳で四六五の墓が発掘され、その二〇五か所に文書がふくまれていた。(29) これまでに見つかった文書は約二〇〇〇点で、そのうち三〇〇点以上が契約書だった。(30)

これらの文書は紀元二七三年――漢文文書に記載されたもっとも古い年号――と七六九年――最後の年号――のあいだに、シルクロード社会に暮らしていた一般の人々の生活について、貴重な情報をあたえてくれる。高昌国の創設以前には、トルファンの歴代の支配者がニヤやクチャの王たちと同じように、使節の交換に参加していた。四七七年のある文書は、中央アジアの柔然《じゅうぜん》（ヨーロッパではアヴァール人として知られた）、タリム盆地の南端にあったカルガリク王国、中国の南京を都にした宋王朝（四二〇～四七九年）、インド北部のウッディアーナ王国、そして、おそらくインド南部をさすと思われる「ブラフマン国」からの使節を歓待するための支出項目を記している。(31)

この使節の一覧からは、トルファンの支配者が外交関係を維持していた近隣諸国が明らかになるが、もっとも重要な交易相手についてはは特定できない。ほかのトルファン出土の貨幣や文書は、まちがいようのない一貫したパターンを示している。ローマではなくイラン世界、とくにサマルカンド周辺の東イラン世界が、最初は独立した高昌国の、六四〇年以降は高昌国を征服した唐のもっとも重要な交易パートナーだったということだ。

紀元三〇〇年にはすでに、トルファンの住民はイラン西部のササン朝で鋳造された銀貨を使っていた。純度の高さで知られるササン朝の銀貨（銀が八五～九〇パーセント）はすぐに見分けがつく。[32] 貨幣の表面にはその年に在位していた王の横顔がきざまれている。王冠の特徴からどの王かが特定でき、中期ペルシア語で名前もそえられている。裏側には国教であるゾロアスター教を象徴する火の祭壇を守るふたりの従者が描かれている（カラー図版4B）。中国で発見されたもっとも古いササン朝の貨幣は四世紀のもので、高昌の町の砂に埋まった遺跡にまとまって発見された。これらの初期の貨幣の多くはほとんど摩耗していないので、広くは流通していなかったとわかる。[33] 使用範囲がかぎられていたというこの印象は、トルファン出土の四世紀の文書に絹織物での支払いが記録されていることからも裏づけられる。

銀貨についてはっきり言及している最初の文書は墓地の副葬品の一覧で、五四三年の年号が入っている。そのなかに、銀貨一〇〇枚、金貨一〇〇枚、「天上」絹一億九〇〇〇キュービット（一キュービットは約三メートル）の記載がある。[34] この副葬品一覧は、銀貨がどこで鋳造されたものかは明らかにしていないが、当時の中国の貨幣は銅で造られていたので、銀貨がササン朝のものだったことはまちがいないだろう。織物と貨幣の量が誇張されているのは、本物ではなく模造の織物と貨幣が納められたからと考えられる。

本物の銀貨についての言及があるもっとも古い文書は五八四年の契約書で、一畝の畑を借りるのに銀貨五枚を支払うという内容だ。同様の契約書は六七七年のものまで見つかっている。住民は土地、樹木、牛車、家を借りるため、または土地を買うため、自分の領地の烽火台に人を雇うため、誰かにお金を貸すため、税金を支払うために銀貨を使った。[35] 漢文契約書の内容を裏づけるのが、アスターナ古墳群で見つかったソグド語の契約書で、六三九年に女性の奴隷一人を「純度の高い」銀貨一二〇枚とひきかえに売ったという記録がある。[36]

史料に残る記録から、トルファンの住民は五〇〇年代後半から六〇〇年代後半まで銀貨を使っていたと推測される。そのパターンは見つかった貨幣からも裏づけられる。考古学者たちは高昌市の遺跡で一三〇枚、アスターナ古墳群で三〇枚の銀貨を発見した。その多くは死者のあごからスタインの助手のマシクが取り出したものだ。[37] ササン朝の銀貨は六四〇年の中国による征服以降も流通しつづけ、六五一年にイスラム軍の侵略でササン朝が滅びたあとになっても使われつづけた。もっとも、この年以降はアラブ総督が鋳造するアラブ・ササン朝の貨幣に切り替わった。アラブ・ササン朝の銀貨もそれ以前のものと同じように、重さは約四グラムで、ササン朝の皇帝の肖像のかわりにアラブ総督の肖像を使い、表側にアラブ語の文字をくわえた。[38]

中国では約一三〇〇枚のササン朝の銀貨が見つかっている。もちろん、その大部分は新疆で見つかったものだ。[39] トルファンのはるか西、カシュガル郊外にある現在のウチャの町（ウイグルのウルガート）の小さな脇道で、中国国内ではもっとも大量の銀貨が見つかっている。一九五九年、道路拡張工事のためにダイナマイトを使っていた作業員が、銀貨九四七枚を発見した。岩の裂け目に一三本の金の延べ棒とともに隠されていたもので、貨幣の多くがくっついて塊になっていた。この丘はトルファンと現在のキルギスタンのイシク・クル湖のすぐ北西にあった西突厥の都を結ぶ主要道の近くにあった。丘の中腹の発見場所は道からは離れたところにあるので、だれかが――商人か使節か、あるいは追いはぎか？――安全に保管するためにお金を隠し、結局とりには戻れなかったのだろう。[40] 九四七枚の貨幣には、ササン朝のものとアラブ・ササン朝のもの両方がふくまれていた。アラブ・ササン朝の貨幣の存在から、これらが六五一年にササン朝がイスラム軍に敗れたあとのものだとわかる。また、ササン朝の貨幣をまねた中国製の貨幣の存在――全体の四分の一ほどの量を占めていたかもしれない――は、西域の住民にとって銀貨がまだ価値をもっていたことを示している。[41]

この九四七枚の銀貨は、七世紀後半にはどれほどの購買力をもったのだろう？　トルファンの墓地で見つかった、六七三年に死亡したズオという名の金貸しにかんする文書が、いくらかの手がかりをあたえてくれる。この墓には使用人から故人にあてた折りたたまれた手紙がふくまれていた。その六年前の六六七年に銀貨五〇〇枚を盗んだのは自分ではない、と否定する内容だ。この使用人は、多くの中国人がそうだったように、あの世の法廷は死者にも生者にも正義を行なうと信じていた。この手紙から、トルファン社会の富裕層はいつでも五〇〇枚くらいの銀貨は手もとに置いていたのだろうと考えられる。

金貸しのズオの墓に完全な状態で埋まっていた一五枚の契約書を見るかぎり、彼の通常の貸しつけ額は少額だった。一〇枚から四〇枚程度の銀貨、または三疋から三〇疋の精練された絹だ。政府は、奴隷や家畜のような大きな取引のときには絹織物で支払い、それほど貴重ではない品の取引には貨幣を使うように定めていた。おそらく貨幣は供給が不足することが多かったからだろう。金貸しのズオもこうした規制にしたがって、六六一年に絹六疋で奴隷の少女一人を買い、六六八年には九〇束の干し草を買うのに銀貨四五〇枚を支払っている。八枚の契約書が絹または銀貨の貸しつけを記録し、五枚の契約書は——すくなくとも一度は彼からお金を借りていただれかに対する——畑の貸与を記録している。ほかのトルファン出土文書の多くとは違って、これらの契約書はズオの墓に完全な形で納められていた。おそらくズオは生きている間には貸した金を回収できなかったが、死後にとりもどそうとしたのだろう。(42)

彼の墓に埋められた契約書を見ると、ズオは一貫して月一〇～一五パーセントの利息をとっていた。この利率は当時の基準から見てもかなり高いように思われる。唐の法では、利息の上限を月六パーセントと定めていた。(43) さまざまな理由で借金を負った住民は、金貸しのところに行ってなんとかしのいでいた。この人たちがその後どうなったのかについてはわからないことが多いが、借りた金を返済しなかったことはまちがいない。というのも、もし返済していたとしたら、金貸しは最後の返済金を受けとったときに、習慣どおり契約書の写しを廃棄していただろうから。

トルファンの住民は銀貨を使っていたが、中国中央部の住民は紀元前二世紀から変わらず五銖銭の銅貨を使っていた。トルファンとその西では銀貨、中国では銅貨、という貨幣の流通範囲のはっきりした違いは、六四〇年のトルファン征服のあとまで続いた。七〇〇年ごろになってようやく、トルファンの人々も銅貨を使うようになり、ひもをとおして一〇〇〇枚単位にまとめることが多かった。銀貨への言及がある最後のアスターナ文書は六九二年の税の受領書で、税額を銅貨で表した価値を明記している。それによると銀貨二枚で銅貨六四枚分の価値があった。[44]

六世紀から七世紀にかけてのトルファンで銀貨が使われていたことは、シルクロード交易の全盛期、つまり唐が西域に大規模な軍の駐屯地を置いていた時代の中国の主要交易パートナーは、ローマではなくイラン世界だったことを意味する。共和制時代のローマ（紀元前五〇七〜二七年）のものであれ、その後の帝政前期（前二七〜紀元三三〇年）のものであれ、ローマで鋳造された貨幣は——いまのところ——中国ではまったく見つかっていない。寧夏回教自治区の第一線の考古学者として知られる羅丰による徹底した調査で、中国で発見されたもっとも古いビザンティン帝国のソリドゥス金貨（二枚発見されている）は、テオドシウス二世（四〇九〜四五〇年）の治世に鋳造されたもので、早くて六世紀初め、遅くて八世紀なかばに埋められたものだとわかった。[45]

これらのビザンティン帝国の貨幣の流通時期は、ササン朝の銀貨の流通時期と重なりあい、ふたつがいっしょに見つかることも多かった。中国では金貨が出土することは銀貨に比べてはるかに少なく、新疆で一一枚、中国中部で三七枚、合計で四八枚しか見つかっていない（銀貨は対照的に一三〇〇枚以上）。[46]これらの貨幣はすべてソリドゥス金貨のように見える。最初に鋳造されたのはコンスタンティヌス帝（在位三〇六〜三三七年）の時代で、七二分の一ローマ・ポンド（四・五五グラム）の金をふくみ、表面にはそのときの皇帝の肖像が、裏には十字架かキリスト像がきざまれた。[47]イスラム軍はササン朝を滅ぼしたあとでビザンティン帝国の大部分を占領すると、イスラムの鋳造所でソリドゥス金貨からキリスト教の要素をすべてとりのぞいた。銀貨からゾロアスター教の要素をとりのぞいたのとまったく同じやり方である。

よく調べてみると、ビザンティン帝国の金貨の多くは偽物だとわかる。[48]偽物の貨幣は本物の標準の重さより軽いか、皇帝の顔の図像の細部がまちがっていたり、文字が不正確だったりする。[49]金貨の多くに開いている穴は、これらが衣服に縫いつけられたことを意味する。おそらくはお守りとして使われたのだろう（カラー図版4A）。

中国で一か所から見つかった金貨の枚数はいちばん多くても五枚で、一枚だけ見つかることのほうがずっと多かった。[50] 考古学者はウチャやトルファンから出土した大量の銀貨に匹敵する量の金貨はまだ見つけていない。このことからも、ビザンティン帝国の金貨は儀式的な目的のために使われ、トルファンでも中国中央部でも実際の通貨としては流通していなかったと推測される。[51] アスターナ古墳出土の文書にも金貨を使った取引を記録したものはまったくなく、墳墓から出土したものは、しばしばお守りとして使われていた。ウチャでは九四七枚の銀貨と一三本の金の延べ棒が見つかっており、これもやはり基本的なパターンを裏づける。つまり、銀は貨幣という形で流通し、金は延べ棒の形で利用されていたということだ。

銀貨が広範囲に流通していたことが示すように、トルファンはイラン世界と中国世界の真ん中に位置していた。シルクロード交易の時代、トルファンには多くの移民が集まってきたが、もっとも多かったのはサマルカンドからやってきたソグド人で、四～六世紀に定住した。六五一年にササン朝が崩壊し、七一二年にイスラムがサマルカンドを征服してからは移住のペースが一気に速まった。

ソグド人は商人として有名だが、トルファンに住むソグド人はほかにも、土地を耕す、兵士として奉仕する、宿屋を経営する、画家になる、皮革を扱う、鉄製品を売るなど、さまざまな職業についた。[52] 高昌国や唐王朝の役人が戸籍を作成したときには、どの住民がソグド人でどの住民がそうでないかを明記しなかった。その結果、現在の研究者がソグド人を特定しようと思えば、彼らの姓名から判断するしかない。中国人は一般にソグド人のことを「昭武九姓の国」［訳注／ソグディアナ地方に存在していた「昭式」の姓を用いる九つのオアシス国家］の人たちとよんでいたが、大部分のソグド人は七つの中国姓のどれかを使っていた――サマルカンド出身者は「康」、ブハラ出身者は「安」、ザラシャン川の北のカブーダン出身者は「曹」、サマルカンドとブハラのあいだのクシャーニヤ地方出身者は「何」、ザラフシャン川の南東かパンジケント出身者は「米」、キッシュ（現在のシャフリサブス）出身者は「史」、チャーチュ（現在のタシケント）出身者は「石」である。[53] 近年になって日本のソグド語研究者、吉田豊と影山悦子が漢訳史料からソグド人の下の名前四五種類をつきとめた。[54] トルファンに移住した最初のソグド人移民の多くはこうした名前を使っていたが、何世代にもわたって中国に暮らすうちに、自分の子孫に伝統的な中国の名前をつけるように変わっていった。アメリカへの移民がしばしば自分たちの子どもにはアメリカ人のように聞こえる名前をつけるのとよく似ている。

名前だけでなく、トルファンに移住したソグド人はしだいに埋葬の習慣を変え、中国の習慣をとりいれるようになった。[55] ゾロアスター教徒は人の肉体が清浄な土を汚染すると信じているので、死者を戸外に放置して動物に肉を食べさせ、きれいになった骨だけをオッスアリとよばれる納骨器に納める習慣があった。トルファンではふたつのオッスアリが見つかっている。[56] また、ゾロアスター教徒は主要な神々——木、岩、山の神々、風の神、そして最高神アフラ・マズダなど——に動物の犠牲を捧げた。[57] ソグド人社会の政治的、宗教的指導者である「薩宝《さつぼう》」とよばれる男性が、こうした犠牲の儀式をとりしきっていたのではないかと思われる。[58]

トルファンに住むソグド人の多くは中国の埋葬の習慣に従った。木片を使用人に見立て、来世で故人に仕えさせるためにいっしょに埋めることもそのひとつだった。[59] 高昌市の北東にあるバダム村の墓地から、最近の発掘で八〇以上のソグド人の墓が見つかっている。中国様式の墓誌に書かれた姓からソグド人と判明したものだ。[60] これらの名づけのパターンから、多くの種類の文書——各世帯の家族全員の名前を記録した戸籍などの資料をふくむ——のなかからソグド人を特定することができる。[61]

六〇〇年ごろの高昌国の文書には、互いに品物を売買し、「称価銭」とよばれる税金を支払っていた四八人の商人の名前を記録したものがある。[62] 税額は、品物の重さを計ったあとで、銀貨の価値に換算して決められた。研究対象として価値あるこの文書が生き残ったのは、もとの登録書類の四つのばらばらな部分から一〇枚の紙の靴底を作っていたからだ。七世紀初めのある一年の売買をすべて個別に記載してあるこの文書は、シルクロード交易で交換された日用品について、とくに豊かな情報をあたえてくれる。これらの文書はアスターナ古墳群から見つかった紙片をつなぎあわせて再構築するという作業の、喜びといらだちの両方を象徴している。ほかのどの史料よりも多くの情報をあた

表 3.1　トルファン近くの関所で 1 年間に受領した称価銭（税金）の記録（600 年ごろ）

<table>
<tr><th>品目</th><th>重量</th><th>売り手の姓（推定される民族的背景）</th><th>買い手の姓（推定される民族的背景）</th><th>日付</th><th>税の支払い額</th></tr>
<tr><td>銀</td><td>2斤</td><td>曹（ソグド）</td><td>何（ソグド）</td><td>1月第1日</td><td>2銭</td></tr>
<tr><td>銀</td><td>2斤5両</td><td>曹（ソグド）</td><td>康（ソグド）</td><td>1月第1日</td><td>2銭</td></tr>
<tr><td>金</td><td>9.5 両</td><td>Di（高車）</td><td>不明</td><td>1月第2日</td><td>不明</td></tr>
<tr><td>銀</td><td>5斤2両</td><td>何（ソグド）</td><td>安（ソグド）</td><td>1月第3日</td><td>5銭</td></tr>
<tr><td>香料</td><td>572 斤</td><td>Di（高車）</td><td>不明</td><td>1月第3日</td><td>不明</td></tr>
<tr><td>真鍮</td><td>30+ 斤</td><td>不明</td><td>不明</td><td>1月第3日</td><td>不明</td></tr>
<tr><td>薬</td><td>144 斤</td><td>康（ソグド）</td><td>Ning（中国）</td><td>1月第5日</td><td>不明</td></tr>
<tr><td>絹糸</td><td>50 斤</td><td>不明</td><td>康（ソグド）</td><td>不明</td><td rowspan="2">7.5 銭</td></tr>
<tr><td>金</td><td>10 両</td><td>不明</td><td>康（ソグド）</td><td>不明</td></tr>
<tr><td>不明</td><td>5斤</td><td>不明</td><td>不明</td><td>不明</td><td>70 銭</td></tr>
<tr><td>不明</td><td>不明</td><td>不明</td><td>不明</td><td>不明</td><td>42 銭</td></tr>
<tr><td>塩化アンモニウム</td><td>172 斤</td><td>安（ソグド）</td><td>康（ソグド）</td><td>1月第 15 日</td><td>不明</td></tr>
<tr><td>香料</td><td>252 斤</td><td>康（ソグド）</td><td>康、何（ソグド）</td><td>不明</td><td>不明</td></tr>
<tr><td>塩化アンモニウム</td><td>50 斤</td><td>曹（ソグド）</td><td>安（ソグド）</td><td>1月第 22 日</td><td>不明</td></tr>
<tr><td>銅</td><td>41 斤</td><td>曹、何（ソグド）</td><td>安（ソグド）</td><td>1月第 22 日</td><td>不明</td></tr>
<tr><td>銀</td><td>8斤1両</td><td>Di（高車）</td><td>何（ソグド）</td><td>不明</td><td>不明</td></tr>
<tr><td>金</td><td>8.5 両</td><td>[何]（ソグド）</td><td>Gongqin（テュルク）</td><td>不明</td><td>2 [銭]</td></tr>
<tr><td>不明</td><td>不明</td><td>不明</td><td>安（ソグド）</td><td>不明</td><td>14 銭</td></tr>
<tr><td>不明</td><td>71 斤</td><td>不明</td><td>何（ソグド）</td><td>[3月]</td><td>不明</td></tr>
<tr><td>ターメリック</td><td>87 斤</td><td>康（ソグド）</td><td>Ju（車師）</td><td>[第3月]</td><td>1銭</td></tr>
<tr><td>金</td><td>9両</td><td>曹（ソグド）</td><td>何（ソグド）</td><td>3月第 24 日</td><td>2銭</td></tr>
<tr><td>香料</td><td>362 斤</td><td>ゼマト・ヴァンダク（ソグド）</td><td>康（ソグド）</td><td>3月第 24 日</td><td rowspan="2">15 銭</td></tr>
<tr><td>塩化アンモニウム</td><td>241 斤</td><td>ゼマト・ヴァンダク（ソグド）</td><td>康（ソグド）</td><td>3月第 24 日</td></tr>
</table>

表 3.1（つづき）

品目	重量	売り手の姓（推定される民族的背景）	買い手の姓（推定される民族的背景）	日付	税の支払い額
塩化アンモニウム	11 斤	白（クチャ）	康（ソグド）	3月第25日	不明
銀	2斤1両	康（ソグド）	何（ソグド）	4月第5日	不明
絹糸	10 斤	康（ソグド）	康（ソグド）	4月第5日	1銭
不明	不明	不明	不明	不明	17 銭
不明	不明	不明	不明	不明	1銭
銀	2斤	不明	何（ソグド）	[第4月]	2銭
香料	800 斤	不明	不明	[第4月]	不明
ナツメグ糖	31 斤	不明	不明	[第4月]	22 銭
絹糸	80 斤	何（ソグド）	不明	[第4月]	8銭
絹糸	60 斤	Ju（車師）	白（クチャ）	5月第2日	3銭
絹糸	不明	Ju（車師）	不明	5月第12日	1.5 銭
塩化アンモニウム	251 斤	康（ソグド）	史（ソグド）	6月第5日	6銭
香料	172 斤	不明	何（ソグド）	不明	4銭
不明	不明	康（ソグド）	不明	7月第16日	不明
不明	不明	曹（ソグド）	不明	7月第22日	不明
不明	不明	不明	不明	不明	8銭
不明	不明	安（ソグド）	不明	7月第25日	不明
金	4両	康（ソグド）	Ju（車師）	8月第4日	[.5 銭]
香料	92 斤	不明	康（ソグド）	8月第4日	2銭
不明	不明	曹（ソグド）	不明	9月第5日	不明
金	不明	康（ソグド）	曹（ソグド）	10月第19日	4銭
香料	650+ 斤	康（ソグド）	康（ソグド）	12月第27日	21 銭
塩化アンモニウム	210 斤	不明	不明	不明	
香料	52 斤	不明	不明	不明	1銭
香料	33 斤	安（ソグド）	安（ソグド）	不明	8銭

えてはくれるものの、文書に欠けている部分――靴底を作るために切りとられた部分――があるため、どうしても内容が不完全になってしまうからだ。

たとえそうでも、これらの記録はシルクロード交易でソグド人が果たした中心的な役割に光をあてる。なにかの品物の買い手か売り手として記載されている四八人の名前のうち、なんと四一人までがソグド人だった[63]。称価銭の記録を見ると、税金が集められなかった週が多いことから、取引の頻度は比較的少なく、毎週ひとにぎりの取引があるにすぎなかったとわかる[64]。

役人は毎日の取引のすべてを記録し、一か月に二度、集めた貨幣の数を集計した。税率は銀二斤（斤は中国のポンドに相当）に対して銀貨二枚（重さ八グラム）で、一パーセントに満たない。紀元六〇〇年の一斤がどれほどの重さだったかは研究者にもわからない。古い制度では二〇〇グラム、もっと新しい制度では六〇〇グラムになる。低い数字のほうが可能性は高いが確実ではないため、前出の表では原本どおりの斤と両（中国のオンスに相当し、一六両で一斤）の単位を使っている[65]。

称価銭の担当役人は、一年のあいだに三七の取引を記録している。真鍮、薬、銅、ターメリック、原料糖が取引されたのはたった一度だけで、金、銀、絹糸、芳香物（「香」という語は、香辛料、香、薬に広く使われる）、塩化アンモニウムなどの取引はもっと多い。リストにのっている見慣れない品物のひとつ、化合物の塩化アンモニウムは、染料の材料として、革をなめすため、また金属の温度を下げるための融剤として使われた。文書には塩化アンモニウムが六回登場する。量は一一斤から多くて二五一斤。同じように香料も取引量は三三斤から八〇〇斤まで幅広い。八〇〇斤はこのリストのなかでひとつの品物が一度に取引された量としてはもっとも多い。金は予想どおり少量しか記録されておらず、〇・二五斤から多くても〇・五斤を超える程度。銀にしても、いちばん多くて八斤未満だ。驚いたことに、こうした記録文書には絹布の記載がまったくないが、絹の価値は幅と長さで決められていたため、重さによる税は課されなかったからだろう[66]。

称価銭の記録文書は商人の扱うすべての品物を一覧にしているわけではなく、取引が成立したものだけにかぎられるが、記載されている最大量の八〇〇斤でさえ、荷役動物が数頭もいれば運べただろう。[67] 取引量の少なさは、「はじめに」で紹介した中国人商人を相手にした訴訟に関連した証言からも感じられる。中国人商人の取引相手だった人物の弟が、訴訟のあいだに行なった一連の宣誓証言を記録したものだ。[68] 原告の中国名は曹禄山で、彼がソグド人であることをはっきり示している。「曹」はソグド人が使った九姓のひとつ。「禄山」は「明るい」「光」「輝く」を意味するソグド名の「ロクシャン」を中国語にしたもので、ペルシア語から派生したロクサンヌという名前と語源を同じくする。

六七〇年ごろ、ソグド人商人の弟は、中国人商人に対して未払いの負債の返済を求めるため中国の法廷に訴えを起こした。中国人商人は六四〇年のトルファン征服以降に施行された唐王朝の契約法に違反している、とソグド人は主張した。兄の遺産相続人として、自分には二七五疋の絹を受けとる権利があると考えた弟は、六七〇年から六九二年まで安西都護府の本部が置かれていたトルファンにこの訴訟をもちこんだ。

兄が死亡したとき、彼もその中国人の取引相手も、当時の商人の多くがそうだったように唐の首都長安に家庭をもち、必要なときだけ西域まで長い距離を旅して商売をしていた。兄がその中国人商人に会ったのは弓月城（現在の新疆のアルマリクで、カザフスタンとの国境に近い）で、彼に二七五疋の絹布を貸した。数頭の荷役動物で運べる量だ。二人は言葉が通じなかったので、通訳を介して話をした。

この例が示すように、平絹（染色されていない、単純なバスケット織の絹地）は、唐王朝時代には銅貨とともに通貨として利用されていた。絹は銅貨と比べて多くの点ですぐれていた。貨幣の価値は上下が激しいのに対し、絹の価値はもっと安定している。三世紀から一〇世紀まで、絹一疋の寸法はまったく変わらないままで、幅五六センチ、長さ一二メートルだった。[69] また、絹は銅貨よりも軽かった。標準単位である一〇〇〇枚の銅貨は、重さが四キロにもなる。[70]

絹布を貸したあと、ソグド人商人はラクダ二頭、牛四頭、ロバ一頭をひきつれて南のクチャへ向かった。これらの七頭の荷役動物で運んだ品物は、絹、弓、矢、器、鞍などだった。しかし、ソグド人はクチャまでたどり着くことができなかった。裁判に出廷したある証人は、ソグド人はきっと追いはぎに荷を奪われ、殺されてしまったのだろうと話した。残された弟は貸しつけの合意にかんする写しをもっていなかったが、契約に立ち会った別の二人のソグド人に証言してもらうことができた。唐の法律によれば、彼らの口頭での証言が、契約が合意されたという十分な証拠となる。中国の法廷はソグド人の弟に有利な判定をくだし、中国人商人に負債を支払うように命じた。

死んだ兄は七頭の荷役動物で品物を運んでいた。トルファンで見つかった一二の通行証を見るかぎり、ほかのキャラバンも同程度の規模だった。ニヤとクチャ出土の同種の文書と同じように、トルファンの文書もキャラバンごとに、ひとつの目的地から次の目的地まで同行する人と動物の数、また通行が認められるすべての場所を記録していた。旅人は出発の際に最終的な目的地といくつかの経由地、いっしょに旅をする人間と動物を記した通行証を申請する。そして、新しい管轄地域に入るたびに、人と動物の数の確認を受けたことを証明する書類を受けとった。

地域内、また地域と地域のあいだにある関所ごとに、地元の役人がすべての人間——代表者の親類、使用人（作人）、あるいは奴隷に分類された——と、つれている役畜すべてを確認する。唐王朝の法律では、借金の肩がわりとして人間を奴隷化することは禁じられていた。法的に認められた奴隷は、奴隷の両親のもとに生まれた子か、当局への届け出ずみの契約にしたがって買われた奴隷、売買の有効な証明書がある者にかぎられていた(71)。唐の法律は動物についても同じように厳しい。旅人がロバ、馬、ラクダ、牛を関所までつれていけるのは、購入した動物の市場証明書を携行しているときだけだった。クチャの役人と同じように、トルファンの役人も、それぞれのキャラバンがどんな荷を運んでいたのかは記録していない。それでも、通行証からキャラバンの規模だけはわかる。通常は人間が四、五人と、動物が一〇頭ほどだった(72)。

石染典（ソグド語では「ゼマト（Zhemat）神に愛されるもの」を意味するZhemat-yan）という商人の名前が、いくつかの文書に現れる。そのため、七三二年から七三三年にかけての彼の動きを追うことで、政府の管理体制がどれほどのものであったかを理解できる。彼の家はトルファンにあり、甘粛から敦煌経由でハミまで行き、さらに西のクチャまで向かう旅の通行証をもっていた。玄奘のルートとよく似ている。発見された文書によれば、甘粛から敦煌までの行程で、四人の役人が通過を承認した記録が残っている。キャラバンは三月一九日に二回、二〇日に一回、二一日にさらに一回の検査を受けた。(73) 最初の旅で、石染典は使用人二人、奴隷一人、馬一〇頭をつれて旅をしたが、帰りには馬一頭（絹一八疋と交換）とラバ一頭を新たに購入した。(74) 彼はこの二頭を合法的に購入したことを示す必要な証明書をもっていたので、旅を続けることが許可された。小規模の商人だった石染典は、一〇頭の馬に荷物をのせ、ときおり動物を売買して収入を補っていた。

役人は書類が整っていないキャラバンの通行を認めなかった。七三三年、長安に住むWang Fengxianという商人が、クチャの軍隊に品物を納めたのち、帰途についた。彼は金を貸していた相手を追いかけるため許可されていたルートからはずれたので、新しい通行証を申請した。その相手に銅貨三〇〇〇枚を貸していたのだという。許可されていない町に入ったので、地元の役人は彼をそこで拘留した。彼が病気になったと訴えると、ほかの者がそれは本当だと口添えし、ようやく先へ進むことができた。(75) トルファンの通行証はニヤとクチャのものと同じように、すべての旅人が当局の厳しい監督下に置かれ、公式の許可を得ずに決まったルートからはずれることはできなかったことを裏づける。

キャラバンが関所の通行を認められて新しい町に入ると、一行は宿屋に泊まることができた。そこでは運んでいる荷を預かってもらうこともでき、病気の治療をしてくれる医者もいて、おまけに売春婦もいた。現在と同じように、売春婦の行動については文書の形で残っている史料はほとんどない。(76) キャラバンは立ちよったすべての町で市場を訪れた。唐の法律は、市場の監督を担当する役人が一〇日ごとに調査を行ない、売りに出されているすべての商品の三種類の価格――高値、安値、中値――を記録することを義務づけていた。(77) トルファンの主要市場の七四三年の記録簿

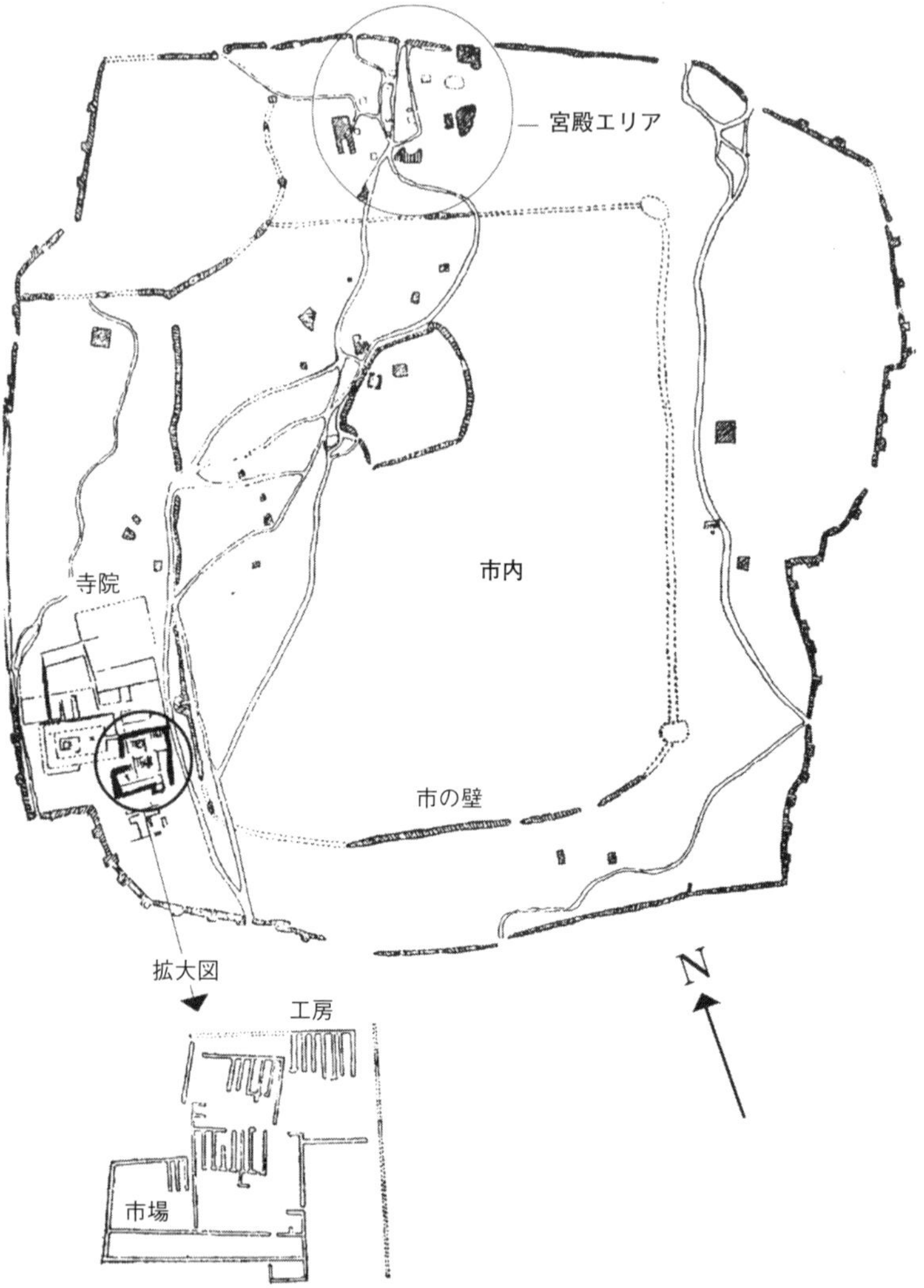

高昌市の地図

高昌市の遺跡の道路と建物を注意深く調べることで、考古学者は町の周辺の特徴を明らかにした。唐の政府は高昌市を中国中央部の町と同じようにいくつかのエリアに分け、その区分はウイグルの支配下でも続けられた。町の南西部の商業地区には工房が集まり、そこで職人が地元の市場で売る手製の品を作っていた。当局は扱う品目ごとに商人をグループ分けし、それぞれ市場の決まった列で商売をした。役人は定期的に市場を訪れて価格を記録した。

の断片が一二一点見つかっている。一部にはある月の一四日、別の部分には同じ月の二八日の日付が入っていた。役人が月に二度、別々の日にデータ収集をしていたことがわかる[78]。中国の市場は何列にも分かれ、商人は種類別に決められた列で品物を売った。トルファンの記録簿には一〇以上の列に分けられた三五〇を超える品物の一覧がある。

価格リストから得られる情報は多いが、市場についてすべてが明らかになるわけではない。たとえば高値・中値・安値の三種類の価格には、六／五／四のように規則正しすぎるように思えるものもある。また記録簿によると、家畜は年齢や健康状態とは関係なく同じ価格がついている。そして、記録簿からはそれぞれの品物が売られた量も、その品目をどれだけ多くの店で提供していたのかもわからない。

現在の中国全土の市場と同じように、トルファンの市場では多くの種類の小麦粉と穀物、タマネギや春タマネギのような野菜を売っていた。鍋や釜のような日用品、馬、ラクダ、牛などもあった。肥料として使う人間の糞尿も荷車一台分を二五／二二／二〇銅銭で買うことができた。

市場はイランから輸入したさまざまな品も扱っていた。その多くは称価銭の記録とも一致する、塩化アンモニウム、香料、砂糖、真鍮などだ。市場の記録簿には、七〇種類を超える薬ものっている。輸入品の多くは小さくて軽いものだった。陸路で運ばなければならなかったからだ。なかにはもっと重いものもあり、たとえば真鍮がはめこまれた高品質の鉄の刀は二五〇〇／二〇〇〇／一八〇〇銅銭で売られ、もっと安い地元産のナイフは九〇／八〇／七〇銅銭だった。西から運ばれてくるもっとも大きい商品は動物で、トルコ産の去勢された馬やペルシア産のラクダがあった。これらはトルファンまで引いてこられ、そこに駐屯している唐の軍隊の将校を客にしていた。馬は絹二〇／一八／一六疋と交換され、ラクダは絹三三／三〇／二七疋と交換された[79]。織維の列は四川、河南、その他中国の内陸地方の絹を専門に扱っていた。これらはまさに税として納められた絹で、兵士たちに報酬として支払われる種類の絹だった。

市場の記録簿から浮かびあがるのは、一〇〜一二頭の動物で移動する小さなキャラバンが品物を供給する市場のようすだ。これは、称価銭の書類や「過所」の通行証の記載から想像される商業規模と一致する。つまり、中央アジア経済のおもな担い手は――これまでシルクロード交易についてもたれていたイメージとは異なり――唐政府だった。西突厥との対立がはじまった六三〇年代以降、唐政府は軍事努力を支えるために西域地方に資金をそそぎこんだ。軍事行動の資金にするため唐政府が中央アジアで集めた絹の反物が、武威と欽州（現在の秦安）、あるいは甘粛に送られ、そこからさらに西の国境近くまで運ばれた[80]。税金として納められた中国中央部の布地が、新疆で二〇点以上見つかっている[81]。

六四〇年の征服の直後には、トルファンに駐屯する唐の兵士はおそらく数千人ほどだっただろう。唐の軍隊とはいっても、兵士の多くは中国人ではなく地元住民だった[82]。六七〇年から六九二年にかけてクチャをふくむ北西部の領土をチベット人に奪われたことで、八世紀には軍事支出が増える一方になる。初の総合的な制度史書を編纂した杜佑《とゆう》（七三五～八一二年）は、前線の防衛費用を七一三年には銅貨二〇〇万貫、七四一年には一〇〇〇万貫、七五五年には一四〇〇～一五〇〇万貫としている。唐の役人はひもに通した貨幣、穀物のピクル（担）、布地の一巻き（疋）を組みあわせて会計単位としていたが、現存する数字が互いに矛盾するため把握するのが困難で、研究者もその価値を明らかにできずにいる[83]。

こうした数字をどう理解するにしても、唐による支出の大きさには圧倒される。一度の支払い額だけでもトルファン文書に記録されているすべての取引を小さく見せる。七三〇年代と七四〇年代には、中央政府は毎年九〇万疋の絹を西域の前線地域にある四つの軍事拠点、ハミ、トルファン、北庭、クチャに送っていた。七四二年にはトルファンに五〇〇〇人ほどの唐の兵士が駐屯していたが、地元住民からの税収は支出全体の九パーセントをカバーするにすぎなかった[84]。唐政府からの軍への助成金は、絹という形でシルクロードのオアシス諸国の地域経済に巨額を投じる結果となった。

こうした唐の中央政府による莫大な支出は、安史の乱の勃発で突然の終わりを告げる。この反乱で唐政府は中央アジアから軍を引き揚げざるをえなくなり、王朝自体ももう少しで崩壊するところだった。反乱のリーダーで、ソグド人の父と突厥系の母をもつ安禄山は、中国軍のために馬を調達する仕事から身を起こして、もとは別々だった軍の三部隊を指揮する将軍にまで上りつめた[85]（禄山という名はソグド語の「ロクシャン」の音を漢字で表したもの）。唐の玄宗（在位七一二〜七五六年）は、自分の軍隊が反乱に参加するのをおそれ、安禄山との情事がうわさされていた楊貴妃を絞首刑にせよという軍の要求を受け入れた。その後、玄宗は退位し、皇太子が粛宗として即位して七五六年から七六二年までその座についていた。中国主要地域が反乱軍の支配下に入ったことで、税収が七五五年以降に急減し、唐軍は北西部の駐屯地への支払いを停止した[86]。皇帝は反乱軍と戦うため、ウイグル人の傭兵を雇うしかなかった。弱体化した帝国は七六三年になってようやく反乱を鎮圧することができた。

唐が反逆者から西域の支配を奪い返そうとしているあいだに、ウイグルの傭兵が七六二年に洛陽を占領した。そこで、五〇年後にウイグルの支配下に入るトルファンにとって大きな意味をもつ運命的な出会いがあった。ウイグル人の指導者がソグド人の師から、マニ教の基本的な教えを受けたのだ[87]。イランで預言者マニ（二一〇〜二七六年ごろ）が創始したマニ教は、光と闇の力が永遠に宇宙の支配をめぐって対立していると考える。ウイグルの可汗はマニ教を正式な国教として採用し、その決定を石板に三種類の文字で記録した（ソグド語、ウイグル語、漢語[88]）。これが、マニ教が国家の正式な宗教になった世界史上最初で最後の例となった。

チベット帝国は反乱のために唐がもろくなった時期を逃さず、勢力の拡大につとめた。七八〇年代にはチベット軍が甘粛に侵攻し、七八六年にトルファンのすぐ北に位置する北庭都護府を攻略、七九二年にはトルファンも占領した。しかし、八〇三年にはウイグル人がチベットからトルファンの支配を奪いとる。モンゴルのウイグル人はその後、八四〇年にキルギス人に敗れた。そのためウイグル人の一部はトルファンに撤退し、そこで八六六年から八七二年のあいだにウイグル可汗国とよばれる新しい国を建設し、高昌市に都を置いた[89]。第二のウイグル可汗国は東の甘州（甘粛省甘州）を拠点にした。

ウイグルの支配下でも、トルファンの住民は土地、奴隷、動物の売買契約の記録を残しつづけたが、書き言葉としては漢語ではなくウイグル語を使うようになった[90]。トルファン出土のウイグル語で書かれた一三～一四世紀の契約書は、地域経済の大部分が物々交換に戻り、人々は動物や土地を一定量の穀物や織物と交換していたことを記している。このころには絹に代わって綿が通貨として使われるようになっていた。

ウイグル語文書は、この社会の宗教生活について多くの情報をあたえてくれる。唐王朝のもとでは、トルファンの住民は土着信仰にくわえて、仏教、道教、ゾロアスター教の神を礼拝していた。ウイグルの支配下に入ると、新たにふたつの宗教の信者がトルファンにもみられるようになる。キリスト教とマニ教だ。

キリスト教信仰については、二〇世紀初めにドイツの第二次探検隊がその証拠を発見している。考古学者たちは高昌市の東側の壁の外に、小さなキリスト教会を見つけ、そこから枝の主日の礼拝を描いた壁画をもち出している。トルファンの北にあるブライク（葡萄溝）の遺跡では、シリア語、ソグド語、中期ペルシア語、新ペルシア語、ウイグル語で書かれたキリスト教の写本も見つかった。写本のひとつには、讃美歌のソグド語訳の前に、ギリシア語も一行そえられていた。礼拝で使われるのはおもにシリア語だったが、いくつかの詩編と讃美歌集にはソグド語の見出しがついていた。これはおそらく、ブライクのキリスト教徒がおもにソグド語を話す人たちだったからだろう。もっとも、ソグド語の文章にみられる突厥系の名前と言語の特徴は、彼らがソグド語からウイグル語へ徐々に移行していったことを意味するのかもしれない。これらの写本の年代は不確かだが、トルファンがウイグル可汗国の都だった九～一〇世紀のものである可能性が高い[91]。

中央アジアのキリスト教徒の多くがそうだったように、トルファンのキリスト教徒もメソポタミアを中心に信仰されていた東方教会に属し、典礼で用いる言語はアラム語の一地方語であるシリア語だった。東方教会では、キリストには神と人間のふたつの性質があり、さらにマリアは人間イエスの母ではあるが神キリストの母ではないと教える。彼らは敵対する人たちからはネストリウス派とよばれることもあった。これはシリア人のネストリウス（三八一ごろ

ベゼクリク石窟のマニ教壁画
ベゼクリク第38窟に残る高さ1.5メートル、幅2.4メートルの大きな壁画は、現存するマニ教美術のなかでは世界最大級。果物がたわわに実る3本の幹からなる生命の樹が大部分を占める。木の根元にあるウイグル語の祈りの言葉には、守護神の保護を求める寄進者の名前も記している。女性の寄進者はめずらしい鳥のかぶりものをかぶり、木の右側でひざまずいている。守護神2柱がその後ろに立ち、別の3柱が女性のそばにひざまずいている。木の反対側には、かすれて薄くなっているが、女性の夫が同じような鳥の頭飾りをつけている。これは1931年に模写されたものだが、当時すでに壁画の損傷は激しかった。

〜四五一年ごろ）——四二八年から四三一年までコンスタンティノープルの大主教をつとめたものの、その後異端とされ教会から追放された——と結びつけようとしたものだが、東方教会の信徒たち自身は自分たちをそうよぶことはなかった(92)。

可汗の改宗後、マニ教はウイグル可汗国の国教となる。九世紀のものと思われるある綱領は一二五行もの長さで、マニ教の寺院がどのように経営されるべきかを具体的に指示している。その文書を発行したのがトルファンのウイグル政府なのか、それとも寺院自体の指導者なのかは明らかではないが、寺院の職員に畑、ブドウ園、修道院の倉庫を監督する役割を割りふっている。「選良者」のようないくつかの位階はマニ教に特有のものだが、寺院の組織は仏教寺院とよく似ている。寺院に頼って生活する労働者が畑を耕し、寺院の住人たちに穀物と衣服を供給した。僧侶は祝祭日の儀式をとりおこない、信徒の精神生活に責任を負った。信徒の重要な義務は、寺院に野菜を提供することだった。マニ教では菜食生活を送ると体に光が蓄積されると考えられていた[93]。

クチャの遺跡で精力的に発掘作業を行なったドイツの探検家アルベルト・フォン・ル・コックは、砂に埋もれたウイグル支配時代のふたつの寺院の図書室から、マニ教についての非常に興味深い文書をいくつか発見した。マニ教の讃美歌の歌詞を書いたものが多数現存し、そのいくつかはマニ教徒が典礼で使っていたパルティア語で書かれ、別のいくつかは一〇〇〇年ごろまでトルファンの地方語だったウイグル語で書かれている。これらの讃美歌は光の力が闇の力に勝利したことを祝福するものが多かった。

光とともにあるすべてのもの、苦しみに耐え抜いた正しき選良者、聴聞者は、偉大なる父のもとで喜びを得るだろう…
父とともに戦い、虚勢をはる闇を打ち破り滅ぼしたのだから[94]。

このような讃美歌をとおして、研究者はマニ教のおもな教義を再構築することができた。世界中のどこにもマニ教の文書はほとんど残っていないため、これらの発見がなければ未知の宗教のままだったことだろう。ル・コックが発見した文書のいくつかには美しい挿絵が入っていたが、水にぬれてひどく傷んでいるために、すべてのページがくっついてはがすことができない。そうした文書の断片のひとつがベルリンの国立インド美術館に保管されている（四度にわたるドイツ探検隊がもち帰った遺物のうち、第二次世界大戦の爆撃を生き残ったものは、すべてこの美術館に収蔵されている）。この細密画はマニ教では一年でもっとも重要なベマの祭日を描いたもので、「選良者」が讃美歌を歌い、マニの教えを読み上げ、食事をとっている（カラー図版11A）[95]。

マニ教はウイグル可汗国の国教ではあったが、トルファンにはマニ教の美術はほとんど残っていない。研究者がまちがいなくマニ教美術だと合意している壁画は、ベゼクリク石窟のひとつだけだ[96]。壁画は一五七ページの模写が作成された一九三一年以降に深刻なダメージを受けたため、遺跡の管理者が部外者をなかに入れることはめったにない。

トルファンやその周辺の石窟遺跡にはなぜマニ教美術がこれほど少ないのだろう？　紀元一〇〇〇年ごろ、ウイグル可汗国の王はマニ教ではなく仏教を奉じることを選んだ[97]。ベゼクリク石窟の第三八窟など、トルファンに残るいくつかの石窟がこの移行の証言者となる。石窟の壁をよく見てみると、壁は二層になっていて、仏教壁画の下にマニ教の壁画の描かれたあとが残っている場所が多い（見てすぐにわかるものばかりではないが）。ウイグルの宮廷による仏教支持の決定は、ひとつの宗教だけを認める新しい時代の幕開けとなった。

一二〇九年、モンゴル人がトルファンのウイグル可汗国を倒したが、ウイグルの王にそのまま統治を続けさせた。その後、一二七五年にウイグルはフビライ・ハンの側についた。彼のライバルのひとりに敗れたウイグルの王族は、一二八三年にトルファンを離れて甘粛におちつく。一四世紀に入って、中国では反乱を起こした農民たちがモンゴルの支配者を打倒し、新たな統一王朝として明を創設したが、トルファンは中国の国境の外に残り、統一モンゴル、のちにはモンゴル皇族のチャガタイ家の支配下に入った。一三八三年には、イスラム教徒のヒジル・ホージャ（在位一三八九～九九年）がトルファンを征服し、住民を強制的にイスラム教に改宗させた。現在もこの地域ではイスラム教が主流となっている[98]。それから長く中国からの独立を保っていたこの地域に、一七五六年、清の軍隊が侵攻する[99]。

トルファンの歴史は三つの時代に明確に区分される。六四〇年の唐による征服以前の時代、唐支配の時代（六四〇～七五五年）、そしてウイグル可汗国がこのオアシスを拠点とした八〇三年以降である。唐支配以前と以降の時代には、経済はおもに自給自足だった。文書史料に残る陸路を使った移動のほとんどは、外交使節か移民によるものだった。シルクロード交易の全盛期は唐の軍隊の駐屯時期と一致する（そもそも唐軍の存在によって交易がさかんになったのだ)。唐政府は布地と貨幣を大量に地元経済に投入したため、それが貧しい農民にまで適用される高い貸付利子につながった。しかし、七五五年の安史の乱以降に中国軍が撤退すると、地元経済は自給自足に戻っていった。次章以降で論じるように、唐政府の支出パターンについての情報の多くは、ほかのオアシス(とくに敦煌)の遺跡から得られたものだが、全体的な傾向は明らかだ。シルクロード交易の繁栄は、中国政府の支出の副産物という性格が強かった。これまで考えられてきたように、民間商人による長距離交易が中心ではなかったのである。

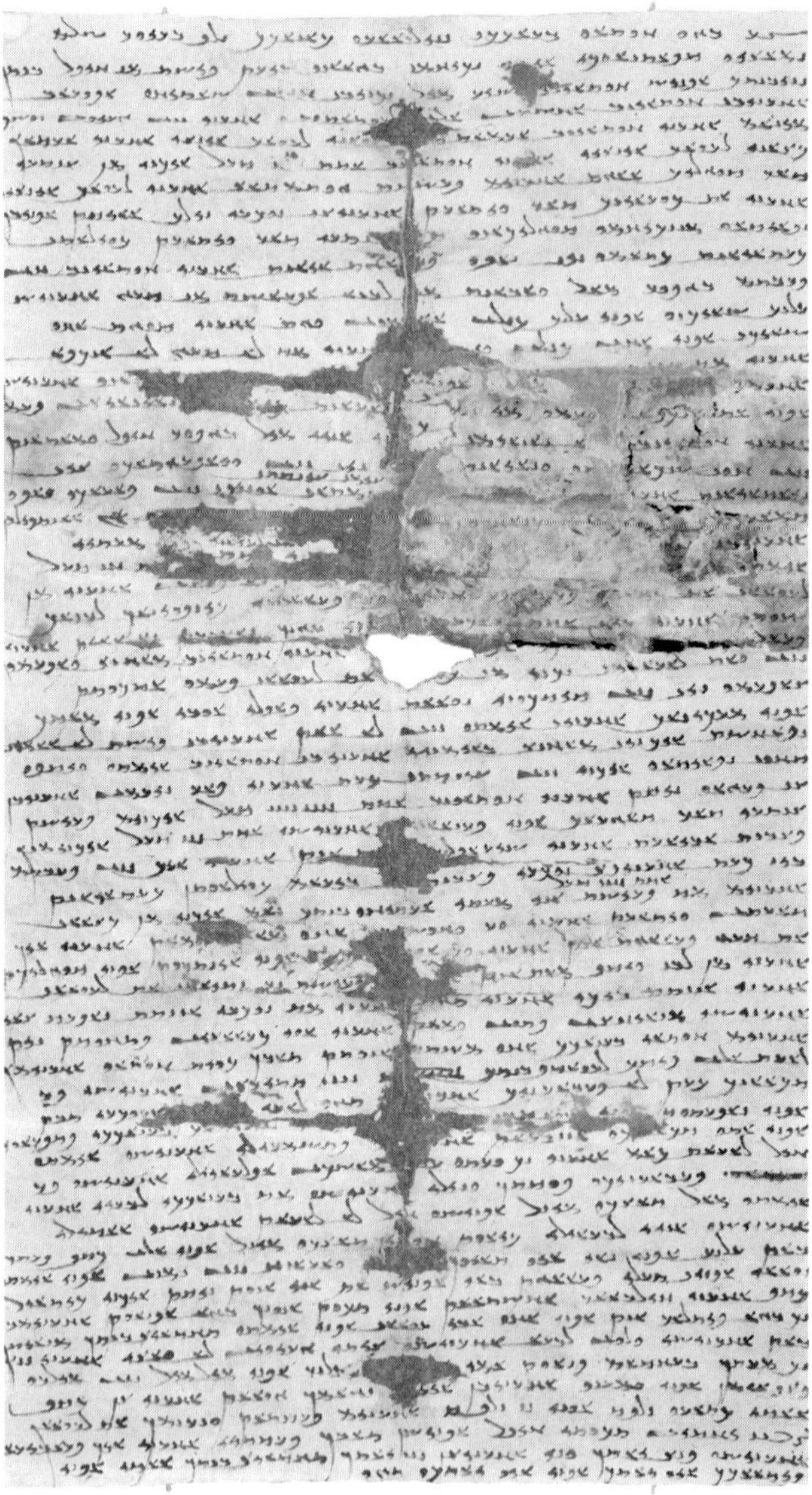

サマルカンドへの手紙

すてられた郵便袋に入っていた八枚の折りたたまれた紙片のひとつ。紙に書いた手紙を折りたたんで小さな絹の袋に入れ、「サマルカンド行き」と宛名書きされていた。313年か314年に書かれたこれらの手紙は、シルクロード交易にかんするもっとも重要な現存文書に数えられる。地方の役人ではなく、商人などの民間人が書いたものだからだ。大英図書館所蔵。

第4章
シルクロードの商人、ソグド人の故郷 サマルカンドとソグディアナ

六三〇年にトルファンを出発した中国の仏僧玄奘は、そこからもっともよく利用されていたルートで西へ向かった。クチャに立ちよったあと、天山山脈を越え、現在のキルギスタンにあるイシク・クル湖の北西端にある町で西突厥の可汗を訪ねると、そこから現在のウズベキスタンにあるサマルカンドをめざした。サマルカンドから先へ進む旅人は、さらに西のシリアへ向かうか、タクラマカンのオアシス国家へ戻るか、あるいは玄奘がそうしたように南のインドへ向かうという選択肢があった。当時のサマルカンドはイラン系のソグド人が多く住む主要都市だった。ソグド人はシルクロード交易で重要な役割を果たし、唐時代には中国国内最大の、もっとも影響力の大きい移民コミュニティを形成した。(1) 彼らが話していたのは中期イラン語系のソグド語で、その子孫となる言語は、いまでもタジキスタンの辺境にあるヤグノビ渓谷あたりで使われている(前ページのソグド語の手紙を参照)。

玄奘はサマルカンドでイランの文化圏に入った。この土地の言語、宗教、習慣は、中国のものと同じように古く、同じように洗練されていたが、大きな違いがある。玄奘の足跡を追う現在の旅行者は、ここで当時とは異なる別の国境を越えたときに、やはり顕著な違いを実感するはずだ。中国と旧ソ連の国境には、中国人が冗談まじりに「鋼鉄《スティール》ロ

ード」とよぶ自動車道が走り、ひっくり返ったトラックがあちこちに転がり、ソ連時代の工場の金属ごみが中国側に投げすてられている。

七世紀のこのルートは、ほんとうに危険な道だった。雪解けまで二か月待ってクチャを出発した玄奘は、そこから天山山脈をめざす。クチャの王からラクダ、馬、護衛を提供されたものの、二日目には早くも二〇〇〇人以上からなる突厥の騎馬盗賊団に遭遇した。伝記を書いた弟子の慧立の説明によれば、盗賊たちは別の旅人から略奪したものを分けるのに忙しく、玄奘からは何も奪わなかったという。

旅をさらに続けると、やがて壁のように立ちはだかる天山山脈に到達した。玄奘は凌山に深い感銘を受ける。

この山は危険で険しく、天まで上っていくほど高い。ここに最初に道が切り拓かれた時代から、氷雪が諸所に堆積して凍ったまま残り、春はおろか夏になっても解けることはない。巨大な氷の塊が雲まで続いている。雪はまぶしいほどの白さで、どこまでが雪でどこからが雲なのかもわからない。巨大な氷柱が落下して道をふさいでいる。高さ一〇〇尺、幅数丈（一丈は約三メートル）のものもある。

旅はたいへんな道のりだった。慧立は続ける。

ごつごつの狭い道を進むのは容易ではない。おまけに雪交じりの風があらゆる方向から吹きつける。毛皮つきの衣服と長靴でさえ寒さをしのぐことができない。睡眠や飲食のために立ち止まれるような乾いた場所はない。そのため、鍋をつるしたまま調理し、氷の上に敷物を敷いて眠るしかない。

出発から七日後に、玄奘の一行の生き残った者たちはようやく山岳地帯を越えた。それまでに一〇人に三人か四人

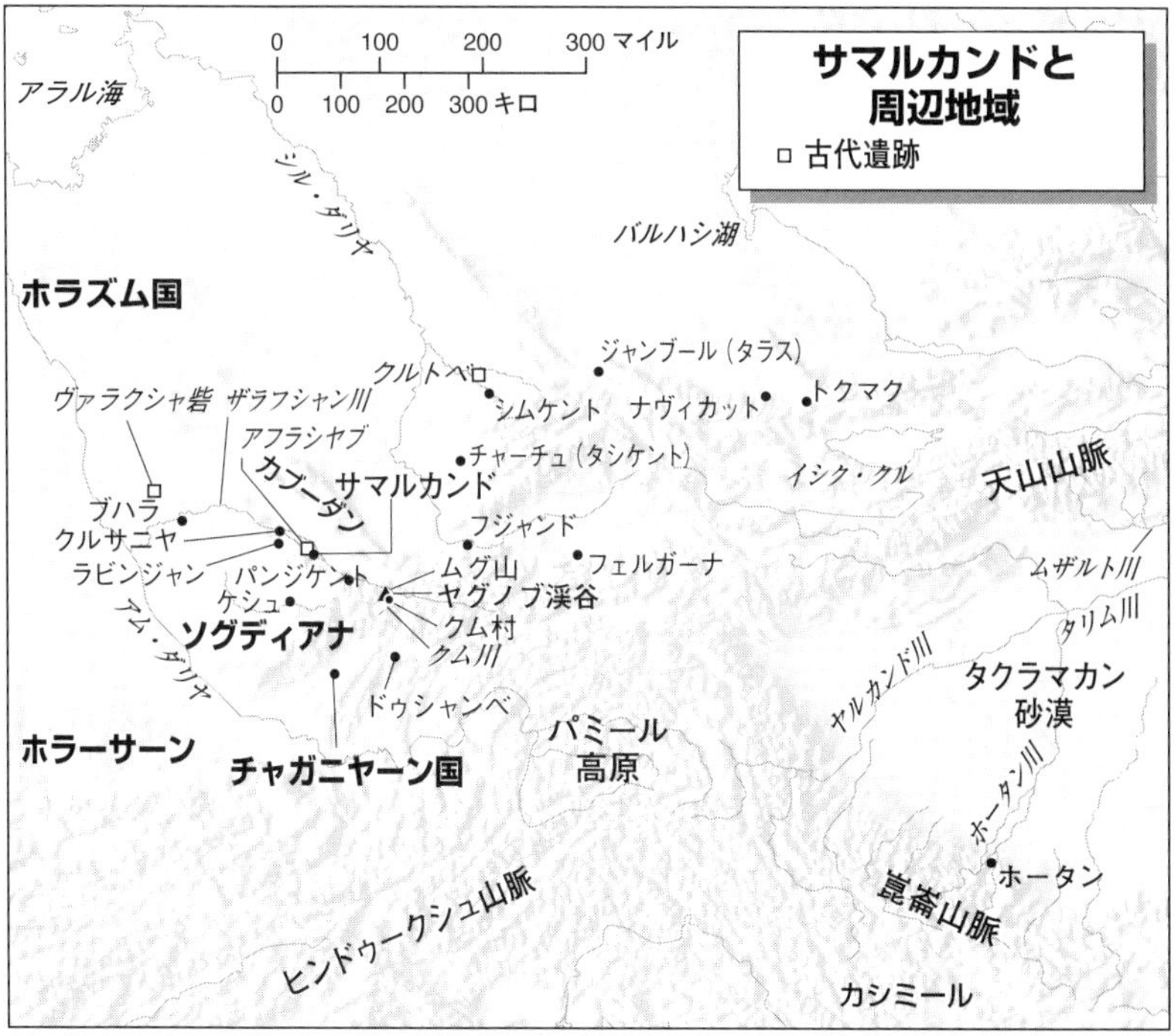

が飢えか寒さのために死んでいた。死んでしまった馬と牛はもっと多かった[2]。

犠牲になった者の多さから、玄奘の一行が伝記には書かれていない雪崩に遭遇したのではないかと考える研究者もいる[3]。極端に乾燥した気候のため、氷は天山山脈の高木限界よりはるか上の頂上付近にしか形成されない。そのため、氷のすぐ下に土砂の層がある。砕けた氷塊は、氷ではなく土の上を転がり落ち、ほんとうにおそろしい雪崩を発生させた。ともあれ、雪崩があろうとなかろうと、ここはまちがいなく玄奘のインドへの旅の全行程のなかでもっとも危険な区間だった[4]。

天山山脈を越えたあと、玄奘一行はキルギスタンのイシク・クル湖に到着した。イシク・クルはテュルク語で「熱い湖」を意味する。温泉からの水が流れこむため、この湖は凍結しない。中国人もイシク・クルを「熱海」とよんでいた[5]。現在のトクマクの町の近くにあるアクベシム遺跡は、湖の西岸から程近い場所にあるが、玄奘はここで西突厥の君主、可汗《かがん》と面会した。可汗は美しい緑色の絹の長衣をまとい、長さ三メートルほどの絹の帯を頭に巻き、長い髪を後ろに垂らしていた[6]。

六三〇年当時、この可汗はトルファンからペルシアにいたる広大な領土を支配していたテュルク系民族の連合を率いていた。可汗が全域を直接統治することはなく、トルファン、クチャ、サマルカンドなど各地の支配者が彼に敬意を表し、必要なときに軍隊を提供し、彼の指揮に従うかぎりは、そのまま統治をまかせた。数日のあいだ、可汗は高昌国の王と同じように、玄奘にインドへは行かず、トクマクにとどまるように説得を試みた。玄奘が頑としてこばむので、可汗はついにあきらめて、彼に通訳者と旅の支出をまかなうための絹布五〇枚を提供し、各地の支配者への紹介状を手渡した。紹介状には玄奘を大君主として受け入れるようにと書かれていた。玄奘の一行はトクマクから西へ向かい、美しい山間の牧草地を抜け、不毛のキジルクム砂漠を横断してサマルカンドに達する。

西域のいくつかの国について詳細に記録した『大唐西域記』のなかで、玄奘はソグド人の基本的な特徴を素描している[7]。ソグド人は漢字を書かず、そのかわりに二〇種類ほどのアルファベットをさまざまに組みあわせて幅広い語彙を記録した。衣服は毛皮とフェルトで作った簡素なもので、突厥の可汗のように、男性は頭に布を巻き、額の生え際を剃っていた。これは中国人の目には不思議に映った。中国人は髪を親から贈られた体の欠かせない一部とみなし、決して切ってはいけないものと考えていたからだ。

玄奘は中国人の一般的なソグド人観をこう言葉に表している。「彼らの習慣は要領をえず油断がならない。しばしばごまかしたりだましたりする。富に目がなく、父親も息子も同じように利益を追求する[8]」。唐王朝の正史編纂者も同じような偏見をもち、息子を商人にしようとするソグド人を次のように表現している。「息子が生まれると、父親はその子の口に蜜をくわえさせ、手には膠《にかわ》をにぎらせ、大きくなったときには甘い言葉を話し、手から銭が離れないことを願う…彼らは取引上手で、金もうけを愛し、二〇歳で外国に行く。利益が見こめそうな場所ならどこにでも行く[9]」

残念ながら、こうしたステレオタイプを修正するようなソグド語の史料はほとんどない。サマルカンド周辺の気候はタクラマカン砂漠ほど乾燥しておらず、土壌はもっと酸性で、さらに八世紀初めのイスラムによる征服後に多くの史料は廃棄されてしまった。ソグド語文書はふたつの重要な史料群だけが残っている。ひとつは四世紀初めのソグド語で書かれた八通の「古代書簡」で、オーレル・スタインが敦煌の近くで発見した。もうひとつは包囲された城にあった八世紀初めのものとされる一〇〇点近くの文書で、一九三〇年代にサマルカンド郊外で見つかった。それ以外のソグド語の史料は銀器や織物にみられるもの、絵画の説明文、トルファンで見つかった多くの宗教的な文書にかぎられ、ソグド人の歴史についてはほとんど語ってくれない[10]。

考古学遺跡にソグド人の痕跡が最初に現れるのは、サマルカンドに残るもっとも初期の住居跡で、紀元前七世紀のものとされる。それから数世紀後、マケドニアのアレクサンドロス大王の伝記作者たちが、マラカンダ（サマルカンドのギリシア語名）の住民が激しい抵抗をくりひろげたすえに降伏した、と記している。アレクサンドロスの死後はいくつかの王朝が権力をにぎったが、その大部分の期間は、現在のタシケントを拠点にしていた連合勢力がサマルカンドの町を支配していた[11]。

研究者は最近まで、オーレル・スタインが一九〇七年に敦煌の近くで発掘したすてられた郵便袋が、ソグド語で書かれたもっとも古い史料だと考えていた。しかし、一九九六年から二〇〇六年にかけて、カザフスタン南部のクルベ遺跡（シムケント近くのアリス川流域）で発掘作業をしていた考古学者たちがソグド語の文字が書かれた焼成煉瓦のかけらを一〇枚発見した。中央アジアのイラン語研究では世界的な権威であるニコラス・シムズ＝ウィリアムズは、遺物を丹念に調査した結果、これらが郵便袋のなかにあった手紙よりも古い時代のものだと結論した。この煉瓦が建てられた当時、すくなくとも四つのソグド人の都市国家が存在していた。しかし、文字は断片的なので、そこから多くの情報を得ることはむずかしい[12]。

スタインが発見した八通のソグド語の手紙は、ほぼ完全な形で残っていたため、はるかに多くの情報が得られる。郵便袋が見つかったのは敦煌の北西九〇キロほどの場所で、手紙の一通はサマルカンドの住民に宛てられていた。手紙を運んでいた人物はそれを紛失したときにサマルカンドへ向かっていたと思われる。一九〇七年の発見当時、スタインの調査隊は、中国の歴代王朝が辺境の防備のために三・二キロほどの間隔で建てた望楼の探検を続けていた。望楼は高さ六メートル以上あり、番兵の小さな居住小屋に隣接して立っていることが多い。[13]スタインはT. XII.A（TはTun-huangを表す。敦煌のいくつかある綴りのひとつ）の番号をつけたこの塔にやってきたとき、とくに変わったものはないと考え、自分が別の塔を調べにいっているあいだに通路をきれいにしておくようにチームに指示をあたえた。夕方になって戻ってくると、人夫たちが見つけたものを彼に見せた。染色された絹、木製の箱、紀元一世紀初期の漢文文書、紀元四〇〇年より前のものと思われるカロシュティー文字の入った絹布の断片、そして、「はっきり西洋の文字が書いてあるとわかる、きちんと折りたたまれた小さな紙が次々と」出てきた。[14]文字はアラム語に似たもので、スタインは楼蘭で同じようなものを見つけたことを思い出した。その見慣れない文字がソグド語だとわかるのはあとになってからのことだ。

八通の手紙は情報の宝庫であることがわかった。もっとも、手紙を解読するのはむずかしく、多くの文字が欠けていた。ソグド語を読める世界中のひとにぎりの学者たちが、いまもその文章の意味をめぐり議論を続けている。一世紀以上、すべての研究者を悩ませてきたフレーズについて、いまもときおり新たな説が発表されている。完全な形で残る五通のうち四通は、英語に翻訳されている。[15]スタインの発掘方法は彼の時代には高度なものだったが、完璧ではなかった。人夫たちは見つけた遺物が崩壊した塔のどの場所にあったかを記録しなかった。手紙には日付が入っていなかったので、それが大きな問題となる。

それでも、手紙の一通の内容が、書かれた時代の手がかりをあたえてくれた。「そして、ご主人様方、人々の話によれば、最後の皇帝は飢饉のため洛陽から逃がれました。そして、宮殿にも町にも火が放たれ、宮殿は焼け落ち、町は破壊されました。洛陽は消えてしまいました。鄴［河南省彰徳府］も消えてしまいました」[16]。洛陽への侵攻は一九〇年、三一一年、五三五年に起こっている。ソグド研究者の多くは、この手紙で言及しているのは三一一年のもので、手紙は三一三年か三一四年に書かれたものと考えている。(17) 手紙の送り主は侵略軍を「フン族」と書き、実際に指導者の石勒《せきろく》（二七四～三三三年）は匈奴連合の一部族に属していた。これは、三〇〇年代後半にヨーロッパに侵攻した中央アジアのフン族と匈奴を結びつける有力な証拠のひとつになる。(18)

八通の手紙は封筒には入れられず、「きちょうめんに折りたたんで小さな巻物状にしていた」と、スタインは説明している。大きさは長さ九～一三センチ、幅二・五～三センチ。発送場所はそれぞれ異なる中国の町だが、使われた紙はほぼ同じ寸法で、縦三九～四二センチ、横二四～二五センチ程度。すでにこの当時から、紙を規格化されたサイズで作っていたことがわかる。中国で紙が広く普及するのは三世紀になってからだったことを考えれば、かなりの速さで発達したことになる。三通の手紙は別々の絹の袋に入っていた。四通目の二番の手紙（この章の扉の写真）は、絹の袋入りで「サマルカンド行き」の文字が入った麻のカバーつきだったが、差出人の住所は書いていない。もう一通の手紙には宛先がなく、これは配達した人が送り先の人物を知っていたからかもしれない。一番と三番の手紙は、敦煌に住む女性から、おそらく楼蘭に住んでいた母親と夫に宛てたもので、五番の手紙は武威から送られていた。

これらの手紙から、四世紀初めにはすでに洛陽、長安、蘭州、武威、酒泉、敦煌にソグド人のコミュニティが存在していたことが明らかになった。二番の手紙は、四〇人のソグド人がひとつの場所におちつき、サマルカンドからやってきた別の一〇〇人の「自由民」が、別の場所に定住したことに言及している（残念ながら、どちらの土地の名前も判読できない）。洛陽の入植地にはソグド人もインド人もいた。ソグド人のコミュニティが一定の規模にまで、おそらくは四〇人程度にまで大きくなると、ゾロアスター教の火の神の神殿が建てられた。儀式をとりおこなうのは「薩宝」の役割で、彼らは火の祭壇を管理し、ゾロアスター教の祭りを監督するほか、なにかもめごとが起これば仲裁役も果たした。

イランのゾロアスター教はアフラ・マズダを最高神とする一神教に進化していったが、ソグディアナの信者はアフラ・マズダをふくめ、多くの神を礼拝していた。(19) ゾロアスター教の教えは中国式の埋葬と仏教式の火葬の両方を禁じ

ソグド人の「古代書簡」の町

ソグド人の手紙で言及されている蘭州周辺の町（太字）

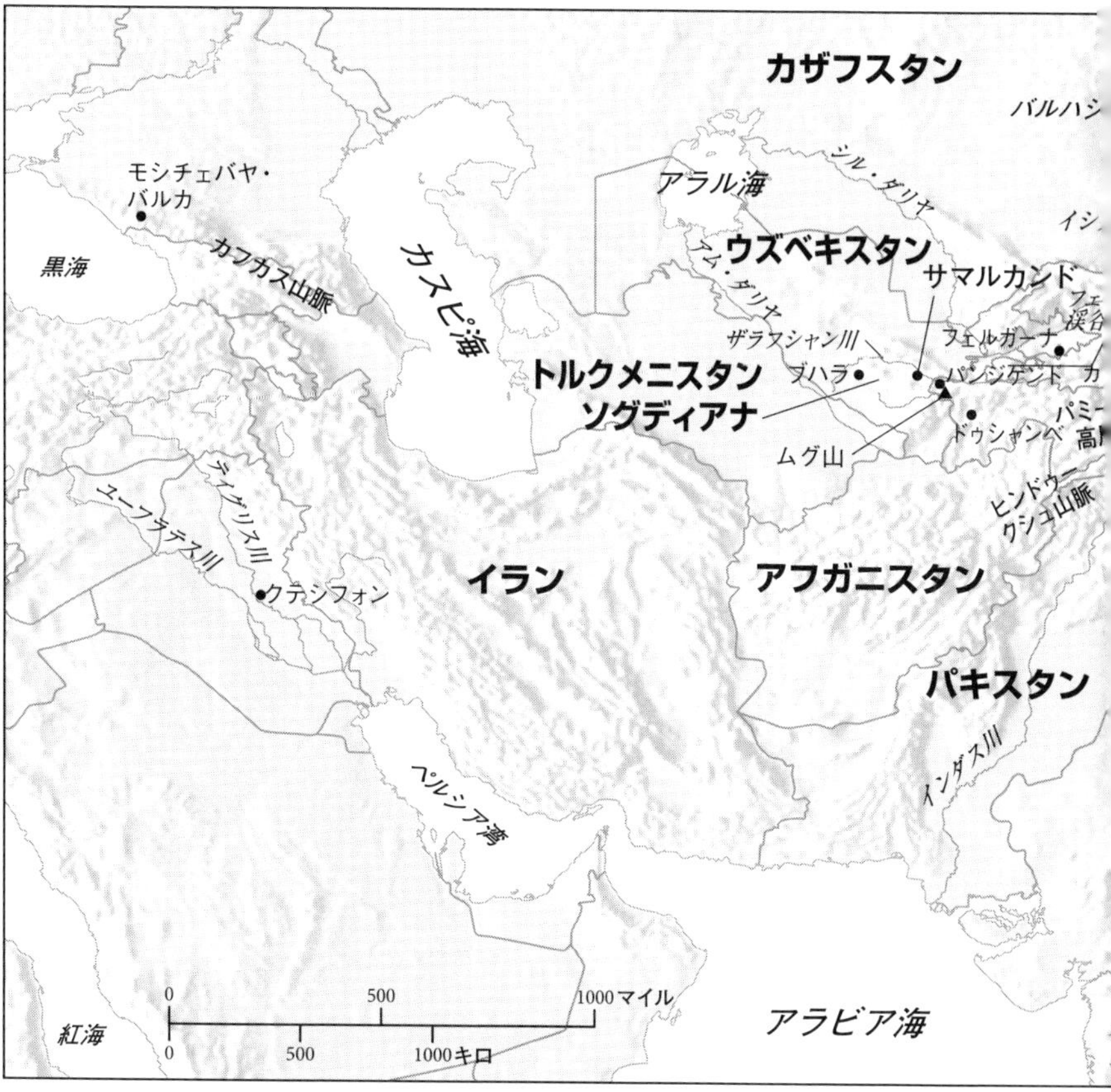

出典：Étienne de la Vaissiere, Histoire des Marchands Sogdiens
(Paris : Collège de France, Institut des Hautes Études Chinoises, 2002), Map 3.

た。どちらも穢《けが》れをもたらすとみなされていたからだ。埋葬は土を汚し、火葬は火を汚す。そのかわりに、ゾロアスター教の信者は死者を屋外にさらし、腐食動物が肉をきれいに食いつくして骨だけになったところで素焼きのオッスアリとよばれる納骨器に入れて埋めた。

一番と三番の手紙を書いた敦煌のミウナイという女性は、夫にすてられ、彼の借金まで負わされた。彼女が援助を求めて近づいた男性たちのリストは、ソグド人移民の社会を端的にまとめてくれる。ミウナイは評議員（おそらくは税金を集めていた役人と思われる）、続いて夫の親類、さらに夫の仕事仲間と思われる男性を訪ねている。彼らはいずれも借金の返済は彼女の夫の義務であるという理由から援助を断わった。ミウナイが最後に「寺院の僧侶」のところに行ったところ、ラクダと男性の護衛を手配してくれると約束してもらえた。

ミウナイは夫への怒りを手紙でぶちまけている。「わたしはあなたの指示にしたがって敦煌にやってきました。母や兄の止める言葉も聞きませんでした。わたしがあなたの指示に従ったときに、神の怒りをかってしまったことはまちがいありません。あなたの妻になるくらいなら、犬や豚の妻になるほうがましでした[20]」。彼女の娘が書いた追伸は、貧しさに打ちひしがれた女性ふたりは羊の世話をして暮らすしかなくなったと記している。敦煌にとりのこされていた三年のあいだに、ミウナイにはキャラバンといっしょに町を離れる機会が五度あったが、旅に必要な二〇スターテルを支払えるだけのお金がなかった。

スターテルの価値については研究者たちも明らかにできていない。この当時流通していたスターテル金貨と同じように、重さは一二グラム程度だったのだろうか？　それとも、サマルカンドで流通していたもっと軽い、〇・六グラムの銀貨の重さだったのだろうか？（これも、シルクロード研究者が直面する多くの解決困難な謎のひとつである）。

洛陽の陥落を報告した商売人はミウナイよりはずっと豊かだった。彼は自分が世話している孤児を援助するために、自分の仕事を手伝っている商人たちに「資金から一〇〇〇スターテルか二〇〇〇スターテルを使う」ことを認めるだけの十分な財産をサマルカンドにもっていた。手紙のなかで、この送り主はサマルカンドの上司に、甘粛の酒泉と武威で雇った者たちについて書き送っている。手紙を読むと、彼の会社には三つの職層があったようだ。上司（サマルカンドの父と息子）、彼らのために働く職工たちのネットワークを監督する代理人（手紙の送り主）、そして職工たちだ。

二番の手紙は、当時取引されていたウールの衣服や麻などの日用品についてもふれている。代理人は彼が敦煌に三二［ベシクル］――価値はわからない単位――の麝香《じゃこう》を送ったと報告している。ジャコウジカの腺から加工される麝香は、香料や定着剤として使われた。ソグド人研究で知られる歴史家のエティエンヌ・ド・ラ・ヴェシエールによれば、ここに書かれている麝香はおそらく〇・八キロの重量で、純粋な麝香としては莫大な量だった[21]。二番の手紙はウールの衣服と麻についても書かれているが、その量については明記していない。

五番の手紙は姑臧《こぞう》（武威）と敦煌のあいだのもっと地方レベルの商業にかんする内容で、キャラバンのリーダーに宛てられている。この手紙にはもっと少額のお金について書いてある。送り主は、自分は二〇スタテル受けとるはずなのに四・五スタテルしか受けとっていないと訴えている。手紙には、姑臧からほかの目的地、おそらくは一四〇〇キロほど離れた楼蘭までキャラバンで運ばれた、いくつかの品物があげられている。「白」（おそらくは鉛白をベースにした化粧用の粉）、胡椒、銀、rysk（この言葉の意味ははっきりしない）などだ。品物によっては、かなりの長距離を運ばれた。胡椒（五番の手紙）と樟脳（六番）は東南アジアとインドだけで買えるもので、麝香（二番）はチベットと甘粛の境界あたりのものだった。六番の手紙は部分的にしか残っていないが、送り主は相手になにかを買うように依頼している。おそらく「カイコに由来するもの」、つまり絹地か絹糸だろう。もしこれが入手できなければ、かわりに樟脳を購入するように指示している。ソグド語の手紙で絹についての言及があるのはこの一例だけのようだ[22]。手紙に書いてある品物の量はどれも不明確だが、大部分の研究者は一・五キロから四〇キロのあいだの少ない量だったと考えている[23]。このくらいの重さの荷なら、動物一頭、多くても数頭もいれば楽に運べただろう。つまり、シルクロード交易の規模はかぎられたもので、一部の研究者が「ちっぽけな」取引とよぶ程度にとどまっていたことが示唆される[24]。

このソグド人の「古代書簡」が重要なのは、これらが交易の監督をしたり税を集めたりする役人によるものではなく、商人が書いた数少ないシルクロード文書であるからだ。これらの手紙からは、商人や農民、あるいは使用人としてであっても、平和に暮らしていたソグド人移民たちの生活ぶりが伝わってくる。そして、中国のひとつの王朝が倒れ、勢力争いで国が混乱していた時代に、彼らがまだ商業に従事し、長距離の交易を行なっていたことがわかる。

その後の数世紀にわたってソグド人は独自の言語を使いつづけたが、衣服や髪型は新しい遊牧民族の征服者たち、フン族、契丹、エフタル、突厥などの要求に合わせて変化させた。これらの遊牧民族はときにははるか西の現在のバグダード近く、クテシフォンを都にしていたササン朝ペルシア帝国（二二四～六五一年）の力を借りて、サマルカンドを支配下に置いた。五〇九年、サマルカンドはアフガニスタン北部に住んでいたイラン系とテュルク系の連合勢力であるエフタルに占領された。エフタルはしばしば「白いフン」ともよばれた[25]。その後、五六〇年ごろにササン朝が新たに形成されたテュルク系の連合勢力と同盟を結び、エフタルを滅ぼした[26]。五六五年以降、サマルカンドは西突厥の支配下に入る。玄奘がトクマクの可汗を訪問したあとに、サマルカンドへ旅を続けたのはそのためだった。突厥は八世紀には独自の文字を発達させたが、ソグド語で書き表すことも多く、突厥人とソグド人の文化的な結びつきが強かったことがわかる。

政治的動乱が続いたこの時期に、ソグド人は徐々にサマルカンドとブハラから外の地域へと広がっていった。五世紀以降、ザラフシャン川周辺に新しい定住地を築くにあたり、彼らはソグド式の建物や灌漑設備をとりいれた。五世紀に経済発展が加速し、六世紀と七世紀には、ソグディアナは中央アジアでもっとも栄えた地域になっていた。このことは、パンジケントで発見された大きな家屋と複雑な壁画からも明らかだ[27]。

サマルカンドから東に六〇キロ、現在のタジキスタンにあるパンジケントは、シルクロードのもっとも重要な考古学遺跡のひとつである。ここでは一九四七年から、当初はソ連の、現在はロシアのサンクトペテルブルクにあるエルミタージュ美術館所属の考古学者が、毎年夏に発掘を続けている。[28] 中国での多くの発掘作業とは異なり、ここでは個々の墓を掘るのではなく、小さな町を家屋ひとつずつ、区画ひとつずつ、ていねいに掘り進めている。

これまでの発掘作業で小さな町の半分ほど、面積にして六〜七ヘクタールが姿を現した。五世紀中に建設された町は、七世紀に最大の大きさになった。七二二年にアラブの軍隊に敗れたあと、七四〇年代に一時的に復興したものの、その後、七七〇年から七八〇年のあいだに完全に放棄された。[29] 町をとり囲む壁は五世紀のものとされ、五〇〇〇人から七〇〇〇人の住民が暮らしていた。町には何本かの通り、裏通り、ふたつのバザール、ふたつの寺院があった。寺院の一方には側面に火の祭壇があり、もう一方にはすくなくとも一〇体の神々の像があった。[30] この寺院には別の入り口から入る部屋がひとつあり、そこにはインドのシヴァ神が三つ又をもって牡牛に乗っている像が安置されていた。三つ又と勃起したペニスはインドの宗教美術に典型的なものだが、履いている長靴はソグド式のものだった。

商業用の穀物倉庫とバザールは、パンジケントで小売業が営まれていたことを示す。ペルシア語でキャラバンサライ（隊商宿）とよばれるキャラバン用の常設の施設の痕跡は、ソグディアナのどこにも発見されていないが、近年の歴史家のなかには、キャラバンサライはこの地域が発祥だと信じている人たちもいる。地理学者のイブン・ハウカルは、巨大な建物の廃墟について、二〇〇人の旅人と荷役動物を収容できる大きさがあり、全員にいきわたるだけの食料と眠る場所を用意できただろうと書いている。[31] パンジケントのいくつかの家屋にはキャラバンを収容できる十分な広さの中庭があった。「ホテル」を意味するソグド語（tym）は、中国語の「宿」（dian）を借用した言葉だ。[32]

キャラバンがパンジケントを通ったのは、この町がサマルカンドと中国を結ぶルート上にあったからだった。このルートは現在のタジキスタンと中国の国境にあるアンモン山地を通る。ここは天山山脈のなかでも塩化アンモニウムのおもな産地として知られる。[33] しかし、パンジケント出土の遺物に、キャラバン交易で運ばれてきたと特定できるものはほんのわずかしかない。重要な例外のひとつは、七世紀の小さなガラス製の器だ。この地方でガラス生産がはじまったのは八世紀なかばになってからだった。[34]
さらなる交易の証拠としては、町のなかで見つかった数千枚の銅貨がある。多くは市場ですてられたか置き忘れた小銭と思われる。ササン朝の銀貨も六世紀には少量ながら流通していた。もっとも古い地元鋳造の貨幣は七世紀後半のもので、中央政府が地方の鋳造所に貨幣鋳造の許可をあたえたらしい。ソグディアナと中国の交流の最盛期となった七世紀には、パンジケントの住民は中国のものと同じ形の銅貨を使っていた。円形の硬貨に四角い穴が開いているもので、漢字が書かれているものもあれば、書かれていないものもある。
トルファンと同じように、住民は金貨を使うこともあった。一九四七年から一九九五年までに、ビザンティン帝国の純金の貨幣二枚と、極端に薄っぺらい模造金貨六枚が発見されている。家屋のなかから見つかった五枚は、本物の金貨も模造金貨も通貨として使われていたことを示している。[35]
また、模造金貨は副葬品としても使われた。金貨の二枚（おそらくはもう一枚も）は「ナウス」とよばれるソグド式の建物のなかで見つかっている。これは死者を安置するための場所で、通常は家族ごとに建てられ、小さくて四角く、泥煉瓦でできている。きれいになった骨をオッスアリに入れて、この場所に納めた。[36] ゾロアスター教の経典に、ナウスについて言及したものはない。この習慣は四世紀後半または五世紀のサマルカンド地方にはじめて現れるもので、イラン中央部には見られない。
オッスアリに描かれるモチーフには、「審判の日」にアフラ・マズダが死者の骨を使って彼らをもとの姿に戻すという信仰を描いたものがある。[37] 貨幣を死者といっしょに埋めるのは、金貨か模造金貨が近くにあれば、死者の役に立つだろうと考えたからだった。この習慣は裕福な人たちだけのものではなかったようだ。そうした貨幣といっしょに埋葬された死者のひとりは、陶器職人だった。[38]
すべての死者がゾロアスター教式のオッスアリに入れて埋められたわけではない。パンジケントの遺跡には、完全に体を伸ばした状態の死体を納めた墓がある。これはあきらかにキリスト教式の埋葬方法だ。死体のひとつは銅製の十字架を身につけていた[39]。シリア語で文字の練習をしたものも見つかった。おそらく、東方教会の典礼で用いる言語をソグド人が学んでいたのだろう[40]。

これまでに発掘された家屋の数は一三〇を超え、富裕層だけでなく一般の人々の住居も見つかっている[41]。大きな家にはかならずひとつの部屋に火の祭壇があり、そこで家族が祈りを捧げていた。もっと小さい携帯できる火の祭壇も、入り口のホールに置いていた。祭壇には宗教的な図柄だけでなく、礼拝者、多くの場合は家族の肖像も描かれていた。町中の多くの家屋に火の祭壇があったことから、住民の大部分はゾロアスター教徒だったと思われるが、ソグド人はほかの宗教にも寛容だった。

ソグド人は家族ごとに自分たちの家で礼拝する神を選び、その絵を客間の壁に飾っていた。こうした神々の偶像は特徴がさまざまに変化するため、すべて特定することはできない。そのなかで、もとはメソポタミアの女神であるナナは、とくに信者が多かった[42]。ラクダに乗った神や、小さなラクダの像をもっている神も、旅人たちに崇められていた[43]。ある家の持ち主は、小さな仏陀像を別の部屋に置いていた。彼の家にある「勝利の神」やナナの絵ほど大きくはないが、その像

サマルカンドのゾロアスター教徒の埋葬

サマルカンド郊外のモッラ・クルガン村から出土した素焼きのオッスアリ。動物に死者の肉を食べさせ、きれいになった骨を納めるための容器で、蓋には透けたローブを着たふたりの女性の踊り子の姿がきざまれている。サマルカンド地域に巫女がいたという証拠はないため、女性たちは葬儀で死者を悼んでいるか、死者を来世に迎え入れるためにやってきた美しい若い女性かもしれない。下の部分に描かれているのは火の祭壇とその両脇に仕えるふたりのゾロアスター教の僧侶で、体液や髪の毛が火を汚すのを防ぐため、パダームとよばれるマスクをつけ、頭をおおっている。フランツ・グルネ提供。

は彼がソグド以外の神も受け入れていたことを表している[44]。

とくに裕福な家では天井から床までの壁一面に、何段かに分けて絵が描かれている。いちばん上には、入り口のほうを向いた神々の大きな肖像、その下に寄進者（家の持ち主）が描かれている。真ん中の部分は高さ一メートルほどで、イランの叙事詩『ルスタム』、イソップ寓話、インドの『パンチャタントラ』のなかの物語など、ほかの国の有名な民話の場面。いちばん下の帯は通常高さ〇・五メートルほどで、語り部が話を進めやすいように、物語の場面が順番に描かれている。各場面が一ページサイズであることから、これらは本の挿絵を模写したものだとわかる[45]。

パンジケントの住民はさまざまな主題の絵画の制作を依頼したが、商業活動が描かれた絵はほとんどない。考古学者はぜいたくな宴会の風景が描かれていたある住居

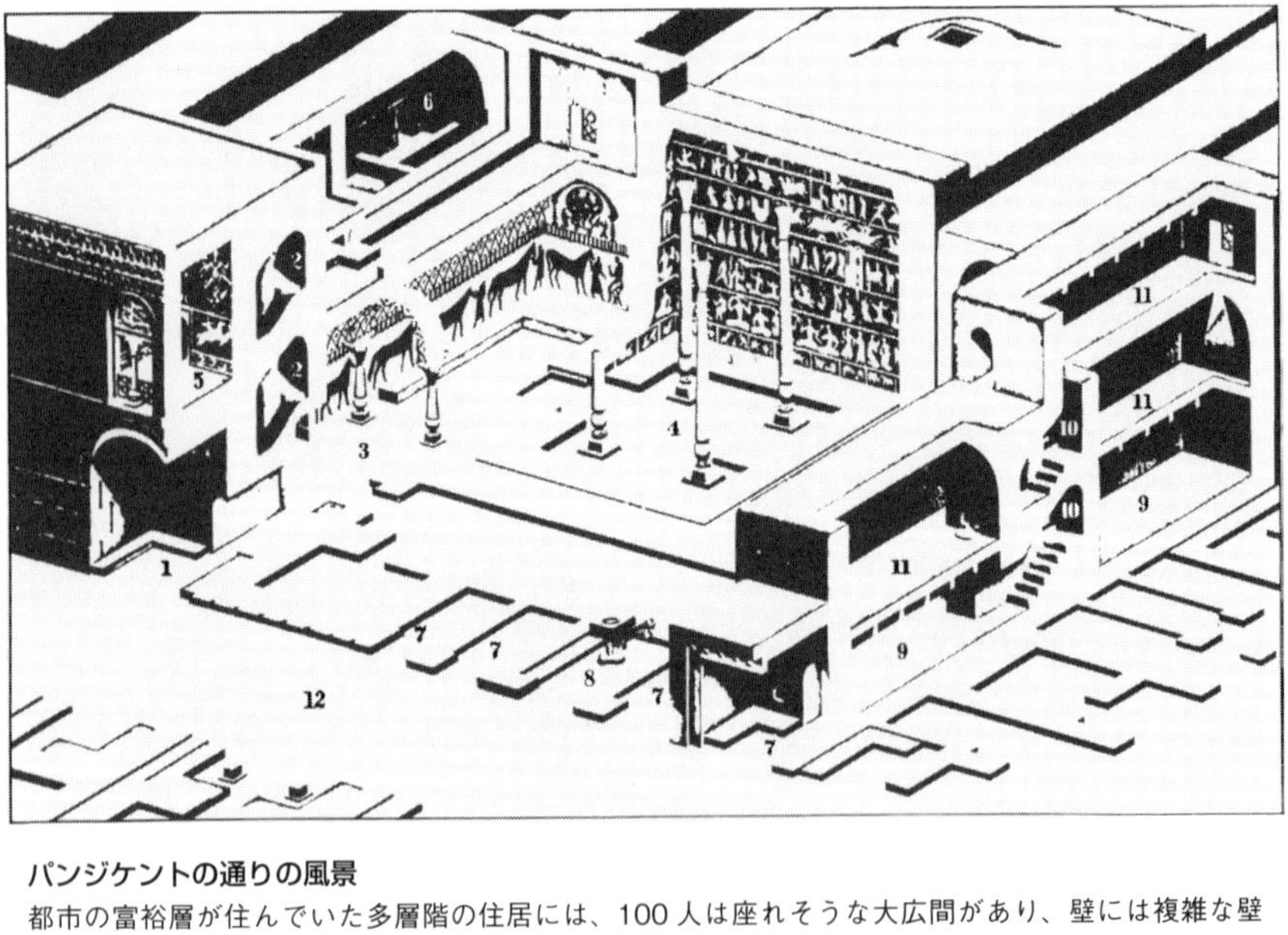

パンジケントの通りの風景

都市の富裕層が住んでいた多層階の住居には、100 人は座れそうな大広間があり、壁には複雑な壁画とぜいたくな彫り装飾がほどこされている（4）。富裕層の家は店舗、職人の工房（7）、鍛冶場（8）などの近くにあった。貧しい隣人たちの家はこれより小さく、多くは二階建て、ときには小さな絵画で飾られた数部屋の家（9）に住んでいた。住民は工芸品を作ったり店舗に置いたりして、それを裕福な客が買った。以下の文献から。Guitty Azarpay, Sogdian Painting : The Pictorial Epic in Oriental Art, University of California Press, 1981. © カリフォルニア大学理事会。

を、バザールのすぐ隣に住んでいた商人の家として特定した。客が貴族ではなく商人だと考えられるただひとつの理由は、客のひとりがふつうなら携帯しているはずの刀ではなく、黒い袋をベルトに結びつけているからだ(46)。

商人の姿は、サマルカンドのアフラシヤブ遺跡の大きく美しい壁画にも見られない。この壁画群は、サマルカンドの政治状況を目で見てわかる形で示してくれる。そこに描かれた非常に現実的な主題は、パンジケントやブハラ郊外のバラフシャ砦跡で見つかる伝説や神々を描いた壁画とははっきり異なる。アフラシヤブの壁画はソグドのワルフマーン王の治世の六六〇年から六六一年に描かれたもので、この王の名前は中国の史書にも登場する。唐の高宗（在位六四九〜六八三年）が彼を都督に任命し、ソグディアナの支配をまかせたという記述がある。六三一年に、その当時のソグドの王が同様の同盟関係を唐に求めたが、太宗はそれを拒否していた。サマルカンドは遠く離れすぎ、必要なときに中国が軍を派遣できないと考えたからだった(47)。

壁画は現在、アフラシヤブ考古学博物館に保管されている。一九六五年、新しい道路の建設作業中にブルドーザーがこの部屋の天井を削りとってしまったあとで、残った部分を救いだしたものだ。壁画は高さ二メートルを超え、長さは一〇・七メートルで、裕福な貴族の邸宅の大きな四角い部屋の四つの壁を満たしている。そのうち三面の壁画の上のほうはブルドーザーに削りとられたため、もとの高さがどれくらいあったかはわからないままになってしまった(48)。

アフラシヤブ壁画は注意深く調査するだけの価値がある。というのも、この壁画はソグド人がもっと大きな世界をどう見ていたかに光をあててくれるからだ(49)。ガチョウや女性など、肖像の一部には小さな黒いソグド語の文字がそえられ、ワルフマーン王の所有するものであることを明らかにしている。王はおそらくこの家の持ち主と親しかったのだろう。壁画のある部屋へは、ひどく損傷した東側の壁を通って入る。インドらしい場面が描かれているが、内容はよくわからない(50)。

部屋を入って正面にある西側の壁は、さまざまな国からの大使や使節が堂々とした列を作って行進しているようすを描いている。その場面を上から見下ろしていたはずの上段に描かれた人物は、ブルドーザーが削りとってしまっ

パンジケントの住居
パンジケントの富裕層の住む家の多くには、このような高い円柱と神を描いた壁画のある大きな応接間があった。この一家はもとはメソポタミアの神だったナナ神を礼拝していたが、ほかのパンジケントの家屋には別の神々の姿を描いているところもある。女神の背景の壁画が何段かに分かれていることに注目してほしい。パンジケントの画家たちが壁画を描くときには、このように横に何段かに分けるのがふつうだった。以下の文献より。Guitty Azarpay, Sogdian Painting: The Pictorial Epic in Oriental Art, University of California Press, 1981. © カリフォルニア大学理事会

た。西の壁の左から二番目の頭部の欠けた人物像が着ている白い衣には、長いソグド語の文字がきざまれている。この壁画のなかでは唯一長文のその文字は、チャガニヤーン国からの使節がワルフマーン王に贈った信任の言葉を記録したものだ。チャガニヤーン国はサマルカンドのすぐ南、現在のウズベキスタンのデナウの近くにあった小さな王国である。

ワルフマーン・ウナシュ王が彼［大使］のところにやってくると、大使は口を開き［こう述べた］。
「わたしはチャガニヤーンの書記Pukarzateと申します。チャガニヤーンのトゥランタシュ王の使いでここサマルカンドの王のもとへやってきました。［いま］わたしが［ここに］到着したことを、敬意をもって王にご報告します。わたしにかんしてはご心配にはおよびません。サマルカンドの神々、サマルカンドの文字についても精通しております。わたしは王になんら害をあたえる者ではありません。こうしてわたしがここに来たことは王にとっても幸運なことなのです」
ワルフマーン・ウナシュ王は、［大使に］退室を命じた。するとき［その次には］、チャーチュの書記が口を開いた。(51)

この文章は外交儀礼の一部を記録したもので、このあとにおそらくチャーチュ（現在のタシケント）からの使者の言葉が続いたはずだ。チャガニヤーンからの使節は、サマルカンドの言語と神々の両方についての知識があると主張している。いまではチャガニヤーンの使者の言葉しか見ることができないが、もとはすべての使節の言葉が壁画のそれぞれの場所に書かれていた可能性が高い。

この壁画には、サマルカンドを世界秩序の中心として描きたいと考えた画家の意図がはっきり見てとれる。典型的な中国の黒い帽子と衣服を身に着けた五人の中国人が中央を占め、絹織物、絹糸を巻いたかせ、まだ繭の状態の絹をかかえて立っている。恭順の姿勢を示すため、中国人はほかの使節と同じように献上の品をもって訪問したが、実際にはサマルカンドの王は彼らの軍事支援に頼っている。中国人はほかの使節よりも重要だったため、構図の中心に配置されているのだ。左上には四人の男性が座っている。その長く編んだ髪と刀から、彼らはテュルク人、おそらくは傭兵であることがわかる。

壁画の右端には木製の格子があり、その上に旗が斜めに垂れ下がっている。格子の手前には怪物の顔が描かれた太鼓があり、その横には羽根つきのかぶりものをつけた男性二人が、両手をそでに引っこめた状態で立っている。彼らは朝鮮人で、おそらく高句麗からの使者だろう。この国は六六九年に滅亡した。[52] これらの人物像は同時代の中国の絵画と非常によく似ているので、実際の場面を写生したものではなく、中国の絵画を手本にしたものかもしれない。[53] 彼らは左側にいる使節たちを観察するように立っている。この人たちの簡素な衣服とかぶりものはほかの者たちの長衣とは対照的だ。ひとりは腕に動物の皮をかけている。山岳民族と思われる彼らは通訳の言葉に耳を傾け、その通訳は宙を指さしている。[54]

中国人の重要性は北側の壁からも明らかだ。この部分の壁画は、舟に乗った中国人女性たちと狩りの場面を描いている。[55] 皇后の舟の右側に、中国人の猟師がやりでヒョウをついている活動的な場面がある。右側の大きく描かれた人物が中国の皇帝であることはまちがいない。ソグド様式の芸術表現では実物より大きく描くのは神々と君主だけというのが習慣だったからだ。[56]

南側の壁画はゾロアスター教の儀式の場面で、動物の生贄（四羽のガチョウ）、混紡を手にしてラクダに乗る二人のゾロアスター教徒、そしてマスクをつけたゾロアスター教の聖職者がひとり、馬を引いている姿などが描かれている。パフラヴィー語で「パダーム」とよばれるこのマスクは鼻と口をおおい、火の祭壇に体液がふれることを防ぐために着けている。壁画に描かれている儀式は、占星術家のアルビルニがいうところの「ノールーズ」の祭りかもしれない。アルビルニ自身もサマルカンドの北西地域ホラズムの出身だった。[57]（ノールーズの祭りはイスラム教のもので

ソグド人の世界
サマルカンドを訪れた使節を描いたアフラシヤブの壁画。おもな勢力を代表する42人の人物の姿がある。この再現図は、背景の白い部分が現存している範囲で、グレーの部分は画家が復元したもの。西側の壁には現在のウズベキスタン南部とタシケントなど隣接する国々からの使者や、もっと遠くの中国や朝鮮からの使節が描かれ、ソグド人がじつに国際的な世界に暮らしていたことがわかる。

はないが、中央アジアとカフカス、さらにはイランでも、大きな祭日としていまも祝われている）。イスラムがこの町を征服してから数世紀がすぎた紀元一〇〇〇年にアルビルニが書いているところによれば、ペルシアの王は民衆をひきいて春の訪れを祝福する六日間の儀式に参加し、ソグド人も夏に同じ祭りを祝っていた。南側の壁も北側と同様の構成だが、行列している何人かの人物は顔が削られている。中国の皇帝の反対側には白い象が描かれ、おそらくサマルカンドの女王を乗せていたものと思われるが、消えてしまっている。行列の最後尾の馬に乗った人物はサマルカンドのワルフマーン王その人だ。

アフラシヤブ壁画は外の世界、とくに外交使節との交流を重視し強調している。これらの外交使節は交易に近いことをしてはいるが、実際にやりとりしているのは絹織物や絹糸のようなごく日常的な品物だ。七世紀なかばのこの壁画で、ワルフマーンは中国と突厥の同盟に属する人々を描いた(58)。画家たちは、ソグド人にとってもっとも重要な同盟者である中国人を、その役割にふさわしい中央の位置に配している。

しかし、サマルカンド、ひいては中央アジア全体の政治は、劇的な方向転換のときを迎えつつあった。六三二年のムハンマドの死後、正統カリフとその後のウマイヤ朝（六六一〜七五〇年）の歴代カリフの指揮のもと、アラブ人は北アフリカ、スペイン南部、イランを征服した。六五一年にササン朝を倒すと、さらに中央アジアへと東進を続け、サマルカンドを標的にする。アラブ軍がはじめてこの町の攻略に成功したのが六七一年で、六八一年にはアラブ総督がこの地域で最初の冬をすごすことができた[59]。そして、七〇五年から七一五年のあいだに、クタイバ・イブン・ムスリム将軍がソグディアナに遠征し、七一二年にサマルカンドの征服に成功した。

ソグディアナ——中国西部ではなく——でもっとも大量に見つかっているソグド語文書はこの時代のものだ。一九三三年、ソ連の考古学者たちがサマルカンドの東一二〇キロにあるタジキスタンのムグ山で、一〇〇点近くの文書をまとめて発見した[60]。これらの文書は、イスラムによる征服を征服者ではなく征服された側の人々の視点から書いているという点で、非常にめずらしい。たとえば、ある王はイスラムの軍隊をくいとめるための最後の試みとして、突厥や中国など、ほかの地方の支配者の支援を得ようと必死の交渉をくりひろげた。こうした文書から、イスラムの中央アジア征服はゆっくりとした不確かなもので、八世紀初めのこの地域の政治では、唐王朝の中国の果たす役割が目立たなくなっていたことがわかる。

ムグ文書を発見したのは、外国の探検隊ではなく地元住民だった。帝政ロシア時代、ムグ山から六キロほど離れたクム村の住民は、山の上になんらかの宝が眠っていることを知った。そして一九三二年の春、何人かの村の羊飼いの少年がこの場所にやってきた。穴を掘ってみると、皮革の上に文字が書かれたいくつかの文書が見つかった。彼らはいちばん完全な形で残っているものを選んで村にもち帰り、ほかのものはもとに戻した[61]。地元の共産党書記のアブドゥルハミド・プロティはタシケントで歴史を学んだ経験があったため、この発見の重要性に気づいた。そこで、ある村人に文書をさがす手伝いをしてくれたら、そのかわりに警察官の職をあたえると約束した。プロティがようやく村人を説得してその家まで行くと、主人は壁とドアの柱のあいだにあるすきまに手を入れ、文書をひっぱり出した。プロティは上司に報告し、その上司が文化当局に知らせ、のちに1・Iと番号がつけられたその文書はタジキスタンの首都ドゥシャンベに送られた[62]。文書はタジキスタンの共産党第一書記D・フセイノフに押収され、彼が粛清された一九三三年以降に行方不明になった[63]。

アジアの多くの国でそうするように、ソグド人も文書に日付を入れるときには、そのときの君主の治世の年号を入れた。ムグ文書の多くにはデーワシュティーチュ王の治世の一年目から一四年目の日付が入っている。しかし、デーワシュティーチュの在位の年がわからないため、研究者は正確な日付を特定できなかった。ムグ山で見つかった九七点の文書のうち、九二点がソグド語、三点が漢語、一点がアラブ語、一点がまだ解読されていないルーン文字で書かれている[64]。漢文文書のひとつに七〇六年の日付が入っていることから、これらの文書はおそらく八世紀初めのものと考えられた[65]。

唯一のアラブ語文書は、ソ連のアラビア研究の権威であるI・Y・クラチコフスキー（一八八三～一九五一年）が回顧録で説明しているように、この文書群の年代を特定する鍵となった[66]。その手紙は、デーワシュティーチュ王がホラーサーン地方のアラブ総督アルジャラーに宛てたもので、完璧なアラビア語で書かれていることから、王は書記を雇っていたと推測される。王は自分を総督の「マウラ（被保護者）」と位置づけ、サマルカンドの以前の王タルフンのふたりの息子を総督のもとで保護してもらいたいと書き送っている[67]。この手紙を読んだクラチコフスキーは、偉大な歴史家のアルタバリが書いていた、Divashtiという名前のサマルカンド出身の土地貴族のことを思い出した。七二一年から七二二年にかけて、イスラムの征服に抵抗していた人物だ[68]。そこで、クラチコフスキーはDivashtiの名前は書記がDivashniをまちがって綴ったもので、デーワシュティーチュという名前のいくつかあるアラビア語表記のひとつだと気づいた。この貴重な特定のおかげで、ムグ文書が七〇九年から七二二年のものであることがわかった。

この発見を受けて、レニングラード（現サンクトペテルブルク）の社会科学アカデミーは、ソ連のソグド研究の第一人者であるA・A・フレイマン（一八七九～一九六八年）率いる探検隊をタジキスタンに派遣した。一九三三年一一月の二週間、フレイマンは科学アカデミーのチームを率いて遺跡の発掘にあたった[69]。そこは要塞を建設するには理

ムグ山の要塞遺跡
ムグ山はタジキスタンのウズベキスタンとの国境からすぐのところにある小さな山で、後方に見える頂上は海抜 1500 メートル。三方を水で囲まれているため、700 年代初めにイスラム軍が侵略してきたときには、100 家族ほどが避難するのに理想的な場所になった。フランツ・グルネ提供。

想的な場所で、クム川とザラフシャン川が三方をとり囲んでいた。住民はさらなる防御のために内と外に二重の壁を建設した。

要塞からは、水を貯めておくための大きな陶製のかめが数個しか見つかっていない。あきらかに、そこの住民は近くの村人に頼んで、いちばん近い小川から水をくみ、半キロの距離を運んでもらっていたということだ。軍の部隊を駐屯させるには小さすぎるので、要塞は王の居所として建設され、家族と何人かの使用人とで暮らしていたのだろう。しかし、必要なときには大きな部屋と中庭に一時的に一〇〇家族ほどを保護できるように設計されていた。

この遺跡で見つかった遺物を調査した考古学者は、小さな五部屋からなる要塞のそれぞれの部屋について、その用途を特定することができた。四つの長方形の部屋は奥行き一七・三メートル、幅一・八〜二・二メートルほどで、天井までの高さは一・七メートルしかない。建物は豪華なものではなく、部屋には南側からだけ光が入った。いまはもう残っていないが、もとは南側の壁にだけ窓があった。

発掘者たちを驚かせたのは、この遺跡には少しでも価値のありそうなものが何も残っていないことだった。テラス部分はごみをすてるための穴になっていて、骨や陶器のかけら、繊維のくずが五〇センチの層になっていた。部屋一号には動物の堆肥が粘土質の黄土を間にはさんではっきり九つの層に分かれ、一メートルの厚さに積み重なってい た。つまり、この要塞が九年から一〇年のあいだ、使われていたことを意味する。木片も見つかっていることから、発掘者は部屋一号が木工場で、冬のあいだには納屋としても使われていたと結論した。部屋二号は台所で、家庭用品が大量に見つかった。陶製のつぼ、皿のかけら、アシで編んだかご、小さな陶製のカップ、豆、大麦の種のほか、火を使った跡もあった。部屋三号はほとんど空っぽだったが、小さなガラス瓶がいくつかと櫛がひとつだけ見つかった。考古学者はここが穀物庫だったと考えた。部屋四号はもっとも遺物が多かった場所で、陶製のかめが三つ、多くの家庭用品、貨幣三枚（一枚は銀貨）、金属の矢じり、衣服のきれ端、ベルトのバックルなどが見つかった。これらの遺物はすべてもとは二階にあったもので、それが一階の上にくずれ落ちていた。[70]

部屋四号の北側には大きな陶製のかめが倒れ、そのまわりには文字の書いてある二三本の柳の枝がちらばっていた。枝は陶製のかめの口からこぼれ落ちたもののようだった。書いてあったのは家計の支出で、執事が主人のために作成し、このコンパクトな保存容器に入れていたものと思われる。[71] 彼は柳の枝を――紙や皮革ではなく――記録のための道具として使っていた。そのほうが安くてすぐに手に入ったからだ。

執事はさまざまな客をもてなすために使ったワインや小麦の量を記録し、日付も書きこんでいた。この支出台帳から当時の地元経済のようすがわかる。近くの村の住民が荷車いっぱいの穀物を要塞まで運んでくることもあった。おそらく一種の税金として領主に納めていたのだろう。執事の台帳は、彼らも領主から穀物を受けとったことを記録している。おもな経済活動は家畜を飼育することで、人々は羊やヤギを食べ、動物の皮で衣服を作った。ときには五〇頭分も使うことがあったが、通常は数頭からだ。そうした文書のひとつ（A-17）は、さまざまな支出項目を記録している。馬一頭に二〇〇ディルハム、屋根を作るために一〇〇ディルハム、ゾロアスター教の聖職者に五〇ディルハム、医者とワインをそそぐ係にそれぞれ一五ディルハム、新年の夕食に食べるための牛一頭に一一ディルハム、文書作成者に八ディルハム、紙、絹、バターに八ディルハム、死刑執行人に五ディルハム――。サマルカンドでどんな種類の貨幣が流通していたかはわかっていないが、ディルハムは当時のアラブ世界でササン朝の銀貨に代わって流通していた銀貨の主要単位である。柳の枝の台帳に現れる品物のほとんどすべては、中国から入ってきた紙と絹は重要な例外として、地元産のものだった。ソグド人の地元経済は、すくなくとも紛争に明けくれたこの時代には、おもに物々交換によって機能していたという印象を受ける。

柳の枝にくわえて、遺跡からは紙と皮革に書かれた六〇点近くの文書も発見された。もとは二階に保管されていたものが、一階の天井が崩壊して二階の部屋二号と三号がくずれ落ちた廃墟にちらばっていた[72]。皮革に書かれた文書が見つかった第三の場所は、羊飼いの少年が掘りだしたかごのなかだった。

これらの九七点の文書のなかに、台形の皮革の上に書かれた三枚の法的契約書がある。ここから、当時すでに洗練された法制度が機能していたことがわかる。皮革は文字を書くには適していないように思えるかもしれないが、アラビア語圏全体で使われていた（ヨーロッパ人も同じ世紀に、なめした羊の皮でできた羊皮紙を使っていた）。そして、経験を積んだ書記なら、その上に詳細な合意内容を記録できた。ムグ出土の文書のなかでもっとも長文で、したがってもっとも情報量が多いものは、結婚合意書とそれにそえられた「花嫁の覚書」というラベルがついた文書、あるいはその写しで、夫が花嫁の家族への自分の義務を確認のためにくりかえしている。どちらもプロティが当局に渡したかごのなかに入っていた[73]。

結婚合意書と花嫁の覚書は、タルフン王の治世の一〇年目、すなわち七一〇年の日付が入っている。ふたつの文書は、長さ二一センチと一五・五センチの二枚の皮革に九〇行にもわたって書かれていた。チャトというソグド人女性を、ナヴィカット（現在のカザフスタンのセミレチエ地方にあるソグド人の町）の支配者で彼女の後見人だったチェルから、新しい夫オッテギンに引き渡す条件を記録している。この夫は、その名前からテュルク系であることがわかる。このとりきめになんの役割も果たしていない彼女の父親の名前が言及されていることから、チャトはチェルの被保護者だったと思われる。

このイスラム支配以前の契約書は、この社会に厳しい相互の義務があったことを明らかにするという点で注目される。夫は特定の条件下で離婚することができるが、妻も同じ条件のもとで離婚を申し立てることができる。この契約書は夫と妻に多くの点で平等の権利を保証する特別の種類の結婚にかんする法的条件を定めている。(74) 合意書は、夫には妻に「食料、衣服、装飾品」をあたえる義務があるという説明からはじまる。妻は「家のこと全般をとりしきる権限をもつので、夫は高貴な男性が高貴な女性に対するときのように妻を扱わなければならない」。妻のほうは、「夫の健やかな生活につねに気を配り、高貴な女性が高貴な男性に対するときのように、妻としてふさわしい態度で夫に従わなければならない」とされている。(75)

その後、現在の婚前契約書と同じように、この合意書は結婚生活が破綻したときにどうすべきか、その概要を記している。もし夫が「別の妻または内縁の妻を迎えることがあれば、あるいは［妻の］チャトが不快に思うような愛人をもつことがあれば」、夫は妻に「本物のDenのディルハム三〇枚」を罰金として支払い、女性と別れることを約束する。もし夫が離婚を決意した場合は、彼はそうすることができるが、妻に食料をあたえ、持参金と結婚のときに妻から受けとったすべての贈り物を返さなければならない。夫も妻も相手に慰謝料を支払う必要はない。夫はその後、自由に再婚できる。興味深いのは妻からも離婚の申し立てができたことだが、その前に夫からの贈り物をすべて返却することが条件だった。妻は自分の財産と、夫から支払われた罰金は手もとに残すことができる。離婚が成立した場合は、どちらも相手が犯した罪に責任を負うことはなく、罪を犯した側だけが罰金を支払う義務を負う。

この合意書はソグド社会の階級が流動的だったことを裏づける。夫か妻のどちらかがほかのだれかの「奴隷、捕虜、囚人、被扶養者」になっても、以前の配偶者は責任をもたない。あきらかに、この社会にもほかの人たちより裕福な住民がいた。この三〇ディルハムの罰金の合意書に署名した人物は、裕福な階級に属しているが、彼らはそれほど恵まれていない人たちと同じように、もし運に見放されれば、奴隷の身分に落ちる可能性が現実のものとしてあった。

妻の覚書に書きこまれている夫の義務についての部分は、合意書の情報の多くをくりかえしているが、新しい条件もくわえている。オッテギンは「そして閣下、ミトラの神に誓って申し上げます！　わたしは決して彼女を売り飛ばしも、質に入れることもいたしません」という言葉ではじめる。[76]ミトラは真実と契約の守護神で、ゾロアスター教の主要三神にふくまれ、通常「神」という言葉が意味する最高神アフラ・マズダの次に位置づけられる。オッテギンは夫と妻のどちらが言い出すかによらず、離婚という結果に終わることがあれば、チャトを彼女の保護者に返すと約束している。さらに、もし「だれかが、わたしの側からでも敵の側からでも、彼女をつれさり、拘束することがあれば」、即時の解放を求めると約束している。また離婚が成立しても、妻を無傷でチェルの家族のもとに返すことができなければ、一〇〇ディルハムの罰金を支払うとも言っている。すぐにその支払いができないときは、未払い金に対して二〇パーセントの遅延金を支払う。この文書の大部分は、保護者が支払いを受けとる場合の手続きを説明している。たとえば、保護者が見つけ出せるような保証人の名前をあげている。地域の住民全員がその合意の立会人となり、「礎の間」で、証人のいる前で署名する。

ムグ山出土のほかのふたつの契約書のうち、一方は水車小屋の貸借にかんするもの（B‐4）、もう一方は墓地の売却にかんするもので（B‐8）、結婚合意書と同じ構成だが、もっと短い。どちらも日付（王の在位年、月、日）、当時者双方の名前、移譲の対象となるもの、移譲の条件、証人と書記の名前が明記されている。

三つの水車小屋をデーワシュティーチュからある男性に貸し出す契約書は、年間に小麦粉四六〇単位の貸し出しと書いている。[77]柳の枝を使った文書と同じように、この契約書は小麦という形での返済を求めている。しかし、これはただ貸し出しを認めるだけの文書ではない。四二行もの長さにわたるこの文書は洗練された法的文書で、借り主から王への支払い期限を明記し、それを怠った場合にどうなるかも記している。

第三の契約書は二五ディルハムで墓地を貸し出すというものだ。[78] 契約書はふたりの息子がふたりの兄から埋葬場所として泥土で建てた「eskase」を借りる条件を定めている。これは、対立関係にある家族間の休戦を意味するものかもしれない。土地を借りる兄弟の家族は、敵対する家族が葬儀をじゃまするのではないかとおそれていた。ゾロアスター教徒は死者をまず戸外の施設——現在のゾロアスター教徒は「沈黙の塔」とよぶ——に置いて、捕食動物に肉を食べさせ、きれいになった骨だけをこの契約書では「eskase」とよんでいる井戸に安置する。[79] しかし、そうした埋葬用の井戸はソグディアナ地方ではまだ見つかっていないので、この言葉はパンジケントで見つかるもののように、遺体を安置するナウスという建造物に言及したものではないかと考える研究者もいる。[80]

ムグ山出土の契約書から、この要塞に保管されたのはデーワシュティーチュ王の個人的な記録だけではないと理解することができる。水車小屋を借りるために彼に支払う額についてのとりきめのような特定の文書は、あきらかにデーワシュティーチュに属するものだ。しかし、なぜ彼はトルコ人の天とソグド人の花嫁との結婚にかんする複雑な条件が記載された合意書の写しを保管していたのだろう？　あるいは墓地の貸し出しにかんする書類は？

大きな可能性として考えられるのは、花嫁のチャトをふくめ、ムグ山周辺に暮らす住民が、おそらく要塞の包囲が最終局面に入ったときに、重要な法的書類を安全に保管するためにもちこんだということだ。アラブ人の脅威が去ったときにとりに戻ろうと思っていたのかもしれない。しかし、契約書は一九三二年に羊飼いの少年が見つけるまでは、だれの手にもふれないまま、ムグ山の要塞に眠っていた。もしこのとおりのことが起こったのだとすれば、ムグ文書にデーワシュティーチュ王だけでなく、この要塞に避難してきたもっと身分の低い領主たち何人かの手紙がふくまれていた説明になる。

アルタバリの詳細な年代記とムグ文書の情報を結びつけると、ムグ山の要塞陥落につながる出来事を再構築できる。[81] 年代記は「ザ・レディ（王妃）」というあだ名の新しいアラブ総督が、七二〇年秋から七二一年春までソグド人と戦っていたことを記録している。ソグド人はテュルク系遊牧民の突騎施（テュルギシュ）と同盟を結んだ。突騎施はもともと西突厥の配下にいた民族だが、七一五年から七四〇年のあいだ、西突厥の領土の一部を支配した。[82]七二一年、パンジケント地方の支配を一四年ほど続けていたデーワシュティーチュは、公式に「ソグドの王にしてサマルカンドの領主」の称号を得る。[83]

デーワシュティーチュは自分こそがサマルカンドの最後の王、タルフンの後継者だと主張した。タルフンは七〇九年にクタイバに降伏したあと、地方の反乱のために七一〇年に自害したか処刑された。その後を継いだのはグーラクという男だった。タルフンの死の報復を誓ったクタイバはサマルカンドを攻撃し、七一二年に支配をとりもどす。降伏したグーラクは賠償金として二〇〇万ディルハムを一時金として、その後は毎年二〇万ディルハムを支払うという協定に署名した。[84]クタイバと何人かの地方の領主がグーラクをタルフンの後継者として受け入れたが、サマルカンドの南西に住む者たちはデーワシュティーチュ支持にまわった。一〇年のあいだ、両者は対立したまま共存したが、この時期についてはあまりわかっていない。

七一九年、デーワシュティーチュはホラーサーンのアラブ総督に、彼の臣下であるかのような書簡を書き送ったが、七二一年の夏にはアラブ打倒の見通しについて楽観的になっていた。この時期、彼はサマルカンドの南西一二一キロにあるハクサルの町の領主だったアフシュンに書簡を書き送り（文書V-17）、「テュルクと中国両方の大軍がやってくる」と表現している。突騎施、中国、そして東のフェルガーナの王はイスラム勢力に対して同盟を結んだようだ。ムグ文書はこの出来事への中国の関与を裏づける唯一の証拠で、もう一通の書簡（文書V-18）は、「中国の」ページ（「ページ」という言葉の意味は不確か）に言及している。「中国人」という語は、かならずしも長安の中央政府が派遣する軍隊ではなく、西域からやってきた漢民族をさすものかもしれない。[85]

これらの文書はその一年後、おそらくは七二二年に状況が一変したことを明らかにする。ある書き手は、「テュルク人」はどこにも見あたらないと報告し、別の、おそらく郵便局長は、フェルガーナのフジャンドがイスラム勢力の手に落ち、一万四〇〇〇人が降伏した、と書いている。[86] 年代記編者のアルタバリは、ソグド人がふたつのグループに分裂したと報告する。すくなくとも五〇〇〇人からなる大きいほうの集団は、フェルガーナへ行ったものの町に入ることを許されず、イスラム軍に虐殺された。[87] もっと小さな、おそらく一〇〇家族ほどの集団は、デーワシュティーチュの側につき、ムグ山の要塞へ逃げこんだ。[88]

アラブ勢力による最後の虐殺のあいだに、大きいほうのグループの商人だけが侵略軍に身代金を支払って生きのびることができたという。征服された中央アジアの人々にとって、税金は大きな問題だった。そこで彼らはイスラムに改宗し、税率が優遇されるイスラム教徒になることで重い税を避けたいと考えた。しかし八世紀には、カリフは戦費をまかなうためにあらゆる歳入を必要としたため、総督たちはかならずしも新たな改宗者にこの優遇税率をあたえるわけではなかった。その結果、多くのソグド人がテュルク人の支配する土地か中国へと逃亡した。

デーワシュティーチュ王と、おそらく一〇〇人ほどの男性とその家族だけになっていた彼の支持者は、ムグ山の要塞（アルタバリはアブガルとよんでいる）に移動した。[89] 少人数の部隊が要塞の外に出てイスラム軍と戦ったが、砦のなかに押し戻され、包囲されたすえに敗北した。負けを認めたデーワシュティーチュは指揮官のサイード・アルハラシに要塞を明けわたしたあとの身の安全を求める。当初、サイードはその求めを受け入れた。要塞に残った一〇〇家族は自由とひきかえに、要塞にあるものを差し出した。アルタバリによると、アラブ軍の指揮官はその後、要塞の財産を競売にかけて売り、イスラム法の規定にしたがって五分の一を国庫に入れた。一九三三年にソ連の考古学チームがこの遺跡の発掘に訪れたとき、要塞がほとんど空っぽだったのはそのためだ、少しでも価値のあるものはすでにもちさられ、紙や皮革に書かれた文書だけが、目を引かずに放置されたのだろう。

アラブ人の指揮官はデーワシュティーチュに道中の安全を約束していたが、それを反故にした。アルタバリは身の毛もよだつようなデーワシュティーチュの最期を書き記している。指揮官は「アルディワシニ［デーワシュティーチュ］を殺害し、［ゾロアスター教式の］埋葬用の建物［ナウス］の上で十字架にかけた。彼はラビンジャンの人々に、その場所から死体を動かす者には一〇〇〔ディナール〕の罰金を科すと告げた…アルディワシニの頭部はイラクへ、彼の左手はトハリスタンのスライマン・ブン・アビ・アルサリのところに送られた」[90]。この殺害方法から、デーワシュティーチュは重要人物だったことがわかる。彼はソグド人の抵抗を象徴する人物だったので、アラブ軍の指揮官は彼の死体を処分するために極端な手段を選んだのだ[91]（のちにこの指揮官は、こうした残酷な罰をあたえたことを理由に解任された）。

デーワシュティーチュの死は、イスラムによるサマルカンド征服の物語のほんの一章、それも重要とはいえない一章にすぎない。それから二、三〇年のあいだに、イスラム軍はこの地域を平定し、やがてペルシア人はソグド人を追放して、ゾロアスター教に代わってイスラム教を広めた。七五一年には現在のカザフスタンにあるタラス川の戦いで、イスラム軍は中国軍を打ち破る。その大きな要因は、遊牧民族のカルルクがイスラム側にねがえったことだった。四年後、安禄山将軍が唐王朝に対して反乱を起こし、唐はその鎮圧のために中央アジアから軍を撤退せざるをえなくなる。このあいついで起こったふたつの出来事によって、八世紀なかば以降のサマルカンドと周辺のソグディアナは、もはや東の唐に同盟を求めることはなくなった。ソグディアナのイスラム化により、すでに中国に住んでいたソグド人の多くはそこに定住することを選んだ。

ムグ文書は、中央アジアのイスラム化や、この地域への製紙技術の伝播よりも早い時期のものだ。ムグ文書がさまざまなものに書かれていたことは、地方の支配者は耐久性のある便利な中国製の紙を手に入れるために代価を支払う意思があったものの、中央アジアの住民は重要な文書には皮革を使いつづけたことを示している。クラチコフスキーが解読したアラビア語の手紙一通もそのひとつで、家計の記録のようなそれほど重要でないものには柳の枝を使った。

ムグ山で長距離の交易が行なわれたことを示す数少ない証拠は、そこで見つかった中国製の紙だ。八枚の断片をつなぎあわせて再現した三点の漢文文書は、どれも中国製の紙を再利用したものだった。つまり、ムグ山の要塞にいた人たちが漢文で記録したわけではない。一通はもともと敦煌の東にある甘粛省武威で書かれた公文書だった。中国産の絹の運搬路上にあって栄えていた町だ。その書類が廃棄されたあとにふたたび紙として売られ（裏側は白紙だったのでまだ使用できた）、シルクロードの商人がそれを約三六〇〇キロ西のムグ山まで運んだものと考えられる。(92)

八〜九世紀には、中国製の紙は中央アジアの奥深く、はるかカフカス山脈のモシチェバヤ・バルカ（「ミイラ／遺物の峡谷」の意）の遺跡にまで届いていた。黒海の北東の端近くにあるこの遺跡は、石灰岩の台地または丘の斜面に掘られた古墳群で、これまで中国製の紙が出土したもっとも本国から遠い場所である。二〇世紀初めに、ここで漢字が書かれた紙片がいくつか出土した。もっとも完全な形で残っている文書は一五×八センチほどの大きさで、手書きで何行かにわたって日付とさまざまな支出を記録している（貨幣二〇〇〇枚、貨幣八〇〇枚など）。ほとんどが断片的にしか残っていないが、支出台帳のように見える。(93)この遺跡からはあきらかに中国のものとわかる遺物がほかにも見つかっている。仏神と馬に乗った男性（宮殿を出る前のシッダールタ王子？）が描かれた絹織物の断片、経典が書かれた紙片、張り子のなにかの品の一部になった封筒の断片などだ。これらの遺物は、すくなくとも中国製の紙と絹絵にかんしては――そしておそらく中国人商人も――八世紀から九世紀のあいだにカフカス地方にまで達していたことを示唆している。(94)

中央アジアに住む人々は、八世紀のあいだに製紙法を学んだ。アラビア語の文書は、七五一年のタラス川の戦いで、アッバース朝のカリフが中国軍に大々的な勝利をおさめ、捕虜を首都バグダートにつれ帰ったと記録している。捕虜の何人かがアラブ人に紙の作り方を教えた。(95)

技術の伝播にかんするほかの伝説と同じように、紙の伝播について伝えられている話もかならずしも信用できるとはかぎらない。(96)製紙法――有機材料とぼろきれをたたいてパルプにし、それを紙すき網の上で乾かす――は、まねるのがむずかしいわけではない。この技術は中国中央部から徐々に外に広まり、八世紀には中央アジアまで達した。八〇〇年以降にはイスラム世界でも、ものを書く素材としてしだいに皮革にとって代わった。紙には皮よりもすぐれた点がたくさんある。コストが低く、すぐに作れる。皮革よりもずっと手軽で、エジプトにしか生育しないパピルスよりも入手しやすい。紙は一一世紀後半から一二世紀初めにかけて、スペインやシチリア島のイスラムの前進拠点を経由してヨーロッパのキリスト教世界にも伝わった。

中国で発明された紙が——絹とは違って——それが伝わった社会を変革したことはまちがいない。絹が近代以前の世界をどれほど魅了したとしても、使い道はおもに衣料と装飾目的にかぎられた。手に入らなければ、ほかの繊維を簡単に代用でき、中央アジアではしばしば木綿がその役割を果たした。対照的に、紙は純粋に画期的な発明品といえた。安い紙が紹介されたおかげで、書物がぜいたく品から日用品に代わり、多くの人が手にできるようになった。それにともなって教育レベルも上昇した。羊皮紙や皮革とは違い、紙はインクを吸収するので印刷に使える。世界で起こった大きな印刷革命は——中国の木版印刷もヨーロッパの活版印刷も——紙なしでは不可能だった。

ソグド人の「古代書簡」、パンジケントの発掘、アフラシヤブ壁画、ムグ文書の解明に取り組んできた研究者たちは、交易の描写が驚くほど少なかったと一様に報告している。「古代書簡」は商人が書いたものだが、ほとんどは小規模の取引しか記録されていない。同様に、パンジケントの発掘物にも交易に関連したものはほとんどなく、町に残る壁画には商人の姿はほとんど見られないし、実際の商業の場面もいっさいない。同じことはアフラシヤブ壁画にもあてはまる。サマルカンドの発掘を集中的に行なったフランスの考古学者フランツ・グルネは、この状況を皮肉をこめた言葉にまとめている。「ソグド芸術全体を見ても、キャラバンのモチーフはひとつもない。アフラシヤブ壁画のなかで中国の皇后が乗っているものを除けば、舟ひとつ見あたらない」[97]。パンジケントでこれまでに発掘された一三〇以上の住居の壁には、多くの壁画が見つかっているが、商取引を描いたものはない。同様に、ムグ出土の文書に記録されているのは、絹と紙を除けばどれも地元産の物品ばかりだ。絹と紙を作る技術は中国から西へ伝播し、ちょうどこの時期に中央アジアに達した。

手に入る証拠からあきらかなのは、シルクロードの商業はおもに地方レベルの取引で、行商人が近隣の客だけを相手にした商売だったということだ。絹織物や紙を作る技術、ゾロアスター教やのちのイスラム教などの宗教は移住する人々とともに伝えられた。彼らは母国の技術や信仰を新しく移り住む土地どこにでももっていった。

めずらしい場所に見つかった文書
この副葬品の腕の先をよく見ると、紙がつき出している。トルファン出土のこの像は600年代のもの。再利用の紙を巻いたものをねじって腕の形にしている。この種の像に蒸気をあてて紙をはがしていくと、さまざまな種類の文書が現れた。なかには質札もあり、そのひとつは数字の「7」の形に大きな黒い取り消し線が引いてあった（右下の写真）。質札には長安の場所の名前があったため、もとの文書が書かれた場所を特定する重要な手がかりになった。新疆博物館所蔵。

第5章
シルクロード終点の国際都市
古都長安、現代の西安

現在の西安市は中国国内のほかのどの町より、考古学的興味を引く名所に恵まれている。有名な兵馬俑《へいばよう》の遺跡までは車でほんの一時間の距離で、市内にもシルクロードの痕跡が数多く残る。この町には非中国人の少数派が多く暮らしているが、町がまだ長安とよばれていた唐王朝の時代にも同じように多様な民族が入り混じる社会だった。前ページの優雅な小像は長安で制作されたもので、中国とソグドの要素を組みあわせた衣服を身に着けている。長安は大きな町だったため、現在の西安市がかつての唐時代の町の面積より広くなったのは、つい一〇年ほど前のことだ。人口一〇〇〇万を超える西安は、まちがいなく北西部最大の都市である。

この町の住民が訪問客を前に乾杯のあいさつをするときには、ここがかつて一〇王朝の都になったことをよく強調する。そのうち七王朝は短命に終わり、近隣地域を支配するだけにとどまった。長安を首都として中国全土を統治したのは、前漢（紀元前二〇六～後九年）、隋（五八九～六一七年）、唐（六一八～九〇七年）の三王朝である。長安は政治の中心地であるとともに、玄奘をはじめ、シルクロードを西へ旅した者たちにとってはスタート地点になる町だった。玄奘は出発前にソグド人が多く住む西市を訪れている。その付近に住む人たちが中国ではほかのだれよりも役

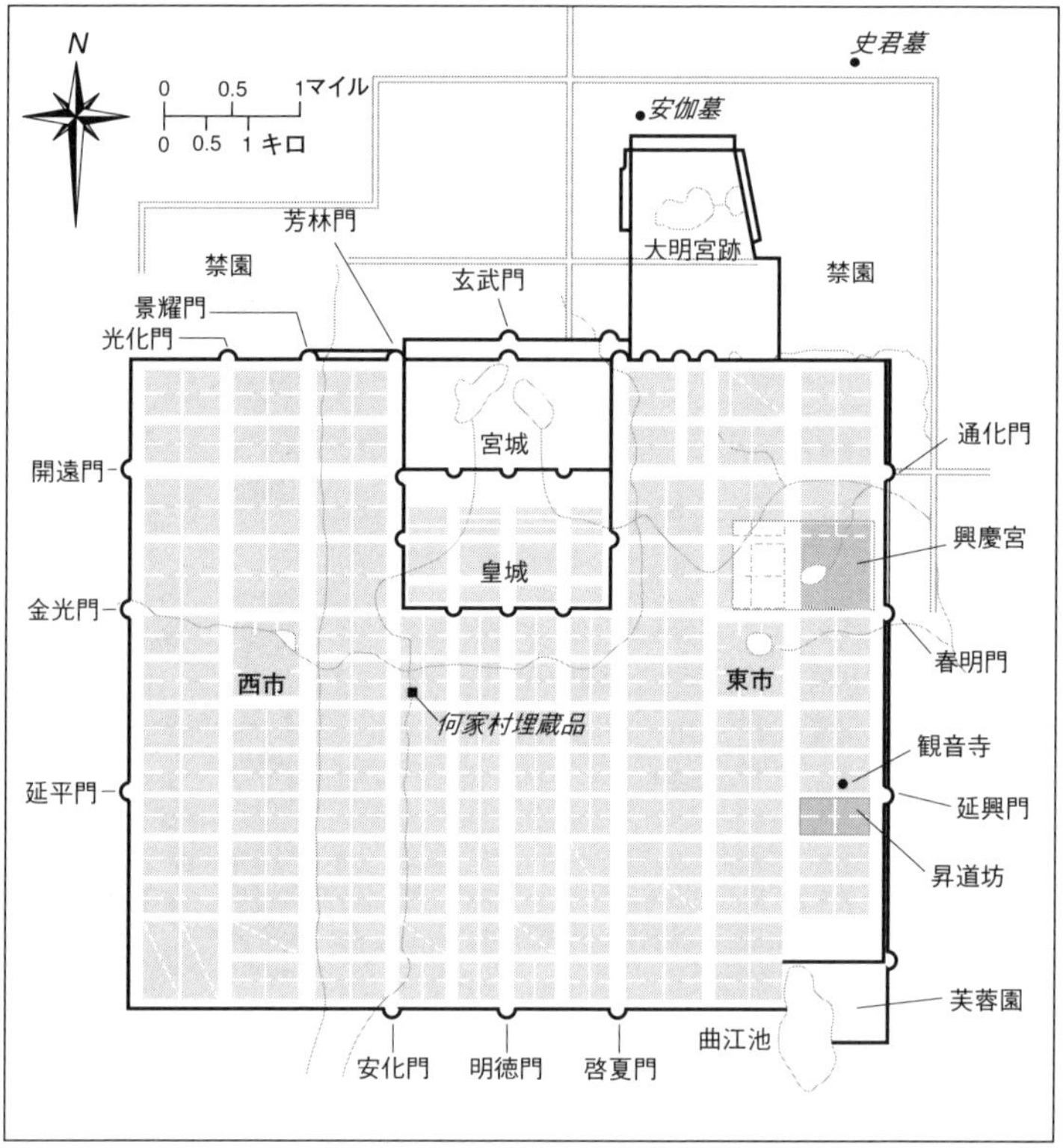

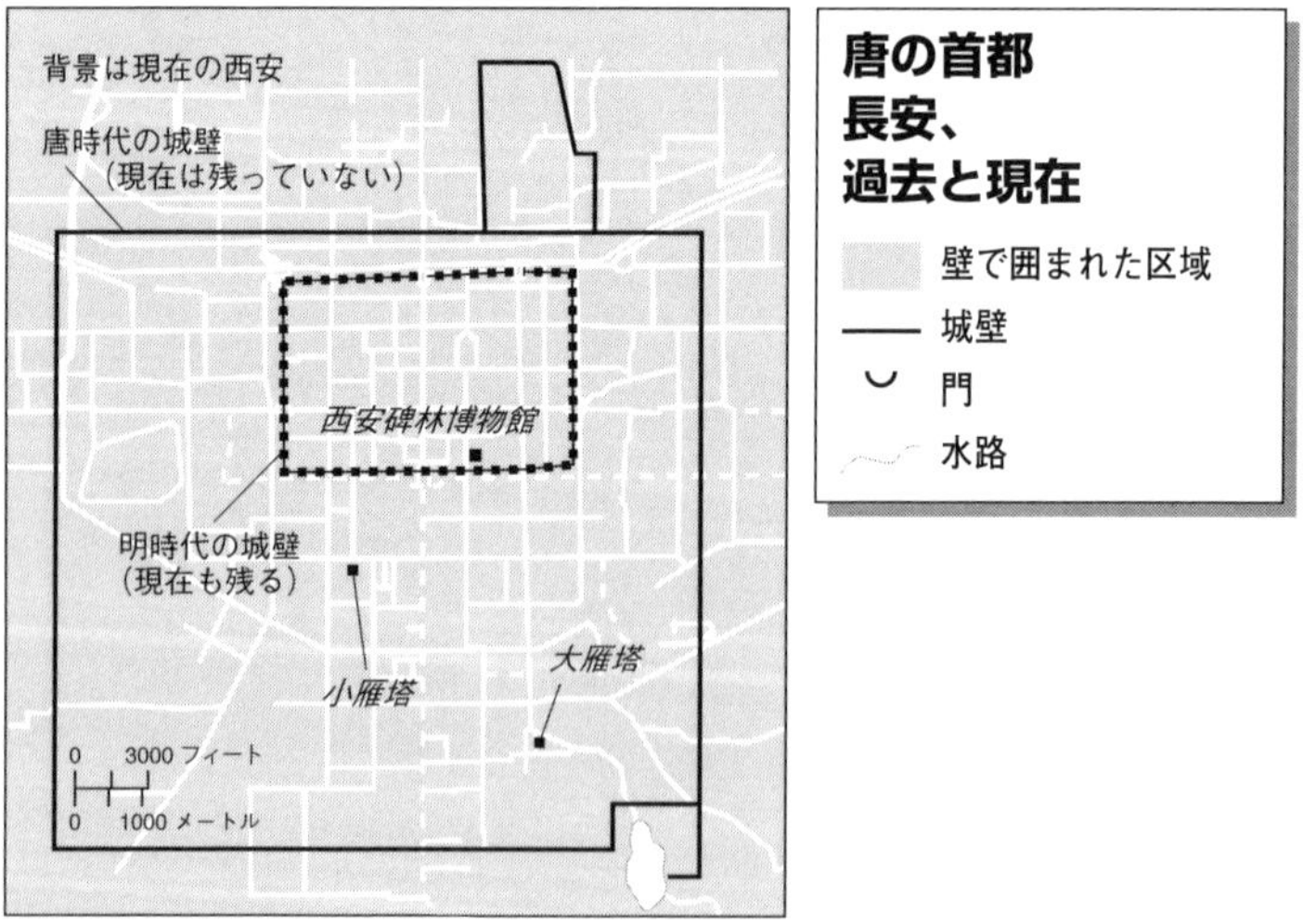

**唐の首都
長安、
過去と現在**

立つ助言をあたえてくれたからだ。

この内陸の町は中国から西へ海路で旅する者たちにとっても出発地点だった。海路を利用する旅人はまず陸路で揚子江流域のどこかの港（黄河は航行不能だったため）、または直接海岸まで向かった。そこから船に乗りこみ、西暦一五〇〇年以前の世界でもっともよく利用されていた海路を進む。中国の海港と東南アジア、インド、アラブ世界、そしてアフリカの東海岸を結ぶルートである。(1)

シルクロード交通がもっとも栄えた第一千年紀をとおして、長安は陸路と海路で旅する訪問者を受け入れてきた。漢王朝が二二〇年に滅びてから隋王朝が五八九年にふたたび中国全土を統一するまでは、遊牧民族が率いるさまざまな王朝が地方ごとの支配を確立する時代が長く続いた。北部では北魏（三八六～五三四年）がもっとも長命の王朝で、ふたつの短命の王朝、北斉（五五〇～五七七年）と北周（五五七～五八一年）がそれに続いた。

現在の西安市には過去の痕跡が随所にみられる。建設現場でブルドーザーが古代の遺物を掘り起こしたときには、考古学当局に知らせることが法律で定められている。これは西安のような町ではめずらしいことではなく、毎年、漢と唐時代の数百の墓が見つかっている。(2) 北周時代には、現在の西安の北郊に政府高官のための墓所があった。最近になって六世紀後半から七世紀初めにかけて長安や華北の都市へ移住したソグド人の墓がいくつか見つかり、人々の陸路での移住を裏づける新たな証拠となった。

とくにふたつのソグド人の墓がその発見以来、大きな注目を浴びている。二〇〇一年に発掘された安伽《あんか》（五七九年没）の墓と、二〇〇四年に発見された史ウィルカクの墓だ。二〇〇五年の秋には、西安の研究者がこの町に埋葬された最初のインド人の墓も発掘した。墓誌から彼がブラフマン、つまりかならずしも高いカーストではないインド出身者で、李誕という中国名をもつことがわかった。(3) ソグド人の墓は固原、寧夏、太原、陝西などの地域でも見つかっている。(4)

これらの墓は中国への移民、おもにソグド人が、どのように中国の文化習慣に適応し、場合によってはそれを変化させたかを教えてくれる。ソグディアナでの伝統的な埋葬法は、死者を戸外に放置して動物に肉を食べさせてから、きれいになった骨だけを納骨器のオッスアリに入れるか、地上に築かれるナウスとよばれる墓所に安置するかだった。西安で見つかったソグド人の墓は中国様式で、傾斜になった通路の先の地下の墓室に安置されていた。そこには故人の経歴を短く綴った墓誌が漢字できざまれていることが多い。

それでも、こうした墓にはあきらかにソグドとわかる特徴的な要素もみられる。中国風の棺のかわりに、ソグド人の墓には石の寝台のようなもの（石棺床《せきかんしょう》）、または小さな石の家（石槨《せきかく》）が置いてある。死者が石台の上か石の家のなかに安置されている墓もあるが、安伽墓のように、そうでないものもある。(5) オッスアリと同様に、石槨は外側に装飾がほどこされている。対照的に、石棺床には内側に装飾がほどこされた石の屏風があり、オッスアリが「裏返し」になったかのように見える。(6) オッスアリとは違って、石棺床には故人の日常の場面が描かれているが、これは伝統的なソグド人のオッスアリ芸術にはなかった要素だ。ごく日常の光景を描いたこれらの場面は、あきらかに故人の人生経験にもとづいたもので、現世のものかもしれないし、来世を描いたものという可能性もある。

二〇〇一年の重要な考古学的発見のトップテンにあげられる安伽墓は、考古学者が発見したときに完全な状態で残っていた唯一のソグド人の墓だった。中国国内で見つかる墓の大部分はそれまでに盗掘にあい、何度も荒らされているものも多い。安伽墓は地下墓室の扉まで八・一メートルのスロープを下りていく（カラー図版15）。扉の外側には故人のための墓誌がきざまれている。中国の墓誌に典型的なスタイルで、文字は低い方形の石の基壇の上にきざまれ、その上を石の蓋がおおっている。中国の埋葬習慣に従えば、安伽の遺体は中国人が通常そうするように棺に納められた状態で石棺床の上に置かれていたはずだ。しかし、骨は石棺床の上ではなく、扉の外の地面に散乱していた。この慣習はまったく説明がつかない。ゾロアスター教でも儒教でも、そうした埋葬を認めていないからだ。墓誌の近くは壁をふくめてすべて、どこかの時点で火事があったかのように煙の跡が残っている。(7)

墓誌によれば、安伽はブハラ（現在のウズベキスタンの都市）から涼州（現在の武威）に移住したソグド人家庭の出身だった。涼州は長安と敦煌を結ぶルート上にある甘粛省の重要な町で、玄奘も立ちよっている。[8] 安伽は五三七年に、ソグド人の父と、おそらく地元の武威に住んでいた中国人の母のもとに生まれた。[9] 墓誌によれば、父親は政府のふたつの役職をこなし、そのひとつは四川省の役人だったが、これは四川から武威までの距離を考えると想像しにくい。おそらく息子の成功によって、父親の死後にあたえられた名誉職だったのではないだろうか。[10] 安伽はたしかに成功者だった。最初は通州（西安の北、現在の陝西省大茘）の薩宝をつとめ、薩宝としては最高位の身分を得た。[11]

北魏（三八六～五三四年）の時代から、中国の王朝はソグド人の集落をまとめる長の任命をはじめ、中国の官僚制度に組みこまれたその役職に、もとは外国語の名称をとりいれた。その結果、薩宝という語は新しい意味をもつようになった。中国政府によって任命された外国人コミュニティの監督職をつとめる役人という意味だ。安伽も北周からそうした職に任命された。北周は彼が五七九年に六二歳で死亡するまで、長安を支配下に置いていた王朝である。安伽墓には中国とソグド芸術の両方のモチーフが使われている。扉の上の絵画は、三頭のラクダの背にのせられた盤の上に、ゾロアスター教の火の祭壇を描いている。[12] ラクダはソグドの勝利の神を表す。

墓室は幅、奥行きともに三・六六メートルで、高さ三・三メートル。中央には側面と裏側に石屏風がそえられた石棺床がある。これを作った職人はまず石に浅浮き彫りをほどこし、それから人物、建物、樹木を赤、黒、白の顔料で描き、背景を黄金の塗料で埋めた。絵画は全部で一二の場面で構成される（左右の側面に三場面ずつ、背面に六場面）。[13] 背面の中央の絵では、ふっくらした安伽が、おそらく妻と思われる女性とならんで座っている。ふたりは手前に橋のある中国式の建物のなかで、中国式の衣服を身に着けている。中国で見つかったソグド人の墓所の石棺床や石槨には、ほぼすべてにソグド人が男女ともに宴会で踊る胡旋舞の場面が描かれていた。安伽の石棺床にも、舞踏の場面が三つも描かれている（カラー図版14）。

安伽墓の石屏風には、商業活動の場面はあったとしてもわずかしか描かれていない。背面の屏風の一枚に荷を積んだラクダが現れるが、この場面は商業というよりは外交目的のように見える。同じ絵のなかで、安伽はテュルク人の

ソグド人薩宝の中国墓

安伽墓の入り口上にある石の門額の装飾は、中国とソグドのモチーフがみごとに融合している例だ。人間の上半身に鳥の翼と鉤爪の足をもつ祭司が直立している。パダームのマスクをつけたこの天使は、花を挿した花瓶や器ののったテーブルを準備している。これはゾロアスター教の神スラオシャで、雄鶏と結びつけられ、人の魂が現世と来世のあいだにある橋を渡るのを助けるとともに、来世での判事の役割も果たす。祭司の上には中国人風の音楽家が雲の上に乗って浮かんでいる。右下の白い帽子をかぶり、口ひげが目立つ人物が死んだ薩宝、つまり安伽その人だ。文物出版社。

リーダーとテントのなかで話しているように見える。[14] もしラクダがほんとうに商用の品物を運んでいるのなら、これらは交渉がまとまったところで交換される贈り物だろう。これまでの章で説明してきたような使節が中心となった交易と一致する慣行で、それをもっともよく表しているのが、サマルカンドのアフラシヤブの邸宅にある特使と貢物を描いた壁画だ。

二〇〇三年に安伽墓から東に二・二キロ離れた場所で見つかった第二のソグド人の墓も、内容がよく似ている。[15] 死者の名前はウィルカクといい、「オオカミ」という語から派生したソグド人の名だ。彼の中国姓は「史」で、下の名前は空欄になっていてわからない。安伽墓と同じように、ウィルカクの墓（史君墓）も墓室へ続く中国式のスロープがある。安伽墓に石棺床があるのに対し、史君墓は長さ二・四六メートル、幅一・五五メートル、高さ一・五八メートルの石槨があり、外側の壁にさまざまな場面が描かれている。墓は砂に埋もれていて、考古学者は石槨だけを発見した。屋根が崩壊して内側に落ち、ほかの副葬品は何もなかった。

この墓の墓誌は石槨の扉の上というめずらしい場所にきざまれている。さらにめずらしいのは、彼の墓誌が右側のソグド文字と左側の漢字、ふたつのバージョンで書かれていることだ[16]。ふたつの文はウィルカクの経歴について重なりあう内容だが、同じ文章を訳したものではない。この文章を書いた書記は、どちらの言語についても詳しくなかった。どちらにもウィルカクは妻が死んだのと同じ五七九年に死亡し、三人の息子がいて、甘粛の武威で薩宝として仕えていたと書いてある。安伽が薩宝だったのと同じ町だ。ソグド語の墓誌はこう結論する。「石で造られたこの墓［すなわち神の家］は、Vreshmanvandak, Zhematvandak, Protvantak［あるいはParotvandak］が、父と母にふさわしい場所として建てたものである」。「神の家」という言葉は墓所に置かれた家型の石棺という意味で使われているようだ[17]。

石槨には屋根と基台があり、前面にはふたつの扉とふたつの窓がある。安伽墓の扉の上にあるのと同様の半人半鳥の祭司が窓の下の炎を見守っている。石槨に描かれた多くの場面が安伽墓のモチーフとよく似ていて、晩餐、狩りの場面、テントのなかにいる故人が外国人と思われるだれかと話をしている場面がある。絵画のいくつかは謎に包まれている。たとえば、北側の壁の左端に描かれた洞窟の苦行者はだれなのだろう？　老子だろうか、ブラフマンだろうか？　ソグド人がほかの宗教の神々に寛容だったことを考えると、これがだれであるかはわからないままかもしれない。

石槨の東壁には故人の魂がチンワトの橋の上を進んでいくようすが描かれている。この興味深い場面は、死者の運命についてのゾロアスター教の信仰を、ソグディアナであれイランのゾロアスター教の中心地であれ、どこで見つかった遺物よりも詳しく描いている。

来世への危険な旅

史君墓に埋まっていた石槨に描かれた一場面。右下にふたりのゾロアスター教の祭司がパダームのマスクをつけて橋のほうを向いて立っている。そこで死者の魂を来世に送る儀式をとりしきるのが彼らの役割だ。左端で、史と彼の妻が行列を率いて橋を渡っている。子どもふたりが一緒で（両親より早く死んだのだろうか？）、そのあとを馬２頭、荷を積んだラクダ１頭などの動物が続く。重要なのは、史と妻が橋の下にいる牙をむき出した怪物をぶじにやりすごしたことだ。ゾロアスター教の教えによれば、真実を話し、正しい行ないをした者だけが、無傷で向こう岸まで渡れる。そうしなかった者は橋がどんどん狭まって刃１枚ほどになり、最後には下に落ちて死んでしまうという。楊軍凱氏提供。

すべてのモチーフは――王冠をかぶった羽のある馬、羽のある音楽家、王冠をかぶった人物とその後ろにたなびく幡（イラン芸術で君主を描く伝統的な手法）など――ウィルカクと妻がまさに楽園に入ろうとしていることを表している。この場面にみられるさまざまな要素が、九世紀の石棺彫刻やゾロアスター教の経典にも残っていることから、六世紀後半の中国に暮らすソグド人のあいだで、これらの経典が非常になじみのあるものだったことがわかる。ゾロアスター教の経典はこれまで中国では発掘されてこなかったので、これは貴重な発見といえるだろう[18]。

安伽もウィルカクも五七九年に死亡した。これは北周王朝の最晩年にあたり、政治的変動の激しかった時期だった。五七八年、北周の皇帝は皇太子を将軍の娘と結婚させた。その皇太子が五八一年に帝位を継いだが、それからまもなく死亡し、まだ幼い息子が即位した。そして、この幼い皇帝の摂政の座についていた母方の祖父が、その年のうちに権力をつかみ隋王朝を建設する。それから八年間、彼の軍隊が中国全土に遠征し、しだいに領土を広げ、五八九年に帝国を再統一した。

隋王朝の最初の都は中国中央部の海岸近くにある揚州に置いたが、五八二年に長安に遷都した。過去の強大な王朝の都だった町だ。隋を建国した皇帝は北周時代の町（漢王朝の都と同じ場所に位置していた）の南部と東部にまったく新しい計画都市を築いた。彼は三〇年近くこの国を治めたのち、六〇四年に天寿をまっとうした。彼の息子が帝位を引き継ぎ、一連の朝鮮遠征を行なったが、征服するにはいたらなかった。中国軍は大敗を喫し、将軍のひとりが皇帝を廃位させ、六一八年に唐王朝を樹立する。[19]唐王朝のもとで、何度かの短い期間を除いて都は長安にとどまった。

新しい都が完成すると、高さ四・六メートルの壁が東西に九・五キロ、南北に八・四キロにわたって約八〇平方キロの長方形の町をとり囲むように建設された。幅の広い目抜き通りが町を二分していた。最大で幅一五五メートルあるこの道は、四五車線の高速道路にも等しい。[20]町は一〇九の「坊」とよばれる地区に分けられ、それぞれの坊も壁がとりまいている。市の役人は毎晩門を閉めて、厳しい夜間外出令を強制した。町の北側の長方形エリアの外には、宮殿と軍官両方の政府の建物があった。この地区に入れるのは役人と皇族だけで、役人と廷吏は町の東半分に住む傾向があった。彼らは庭つきの広い家に住むことができたため、町の東半分のほうが人口は少ない。庶民は西半分に暮らしていた。

東市と西市とよばれるふたつの市場は、それぞれ一平方キロメートルほどを占めていた。[21]市場の外側に沿って幅一二〇メートルの道路が延び、人や乗り物の行き来に使われた。市場のなかにもたくさんの通りが走っていた。どちらの市場も市内の各地区と同じように壁で囲まれ、門番が厳しく監視していた。第五位以上（全部で九つの階級があった）の役人は市場への入場が許されなかった。太宗（在位六二七〜六四九年）に仕える宮廷の役人や唐の法律を定めた役人は、商業を汚らわしいものとみなしていたからだ。法律は市場の役人だけは例外とし、彼らが一〇日ごとに商品の重さをチェックし、価格を設定していた[22]。市場の監督は家畜や奴隷の購入者に所有権を認める証明書を発行し、購入者はその書類を町の境界を越えるたびに提示しなければならなかった。役人は市場が正午に開き、日没の二時間前に閉じるように管理していた[23]。

東市はおもに日用品を扱い、西市は外国製品を多く扱った。その多くはラクダの隊列が運んできたものだ。同じ種類の品物を売る店が「行（hang）」とよばれる狭い通路にならんでいた（現代中国語でも専門家を「内行」といい、素人は「外行」という）。東市には中国製のブラシ、鉄製品、布地、肉、ワイン、印刷物など、扱う商品別に二二〇の店舗グループがあった。西市は食品のほかに、ユーラシア全域から集まってきた馬勒、鞍などの革製品、貴金属や宝石なども扱った。市場には商品があふれていた。しかし、八四三年には東市で火事があり、一二列につらなる四〇〇〇の店舗が焼け落ちた[24]。

市場にやってきた客たちは、食堂、ワイン販売店、屋台、そして売春宿で楽しんだ。旅まわりの商人たちは倉庫に商品を保管してもらい、売上金を銀行に似た施設に預け、宿屋に泊まることができた。なかには二〇室もある大きな宿屋もあった。第三章で紹介したソグド人商人の曹禄山が中国人商人の李紹謹に対して起こした訴訟は、中国の法廷が中国人と非中国人のあいだの係争をどう扱っていたかを例証する。つまり、彼らは中国の法を適用した。唐の法律は、同じ国からきた外国人同士のあいだで起こった犯罪に対しては、その国の法律が適用されるが、異なる国の外国人が関係しているときには、中国の法を適用すると規定していた[25]。曽禄山の訴訟では、どちらの男性も首都に暮らし、商用で北西部に旅していたことを思い出してほしい。

多くの旅人が唐の首都長安へやってきた。唐の正史によれば、首都には三〇万世帯に約九六万人が暮らしていた[26]。約一〇〇万の住民の大部分は中国人だったが、この町には相当数の外国人も暮らし、西市の周辺に集中して住んでいた[27]。一部の外国人は休戦協定の結果として中国に定住した人たちだ。六三一年に東突厥が唐に降伏したあと、一万世帯近くが長安への移住を命じられたが、その多くがテュルク人のために働くソグド人家族だった[28]。唐の軍隊が中央アジアの王国を征服すると、その国の王に対して息子を捕虜として長安に差し出すように求めたため、町の外国人人口がさらにふくらんだ。おそらくもっとも有名な難民は、六五一年にイスラム勢力が首都クテシフォンを攻略したときに、イランから逃がれてきたササン朝の皇帝の子孫たちだろう。ササン朝最後の皇帝ヤズデギルド三世は逃避行中に死亡したが、息子のペーローズと孫のナルセは長安にたどり着き定住した。[29]

移民たちは彼らの宗教的慣習を新しい土地にもちこんだ。すくなくとも五つ、おそらく六つのゾロアスター教寺院がこの町に建設され、そのうち四つは西市の近くにあった。[30] 西市のすぐ北側には東方教会系のキリスト教教会もひとつあった。現在の西安では、碑林博物館が中国全土で発掘された数百の石板を所蔵している。なかでも有名なものは、しばしばネストリウスの石碑とよばれているもので、唐王朝下のキリスト教についての貴重な史料となっている。[31]

この石碑によると、長安に最初にやってきたキリスト教徒はアルオハンという名の男性だった。六三五年にセレウキア・クテシフォン（現在のイラク）の大司教に派遣されたこの男性は、長安に中国最古の東方教会の伝道所を建設した。[32] この教会の創建は、イスラム軍の包囲下に置かれたペルシア人が、故郷のイランから大挙して中国をはじめとする東の国へ移住してきた時期と重なる。石碑には本文に続き、シリア語とその漢訳で七〇人の名前と、教会内のそれぞれの階位が書きこまれている。「イエスの希望」のようないくつかの名前は、あきらかにキリスト教徒だとわかる。「月の神マーにあたえられた」などはもとはゾロアスター教由来の名前だが、メソポタミア地方全域で一般的になった名前だ。それぞれの名前には漢訳がそえられている。七〇人の署名者のほとんどは、中国人ではなく外国人だったと思われる。

東方教会は長安、洛陽、広州（広東）などの中国の主要都市と、おそらくほかにもいくつかの町に教会を建設した。東方教会の信徒は大部分がイラン人とソグド人で、七世紀と八世紀を通じて唐王朝の保護を得ていた。しかし、八四五年に唐の皇帝による宗教弾圧がはじまり、その最大の標的は仏教だったが、キリスト教も対象となり、仏教は

唐の首都に見つかったキリスト教の名残
上部に十字架をのせ、4つのセクションに均等に分けられた石碑は、東方教会が一般的に使っていたもの。この781年の石碑は1625年に発見された。中国の役人がその拓本をイエズス会の伝道所にもっていくと、伝道師たちは中国に最初にキリスト教を伝えたのは自分たちではなかったと知り狂喜した。彼らは拓本をヨーロッパに送り、1670年代には漢語部分とシリア語部分の両方が翻訳された。文物出版社。

生き残ったが東方教会は生き残れなかった。

東方教会についても、それ以外の宗教についても、現在の西安に残る宗教施設はない。それどころか、西安の町の地上には唐の最盛期の長安の遺構が驚くほど少ない。この町にやってきた旅行者が、栄華を誇ったかつての大通りの痕跡をさがそうとしてもむだに終わる。現在目に入る城壁は非常に大きい。あまりに大きいので壁の上を自転車やゴルフカートで走れるくらいだ。しかし、これは明時代(一三六八〜一六四四年)に建設されたもので、唐時代のものではない。唐時代のものでいまも残る建造物は、ふたつの煉瓦の塔、大雁塔と小雁塔だけである。太宗は玄奘がインドからもち帰った経典を保存するために大雁塔を建て、玄奘がそこで翻訳者の一団を監督した。

西安を訪れて、過去の栄華の雰囲気を感じとれる場所を探そうと思えば、地下の墓所に行くしかない。シルクロードのほかの遺跡とは違い、西安の気候はタクラマカン砂漠よりも湿度が高い。そのため埋められた紙類は分解されてしまい残っていない。それでも、廃棄された書類の再利用のおかげで、長安の質屋の興味深い質札が、トルファンのアスターナ古墳群で発掘された小像の腕のなかに見つかった。この文書は唐の首都にあった地名のいくつかに言及しているため、長安からのものであることはほぼまちがいない。

唐の首都を拠点にしていた職人たちは、すてられた質札を使って像を作り、それが最終的にアスターナ古墳群に埋葬された男性と妻の合葬墓のなかに副葬品として納められた[33]。男性は六四〇年の唐による征服以前の六三三年に死亡し、妻はそれから五〇年以上あとの六八九年に死亡した。小像の洗練された錦織の衣服とていねいに作られた頭部は（カラー図版８）、やはり長安の工房で制作されたもののように見える。文書に出てくる地名から、質札の年代は、観音寺の名称が変更された六六二年から、妻が合葬墓に埋葬された六八九年のあいだであることがわかった。

すてられた質札は、七世紀の長安の庶民の暮らしぶりをいまに伝える。質札はどれも同じ形式にしたがって書かれている。質に入れた品物、客の名前、日付（月と日だけで、年号はない）、貸し出された金額、返金された額、住所と（場合によっては）客の年齢だ。その紙片には二九人の名前が書かれていたが、職業が書いてあるのはふたりだけで、ひとりは染色屋で、もうひとりは髪留めを作っていた。質に入れた品物が返却されると、質屋の従業員が質札に（数字の７の形に）線を引いて取引を取り消す。一五枚の紙に五四の取引が記録されたこの文書は（終わりの一六件については取引が続行中だった）、これまで中国で見つかった最古の質屋の記録となっている。取引のほぼすべてで、客が預け入れた品は衣類（ときには絹、ときには布地とだけ書いている）または布地（唐時代には通貨の一種としても使われていた）で、それと交換に一定数の貨幣――通常は一〇〇枚ほど――を受けとった。衣服や布地以外の品物が取引されたのは二件だけで、一件では青銅の鏡とひきかえに貨幣七〇枚が貸し出され、もう一件では、四連の真珠とひきかえに貨幣一五〇枚が貸し出された。借用者は毎月五パーセントの利息を支払った。それが唐の法律で定める金利の上限だった（同じ時期のトルファンの金利よりずっと低い）。

やはり像の一部となって保存されていたもう一組の記録からは、観音寺近くの質屋に出入りしていた人たちの暮らし向きが比較的豊かだったことがわかる。この紙には長安の質屋が町の住民とのあいだに行なった六〇八件の取引が、小さな貸しつけもふくめて記録されている。住民は「薬、布地、豆、小麦のふすま」などをもちこんで借金をした。こうした取引の四分の一は女性の客によるものだった。儒教の教えでは、女性はずっと屋内にとどまるのが美徳として描かれていたが、長安の女性たちが家を出て活動していたことがわかる。(34)

もうひとつの驚くべき発掘物は西安自体で見つかったもので、社会的身分では反対の極にいた、町の裕福な住民たちの生活ぶりについて教えてくれる。(35) 文化大革命中の一九七〇年、西安の考古学者たちが陶製のつぼ二点（高さ六四センチ）と銀製のつぼ一点（高さ二五センチ）を、当時の西安の南郊にあった何家村で発見した。これらは地面から九〇センチほどの深さに、互いに九〇センチの間隔を開けて埋められていた。当時、この場所は拘留施設を建設しているところだった。現在は、このなんの標識もない場所は政府の官僚の宿舎になっている。三つのつぼには金銀の工芸品や宝石や鉱物、薬、見事な貨幣のコレクションをふくめ、一〇〇〇点を超える品が入っていた。もとは織物や書物がふくまれていたかもしれないが、あったとしてもすでに消えてしまっていた。これは中国で発見された最大規模の発掘品のひとつで、美しく貴重なシルクロードの工芸品もふくまれる。

所有者の身元を特定する決定的な証拠は見つかっていない。ほぼすべての研究者は、所有者がなんらかの問題、たとえば反乱や盗賊の襲撃、あるいは自然災害などのために避難し、あとで戻ってくるつもりだったが結局帰れなくなったのだろうと考えている。貴重な品々は西市から東に約一キロ、東市から西に三キロの場所に埋められていた。年代についての最大の手がかりは、税の支払いに使われたとわかる文字が入ったいくつかの銀塊だ。七八〇年以前の唐では住民に三種類の税――租（穀物による地代）、庸（賦役）、調（布地）――が課されていたが、地区によりほかの

表 5.1　何家村埋蔵品の表

金		銀		貨幣	
3	食器	55	器	1	斉の「即墨」の刀銭
5	杯	53	皿	1	春秋時代の鋤型の貨幣
3	薬入れ	6	大皿	4	漢王朝初期の貨幣
2	洗い桶	12	杯	11	王莽の出身地方の貨幣
10	髪留め	46	薬入れ	2	六朝時代の貨幣
2	護符	12	洗い桶	1	トルファンの「高昌吉利」の貨幣（5～6世紀）
12	龍の模型	1	ランプの笠？	1	ビサンティン帝国のヘラクレイオス（在位 611 ～ 640 年）の銀貨
1	櫛の根元	4	水差し	1	ササン朝のホスロー２世（在位 590 ～ 628 年）のドラクマ貨幣
4388g　金の欠片		1	香炉	5	日本の伝説の「和同開珎」銀貨（708 ～ 715 年）
126g　金粉		1	球状の香炉	42	唐王朝の伝説の「開元通宝」をふくむ銀貨（一部に銅もふくまれる？）
		1	箱	30	「開元通宝」の金貨
		23	留め具		
		1	そそぎ口つきの器		

鉱石とガラス				薬	
1	金の牡牛の頭がついた瑪瑙の杯	55	白い瑪瑙の馬用ハーネス	1	黄色い銅（一酸化鉛）の塊
1	瑪瑙のワインカップ	53	白翡翠のベルト用装飾品	15	種類の異なる鉱物の粉末、すべて容器に内容が書いてある。鍾乳石と金をふくむ
1	瑪瑙の乳鉢	6	サファイア		
1	翡翠の乳棒	12	ルビー		
1	白翡翠のワインカップ	46	緑の瑪瑙		
1	翡翠の塊	12	トパーズ		
1	水晶の杯	1	金の装飾つき白翡翠の腕輪		
1	ガラスの器	4	珊瑚のかけら		
9	儀式用の腰ベルト	1	琥珀のかけら		

出典：現地予備報告書「西安南郊何家村発現唐代窖蔵物文物」（『文物』1972年第１期、pp.30-42）。『オリテンテーションズ』2003年２月号、p.15に掲載のものを許可を得て使用。

品での代用が認められていた。四つの円形の銀塊（銀餅）は直径約一〇センチ、重さ約四〇〇グラムで、広東省のふたつの県への税の支払いだとわかる文字が入っている。一枚は七二二年、三枚は七三一年の年号が入り、書かれている文字から、正確な重さとそれを測った役人の名前がわかる。

当局がこうした銀を受けとると、それを溶かして大きな塊にした。最大のもので八キロ以上にもなり、それに黒いインクで保管する倉庫の名前「東市倉庫」と重さ、測定した役人の名前を記入した。[36] 中央政府の役人が地方から送られた銀餅を溶解してこうした大きな塊にしていたので、何家村のものは見つかった銀餅の最後の年号である七三一年からそれほど長くたたないうちに埋められた可能性が高い。複雑な加工のほどこされた金と銀の器の多くにも同様のラベルがそえられ、やはり黒いインクで重さが記入されていた。これも政府の倉庫に保管されていたことをさしめす。政府の役人は税として納められた銀をその流通サイクルの三段階で保管したと考えられる。最初に鋳造され、各地から納入されたとき、溶解して大きな銀餅にまとめたあと、そして最後に金と銀の大きなつぼに納めたときだ。

四六点ある銀器は薬入れとして使われ、重さと「上の上の鍾乳石」「中の上の鍾乳石」のような内容物の格づけを記したラベルがそえられていた。質の異なる石灰粉も二キロ以上この貯蔵つぼに入っていた。唐の医療ガイドは、毎日約四〇グラムの石灰を一〇〇日か二〇〇日続けて摂取すると、神経を鎮めたり活力を増したりする効果があるとしている。金粉一二六グラムや固形の一酸化鉛も、同じようにおそらく薬として使われたもので、一酸化鉛は皮膚用の軟膏に混ぜると切り傷などに効能があった。[37]

シルクロードや唐王朝時代の長安にかんする博物館の展示は、何家村出土の金器や銀器を目玉にしたものが多い。イランと中国の美術要素の組みあわせがじつにすばらしいからだ。[38] パンジケントのソグド人の町や中国内で発見されたソグド人の墓の石板に現存する絵画には、ソグド人の狩りや宴会などの日常風景と、中国人などほかの社会の人々がなにかの活動をしている場面を組みあわせたものが多い。

金属製の杯や器を見るだけでは、それがどこでだれによって作られたものかを判断することはできない。しかし、

何家村の埋蔵品に入っていたカップ
この金メッキをほどこした銀杯は、高さ 5.1 センチ、本体の直径が 9.1 センチ。８弁の形状、鹿が描かれた三角形のメダルがついている取っ手、底の真珠の縁どりなど、あきらかにソグド美術とわかる特徴がみられる。サマルカンドのアフラシヤブの住居の北側の壁に描かれた壁画と同じように、杯の外側にはイランの宮廷美術の伝統に従った、男たちが狩りをしている活動的な場面と、中国風の室内着を着た優美な女性が服を着たり楽器を演奏する姿などの日常的な場面が交互に描かれている。文物出版社。

技術史の専門家のあいだでは、中国のモチーフを使っていないソグドの伝統様式のものはソグディアナで作られて（中国で発見されたのであれば）中国に輸入されたもの、形がソグドの伝統とは異なる器はおそらく長安でソグド人か中国人の職人が作ったものという見解が優勢だ。この見方からすると、何家村の器であきらかにソグド式のものは少ないように思われ、中国様式のものが多い。

宝物の持ち主は輸入品をその他の宝物と分けて、それを取っ手つきの銀のつぼに入れて埋めた。つぼの蓋の上にはなかに入っているもののリストが記入してある。[39] 高さわずか二・五センチ、幅九・六センチの小さな水晶の器はソグド様式の特徴である八弁の形状をしている。水晶は自然界でできる結晶だが、無傷のものはガラスのように見える。ガラスと水晶はどちらも主成分がケイ素で、水晶を溶かすとガラスができるが、一七〇〇度以上の高温で溶解しなければならない。これは近代以前の工房では不可能な技術だ。宝物のなかには水晶の器のほかにガラスの器もあったが、これは西から輸入されたものと思われる。中国の職人は古代にすりガラスの工法を学んでいたが、透明なガラスを作るようになるのはもっとのちの時代のことだから だ。[40]歴史的に、大部分のガラスは砂、石灰岩、炭酸ナトリウムから作られてきた。

銀のつぼに納められていた輸入品には、唐帝国内ではどこでも採掘されていなかった宝石もふくまれていた。サファイアが七点、ルビーが二点、トパーズが一点、瑪瑙《めのう》が六点あり、いちばん大きいトパーズは重さ一一九グラム（五九六カラット）、いちばん小さいルビーはほんの二・五グラム（一二・五カラット）だった。ルビーとサファイアはビルマ（現ミャンマー）、スリランカ、タイ、インドのカシミール産のもの、トパーズはビルマとスリランカのほかに、日本とロシアのウラル地方でも産出された。何家村で発見されためずらしいモスグリーンの瑪瑙は、インドからのものと思われる。[41]カーネリアン（赤茶色の瑪瑙）でできた美しいリュトンの杯は、おそらくガンダーラかアフガニスタンのトカリスタン地方で作られたものだろう。[42]

いくつかの輸入品と多くの地方産の器というこの埋蔵品の構成は、シルクロード交易の全般的なパターンと一致する。陸路で長距離を運ばれてきた品物は比較的少なく、実際に運ばれてきたものは小さくて軽く、容易に運べる貴重な宝石が多かった。イスラム軍が征服する領土を拡大していくと、それだけ移民の数も増え、そのなかには多くの熟練した職人たちもいた。こうした人たちが中国へやってきて、すでに外国人が大勢住んでいた長安に定住した。ソグド人の金属細工師が中国へ移住すると、彼らはそこで故郷で作っていたのと同じような——まったく同じではないが——器を作りはじめた。しだいに中国風のモチーフを覚え、新しい客層の要望にこたえるようになったため、中国とイランの要素を組みあわせた杯のようなハイブリッドの品物が生まれた。

突厥とソグド人の混血である安禄山将軍が反乱を起こす前に、皇帝が彼と交換した贈り物には、何家村の埋蔵品にふくまれた品と同様のものが多くある。イラン様式の銀の水差し、部分的に金メッキした銀器、瑪瑙の皿、翡翠のべルト、珊瑚、真珠、香、金や銀の箱に入った薬などである。その返礼に将軍は銀と金で作ったイラン様式の瓶や皿を贈った(43)。この贈り物の内容から、何家村の埋蔵品のなかの器は長安の社会の最上流の人々、つまり皇帝または高位の宮廷人の持ち物であったことが推測される。

何家村に埋められた品物すべてのなかで、もっとも説明がつかないのが四七八枚の貨幣だ。六枚はまちがいなく中国以外で鋳造されたもので、銀貨一枚はササン朝のホスロー二世（在位五九〇～六二八年）の時代に鋳造されたもの、銀貨五枚は日本からのもので七〇八年から七一五年の年号が入っている。さらにもう一枚、見かけはビザンティン帝国のヘラクレイオス皇帝（在位六一〇～六四〇年）の時代に鋳造されたものに見える金貨があるが、中国で見つかったビザンティン帝国の貨幣の多くと同様、これは中国で作られた模造金貨で、本物のビザンティン帝国の貨幣ではない。同じようにめずらしいのは、中国の古い貨幣二〇枚だ。もっとも古いものは紀元前五〇〇年ごろの中国の最初期の貨幣で、鋤や刀の形をしている。また、漢の時代（紀元前二〇六～紀元二二〇年）や唐による再統一以前の分裂王朝の数世紀のあいだのものもある。もっとも数が多い最後の貨幣グループは唐の開元（七一三～七四一年）の元号が入った四五一枚の貨幣だ。開元通宝には当時広く流通していた銅貨のほかに、金貨と銀貨もある。これは皇帝が祝いごとの際に配るために造られたものと思われる（正史によれば、そうした祝宴のひとつが七一三年に開かれた(44)）。外来のものや新旧の貨幣が交じっていることから、これは個人の収集家の所有物ではないかと考える研究者もいる(45)。

何家村の埋蔵品のこのバラエティに富んだ内容は、どう説明するのがもっとも適しているのだろう？　粉末の薬や貨幣のようないくつかの品目は、個人に属するもののように思われるが、もっと多くのもの、とくに税として納められた銀餅は、政府の倉庫の内容物のように思われる。すべての品に重さとそれを測った役人の名前が記されていることからも、役所の倉庫だった可能性が高くなる。貨幣は個人の収集家に属するものかもしれないが、唐時代にはほかにこうした貨幣のコレクションは見つかっていない。あるいは貨幣を見本収集用として鋳造していた政府の部門が保管していたものかもしれない。近代以前の中国では、個人と政府の所有物の境界線が現代社会ほど明確ではなかった。とすれば、鋳造所で働いていた役人のひとりが自分の所有物の一部を政府の保管物といっしょに埋めたとも考えられる。

長安に住むだれかがこのような貴重な宝物のコレクションを埋めたとしたら、それはいつのことだろう？　唐の一五〇年におよぶ平和を最初にゆるがした反乱が起こったのは七五五年のことだった。安禄山が軍を率いて、唐の玄宗に反旗をひるがえしたときだ。洛陽を陥落させた安禄山と反乱軍は七五五年に長安へ攻め入り、皇帝は美しい妻の楊貴妃とともに首都から敗走した。しかし、四川省へのがれる途中で皇帝の護衛が反乱を起こし、楊貴妃の殺害を要求された皇帝はやむなくそれに屈し、妃を絞殺する命令をくだす。その後、皇帝は帝位を息子にゆずり渡した。

新皇帝は反乱軍を倒すだけの軍隊をもっていなかったため、地方の総督に課税権をあたえることとひきかえに必要な軍隊を提供してもらった。それから七年をかけて、反乱軍と唐の軍隊のあいだの戦いが続く。安禄山は七五七年に暗殺され、彼の右腕の指揮官も七六一年に暗殺されたが、反乱軍は勢力を維持した。皇帝はウイグルの可汗に援軍を求め、それに応じた可汗の軍隊が七六三年になってついに反乱軍を鎮圧した。(46)ウイグル人は協力への見返りに唐の都で略奪をほしいままにし、町は破壊された。

唐の軍隊がようやく帝国の支配をとりもどしたとき、ソグド人に対して蜂起の責任を負わせる手段が講じられた。首都の門や通りについた「平和」を意味する「安」という文字はすべて別のものに置き換えられた。ソグド人かどうかをとわず、「安」という姓のすべての住民は、新しい名字に変えなければならなかった。(47)この反乱についての記事によれば、北京の支配権を反乱軍からとりもどした高鞠仁将軍は、みずからは朝鮮人だったにもかかわらず、「胡［イラン人、概してソグド人］」を殺した者には、報酬をふんだんにあたえる、と命じた。その結果、羯胡［安禄山が属していたソグド人の一集団。おそらく華北地方に住んでいた人たち］は完全に抹殺された。小さな子どもは空中に放り上げて槍をつき刺した。ソグド人のように大きな鼻をもつためにまちがって殺された者もおびただしい数になった」[48]。

ソグド人を標的にすることが、シルクロード史の醜い新たな章のはじまりとなった。それまでの王朝もときには寺院を閉鎖し、僧侶や尼僧の還俗を強制することはあったが、このような形で中国国内に暮らす少数派を標的にすることはなかった。ソグド人に対する大虐殺にも近い攻撃は、ソグド人が暮らすほかのどの地域でも起こったことがない。しかし、長安では新しい不寛容の空気が広まりつつあった。たとえそうでも、長安に住む大勢の外国人が中国国内にとどまり、多くは現在の河北省にある北京の南に移り住み、イスラム化されたソグディアナや中央アジアに戻る危険を避けた。

反乱の最終的な鎮圧も、混乱におちいった首都に平和をもたらさなかった。七六三年末、新たに統一されたチベット帝国の軍隊が長安に攻め入り、二週間にわたって略奪をくりかえしたのちに引き揚げていった。チベット軍はそれから二〇年にわたり、攻撃と撤退をくりかえす。唐の軍隊はチベットの勢力に対して無力だった。チベットはウイグル人と手を組み、それから一世紀以上、唐に代わってアジアの主要軍事勢力としての地位を維持した。

七八〇年代にはチベットが、続く七九〇年代にはクチャが甘粛の支配権を得たことで、唐の歳入はさらに減少した。七八七年に甘粛が陥落すると、宰相の李泌《りひつ》は予算の削減を提言した。都に住むすべての外国使節への助成金を削減するのである。彼は「中央アジア人の多くが長期居住者で、なかには四〇年以上首都に暮らしている者もいる。全員が結婚して土地と住居を買い、ほかにも投資をして利息を稼ぎ、故郷に戻る意思はまったくもっていないと気づいた」[49]。李泌は大部分がソグド人からなる外国人使節の数を四〇〇〇人としている。安史の乱のあと、逃亡したり身元を隠したりする外国人が多かったことを考えれば、驚くほど高い数字だ。

架空の物語ではあるが、七六三年以降も長安に残ったソグド人、とくに裕福な商人たちの生活ぶりを伝えるものがある。「伝奇小説」とよばれる新しい短編ジャンルが九世紀初めに人気の頂点を迎えた[50]。多くの書き手がソグド人の特徴について同じことを書いている。極端なほど寛大で、品物、とくに宝石の鋭い鑑定眼をもっている、というものだ。故郷から亡命した彼らの多くは高貴な家系の生まれだが、物語が伝えるところによれば、中国で生き残るためには卑しい仕事にもつかざるをえなかった。

安史の乱以後の長安を舞台にしたある物語では、[51] 裕福な中国人家庭の若者が浜辺でめずらしい石を見つける。「半分は海の青、半分は赤色で、濃い色の縞模様が入った」ものだった。彼はたまたま三〇人の商人が集まる毎年恒例の集まりに出くわした。「もっとも貴重な宝をもつ人物は、帽子をかぶって名誉ある席に座ることができる。それ以外の者は階級別に下の席に座る」。若者が宝物を比べている商人たちを観察していると、ひとりが四粒の美しい真珠を披露した。そのうちひとつは直径二・五センチ以上もある大粒だ。ほかの者たちも、それぞれの宝を見せあった。多くは真珠だったが、そのとき若者が自分の石を集まった商人たちに見せると、彼らはすぐに立ち上がり、若者を上座へと案内した。宝を売ってくれというので彼が一〇〇万を要求すると、彼らは「あなたはわたしたちの宝を侮辱するのか」と声を荒げ、一〇〇〇万を支払うといってきかなかった。若者がもってきたその石は、三〇年以上も行方がわからなくなっていた国宝だったのだ。商人たちはそれを「宝母」とよんでいる。なぜなら、王がそれを浜辺に置き、夕方に祈りを捧げて翌朝戻ってみると、そのまわりにほかの宝石が自然に集まっているからだ。宝の魔法の力はこの小説ジャンルに欠かせない驚きの要素をあたえているが、設定は現実に即したものだ。三〇人ほどのソグド人商人が唐の都で毎年会合を開いていたというのは、十分にありそうな話に聞こえる。

別の文学ジャンルには、イラン人のステレオタイプとして裕福な商人が登場する。内容は架空の裁判での法的裁定を描いたものだ。唐時代、とくに七五五年以降には、公務員試験を受ける若者が増え、彼らがこのタイプの文学のおもな消費者層になった。実際の訴訟にもとづいたものではないが、著者が仮定の状況を描いて自分の知性を披露した。

ある物語は長安に住むソグド人の兄弟が主人公だ。[52] 兄は裕福で、庭、池、家、家具、男女の使用人は「公爵か王子なみ」。一方、弟は貧しく、別の裕福なソグド人商人から衣類を買ったときの借金を返済できずにいる。その商人は裕福な兄を、貧しい弟の借金の肩がわりを拒否したという理由で訴え、法廷は裕福な兄は弟が飢え死にしないように家畜をあたえなければならないと裁定した。

伝奇小説や法廷小説は、根強いステレオタイプが存在する証拠となる。唐時代の作家たちは宝石取引に従事するソグド人商人を途方もなく裕福だとみなしていた。ソグド人商人は実際に宝石や貴石を扱っていた。これらは貴重であるとともに軽くて運びやすいという二重のメリットがあった。しかし、ステレオタイプが存在するからといって、それが真実とはかぎらない。つまり、シルクロード交易が繁栄したおかげで、長安に住む数千人のソグド人商人が裕福になったと結論づけることはできない。唐時代の長安に移住した数千人のソグド人のうち、商人はほんの一部を構成するにすぎなかった。[53]使節、軍人の扶養家族、難民、農民、金属細工師、兵士なども多数が住んでいた。

八四三年、首都にはびこる反外国人感情にこたえるかのように、武宗がマニ教禁止令を出した。二年後の八四五年には、仏教、ゾロアスター教、キリスト教を禁止した。武宗が公言した目標は貨幣鋳造のための歳入を増やすことで、そのために彫像や鐘の溶解を命じている。さらに長安と洛陽では、ごく一部を除く仏教寺院の財産を没収した。武宗が八四七年に死亡すると、次の宣宗は仏教禁止令を解除したが、その他の宗教に対してはそのままだった。

こうした方策がとられたのは、唐が新たに生まれた強大な地方勢力の指導者たち、とくに軍の元将軍たちに北西部の領域の多くを奪われた時代のことだ。将軍たちはみずからの軍を思うように動かし、しだいに中央の政府に対して税の支払いを拒否するようになった。七五〇年代に中国軍がタクラマカンのオアシス都市から撤退すると、陸路は徐々に衰退し、かわりに海路での旅が主流になる。[54]海路での旅は危険をともなったが、これより早い世紀から利用され、船で旅をする者の多くは長安が旅の起点になった。

古代から、東南アジアの住人は南シナ海と西太平洋を船で渡り、やがていくつもあった沿岸ルートをひとつにつないで長距離航路を形成した。すくなくとも紀元一世紀の船乗りたちは、季節風をうまく利用し、マラッカ海峡を通り、中国からインドまで達する方法を学んでいた。しかし、そのためにはシュリーヴィジャヤ（現在のインドネシア仏僧の法顕(三五〇〜四一四年に活動)が、インドと中国を結ぶ海路について臨場感たっぷりに伝えている。玄奘より二世紀以上前に、法顕も同じ目的でインドに渡ろうと考えた。仏教の経典を中国まで行った。ガンジス川流域の仏教の聖地で六年以上学んだのち、彼は西ベンガルのカルカッタの南に位置するフーグリー川河口のタムルク港でスリランカ行きの船に乗った。

スリランカへの二週間の船旅は、彼の長い海の旅をとおして唯一、波乱のない区間だった。法顕はスリランカで、翡翠など貴重な材料で作られた高さ六・六メートルの仏像を訪ねた。彼が寺院にいる間に、中国人と思われるひとりの商人が白い絹の扇子を寄進した。この部分の描写で法顕はめずらしく感傷的になり、ホームシックに襲われて涙を流したと書いている。彼はスリランカにさらに二年以上とどまり、「多くの学者、尊敬すべき僧侶、薩宝と商人」の存在を書きとめた。ソグド人の「古代書簡」の五番の手紙にみられるように、ソグド人は薩宝（サルトポウ）という語を自分たちのコミュニティのリーダーに対して使っていた。法顕はここでソグド人の薩宝と中国人商人を対比させている。

法顕は中国への帰路に陸路ではなく海路を選んだ理由についてはふれていないが、タムルクまたはスリランカから出発する旅行者にとっては、海路のほうが速くて安くもあった。スマトラ島で法顕は二〇〇人を運ぶ「大型の商船」に乗せてもらうことになった。この船には救命ボートとして使うもっと小さなボートが結びつけられていた。三日後に強風——おそらくは台風——が襲い、一三日間吹き荒れた。小さなボートに乗っていた者たちは大きな船と結びつけていたロープを切り離す。浸水する大きな船で生き残ろうと必死な商人たちは積んでいた荷物の多くを放り投げたが、法顕は苦労して集めた経典を決して手放そうとはしなかった。そして、仏教の慈悲の女神である観音菩薩に救いを求める祈りを捧げた。彼の手記はその祈りに菩薩がこたえてくれたと伝える。嵐がおさまると、大きな船はある島に上陸し、そこで乗組員は船を修理してスマトラへの旅を続けることができた。

法顕はスマトラ島に五か月滞在したのち、別の同じくらい大きな二〇〇人乗りの船で広州へ向かった。船には五〇日分の食料が積んであった。旅のこの区間はスリランカからスマトラまでの旅よりさらに危険なものになった。海上で一か月以上すごしたころ、「黒い風と荒れ狂う雨」がやってきた。法顕はふたたび観音菩薩に祈る。しかし、インド人の乗客の反応は異なり、嵐を中国僧のせいだと考え、法顕をひとりだけ途中の島に置きざりにし、旅を続けることにした。法顕はこれらのインド人の乗客たちのことを「ブラフマン」とよんでいる。中国人がインド人全般を表すために使っている語である。法顕の乗船料を支払った人物が彼のために仲裁に入り、この僧を見すてるようなことがあれば、自身も仏教徒である中国の支配者からの報復をまねくだろうとおどしをかけた。それを聞いて怖気づいたインド人たちは、法顕を見すてることができなくなり、船に戻ることを認めた。

空は雲におおわれたままいつまでも晴れず、航海士が正しい航路を見定めるのはむずかしかった。羅針盤を使っていなかったため、太陽と月、星の位置から航路を決めるしかなかったのだ。雨が降ったり曇ったりすると、船の位置を確かめる術がなかった。中国への旅には五〇日かかることは知っていたが、方角まではわからない。船は海上を進みつづけたが、水と食料はどんどん減っていく。海上で七〇日がすぎたころ——予定より二〇日も遅れていた——乗組員が乗客一人ひとりに二升の水を配り、料理に海水を使いはじめた。船は進路を北西に向けて陸地をさがした。それからさらに一二日後、ようやく陸地が見えた。

海岸で目にした植物から、そこが中国のどこかだと結論した彼らは、場所を確認するために法顕を送り出した。戻ってきた法顕は、船が山東半島の南海岸に漂着したことを知らせた。もともとの目的地である広州から一六〇〇キロも北だった。法顕の旅は、紀元一〇〇〇年以前の海路での旅がいかに危険だったかを鮮やかに描き出す。中国人が船上で羅針盤を使いはじめたのが、ちょうど一〇〇〇年ごろのことだ（陸上ではそれより一〇〇〇年以上前から利用していた）[60]。困難と危険は絶えなかったものの、それでも法顕の海路の旅は、六年かかった陸路での往路よりも三年短

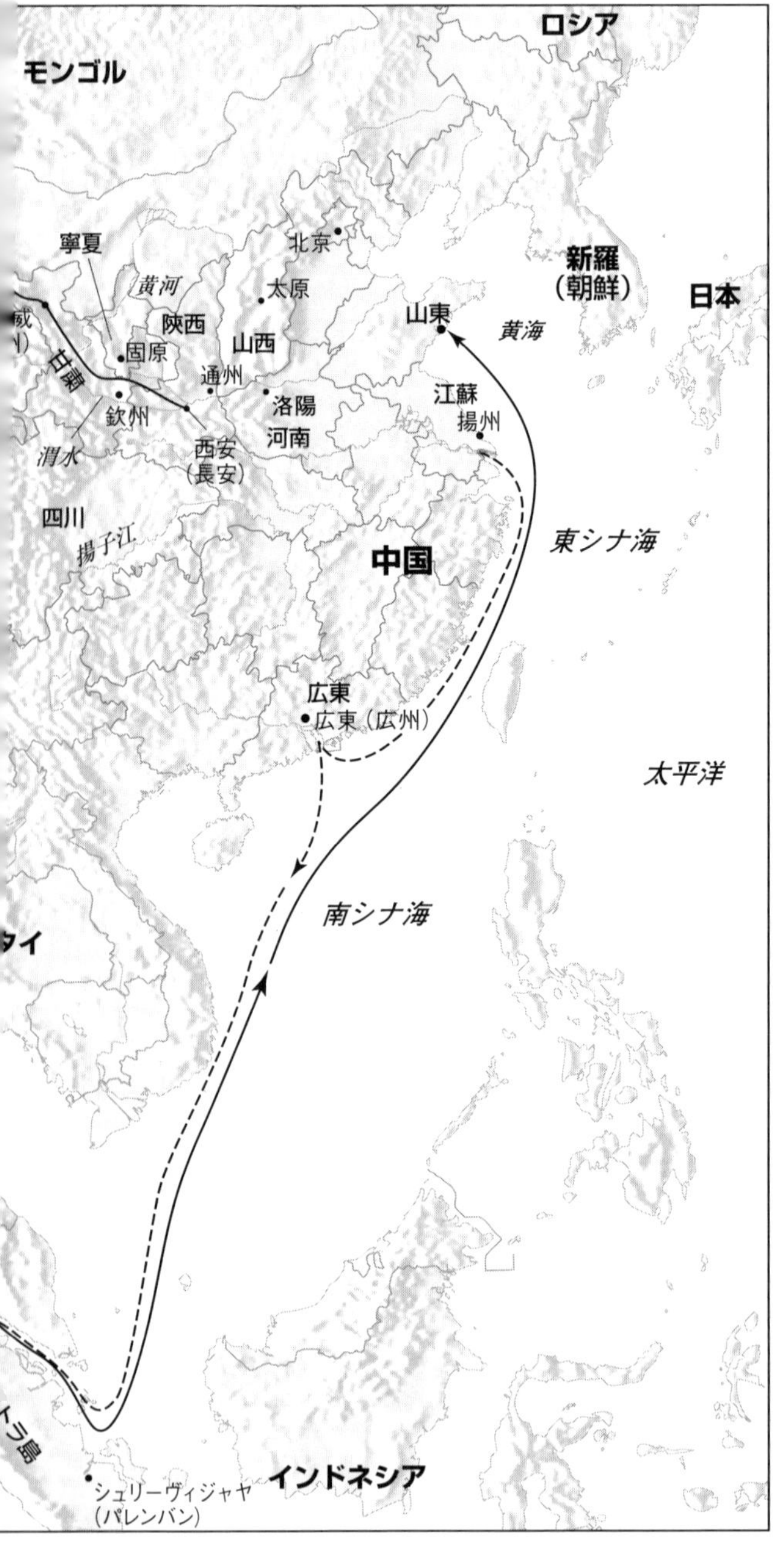
ロシア
モンゴル
寧夏
黄河
陝西
山西
北京
太原
新羅
(朝鮮)
日本
山東
黄海
固原
通州
甘粛
欽州
洛陽
河南
江蘇
揚州
渭水
西安
(長安)
四川
揚子江
中国
東シナ海
広東
広東(広州)
太平洋
南シナ海
タイ
インドネシア
シュリーヴィジャヤ
(パレンバン)

ウズベキスタン
カザフスタン
トルクメニスタン
ブハラ
イシク・クル
サマルカンド
ウルムチ
ソグディアナ
キルギスタン
クチャ
タジキスタン
カシュガル
ヤルカンド
アフガニスタン
カシミール
ペシャワール
ホータン
ニヤ
パキスタン
マトゥラー
ガンジス川
バラナシ
インド
タムルク
フーグリー川
アラビア海
ベンガル湾
ジャフナ
アヌラーダプラ
スリランカ
インド洋
法顕と義浄のインドへの巡礼
── 法顕のルート 399 ～ 412 年
--- 義浄のルート 671 ～ 695 年
0 250 500
0 250 500 キロ

かった。

七世紀後半に仏僧の義浄《ぎじょう》(六三五〜七一三年)が経典の原典を求めてインドへ旅したときにも、往復ともに海路を利用した。法顕と同じく旅の起点は長安で、そこから揚州(現在の江蘇省)の港まで行き、広州までの船代を支払ってくれる皇帝の使者と落ちあった。広州では「ペルシア船」の船長と交渉してスマトラ島にあるパレンバンまで乗せてもらうことになった(この船にはペルシア人の乗組員または船長が乗っていたのかもしれないし、単純にペルシア様式の船だったのかもしれない)。

六七一年の後半に出発した船は、二〇日もたたずにパレンバンに到着した。義浄が星座について書いていることが、中国人の船乗りがまだ星に頼って航海し、羅針盤を使っていなかった手がかりになる。パレンバンで半年かけてサンスクリット語を学んだ義浄は、それから船でスマトラ島の北端まで行き、インド洋を横断して一直線にスリランカまで渡り、六七三年の初めにタムルク(現在のカルカッタの近く)の港に到着した。中国を出発して一年をほんの少しすぎたところだった。

義浄は同じルートでパレンバンに戻った。そこに滞在してさらに多くの経典を記録するつもりだった。彼は六八九年に中国の支援者に紙とインク、経典を書き写す書記に報酬を支払うためのお金を送ってくれるように依頼する手紙を書いた。その手紙を預けるために港に停泊していた船に乗りこんだが、「ちょうどそのとき、商人が絶好の風に変わったと判断し、帆を高く揚げる」と、まだ帰るつもりなどなかった義浄を広州まで送り返してしまった(61)。この話は、こうした突然の旅がめずらしいことではなく、ひんぱんに行なわれていたことを証明するものだ。義浄は自分が広州に行ったのはカルマの導きによるものと言っているが、法顕の旅から四〇〇年たったこの時代には、海路がめざましく発達していたことがわかる。パレンバンと広州を結ぶ高速船は、だれかのために——たとえまちがって船に乗ってしまった者であっても——出発を遅らせることはなかった。

広州に到着した義浄がパレンバンに戻りたいと訴えてまわると、友人たちからやはりインドで学びたがっていた別の仏僧を紹介された。義浄が広州に着いたのと同じ年のうちに、ふたりの僧は季節風が変わるのを待ってスマトラ島に戻り、義浄が残したままにしていた書物をとりもどした。義浄はそこに六九五年までとどまり、その後ようやく中国への帰途についた。このときも使ったのは船だった。

パレンバンと広州のあいだの旅は日常的なものになり、義浄は生涯に三度このルートを使っている。ほかの旅人もこのルートを使うのが一般的だった。中国に戻った義浄は、インドまで旅した五六人の僧侶についての伝記集を書いている。四七人は中国人、ひとりがソグド人、八人が朝鮮の新羅の出身者だ。五六人のうち二一人は陸路を使い、三〇人が海路を使った。義浄はみずからの海路での旅の途中、またパレンバン滞在中に聞き知った僧侶の名前を記しているので、ここに書かれている海上交通の規模は誇張されているかもしれない。たとえそうでも、彼の調査は六〇〇年代後半には海上の旅の人気が高かったことを示している。

海路の重要性はそれからますます高まっていく。九世紀に中国の港をめざした旅人の多くはイラク、とくにバスラからやってきたアラブ人で、この旅は五か月ほどかかった。[62] アラビア語で中国について書かれたもっとも古い記録は八五一年のもので、作者は不明だが、実際に中国を訪ねた人々からの話を集めている。[63] 彼はイラクからやってくる人たちのおもな入港地だった広州の港にいる中国の役人が、外国人商人とみれば積荷を差し押さえ、三〇パーセントの税を課し、品物を返還するのは半年後になってからだったと記録している。中国人商人は象牙、乳香、銅の鋳物、亀の甲羅などを買い、銅貨で支払った。彼らのほうは、「金、銀、真珠、絹などの貴重品を豊富に提供した」ほか、「水を入れると光が透けて見えるような美しいカップを作るための粘度の高い高品質の緑色の土」、つまり、磁器用の土も扱った。[64] 当局は陸路で中国に入る人たちと同じ通行証を海路でやってきた人たちにも求めたため、すべての商人は中国に入国する前に細かい行程を届け出なければならなかった。この文献の著者は中国について非常に好意的で、中国の法制度は外国人に対してさえ非常に公平だと書き、中国の破産法についても詳細に記している。

九一六年にアブー・ザイドという地理学者がこの文献を全文書き写し、その続編を書いた。彼は原典の記述が全体的に正確であることを確認し、正しく修正するのを手伝ってくれた「全面的に信頼できる人物」についても言及している。ザイドによれば、情報提供者は「この時代［八五一年以前］から、中国の内情がすっかり変わってしまったことを教えてくれた。そして、中国への航海が中断され、国が荒廃し、多くの習慣が廃止され、帝国が分裂した理由を語ってくれた」。彼はさらに詳しく説明している。八七七年に広州で起こった黄巣という科挙の落第者が率いた蜂起によって、「一二万人の中国人にくわえて、この町に避難していたイスラム教徒、キリスト教徒、ユダヤ教徒、ゾロアスター教徒も犠牲になった」[65]。この数字の正確さについては疑いをもつ研究者が多い。別のアラビア語の文献には、広州で二〇万人が死亡したと記され、中国語の文献は具体的な数字をあげていない[66]。正確な死者数がどうであれ、いずれにしても黄巣の乱は広州にも海上交易にも深刻な打撃をもたらした。

広州を略奪しつくしたあと、反乱者たちは八八一年初めに長安に達し、西市を焼きはらい、宮殿を占拠し、町を破壊した。政府軍は反乱軍を町から駆逐することに成功したが、今度は自分たちが略奪におよび、皇帝はたんなるお飾りに引き下げられた。詩人の韋荘《いそう》は、反乱者が去ったあとの町を次のように表現している。

長安は悲しみに沈黙している。そこにはいま、何があるだろう?
——廃墟となった市場、麦の穂が生えた見すてられた通り。
燃料を探しまわる人々が杏園の花咲く植物を一本残らずたたき切り、
バリケードを築いた者たちは大運河沿いの柳を切り倒した。
鮮やかな色の馬車と装飾された車輪はすべてばらばらにされ消えてしまった。
朱色の門をもつ建物のうち、残っているのは半分にも満たない。
含元殿には狐と野兎がうろついている。
花萼楼へと続く道は、イバラにおおいつくされた。

古き日々の荘厳さと壮麗さは、土に埋もれ、消えていった。
目に入るのは物悲しい廃棄物ばかり。昔なつかしいものはもう何もない。
書庫は焼け落ち、タペストリーも刺繍も灰の山と化した。
都大路を歩けば、公卿の骨を踏みつぶす。[67]

長安はそれから二〇年は都として残ったが、九〇四年、名目だけの唐王朝を背後で支配していた将軍が皇帝の廷臣の殺害を命じ、解体した宮殿を渭水に浮かべて洛陽まで運ばせた。九〇七年、彼は最後の唐の皇帝を殺し、公然と権力を掌握すると、新しい王朝を樹立した。かつて栄華を誇った唐の都は廃墟と化し、その栄華をふたたびとりもどすことはなかった。首都への交易路が遮断されたことで、北西部のオアシスは孤立し、シルクロード交易は新しい静かな時代に入った。

第6章 シルクロード史のタイムカプセル
敦煌莫高窟

シルクロード遺跡をどこか一か所だけ訪ねるのなら、迷わず敦煌を選ぶべきだろう。風景自体がすばらしい。緑豊かなオアシスを深緑色のポプラと柳の並木が縁どっている。岸壁にうがたれた五〇〇ほどの石窟は、インド、イラン、中国、中央アジアのモチーフを融合したじつに美しい仏教壁画で飾られている。蔵経洞とよばれる石窟からは四万を超える経巻が見つかった（次ページの写真参照）。シルクロード遺跡で発見された文書と遺物の量としてはもっとも多い。[1] 蔵経洞に保管された複数の宗教——仏教、マニ教、ゾロアスター教、ユダヤ教、キリスト教の東方教会——の文書は、敦煌がいかに国際的な都市だったかを物語る。第一千年紀をとおして、敦煌は重要な駐屯地、仏教の巡礼の目的地であり、商業拠点でもあったが、紀元一〇〇〇年以降はしだいに衰退していった。一九〇七年にオーレル・スタインがこの場所を第二次中央アジア探検の目的地にしたときには、この土地を訪れたことのあるヨーロッパ人はほんのわずかしかいなかった。スタインはこのときの発見でイギリスから「サー」の称号を授かったが、同時に中国では永遠に消えない汚名を残すことになった。

スタインはそれ以前のタクラマカン砂漠踏破チームを率いた経験をもとに、第二次探検では文書と遺物を発掘し、

スタインが加工した蔵経洞の写真
この写真は第16窟のもので、中央に仏像が安置されている。右端の高い位置に見えるのが秘密の蔵経洞につながる入り口で、紀元1000年ごろに封じられた。1900年ごろに発見された蔵経洞には漢語、チベット語、その他あまり知られていないシルクロード言語で書かれた約4万点の文書が保管されていた。シルクロードでひとまとめに発見された文書類としてはもっとも量が多い。スタインは2枚の別々のネガを重ねあわせ、第16窟の写真にふたつの文書の山をくわえた。

その成果を責任をもって迅速に発表した。ホータンとニヤへの第一次探検行から六年がたち、イギリスの他国とのライバル関係は強まっていた。ロシア、ドイツ、日本、フランスがいずれも探検隊を派遣し、新疆の遺跡から遺物をもち帰っていた。[2] スタインは丸二年の滞在期間を確保するために資金援助を申請した。彼の計画はカシミールからホータンへのルートをふたたびたどり、それから砂漠を超えて甘粛省の西の端にある敦煌まで到達しようというものだった。渡り鳥の飛行距離にして一三二五キロ、陸路では一五二三キロの道のりになる。

スタインが最初に敦煌の莫高窟について知ったのは、一九〇二年のことだ。ドイツのハンブルクで開かれた東洋学者の集まる会議で、ハンガリーの地理学者ラヨシュ・ローツィーが発表した論文がきっかけとなった。ローツィーは一八七九年にヨーロッパ人としてはもっとも早い時期に敦煌の遺跡を訪ねたひとりだった。当時、このほぼ見すてられた遺跡にはふたりの僧侶だけが一年をとおして暮らしていた。地質の専門家だったローツィーは石窟内の仏教壁画の重要性を理解したが、中国人の学者たちは巻物の状態の絵画のほうを重視して、壁画を無視する傾向があった。(3) 敦煌のもっとも古い壁画は紀元五世紀のもので、現存する最古の絹画よりもさらに古い。

スタインの第二次探検隊には第一次のときと同じように、ラクダや馬の世話をする人夫、写真撮影も担当する測量技師、雑用をこなす使用人、料理人などが参加した。またこのグループには、何百キロも続く砂漠を迷わずに移動できる連絡要員もくわわった。彼の仕事は近くの町まで行ってスタインの郵便物と資金――インド政府が銀の延べ棒で支払った――の受け渡しをすることだった。

スタインのウイグル語の知識（彼はテュルク語とよんでいた）は、新疆への探検には役立ったが、中国語が主流言語だった甘粛省では役に立たなかった。敦煌が最初に中国の支配下に入ったのは紀元前一一一年で、当時の漢王朝が何度かの軍事遠征のすえに駐屯地を建設した（郵便施設を兼ねた懸泉置《けんせんち》は敦煌の一部だった）。その後、断続的な支配が続いたのち、五八九年に隋が中国を再統一して以降は、継続して中国の支配下にとどまることとなる。(4) 敦煌は地方の学問の中心地となり、住民は学校で漢字を学び、漢字でものを書いた。(5) カシュガルのイギリス領事の勧めで、スタインは秘書として中国人の蔣孝琬《しょうこうえん》を雇った。蔣はウイグル語は話さないので、最初のうちコミュニケーションをとるのはむずかしかった。スタインは最後まで漢字の読みを学ぶことはないままだったが、旅をはじめて二、三週間もすると、自分の言いたいことを伝えられる程度には中国語を理解できるようになった。

一九〇七年の春、敦煌に向かっていたスタインは、石窟のなかに壁画以上のものがあるといううわさを耳にした。最初にそれを伝えたのは債権者から逃げてきたイスラム商人で、その男はスタインに、王圓籙《おうえんろく》という元兵士が石窟で発見したものの話をした。王は清の軍隊を離れたのち、一八九九年か一九〇〇年に敦煌にやってきた。多くの兵士がそうであるように、彼は放浪の道士の影響で道教に改宗していた。そこで、スタインは彼を「王道士」とよぶことに

敦煌周辺
□ 古代遺跡
オルホン川
ウテュケン山
モンゴル
ハミ
ゴビ砂漠
蘭
ライナ)
劉園
懸泉
瓜州(安西)
敦煌
長楽村
玉門
蘇州(酒泉)
・ノール
ティン山脈
甘州
行商人のルート
涼州
(姑臧/武威)
寿昌
莫高窟
(千仏洞)と
三界寺
黄河
蘭州
五台山
洛陽
長安(西安)
揚子江
中国
マプトラ川
珠江
珠江
デルタ

0 100 200 300 マイル
0 100 200 300 キロ
シル・ダリヤ
カザフスタン
バルハシ湖
セミレチエ
北庭都
ウズベキスタン
ザラフシャン川
イシク・クル
天山山脈
ウルム
トル
キルギスタン
焉耆（アグニ、カラシャール）
クチャ
アム・ダリヤ
タリム川
カシュガル
タクラマカン砂漠
タジキスタン
ヤルカンド川
ヤルカンド
ホータン川
パミール高原
アフガニスタン
ニヤ
ロ
ホータン
崑崙山脈
カブール
カシミール
バダフシャーン
カラコルム山脈
パキスタン
チベット
ガンジス川
ヒマラヤ山脈
インダス川
インド
ネパール
ナーランダ

した。王はほとんど字が読めなかった。この遺跡にたどり着いてまもなく、彼は石窟の壁をたたいて奥に空洞があることに気づき、文書類が積み上げられた蔵経洞を発見した（第一七窟）(6)。壁を壊し、いくつかの経巻を地元や県の役人に見せたところ、すくなくともそのなかのひとり、葉昌熾《ようしょうし》は古代中国語文献の研究者だったため、その重要性を理解した。それでも、義和団の乱のあと深刻な資金源に苦しんでいた政府は、文書を回収しないことに決め、石窟に残したまま王道士に管理を命じた。

スタインと蔣が一九〇七年三月に最初に石窟を訪れたとき、王道士は「弟子とともに托鉢に出ていて」不在だった。スタインらはそのすきに、断崖に掘られた石窟群を見てまわった。そこでは遺物がむき出しになり、まったく保護されていなかった。スタインは一〇世紀に書かれた次の描写が正しかったと述べている。

　この谷には莫大な数の仏教寺院と僧房窟がある。巨大な鐘もいくつかある。谷の南北の端には天の支配者に捧げられた寺院が建ち、ほかの神々に捧げられた祭壇も多数ある。壁にはチベットの王や従者を描いた絵がある。断崖の西側の斜面は南北に二里（約一キロ）にわたって、一面に大きく広い石窟がうがたれ、仏像や仏画で装飾されている。これだけの石窟の数を考えれば、その造営にかかった支出は膨大な額になったにちがいない。石窟の前には数層に重なった構造の建物が建つ。寺院のいくつかには高さ四九メートルもある巨大な仏像がそびえ、小さな祭壇は数えきれないほどある。すべては通廊で互いにつながり、儀式のときにもふだんの見学のためにも便利な造りになっている(7)。

石窟の前面にあったはずの社殿のほとんどは崩壊してすでになかったが、スタインは多くの仏像や壁画は無傷で残っていたと書いている(8)。

石窟のひとつの壁にきざまれた文字によれば、三六六年にひとりの僧侶がこの場所を訪れている。最初の窟が掘ら

スタインが見た当時の敦煌の石窟
1907 年、オーレル・スタインがはじめて敦煌にやってきたとき、石窟には扉もなく、完全に風雨にさらされていた。訪問者は岩壁をよじ登り､石窟を結ぶ穴を通ってようやくなかに入ることができた。現在、遺跡は敦煌調査研究所が管理する。すべての石窟に壁と鍵のかかる入り口がとりつけられ、コンクリートの通路と階段が 492 の石窟をつないでいる。大英図書館所蔵。

れた年だ。敦煌調査研究所によれば、莫高窟（千仏洞）の四九二の石窟のうち、もっとも古いものは北涼時代（四二一〜四三九年）、もっとも新しいものは一三〜一四世紀のものとされている。(9) 古い時代の石窟には、ニヤやクチャのものと同じように諸仏の姿や仏陀の前世での場面が描かれているが、六〇〇年以降に建造された石窟には、仏典からの説話の場面を描いた壁画が多い。石窟は極端にもろく柔らかい礫岩層に掘られていて、六世紀と七世紀に何度か崩落している。最近は次々と観光客がやってくるため、石窟の損壊がさらに進み、そのため敦煌研究所は観光客の数を制限するとともに、壁画へのダメージを減らそうと石窟の複製を建造してきた。石窟への入場者は少数に限定し、とくに有名な石窟に入るときには高い入場料を課している（ひとりにつき数百ドルとることもめずらしくない）。

一九〇七年、最初の石窟探検を終えたスタインと蔣は、若いチベット僧と出会った。蔣があとから彼とふたりだけで会ったとき、その僧侶は漢字で書かれた写本をひとつだけ見せてくれた。蔣は「観音菩薩」という漢字が何度か出てくることに気づいたが、その経典の内容を理解することはできなかった。それまで仏教の経典を読んだ経験がなかったからだ。スタインは写本を見せてくれた僧侶に礼がしたかったが、蔣は「ひかえめにしておくことを助言した。寛大すぎる贈り物はなにか魂胆があるのではないかと相手に疑念をいだかせるおそれがあるからだ」。写本の礼をいくらにすべきかを蔣と話しあったすえに、スタインは「三ルピーか四シリング相当の銀のかけら」を渡した。このときの発見について最初に発表した『中国砂漠地帯の遺跡 Ruins of Desert Cathay』のなかで、スタインは「内密な話しあいで、蔣とわたしはこの遺物の山にどう近づくのがいいのか、僧侶の妨害があった場合にはどう打破すべきかを長々と議論した」と説明している。

ことは慎重に進めなければならないと理解していたスタインと蔣は、自分たちの話しあいを秘密にしていた。スタインがそれまでに発掘したほかの遺跡とは違い、敦煌は「まだ実際に利用されている」礼拝場所で、スタインはこれから先にどんな困難が待ちかまえているか、不安を覚えていた。「ここに住む僧侶たちは、なにかの見返りをもらうこととひきかえに、神聖な遺物をもちさることに目をつぶってくれるお人よしだろうか？　もしそうなら、この巡礼の地を大事にしているもっと迷信深い一般の人たちとのあいだに入って、疑念を払拭してくれるだけの影響力をもっているだろうか？」王道士に会う前から、スタインはここでの作業は写真撮影とスケッチだけにとどめようと決めていた。仏像や壁画のもちさりには信者たちが反対すると思ったからだ。

王道士が石窟を留守にしてしまったので、スタインは敦煌から西に延びる一連の望楼の調査に出かけることにした。そのあいだに見つけたのが、ソグド人の「古代書簡」である。一九〇七年五月一五日に石窟に戻ってみると、「一万人はくだらない」人たちが毎年の宗教祭に集まっていた。スタインが遠くから眺めているあいだに、蔣が王道士にスタインと会うように説得した。不安にかられた王道士は、蔵経洞に通じる唯一の入り口をふさいでしまっていた。ようやく対面できたときの王道士の第一印象を、スタインはこう記録している。「かなりの変人のように見えた。異常なほど内気で神経質だが、ときおりずるがしこさが表情に出る。それを見ると、あまり期待できそうになかった。最初から、この男はかなり扱いにくい人物らしいとわかった」

スタインは敦煌での経験を語るなかで、自分とウィーン大学のゲオルグ・ビューラーがインドでサンスクリット語の写本を入手するのにいかに苦労したかについて何度も言及している。ビューラーはスタインがつねに相談役として頼りにしていたインド学者である。一八七五年、ビューラーは彼が学びたいと思っていた、インド訪問のそもそもの目的である写本を実際に目にする機会があったが、そのあとに所有者が隠してしまったため、ふたたび目にすることがないままこの世を去った。スタインが研究者としてインドで手にした最大の勝利のひとつは、ビューラーが入手できなかったまさにその写本を一四年後に購入したことだ[10]。

スタインは敦煌の蔵経洞に入るには、砂漠で道に迷うのとも、ニヤで見すてられた遺跡を発掘するのともまったく異なる、大きな障害が立ちふさがるだろうと理解していた。彼はインドでつちかった能力を引き出し、人間の管理人から写本を奪いとらなければならなかった。最初に王道士と会ったあとで、スタインは「長く骨の折れる包囲戦」の準備を整えた。

蔣の助言にしたがって、王道士とは学問や考古学についてはあえて話しあわないことにした。そのかわりに自分にとって「中国の守護聖人」である玄奘への敬意を強調した。スタインは王道士に、たどたどしい中国語でこう語ったという。「わたしが玄奘をどれほどうやまっているか――。インドから険しい山岳地帯と過酷な砂漠を越えてきたのも、玄奘の足跡をたどりたかったからなのです。玄奘が訪れ、記録に残してきた多くの聖地の遺跡をこの目で確かめてきました」。スタインは自分が玄奘の信奉者であるという風をよそおいつづけた。六月一三日の出発前には、玄奘の「埴輪」まで購入している。王道士に石窟のなかの経巻はインドの「学びの寺院」にもっていきたいのだと告げ、自分たちは数世紀前の玄奘のように、遠くの寺院の蔵書にするために仏教の写本を集めているのだと思わせた。

最初の面会のあと、スタインは蔣を王道士のもとにひとり残して交渉にあたらせた。その晩、夜陰にまぎれて、道士は蔣のところに写本を一巻だけもってきた。これが玄奘によって翻訳された経典だとわかると、蔣はすぐにこの幸先のよい兆候を王道士に報告した。道士は蔵経洞への入り口をふさいでいた壁を一時的にとりのぞいてくれた。

その後の交渉はもっとスムーズに進んだ。三人はこの件を絶対に秘密にしておくことで合意した。スタインによれば、王道士は次のような条件を出したという。「われわれ三人以外のだれにも、ここで何が取引されたかを知らせてはならない。わたし［スタイン］が中国にいるあいだはこの『発見物』の場所は完全に秘密にしておく」。それから の三週間に王道士は蔣のところにせっせと経巻を運び、蔣とスタインがとくに重要と思われるものを選り分けた。滞在も終わりに近づいたころ、王道士が急に強い不安に襲われてすべての経巻を石窟のなかに戻してしまうことがあったが、ふたたび蔣が仲介に入った。蔣とスタインが最終的な選別を終えたあと、スタインのもっとも信頼をよせる二人の助手が経巻を袋に入れて縫合し、なかに何が入っているかわからないようにした。

この一連の流れのそれぞれの段階で、スタインは文書をいくらで買うかについて、蔣とあれこれ話し合った内容を記録に残している。ようやく目標の数字が定まると、蔣が直接王道士と交渉した。ここで、スタインは当時一般的だった習慣に従っている。アジアにいる外国人居住者は、自分の助手や使用人を信頼して、食料品やその他の品物の購入をまかせることが多い。蔣と王は七箱分の文書、絵画五点、その他の遺物に対して一三〇英ポンドという値段で合意した。そのときの喜びを、スタインは親しい友人のパーシー・スタフォード・アレンへの手紙で語っている。「ヤシの葉に書かれたサンスクリット語の写本とほか何点かの〝古物〟を手に入れただけでも、ここまできたかいがあった」[11]

一九〇七年の夏にスタインが去ったあとも、王道士は蔵経洞にある文書を売りつづけ、石窟修復の費用にあてていた。蔣はその年の秋に敦煌に戻り、さらに二三〇点の写本の束を購入し、スタインに送っている。最終的にスタインは一万一〇〇〇点ほどの文書を入手した。一九〇八年には、才能あふれるフランスの東洋学者ポール・ペリオが七〇〇〇点の文書を購入し、パリに送った[12]。一九一〇年には、中国政府が残る一万点の漢文文書（チベット語のものはふくまれない）を北京に移したが、王道士は一部を手もとに残し、また北京への移送途中に盗まれたものもあった[13]。さらに一九一二年、ロシアのS・F・オルデンブルグがおよそ一万点の文書を購入し、一九一四年にはスタインが敦煌への最後となる旅をして、さらに六〇〇〇点の経巻を購入した[14]。

スタインは一九二九年のハーヴァード大学での一連の講義で、敦煌での経験を勝ち誇ったように語っている。一九一四年に石窟に戻ったときには王道士に温かく迎えられ、スタインが文書代として支払ったお金で石窟の修復がどれほど進んだかを詳しく説明されたという。「道士は自分が大事にしていた漢文文書を政府がひどい扱いをしているのを見て、こんなことなら、わたしが蔣孝琬をとおしてもちかけた、古文書をひとまとめに購入するという大がかりな取引に勇気をもって応じていればよかったと後悔していた[15]」。スタインは王道士にほかのだれよりも高額の代金を支払っていたので（中国政府は一銭も支払わなかった）、文書をひとまとめに購入して中国からもち出せていたかもしれなかった。一九二九年にはヨーロッパと中国の多くの研究者が、中国の遺物は中国にとどめるべきだと主張するようになっていたが、スタインはこのときにもまだ、文書や遺物を中国からもち出すことについてはなんの問題も感じていなかった。

敦煌の文書を外国にもち出したことにかんしては、スタインの行動を現代的な基準で性急に判断するのではなく、当時の考え方を理解しておくべきだろう。現在では多くの識者が、「エルギン・マーブル」［訳注／古代ギリシアのパルテノン神殿を飾っていた大理石の彫刻群。一九世紀にイギリス大使がもち出し、現在は大英博物館所蔵］をギリシアに返還すべきだと考えている。しかし、スタインら探検家たちが活動していたのは、第一次世界大戦以前の帝国主義の全盛期だったことを忘れてはいけない。ヨーロッパの列強と日本がこぞって新疆の遺跡の発掘のために探検隊を派遣していたが、当時の観察者で異議を唱える者はほとんどいなかった。実際に疑念を表明した少数の識者のうちのふたりが、ドイツのアルベルト・グリュンヴェーデルとロシアのオルデンブルグである。このふたりは、ル・コックやほかの探検家が遺跡にあった壁画をはがしてもちさったことを非難した[16]。

外国からの探検隊には、蔵経洞の文書は敦煌からもち出したほうが安全だと結論するもっともな理由があった。敦煌の石窟は一八六二～七七年のイスラム蜂起の時期に深刻な損傷を受けていた。スタインも地元住民がどれほど追いつめられているかを正しく認識していた[17]。スタインが去ってからわずか一か月後の一九〇七年六月、この町では穀物の価格をめぐって暴動が発生している。

スタインの行動に対する中国側の見解は、年月とともに穏やかなものに変わっていった。文化大革命の時代には、彼は略奪者以外の何者でもなかった。わたしが大学院生だった一九八〇年代なかばでさえ、教授が「もし自分が敦煌の文書なら、パリかロンドンにつれていってもらうほうがよほどいい。北京よりずっと保管条件がすぐれているから」と発言すると、中国人のクラスメートは怒りをあらわにしていた。一九九八年、スタインの著書『セリンディア』が中国語に完訳され、高名な中国の考古学者、孟凡人による思慮に富んだまえがきをそえて刊行された。この本には敦煌での交渉の詳しい顛末も書かれていた。『セリンディア』と、その刊行のためにスタインが発見したさまざまな文書を翻訳したチームは、「一九二〇年代以前のこの研究分野における最高峰」といえたが、孟凡人は、スタイン個人の行動は「厳しく批判されて当然の略奪行為」にあたると結論した[18]。

出版産業の発達によって、中国人研究者でも外国にもち出された敦煌文書を目にできるようになった。まず、一九七〇年代後半にマイクロフィルムの流通がはじまる。その後、一九九〇年代には高画質の鮮明な写真を掲載した書物が複数巻のシリーズで出版された。現在はロンドンの国際敦煌プロジェクトのウェブサイトに次々と写真がアップロードされている[19]。二〇〇五年、唐王朝史の研究では中国の第一人者である北京大学の栄新江教授が、中国の歴史にかんする主要学術誌『歴史研究』に、ある記事を発表した。そのなかで教授は、敦煌での発見について中国の研究者に何も教えなかったスタインの行動と、中国の同業者に自分が購入してパリに送った文書の写真を提供したペリオの行動を対比させた。栄教授は読者に、反論できないひとつの事実を思い出させている。それは、敦煌文書の保護を熱心に叫んでいながら、二〇世紀初めの中国人学者はだれひとりとして、快適な自分の家を出て現地に向かおうとはしなかったということだ。スタインとペリオの例にならい、個人的に敦煌の遺跡を訪れようとする者はひとりもいなかった。その結果として、敦煌文書は売却され外国にもち出されたのである。(20)

それでも、当時の基準に照らしあわせてみても、スタインの行動には誠実さが欠けていたように思われる。彼は玄奘の熱烈な信奉者であるかのようによそおっていた。そして、写本と絵画の価値がわかっていながら市場価格より相当安い額しか支払わなかった。さらに、秘密を守るために極端な手段をとり、すべての作業を夜間に行ない、自分が何をしているのか最小限の人たちにしか教えなかった。なぜスタインがこれほど内密に行なっていたことをあけすけに公表するのか、疑問にさえ思えてくる。

スタインは敦煌にかんする議論のなかでウィリアム・マシュー・フリンダーズ・ピートリーについてはとくにふれていないが、ほかの著作では彼から影響を受けたことをひんぱんに認めている。(21)イギリス人のピートリーはエジプトの考古学発掘調査の権威で、一九〇二年に第一次探検旅行から戻ったスタインのところを、訪ねてきたことがあった。『古代ホータン Ancient Khotan』の序文で、スタインはピートリーを「比類ない経験をもつ考古学探検者」と称賛している。(22)一九〇四年、ピートリーは発掘調査の全過程をステップごとに説明するガイドとして、『考古学の手法と目的 Methods & Aims in Archaeology』を発表した。探検のための装備、現地での発掘の仕方、結果の発表の仕方などを説明したものだ。エジプトでの発掘経験から、ピートリーは貧しい国での作業の進め方について、作業員がなにか小さな遺物を発見したときに、研究者に報告するかわりに自分たちで売ろうとするのを防ぐためには、少額のお金を渡すのが効果的な方法になる、と考古学者たちに助言している。「代価を支払うことほど、遺物の安全を確保するすぐれた方法はない」と、彼は結論した。ピートリーは読者に向けて、発見の結果については二種類の報告書を発表することを勧めている。「学生と一般大衆」に向けた図版の数が少なめの安価なものと、「図書館、収集家、愛好家のための豪華本」の二種類だ。スタインはこの助言に忠実に従った。レイアウトや活字の書体までピートリーの本をまねているほどだ。(23)

「考古学の倫理」と題した将来を暗示するような章で、ピートリーは考古学者がひとつの遺跡を発掘しつくしてしまえば、もう将来の世代が発見できるものが何も残らない、と説明している。考古学者は発見した遺物を博物館に預けることはできるが、それらはしまいこまれてしまう運命にあり、結局、書物として発行されたものが唯一の記録になる。「発掘の権利があるかどうかの唯一の判断材料は、それが現在と将来のための最大限の知識を得ることにつながるかどうかだ」と、彼は結論する。ピートリーは外国人考古学者による発掘作業を制限して、「無知な田舎者」に好きなように「掘って破壊する」ことを認める政府の規制を糾弾している。スタインは『古代ホータン』の序文で、発掘隊は「細心の注意をはらって詳細に記録し、すべてを完全に発表」しなければならない、というピートリーの主張を引用している。(24) スタインが中国政府の規制をかいくぐり、王道士と個人的に交渉したことを率直に報告しているのは、ピートリーのマニュアルにみられる実用主義の精神を具体的な行動で示すためだった。尊敬する師と同じように、スタインは「現在と将来のために最大限の知識」を手に入れることをめざし、文書や遺物を中国からもち出すことについてはなんの罪悪感も感じなかった。

ピートリーの助言に従い、スタインは第一七窟に文書が保管された背景をできるだけ再構築しようと試みた。蔵経洞の文書が何層にも積み上げられていたことは、それが文書と絵画をでたらめに収集したものではないことを示していた。あきらかに個人または集団がこの特定の文書のコレクションを意図的に石窟のなかに隠したのだ。しかし、その理由は？　紙片が残っていることから、スタインはこの石窟が廃棄書類の置き場だったのではないかと仮定した。

栄教授はこのスタインの見解を、漢文史料やポール・ペリオの説明と注意深く比較検討している。スタインは蔵経洞を詳しく調べる機会は得られなかったが、この石窟については彼の記述がもっとも詳しい。文書類のもともとの配置は、王道士が最初はスタインのために、翌年にはペリオのために洞窟を開いたときに、再現不可能なほど荒らされてしまった。紙くず置き場というスタインの仮定に対して、栄教授は蔵経洞に文書が保管された別の説明を提供している。[25]

スタインが使った「書庫洞窟（ibrary csve）」という語は、多くの点で誤解をまねく。これはひとつの独立した石窟ではなく、広さ約二・九メートル四方、高さ約二・六六メートルの小さな保管室にすぎない。もとは外から見えないようになっていたが、王道士が第一六窟の壁をたたいて、その奥が空洞になっていることに気がついた。壁を壊してみると、そこに小さな部屋が現れたのだ。

蔵経洞はもともと唐時代の高僧、供辨《こうべん》の御影堂として建造されたものだった。八五一年に唐の皇帝から仏教を統括する僧官に任じられた人物で、八六二年の死後、弟子たちが彼と関連した遺物を石窟のなかに納め、たびたび訪れては師に敬意を表した。[26]その後、一〇世紀前半ごろに、僧侶たちはこの石窟を写本の保管場所として使いはじめた。[27]一九〇〇年ごろに王道士がこの保管室のなかをかたづけたとき、彼はなかにあった影像をもち出した。その影像はその後、敦煌調査研究所がもとの位置に戻し、現在もそこにある。

蔵経洞のなかの文書の多くには、それを所有していた寺院の名前が記してあった。一〇世紀の敦煌は仏教信仰の中心地で、およそ一五の寺院があり、三界寺もそうした小さな寺のひとつだった。[28]蔵経洞で見つかった文書のなかにその名前がひんぱんに現れるので、三界寺がこの窟を文書の保管場所として使っていた可能性が高い。

蔵経洞の目的についての重要な手がかりは、道真（九三四～九八七年に活動）という名の僧侶が書いた経典の前文に見つかる。彼はなぜ自分が寺院の書庫のための文書を集めていたかを説明している。「寺院の書庫には経典や説法書が十分にそろっておりませんでしたので、彼は地面に額をつけ、誠実な気持ちで、次のように誓いと祈りを捧げました。わたし［道真］はすべての家族をまわって、荷物や倉庫を注意深く調べ、古く朽ち果てた経典を探すことにいたします。それを寺院に集め、最初から最後までをつなぎあわせて修復し、のちの世代へと引き渡したいと思います」。[29]道真が九八七年に死亡して以降もしばらくは、蔵書を担当するほかの僧侶が三界寺の収蔵用に写本の収集を続

蔵経洞の北側の壁画

石窟の奥に見つかった蔵経洞は北側だけに壁画があり、中央の台座の上に座る高僧供辨の像を縁どるように、ふたりの弟子と２本の木が描かれていた。右側には鳳凰が描かれた丸い団扇をもつ尼僧が立ち、左には男性用の長衣を着てつえをにぎりしめた一般の女性が立つ。この絵は小さな石窟が供辨の御影堂として使われていた時代に描かれた。

けた。

敦煌の寺院はすべて、入手したい経典の一覧を作成していた。蔵経洞を閉じる直前の数年間にも、彼らがまだ書物や絵画を収集していたことがわかる。蔵経洞のなかで見つかったもっとも古い文書は仏教の経典で四〇五年のもの、もっとも新しいものは一〇〇二年のものとされる。[30] 巻物には、仏教の経典以外の内容が書かれているものも多数あった。[31]

敦煌では紙はまだ高価だったため、寺院で学ぶ門弟たちは廃棄された経典の余白部分や裏側に文字を書いて練習した。寺院で読み書きを学ぶ生徒たちは、僧侶になる者もいれば、そうでない者もいた。[32] 彼らは現在の中国の生徒たちとまったく同じように、個々の文字を何度もくりかえして書いて覚え、しだいにもっとむずかしい文章の学習に移っていった。敦煌の写本には多くのまちがいがふくまれる。生徒たち全員が高度な学習レベルに達していたわけではないからだ。教師が生徒のまちがえた文字を線で消し、隣に正しい文字を書いている個所もある。生徒たちは文字を覚えるためにあらゆる種類の書物を書き写した。もちろん仏教の経典もあったが、契約書、手本となる手紙、作文練習（水とお茶のあいだの対話など）、「変文」とよばれる長編文学もあった。[33]

蔵経洞の文書のなかでもとくに有名なのは『金剛般若経』で、手書きで書き写したものではなく、木版で印刷されたものだ。中国人がこの手法を開発したのは八世紀初めのことで、文字を書いた紙を柔らかい木板の上に文字面を下にして貼りつけ、文字の周辺の木を削りとることで、反転させた文字を作り、その木版を使って正字を印刷した。敦煌の『金剛般若経』は七枚の木版紙をひとつに貼りあわせている（三二〇ページ参照）。そえられた寄進文で、ある熱心な信者がほかのすべての信者のためになるように、両親に代わってその文書を委託したと説明されている。そうした行動は両親にも彼自身にとっても功徳を積むことにつながる。この『金剛般若経』には八六八年の四月第一五日の日付が入っていた。第一七窟には八六八年より前に木版された書物の断片も残っていた。八三四年の暦もそのひとつだが、『金剛般若経』は世界最古の完全な形で残る印刷物である。[34] 学者たちは、敦煌は四川と違って印刷がさかんな地ではなかったと考えている。石窟内の大部分の史料は、手書きで書き写されたものだった。

敦煌の寺院で蔵書を管理していた僧侶は、経典を分類する洗練された方法を使っていた。彼らは唐の首都長安の大寺院の図書室にならって、すべての経典を祈祷、規範、歴史などの内容別に分類した。[35]「千字文」とよばれる手引きは、同じものがひとつとしてない一〇〇〇の文字で構成され、一種の中国語のアルファベットになっている。僧侶たちは文字一つひとつを各経典に割りあて、漢文の巻物をスタインが「定番の蔵書の束」とよんだグループごとに分けた。

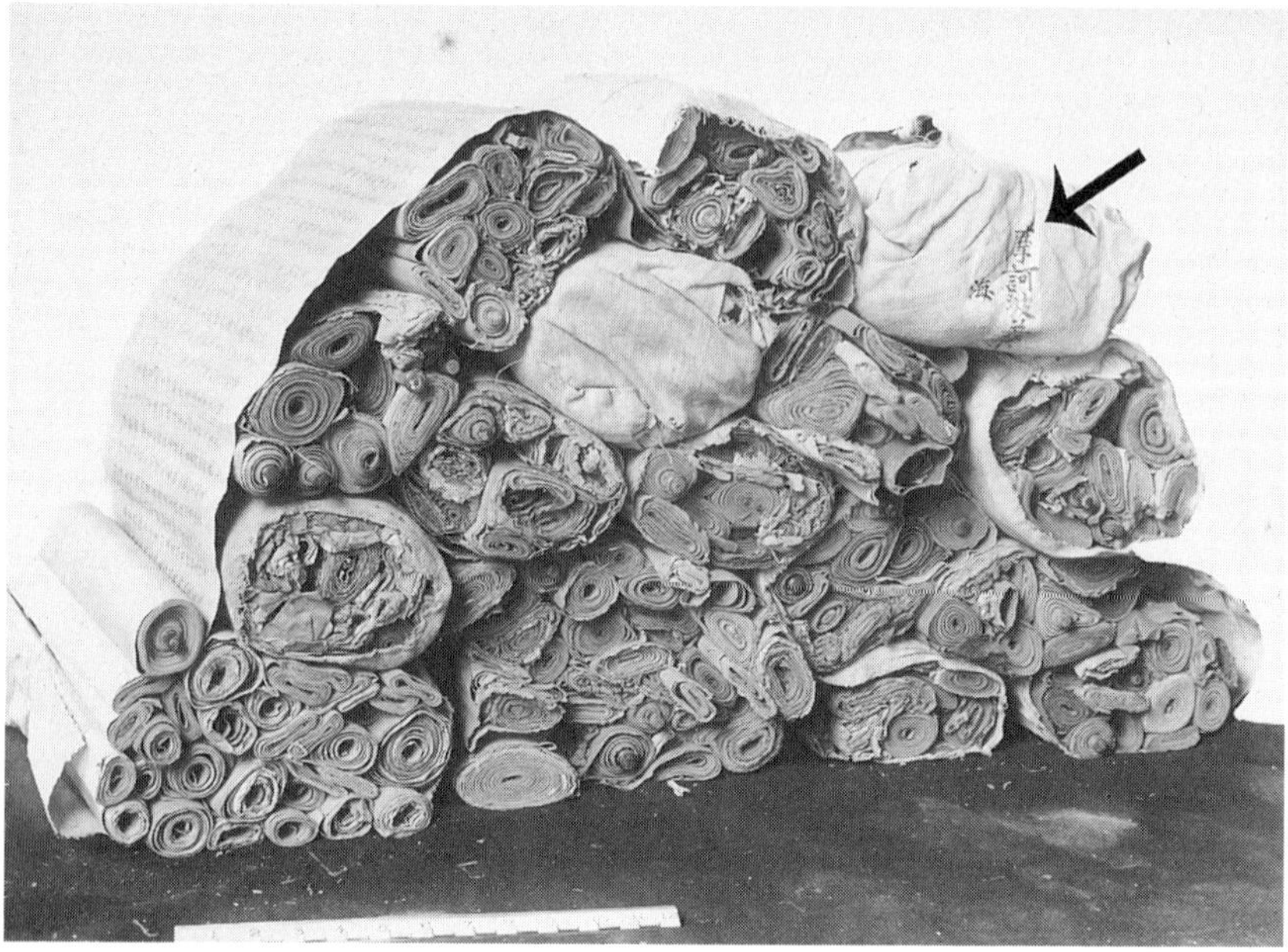

仏教寺院の分類番号

第17窟の漢文の経巻は1ダースほどの束にまとめられ、その束をさらに別の包みに入れていた。めずらしく、右上の包みの上に書かれた文字がまだ見える。内容は仏教の経典名と「千字分」の分類番号だ。現在の図書館の整理番号と同じ役割を果たす。大英図書館所蔵。

一〇五〇点の束のそれぞれに一二ほどの漢文の経巻がふくまれ、さらに「ポチ」とよばれる葉っぱ型のページに書かれた長文のチベット語文献も八〇包みと一一点があった。[36] チベット語が使われるようになるのは七八六年のことだ。この年、チベットは唐王朝が反乱軍を鎮圧するのに手を貸したが、唐が約束どおりの報酬の支払いを怠ったため、敦煌を占領した。書物の束はすべてもともとは別の包みに入っていたが、それらを最初に目にした人たち——王道士、蔣孝琬、スタイン、ペリオ——がその重要性を認識しなかったため、現存するものはわずかしかない。

漢文とチベット語の史料の束のほかに、蔵経洞の管理者は別の種類の束も保管していた。スタインが「雑多な」または「混合」内容物の束とよんでいたものだ。[37] これらはヤシの葉の形をしたポチの断片または巻物にサンスクリット語、ホータン語、チベット語、ウイグル語、ソグド語で書かれた仏教の経典から構成される。経典を完全に書き写したものもあれば、断片だけのものもある。また蔵経洞には、絵画（諸仏の姿を描いたものがほとんど）、絵画の断片、経巻の端の欠けた部分、ばらばらの紙片も置いてあった。さらに、将来経典の写本の修復に使えるかもしれない素材も残してあった。大きな寺院の書庫を管理する僧侶なら、これらの書類は廃棄していたかもしれないが、三界寺のような小さな寺では、管理者はもっと慎重だった。どんな文書も将来なにかの役に立つかもしれないので、なにか文字が書かれているものは、内容がわからなくても保管しておこうと考えたのだ。こうした理由のため、第一七窟にはじつにさまざまな史料が混在している。トルファンで見つかった再利用の紙の靴底とは違い、こちらは文書をでたらめに集めたコレクションではない。第一七窟にあるすべての史料は仏教となんらかの関連があった。経典の写本の裏側に書かれたもの、あるいは、寺院の門弟たちが書いたものだったのだから。

石窟内の文書に使われているさまざまな言語――サンスクリット語、ソグド語、チベット語、ウイグル語、ホータン語――を考えると、スタインがつけた「多言語図書館」というよび名もぴったりに感じられる。[38] 場合によっては、一枚の紙から宗教的な共同体の存在、あるいは孤独な旅人の存在が明らかになることもある。ほかの史料からはまったく得られない情報だ。第一七窟で見つかったある紙にはヘブライ語で一八行の祈りの言葉が書いてあった。各行はヘブライ語のアルファベットの一文字からはじまり、その後に「詩編」の一部が続く（カラー図版12）。紙は小さく折りたたまれ、お守りとして使われた。小さな袋に入れて口をとじ、おそらくは首から下げてもち歩いたのだろう。[39] ユダヤ人の旅人が敦煌にやってきたのかもしれないし、あるいはだれかがお守りを購入して（手紙の形からするとバビロン製である可能性が高い）敦煌までもってきたとも考えられる。同様に、第一七窟の文書のなかで二枚の紙だけに、ソグド語を話すゾロアスター教徒のコミュニティの存在が記録されている。一枚には初期のゾロアスター教の経典である『アヴェスター』の一部が記され、もう一枚にはゾロアスター教の女神が向かいあっている姿が描かれている。[40]

イランのゾロアスター教信仰は、中国人研究者が「三夷教」とよんだ三宗教のひとつで、三夷教はイラン発祥のゾロアスター教とマニ教、そして、シリアを中心に信仰された東方教会の教えを意味する。すべて中国以外の地域発祥の宗教で、唐時代に中国国内にもちこまれたが、八四五年の禁止令を生き残ることはできなかった。第一七窟がシルクロード遺跡のなかでもとくに複数の宗教にかんする一次史料の宝庫となったのは、蔵経洞を管理した僧侶たちの折衷主義のおかげだった。

蔵経洞の宗教的文献は、敦煌に暮らす人々が互いの信仰に対して非常に寛容的だったことを示している。これらの史料をすてずに保管していた僧侶たちは、かならずしもそこに書かれている言語を理解していたわけではなく、おそらく読むことはできなかっただろう。それにもかかわらず、ほかの言語で書かれた文献も保存したいと思ったということ自体が、シルクロードの国際的な性格を物語る。彼らは約三万人の小さなコミュニティで暮らしていたが、互いの言語、文字、そして好みの宗教を信奉する権利さえ尊重しあっていた[41]。

蔵経洞の史料は、トルファン出土の史料や西安のキリスト教遺物と同じくらいの重要性をもつ。これらが高位の聖職者や中国政府ではなく、一般の信者の考え方を伝えてくれるからだ。彼らの考え方がこの地域の歴史を形づくっている例が数多く見受けられる。もっとも、豊かな情報をあたえてはくれるが、蔵経洞の文書にはそれぞれの宗教の信者の集まりを記録したものがないため、その規模については知ることができない。もし特定の宗教について、現存する文書のすべてが外国語で書かれていれば、その教会は多くの中国人改宗者を集められなかったと推測できるし、漢訳があるものは、地方の住民に改宗者が存在したことをさししめす。

トルファンに複数のイラン系言語——パルティア語、中期ペルシア語、ソグド語——と古テュルク語で書かれたマニ教の教典が残っていたこと、そして漢文で書かれた敦煌文書が発見されたおかげで、学者たちはこのひとつの世界的宗教の教えを研究できるようになった。これらの文書がなければ、この宗教については、聖アウグスティヌスがキリスト教に改宗する以前にはマニ教徒だったと書いた『告白』からしか知ることができなかったのだ[42]。蔵経洞には漢文で書かれたマニ教の文献が三点あった。

いくつかの文章は漢字で書かれているが、大部分のマニ教徒はイラン系の言語を話していたと考えられる。いちばん長い讃美歌の巻物は、漢字を使って二〇種類のソグド語の讃美歌と祈りを音節ごとに記録している。讃美歌の翻訳まではしていないため、中国語を母語とする人たちには意味が理解できなかっただろう。ソグド語を話すが文字は読めなかった人たち——敦煌にやってきたソグド移民の子どもなど——が、こうした発音ガイドを使ってほかの信徒といっしょに讃美歌を歌っていたのかもしれない。[43] 讃美歌のひとつ、「光の世界をたたえて」は、トルファンで見つかったパルティア語の文書を直接翻訳したもののように思われる。しかし、漢文版は「光の世界」を阿弥陀仏の「西方の極楽浄土」と同一視している。「光の世界」は「完璧な恵みに満ちた世界」であり、そこでは「すべてのものが光に包まれ、暗闇はどこにもない。諸仏と光の使者がそこに暮らし」、「すべては清らかで、永遠の幸福で満たされ、静謐で、わずらわされることもさまたげられることもなく、恵みを受け、心配も苦痛もない」[44]。マニは弟子たちに対して、改宗者を探すときには既存の宗教の用語を使うように助言していた。この文書はマニを仏陀と老子とならぶ、中国でもっとも尊敬すべき三人の師のひとりとして位置づけるという、見事なカメレオン戦略を紹介している。この筋書きのなかでは、マニは孔子の役割を担った。

もうひとつのマニ教文書はもっと露骨で、漢文文書をそっくりまねている。その小さな巻物の序文は、仏教の有名な『金剛般若経』の序文とまったく同じに聞こえる。ただし、マニ教版では、仏陀ではなくマニが弟子たちに語りかけている。「とてもよい！　とてもよい！　大勢の生ける者たちの救済のため、おまえはこの深遠で謎に満ちた問いをわたしに投げかけた。おまえはそうすることで、道に迷った世界中の者たちのよい友人であることを示している。わたしはこれから詳しくこの問題について説明しよう。おまえが捕らわれた疑いの網が永遠に解け、またからまることがないように」[45]。タイトルでさえ誤解をまねく。この文書は『摩尼光仏教法儀略』（光の仏陀マニの説法抄禄）とよばれているのである。仏教の経典にあまりによく似ているため、ペリオのような専門家でさえもだまされた。ペリオはこれをパリにもち帰る文書にふくめなかったが、現在は北京の中国国家図書館でももっとも重要な収蔵品となっている。ソグド人の伝道者は七三一年に発布された勅令への反応として、この翻訳版を用意した。中国の皇帝自身を改宗させたいと考えたのだ。

それぞれの教会の伝道者が翻訳に対して異なるアプローチをとった。マニ教徒が仏教用語を自由にとりいれたのに対し、東方教会のキリスト教徒は、結果がどれほど混乱させるものであろうと厳密に正確な翻訳をしようとした。[46]「父と子、精霊」にもっともふさわしい中国語はなんだろう？　讃美歌「天のいと高きところに神の栄光があるように」の翻訳者は、逐語訳に近いものとして「慈悲深い父、光の息子、清浄な風の王」という語をあてはめた。三つの語のなかで中国人改宗者が理解できるのは「慈悲深い父」だけだっただろう。同じ紙の上には、「うやまうべき書物」のタイトルで聖典のリストがあげられている。そこでは、「父の皇帝」「子の皇帝」「証人」の三者がひとつの体、つまり「三位一体」をつくり出していると説明する。この教えも中国人をまちがいなく悩ませたはずだ。[47]リストの最後にそえられた注釈に、景浄（アダム）への言及がある。長安のキリスト教の石碑を手がけたのがこの僧で、このことから石碑と同様にこの文書も東方教会が中国で活動的だった八世紀後半に編纂されたことがわかる。

石窟内の文書の性質は、八世紀なかばになるとがらりと変わる。安史の乱以前には、蔵経洞のほぼすべての文書は中国中央部からのもので、仏教の経典ばかりだった。洞のなかのもっとも新しい長安の文書は七五三年のもので、その日付以降のすべての文書は敦煌周辺で作成されたものだ。[48]このころには、一般の学生たちがもっと幅広い種類の文書を書き写すようになっていた。経典だけでなく、契約書、世俗の団体の設立趣意書、文学などもあり、文書の余白部分にいたずら書きまでしている。[49]市場の証明書を手書きで書き写したものは七四二年から七五八年のあいだのもので、一三歳の外国人の奴隷の少年を生糸で織った絹地二一疋で購入した記録がある。唐の法律の細かい規制に厳密に従い、証明書には売り手、奴隷、五人の保証人の名前と年齢が書きこまれ、唐が領域内全土に法令を守らせていたことがわかる。[50]

七四五年、唐の中央政府は敦煌近くの駐屯地への支給金として、一万五〇〇〇疋の絹を二回に分けて送っている。[51]

給与にかんする役所の史料は、唐が国家としてどのように報酬を支払っていたかを教えてくれる。中央政府は当時、敦煌の東七〇〇キロほどにあるこの地方の軍事拠点だった涼州（現在の甘粛省武威）に、絹を二回に分けて送って保管させ、そこからさらに敦煌の駐屯地に送らせた。フランス人研究者のエリック・トロンベールは鋭くこう指摘している。「ここに二度にわたる軍への支給部隊の具体例を見ることができる。それぞれが七〇〇〇疋以上の絹を運んでいた。わたしたちが思い描いていた民間の商人のキャラバンのイメージとはまったく異なる」[52]。一度に七〇〇〇疋の絹による支払いは、トルファン文書に記録されている個々の取引をすべて合わせた量よりも多い。こうした取引で扱う絹はせいぜい数百疋だった。この文書は軍の駐屯地への中央政府からの支払いがどれほど重要だったかを示している。

唐の通貨制度は複雑で、三種類の通貨――織物（麻と絹）、穀物、貨幣――が流通していた。政府は三種類の通貨すべてに対して同じ単位を使っていたため、ますます混乱をまねく。敦煌の駐屯地への支払いには、六種類の絹織物と絹糸がふくまれた。地方ごとにその地方産の生地を使って税の支払いをしていたため、唐政府は単純にこれらの織物を敦煌の駐屯地に転送していた。駐屯地の役人が税として納められた生地をまず貨幣に変換して、さらに穀物に変換する。その一部は兵士の食料として使われ、一部は地元の商人への直接の支払いに使われた。この記録は、安史の乱以前の軍への支給の実態について貴重な情報をあたえてくれる。唐政府は織物という形の通貨を大量に敦煌の経済に直接投入していた。

すでに述べたように、唐政府は七五五年に北西部の支配を失った。反乱軍を鎮圧しようとして、皇帝はチベット帝国に援軍を要請した。チベットのヤルルン王朝は中央アジア政治に比較的新しく登場した勢力だった。海抜四〇〇〇～五〇〇〇メートルのチベット高原は、古くから、北は草原で馬を育てる遊牧民、南は渓谷で麦を育てる農耕民族の故郷だった[53]。独自の文字体系をもたなかった彼らは、結び目を作ったひもや、印をつけた割り符を記録手段として使っていた。六一七年ごろ、ラサの南東にあった渓谷の名前からヤルルン朝とよばれた王国の支配者が、はじめてチベットを統一する。彼らはサンスクリット語のアルファベットから独自の文字体系を作り、同時に唐の法制度の一部の要素も採用した。

七五五年に安史の乱が起こると、唐の皇帝がチベットに書簡を送り、反乱鎮圧に協力してくれれば多額の報酬を支払うと約束した。チベット人はすぐれた馬の使い手で、中国人は彼らの軍用品を称賛していた。唐の正史では、「甲冑がすばらしい。彼らは全身を甲冑に包み、ふたつの目だけをのぞかせる。どんなに強力な弓や鋭いナイフでも大きな傷をつけることはできない」と説明している。(54) 表向きは唐への救援部隊ではあったが、チベット兵は反乱鎮圧後の七六三年の秋に二週間にわたって唐の首都長安で略奪に明けくれてから引き揚げた。それから七七七年まで、毎年秋になると騎馬兵が長安に戻ってきては略奪をくりかえし、弱体化した唐の軍隊は彼らを追いはらうことができなかった。

七六〇〜七〇年代にかけてチベットの勢力はピークに達し、徐々に領土を広げて甘粛にまでおよんだ。七八一年には敦煌の南の寿昌を占領し、七八六年には唐政府が反乱鎮圧への協力に対して約束した報酬を支払わなかったため、地方の要衝である敦煌を攻め落とした。河西回廊にあったかつての唐王朝の八つの州を勢力下におさめたチベットは、将軍で構成される評議会を任命して軍事地区を管理させた。チベット人はまもなくして敦煌にチベット人の軍事総督と最高位の文官が率いる二重の統治体制を確立した。高官のほうは中国人が任命されることも多かった。それぞれの地区はさらに一〇〇〇世帯ごとの単位に分けられ、それがさらに五〇世帯ずつの二〇単位に分けられた。小さな五〇世帯からなる地区の長が各世帯に仕事を割りあて、全世帯が国家に対する労働義務を果たすようにとりはからった。(55)

チベットの占領地域では一部の男性住民が軍に徴用され、屯田兵として働かされる者もいた。衛兵として仕えるほかに、屯田地に送られた人々は農作物を栽培し、穀物で税の支払いをした。収穫した穀物は集積場所まで自分たちで運ばなければならず、ときには数日かかるほど離れていることもあった。チベット人は強制労働をとおして軍の人員を確保した。兵士には唐王朝のように織物、穀物、貨幣で報酬を支払うことはなかった。

敦煌へのチベット式の規律の強制は、地元経済に直接の影響をあたえた。契約書がチベット語と中国語の両方で書かれたことからもそれがわかる。[56] チベットが敦煌を占領して数年後の七八八年から七九〇年に書かれたある倉庫の会計記録に貨幣についての言及がある。これが貨幣について言及する現存の漢文史料の最後のものになる。[57] いくらかの中国の貨幣、おそらく七五五年以前に鋳造された貨幣が、九世紀から一〇世紀に流通していた可能性はあるが、チベットの支配下では貨幣はほとんど使われなくなっていた。この時代には、ものの価値は穀物か織物の単位で測られていた。[58] 八〇三年の日付が入った代表的な契約書は、牛一頭の値段が小麦一二ピクル（七二〇～一〇八〇リットル）と雑穀二ピクル（一二〇～一八〇リットル）だったと記録している。契約違反の罰金も、小麦三ピクル（一八〇～二七〇リットル）というように穀物での支払いが求められた。[59] 少数ながらdmar（チベット語で「銅」を表す語で、おそらく銅貨を意味する）に言及している個所があるが、契約書の大部分は穀物での交換を記録している。[60] ときには人々が織物や紙を借りることがあったが、借金を返すときにはかならず穀物を使っていた。

かつての分析者は、七八六年から八四八年のチベットによる占領を、敦煌の歴史における短い幕間とみなし、長期におよぶ反動はほとんどなかったと考えていた。しかし、六〇年という年月は敦煌の住民がいくらかのチベットの習慣をとりいれるのに十分な時間だっただろう。チベット支配の初期には、ほとんどの中国人が中国の習慣を維持し、家族名（姓）をさきに、名をあとにして使っていた。しかし、敦煌の中国人住民はしだいにチベット語の響きのある名前を使うようになっていった。チベット支配下の二世代目から三世代目になると、中国名の名字をすて、チベット人のように下の名前だけを使う人たちも現れた。

チベット支配下で生活する中国人の一部は、さらに大きな変化を経験した。漢字で書くのをやめ、チベット語のアルファベットを使うようになったのだ。チベットによる征服の直後から、各地の書記はチベット語を学びはじめた。役人のための公式文書を作成したり、チベットを話す人たちのための契約書を作成する必要があったためだ。八一五年から八四一年のあいだに、チベットの軍事総督は仏教の経典を書き写す大規模な事業にとりかかった。この事業には一〇〇〇〇人以上の書記が雇われ、その多くが中国人だった。[61] 経典を書き写すことで、書記たちはしだいにチベット語を書くのも上達していった。数千の漢字を覚えるより、表音文字のアルファベットを使うほうが簡単であることにも気づいた。

新しい支配者は、功徳を積むために仏典を大量に書き写す資金を出したように、新しい石窟の造営にも資金を出した。チベット支配時代に建造された六六の石窟には、いくつかのはっきりした特徴がある。壁画には密教の要素、なかでも仏教の宇宙観を表す曼荼羅を描くことが多かった。この時代の石窟の壁画には寄進者、とくにチベットの皇帝を中心に描いたものも多い。[62]

チベット支配時代の敦煌の画家たちは五台山を描いたが、敦煌が曹一族の支配下に入った一〇世紀になってもその習慣は続いた。敦煌でもとくに壮大な石窟のひとつに数えられる第六一窟は、九五〇年ごろのものとされる。[63] 西側の壁の上方全体に、高さ三・五メートル、幅一五・五メートルの大きさで、山西省にある五台山への巡礼のようすが描かれている。いちばん上には天上での集会の場面、なかほどには五台山の九〇もの建物が描かれ、そのそれぞれに説明書きがついている。そして、下のほうには山に向かう旅人たちの姿がある。この壁画は巡礼地の正確な地図ではなく、おそらく実際に五台山へ行くことのできない鑑賞者のための案内書きを意図したものだろう。石窟の寄進者には九四四年から九七四年まで敦煌を治めていた曹元忠《そうげんちゅう》とその妻たちもふくまれる。妻のひとりはホータンの出身だった。

ときには武力衝突が起こることもあったが、敦煌の支配者たちはチベット時代にも唐とインド両方との接触を保っていた。チベット、中国、インドの統治者が派遣した僧侶や使節がチベットと中国のあいだを行き来し、その途中で敦煌に立ちよることもよくあった。貨幣が流通していなくても、使節や僧侶はひとつのオアシスから次のオアシスまで旅を続けることができた。それより以前の時代と同じように、使節には護衛と輸送手段と食料が提供された。

八四八年には中国がふたたび敦煌の支配をとりもどすが、チベット語はそれ以降も使われつづけた。初期の学者たちは、第一七窟で見つかったチベット語文書は八四八年より前に書かれたものと考えていた。しかし最近では、八四八年以降もチベット語は共通語として使われつづけたと考えられるようになった。[64] チベット支配下で、チベットから五台山への敦煌を経由する巡礼ルートは、通行量が増えていた。蔵経洞からも、チベットへ旅する中国人僧侶のためのチベット語の紹介状五通の写しが見つかった。それにも中国軍が敦煌からチベット人を駆逐した八四八年よりあとの日付が記されている。[65] この紹介状は、その僧侶が仏教の中心地であるナーランダで学ぶため、また遺物を入手するためにインドへ向かうところだと説明している。五台山から旅をはじめたこの仏僧は、いくつかの町に立ちよりながら敦煌に達し、そこに紹介状を残していった。おそらくチベットでは必要ないと考えたからだろう。

別のチベット語文書は、インドの僧侶がチベット人の弟子に書きとらせたもので、その弟子はサンスクリット語はいくらか理解できるが、綴りにまちがいが多かった。その文書によれば、九七七年（あるいは九六五年）に、インド僧のデーヴァプトラがインドからチベットへ、さらに五台山へと旅をし、その帰り道に敦煌近くでひとりの弟子に教えを授けた。文書には多くの専門用語をチベット語で書いたあとに、正しいサンスクリット語の綴りが続いている。[66] チベット僧がサンスクリット語を学ぶように奨励したのは、チベット語のアルファベットはサンスクリット語を手本にしてできたものなので、理解しやすかったからと思われる。[67] すくなくとも何人かの僧侶は、玄奘がインドへの旅の途中に立ちよった寺院でそうしたように、知識の豊富なほかの僧侶たちとのコミュニケーションをはかるためにサンスクリット語を話していたはずだ。

八四二年、王を支えていた支配層の同盟が突然崩壊してヤルルン王朝が倒れ、チベットによる敦煌支配は弱まった。八四八年には中国の張議潮《ちょうぎちょう》将軍が軍を組織して、残るチベット兵を追放した。[68] 唐王朝は安史の乱以前よりははるかに弱体化していた。中央部でさえ（「中国本土」とよばれる地域で、揚子江、黄河、珠江流域をふくむ）、朝廷は政治的な統率権力を軍の指揮官に譲り、将軍たちが税を集めて軍の資金とし、ときどき中央に歳入の一部を送った。これらの将軍たちとならんで、張議潮も八五一年に唐の朝廷から節度使の肩書きをあたえられた。張は唐王朝への忠誠を誓ったものの、実際には敦煌を独立した国として統治していた。張一族の支配のもと、敦煌はほかの中央アジアの王たちと同じように唐の首都長安に使節を送り、皇帝に献上品を進呈した。

張議潮は八四八年にはまだ完全に権力を掌握できていたわけではない。彼の軍隊は八五六年にふたたびチベット軍と戦い、その話は『張議潮の変文』というタイトルで物語として伝えられている。第一七窟の文学に分類される文書すべてのなかで、とくに特徴的なのが散文と詩を交互に組みあわせた変文である。蔵経洞で見つかった変文は、歌うための詩と散文の語りを組みあわせたもので（この文学ジャンルはクチャ語圏にも存在した）、全部で約三〇点の漢文の変文が見つかっている。この場所以外からはまったく見つかっていない種類のものだ。(69) 幅広くとらえれば、「変文」という用語は、創作上のさまざまな形式転換を表す。僧侶の語り部はこれらの物語をとおして、聴衆が輪廻転生（生と死、再生のサイクル）からの解脱を得るのを助けようとした。それが仏教のすべての教えの最終的な目標になる。変文には決まり文句がはさまれる。「［ある出来事が］起こる場所をご覧ください。さて、これからどうなるでしょう？」(70)。物語を語りながら、語り部はこのように絵巻に描かれた場面を指さし、聴衆が話のなかの出来事を想像しやすくした。

張議潮の変文は、八五六年の張軍とチベット側についた部族との何度かの戦闘をテーマにしたもので、言葉を使って舞台設定をしている。

蛮族［チベットの同盟者］は中国軍がこれほど突然現れるとは予期していなかったため、完全に不意をつかれた。わが軍は前進して「背雲の陣」の陣形をとり、四方からすばやく攻撃した。蛮族はあわてふためき、星のように北へ南へとちらばっていく。中国軍は優位に立ち、さらに敵を追いつめ、彼らの背後に迫る。一五里も進まぬうちに敵に追いついた。

そこで、語り部は軍を描いた場面を指さし、こう告げる。「ここが、殺された蛮族の死体が平原のあちこちにちら

張議潮の軍隊

張議潮軍が軍旗をたなびかせて疾走している場面。何人かは中国人が好んだ平服を着ているが、ウイグル人など非中国人がよく着ていた鮮やかな文様入りの衣服も見られる。この壁画は張一族の支配が多様な民族に支えられていたことを伝える。画：Amelia Sargent.

ばっていた場所です」[71]。これらの絵巻はまったく残っていないが、八六一年の石窟壁画に張軍の行進場面がある。[72]

　この石窟が完成したのは八六五年。その四年前、張議潮の甥の張淮深《ちょうわいしん》将軍が石窟の造営作業をはじめた。これが張一族によって石窟造営の資金が提供された最初の例となる。碑文は張淮深について、次のように説明している。

> ［張淮深は］石窟の造営になみなみならぬ熱意をそそいでいた。しかし、周囲を見渡したところ、窟を掘れそうな場所は切り立った断崖だけだった。たいへんな作業になることはわかっていたがそれにひるむことなく、彼は岩をつらぬける個所に全精力を集中した。彼の意志は山をも動かすほど強かった。
>
> 　彼は天の精霊に祈りを捧げ、地の精霊に感謝を捧げ、縁起のよい時間を占い、

作業をはじめる日を計算した。掘削と彫刻作業をはじめるとすぐに、山の岩が自然に裂けた。何日もたたないうちに、その裂け目が穴になった。さらなる祈りを捧げ、香をたくと、砂が舞いはじめ、夜も早いうちに、突然激しく、おそろしいほどの雷鳴がとどろいたかと思うと、岩壁が砕かれ、断崖の一部が切りとられていた。[73]

これを書いた人物は石窟の造営の仕方を順を追って説明している。まず岩に裂け目を掘り、その裂け目を徐々に広げ、壁画と彫像が納められる大きさにする。石窟を掘るプロセスは人手を要する作業だが、高価な道具は必要ない。地元の画工が現場の北側にある石窟に住みこんで作業を続けた。[74]その場所には画家たちの工房が多数発見されている。絵の具つぼが残っているところもあった。九世紀にはほとんどの画家が地元の工房に属し、一〇世紀なかばになるころには、地方政府が画工兼官吏を集めた絵画アカデミーを設立していた。[75]

それ以前のチベットの王たちと同じように、張淮深とその後継者も多くの新たな石窟造営のための資金を提供した。石窟の建造は非常に宗教的な行為である。王が石窟を掘ると決めると、彼と妻は一か月のあいだずっと野菜だけを食べ、その後、ランプを灯して香をたき、僧侶に謝礼を支払って祈りを捧げ、写経させる。すべては仏教徒として徳を積むことを期待してのことだ。それを終えてようやく、実際の石窟の建造にとりかかることができる。[76]

敦煌のいくつかの石窟には、張議潮と彼を引き継いだ為政者たちの肖像が描かれている。九二五年ごろ、張一族から九一四年に権力を引き継いだ曹議金《そうぎきん》が第九八窟に自分の前任者たちの肖像画を描くように委託した。これらの肖像画を見ると、曹家の寄進者がまちがいなくそう望んでいたとおりに、権力移譲がスムーズに行なわれたという印象を受ける。しかし、実際はまったく違っていた。張議潮が八六七年に死亡すると、甥の張淮深が後を継いだが、張淮深のいとこにあたる張議潮の息子が八九〇年に淮深と妻、六人の子どもたちを殺した。新しい為政者となった張淮鼎はたった一年で自然死し、その子の張承奉《ちょうしょうほう》はまだ幼かったため、後見人の索勛《さくくん》が権力を奪った。八九四年、張承奉が権力を奪回し、九一〇年まで節度使の座にとどまった。張一族の支配の晩年は、唐王朝の最末期と重なる。政治的動乱の激しい時期で、皇帝は囚人となったのち、九〇七年に退位を迫られた[77]。

九一五年、張一族の最後の為政者の義理の息子である曹議金が節度使となり、彼の一族が一〇〇二年まで敦煌を治めた。その年以降、曹の名前は記録に現れない。甘州（現在の甘粛省張掖）を拠点とするウイグル可汗国が敦煌に勢力を伸ばしたものと思われる。ウイグルは八世紀に一度統一されていたが、八四〇年にキルギスの攻撃を受けてウイグル王国が崩壊すると、ウイグル人は分裂して逃走し、トルファンの西ウイグル可汗国（北庭、高昌、焉耆、クチャがふくまれた）と、甘州の第二のもっと小さい可汗国が形成された[78]。一〇二八年、甘州のウイグル可汗国はタングート族に屈し、一〇三〇年代には敦煌もそれに続き、どちらも中国北西部の勢力だった西夏王国に編入された。紀元一〇〇〇年以降の権力争いについては、ほとんど知ることができない。単純に第一七窟の文書にもほかの出土史料のどれにもこうした出来事を詳細に記したものがないからだ。

八四八年から一〇〇二年のあいだも、それ以前のチベット支配の時期と同じように、文書にもっともひんぱんに登場する旅人は使節と僧侶である。張と曹の一族は近隣諸国すべてとの外交関係を維持していた。唐の首都長安や近隣の国々、とくにホータンやウイグル王国とのあいだを使節が行き来し、献上品の交換が続いた[79]。多くの文書が使節の往来を記録しているが、どんな品物が贈られ、返礼として何を受けとったのかについての説明はほとんどない。そのため、八七七年に長安へ旅したある使節が交換した品物のリストはとくに貴重な史料となる。

八七七年には、張議潮の甥の張淮深が敦煌を支配して一〇年がすぎ

表6.1　敦煌独立時代の支配者　851 ～ 1002 年

支配者	治　世
張議潮	851-867
張淮深	867-890
張淮鼎	890-892
索　勛	892-894
張承奉	894-910
曹議金	914-935
曹元徳	935-939
曹元深	939-944
曹元忠	944-974
曹延恭	974-976
曹延禄	976-1002

ていたが、唐の皇帝は彼を正当な後継者と認めていなかった。そこで張淮深は自分を敦煌の節度使と認める公式の軍旗を求める使節を送った。節度使はおじの張議潮がもっていた肩書きである。八七七年、使節団は唐の皇帝に翡翠の玉（重さは記されていない）、ヤクの尾、レイヨウの角（おそらく薬として利用する）を、一通の書簡とともに献上した。(80)

使節団を四か月近くにもわたって歓待するために（彼らは一二月二七日に到着し、四月一一日に出発した）、唐政府はグループを三つの階級に分類した（上位の高官三人、それより下位の役人一三人、運搬人一三人）。そして、グループごとに異なる贈り物をした。たとえば、高位の三人は、生地一五疋（種類については記録されていない）、銀器一個、錦織の衣服の上下を受けとった。二番目と三番目の階級の人々はそれに見あう少ない贈り物を受けとった。二番目の階級の人たちは生地一〇疋（一五ではない）、銀杯（器ではない）、衣服の上下を受けとり、いちばん下位の一三人は生地八疋と衣服一着を受けとり、銀はふくまれなかった。政府のほかの部門からの贈り物を合わせると、グループ全体では合計で生地五六一疋、銀器五個、銀杯一四個、衣服五〇着を受けとった。さらに、グループの一人ひとりが旅費をまかなうための生地四三疋を受けとった。文字どおり「ラクダと馬の費用」としてであり、合計で一二四七疋になり、使節が受けとった生地の二倍以上の量になった。贈り物をすべて集めると、彼らは目録を作成し、すべてを木札つきの皮袋に入れて木札に印をつけ、袋を閉じ、敦煌に着いてからしか開くことができないようにした。こうして八七八年、使節団は軍旗なしで戻ってきた。唐の朝廷が張淮深に彼が求めていた名誉をあたえるのは、八八八年のことである。(81)

望んでいた軍旗こそ授けはしなかったが、使節を歓待する費用も、使節の構成員への多くの贈り物もすべて唐の皇帝が負担した。シルクロードの全歴史をとおして――懸泉出土文書に記録されたソグド人の使節の時代から――献上品を運ぶ使節は、自分たちの義務である公式の献上品の受け渡しにくわえて、個人的な交易にたずさわっていた。個々の随行員がそうした形で行なった交易からどのくらいの利益を得ていたかについては、記録が残っていないために知るすべがないが、皇帝からそれぞれが賜った絹織物の量が、そのままおもな資源となっていた。

曹一族が支配していた時期にも多くの使節が敦煌を訪れていた。それについては、彼らに供されたビールや食べ物についての詳細な記録から情報が得られる。[82] 九六四年のものと思われるある記録簿は、太陰月にして七か月近くのあいだにここを訪れた五〇の使節団が消費したビールの量を記録している。宋王朝から一隊、チベットから一四隊、ホータンから一一隊、トルファンのウイグル可汗国から一隊、宜州のウイグル可汗国から七隊、甘州のウイグル可汗国から一七隊の使節団がやってきた。[83] そのほとんどは数日間の滞在だったが、あるグループは二〇三日滞在した。これは宿の主人にとっては重荷になったにちがいない。朝食と夕食用の小麦粉と、昼食には丸い平らなパンを提供しなければならなかったからだ。

こうした記録簿から、敦煌の役人はこの時期にあらゆる社会的地位の人々をもてなしていたことがわかる。ホータンの王子、使節、僧侶、人夫、書記、画工、そして、「歩く非中国人」（おそらくなんらかの種類の移動商人を表す語）もひとりいた。どちらも単独で旅をしていたらしい。[84] 別の似たような記録簿では、「ペルシア人僧侶」と「ブラフマン」について言及している。どちらも単独で旅をしていたらしい。この詳細な記録簿によって、これらの特定の個人について知ることはできるが、歴史にその痕跡をとどめることはなかった、敦煌に行き来していた多くのほかの旅人については知ることができない。

難民や盗賊などのほかのグループも旅をしていた。盗賊はおそらく記録に残されることのもっとも少ないグループだろう。求法の旅に出た玄奘も一度盗賊に襲われ、衣服をふくめすべてを奪われている。旅人はしばしば道中の危険についてふれており、盗賊の被害を避けるために集団で旅をすることが多かった。

公式の使節団のメンバーは、朝貢の任務にくわわることで得られる利益を見こんで、旅の足となるラクダを借りるための借金をしてでも参加しようとした。第一七窟では、そうした貸借の契約書も五点見つかっている。[85] 契約書は借り手がラクダを返さないかもしれないさまざまな理由を想定している。途中でラクダが病気になるか死んでしまう、行方不明になったり盗まれたりする、あるいは使節本人が盗むかもしれない。[86] どの契約書も同じ形式に従っている。ラクダをつれていった人物が朝貢使節の一員であることを説明し、ラクダのレンタル料金（つねに布地の疋数で記録

シルクロードの盗賊

巨大な刀剣を手にした盗賊が商人の一団をおどしている。すっかりおびえたようすの商人たちは積荷を地面に広げ、ロバたちがかたわらでそのようすを見守っている。シルクロード上の盗賊を主題にしたこのめずらしい絵は、観音菩薩による奇跡を描いている。信者の祈りにこたえ、観音は盗賊を追いはらう。画：Amelia Sargent。

されている）と、その料金は借り手が戻ったときに支払われることが明記されている。続いて、借り手が戻らなかった場合の罰則を規定している。唐王朝の標準的な絹織物のサイズは使われていない。これらの契約書には借りられる絹の長さと幅が明記されている。このことからも九世紀から一〇世紀の敦煌の経済が、七五五年以前の唐の勢力がピークに達していたときとは異なっていたことがわかる。ただ貨幣が流通していなかったというだけではない。シルクロード経済が自給自足経済に戻っていくにつれ、標準サイズの絹織物でさえ使われなくなっていた。

使節や僧侶のように、一部の人々は敦煌よりさらに遠くの町へと旅をしたが、多くは地元経済の範囲内にとどまった。敦煌の住民の多くは相互扶助団体に属していた。住民が署名した規約書は、彼らが何を不安に思っていたかに光をあてる。通常一五人から二〇人の地元住民で構成される小さな集団が、こうした団体を構成し、共同資源を集めていた。一部の集団はおもに社交的な集まりで、一か月に一度集まり、それぞれがちょっとした飲食物――穀物やビール――をもちよることを決まりにしていた。ほかに、予定外の出費をまかなうためにお互いを助けあうグループもあった。もしグループ内のだれかが親類の結婚や葬儀のための費用を必要としていれば、そのメンバーはその月のグループの歳入を使うことができる。同程度の収入の人たちでグループを構成していたのは、だれもがグループに同程度の貢献をできるからだ[87]。敦煌のいちばん裕福な人たちは、新しい石窟の造営に資金提供する市民団体に参加した[88]。

地方社会では仏教寺院がもっとも資金の潤沢な施設だった。寺院は十分な余剰穀物を収穫できたので、貧しい人たちに貸し出すことができ、そうした契約書の多くが残っている。地元の人々は寺院から穀物を借り、春に十分な種を植えられるようにした。彼らの生存自体が、こうした借り受けにかかっていた。貧しい人々はぎりぎりの生活を送り、親は自分の子どもを売ったり養子に出したりしなければならないこともあった[89]。

寺院はこうした貸しつけの記録をつけ、すべての財産の詳細な目録も管理していた[90]。発見された目録文書には、とくに裕福だった地元寺院の所有物が記録されている。裕福な人々はしばしば徳を積もうと寺院に寄付をしたので、仏教寺院には――ヨーロッパの教会と同じように――さまざまな貴重な品が集まってきた。しかし、寺院の所有していた宝自体はまだ発見されていないため、財産を一覧にした目録に頼るしかない。多くの品目の前には「外国」を意味する「番」の文字がある。これについては、その品目が実際に外来製品だったと結論する研究者もいるが、かならずしもそうとはいえない。たとえば、フレンチフライ（フライドポテト）はフランスで作られているわけではなく、単純にフランスのイメージというだけだ[91]。同様に、寺院の目録に掲載されている品目の場合には、手もとにその品がないかぎりは、それがほんとうに外来製品だったのか、ただ異国風のものだったのかを知るのは不可能だ。

寺院の目録にある品物は四つの分類、すなわち繊維、金属製品、香と香料、貴重な宝石のどれかにあてはまる。繊維の一部はあきらかに地元産のものだが（たとえばホータンのフェルト）、「イランの錦織」や「メルヴの絹」のような、輸入品と思われるものもあった。しかし、こうした織物は中国以外で作られたのではなく、ただ外国産の絹をまねしただけだったかもしれない。同じことが目録にのっている三七の金属製品にもあてはまる。「銀の獅子のついた銀の香炉」はイラン世界からのものと思われるが、「イラン様式の錠前」は陸路で長距離を運ぶには重すぎるし実用的すぎる。これらの錠前はおそらく地元の金細工師が作ったものだろう。「イランの粉末」と訳されることの多い「胡粉」は、香料のリストにひんぱんに現れる。これは塩基性炭酸塩——鉛白とよばれる鉛ベースの白い化粧用の粉——で、ソグド人の「古代書簡」にも現れる。形容詞の「胡」は敦煌文書では「イランの」「イラン式の」を意味することが多いが、この場合には「ペースト」を意味する。肌に使う前に塩基性炭酸塩と水を混ぜる必要があるからだ。[92]

寺院の目録の分類のなかで、宝石だけはあきらかに外国産のもので、ラピスラズリ（アフガニスタン北東部のバダフシャン産）、瑪瑙（インド産）、琥珀（ヨーロッパ北東部産）、珊瑚（海のもの、おそらくチベット経由）、真珠（通常はスリランカ産）などがあった。唐の物語に登場する外国人商人はたいてい宝石を扱ってくる。宝石は個人商人が小さな袋に入れて長距離を運べるほど軽い、唯一の商品だった。敦煌出土のほかの文書は、おもに地元産の品物が流通していた経済という印象を裏づける。扱う品物には、さまざまな種類の絹、木綿、毛皮、茶、陶器、薬、香料、ホータンの翡翠（玉《ぎょく》）、荷役用の動物がふくまれた。

それではだれがこうした品を敦煌まで運んできたのだろう？　中国と自国を行き来して副業として交易にたずさわった多くの使節が、まちがいなく運び手になったと考えられる。敦煌は近隣の町からやってくる使節が集まる中心地で、使節団はしばしばトルファンで織られた綿織物やホータン製の翡翠など、旅の途中で購入した品物を敦煌で披露した。[93]使節はその動きが第一七窟出土の文書にひんぱんに記録されているグループだが、商人についてはほとんど記録がない。興味深いのは、商人について書いている文書が非中国語、とくにソグド語、ウイグル系テュルク語、あるいはテュルク語とソグド語の要素が混じりあったテュルク＝ソグド語の文書だったことだ。これらの文書はキャラバンの往来に光をあてる。

紀元一〇〇〇年ごろになると、ソグド語は徐々にすたれていった。書き言葉としては使われなくなり、以前ソグド語を話していた（全員ではないが）多くの人々は、そのかわりにテュルク語を話すようになっていった。第一七窟の文書のごく小さなひとまとまりが、この言語の変遷のプロセスをかいま見せてくれる。文書で使われているテュルク＝ソグド語は、基本的にはソグド語だが、ウイグル語の影響を強く受け、テュルク語の外来語や、さらに重要なことに、古い時代のソグド語にはなかったテュルク語の構文が使われている。(94) この少数の文書群のなかには、身分の低い商人が雇い主に対して、生産者からどんな日用品を入手したかを報告しているものがある。おそらく東方教会の信者とみられる書き手は、村から村へと移動し、織物を作っている家、おそらくは一般の民家から布地を集めてまわった。彼は自分がどれほど遠くまで旅したかを記録している。甘粛の長楽の村まで一〇〇キロだ。この村は敦煌の北東一〇〇キロ、同じ甘粛省にある甘州から西五〇キロのところにある。この記述は第一七窟の漢語とチベット語文書で報告されている貨幣の不足の話と一致する。

一通の書簡には、その商人が運んでいた生地の量が記してある。raghzi布の「白」が一〇〇枚、「赤」が一九枚。この生地は温かい冬の衣服を作るために使われる(95)（raghziは羊毛または毛皮から作られたなんらかの種類の生地を意味するソグド語）。赤く染めた布地は、染色していないものより高価で、商人は通常、染めたもの二枚を染めていないもの三枚と交換した。また染色した生地四枚は羊一頭と同じ価値があった。次の取引で、商人は染めた布四枚と染めていないもの二一枚を仕入れた。彼はそれぞれの取引について詳細に記録しているが、どれも小規模なものだ。これは一般的な行商人の商売のイメージと一致する。かぎられた範囲の土地を移動し、地元産の品物を扱い、おもにひとつの品物をほかの品物と交換するという商売のやり方だ。

九世紀末の日付が入ったこの書簡の送り主は、ソグド語とウイグル語を同じように自由にあやつっていた。一一世紀なかばにカシュガルの辞書編集者マフムードが、セミレチエ地方（現在のカザフスタン南東部）のソグド人住民はソグド語とウイグル語の両方を話していたと伝えている。しかし、それから二〇〇年後には、ソグド語は完全に使われなくなっていた[96]。

ウイグル語で書かれた別の文書群が、テュルク＝ソグド語文書の行商人のイメージを補ってくれる。ウイグル語はウイグル可汗国で使われていた言語である。第一七窟出土の文書でウイグル語で書かれたものは四〇点ほどで多くはない[97]。宗教的文書、商品一覧、手紙、法的文書などがふくまれ、さまざまな地元産の品物――布地（絹、羊毛、綿）、奴隷、羊、染料、ラクダ、漆の杯、櫛、鍋、鋼鉄製の短刀、つるはし、ハンカチ、刺繍、乳清、ドライフルーツなど――にも言及している。銀器や銀の矢筒のような一部の品は外来のものだったかもしれないが、あきらかに外国産とわかるのは麝香と真珠にかぎられる（手紙の一通でもっとも貴重な品として一一七粒の真珠に言及している[98]）。これらの文書の書き手は、自分たちの移動範囲となる世界を描写している。東は蘇州（現在の甘粛省酒泉）北は新疆のハミからオルホン川上流のウテュケン山まで、西はチベットとの国境近くのミーラン、南西はホータンを結んだ世界である。ウイグル語文書はテュルク＝ソグド語文書のものとまったく同じ商業世界を描き出す。地元の行商人がかぎられた範囲内で移動し、ひとつの地元産製品を別の製品と交換する世界だ。

こうしたテュルク＝ソグド語やウイグル語文書をシルクロード交易繁栄の証拠とみなす研究者もいる[99]。交易についての記述があるというだけで、彼らは期待どおりの証拠が得られたという確信を強める。文書はおもに地元産の品を扱う小規模の取引に言及しているだけだが、大規模なシルクロード交易のイメージにとらわれていると、これを十分な証拠とみなしてしまう。しかし、本書が調査したすべての文書は、北西部の駐屯地への大量の支給品一覧をふくむ政府の書類をべつにすれば、長距離交易の繁栄というよりは、小規模な地方取引をさししめしている。

オーレル・スタインが一九〇七年三月二三日にはじめて敦煌に到着したとき、彼はアフガニスタンのカブール出身のシェル・アリ・ハーンという商人と出会った。四〇頭のラクダをつらねたハーンのキャラバンは、アフガニスタンからホータンへ、さらに中央の甘粛へと旅をしていた。帰路ではシルクロードの南道をとることもあった。彼のビジネスモデルはシンプルだ。カシミールとヤルカンドで買ったイギリス産の生地を中国人に売り、中国産の絹と茶を買って、カブールに戻って売る。シェル・アリ・ハーンはスタインの郵便物をカシュガルまで届けると申し出た。機会があるたびに友人と連絡をとっていたスタインは喜んですぐに手紙を書き、夜中の三時にようやく書きおえた。スタインはその後、敦煌の望楼の探検に出かけ、そこでソグド人の「古代書簡」を発見する。スタインがある晩キャンプに戻ってみると、なぜかそこにシェル・アリ・ハーンのキャラバンがいるのを見て困惑する。「一一日で八〇里も進んでいない」ことになるからだ。聞いてみると、キャラバンは経験不足の案内人を雇い、その男が砂漠の真ん中で方向を見失ったということだった。二頭いた貴重なポニーが行方不明になったために、キャラバンの歩みはさらに減速した。スタインはふたたびシェル・アリ・ハーンに別れを告げたが、驚いたことに手紙はぶじにイギリスに届けられた。もっとも、彼の友人がそれを受けとったのは九月末、スタインが書いてから半年後のことだった[100]。

この二〇世紀初めのシェル・アリ・ハーンのキャラバンは、ほぼ地元産の商品ばかりを運んでいた。例外はイギリス産の羊毛品で、カシミールとヤルカンドで新たに入手できるようになったものだ。彼のキャラバンは長距離を移動したが、スタインとヘディンが遭遇したほとんどの商人は、もっと短い距離しか移動しなかった。第一七窟の文書は、それより一〇〇〇年前のキャラバンも基本的には同じだったことを示している。

九世紀と一〇世紀の敦煌では、地元産の品物が少量だけ流通していた。遠くの土地への交通はかぎられ、外国産の品物はめずらしかった。交易は地元住民の生活にはほとんど影響をあたえず、住民は自給自足経済を続けた。商品の移動に重要な役割を果たしたのは、国が資金を出す使節団で、僧侶をふくむこうした使節が町から町へとまちがいなく移動した唯一のグループだった。このシルクロード交易のイメージは、ほかの遺跡から出土した史料から得られる情報と一致する。敦煌文書になぜローマをはじめとする遠くの国との長距離交易の言及がないのか。研究者はそれを説明する理由を探すよりも、これらの詳細な史料から再構築されるシルクロード交易の全体像が、どれだけ正確であるかを評価することにもっと集中すべきだろう。

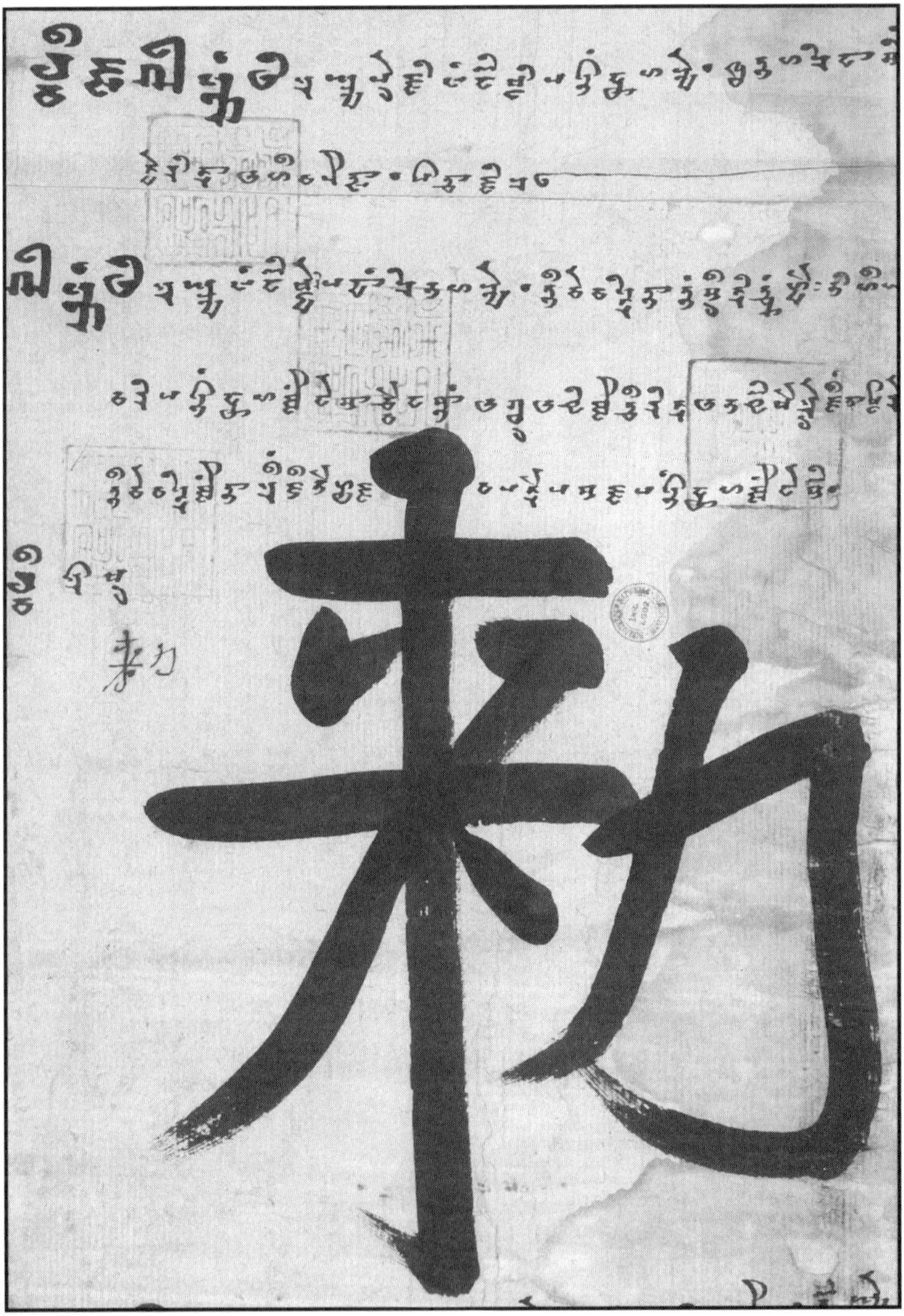

ホータン語で書かれた王の勅書

970年、ホータン王がこの勅書を自分のおじである敦煌の支配者に送った。勅書を表す漢字の「勅」を使っていることから、王の一族に対する中国の影響力の大きさを知ることができる。敦煌の蔵経洞に保管されていたこの文書は、ホータンの外ではなくこの町で作成された数少ない10世紀のホータン語文書の例である。フランス国立図書館所蔵。

第7章 仏教・イスラム教の新疆への通り道
ホータン

ホータンはすぐ近くのカシュガルとともに、日曜市でよく知られる。旅行者はそこで地元産の工芸品やナン、串に刺して焼いた羊肉などを買うことができる。ロバの値段をめぐって農民たちが威勢よく交渉しているのを見ていると、ホータンでは古くからこうした風景がくりひろげられてきたのだろうとつい想像してしまう。しかし、これは幻想にすぎない。住民に圧倒的に非中国人が多いことも、この幻想に一役かっている。彼らはきっとシルクロードに最初に定住した人たちの直接の子孫なのだろう、と。しかし実際には、かつてのシルクロードのオアシス都市と現在のホータンを切り離す、大きな歴史的転換点があった。一〇〇六年にイスラム勢力が仏教王国を征服したことで、この地域の勢力図が劇的に変化したのである。結果としてホータンや近隣のオアシス都市の住民はイスラム教に改宗し、イスラム教がこの地域の主流宗教となって現在にいたっている[1]。また、住民は徐々にホータン語（前ページを参照）をすて、かわりにウイグルで話すようになっていった。現在もこの町でよく耳にするのはウイグル語である。

イスラム以前のホータンについての史料のほとんどは、この町以外の場所で見つかっている。このオアシスはふたつの大きな川の合流点に位置するため、水が比較的豊富な環境にある。集中的な灌漑工事とときおり起こる洪水で、

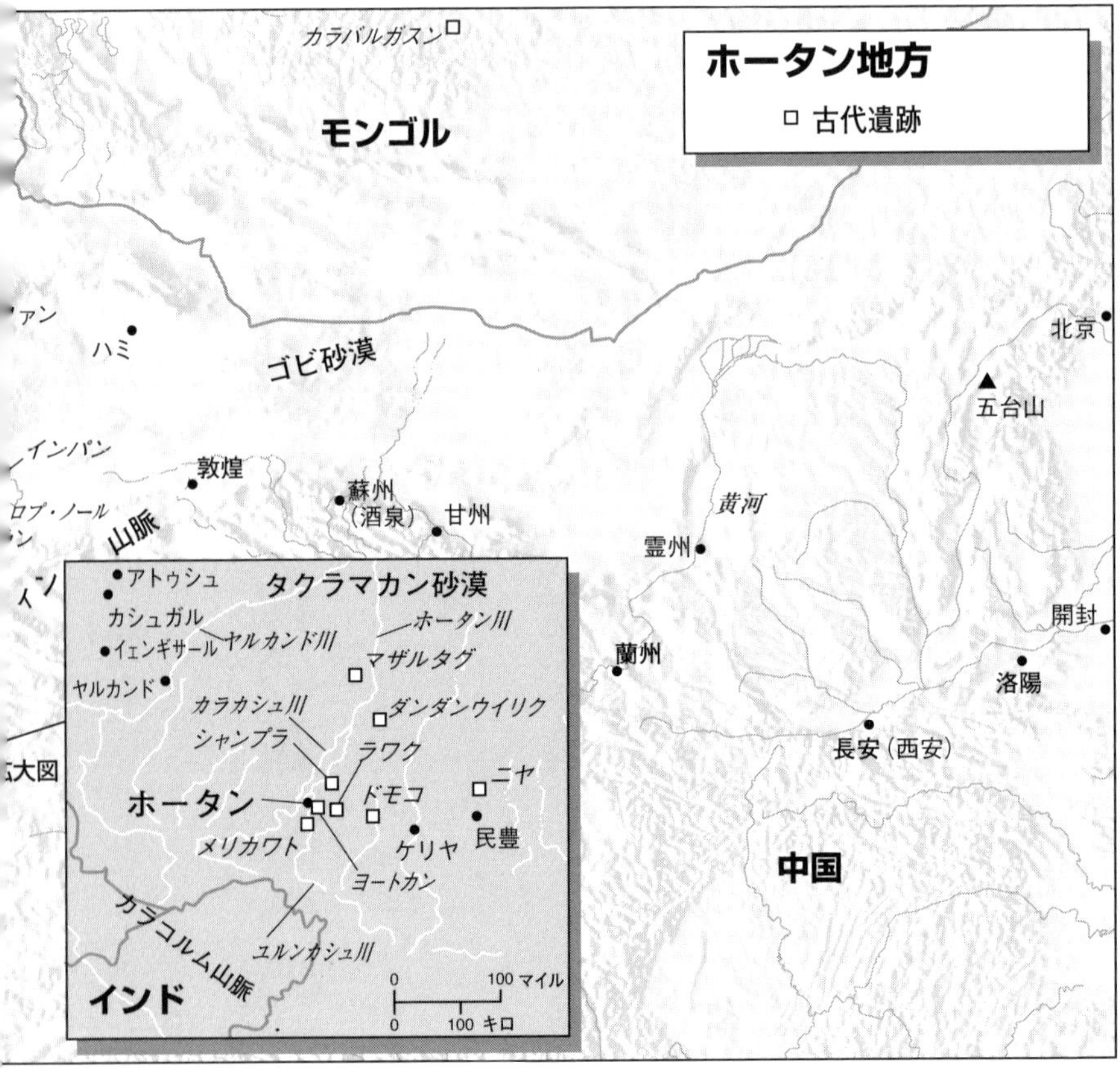

湿度の高い環境が形成され、紙や木材は朽ち果ててしまった。ホータンに由来する遺物は近隣のはるかに乾燥した砂漠地域で保存されてきた。おもな遺跡は九つ――シャンプラ、ニヤ、ラワク、エンデレ、メリカワト、ヨートカン、ダンダンウイリク、ドモコ、そして敦煌だ。紀元前三世紀のものとされるもっとも古い遺物はシャンプラから出土し、イスラムによる征服直前のもっとも新しいものは敦煌の蔵経洞から出土した。遺跡のいくつかは町のなかにあり、対照的に敦煌は町から東に一三二五キロの場所にある。これらの複数の遺跡で見つかった史料から、ホータンの注目すべき歴史が再構築されてきた。

ホータンは新疆南西部では最大

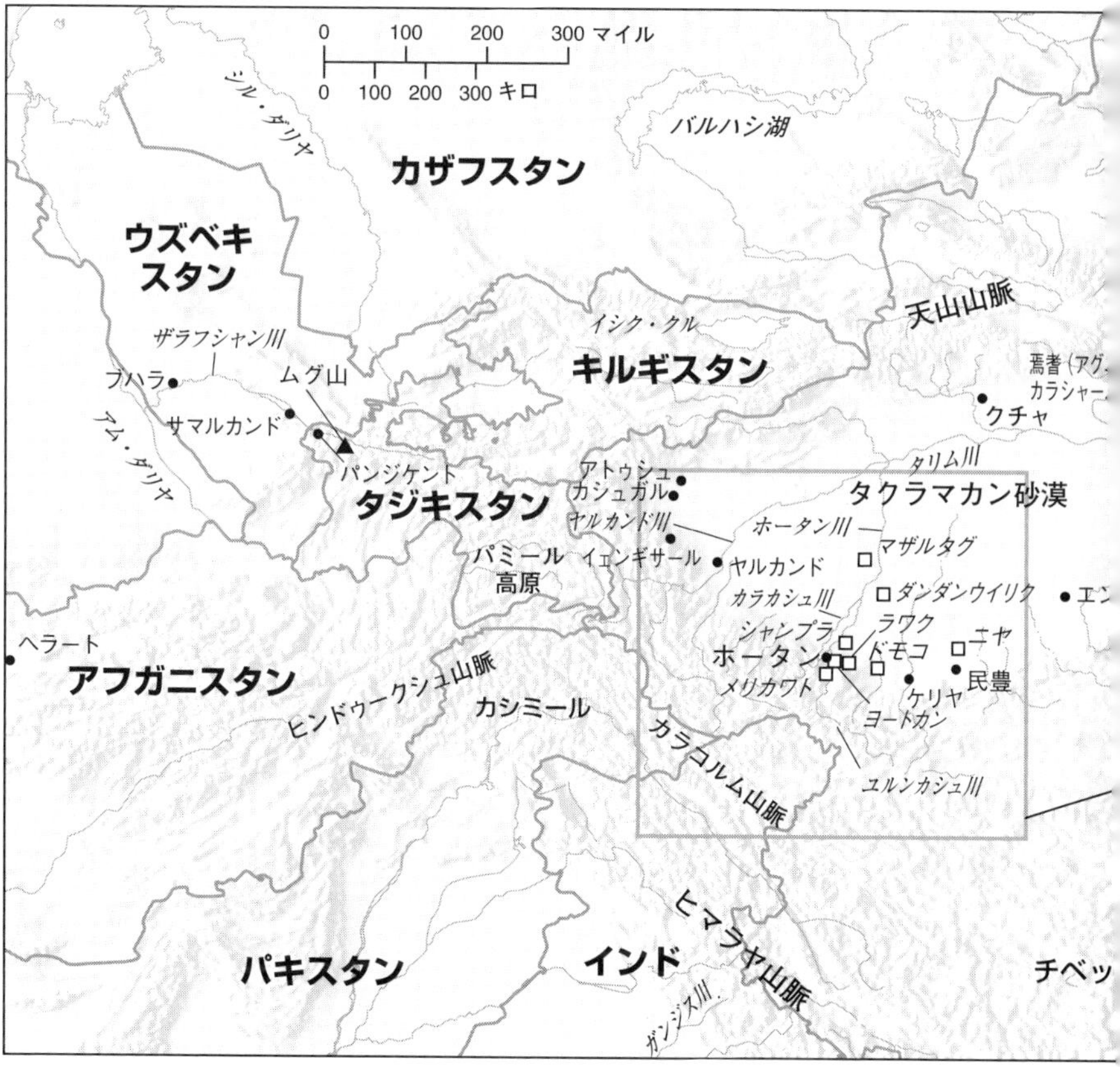

の入植地で、近隣地方から西域に宗教が伝わる理想的な玄関口になった。インドから最初に仏教徒がやってきたのは紀元二〇〇年前後で、それから八〇〇年をかけて仏教は徐々に東へと伝播し、やがて中国中央部の主流宗教になる。ホータンは仏典を学び漢訳する学問の中心地だった。

六四四年、求法の旅の途中でホータンに立ちよった玄奘に、住民がこの王国の建設にかんする伝説を語った。偉大な仏教徒のアショーカ王（在位前二六八～二三二年）の息子のひとりがマウリヤ朝時代のインドから追放されたとき、彼はパミールを越えてホータンに入って羊飼いとなり、群れを率いて不毛の砂漠を草地を探して歩いた。子どものいない彼は、ある寺院に立ちより、北にすむ仏教の守護神に祈りを捧げた。すると神の額に男の子が現れ、寺院の前の地面からその子に飲ませるための液体が流れ出した。「母乳のように甘く香しく、不思議な味のする」液体だったという。[2]この伝説ののちのバージョンでは、ホータンにやってくる主人公がさまざまに変化し（ときには王子の使者たち）、地面から土の乳房が現れたとするものもあるが、インドからの移民が入植地を建設したという点はどの話も一致している。

王国建設神話の初期のバージョンは、考古学的記録とは矛盾する。記録からはこの場所の初期の住民はインドからの移民ではなく、ユーラシアの大草原地帯からやってきた遊牧民と考えられる。ホータンから東に三〇キロの場所にあるシャンプラ（ウイグル語ではサンプル）遺跡から、王国の建設時期にあたる紀元前三世紀から紀元四世紀までの文物が出土している。[3]この古代の埋葬地は訪れるだけの価値がある。見すてられた頭蓋骨、木製の道具、鮮やかな赤の羊毛くずなどが地表にのぞいている。なかには二〇〇〇年ほど前の遺物もあり、古代の墳墓が現在のイスラム教徒の埋葬地の隣に広がっている。墓地の管理人は考古学者と協力して、盗掘をくりかえされてきた墓地をさらなる略奪から守ってきた。

二〇世紀初め、オーレル・スタインは墓地で遺物集めをしていた人たちからシャンプラで見つけたという紙きれと小さな木製品を買いとったが、みずから遺跡まで訪ねることはなかった。[4]遺跡の組織的な発掘が行なわれることはないままだったが、一九八〇年代初めに激しい雨で多くの墳墓があらわになり、ようやく一九八三年から一九九五年にかけて地元の考古学者が発掘作業を行ない、六平方キロメートルの範囲に六九の人間の墓と、馬の死骸を埋めたふたつの穴を発見した。草原地帯に住む民族の多くがそうだったように、シャンプラの住民は馬に対してもていねいな埋葬をしていた。美しく織られた鞍下といっしょに埋められていたものも見つかった。

シャンプラの墓地には二〇〇人の死体がまとめて埋められた集団墓穴もあった。女性たちは大きなウールのスカートを身に着けていた。染みだらけで何度も縫いなおした跡があるので、もとは生きている人が着ていたものと思われる。埋葬用のスカートについている一六センチ幅の美しい装飾帯は、小さな織り機でべつに作ったものだった。色を

変えるときには、織り手は縦糸を切って別の色にとり換えた。(5)

シャンプラ遺跡からは西に住む人々との交流を物語るはっきりした証拠が見つかっているが、タペストリーから作った男性用ズボンほど、それを顕著に表すものはないだろう。カラー図版13と本書のカバー写真を参照してほしい(遺跡で見つかったほかのズボンには装飾がない)。いちばん上の部分にはケンタウロスがいて、西洋人風の顔の兵士がその下に立っている。これは、ケンタウロスのモチーフがよく使われていたローマ起源のものという可能性もあるが、特徴的なモチーフ――とくに兵士の短剣についている動物の頭部――を見るかぎり、ホータンにもっとも近いイラン北部のパルティア王国からのものである可能性のほうが高い。(6)

ほかの社会から運ばれてきた品もシャンプル古墳に埋まっていた。鏡四点は中国製で、中国が一世紀末にはじめてホータンに駐屯地を置いたときのもの。『漢書』はこのオアシスの人口について、三三〇〇世帯に一万九三〇〇人が生活していたと記している。(7)鏡は、ニヤから出土したものと同じように、中国の使節が地方の権力者に献上した品である可能性が高い。

三〇〇年ごろまでには、集団埋葬の習慣は消えていた。これは文化の変容があったことを示す重要な手がかりとなる。その後の時代のシャンプラの墓は、長方形の穴に一体だけ埋められるようになり、ニヤやインパンの墓と非常によく似ている。おそらく同じ地方出身の人々が三世紀から四世紀にかけてホータンに移り住み、もとからいた住民を追いはらったのではないだろうか。

これらの墓地が造営されたのは、ニヤ出土のカロシュティー文書と同じ時代で、文書にはニヤの西二五〇キロにあったホータンについての言及がひんぱんにある。ニヤの役人は、ホータンの騎馬隊の攻撃や略奪には悩まされていたものの、ホータンからの難民は歓迎した。

シノ＝カロシュティー銭という特徴的な貨幣は、片面に漢字がきざまれ、もう片面にカロシュティー文字がきざまれている。これは、ホータンの人々が近隣諸国と広範な接触をもっていたことを物語る。ホータンの歴代の王は、ク

シャンプラ出土のスカートの帯の装飾
このスカートの帯には雄ジカのモチーフが使われている。シカは頭を垂れ、誇張された角がフレームの縦いっぱいを占める。ピンク、赤、青で彩色され、4本の脚と尾が紺の背景にきわだって見える。なにかの生き物——おそらく頭を上に向けている鳥——がその背に乗っている。巨大な角をもつ雄ジカは中央アジアの遊牧民族の芸術によくみられるモチーフだ。©Abegg-Stiftung, CH-3132 Riggisberg, 2001. Photo: Christoph von Viràg.

シャン朝と中国の貨幣の要素を組みあわせた独自の貨幣を鋳造した。貨幣学者はこれらの貨幣にきざまれている王の名と、中国の文献に登場する王の名を一致させることができなかったので、正確な鋳造年代をつきとめるのはむずかしいが、おそらく三世紀ごろの鋳造と思われる(8)。

二世紀または三世紀にクシャン朝が弱体化すると、パミールを越えてやってきたインド人移民が、ニヤでそうしたようにホータンでも仏教の教えを紹介した。二六〇年には中国の高名な経訳者が重要なサンスクリット語の経典の原典を求めて、洛陽からホータンまで旅をしている。彼は二二年間この仕事に専念したのち、サンスクリット語の経典の写本を洛陽に送ったが、自分はホータンにとどまることを選び、そこで死を迎えた(9)。仏教の経典をまとめた六世紀初めの中国語の目録にふくまれるこの報告は、ホータンの仏教について文章で語る最初の史料になった。

ホータン近くにある圧巻の仏教遺跡ラワクも、これと同じ時期のものだ。遺跡はホータンの北六三キロ、ユルンカシュ川の東の砂漠のなかにある。現在ここを訪ねようと思えば、遺跡から数キロの場所まで車かバスで行き、そこからは徒歩か（あまり暑すぎない季節なら）、ラクダに乗って進む。砂漠は猛烈に暑く、極端に細かい砂があらゆるところに入りこむ。それでも砂漠には生命が息づいている。地上には小さな植物、トカゲ、野ウサギがいて、頭上には鷹やヒバリが飛んでいる。管理小屋に到着すると、そこには砂漠に似つかわしくない鎖が道路を横切って延び、標識に考古学発掘現場であることが書いてある。中央の仏塔を囲むように、壁の一部が残っているのが見える。遺跡の大部分は砂でおおわれ、それを見ていると、たえず動いている砂丘が、ほんの数年で建造物すべてをおおい隠してしまう光景も容易に想像できる。

シャンプラ出土の死者のためのスカート

シャンプラ出土のもっとも大きなスカートのひとつで、上端の幅は 1.88 メートル。死者のウエストまわりに巻かれていた。裾のひだをのばすと長さ 5.03 メートルにもなる。ふだんの生活で着るには扱いづらいので、死者のために特別に作られたものだろう。©Abegg-Stiftung, CH-3132 Riggisberg, 2001. Photo: Christoph von Viràg.

一九〇一年四月にラワクへやってきたオーレル・スタインは、この遺跡に深い感銘を受けた。遺跡の地図を作成する前に大量の砂をとりのぞかなければならないことに気づいた彼は、つれてきた一二人ほどの人夫だけではたりず、さらに追加で人を雇った。春の暴風で砂が目と口に入り、発掘作業は身体的に厳しいものになった。一区切りごとに作業を進め、ようやく中央の仏塔があらわになった。仏陀の遺物を供えることを意図して建造されたもので、高さは六・八六メートルあり、十字の形をしていて、四面すべてに階段がついていた[10]。人夫が砂を掘り起こしていると、大きな長方形をした内壁が現れた。さらに外壁の南西の角の部分も見つかった。もとは内壁のまわり全部をとり囲んでいたものだ。

礼拝者は仏塔の周囲をまわるように歩き、両側に仏像を配した見事な通路を進んでいった。スタインは内壁と外壁のあいだの通路は、もともとは木製の屋根でおおわれていたのだろうと考えた。壊れやすい仏像を守るためだ。高さ四メートルほどもあるいくつかの巨大な像は仏陀のもので、もっと小さい像は仏陀の弟子たちのものだった。

木材部分が残っていないため、炭素一四年代測定法は使えない。ほかの仏像との比較で、様式の違いから年代を推測するのが唯一の方法になる。ラワク遺跡の仏像はインドのガンダーラやマトゥラーにある初期の仏像とよく似ている。そのため、建造の第一段階はおそらく紀元三～四世紀、第二段階は四世紀後半から五世紀初めで、ミーランの遺跡と大体同じ時代ではないかと考えられる[11]。

ラワクはシルクロード南道にあるほかのどの仏塔より大きく壮大だ（日中共同探検隊が発見したニヤ遺跡の方形仏塔をふくむ）。その大きさが、このオアシス国家の豊かさを物語っている。中国僧の法顕は四〇一年にインドへの旅の途中でホータンに立ちより、このオアシスの繁栄と仏教徒の保護についても記している。仏教徒はみな、自分の家の扉の前に小さな仏塔を建てていたという。

ホータンには一四の大きな仏教寺院と、もっと多くの小さな寺院があり、法顕と随行者たちはそうした大きな寺院のひとつに滞在した。毎年、この寺院は大規模な仏教の行進行事で使われる四輪の山車のための資金援助をしてい

ホータン郊外ラワクの仏教寺院の壁
スタインのチームが撮影した写真。中央の方形の仏塔と高さ１メートルほどの内壁が見える。壁は50×43メートルで、仏塔をとり囲んでいる。アメリカンフットボールのフィールドの半分に少したりないくらいの面積だ。信者が仏塔のまわりをまわるときに、この壁が作る通路を歩いた。

た。高さ七メートルあるその山車は宝石と旗で飾られ、金銀を使った仏陀とふたりの弟子の像がのせられた。法顕はオアシスの西側に建てられた新しい寺院についても描写している。八〇年をかけてようやく完成したところで、大広間、僧房、高さ六〇メートルの仏塔などで構成されていた。[12]

法顕は仏教徒の数や彼らの信仰心の篤さを誇張して語ることもあったが、基本的な事実は歪めていない。ホータンの仏教寺院は実際に豊かだった。ホータンの僧侶はニヤの仏教徒とはまったく違う暮らしをしていた。ニヤでは家族といっしょに暮らし、仏教の儀式にはときどき参加するだけというのが一般的だった。王と裕福な貴族からたっぷり寄付を受けていたホータンの仏教徒は、フルタイムで学び、儀式に参加することができた。

それからの数世紀は、地方の王たちが熱心に援助したおかげで、ホータンは仏教学

ラワクのもろい漆喰にきざまれた彫像

砂をとりのぞいたあと、スタインは漆喰の彫像を調べ、もとはなかに木製の枠があったと結論した。内部の枠が分解されてしまったので、彫像はもろくて運ぶことができなかった。スタインは写真だけ撮ることに決め、ロープで彫像の頭部を固定するように指示したが、いずれにしても頭部はくずれ落ちてしまった。

問の中心地として繁栄を続けた。六三〇年にこのオアシスにやってきた高僧の玄奘は、地元のおもな生産物として、絨毯、上質のフェルト、織物、玉《ぎょく》（翡翠）をあげている。ホータンは上質の玉（正確にはネフライト）で有名で、オアシス周辺の川床に大きな塊を見つけることができた。ホータンを流れるふたつの大きな川は、ユルンカシュ（「白玉河」のウイグル名）とカラカシュ（「黒玉河」）とよばれ、町の北側で合流してホータン川となる。ふたつの川で見つかる玉は色が独特で、この明るい色あいのホータンの玉で作った道具は、中国中央部の安陽市の紀元前一二〇〇年のものとされる王墓からも見つかっている。

一九〇〇年にオーレル・スタインがホータンにやってきたころもまだ、住民は川床の玉探しをしていた。彼らはさらに、探すものを金と遺物にも広げた。スタインは皮肉な調子でこう書いている。「宝探し、つまり、見すてられた入植地の周辺で貴重な金属を運よく見つけることが、ホータンのオアシス全体で伝統的な職業となってきた。川の水で金を選り分けたり玉を掘り出したりすることが、恵まれない貧しい人たちや骨の折れる仕事を続けるのを嫌う者たちには、一種の宝くじだった」[13]。スタインが自分自身の発掘と探検でとくに頼りにしていたのは、まさにこのタイプの男たちだった。

ホータンの町で、スタインは古代の都ヨートカンの遺跡の地表で見つかったという遺物を購入したが、残念ながら廃墟はまったく残っていなかった。彼がそこで発掘を試みなかったことは不可解だ。というのも、現在この場所を訪れると、くずれた壁や建物が広範囲にちらばっているのを目にできるからだ。スタインは実際にいたるところで素焼きの猿を見つけている[14]。

現在の観光客はヨートカン遺跡に行くことができるが、町から南に三五キロくだったユルンカシュ川沿いのメリカワト遺跡のほうがもっと興味深い。そこには、不毛ながらも想像力を刺激する月面のような風景に複数の砂丘が広がっている。その一〇平方キロにおよぶ土地が、砂に埋もれて消えた古代都市の一部だ。ロバの荷馬車を雇い、砂丘の上をさまよい歩くのもいいし、自分の足で歩いてみてもいい。地元の子どもたちがひろい集めたさまざまな品物を売

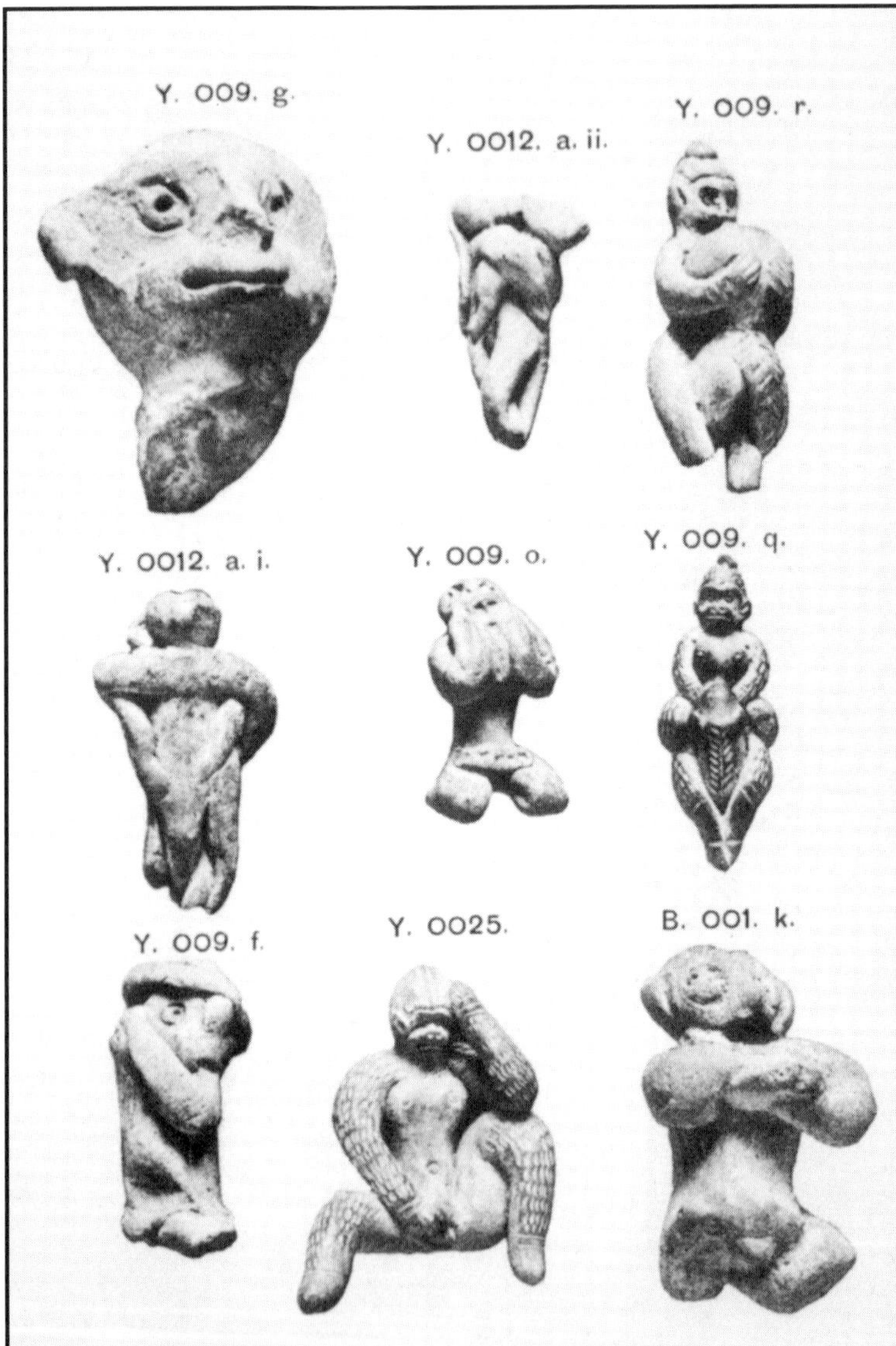

ヨートカン出土の陶製の猿

スタインはいつもどおり注意深く整理番号をふって、ヨートカンで発見した素焼きの猿をトレイの上にならべて写真を撮った。性的な意味あいが強いポーズから、多産を願うお守りとして使ったと思われる。

りにくる。観光客は彼らのトレイの上のあきらかに模造品とわかるがらくたのなかに、本物がまぎれていることを期待して目をこらす。

一九〇一年、ニヤを出発して西に向かったオーレル・スタインは、八日目にホータンから東に三五〇キロのオアシス都市エンデレ（現在のチャルクリク）で、ホータン語のもっとも初期の例となる木簡を見つけた。その木簡は仏塔近くの家屋の廃墟に落ちていた。ニヤ文書と同じように、この木簡にもカロシュティー文字が書かれていたが、文字の形と綴りはニヤのものとまったく同じというわけではない。それでも多くの類似点から、ほとんどの研究者はこの木簡が三世紀または四世紀のものと考えている。[15]

この文書はホータン研究の重要な史料となるため、全文を紹介しておこう。

ホータン王、王のなかの王、Hinaza Deva Vijitasimhaの治世の第三の年、第一〇月の第一八日に記す。この町にKhvarnarseとよばれる男あり。男はこのように話す。わたしはラクダを一頭所有している。そのラクダにははっきりとわかる目印がついている。VASOの焼き印が押されている。いま、わたしはこのラクダを八〇〇〇マシャ［中国の貨幣と思われる］とひきかえに、sulіgaのVagiti Vadhagaに売却する。そのラクダのために、Vagiti Vadhagaはマシャで全額を支払った。Khvarnarseはそれを受けとった。取引は成立した。今後、ラクダはVagiti Vadhagaの持ち物となる。彼は自分が好きなようにどんな形でラクダを使ってもかまわない。将来、このラクダにかんして不満を述べたり、告発したり、訴訟を起こしたりする者はすべて、王国の法に照らして罰金を支払うこととする。わたし、BahudhivaがKhvarnarseの求めにより、この文書（？）を書いた。

この文書はホータンの男性がVagiti Vadhagaという名のソグド人に、ラクダ一頭を八〇〇〇枚の中国貨幣で売ったことを記している（Vagiti Vadhagaの名前の前についているsuligaという語は、もとは「ソグド人」を意味する語だったが、のちに広く「商人」を意味するようになった）。

ホータン王の在位の年を契約書の日付に使っていることから、この文書がホータンで作成されエンデレに運ばれたことが示唆される。ホータン語の研究者は、この契約書に出てくるすべての名前――王、売り手、買い手、書記――は、どれもイラン形式で書かれていると指摘している。「王のなかの王」は、統治者を表すイランでは標準的な表現で、「hinaza」は「将軍」を意味するイラン語だ。つまり、スタインの偶然の発見物のひとつであるこの一本の木簡が、三世紀か四世紀のホータンでイラン語が使われていたことを教えてくれる。同じ時期に、隣のニヤの住民はインド語系のガンダーラ語を話していた。

ホータン語の文書が古物市場に最初に現れたのは一八九五年だった。S・H・ゴッドフリーというイギリスの大尉が地元の何人かの商人から買ったもので、商人たちはクチャで見つかった文書だと主張した。大尉はそれをベンガル王立アジア協会のオーグスタス・フレデリック・ルドルフ・ハーンリのところに送った。ハーンリは新疆で最初に見つかった大型の写本であるバウアー写本を解読した人物だ。その後の数年間に、カシュガルのイギリス領事ジョージ・マカートニーがさらに文書を購入し、ハーンリにそれらも解読するように委託した[16]。ハーンリは一八九九年にインドを離れ、オックスフォードで暮らしていたが、スタインは前任者たちの習慣を引き継ぎ、ブラーフミー文字で書かれたすべての文書をハーンリのところに送りつづけた。ブラーフミー文字はカロシュティー文字が使われなくなった四〇〇年ごろに、それに代わって使われるようになった文字である[17]。

はやくも一九〇一年には、ハーンリは写本の一部に見られる文章が、ブラーフミー文字で書かれてはいるものの、サンスクリット語からはかけ離れた言語であることに気づいた。「これまでのところ、まだほんの一部の単語またはフレーズが確定できただけだが、この文書の言語はインド＝イラン語の方言で、ペルシアとインドの方言と共通する部分があるとともに、独自の要素もあり、中央アジアの西部高原の言語とも結びついている[18]」。ハーンリは当初、ホータン語がサンスクリット語から多くの語彙を借りてきたイラン系の言語なのか、それともイラン語の単語を多く使うサンスクリット系の言語なのかを特定できなかった。英語に遭遇した言語学者も同様の問題に直面する。英語はドイツ語の語彙を多くふくむロマンス語のように見えるが、実際には一〇六六年のノルマン征服後に、多くのフランス語の単語を吸収したドイツ語系の言語だ。一九二〇年までには研究者のあいだで見解の合意にいたり、ホータン語はイラン系の言語で、中期ペルシア語やソグド語と同時代に使われ、その語彙のかなり多くはサンスクリット語から借りてきたものと理解された。

ホータン語の筆記体、綴り、フレーズごとの文法の違いから、ハーヴァード大学のイラン語学名誉教授のプロッズ・オクトル・シェルヴェは、この言語の歴史をはっきりした三段階に分けて考えている。古ホータン語（五～六世紀）、中期ホータン語（七～八世紀）、後期ホータン語（九～一〇世紀）である。それぞれの段階はこれまでに発見された特定の文書群と結びつけられている。古ホータン語の例はほとんどすべて、出所の明らかではない仏教の経典を訳したもの。中期ホータン語の例はダンダンウイリクで出土した文書。そして、後期ホータン語の例は、敦煌の第一七窟で出土した文書である[19]。

古ホータン語の文書では、サンスクリット語の経典を訳したものではないものが一点だけある。これは『ザンバスタの書』とよばれるもので、タイトルはそれを委託した役人の名前をつけたものだ[20]。いくつかの場所で、文書にはこう書かれてある。「官吏Ysambastaと息子のYsarkulaがこれを書くように命じた」（「ys」の発音は英語の「z」に近い）。これはホータン語のもっとも重要な文献で、仏教徒の手による作品集だ。著者はつつしみ深くこう説明している。「わたしの知識はほんのわずかの貧しいものだったが、これをホータン語に翻訳した。わたしが意味を歪めてしまった部分があれば、諸仏に許しを求める。しかし、これによってわたしがいくらかでも徳を積めたのであれば、これらの徳を通じて生きとし生けるすべての者とともにボーディ（菩提）を実現したい」。悟りとともに得られる仏教の知識と理解を意味する「菩提」は、「無心」とともにこの文書の鍵となる教えである。

『ザンバスタの書』は、仏教を学ぶ者にとってなじみのある領域をカバーしている。女性からの誘惑と、それにどう耐えるかをとりあげた章は、とくに注目される。仏教の説話集にそうした話題をふくむものはほとんどないからだ。[21] この章は「こうした女性はだれに教えられるでもなく巧みな策略を学ぶ」と警告し、「官僚Ysambastaと彼の息子と娘すべてが」——ザンバスタの娘に言及している唯一の個所——「[わたしにこれを]書くように命じた。仏陀になれたらどんなにすばらしいことか」と結論する。著者は最後にこうつけくわえている。「阿闍梨［僧侶によびかけるときの「師範」を表す言葉］のシッダバッダラは女性についてのこの部分を何度も読み、自分の心を抑えた。『この経典を読んだとき、わたしの心は海のように興奮状態にあった。実際に、まつげも、眉のあいだの産毛も、頬の上の髪の毛も、ざわざわと逆立っていた』」。この告白は無味乾燥になりがちな作品集のなかで、めずらしく人間味をおびた記述といえる。

一章ごとに読み進めていくと、『ザンバスタの書』は特定の仏教説話を言い換えたもので、その多くは大乗仏教の教えにもとづいたものだとわかる。たとえば、魔法の力を使って墓地を「神々の宮殿」に変えた魔術師バドラを仏陀が出し抜いた話がある。ある章は仏陀の生涯と彼の悟りについて語り、別の章では仏陀の入滅とこの世界を弥勒菩薩に託した話を伝える。弥勒についての章は、ジークとジークリングによるトカラ語の特定につながった、「トクリ語(twghry)」からウイグル語に翻訳された経典と同じ内容だった。『ザンバスタの書』はホータンを、僧侶がこの地域の国々を旅するための拠点となる土地として美しく描いている。多くの言語、とくにサンスクリット語、漢語、チベット語、ウイグル語の経典の内容をとりこんで、うまく話を置き換えているからだ。[22]

『ザンバスタの書』は完全な形では残っていない。もとの二九八ページのうち二〇七ページがカルカッタ、サンクトペテルブルク、ロンドン、ニューヘブン、ミュンヘン、京都の図書館に分かれて所蔵されている。ロシア領事のニコライ・ペトロフスキーはカシュガルの地元住民から一九二枚を買いとったので、この本がもともとどこで発見されたかについてはだれも知らない。[23] 研究者がこれらのページがもともと納まっていた五種類の写本を特定しており、もっとも古いものの年代は四五〇年から五〇〇年とされている。[24]

『ザンバスタの書』が書かれた時代には、ホータンは独立した王国だった。その後、六〇〇年代初めに西突厥の属国となり、玄奘が六三〇年にインドへの旅の途中で訪問したときには、まだその連合の一部だった。それから二〇年のあいだに、唐の太宗（在位六二六〜六四九年）が西突厥から中央アジアの覇権を奪いとった。唐の軍隊は六四〇年にトルファンを、六四八年にクチャを攻略した。その年、ホータン王は同盟先を唐に鞍替えし、唐軍の救援のために自分の息子ひとりと三〇〇頭のラクダを送り、さらに唐の都を訪問し、息子たちを人質としてその地に残した（将来の王を同盟国の都に預け、その国の慣習を学ばせるのは一般的な習慣だった）。ホータンは唐が西域に置いた四駐屯地（安西四鎮）のひとつとなる。ほかの三都市は、クチャ、カシュガル、焉耆だった（六七九〜七一九年には、焉耆に代わってトクマクに置かれた）。

六四八年以降のホータンの歴史は、クチャの歴史とからみあう部分が大きい。チベット人が両方のオアシスを征服して、六七〇年から六九二年まで支配した。その後は中国がふたたびこれらの都市を奪還して支配を維持したが、七五五年の安史の乱で中央アジアから軍隊を引き揚げざるをえなくなる。[25] ホータンがシルクロードともっともつながりが深かったのは、トルファンやクチャと同じように、唐の軍事力がピークにあった七世紀と八世紀だった。

ホータン文書がどこよりも大量に見つかったのは、ホータンの北東一三〇キロにあるダンダンウイリクの遺跡である。ヘディンはこの場所を一八九六年一月の第二次タクラマカン踏査の旅で訪ねている（第一次の悲惨な旅では、同行者のふたりが死亡した）。失われた砂漠の都市についての新聞記事に刺激されたスタインは、インド政府に資金援助を申請する。[26] 一九〇〇年に砂漠へ向かう前に、スタインはカシュガルのイギリス領事マカートニー、ロシア領事のペトロフスキーの協力を得て、彼らに小さな遺物を売り、写本を発掘した男たちから情報を得ることができた。売り手のふたりはスタインに、トゥルディという名のウイグル人と連絡をとるように勧めた。スタインによれば、そのウイグル人は「ふつうの人間には目印となるものなど何も見つからないような、おそろしく単調な砂丘でも、方向を見失わずにいられた[27]」。雇った案内人たちがダンダンウイリクを見つけられなかったときには、トゥルディが一行を先導して遺跡までつれていってくれた。

ダンダンウイリクで、スタインは砂漠のなかに見つかった小さな集落の一五の建造物を地図に描いた。いちばん小さいもので一・五メートル四方、大きいもので七×六メートルほどの大きさだった。建造物のいくつかは居住用のように見え、内部で見つかった文書から、官僚の住居と思われた。その人物は漢語とホータン語の両方で記録を残していた。

ある廃墟には仏教の経典を書き写したものが複数枚見つかった。その遺跡の図書室だった証拠である。ほかの建造物はあきらかに宗教施設だった。内部には漆喰の像があり、壁にはフレスコ画が描かれている。その多くは神仏を描いたものだった。建物のいくつかには木の板が地面に埋もれていた。

ダンダンウイリクはかなり遠くにあるので、市場で売られていた発見物の大部分は、単独か少人数のグループで動いている者たちが短い距離を行き来して得たものだろう、とスタインは結論している。(28) スタインはダンダンウイリクがだれにでも行ける場所ではなかったと考えた点ではまちがっていた。そう、遺跡はタクラマカン砂漠の真ん中にあって、見つけるのはたしかにむずかしいが、それなりの決意をもって挑む者ならたどり着くことができる。アメリカの地理学者エルズワース・ハンティントンは一九〇五年にここにやってきた。ドイツの旅行家エミール・トリンクラーとスイス人の同行者ヴァルター・ボスハルトも、一九二〇年代に続いた。一九九八年にはスイスの旅行家クリストフ・バウマーが、ラクダに乗ってこの遺跡までやってきた。考古学の専門家たちが困惑したように、バウマーはここで無許可で掘った穴から、いくつかの壁画を新たに発見した。(29) GPS(全地球測位システム)やオフロード車両のような現代的テクノロジーの発達により、最近では盗掘者がダンダンウイリクに到達するのも簡単になっている。

一九九八年以降、出所のわからない多くのホータン語文書や遺物が古物市場に現れるようになった(ただし、ダンダンウイリクかその近くで見つかったものである可能性が高い)。中国の博物館や大学も、欧米の博物館の学芸員と同じ苦々しいジレンマに直面している。盗掘された文物を購入して自分たちの管理下に置き、研究者が分析できるよ

絹織物の秘密の製造技術がどのように中国から外へ伝えられたか
スタインのダンダンウイリクでのもっとも有名な発見物は、この木板に描かれた絵画だろう。幅 46 センチ、高さは 12 センチ。仏陀への供え物として信者が残していったものだ。女性が王女の王冠を指さしている。伝説によれば、この王女はカイコを中国からもち出し、西域に住む人たちに絹の製法の秘密を教えたとされる。実際には、カイコを育てて絹糸をつむぐ方法は、紙の製造方法と同じように、シルクロード沿いに移住する人々によって伝播した。

うにすべきなのか、それとも購入を拒絶して、古代遺跡を盗掘しても買い手が見つからないことを示し、不届き者に盗掘行為をストップさせるべきなのだろうか？　もし博物館が購入しなければ、写本はそのまま失われてしまうだろう。もし購入すれば、無許可の発掘が続き、おそらくますます加速するだろう。

二〇〇四年、北京の中国国家図書館はダンダンウイリク出土のいくつかの文書を購入することを決定した。ホータン語の専門家がこれらの文書の年代の特定と、解読と翻訳、出土場所をつきとめる努力を続けてきた（発見場所がわかっている文書と同じ人物に言及していることがあるので、その場合には特定が可能になる）。そして、なにより重要なこととして、これらの遺物の意義を説明してきた。こうした新たな発見は、シルクロード史の鍵となる発達についてのわたしたちの理解を修正するきっかけになった。

ダンダンウイリク周辺で見つかったもっとも古い文書は、七二二年のものだ[30]。ダンダンウイリクの南のドモコ（中国語では達瑪溝）という小さな集落で見つかった木製の納付札で、幅二・五センチ以下、長さは一九〜四六センチ。一方の端に丸い穴が開いていて、穀物を入れた容器にとりつけられるようになっている。等間隔で切りこみが入り、役人が穀物の税の支払いを受けるたびにインクで印をつけていた。典型的なものの例をあげよう。

［漢文文書］Bajiaの Boluodaocaiが開元帝の在位第一〇年［七二二年］の第八番目の月、第五番目の日に、小麦七shuos［約四二リットル］を納めにきた。事務官He Xian。官吏Zhang Bing、Xiang Hui。

［ホータン語文書］Birgamdaraの Bradaysaaが、shau Marshaの年に小麦七kusasを納めにきた。(31)

漢文文書もホータン語文書も、納税者の名前、納めた穀物の量、納税の年（七二二）を記している。漢語版のほうが情報が多く、納税の正確な月と日、受けとった事務官とその上司の名前もふくめている。この納付札は大麦、小麦、キビという三種類の穀物の税の記録に使われた。(32)すべての札（中国国家図書館が購入したセットには三五点あり、ほかに個人所蔵のものがある）は、この同じ形式に従っている。

これらの記録から、唐王朝の税収制度がホータンでも使われていたことがよくわかる。文書はすべて二言語で書かれている。現代に暮らすわたしたちは、ヨーロッパ共同体や国際組織のマルチリンガルの文書に慣れているが、これらの二か国語の穀物納税札を見ると、まったく別の驚きがある。八世紀、中国の支配と影響は最下層の人たちの生活にもおよんでいた。ほんのわずかな量の穀物の支払いでさえ、地元の言語であるホータン語と、支配者の言語である漢語で記録された。同様に、政府の役人はすべて漢語とホータン語の肩書きをもっていた。ホータンの官僚はホータン語文書を漢語に翻訳できる事務員を雇った。漢文文書の一部の記述から、地元住民からのホータン語の嘆願書が中国人の役人にも理解できるように翻訳されていたこともわかった。(33)

ホータン語だけで書かれた別の木簡群は、おそらく穀物納税札と同時期のもので、こちらは地元社会についてもっと多くを教えてくれる。二枚の木片でできた箱のような形のこの木簡は、下側の木の板にもう一枚の板を蓋のようにかぶせる構造で、引き出しのように、つまみをもって出したりしまったりできる。二枚の板の表面という表面は、内側も側面も表面も、あらゆる部分に文字がびっしり書きこまれ、住民同士のあいだで合意された契約内容が記録されている。(34)

これらの文書は役人による決定を実行に移すための「集会」についてふれている。これはホータン社会に特徴的なものだ。たとえば、灌漑用水の使用料にかんする係争があった。話を聞いた役人は、当該男性が一時的に水を使用するのを認めると裁定したが、水は村全体に属するもので、将来の使用権は村が保持するものと定めた。決定は次の一文でしめくくられる。「本件は以下二名の立ちあいのもと、司法集会に提出された」。そのあとに、ふたりの役人の名前が記入されている。(35)

この件からわかるのは、八世紀初め、おそらくはもっと早くから、ホータン人は洗練された法制度を発達させ、灌漑権の移譲、融資、子どもの養子縁組のような交渉事を個人が記録していたということだ。証人はこうした交渉の詳細を確認し、（習慣として集まった審議員の前で）役人が書類に署名をし、契約内容が守られるようにした。ひとたび決定がくだされると、コミュニティのだれもがそれに従わなければならない。納税には村全体が一定の責任をもつ。ある村が決められた税を支払うと役人が受領書を発行するが、全額を支払ったあとにしか発行されない。

この制度は中国本土で安史の乱が勃発した七五五年には、すでに機能していた。その翌年、ホータン王が反乱軍の鎮圧に苦労していた唐の皇帝を救援するために、五〇〇〇人の兵を送った。その多くはホータンに駐屯していた中国人兵士だ。七五五年以降は、中国のホータンへの支配力はうわべだけのものになっていく。権力は地元の監督にあたる中国人官僚の手にわたった。陸路の旅が困難だったため、彼は中国の首都にいる上司に報告書を届けられないことも多かった。

七五五年から数十年のあいだ、西域のすべての地方で駐屯する中国軍への中央からの報酬の支払いがストップした。敦煌はこの時期、貨幣不足におちいっている。七五五年以前でさえ、中国の貨幣はホータンでは手に入らないこともあったようだ。たとえば、養子をもらった夫婦がその代金として貨幣五〇〇枚を支払い、残りの貨幣二〇〇枚の分は所有していた白い絹で代用した。おそらく、すでに貨幣の供給が少なくなっていたのだろう[36]。

ダンダンウイリク出土の漢文文書の何点かは七八〇年代のもので、貨幣一万枚以上の貸しつけについて記録している[37]。実際に貨幣で支払われたのか、単純に単位として記録しただけで、実際には地元住民が織物や穀物で代用したのかはわからない。ある二か国語の契約書では、漢文文書は貨幣での支払いに言及し、ホータン語版は代用貨幣としてどれだけの生地が支払われたかを明記している[38]。八世紀末までには、一定量の織物や穀物が通貨として機能する自給自足経済が、それより前の時代の貨幣経済にとって代わっていた。

中国軍はホータンの住民から税を集めつづけた。ある文書で兵士の冬用の衣服のための羊皮が徴用されている。この文書はダンダンウイリクの一か所にまとまって発見されたほかの文書と同じように、シダカという名前の地元役人に宛てられている。彼は村の長「スパータ」の役割を果たし、軍事以外の事柄を担当していた。文書の書き手は彼自身もスパータの肩書きをもつ役人で、シダカの集落の住民は九〇頭の羊を所有しているので、二八枚の羊皮が課せられると書いている。税率は羊六・五頭に対し二枚の羊皮なので、集落全体で二七・六九枚になる。シダカは二七枚の羊皮を納めたが、彼の同僚は集落に求められるすべての税を納めないかぎり、受領書は発行されないと説明する。こうした文書は、村にいる人間だけでなく、家畜についても記入された細かい世帯登録が存在していることを前提にする。そうした記録なしでは――そのいくつかは実際に見つかっている――占領する中国政府は、村からどれだけの羊皮を徴用すべきかがわからなかったはずだ。

京都大学の言語学教授の吉田豊は、ホータン語文書が見つかった別々の四つの場所を苦労して特定した。ふたつはダンダンウイリク出土のものだとわかり、ひとつには七七七年から七八八年の日付が入ったシダカの名前が出てくる文書がふくまれていた[39]。この文書、また同じ場所から見つかったほかの文書から、ホータンには七七七年から七八八年まで中国人が統治する政府があったことがわかる。これは、シダカの名前が現れる文書の時代にあたる。この時期にはチベット人が唐の中央政府の弱体化につけこみ、攻撃的に中央アジアに領土を広げていた。七八六年に敦煌を征服したチベット人は、七八九年から三年にわたってトルファンでウイグル人と戦い、七九二年に勝利をおさめると、七九六年までにはホータンも征服した。(40) 西域の歴史家は、チベット帝国が八四〇年代に内部崩壊したことを知っている。同じ時期にキルギスがカラバルガスン（現在のモンゴル）を拠点にするウイグル帝国を破り、多くのウイグル人が南の現在の新疆へとのがれた。ダンダンウイリクで新たに見つかった文書から、どのオアシスがチベット、またはウイグルに敗れたかが正確な年とともに明らかになった。

軍事要塞のマザルタグは、その南一五〇キロにある戦略的な要所ホータンとクチャを結ぶルート上に築かれた。要塞は無人の砂漠地帯にあり、ホータン人の料理人と護衛が決まったローテーションで任務についていた。(41) ホータンの征服とともに、もともとは中国人兵がいたこの前哨基地の支配権をチベット軍がにぎった。七九八年の日付が入ったある文書は、文書の受けとり手である役人に、要塞にいる人間と牛を近くの町まで至急避難させるようにうながしている。文書は敵の名前を記していないが、おそらくは八〇〇年ごろにクチャを占領したウイグル可汗国ではないかと思われる。(42)

チベット人はそれまでの官僚体制の大部分をそのまま引き継いだ。何人か名前のあがっている個人がチベットによる征服後も同じ役職についている。彼らはホータン語と漢語の両方で命令書を発した。このことから、中国の官僚制度がどれほど深くホータン人、のちにはチベット人に影響をあたえたかがわかる。(43) 一部の役人は署名にそれぞれの漢字名を使いつづけた。書記が書いた契約書は、中国語のフレーズをチベット語に逐語訳したものだった。これらの契約書はチベット国内で使われたことはないが、敦煌のチベット語の契約書のモデルになっている。(44) チベットによるホータンの統治は間接的なもので、なにか必要なときには、高官である都督がホータン人の同等の地位の者に要求を出し、そのホータン人が地元の担当役人に命令を発した。(45)

ダンダンウイリク出土の税務史料は数は多いものの、だれがどんな理由でシルクロードを旅したかまでは明らかにしてくれない。シルクロード上の文化交流について、もっとも情報が豊かな文書が発見されたのは、スタインの雇った人夫たちが報酬なしでも自発的に発掘作業を続けたからだった。ダンダンウイリクの発掘を一七日続けたあと（一九〇〇年一二月一八日から一九〇一年一月四日）、スタインは人夫の何人かを解雇し、残りの何人かをつれて一一キロほど離れた近くの遺跡に移動した。

しかし、スタインが最初の晩にキャンプに戻ってみると、驚いたことに、解雇したはずの人夫たちの何人かが彼の帰りを待っていた。彼らが発見したものを見せられ、スタインはさらに驚くことになる。ダンダンウイリク遺跡の第一三号建造物の片すみに、ヘブライ語の手紙が書いてあるくしゃくしゃになった文書を見つけたのだ。スタインは、人夫たちがその文書は自分たちが発掘現場で見つけたと報告したときに、なぜその言葉を信じたのかを説明している。紙はまちがいなく古いもので（八世紀のもの）、偽物を作って埋めるには相当な準備が必要だっただろうからだ[46]。スタインはとくに偽物には用心深かった。その直前に、イスラム・アクンの詐欺を暴いたばかりだったからだ。アクンが巧みに偽造した文書はハーンリをまんまとだまし、また新しい言語が見つかったと信じこませていた[47]。

ダンダンウイリクにいるあいだに、スタインは第一三号建造物を砂のなかからすっかり掘り出していた。ここは、トゥルディが若いころに二〇〇ルピー、あるいは一三英ポンド相当（現在ではおそらく一〇〇〇ポンドくらい）の複数の銀貨を発見した場所だった[48]。建造物自体は大きく、一面が一八メートル、部屋のひとつは六・七×五・五メートルだったが、スタインは人夫が炉の跡と木枠のほかは何も見つけられなかったのを見て、発掘を中止することに決めた[49]。しかし、スタインが出発したあと、解雇された人夫たちはごみすて場を掘り進めた。初期の盗掘者たちが遺跡のそばに残していったものだ。そこで発見したのが、ヘブライ語で書かれた文書だった。

手紙に書かれた新ペルシア語は、九世紀のイランで中期ペルシア語にとって代わった言語である。ユダヤ＝ペルシア語の文書はほんの少数ながら、世界中のさまざまな場所で見つかっている。アフガニスタンのヘラート近く、インド南部のマラバル海岸、バグダードなどだ。ダンダンウイリクの文書はそうした例の最古のものではないが（七五〇

年代のものがもっとも古い）、現存する最初期のユダヤ＝ペルシア語文書であることはまちがいない。(50)

手紙は断片的なので内容を理解するのはむずかしい。残っているのがページの中央部分だけだからだ。各行の始まりと終わり部分の文字が欠けている。書き手は仕事仲間、あきらかに自分のより目上の人物に対して、羊、衣服、スパイクナード（薬、また香料として使われる植物）、鞍、あぶみ、革ひもなどの取引について書き送っている。おそらく商人と思われるこの書き手は、自分の「利益と損失」を知りたがっている。なぜ彼がイランを離れたのかはわからないが、彼（または彼の祖先）がイスラムの征服からのがれて東に移住し、彼自身はとくに政治的動乱の激しかった時期にホータン地方にたどり着いたと推測できる。

この手紙は、すくなくともひとりのペルシア語を話すユダヤ人が、八世紀末のダンダンウイリクにいた直接の証拠となるが、手紙が断片的なためにそれ以上の情報は得られない。ところが、この発見から一〇〇年以上あとに、まったく想定外の出来事が起こった。第二のユダヤ＝ペルシア語の手紙が、ほとんど完全な状態で売りに出され、中国国家図書館がそれを購入したのである。北京大学で修士号を取得し、ハーヴァード大学の博士号課程にいた大学院生の張湛が、二〇〇八年に完全な漢語訳を発表している。近い将来に英語訳も発表する予定という。(51)

古いほうの手紙とじつによく似ていることから、張湛はふたつの手紙が同じ時期に同じ場所で（九世紀初頭のホータン）、同じ人物によって書かれたものと自信をもっている。彼の年代特定は、手紙のなかでカシュガルからの最新のニュースにふれている一文にもとづいている。「チベット人は全員殺された」という一文だ。(52)やはりダンダンウイリクで発見された何通かのホータン語の手紙と比べてみると、もしこの手紙がウイグルによるチベットの打破について書いているのなら、書かれた年はウイグルがカシュガルを攻略してチベット人を追いはらった八〇二年ということになる。

新たに発見された手紙は、書き手が「はるか遠くから」、受けとり手である「領主Nisi Chilag」の家族に宛てた、八行のあいさつ文からはじまっている。この領主はおそらくダンダンウイリクに住んでいたユダヤ人だ。その後、書き手は「地主」とのあいだで羊をめぐってもめた一件を詳しく報告している。彼は麝香と飴などの贈り物をしたのに（彼が贈り物として書いているその他の品の意味はいまのところ解明されていない）、自分のものであるはずの羊をまだ受けとっていない、という内容だ。興味深いことに、彼は地主に自分が「ソグド人」だとまちがわれた会話についてふれている。シルクロードの商人はソグド人が圧倒的に多く、ユダヤ人はほとんどいなかったことを考えれば、まちがえたのも理解できる。

ユダヤ人商人はシルクロードにほんの少しの痕跡しか残していない。カラコルム・ハイウェイ沿いに新たに見つかった石刻のひとつが、ヘブライ語で書かれていたことを思い出してほしい。九世紀後半の大虐殺にかんするアラビア語の文書には、南の広州（広東）にはイスラム教徒、キリスト教徒、ゾロアスター教徒に混じってユダヤ人商人がいたと書いてある。また、莫高窟の第一七窟にはヘブライ語の一八行の祈りと詩編の文章が書かれた、折りたたんだ紙が見つかっている（カラー図版12）。

たった一枚のヘブライ語の祈りが書かれた紙と、数万点にのぼる漢語とチベット語の文書のほかに、敦煌の蔵経洞には、断片ではあるが約二〇〇〇のホータン語文書が見つかっている。[53] 強国にとり囲まれた小さな国に住む多くの人々と同じように、ホータン人は言語の学習能力が高かった。あるホータン人書記は優秀さのあまり、チベット語の経典を書き写してさえいる。彼がホータン人だとわかるのは、ページにホータン語の数字をふっているからでしかない。[54] 辞書などまったくないのに、ホータン人はどうしてこんなにすばやく外国語を覚えられたのだろう?

ホータン語と漢文で書かれたフレーズ集の何枚かの紙が、敦煌の蔵経洞に保管されていた。[55] これらの学習教材は、漢字は使わずに、単純にブラーフミー文字を使って漢文の文章の音をあらわし、その後にホータン語の意味をそえている。これらの史料の解読につとめた優秀な文献学者たちは、一〇世紀の中国語の発音のホータン語版を使って、もとの漢文の文章を再構築するという逆の作業に取り組んだ。すぐれた言語学習書がすべてそうであるように、漢語とホータン語の二か国語で書かれたフレーズは、鍵となる文章パターンを短い文章にしてくりかえし、学習者が練習で

新たに発見されたユダヤ＝ペルシア語の手紙

９世紀初め、ペルシア語を話すユダヤ人と思われる人物が、ヘブライ語のアルファベットを使った新ペルシア語で、ダンダンウイリクに住む別のユダヤ人にこの手紙を書いた。内容は地主とのあいだに起こったもめごとについての報告で、地主が彼に渡すはずの羊１頭をまだ送ってこないというもの。中国国家図書館所蔵。

きるようにしている。

わたしに野菜をもってこい！
わたしにキュウリをもってこい！
わたしにウリをもってこい！

フレーズ集には、市場でものを売り買いするときに使える文章もある。一〇世紀のホータンと敦煌での多くの文化的接触を考えれば、さまざまな社会的身分のホータン人――使節、僧侶、商人――が、基礎的な中国語を学ぶことで生活に役立てることができただろう。

対照的に、サンスクリット語とホータン語のバイリンガルの教材は、もっと狭い範囲の読者に向けたものだとわかる[56]。サンスクリット語はホータン語を話す人たちには覚えやすかった。同じブラーフミー文字で書かれているため、学習者は単純にサンスクリット語の文章を書き写して、それを覚えればいい。ホータン語＝サンスクリット語のフレーズ集は、全文で一九四行からなり、簡単な会話からはじまる。

お元気ですか？
元気です、ありがとう。
あなたはいかがですか？
あなたはどちらの出身ですか？
わたしはホータン出身です。

この会話にはほかの土地の名前も登場する。インド、中国、チベット、甘州（現在の甘粛省張掖で、ウイグル可汗国の中心地）などだ。フレーズ集は馬の買い方や飼い葉の入手の仕方、針と糸がほしいとき、衣服を洗ってほしいときの依頼の仕方を教える。また、けんかを想定した会話まである。

わたしに腹をたてないでください。
髪の毛を引き抜くようなことはしません。
あなたが不快なことを言えば、
わたしはあなたに腹をたてるでしょう。

さらには性的な内容のものまである。
彼は多くの女性を愛する。
彼は性交をする。

対話のなかには特定の利用者に向けた内容だとわかるものもある。

あなたはなにか本をおもちですか？
はい。
［なんの本ですか？］
スートラ、アビダルマ、ヴィナヤ、ヴァジラヤーナです。
あなたはそのなかのどれをもっていますか？

あなたはそのなかのどれが好きですか?
わたしはヴァジラヤーナが好きです。

僧侶か、かなり高等レベルの仏教学生でもなければ、こうした文章は使わないだろう。「スートラ」は仏教の経典を表す一般語で、「アビダルマ」は教義書を、「ヴィナヤ」は仏教の律を、「ヴァジラヤーナ」は密教の経典を意味する。サンスクリット語はホータンをふくめ、中国からインドまで全域の仏教寺院で使われていた。ある会話はターゲットとする読者についてもっと明確にしている。

わたしは中国へ行きます。
中国にどんな用事があるのですか?
文殊菩薩座像を見に行きます。

意図された読者は八世紀に人気になった巡礼路を旅する僧侶たちだった。チベットかホータンを出発して東へ向かい、敦煌に立ちよる。最終的な目的地は仏教の聖地、山西省の五台山にある文殊菩薩像だ(現在なら北京から北西に車で約四時間で行ける)。

現存する文書に空白部分があるため、ダンダンウイリク文書が終わる八〇二年から、敦煌の蔵経洞の文書に残る九〇一年の記録(敦煌の役人がホータンの使節に高級な紙一束と八枚を渡したというもの)までのホータンの歴史についてはほとんどわからない[57]。一〇世紀には、ホータンの王は敦煌の曹一族の権力者と同じ国際秩序のもとに置かれていた。彼らはたがいに使節を送りあい、また甘州とトルファンのウイグル可汗国、中国中央部の歴代王朝とも使節の交換を行なっていた。中国中央部まで旅するには、ホータン人の使節はまず敦煌を経由して甘州まで行き、そこから霊州（現在の寧夏回教自治区の呉忠）まで進む。霊州は首都への途中での重要な立ちより先だった。中国中央部への旅は困難で予測がつかなかったため、ホータンやふたつのウイグル国は献上品を運ぶ使節の派遣先を、敦煌までにすることが多かった。そのため敦煌が「中国」とよばれることもあった。[58]

敦煌の曹一族とホータンの王族は密接な関係を築いていた。九一二年から九六六年まで王位についていたホータンの尉遅烏僧波（ヴィジャサンバヴァ）は、李聖天という中国名も使っていた。[59] 九三六年までに、彼は曹議金の娘と結婚した。ホータンの王族は敦煌にも居所をもち、尉遅烏僧波の妻はよくそこに滞在し、王子もそこに暮らしていた。[60] 王子の居所はホータンの代表部としても機能した。そして、第一七窟で見つかったホータン文書は、王子の居所から三界寺に寄付された蔵書である可能性も十分にある。[61]

九三八年、尉遅烏僧波はホータンから後晋の都だった河南省開封まで使者を送っている。これは彼の治世のあいだに中国に使節を派遣した五回のうちの一回だった。その後、中国は九六〇年に宋王朝によって統一される。[62] こうした使節交換についての漢文文書の記録は、一般に簡潔だ。たとえば、「［建隆の二年目、すなわち九六一年の］第一二月の第四日、ホータン王李聖天に派遣された使節が、玉一個と箱一個を（宋王朝の創建者に）献上した」というものだ。[63] 中国人は通常は日付、献上品を送り主の国名、贈られた品を記録するのが一般的で、ときには使節の代表者の名前を記録することもあるが、それ以上はほとんど記されない。

対照的に、第一七窟に保存されていたおよそ一五点のホータン語文書は、ある使節についての豊富な情報をあたえてくれる。この使節は七人の王子とその側近で構成され、おそらく尉遅烏僧波の治世の終わり近くの一〇世紀なかばにホータンを出発した。[64] これらの文書はシルクロード交易の性格について、とくに一〇世紀の変動の時代の状況について多くを明らかにする。

王子たちと彼らの側近は、約三六〇キロの玉を積んで出発した。[65] さらに、いくらかの革製品、おそらく鞍、引き具などの馬具を運んでいた。馬と玉はホータンからのもっとも一般的な献上品で、それ以外に記録されている贈り物と

敦煌の石窟を寄進したホータン王と王妃

敦煌の第 98 窟に描かれたこの壁画は、ホータン王の尉遅烏僧波（在位 912 ～ 66 年）と彼の妻（敦煌の節度使、曹議金の娘）を描いている。両家の関係は密接で、ホータンの王族はひんぱんに敦煌の石窟建造の資金を寄付していた。画：Amelia Sargent.

しては、ラクダ、ハヤブサ、ヤクの尾、織物、毛皮、薬、鉱物、薬草、何種類かの香料、琥珀、珊瑚などがある[66]。当時の自給自足経済に似つかわしく、奴隷を贈りあうこともあった[67]。

支配者はこれらの贈り物を好み、そうはっきり告げていた。ホータンと甘州のウイグル可汗国のあいだで一〇年にわたって献上品の交換がなかった時期があるが、このあいだに可汗がホータン王に書簡を送っている（手紙はホータン語訳だけでしか残っていない。可汗はおそらく一〇世紀の北西部の外交言語のふたつ、漢語かチベット語で書いていたはずだ）。ウイグルの可汗は、ホータンの使節が以前にもってきた「多くの美しいもの」を待ちこがれていると書いた[68]。そしてなにより、彼はおそらく情報、とくに使節だけが提供できる対立勢力の軍事力についての情報もほしがっていただろう[69]。

国から国への旅は、当時の人々にとってさえ、ゆっくりしたものに感じられた。ホータンから王子とともに旅をしていた側近のひとりは、こう不満をもらしている。「敦煌までの旅は困難で、徒歩で四五日もかかる。空を飛ぶ力があればほんの一日で着けるだろうに[70]」。馬に乗っても、一五二三キロを陸路で移動するのに一八日かかった[71]。彼らが空を飛べる鳥をうらやましがったのももっともだろう。

王子たちは中国の首都まではたどり着けなかった。敦煌の統治者は、甘州までの旅は危険すぎると判断した。甘州ではウイグルの可汗の死亡後に、その後継争いで三勢力の軍隊が戦いをくりひろげていたからだ。敦煌の統治者は王子たちに敦煌にとどまるように言ってゆずらなかった。旅はこうして完全な失敗に終わり、王子たちは故郷への手紙でその不満をぶちまけた。運んできた献上の品を使ってしまわなければならなくなり、しまいには無一文になり、次のように書いている。

　つれてきた動物はすべて失った。衣服も失った…ここを出て甘州までいっしょに行ってくれる者はだれもいない。そんな状態でどうやって朔方［中国の首都を訪問する使節が最初に受け入れられる場所］まで行けるというのか。

献上品もなければ、中国の皇帝に渡す書簡もない…多くの同行者が死んでしまった。われわれには食べ物もない。それならば、なぜわれわれをよびよせたのか。もう引き返せない炎のなかにどうして飛びこまなければならないのか？[72]

彼らの護衛からの手紙が、動物を失った状況について説明している。[73]

王子に旅を続けることを認めなかった敦煌の統治者は、王子たちの目的を彼らといっしょに旅をする僧侶たちのものとは別だとみなしていた。僧侶たちは巡礼者として旅をすることもあれば、公式の使節団の一員として旅することもある。統治者が僧侶を受け入れたのは、有力な僧侶をもてなしておけば、奇跡という形であれ、仏教徒のパトロンになるという特権的な地位を得ることであれ、直接なんらかの恩恵が得られると考えたからだ。王子たちの使節団がばらばらになると、僧侶はこの集団を離れ、中国まで運ぶ予定だった献上品の一部を受けとって、妻をめとった。これはわたしたちが想像する独身の誓いを立てた仏僧のイメージとはほど遠い。しかし、ニヤや敦煌で発掘された文書にみられる仏教徒についての記述とは完全に一致する。

王子たちは政治的動乱のために甘州まで行くことができなかった。敦煌の統治者は、ホータンからの献上品が首都に届かなかった場合に、中国の朝廷から自分が責任を負わせられるのではないかとおそれたのだ。[74]それでも、彼は三人の僧侶には先へ進むことを認めた。献上品を運ばない僧侶は危険が少ないと考えたからだろう。そして、万一なにか起こっても自分に責任がおよばないように、抜け目なく公式の書類に指紋を押印させた。

使節の構成員のうちふたりが、使節団の崩壊に参加者の一部がどう反応したかを記している。どちらの場合も、問題の人物はホータンの王から中国の皇帝に渡すはずだった献上品を盗んで逃げた。[75]八人のうち、中国まで行ったのはふたりだけだった。自由になることを望んだ奴隷ひとりと、「一〇〇枚の毛布を宮廷に」もちこもうとした商人ひとりである。[76]それ以外の者はくすねた品物をもってホータンに戻った。

さまざまな場所で、使節のメンバーは旅費を工面するために献上品を安く売りはらった。先へ進むことを決めた僧侶たちに手紙を届けたあとで、ふたりが甘州を離れ、「商売をするために」敦煌に向かった。[77] 彼らはその後、甘州で盗賊に襲われた。王子たちの動物の多くが死んでしまった困難な旅のあいだに、ふたりが「商品を失い」、ソグド人商人ひとりは自分の荷役動物を見失ったか、「山中に隠しておいた商品」を見つけられなかった。[78] あきらかに、商人たちは運の悪い使節に同行し、彼らと同じ困難に直面した。

王子たちも商取引に参加していた。カパスタカ（Capastaka）という名前のホータンの王子のひとりは、敦煌の役人に一八キロの玉を渡し、それとひきかえに絹織物一五〇疋を受けとった。これは名目上はホータンの宮廷への献上品で、うち五〇疋は彼の中国人の母、Furen Khi-vyaina へのものだった。兄のワンパキアウ（Wang Pa-kyau）が、カパスタカが自分をだました、という不満を母に書き送り、「使節がそこに行ったときに、少しばかり玉を送ってくれませんか？」と、自分にも玉を送ってくれるように頼んでいる。[79] まるで、弟と同じように彼も、玉と絹の交換を計画していたように聞こえる。それを旅の費用にあてようと考えたのだろう。

絹は旅行者が使う主流通貨だった。ホータンからのさまざまな旅のグループの支出記録からそれがわかる。彼らは絹の反物で大麦、ラクダ、馬を買い、案内人への支払いをし、「四〇人の同国人の商人」に手渡した。絹はいつも貨幣として使われていたわけではない。旅人はその絹で衣服を作ることもあった。絹でものの支払いをすることにくわえて、生きている羊やレイヨウの皮でも取引した。一〇世紀のシルクロード経済で、人々がこの種の品物を受け入れていたことがわかる。[80]

ホータン語研究の第一人者である東京大学の熊本裕は、この支出一覧がなぜめずらしいかを説明している。「これは敦煌で見つかった数少ないホータン語の商業的史料のひとつである。九世紀と一〇世紀の漢文文書には、ホータンの使節と僧侶についての記述しかなく、商人についての記述はほぼ皆無だという点で、この史料は貴重である」。[81] 熊本はまちがいなく正しい。一〇世紀の史料でグループとしての商人に言及しているものはほとんどない。

これまで長いあいだ、シルクロードは民間の商人が率いるラクダの隊列がにぎやかに行き交う交易路とみなされてきたが、文書に記録された内容はこの印象とはくいちがう。七人の王子についてのホータン語文書は、使節団にくわわったさまざまな人たちにふれている。高位と下位の使節、王子、僧侶、一般の人々[82]。これらのグループを分ける境界線ははっきり定まったものではなく、困難な時期にはさらにそうだった。王子でさえ旅費をまかなうための絹を手に入れるために、玉を売りはらうという手段をとった。そうした状況では、だれもが商売にたずさわらなければならない。しかし、その商売は、地元生産の品物や地元で入手した品物のその場での即席の取引だった。だれかが特定の品物をほしいと思ったときには、もし絹が入手できればその絹で支払うことができたが、羊一頭あるいはレイヨウの皮とも交換できた。政治的に不安定な時期には、あえて旅に出ようとする人はほとんどいなかった。実際に旅した者は、しばしば公式の使節団にくわわった。そうすれば特別な扱いを受ける権利を得られたからだが、かならずしも毎回それが受けられるとはかぎらなかった。

敦煌の蔵経洞出土のホータン語文書の内容は、ほとんどがホータンと東の近隣諸国との関係に終始している。敦煌、ウイグル可汗国、唐王朝とその後継王朝だ。しかし、西で起こった変化がホータン王国を一変させた。

八四〇年にキルギスがウイグルを破り、それがきっかけとなってウイグル人が大挙してモンゴルから南のトルファンと甘州へ移住した。そして、トルファンだけでなく、甘州にも小さなウイグル可汗国が形成された。八四〇年の動乱後には、別の部族連合も生まれた。当時の文書は彼らを「ハン」や「カガン」などとよんでいる。近代の研究者は彼らのことをカラハン朝とよんでほかのテュルク系の民族と区別した。九五五年までには、指導者のサトゥク・ボグラ・ハンがイスラム教に改宗し、その息子が軍事遠征を引き継ぐとともに、テュルク系部族をイスラムに改宗させる努力を続けた。九六〇年、イスラムの年代史は「テュルク人の二〇万のテント」がイスラムに改宗したと記録している[83]。その年代史は、どのテュルク系民族のことを言っているのか、彼らがどこを拠点にしていたのかは特定していないが、研究者は、この文章がホータンから五〇〇キロ西のカシュガルを中心にしたカラハン朝をさしていると考えた。イスラムへの改宗後、彼らは軍に命じて仏教寺院をふくむ非イスラムの建物すべてを破壊させた。

イスラム世界の東の最果て、アッバース朝の首都バグダードからはるか彼方の場所で、カラハン朝の支配者たちが改宗したのは、おそらくイスラム勢力の名声と自分たちを結びつけるためだろう。ハザール、キエフ・ルーシ、ハンガリーをふくむ同時代の民族の何人かの指導者は、中世の主要宗教——ユダヤ教、キリスト教、イスラム教——それぞれのすぐれた点を秤にかけ、そのうちのひとつを選んでいた。カラハン朝のイスラムへの改宗もこれと同様だ。[84]

ホータン人はまず九七〇年にカラハン軍を打ち破り、カシュガルの支配権を奪った。ホータン王の尉遅輸羅（ヴィジャスラ、在位九六七～七七年）——尉遅烏僧波の息子——が、彼のおじで敦煌の支配者だった人物——敦煌の曹一族のもとに嫁いだ母の兄——に勅書を送った（二七〇ページ参照）。

その手紙は、なぜホータン王から敦煌と中国への献上品が遅れたのかを説明している。ホータン王は「すばらしいもの、妻と息子たち、ゾウと貴重なサラブレッドの馬など」をカシュガルで入手したことを喜んだが、少しばかり不満もこぼしている。「異国の土地を占領し政府を維持するという仕事は、たいへんで困難である。そして、異国人であるわれわれには完全な支配権を確立することができない」。彼は政府の統制が薄く広く引き延ばされた状態についてさらに詳しく語る。「貨幣が増え、トウモロコシ、運搬用の動物、男たち、兵士も増えはしたが、紛争で多くの男たちが死んでいく」。ホータン軍は勝利をおさめたものの、カラハン軍はカシュガルのすぐ外側に展開していた。勝利はまだ決定的なものではなかったのだ。

王の手紙はおじへの献上品の一覧でしめくくっている。王が選んだのはホータンの定番の品物として、玉の塊三個（それぞれの重さも明記）、革製の鎧一点、いくつかの道具や器。カラハン人から押収した品物からは、銀色のケースに入った杯と、やはりカバーつきの鋼鉄の道具を選んだ。[85] ホータンにとってカシュガルの攻略はあきらかに大勝利であり、漢文史料には、ホータン王が中国に対し、カシュガルで押収した「踊るゾウ」を送る許可を求めたと記録されている。中国政府はそれを正式に認めた。[86]

ホータンとカラハン朝は九七〇年以降も戦いつづけたが、史料は戦争がどのように進展したかについては詳細を記していない。わたしたちが知ることのできるのは、一〇〇六年にカラハン朝の指導者のユスフ・カディル・ハンが、西への大々的な軍事遠征を行なったということだけだ。これについては、研究者のあいだでは、彼は一〇〇六年までにホータンを征服したが、この年よりずっと前ではなかったと考えられている。[87] マフムード・カーシュガリー（一一〇二年没）は、ホータン征服について有名な詩を書いている。

われらは洪水のごとく彼らを押し流した。
われらは彼らの町々に攻め入った。
われらは偶像寺院を破壊した。
われらは仏陀の頭にくそをしてやった。[88]

恐慌の波が東へ広がった。敦煌の第一七窟にはホータン陥落の記録は残っていない。北京大学の栄新江教授は、おそらくホータンの仏教施設破壊の報を聞いて、蔵経洞が閉鎖されることになったからだろうと考えている。そこにはホータン語文書が大量に保管されていたからだ。[89]

ホータンは一夜にして仏教の国ではなくなった。歴史的資料は残念ながらとぼしい。ホータンの陥落後まもなく、契丹《きったん》族の遼王朝の皇帝が敦煌の統治者に馬と「美しい玉」を贈った。征服したホータンでしか入手できないものだ。[90] 次にホータンについての記述がみられるのは漢文史料のなかで、カラハン朝が支配するホータンから一〇〇九年に送られた朝貢使節について記している。[91]

この史料は支配者を中心にした年代記で、カラハン朝の新たな属国へのイスラムの影響についてはほとんど書かれていない。例外となるのはアラビア語とウイグル語で書かれたいくつかの文書で、「一九一一年にヤルカンド郊外の庭の木の下で見つかった」。ヤルカンドはホータンの西一六〇キロほどのところにある。これらの史料は、この地方で見つかったその他の多くの文書と同じように、安全に保管するためにイギリス領事のジョージ・マカートニーのところに送られた。ウイグル語の契約書三点、アラビア語の契約書一二点がふくまれ、アラビア語文書のうち五点はウイグルのアルファベットを使って書いている。これらの史料は一〇八〇年から一一三五年のもので、ちょうどウイグル語からアラビア語アルファベットへの変わり目の時期だった。カラハン朝の征服から約一〇〇年後にあたる。

契約書の内容はすべて土地の販売にかんするものだった。三点の法的書類は、管理人の任命、相続の分割、土地の権利を扱っている。カラハン朝はすくなくとも一一〇〇年には、そしてすくなくともヤルカンドでは、イスラム法の基本原則をとりいれていた。法廷の役人は簡単な法的文書を作成する程度のアラビア語は十分に理解し、当時者と証人のためにそれをウイグル語にも翻訳した。証人はアラビア語で署名することもあれば、ウイグル語で署名することもあった。[92] アラビア語文書三点は、その文書が当事者の理解する言語に翻訳され、彼らに対して読み上げられたと明記している。最低でも、カラハン朝の法廷の役人はイスラム法になじみがあったが、国家としてのイスラムへの改宗が庶民にあたえた影響については、まだほとんどわかっていない。[93]

カラハン朝はイスラムに改宗したかもしれないが、西域のほかのオアシス国家はそうではなかった。クチャとトルファンのウイグル人の支配者は、時期によってマニ教と仏教のどちらかを信奉した。甘州、敦煌、ホータンの東のシルクロード南部を支配した西夏も仏教国だった。[94] 新疆におけるこの三方向への信仰の分裂は、一二世紀に入っても続いていた。新疆が名目的に華北の遼王朝（九〇七～一一二五年）の後継国家である西遼の支配下に入った時代である。西遼のもとで、東方教会は新疆での影響力を広げ、とくにモンゴルの遊牧部族ケレイトとナイマンへの影響が強かった。[95]

その後、一二一一年にクチュルクというナイマンの王族が西遼の皇帝の座についた。もとは東方教会の信者だったクチュルクは仏教に改宗し、イスラムには激しく敵対した。彼はカシュガルとホータンを攻撃して、両方の町の住民にイスラムをすてさせ、キリスト教か仏教を信奉するように強制した。しかし、クチュルクはこの地方でイスラム教を禁じた最後の支配者だった。一二〇六年にモンゴルを統一したチンギス・ハン（ペルシア語の綴りの音訳としてGenghis Khanが使われることもある）が、そこから一連の電撃的な軍事征服を開始し、チンギスはクチュルクの宗教政策を撤回した。(96)

モンゴルによる遠征は一二二七年にチンギス・ハンが死亡したあとも続き、一二四一年までにはユーラシア大陸の大部分を征服し、世界史上最大の帝国になった。彼らは全般的に宗教的寛容の方針をとり、すべての聖職者を支援するとともに、彼ら自身のシャーマニズム的な伝統も特権的に扱った。モンゴルによる統一の時期は「パクス・モンゴリカ」とよばれることもあり、世界の歴史上はじめて、ヨーロッパからモンゴル帝国の東端にある中国まで、全行程を旅できるようになった。多くの人々がこの旅を実行し、何人かは自分の旅について記録を残した。たいていの旅行者はクリミア半島を出発点として、ユーラシアから現在のモンゴルまで、とぎれることのない草原の海原を横断する。彼らはタクラマカン砂漠周辺の伝統的なシルクロードは使わなかった。

ただし、興味深いことにマルコ・ポーロは例外で、ホータンを通るシルクロード南道を選んでいる。彼がなぜ多くの人が使った草原ルートを通らなかったのかはだれにもわからない。マルコは一七歳だった一二七一年にヴェネツィアを出発し、父とおじといっしょに旅をした。モンゴル帝国はそのわずか一〇年前に四つの地方に分裂し、チンギスの息子四人がそれぞれを統治していた。チャガタイ・ハンの領土は東のトルファンから西のブハラまで延び、現在の新疆もふくんだ。父とおじに同行したマルコ・ポーロは、中国へ向かう途中でチャガタイ・ハンの領土内にあるヤルカンドとホータンを訪問した。

次にヤルカンド地方に話を移そう。旅は五日におよんだ。住民はムハンマドの法に従い、ネストリア派キリスト教徒もいくらかいる。彼らは偉大なるハン（フビライ・ハン）の甥の臣民で、ハンについてはすでに述べたとおりだ。食糧は豊かで、綿がよく育つ。しかし、ここにはわれわれの本に記す価値のあるものは何もない。だからホータンに話を移そう。ヤルカンドから東北東の方向にある町だ。

ホータンまでは八日の旅。偉大なるハンの臣民である住民は、すべてムハンマドを信奉している。都市や町がたくさんあり、とりわけ壮大なのは王国の都で、やはりホータンの名でよばれている。生産物は豊かで、綿がここでもよく育つ。ブドウ畑、邸宅、果樹園もたくさんある。人々は商売や産業に従事している。戦争とは無縁に見える。(97)

ヤルカンドとホータンのこうした描写はポーロの語り口の典型だ。反復的で、説得力ある詳細に驚くほど欠けていて、実際に目にしたようすを語っているようには思えない。ポーロはその後、ペムという場所について記しているが、研究者はその場所をまだ特定できていない。その部分の内容はホータンについてのものと同じ情報をくりかえしているが、ひとつだけ重要な追加要素として、玉をくわえている。

ここを通りすぎると、東北東に五日の旅でペム地方に到着する。ここでも住民はムハンマドを信奉し、偉大なるハンの臣民である。村や町がたくさんある。もっとも壮大なこの地方の都はペムとよばれている。ここには川が流れ、碧玉や玉髄などとよばれる石が豊富に見つかる。生計手段には事欠かない。綿がよく育つ。住民は商売か産業に従事している。

たしかにポーロの情報はまちがっているように思える。彼がペムについて書いている情報はすべてホータンにあてはまる。しかし、このペム（Pem）はペマ（Phema）という可能性もある。ケリヤの古代名で、ホータンとニヤのあいだにあるオアシスだ。(98) ポーロのペムの説明は次のように続く。

次の習慣が住民のあいだに広まっている。夫が妻を置いて二〇日以上の旅に出ると、出発したすぐあとに、妻は別の男を夫にする。

歴史家はポーロの記述の信憑性について何世紀も議論してきた。一般的にいえば、中国の歴史家はポーロをあまり信用していない。おそらく彼らはモンゴルの歴史家たちよりもほかのもっと多くの史料にアクセスできるからだろう。モンゴルの歴史家はポーロが元王朝の宮廷政治の内情をよく知っていたことから、彼の記述には信憑性があると熱心に論じている。[99] もっとも、中世の旅行記にはしばしば著者が実際には訪れていない場所——この場合はホータンやペム——の描写がふくまれるという点では、研究者の意見が一致している。中世の読者も、ポーロが本に書いているすべての場所を実際に訪れたとは思っていなかった。

ポーロと彼の父やおじのような商人は、モンゴル人にとって貴重なサービスを提供した。彼らは実業家だったので、莫大な量の金銀や、戦争で奪いとったその他の品々をどう交換すべきかを知っていた。そして、これらの財産をモンゴル人がほんとうにほしいと思う織物などと交換する賢い方法を見つけ出すことができた。モンゴル人は商人のグループに莫大な量の銀を貸し出し、彼らと提携関係を結んだ。商人はこのお金を使って商品を購入する。これらの商人の圧倒的多数は中央アジアのイスラム教徒だったが、シリア人、アルメニア人、ユダヤ人もいた。ポーロと彼の父やおじも同じような非公式の提携関係の合意をとりつけたのかもしれない。[100] この種のパートナーシップは新しい形態で、それ以前の中国の王朝時代には存在しないものだった。

一三〇〇年代に入るとモンゴル帝国の解体がはじまり、各地方が独立していった。中国の元王朝の皇帝はイスラム教に改宗しなかったが、チャガタイ・ハン国をふくめ、それ以外の三つの地方の支配者は改宗した。一三三〇年代初め、チャガタイ・ハン国で最初のイスラム教徒の支配者が帝位についた。彼は配下の兵士たちにもイスラムに改宗するように奨励した。臣民にはすでにイスラム教徒がいくぶんふくまれていたが、こうした手段をとることで改宗者の数は増えていった。[101]中央アジアへのイスラムの影響はティムール・ラメ（タマーレン、在位一三七〇〜一四〇五年）の治世のあいだに増大している。ティムールもまたイスラム教徒だった。一三〇〇年代後半、チャガタイ・ハン国の支配者の子孫が新疆の大部分の支配権を獲得する一方、土着の中国の王朝である明がモンゴル族を中国の中心部から故郷のモンゴルへと追いやった。それから数世紀、現在の新疆のオアシス国家は北京の明の宮廷に朝貢使節を送りつづけた。使節が書いた報告書によれば、一四〇〇年代末の時点ではトルファンでまだ仏教が栄えていたという。[102]

一六〇二年、ひとりのヨーロッパ人――ベント・デ・ゴエスというアゾレス諸島生まれのイエズス会士――が、あごひげを生やし、髪を長く伸ばした姿でペルシア商人をよそおい、インドから中国まで旅をした。[103]彼はアブダッラー・イサイという名前を使った。アブダッラーはアラビア語で「神のしもべ」を意味し、イサイはアラブ人のイサ（イエス）のスペイン語名だ。最初の訪問先であるカブールで、彼はホータン王の母親（ヤルカンド王の妹でもある）と出会う。彼女は盗賊にあい、資金不足におちいっていた。デ・ゴエスは自分の持ち物のいくつかを売り、彼女に金のかけら六〇〇個を無利子で貸した。彼女はホータンの玉で返済すると約束した。パミールを越えてヤルカンドに入る西へのルートは危険だらけだったので、デ・ゴエスが参加した五〇〇人の男からなるキャラバンは四〇〇人の護衛を雇った。

ヤルカンドにぶじ到着すると、デ・ゴエスはさらにホータンまで進み、そこで約束の玉を受けとることができた。その後、丸一年ヤルカンドで北京行きのキャラバンを待った。キャラバンの結成はむずかしかった。この場合には、中国がキャラバンの商人の数を七二人までに限定するように要求したからだ。ヤルカンドの王は、キャラバンのリーダーの地位をもっとも高い額を払う者に売った。その人物は二〇〇袋分の麝香で支払った。それ以外の七一人のメンバーに入るための額はもっと少なかった。人数がすべて埋まると、キャラバンは一六〇四年の秋にタクラマカン砂漠の北側ルートに沿って出発した。

デ・ゴエスはキャラバン本体を離れてふたりの仲間とともにトルファン、ハミ、嘉峪関《かよくかん》を訪れている。中国に入る許可を得た彼は、一六〇五年のクリスマスに蘇州（現在の甘粛省酒泉）に到着した。そこで一六〇一年から北京で暮らしていたマッテオ・リッチに手紙を書き送っている。リッチはキリスト教に改宗した信者のひとりをデ・ゴエスのもとに派遣した。到着したその信者は、ゴエスのかねてからの疑念に答えをあたえてくれた。かつての旅人が「キャセイ」とよんでいた土地が中国と同じ場所だということだ。信者が彼のところにやってきてから一一日後、一六〇七年にデ・ゴエスは死亡した。

デ・ゴエスの旅の同行者は彼の持ち物を分け、日記は細かく破ってしまったらしく、仲間のイエズス会士が救うことのできたほんの一部をリッチに送った。献上品の交易についての彼の記述は、現在まで残っているものとしてはもっとも詳しい。中央アジアから中国まで旅をするキャラバンは少なく、実際にそうしたキャラバンは、明の皇帝への献上品を運んでいるという見かけをよそおった。また、当時のキャラバンは人数を増やすことで危険を回避する力を得ようとしていた。

一六〇〇年代と一七〇〇年代に新疆に入ったキャラバンが少なかったのと同様に、この二世紀間にはこの地域を離れた旅行者もほとんどいなかった。新疆と甘粛を拠点にしていたひとにぎりのイスラム教徒が中東まで旅をした。おもにスーフィー教（神秘主義）の導師から学ぶことが目的だ。彼らの一部はハジの巡礼の義務を果たすためメッカまで行った。一六〇〇年代にはスーフィーの導師のひとりがパミールの西から新疆南部と甘粛までやってきて、その地での伝道で大きな成功をおさめている。彼の息子のホージャ・アファクはハミの生まれで、スーフィーの教えを続け、名声を得た。一七〇〇年代には彼の後継者たちがイエメンまで旅をし、そこでナクシュバンディー教団の師とともに学んだ。帰国すると、彼らの多くは大きな影響力をもった。彼らの言葉には権威があった。新疆の外で学ぶ機会を得られるイスラム教徒はほんとうに少なかったからだ。[104] やがて、これらのスーフィー教徒の子孫たちがホータンとヤルカンドをホージャ（宗教的指導者）として支配した。彼らはイスラム法を実践し、人々はモスクで祈り、豚肉を食べるのをひかえるようになった。彼らの影響下で新疆地方は完全にイスラム化された。

一七五九年、清王朝の満州軍が最後のライバルを倒し、西域を支配下に置いた。[105] 清政府は「新たにくわわった国土」を意味する新疆省を創設した。地元の指導者に権力をもたせ、満州人の役人はアラビア語のアルファベットを使って皇帝の勅令をウイグル語に翻訳した。新疆に住む人々は中国中央部に住む人たちとは異なる法律のもとで暮らした。満州人は中国人の人民には額を剃りあげて弁髪にするように命じたが、新疆のイスラム教徒は好きな髪型を維持することが認められた。高位のイスラム教徒だけが政府に弁髪にする許可を求めることができた。弁髪は成功を連想させるものだったのである。[106]

清の支配下にあった時期に、経済は改善した。唐時代と同じように軍を支えるための現金と織物が大量に流入した。交易関係はふたたび活性化され、商人たちが危険をおかしてでも長距離の交易ルートを利用するようになった。しかし一八六四年、この地方で反乱が起こり、清は新疆のコントロールを失う。一八六五年にはヤクブ・ベクという指導者がこの地域の支配権を得た。これを新疆に足がかりを得る好機と見たロシアとイギリスは、ヤクブ・ベクのもとに交易使節を派遣する。彼らの報告は驚くほど楽観的なものだった。市場で売られる品物の大部分は地元産のものだったが、イギリスとロシアの代理人は外国製品のための大きな潜在的な市場、とくに繊維と茶の市場（中国から入らなくなって久しかった）があると表現している。ヤクブ・ベクが一八七七年に死亡すると、中国がかろうじて支配力をとりもどした。[107]

一九〇〇年代初め、オーレル・スタインら外国の探検隊が清朝発行の通行証をもって新疆に入ったとき、彼らは多くの中国人役人に会い、その何人かは彼らの発掘作業や遺物のもち出しを積極的に助けてくれた。一九一一年の辛亥革命と清王朝の崩壊で、新疆は事実上の独立を獲得したが、共和制国家となった中華民国に口先だけ同調する中国人軍閥がまだ権力を奮っていた。一九二〇年代と三〇年代には、ロシアが権力の座にあるさまざまな指導者に影響力を行使し、一九四五年から四九年までの新疆北部は事実上、トルコ系の地元の指導者のもとでソ連の衛星国になった。一九三〇年代初めの反乱の時期を除き、本書でとりあげてきた新疆南部はしばらく中国の軍閥の支配下にあったが、一九四四年になってひとりの指導者が国民党の支配を受け入れた。一九四九年、その軍閥は国民党から中国共産党へと同盟をシフトし、新疆は中華人民共和国の一部になった。

一九四九年以降、新疆の歴史は多くの面で中国全土の歴史と同調して進んだ。一九五〇年代初めは比較的、平和な時期が続いた。一九五八年の「大躍進政策」で長期にわたる集産主義の時代がはじまり、信仰の自由が制限された。一九七六年、文化大革命が終わりを迎える。鄧小平指導下の共産党は、新疆に暮らす人たちをふくめ、中国国民に経済的、宗教的な自由をあたえる。およそ三〇年続いた経済発展のあとも、ウイグル人と漢人のあいだにはまだ緊張が残り、二〇〇九年と二〇一一年の夏に起こったもののように、しばしば暴動が起こっている。新疆をふくむ内陸地域はどこも、海岸部の地域よりも発展が遅れている。

ホータンは新疆のほかの町と比べると、まちがいなく中国色が薄い。九八パーセントがウイグル人の町では、中国人の顔を見ることがめったにない。タクシー運転手や観光ガイドはほぼ全員が、ウイグル語を母語とする人たちだ。テュルク語系のウイグル語は九世紀から一〇世紀にかけてこの地方に伝わり、完全にホータン語にとって代わった。

カラハン朝による征服の記憶は、現在の新疆にもまだ残っている。イスラム教徒はいまでもマザルとよばれる神殿に集まる。イスラム教には聖人はいないが、イスラム教徒は早い時期から特定の個人が神と近い関係にあり、一般の人たちと神との仲介役になるのだと受け入れていた。[108] マザルでは、巡礼者はコーランを読み、犠牲を捧げ、儀式に参加する。彼らは健康な子どもの誕生、病気の平癒、家族の幸福なども祈る。もっとも多くの信者を集める最大規模のマザルは、イスラムに改宗した最初のカラハン朝の王サトゥク・ボグラ・ハンの墓所で、カシュガルから車で一時間もあれば着くアトゥシュにある（カラー図版16A）。[109] もうひとつの重要なマザルは、イェンギサールから二時間ほどのところにあるオルダム・パディシャ・マザルで、サトゥクの孫の墓と信じられている。[110] おそらく、スーフィーの導師が一五〇〇年代に建てたものだ。[111]

現在でも、すべての信者が希望どおりにハジの巡礼に行けるわけではない。二〇〇九年に中国からメッカまでの旅の許可を得た巡礼者は一万二七〇〇人で（中国のイスラム人口は約二〇〇〇万）、そのうちホータンからは六〇〇人だった。[112] ハジに行けなかった人たちは、そのかわりに決まった順番で地元のマザルをまわることもある。これを完成させるには一年のうちかなりの日数が必要になる。その巡礼ルートとしてよく知られるふたつの場所がホータンとカシュガルにあり、これらのマザルはカシュガルの辞書編纂者であるマフムード、新疆を治めたホージャたち、彼らの親類の女性たちに捧げられている。こうした儀式に参加する信者はホータンを「聖地」とよぶことがある。イスラムを初期にとりいれたオアシスにふさわしいよび名だろう。

結論　中央アジアの陸路の歴史

シルクロードは人類の歴史上もっとも通行量が少なかったルートで、研究するだけの価値はない――もし運ぶ荷物の重量、交通量、あるいはどの時代であれ旅行者の数がそのルートの重要性を測る唯一の物差しになるのであれば。

しかし、シルクロードは歴史を変えた。その大きな理由は、シルクロードの一部または全行程を踏破することに成功した人たちが、自分たちの文化を外来種の種のように移住先の土地に植えつけたからだ。新たな故郷で豊かな生活を築いた彼らは、すでにそこに住んでいた人たちと交わり、しばしばあとからやってきたグループとも同化した。これらのオアシス都市は継続的な経済活動の場として、険しい山岳地帯を越えて砂の大海原を横断しようとする人たちを引きよせる灯台となった。商業路としての規模は大きくなかったが、シルクロードの歴史的な重要性は変わらない。この陸路のネットワークは地球上でもっとも有名な文化伝播の動脈となり、東西の宗教、芸術、言語、新しい技術の交換の舞台となった。

厳密にいえば、シルクロードとは中国から中央アジアへ、さらにシリアとその先まで延びるいくつもの陸路の総称である。現在この地方の上空を飛行機で移動しても、風景のなかにとくに目を引くものは何も見つからないだろう。

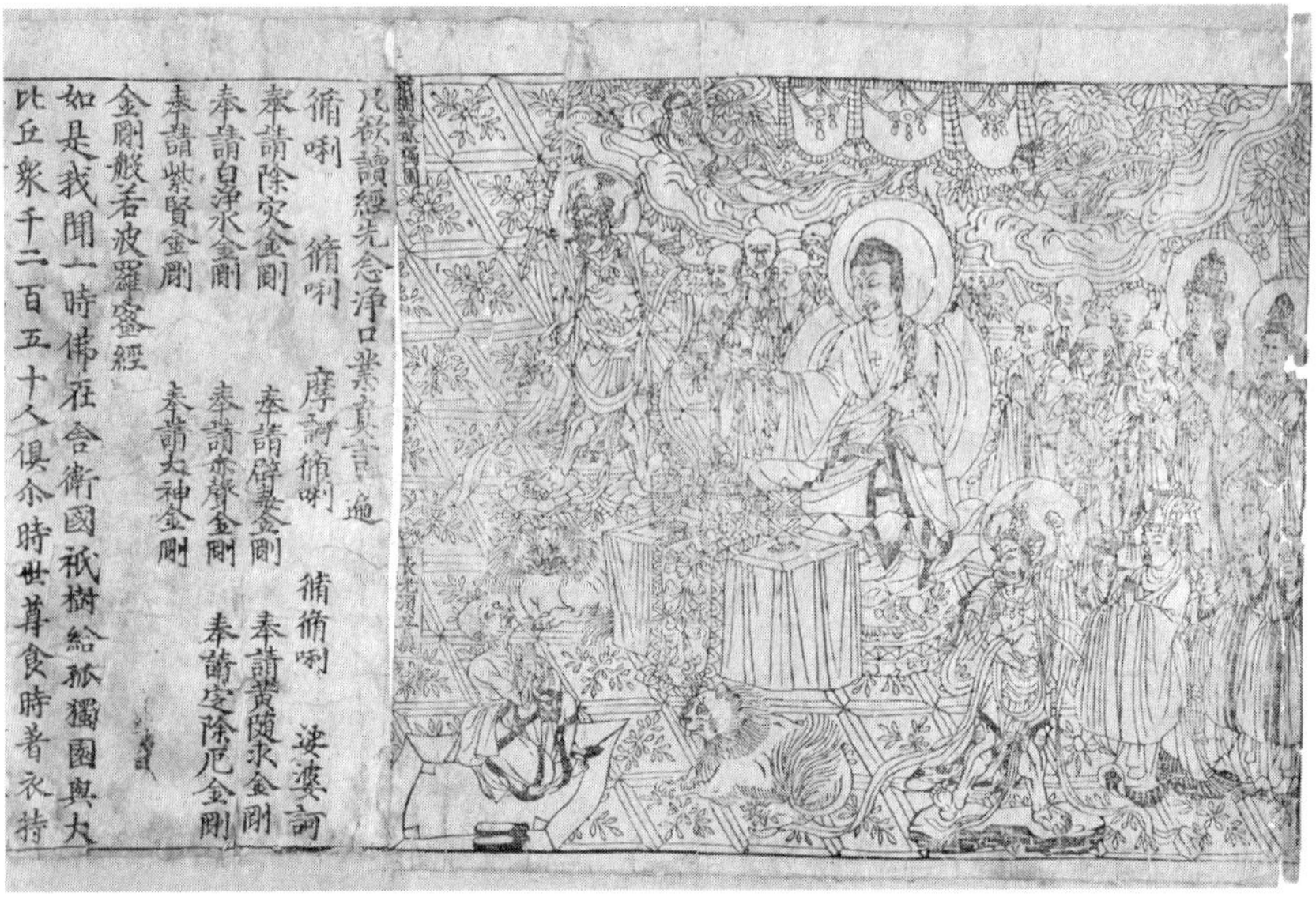

世界最古の印刷本

おそらくシルクロード文書のなかでもっとも有名な『金剛般若経』は、完全な形で残る世界最古の印刷本だ。7枚の紙を糊づけして、巻物の形にしている。仏陀が説法しているようすを描いた最初の挿絵の1枚と、文字だけの2枚目のあいだのすきまに注目してほしい。最後に書かれた献辞から、印刷版を作成したのは868年だとわかる。東アジアに最初の木版印刷文書が現れてから150年後のものだ。仏教徒として徳を積みたいという願いが印刷技術の発達の大きな動機づけになった。大英図書館所蔵。

かつての陸路の輪郭をつくり出す特徴は、人工のものではなく完全に自然のもので、峠、谷、砂漠のなかの水のわき出る場所などだった。舗装もされていないシルクロード全体の地図ができあがったのは、二〇世紀に入ってからのことだ。このルート上に紀元二〇〇年から一〇〇〇年――中国の影響がピークに達した時期――に暮らした人たちはだれも、この道を「シルクロード」とはよばなかった。すでに述べたように、一八七七年にフェルディナント・フォン・リヒトホーフェン男爵が最初に地図上に記すまで、「シルクロード」というよび名は存在しなかったのだ（カラー図版2-3）。

これらの陸路の歴史は人類の起源にまでさかのぼる。歩くことができる者ならだれでも、中央アジアを陸路で進むことができた。はるか昔の先史時代にも、この道を通って人々が移住していた。現存する最古の記録によれば、この地域を交易品が移動するようになったのは紀元前一二〇〇年ごろのことで、ホータンの玉が河南省の安陽まで運ばれた。安陽の黄河の北岸には商王朝の王たちが埋葬されている。中央アジアと中国、インド、イランなど、隣接するさまざまな社会との接触は、紀元前の第一千年紀をとおして続いていた。

紀元前二世紀に、漢王朝が最初の外交使節として張騫をこの地域に派遣した。中国の王朝は敵対していた現在のモンゴルの勢力、匈奴に対して中央アジアの各国と同盟を結びたいと考えていた。張騫は中国産の品々がアフガニスタン北部で売られていることに気づき、帰国後に皇帝にそう報告した。多くの書物はシルクロードのはじまりを張騫の旅としている。しかし、皇帝が彼を派遣したのは安全保障上の理由からであって、交易に価値を見いだしたからではない。それ以前には交易が存在したことさえ知らず、規模も小さいものだった。漢王朝はその後、北西部に軍を送って駐屯させたが、その目的はつねに北にいる敵から国を防衛することだった。これらの駐屯地にいる兵士たちの地元住民との接触もかぎられたものでしかなかった。地元住民、インドからの移民、中国の兵士たちのあいだで最初に継続的な交流がはじまったのはニヤと楼蘭で、それが本書の第1章のはじまりとなる。

本書で論じてきたシルクロードのオアシス都市――ニヤ、楼蘭、クチャ、トルファン、サマルカンド、長安、敦煌、ホータン――のどこでも交易は存在したが、規模は制限されていた。ニヤでは三世紀と四世紀のカロシュティー文書が一〇〇〇点近く発見されたが、そのうち「商人」に言及しているものは一点しかない。その商人は絹の価格を評価するために中国からこの町にやってきた。実際に旅をしていた少数の商人は、厳しく管理されていた。地元の役人から通行証を発行してもらわなければならず、そこには同行している人間全員と動物の数を一覧にし、どの町をどの順番で訪問するかも明記する必要があった。交易を監督していたのは中国の役人だけではなく、クチャの役人もそうしていた。政府は品物やサービスの購入者としても大きな役割を果たしていた。

これらの都市には市場が存在していたが、売っていたものは外国からの輸入品よりも地元産のものが圧倒的に多い。七四三年の文書によると、トルファンのある市場では、地元役人が三五〇品目の品物それぞれの三種類の価格

（高値、中値、安値）を記録していた。品目には塩化アンモニウム、香料、砂糖、真鍮など、シルクロードに特徴的な品物もふくまれた。買い物客は地元産のあらゆる種類の野菜や穀物、動物を買うことができ、その一部は長距離を運ばれてきたものだった。中国中央部で織られた各種の織物が北西部に運ばれて売られた。中央政府はこれらの織物を兵士への報酬として使っていたからだ。兵士たちはそれを市場で必要な品物に換えていた。

唐王朝の勢力が最大だった七五五年までの時期にシルクロード交易が栄えたのは、このように中国本土から多くの兵士が駐屯する北西部への大量の富の移動があったからだ。七四五年に敦煌の駐屯地に二回に分けて運ばれた絹の総量は一万五〇〇〇疋。のちの百科事典には、唐政府は七三〇年代と七四〇年代に西域（現在の甘粛省と新疆）の前哨基地である四つの駐屯地に、毎年九〇万疋の絹を送っていたと書いてある。これらは記録に残る個人間の取引のどれと比べてもはるかに量が多く、この継続的な軍への支給がこの地域の繁栄を支えていた。テュルク系ソグド人の将軍、安禄山（ソグド名ではロクシャン）が七五五年に反乱を起こした直後に、唐政府はこの地域への支払いを停止したため、シルクロード経済は崩壊した。

七五五年以降、この地域はかつての自給自足経済に戻っていった。ある商人が移動した距離は敦煌周辺の二五〇平方キロという狭い範囲だった。この商人は地元産の品物だけを扱い、おもにひとつの商品を別の商品と交換するという商売だった。彼の報告は八〇〇年以降の北西部で貨幣が不足していたことを裏づける。この種の少量の交易はシルクロード交易のピーク後も長く続いた。二〇世紀初めに西域を探検したオーレル・スタインとスヴェン・ヘディンは、どちらもこのような行商人と出会っている。彼らの商売がシルクロード沿いに暮らす人々の経済生活にあたえた影響はわずかだった。土地を耕して生活していた人たちはそのままの暮らしを続け、シルクロードを有名にしたぜいたく品を買うこともなければ生産することもなかった。

本書は多くの文書をもとに、シルクロード交易は概して地方限定の小規模なものだったという証拠を示してきた。大量の品物を扱う交易がひんぱんにあったと固く信じてきた人たちでさえ、これまでおおげさに主張されてきた大規模なシルクロード交易の証拠はほとんどないと認めざるをえないだろう。いくつかの証拠については本書と異なる解釈も可能かもしれないが、それが証拠の断片——大量の証拠ではなく——にもとづいた議論であることは否定できない。

それぞれの遺跡は特徴が異なり、また発見された文書の言語も異なるため、大部分の研究者はシルクロード上のひとつの遺跡だけに集中するのが一般的だ。研究者それぞれが、自分の研究対象とする遺跡にはシルクロード交易の直接の証拠が少ないと気づき、苦労してその理由を説明しようとしてきた。本書は、交易についての証拠が少ないという事実が、文書が見つかったすべてのシルクロード遺跡にあてはまることを明らかにしてきた。

交易がさかんだったと信じて疑わない人たちは、もっと多くの証拠がまだ発掘されないまま地中に埋まっていると信じているのかもしれない。この見解には反論の余地がない。将来にどんな発見があるのかはだれにも予測できないのだから。しかし、本書は現在のところ入手できる証拠を細かく、批判的な目で調査してきた。なぜなら、それがシルクロードの歴史と交易についての理解を深める唯一の方法になるからだ。本書では出土した史料こそ純粋に直接的な証拠と考え、もっとも価値を置いている。交易についての一般論は、商人が支払った税金の一覧表や移動する商人にあたえられた通行証に比べれば見おとりがする。たしかに証拠は少なく、重要な部分が欠けていることも多い。それでも、これらはさまざまな遺跡から集められたものなので、全体として、シルクロード交易は地域限定の小規模のものだったという結論が得られる。

交易の規模はかぎられていたものの、中央アジアのいく筋かの陸路をさまざまな背景の人々が移動するにつれ、最初は中国と南アジア、のちには西アジア、とくにイランとのあいだで、広範囲にわたる東西の文化交流が実際に起こっていた。難民、芸術家、職人、伝道者、盗賊、外交使節がすべてこれらの陸路を移動した。ときにはこうした人たちが交易を行なうこともあったが、それは彼らが旅に出たそもそもの目的ではない。

シルクロードを移動した人たちのなかで、もっとも重要で影響力のあったのは難民たちだ。移民の波が故郷の技術を新しい土地にもちこみ、その技術を継承した。故郷での戦争、あるいは政治的紛争をのがれようとする人々のひんぱんな移動は、いくつかの技術が東へ、いくつかが西へと移動したことを意味する。製紙技術と絹布を織る技術は中国から西に伝わり、ガラスの製造方法が中国に伝えられた。芸術家たちもスケッチブックを手にしてシルクロード上を移動し、故郷の芸術的モチーフを新しい土地に紹介した。

ガンダーラ地方（現在のアフガニスタンとパキスタン）からの最初の移民は、西域にやってくるとニヤに定住した。これらのインド人難民はカロシュティー文字と文字を書く技術、はめこみ式の木板の使い方を現地の人々に教えた。彼らは自分たちが信仰していた仏教も新しい土地にもちこんだ。初期の仏教の戒律は、僧侶は独身であることを規定していたが、ニヤの仏僧には結婚して子どもをもつ人たちもいた。自宅で生活を送る彼らは、大きな儀式に参加するときだけ寺院を訪れた。

中国西部でもっとも大きな移民コミュニティを形成したのは、サマルカンドとその周辺都市（現在のウズベキスタン）からやってきたソグド人だった。彼らはほとんどすべての中国の町にコミュニティをつくった。そこでは薩宝とよばれるソグド人の首領たちがコミュニティの日常を監督した。ソグド移民には商人もいた。彼らはよく小説に登場するので、裕福なソグド人商人というステレオタイプが形成された。

シルクロード交易をもっとも細かく描写しているものに、ソグド語で書かれた八通の「古代書簡」がある。敦煌の町の外にすてられた郵便袋に残っていたものだ。この手紙は三一三年から三一四年に書かれたもので、特定の品物についての言及がある。羊毛と麻、麝香、銅をベースにした化粧用の粉、胡椒、銀、そしておそらくは絹についてである。品物の量は多くはなく一・五キロから四〇キロくらいで、それもまた、キャラバンによる交易は小規模だったという見解と一致する。

キャラバンはさまざまな陸路をひんぱんに移動した。三番目の手紙で、ミウナイという名のソグド人女性が、彼女には敦煌を離れる機会が五度あったと報告している。夫が行方をくらまし、敦煌にとり残されていたのだ。生計を立てるため、彼女は娘とともに羊の世話をするようになる。ほかのソグド人も同じように、中国に移り住んでからの職業の選択には柔軟性があった。土地を耕す者もあれば、職人として働いたり、獣医になったり、兵士として奉仕する者もあった。

歴史的な都、長安（現在の西安）は、シルクロード芸術で有名だ。おそらくもっとも大量の芸術品がひとまとまりに出土したのは何家村で、中国と西洋のモチーフを組みあわせた一〇〇点以上の美しい金や銀の器が見つかった。よく調べてみると、その多くは地元で作られたものだった。難民としてやってきたソグド人か、ソグドのモチーフをとりいれた中国の職人の手によるものだ。あきらかに輸入されたものとわかるのは宝石だけだった。軽くて小さい宝石は、陸路で長距離を運ぶのが容易だったのだろう。

ほかの難民と同じように、ソグド人も自分たちの信仰を中国にもちこんだ。ソグド人のなかには故郷での信仰習慣をすてる者もいた。たとえばソグド人には、死者を野外にさらして動物に肉を食べさせ、きれいになった骨だけをオッスアリとよばれる素焼きの納骨器に入れて埋葬する習慣があった。そのかわりに彼らは中国の葬儀習慣をとりいれ、たとえば傾斜のある通路をくだった先の地下の墓室に死者を埋葬した。西安などほかの中国の町では、ゾロアスター教の死後の世界を描いた絵画で飾られた墓が見つかっている。そのひとつには故人のための墓誌が中国語とソグド語の両方で書かれていた。

西域のオアシスには複数の移民コミュニティができ、その多くで人々は故郷での宗教的習慣を継続した。彼らが故郷を離れたのはほかに選択の余地がなかったからだが、宗教の修道者はもっと深く学ぶために旅をし、教師は生徒が集まりそうな町に落ちついた。旅の記録をもっとも詳細に残しているのは、仏教の教義を学ぶために陸路か海路でインドへ渡った中国僧たちだ。彼らは旅の途中で遭遇した危険を生々しく描写している。四〇〇年代初めにインドへ旅した法顕の場合は、同じ船に乗ったインド人たちにもう少しで船から放り出されるところだった。しかし、法顕はただひとり中国語が話せて、船がどこに漂着したのかを確認できる唯一の人物だったので、あやういところで難をのがれた（結局、彼らの乗った船は最初の目的地から数百キロ離れた場所に上陸した）。

それから二世紀以上たって、玄奘が山岳地帯を越えてインドへ向かった。同行者の多くが寒さのために途中で命を落とし、すべての持ち物を衣服にいたるまで奪われることもあったが、玄奘は生きのびることができた。彼は盗賊団にも遭遇したが、彼らはちょうど略奪品を分配するのに忙しく、玄奘からは何も盗もうとしなかったという。玄奘のように盗賊について多くを書き残す旅人はめずらしい。ニヤの警察の報告書には、真珠、鏡、絹またはウールの上質の衣服、銀の装飾品を運んでいた難民からの盗難届の記録があるが、盗んだ犯人については記していない。敦煌の壁画のひとつが、商人が武装した強盗に襲われた場面と思われるものを描いていて、彼らの救済に現れた観音菩薩の姿もある。

玄奘のような仏教の伝道師は、すぐれた翻訳者にもなった。彼らはサンスクリット語などの外国語で書かれたなじみのない用語を、漢文に置き換える体系的な方法を考え出した。現在もまだ使われているものだ。中国人は約三万五〇〇〇の新しい語を吸収した。その一部は仏教用語で、一部は日常用語だった。シルクロード上では異なる言語を話す人々がしばしば出会う。鳩摩羅什のように、子どものころから複数の言語を学んで育った者もいた。大人になってから外国語を学んだ人たちもいた。学習教材などなかった時代であることを考えれば、外国語の習得は現在よりはるかにたいへんだっただろう。

現存するフレーズ集から、外国語を学ぶ人たちと彼らの学んだ言語が明らかになった。第一千年紀をとおして仏教寺院で使われたサンスクリット語は、つねに生徒たちを引きよせたが、ホータン語、漢語、チベット語もそうだった。七五五年以降、ホータンとチベットから敦煌へ、さらに山西省の五台山まで巡礼へ向かう仏教徒が増えた。逆に、西の方向へ、インドの仏教研究の中心地ナーランダまではるばる旅をする人たちもいた。

これらの巡礼者は単独で旅をすることもあったが、一国の王が他国の王のもとに送る使節団の一員として同行することもあった。使節はほかの移動集団よりも、史料の形ではっきりした足跡を残してくれている。使節団はある国の王から別の国の王のところまで、めずらしい献上品や書簡を運んだ。同時に、訪問先の王に自分たちの社会についての情報を提供し、派遣元の王のところには旅の途中で得た情報を報告した。まちがいなくスパイもいただろう。

敦煌の懸泉出土の木簡は、西暦のはじまりの時代に中国と西域の支配者のあいだで定期的な使節の交換が行なわれていたことを記録している。そして、外交使節はその後の世紀にも旅を続けた。シルクロードの最盛期には、おもな勢力すべてのあいだで使節の交換が行なわれていた。中国の使節はサマルカンドへ行き、彼らと同身分のソグド人は反対の方向へと旅をした。サマルカンドのアフラシヤブの壁画に使節団をテーマにしたものがあり、それぞれの国の豊富な生産品もいっしょに描かれている。

七五五年以降にシルクロード経済が大幅に縮小してからも、使節の往来は続いた。しかし、七人のホータンの王子の一団は、彼らの旅を完遂することができなかった。旅があまりに危険になったため、敦煌の支配者が先に進むことを認めなかったからだ。使節の構成員は旅費をまかなうために、持参した地元産の品物をその場しのぎの取引に使い、絹織物や羊、あるいはレイヨウの皮などで支払った。ホータンの王子たちでさえ、旅費を工面するために玉を売らなければならなかった。

王子たちの困難を記した文書は、敦煌の蔵経洞のなかに保存された複数の言語で書かれた四万点の文書の一部だった。一〇〇二年ごろに封印されたこの蔵経洞は、シルクロードの多様性を裏づけるタイムカプセルのような役割を果たす。文書を救ったのは仏教寺院で蔵書を管理していた僧たちで、彼らはもちろん自分たちの宗教の経典を集めたが、他言語の文書の断片も将来なにかの役に立つかもしれないと考え、すべて保管していた。彼らが保管した文書には、サンスクリット語、ホータン語、チベット語、ウイグル語、ソグド語などで書かれた、マニ教、ゾロアスター教、キリスト教、ユダヤ教、仏教の経典があった。『金剛般若経』はこの蔵経洞で見つかったすべての文書のなかでもとくに有名なもので、世界最古の印刷本とされている。しかし、それ以外にもっとめずらしい文書もある。聖書の詩編からの抜粋をヘブライ語で書いた紙を折りたたんで作ったお守り、あるいはソグド語で歌われたマニ教の讃美歌を漢字の音節で表記したものを想像してみてほしい。蔵経洞全体が一〇〇〇年近くシルクロードのコミュニティを特徴づけてきた、さまざまな宗教への寛容を目に見える形で表している。

蔵経洞を封印した僧侶たちは、その理由を記録してはいないが、彼らは敦煌の支配者と同盟を結んだホータンの仏教徒と、イスラムのカラハン朝とのあいだの戦争を知っていた。たとえ一〇〇六年のホータン陥落が蔵経洞の閉鎖のひきがねになったのではないとしても、それがこの地域の新しい時代の幕開けとなり、しだいにイスラムへの改宗が広まった。それからの数世紀のあいだにどのオアシスも自己充足的なイスラム国家へと変化し、ハジの巡礼でメッカまで行った少数の信者が帰国して、大きな影響力をおよぼした。まだこの地域を旅することのできたヨーロッパの旅行者――ベント・デ・ゴエスはまちがいないが、おそらくマルコ・ポーロも――は、以前の国際色豊かな都市とはまったく異なる、同質的で孤立したコミュニティとしてこれらの町を描写している。

スヴェン・ヘディンが一八九五年にはじめてタクラマカン砂漠へと足をふみいれたとき、彼はヨーロッパ人にはまったくの未知の世界へ分け入った。この地域の乾燥した気候のおかげで、ヘディンやオーレル・スタインをはじめとする探検家たちは、イスラム化以前の時代の文書や遺物を多数回収することができた。この同じ保存条件が、いまは失われた世界、かつては多様性に寛容だった世界の、最新の発掘物を一目見たいと願う旅人たちをいまも引きつけている。

原注

〈はじめに〉

1 Jonathan M. Bloom, "Silk Road or Paper Road?" *Silk Road* 3, no. 2（December 2005）: 21-26, オンラインで入手可、http://www.silk-road.com/newsletter/vol3num2/5_bloom.php.

2 Jonathan M. Bloom, *Paper before Print: The History and Impact of Paper in the Islamic World*（New Haven, CT: Yale University Press, 2001）, 1.

3 王炳華『西域考古歴史論集』（北京：人民大学出版社、二〇〇八）、1-54.

4 フェルディナント・フォン・リヒトホーフェンは、主要ルートをオレンジの線で表し（プトレマイオスとマリヌスの情報にもとづいたもの）、青の線で中国の地理学者からの情報を表した。Ferdinand von Richthofen, *China: Ergebnisse eigener Reisen und darauf gegründeter Studien*（Berlin: D. Reimer, 1877）. 第1巻のp. 500の対向ページにこの地図が掲載されている。

5 Tamara Chin, "The Invention of the Silk Road, 1877". イェール大学で二〇〇八年二月二一日に行なわれた講演。彼女は将来的に自分の発見をまとめて発表することを計画している。以下も参照。Daniel C. Waugh, "Richthofen's 'Silk Roads': Toward the Archaeology of a Concept," *Silk Road* 5, no. 1（Summer 2007）: 1-10, オンラインで入手可。http://www.silk-road.com/newsletter/vol5num1/srjournal_v5nl.pdf.

6 *Times of London*, December 24, 30, 1948; Tamara Chin, 二〇一一年九月六日の私信。

7 Peter C. Perdue, *China Marches West: The Qing Conquest of Central Eurasia*（Cambridge. MA: Belknap Press of Harvard University Press, 2005）.

8 Charles Blackmore, *Crossing the Desert of Death: Through the Fearsome Taklamakan*（London: John Murray, 2000）, 59, 61, 64, 104, fig. 14のキャプション。

9 Peter Hopkirk, *Foreign Devils on the Silk Road: The Search for Lost Cities and Treasures of Chinese Central Asia*（Amherst: University of Massachusetts Press, 1984）, 45-46（ピーター・ホップカーク『シルクロード発掘秘話』、小江慶雄・小林茂訳、時事通信社、一九八一）; Rudolf Hoernle, "Remarks on Birch Bark MS," *Proceedings of the Asiatic Society of Bengal*（April 1891）: 54-65.

10 Sven Hedin, *My Life as an Explorer*, trans. Alfhild Huebsch（New York: Kodansha, 1996）, 177.（スウェン・ヘディン『探検家としてのわが生涯』、山口四郎訳、白水社、一九九七）

11 Hedin, *My Ltfe*, 188.（『探検家としてのわが生涯』）

12 Jeannette Mirsky, *Sir Aurel Stein: Archaeological Explorer*

(Chicago: University of Chicago Press, 1977), 70（記事を同封したエルンストの手紙）、79-83（スタインの資金援助の申請）（J・ミルスキー『考古学探検家スタイン伝』、杉山二郎・伊吹寛子訳、六興出版、一九八四）

13　王炳華「絲綢之路的開拓及発展」『絲綢之路考古研究』（ウルムチ、中国：新疆人民出版社、一九九三）、2-5; E. E. Kuzmina, *The Prehistory of the Silk Road*. ed. Victor H. Mair (Philadelphia: University of Pennsylvania Press, 2008), 119. 新疆と現在のカザフスタンのセミレチエ地域とのあいだの交流について強調している。

14　J. P. Mallory and Victor H. Mair, *Tarim Mummies: Ancient China and the Mystery of the Earliest Peoples from the West* (New York: Thames & Hudson, 2000), 179-81.

15　J. P. Mallory and D. Q. Adams, *The Oxford Introduction to Proto-Indo-European and the Proto-Indo-European World* (New York: Oxford University Press, 2006), 460-63.

16　Elizabeth Wayland Barber, *Mummies of Ürümchi* (New York: W. W. Norton, 1999).

17　わたしが既刊書の一冊で小河墓遺跡について書いた内容には、いくつかの誤りがあった。とくに悔やまれるのは、この土地が占領された時代をまちがってしまったことだ。正しい時期は紀元前二〇〇〇～一八〇〇年のあいだである。"Religious Life in a Silk Road Community: Niya during the Third and Fourth Centuries," *in Religion and Chinese Society*, ed. John Lagerwey (Hong Kong: Chinese University Press, 2004), 1: 279-315. 新疆文物考古研究所「二〇〇二年小河墓地考古調査与発掘報告」『新疆文物』二〇〇三, no. 2: 8-46; Victor H. Mair, "The Rediscovery and Complete Excavation of Ördek's Necropolis," *Journal of Indo-European Studies* 34, nos. 3-4 (2006): 273-318.

18　Sergei I. Rudenko, *Frozen Tombs of Siberia: The Pazyryk Burials of Iron Age Horsemen*, trans. M. W. Thompson (Berkeley: University of California Press, 1970), 115, fig. 55（銅鏡）; plate 178（不死鳥が刺繍された絹）。

19　王炳華「絲綢之路的開拓及発展」4; アラゴウ墓地の調査報告については、『文物』1981, no. 1: 17-22：新疆文物局編『新疆文物古跡大観』（ウルムチ、中国：新疆文民出版社、一九九九）、165, fig. 0427. この絹の写真が掲載されている。

20　張騫の旅にかんする記述としては、司馬遷の『史記』（北京：中華書局、一九七二）、ch. 123と、班固の『漢書』（北京：中華書局、一九六二）、61: 2687-98. 本書では北京の中華書局から発行されている句読点入りの正史を引用している。いずれも台湾中央研究院が管理する漢籍電子文献史料庫というサイトから入手できる: http://hanchi.ihp.sinica.edu.tw/ihp/hanji.htm. A. F. P. Hulsewéは、以下の文献で『史記』の内容の一部は消失し、おそらく『漢書』をもとに再構築されたものだろうと説明している。*China in Central Asia: The Early Stage. 125 B. C.-A.D. 23; An Annotated Translation of Chapters 61 and 96 of the History of the Former Han Dynasty* (Leiden: E. J. Brill, 1979), 15-25.『漢書』の張騫の略歴部分をpp.207-38で翻訳している。

21　Helen Wang, *Money on the Silk Road: The Evidence from Eastern Central Asia to c. AD 800* (London: British Museum Press, 2004), 47-56.

22　懸泉の遺跡は一九八七年に発見され、九〇年から九一年にかけて発掘が行なわれた。多数の文書が見つかったが、これまでのところ、そのうちのほんの一部しか発表されていない。以下を参照。甘粛省文物考古研究所「甘粛敦煌漢代懸泉置遺跡発掘簡報」『文物』二〇〇〇, no. 5: 4-45, 5（この遺跡の正確な場所がわかる地図）、11（竹簡の数）。

23　何双全『双玉蘭堂文集』（台北：蘭台出版社、二〇〇一）、30.

24　Joseph Needham, ed., *Science and Civilisation in China*, vol. 5, part 1, *Paper and Printing*, by Tsien Tsuen-hsuin (Cambridge, UK: Cambridge University Press, 1985), 40（『中国の科学と文明』シリーズ、ジョゼフ・ニーダム編、吉田忠・宮島一彦ほか訳、思索社）;『漢書』97b: 3991.

25　Nicola Di Cosmo, "Ancient City-States of the Tarim Basin," in *A Comparative Study of Thirty City-State Cultures*, ed. Mogens Herman Hansen (Copenhagen: Kongelige Danske Videnskabernes Selskab, 2000), 393-409.

26　胡平生・張徳芳編『敦煌懸泉漢簡釈粋』（上海：上海古籍出版社、二〇〇一）、110.

27　王素「懸泉漢簡所見康居史料考釋」『中外関係史：新史料與新問題』栄新江・李孝聡編（北京：科学出版社、二〇〇四）、150, 懸泉文書 # II90DXT0213 ⓡ: 6A 転写と詳説。

28　Lothar von Falkenhausen, "The E Jun Qi Metal Tallies: Inscribed Texts and Ritual Contexts," in *Text and Ritual in Early China*, ed. Martin Kern (Seattle: University of Washington Press, 2005), 79-123; 程喜霖『唐代過所研究』（北京：中華書局、二〇〇二）、2.

29　胡・張編『敦煌懸泉漢簡釈粋』、77-80, 文書 # I 0112 ⓡ: 113-31.

30　王素「懸泉漢簡所見康居史料考釋」、155-58.

31　この記録がのっているのは、范曄『後漢書』（北京：中華書局、一九六五）、118: 2920. Manfred G. Raschke, "New Studies in Roman Commerce with the East," in *Aufstieg und Niedergang der römische Welt: Geschichte und Kultur Roms im Spiegel der neueren Forschung*, vol. 2, part 9.2, ed. Hildegard Temporini (Berlin: Walter de Gruyter, 1978), 853-855nn848-850, は、この記録について研究者がもつ多くの疑問について論じている。

32　Raschke, "New Studies in Roman Commerce," 604-1361.『エリュトゥラー海案内記』が西暦七〇年より前に書かれたはずだと彼が信じる理由については、755n478.

33　Lionel Casson, *The Periplus Maris Erythraei: Text with Introduction, Translation, and Commentary* (Princeton, NJ: Princeton University Press, 1989), 91.

34　Étienne de la Vaissière, "The Triple System of Orography in Ptolemy's Xinjiang," in *Exegisti Monumenta: Festschrift in Honour of Nicholas Sims-Williams*, ed. Werner Sundermann,

Almut Hintze, and François de Blois (Wiesbaden, Germany: Harrassowitz, 2009), 527-35.

35　わたしは杭州のシルク博物館を二〇〇六年六月一二日に訪れ、河南省の青台村で見つかったこの絹の断片を実際に目にした。

36　中国の繊維についてもっとも詳細に研究している英語の文献は、次のものだろう。Joseph Needham, ed., *Science and Civilisation in China*, vol. 5, part 9, *Textile Technology: Spinning and Reeling*, by Dieter Kuhn (Cambridge, UK: Cambridge University Press, 1988), 272（ジョゼフ・ニーダム編『中国の科学と文明』シリーズ、吉田忠・宮島一彦ほか訳、思索社）。

37　Pliny the Elder, *The Natural History of Pliny*（『プリニウスの博物誌』）, trans. John Bostock and H. T. Riley (London: H. G. Bohn, 1855-57), 6.20（セレスと絹の服を着ていたローマの女性たち、輸入品への反対）; 6.26（インドへの貨幣の輸出）; 11.26-27（コスの絹）。オンラインで入手可。http: //www.perseus.tufts.edu/hopper/text?doc=Perseus%3atext%3a1999.02.0137

38　I. L. Good, J. M. Kenoyer, and R. H. Meadow, "New Evidence for Early Silk in the Indus Civilization," *Archaeometry* 51, no. 3 (2009): 457–66.

39　Irene Good, "On the Question of Silk in Pre-Han Eurasia," *Antiquity* 69 (1995): 959–68.

40　Lothar von Falkenhausen, "Die Seiden mit Chinesischen Inschriften," in *Die Textilien aus Palmyra: Neue und alte Funde*, ed. Andreas Schmidt-Colinet, Annemarie Stauffer, and Khaled Al-As'ad (Mainz, Germany: Philipp von Zabern, 2000); reviewed by Victor H. Mair, *Bibliotheca Orientalis* 58, nos. 3-4 (2001): 467–70. フォン・ファルケンハウゼンは出土した中国製の織物との類似点にもとづいて、目録の項目番号521の製造時期を、紀元五〇年から一五〇年のあいだとした。項目番号521は紀元四〇年のものとされる墓から見つかったため、これが西洋で発見された最古の絹のひとつとなった。どちらの織物もパルミラがササン朝ペルシアに征服された紀元二七三年以前に作られたはずだ。ファルケンハウゼンの次の文献も参照。Lothar von Falkenhausen, "Inconsequential Incomprehensions: Some Instances of Chinese Writing in Alien Contexts," *Res* 35 (1999): 42–69, とくに44-52.

41　Anna Maria Muthesius, "The Impact of the Mediterranean Silk Trade on Western Europe Before 1200 A.D." in *Textiles in Trade: Proceedings of the Textile Society of America Biennial Symposium. September 14-16, 1990. Washington. D. C.* (Los Angeles: Textile Society of America, 1990), 126-35. オランダのマーストリヒトにある聖セルファース教会の聖遺物から見つかった唯一の中国製の織物については129; Xinru Liu, *Silk and Religion: An Exploration of Material Life and the Thought of People, AD 600-1200* (Delhi: Oxford University Press, 1996), 8.

42　Pliny, *Natural History*, 6.20.

43　Trevor Murphy, *Pliny the Elder's Natural History: The Empire in the Encyclopedia* (Oxford: Oxford University Press, 2004), 96-99（ぜいたく品）、108-10（セレス）。

44　羅豊「胡漢之間――〝絲綢之路〟與西北歴史考古」（北京：文物出版社、二〇〇四）、中国で見つかった金貨の表はpp. 117-20.

45　Vimala Begley, "Arikamedu Reconsidered," *American Journal of Archaeology* 87, no. 4 (1983): 461-81, とくに n82.

46　Raschke（ラシュキ）は、古代ローマでこの種の統計をとった人物がいたとは考えていない（"New Studies in Roman Commerce," 634-35）。彼は、大プリニウスの絹についての説明は、道徳的な理由から誇張したものだろうと信じている。「このように、当時のローマの官僚制度とエジプトに現存する記録の両方から、大プリニウスがローマと東方との貿易の収支について年間の正確な赤字額を入手するのは不可能だっただろうと思われる」(p. 636)。以下も参照。邢義田『漢学研究』3, no. 1 (1985): 331-41（ラシュキの著書について評している）とその続編、『漢学研究』15, no. 1 (1997): 1-31（ローマと中国の交易の規模について深い疑いを表明している）。

47　斉東方、二〇〇六年六月の私信。重要な例外のひとつは、以下の文献で研究されている。Anthony J. Barbieri-Low, "Roman Themes in a Group of Eastern Han Lacquer Vessels," *Orientations* 32, no. 5 (2001): 52-58.

48　Wu Zhen, "'Hu' Non-Chinese as They Appear in the Materials from the Astana Graveyard at Turfan," *Sino-Platonic Papers* 119 (Summer 2002): 1-21.

〈第1章〉

わたしはこれまでニヤについて次のふたつの論文を発表している。"Religious Life in a Silk Road Community: Niya During the Third and Fourth Centuries," in *Religion and Chinese Society*, ed. John Lagerwey (Hong Kong: Chinese University Press, 2004), 1: 279-315; "The Place of Coins and Their Alternatives in the Silk Road Trade,"『絲綢之路古国銭幣暨絲路文化国際学術討論会文集』上海博物館編（上海：上海書画出版社、二〇一一）、83-113.

1　オーレル・スタインのニヤ遺跡での発掘についての本章の記述は、スタインの次の著書にもとづいている。M. Aurel Stein, *Ancient Khotan: Detailed Report of Archaeological Explorations in Chinese Turkestan* (Oxford: Clarendon, 1907), 1: 310-15; 2: 316-85.

2　Aurel Stein, *On Central-Asian Tracks: Brief Narrative of Three Expeditions in Innermost Asia and North-Western China* (London: Macmillan, 1933), 1-2（オーレル・スタイン『中央アジア踏査記』、沢崎順之介訳、白水社、二〇〇四）; Valéria Escauriaza-Lopez, "Aurel Stein's Methods and Aims in Archaeology on the Silk Road," in *Sir Aurel Stein, Colleagues and Collections*, ed. Helen Wang, British Museum Research Publication 184 (London: British Museum, forthcoming).

3　この川はコンチェ・ダリヤまたはクム・ダリヤともよばれる。

4　日中共同探検隊はふたつの報告書を発表している。『中日日中共同尼雅遺跡学術調査報告書』（ウルムチ、中国：新疆維吾爾自治区文物局、一九九六）は、一九八八～一九九三年の発掘調査にかんするもの。一九九四～一九九七年の調査については一九九九年に同じタイトルの三巻からなる第二の報告書が刊行された。この報告書をアメリカのニューヘヴンまでもち帰ってくれたリン・メイカンに感謝する。

ロプノール地域への初期の調査隊には、ロシアのプルジェワルスキーが一八七六～七七年に率いたもの、またアメリカのイェール大学の地理学教授エルズワース・ハンティントンが率いた一九〇六年の探検隊、日本の大谷光瑞が率いた一九〇八～一九一一年の探検隊、オーレル・スタインの一九一四年の探検隊、黄文弼が一九三〇年と一九三四年に、新疆考古学研究所が一九五九年と一九八〇～八一年に、日中共同チームが一九八八～一九九七年に行なった発掘調査などがある。歴史的調査については、以下を参照。王炳華「尼雅考古百年」『西域考査与研究続編』（ウルムチ、中国：新疆人民出版社、一九九八）、161-86.

5　Jean Bowie Shor, *After You, Marco Polo* (New York: McGraw-Hill, 1955), 172; John R. Shroder,Jr., Rebecca A. Scheppy, and Michael P. Bishop, "Denudation of Small Alpine Basins, Nanga Parbat Himalaya, Pakistan," *Arctic, Antarctic, and Alpine Research* 31, no. 2 (1999): 121-27.

6　Jason Neelis, "*La Vieille Route* Reconsidered: Alternative Paths for Early Transmission of Buddhism Beyond the Borderlands of South Asia," *Bulletin of the Asia Institute* 16 (2002): 143-64.

7　*Antiquities of Northern Pakistan: Reports and Studies*, vol. 1, *Rock Inscriptions in the Indus Valley*, ed. Karl Jettmar (Mainz, Germany: Verlag Philipp von Zabern, 1989).

8　Richard Salomon, *Indian Epygraphy: A Guide to the Study of Inscriptions in Sanskrit, Prakrit, and the Other Indo-Aryan Languages* (New York: Oxford University Press, 1998), 42-56.

9　Richard Salomon, "New Manuscript Sources for the Study of Gandhāran Buddhism," in *Gandhāran Buddhism: Archaeology, Art, and Texts*, ed. Pia Brancaccio and Kurt Behrendt (Vancouver: UBC Press, 2006), 135-47. この地域の初期の仏教の宗派についてさらに詳しくは、以下を参照。Charles Willemen, Bart Dessein, and Collett Cox, eds., *Sarvāstivāda Buddhist Scholasticism* (Leiden, the Netherlands: Brill, 1998).

10　Neelis, "Long-Distance Trade," 323-26の定型表現の表を参照。

11　Jettmar. *Antiquities of Northern Pakistan*, 1: 407.

12　*Corpus Inscriptionum Iranicarum*, part 2, *Inscriptions of the Seleucid and Parthian Periods and of Eastern Iran and Central Asia*, vol. 3, *Sogdian*, section 2, *Sogdian and Other Iranian Inscriptions of the Upper Indus*, by Nicholas Sims-

Williams (London: Corpus Inscriptionum Iranicarum and School of Oriental and African Studies, 1989), 23. Shatial I inscription 254. 読みやすくするために、カッコをはぶいている。吉田豊からの指摘を反映してニコラス・シムズ＝ウィリアムズのもとの翻訳文を修正し、タシュクルガンへの言及をふくめた。以下を参照。Étienne de la Vaissière, *Sogdian Traders: A History*, trans. James Ward (Boston: Brill, 2005), 81n42.

13 Karl Jettmar, "Hebrew Inscriptions in the Western Himalayas," in *Orientalia: Iosephi Tucci Memoriae Dicata*, ed. G. Gnoli and L. Lanciotti, vol. 2 (Rome: Istituto Italiano per il Medio ed Estremo Oriente, 1987), 667-70, Plate 1.

14 C. P. Skrineは、一九二二年にみずからこの峠を越えた旅について生き生きと描写している。以下を参照。*Chinese Central Asia* (Londcn: Methuen, 1926), 4-6.

15 Joe CribbとNicholas Sims-Williamsは、アフガニスタンのラバータクで発見された碑文をもとに、クシャン朝の新しい年代記を作成した。それによれば、カニシカ王の治世は紀元一〇〇年か一二〇年にはじまる。"A New Bactrian Inscription of Kanishka the Great," *Silk Road Art and Archaeology* 4 (1995-96): 75-142. 天文学の手引書を分析したHarry Falkは、カニシカ王の治世がはじまった年を一二七年としている。"The Yuga of Sphujiddhvaja and the Era of the Kuṣāṇas," *Silk Road Art and Archaeology* 7 (2001): 121-36. フォークの年代特定は世界的に受け入れられているわけではないが、この分野の研究者の多くは、カニシカ王の治世はおそらく一二〇年から一二五年のあいだにはじまったものと合意している。Osmund Bopearachchi は以下の文献で、クシャン朝の支配のはじまりを紀元四〇年ごろと主張している。"New Numismatic Evidence on the Chronology of Late Indo-Greeks and Early Kushans," 上海博物館編『絲綢之路古国銭幣』259-83.

16 中国の正史、その編者、また編纂または発行の年代については、以下の文献に掲載の表を参照。Endymion Wilkinson, *Chinese History: A Manual*, rev. ed. (Cambridge, MA: Harvard University Asia Center, 2000), 503-5.

17 Lin Meicun, "Kharṣṭhī Bibliography: The Collections from China (1897-1993)," *Central Asiatic Journal* 40 (1996): 189. 林梅村教授は支謙の伝記を以下の文献から翻訳している。「出三蔵記集」『大正新脩大蔵経』(大正新脩大蔵経刊行会、一九六二—九〇)、text 2145, 55: 97b.

18 Erik Zürcher, "The Yüeh-chih and KaniṢka in Chinese Sources," in *Papers on the Date of Kaniṣka*, ed. A.L. Basham (Leiden: E. J. Brill, 1968), 370; 范曄『後漢書』、47: 1580; 余太山『両漢魏晋南北朝時代正史西域伝要注』(北京：中華書局、二〇〇五)、28n221. 余のこの本は中華書局版の王朝史を補完する重要な文献なので、本書の注でもたびたび引用している。

19 中国の正史は、大月氏とよばれる一集団がインド北西部へ移動し、小月氏とよばれるもっと小さな集団が新疆南部のニヤの近くに定住したと伝えている。この分野の専門家たちは、この説明の信頼性と正確さについては真っ二つに意見が分かれる。故ジョン・ブロフは次のように書いている。

この話は実際に起こったことにもとづいているのかもしれない。しかし、そのどれだけが事実かを判断できる中立的な証拠はない。のちの時代と同じように、中央アジアには数多くの民族集団が存在したはずだ。その多くは遊牧民だった。そのためまちがいなく、ほんの一世代あとの時代でさえ信頼できる情報を得るのはむずかしかっただろう。伝説として語られてきた話は多かれ少なかれ、月氏（厳密に区別すれば「小月氏」）が長期にわたってパミール高原の東側の地域に存在したことを説明するために、理論的に構築されたものだと認めたほうがいい。John Brough. "Comments on Third-Century Shan-shan and the History of Buddhism," *Bulletin of the School of Oriental and African Studies* 28（1965）: 585.

これより先に、日本の歴史学者である白鳥庫吉がソグド人の歴史についての著書にこう記していた。「かつての中国の著述家たちが、外国の起源を自分たちの国とする習慣、または自国の文献に見つかる同じ名前の国として扱う習慣に染まっていった経緯がわかってきた」。白鳥はいくつか説得力のある例をあげている。中国の歴史書は、匈奴、日本人、さらには世界の西の果てにあるとされた大秦——おそらくはローマに相当する——の人々でさえ、その生まれ故郷は中国内としてきた。"A Study on Su-t'ê, or Sogdiana," *Memoirs of the Research Department of the Toyo Bunko* 2（1928）: 103.

しかし、中国王朝史の著者たちがこうした結論にいたるには、なんらかの根拠があった（がすでに失われてしまった）はずだと考える研究者もいる。François Thierry "Yuezhi et Kouchans: Pièges et dangers des sources chinoises," in *Afghanistan: Ancien carrefour entre l'est et l'ouest*, ed. Osmund Bopearachchi and Marie-Françoise Boussac（Turnhout, Belgium: Brepols, 2005）, 421-539.

Craig G. R. Benjamin は証拠を調べ上げ（ベンジャミンは中国語を読めないが、考古学にかんするロシア語の文献には通じている）、新疆から出て、また戻ってくる移動をさししめす考古学的証拠はない、と記している。*The Yuezhi: Origin. Migration and the Conquest of Northern Bactria*（Turnhout, Belgium: Brepols, 2007）. この問題に興味のある読者はまず、Thierry の論文とBenjamin の本から読むのがいいだろう。どちらもこの疑問について二次史料を徹底的に調査している。

20 スタインの四回目の探検について簡単にまとめた資料としては、Mirsky, *Sir Aurel Stein*, 466-69を参照。蘭州大学の Wang Jiqing（王冀青）教授は、スタインが撮影した写真、没収された発掘物とその重要性について書いた書簡を徹底的に調査し、英文記事も書いている。"Photographs in the British Library of Documents and Manuscripts from Sir Aurel Stein's Fourth Central Asian Expedition," *British Library Journal* 24, no. 1（Spring 1998）: 23-74. これは、彼の以下の著書の簡略版といえる。王冀青『斯坦因第四次中国考古日記考釋——英国牛津大学蔵斯坦因第四次中亜考察旅行日記手稿整理研究』（蘭州、中国：甘粛教育出版社、二〇〇四）。

21 Mirsky, *Sir Aurel Stein*, 469. 一九三一年二月三日付のスタインからパーシー・スタフォード・アレンへの手紙（ボドリアン図書館所蔵）を引用している。

22 Enoki Kazuo, "Location of the Capital of Lou-lan and the Date of the Kharoṣṭhī Inscriptions," *Memoirs of the Research Department of the Toyo Bunko* 22（1963）: 129n12; Hulsewé, *China in Central Asia*, 10–11.

23 班固『漢書』、96A: 3875-81; 余太山『西域伝』、79-93; 以下で英訳されている。Hulsewé, *China in Central Asia*, 7–94.

24 この「里」の単位は時代と場所によって異なる。漢時代にはおよそ四〇〇メートル。*Cambridge History of China, vol. 1, The Ch'in and Han Empires, 221 B.C.-A.D. 220*, ed. Denis Twitchett and Michael Loewe（Cambridge, UK: Cambridge University Press, 1986）, xxxviiiでは、「里」の長さを〇・四一五キロとし、「場合によっては、〝里〟という語は正確な距離の単位というより修辞的に使った」と記している。

25 Hulsewé, *China in Central Asia*, 29. スタインの報告書に掲載された写真からは文字は判読できない。中国の研究者はその文字を「詔鄯善王」——鄯善王の布告——と読んだ。孟凡人『楼蘭鄯善簡牘年代学研究』（ウルムチ、中国：新疆人民出版社、一九九五）、261, no. 625, N.xv.345. スタインは「鄯善郡印」と読める印章も発見した。Stein, *Ancient Khotan*, N.xxiv.iii. 74.

26 Aurel Stein, *Serindia: Detailed Report of Explorations in Central Asia and Westernmost China*（Oxford: Clarendon, 1921）, 1: 219; 1: 415（ラプソンが楼蘭をクロライナと比定）; 1: 217-81, 3: plate 9（家屋一四）; 1: 227（ルスタムによる発見）; 1: 226（家屋一四の大きさ）; 1: 530（M５の絵画）。

27 Brough, "Comments on Third-Century Shan-shan," 591–92.

28 班固『漢書』、96A: 3878–79; 余太山『西域伝』、84–86; Hulsewé, *China in Central Asia*, 89–91; Brough, "Comments on Third-Century Shan-shan," 601.

29 この発見についてはHelen Wang, *Money on the Silk Road*, 25–26で知った; Aurel Stein, *Innermost Asia: Detailed Report of Explorations in Central Asia, Kan-su and Eastern Irān*（Oxford: Clarendon, 1928）, 287–92, で詳しく説明されている。

30 最初に見つかった二一一枚の銅貨のうち、五〇枚は現在ロンドンにある。紀元前八六年から一年のもので、西暦以前の時代に現在の新疆で使われていたもっとも初期の五銖銭。Helen Wang, *Money on the Silk Road*, 295–96.

31 Stein, *Innermost Asia*, 290.

32 居延（内モンゴルのエジン旗。甘粛省金塔県の北東九〇キロ）と疏勒（甘粛省の敦煌と酒泉の近く）から発掘された文書から、漢王朝時代の中国が大規模な軍隊を駐屯させていたことが確認された。一〇万枚を越える貨幣の大規模な支出について記録した文書に、紀元前一四〇年から紀元三二年の年号が入っている。駐屯地の兵士は貨幣で給料を受けとり、それを使って衣服などの買い物をした。Helen Wang, *Money on the Silk Road*, 47–56も、これらの史料について詳しく分析している。

33 Mariner Ezra Padwa がニヤでそれぞれの家を分析調査した。"An Archaic Fabric: Culture and Landscape in an Early Inner Asian Oasis（3rd-4th century C.E. Niya）"（Ph.D. diss., Harvard University, 2007）.

34　この玉は*langgan* や*meigui* とよばれている。残念ながら、木簡には日付が入っていなかったが、文字は書記官らしい美しい筆跡で書いてあった。歴史家・文学者として高名な王国維（一八七七～一九二七）は、これらの木簡は紀元七五年から、漢王朝が滅びた二二〇年までに書かれたはずだと考えた。『観堂集林』（北京：中華書局、一九五九）、833-34.
　Édouard Chavannesは、この遺跡で見つかったほかの遺物と同時代の三～四世紀のものと考えた。*Les documents chinois découverts par Aurel Stein dans les sables de Turkestan oriental* (Oxford: Oxford University Press, 1913), 199-200. 木簡の漢文を転写している最新の文献は、孟凡人『楼蘭鄯善簡牘』、269-71.

35　N.xiv.iii; 孟凡人『楼蘭鄯善簡牘』、269, no. 668.

36　N.xiv.ii.6, N.xiv.ii.19, N.xiv.ii.12.8; 以下で論じられている。王冀青「斯坦因第四次中亜考察所獲漢文文書」『敦煌吐魯番研究』3（1998）: 286.

37　N.xiv.ii.1; 以下で論じられている。王冀青「漢文文書」264.

38　孟凡人『楼蘭鄯善簡牘』、262, no. 627（N.xv.109）, no. 628（N.xv: 353）, no. 629（N.xv.314）; 264, no. 639（N.xv.152）; 以下で論じられている。程喜霖『唐代過所研究』（北京：中華書局、二〇〇〇）, 39-44; 王炳華『精絶春秋―尼雅考古大発現』（上海：浙江文芸出版社、二〇〇三）、101.

39　Stein, *Innermost Asia*, 288, 743. J.P. Mallory and Victor H. Mair, *Tarim Mummies* は、これらの発見にかんする調査では、とくにすぐれた英語の文献。

40　新疆維吾爾自治区博物館考古隊「新疆民豊大砂漠的古代遺址」『考古』1961 no. 3: 119-22, 126, plates 1-3. 当時、新疆博物館・文物考古研究所――現在はふたつの別個の施設――は、新疆博物館考古隊という単一のチームを結成していた。

41　以下に写真が掲載されている。馬承源・岳峰『新疆維吾爾自治区絲路考古珍品』*Xinjiang Weiwuer zizhiqu Silu kaogu zhenpin/Archaeological Treasures of the Silk Road in Xinjiang Uygur Autonomous Region*（上海：上海訳文出版社、1998）, 273, figure 62.

42　Éric Trombert, "Une trajectoire d'ouest en est sur la route de la soie: La diffusion du cotton dans l'Asie centrale sinisée," in *La Persia e l'Asia Centrale: Da Alessandro al X secolo* (Rome: Accademia Nazionale dei Lincei, 1996), 212nn25 and n27; 李昉編『太平御覧』（北京：中華書局、一九六〇）820: 3652-53, baidie（木綿）の項目。

43　布地に織りこまれた漢字は「延年益寿宜子孫」と読める。鏡の文字は、「君宜高官」。「新疆民豊県北大沙漠中古遺址墓葬区東漢合葬墓清理簡報」『文物』1960, no. 6: 9-12, plates 5-6.

44　絹地の上の文字は「王侯合昏千秋萬歳宜子孫」と読める。『新疆文物古跡大観』（ウルムチ、中国：新疆文民出版社、一九九九）、figure 0118. 墓所M３とM８出土の繊維のさらに詳しい分析については、以下を参照。王炳華『精絶春秋』、111-20.

45　范曄『後漢書』、88: 2909; 余太山『西域伝』、233.

46　スタインが第３次調査でインパンの遺跡を発掘したとき、カロシュティー文字の文書がいくつか見つかった。この遺跡が３

～4世紀に占領されていたことを物語る（*Innermost Asia*, 749-61）. もっと最近になって見つかったカロシュティー文字の遺物については、以下を参照。林梅村「新疆営盤古墓出土的一封佉盧文書信」『西域研究』（二〇〇一）、no. 3: 44-45.

47　周学軍・宋偉民『絲路考古珍品：*Archaeological Treasures of the Silk Road in Xinjiang Uygur Autonomous Region*』（上海：上海訳文出版社、一九九八）, 63-74, figure 132（ミイラの写真）、figure 133（マスクの細部）、figure 134（赤い布地の細部）。

48　王炳華、二〇〇五年秋の私信；班固『漢書』、96B: 3912; 余太山『西域伝』、201.

49　胡平生『胡平生簡牘文物論稿』（台北：蘭台出版社、二〇〇〇）、190-92.

50　侯灿・陽代欣『楼蘭漢文簡紙文書集成』（成都、中国：天地出版社、一九九九）。

51　伊藤敏雄「魏晋期楼蘭屯戍における交易活動をめぐって」『小田義久博士還暦記念東洋史論集』（龍谷大学東洋史学研究会、一九九五）、4, 7.

52　Yü Ying-shih, “Han Foreign Relations,” in Twichett and Loewe, *Cambridge History of China*, 1: 405-42; 孟池「从新疆歴史文物看漢代在西域的政治措施和経済建設」『文物』一九七五、no. 5: 27-34.

53　伊藤敏雄「魏晋期楼蘭屯戍における水利開発と農業活動――魏晋期楼蘭屯戍の基礎的整理（3）」『歴史研究』二八（一九九一）: 20.

54　Stein, *Serindia*, 373-74, 432, 701 plate XXXVII.

55　伊藤敏雄「魏晋期楼蘭屯戍」は、これらの資料すべてを注意深く転記し、研究結果を報告している。

56　「粟特胡楼蘭」は、文字どおりには「楼蘭の非漢族のソグド人」を意味する。Chavannes, *Documents chinois*, 886; 侯灿・陽代欣『楼蘭漢文簡紙文書』、61-62.

57　動物の種類を表す語の部分は欠けているが、単位は「匹」が使われているので、取引には馬がふくまれていたと推測される。支払いをしている人物に相当する語も欠けていて、支払いを受ける側（主人）の人たちもはっきりしない。孟凡人と段晴は商人を表す語と考えているが、伊藤は「主人」が駐屯地に長く滞在する中国人住民だと主張している。「魏晋期楼蘭屯戍」4-5. この史料は以下の文献で最初に公表された。August Conrady, *Die chinesischen Handschriften- und sonstigen Kleinfunde Sven Hedins in Lou-lan*（Stockholm: Generalstabens Litografiska Anstalt, 1920）, Document no. 46, 124-25; もっと最近のものとしては以下を参照。侯灿・陽代欣『楼蘭漢文簡紙文書』、99.

58　Vaissière, *Sogdian Traders*, 58; エンデレでのラクダ購入にかんする解説は58.

59　次の文献の表を参照。孟凡人「楼蘭簡牘的年代」『新疆文物』I（一九八六）: 33.

60　伊藤「魏晋期楼蘭屯戍」、22-23.

61　Brough, “Comments on Third-Century Shan-shan,” 596-602.

62　日中共同探検隊が、Tomgraka 王とSulica 王の証拠を発見した。Tomgraka はそれまでに知られていた五人の王より前の時代の統治者。Sulica は五人よりあとの時代の統治者で、在位は三三六～三五九年。林梅村「尼雅新発現的鄯善王童格羅紀年文書考」『西域考察与研究続集』（ウルムチ、中国：新疆文民出版社、一九九八）、39. ブラフが提示した年代については多くの研究者が議論してきた。「侍中」の肩書きを贈ったのは別の年だったと主張する研究者もいる。新疆の考古学研究では第一人者の中国科学院考古研究所の孟凡人は、四人の研究者（ブラフ、榎一雄、長澤和俊、馬雍）による五人の王の在位期間の表を提供している。五王の治世のはじまりの年号としてもっとも早いものは二〇三年、もっとも遅いものは二五六年。終わりの年号としてもっとも早いものは二九〇年で、もっとも遅いものは三四三年。孟自身は二四二～三三二年という説を支持している。『新疆考古與史地論集』（北京：科学出版社、二〇〇〇）、115, 117.

63　Thomas Burrow, "Tokharian Elements in Kharoṣṭhī Documents from Chinese Turkestan," *Journal of the Royal Asiatic Society* 1935: 666-75.

64　T. Burrow, *A Translatian of the Kharoṣṭhī Documents from Chinese Turkestan* (London: The Royal Asiatic Society 1940), no. 292, no. 358（奴隷としての難民）。バローは自分が意味を解読できたカロシュティー文書だけを翻訳し、断片をはぶいている。バローが翻訳していないものをふくめ、すべての文書は次の文献に転記されている。A. M. Boyer, E. J. Rapson, and E. Senart, *Kharoṣṭhī Inscriptions Discovered by Sir Aurel Stein in Chinese Turkestan*, 3 vols.（Oxford: Clarendon, 1920-29）. 著者たちは、スタインが最初に割りふった整理番号と、バローが使った新しい番号（1～764）の両方を掲載している。彼らはまた、個々の文書についてのスタインの報告書の関連ページを引用している。

Boyerらの文献は、エルズワース・ハンティントンが発見した六つの文書もふくめている。その後、日中共同探検隊が二三の文書を発見した。これらは以下の文献に転記され、蓮池利隆による日本語訳もそえられている。『尼雅遺跡学術調査』1: 281-338 2: 161-76. これらの文書の多くは断片的で、まだ英語には訳されていない。

65　Stein, *Central Asian Tracks*, 103-4（『中央アジア踏査記』）。

66　スタインはこの発見について*Seriudia*, 1: 225-35. に書いている。この場所から見つかった文書は、バローの翻訳版では史料番号516～92に相当する。

67　Burrow no. 582. 赤松明彦「楼蘭・ニヤ出土カロシュティー文書について」『流沙出土の文字資料―楼蘭・尼雅文書を中心に』冨谷至編（京都大学学術出版会、二〇〇一）、369-425, とくに391-93.

68　Burrow no. 581.

69　以下に写真が掲載されている。Susan Whitfield and Ursula Sims-Williams, eds., *Silk Road: Trade, Travel, War, and Faith* (Chicago: Serindia, 2004), 150.

70　Burrow no. 1.

71　Cozbo（チョジボー）は「cojhbo」とも綴られる。クロライナの言語はイラン語の「z」に相当する文字をもたなかったため、カロシュティー文字でその文字を表すときには上付きの「j」の文字を使った（ボイヤーらは「jh」で表現した）。ほぼまちがいなくイラン語であるチョジボーは、ニヤの文書に現れるもっとも一般的な役職名で、この肩書きをもつ四〇人ほどの人物が記録に残っている。T. Burrow, *The Language of the Kharoṣṭhī Documents from Chinese Turkestan* (Cambridge, UK: Cambridge University Press, 1937), 90-91. Christopher Atwood, "Life in Third-Fourth Century Cadh'ota: A Survey of Information Gathered from the Prakrit Documents Found North of Minfeng (Niya)," *Central Asiatic Journal* 35 (1991): 195-96は、チョジボーの職についていた人物の名前と、それが記載されている史料番号のリストを掲載しているので非常に役立つ。Atwoodはまた、チョジボーの肩書きには、三つの異なる意味があると指摘した。「一地方の知事」、「特別な任務につく下級役人」、「基本的には役人を意味する非常にあいまいな語」の三つである。

72 赤松は文書を5種類――楔形［W］、長方形［R］、Takhti形［T］、楕円形［O］、皮革に書かれた文書［L］、その他――に分類して分析している。それぞれのタイプの写真と、現存する文書に実際に書かれているさまざまな命令に使われる用語を結びつけた説明は、説得力があり非常に役に立つ。彼はニヤと楼蘭で見つかったカロシュティー文書それぞれの文書タイプとその発見場所を、わかりやすい表にまとめている。「カロシュティー文書」410-412.

73 Thomas R. Trautmann, *Kauṭilya and the Arthaśāstra: A Statistical Investigation of the Authorship and Evolution of the Text* (Leiden, the Netherlands: Brill, 1971).

74 Kautilya, *The Arthashastra,* ed. and trans. L.N. Rangarajan (New Delhi: Penguin Books India, 1992), 213-14, 380.

75 Hansen, "Religious Life in a Silk Road Community," 290-91.

76 Burrow no. 39, no. 45, no. 331, no. 415, no. 434, no. 592.

77 Burrow no. 569, ほかにもno. 19, 54, 415など、多数がある。

78 Burrow no. 207; Atwood, "Life in Third-Fourth Century Cadh'ota,' 167-69.

79 Helen Wangが説明しているように、ムリ（サンスクリット語で「価格」または「価値」を意味するmūlyaから派生した語）は「価格」を意味し、一ムリは穀物の単位である一ミリマに相当した。Wangは、ニヤで使われたさまざまな種類の通貨について、詳しく説明している。以下を参照。*Money on the Silk Road,* 65-74.

80 Helen Wang, *Money on the Silk Road,* 37-38は、『舟山銭幣』1990, no. 1: 6-11; 1990, no. 2: 3-10; 1990, no. 3: 8-13; 1990, no. 4: 3-11の蔣其祥の記事を引用し、世界全体でシノ・カロシュティー銭は全部で三五二枚見つかった、と計算している。そのうち二五六枚は大英博物館に所蔵されている。François Thierry, "Entre Iran et Chine, la circulation monétaire en Sérinde de Ier au IXe siècle," in *La Serinde, terre d'échanges: Art, religion commerce du Ier au Xe siècle,* ed. Jean-Pierre Drège (Paris: Documentation Française, 2000), 122-25のホ

ータンとニヤで出土した文書と貨幣についての概観は非常に役立つ。

81 Burrow nos. 431-32.

82 Burrow no. 133. 金貨ではなく金そのものを使った取引のほかの例については、no. 177とno. 494も参照。

83 Burrow no. 324. ポール・ペリオは、カロシュティー文書に現れるSupiyeとSupiyaが、七～八世紀のチベットの文書で言及されているSumpaと同じ集団であるというF.W. Thomasの見解を支持している。Pelliot, *Notes on Marco Polo*, vol. 2 Paris: Imprimerie National, 1963), 712-18; Thomas, trans., *Tibetane Literary Texts and Documents Concerning Chinese* (London: Royal Asiatic Society, 1935), 9-10, 42, 156-59.

84 Burrow no. 494.

85 Burrow no. 255: 書き手は、「この中国人の口から」土地の入手について話を聞いている。文書番号no. 686AとBは、中国人が逃げた牛を受けとったことを記録している。

86 Burrow no. 35.

87 Burrow no. 660.

88 Burrow no. 14. この地名のリストは歴史上の地理を研究する学者たちを一世紀以上にわたり魅了し、また困惑させてきた。ほぼ全員がニナの場所については異なる見解をもつ。以下を参照。Heinrich Lüders, "Zu und aus den Kharoṣṭhī-Urkunden," *Acta Orientalia* 18 (1940): 15-49. 土地の名称については36. 第一次日中共同探検隊の報告書の著者は、ニナをウズンタチとして紹介している。『尼雅遺跡学術調査』1: 235-36. 一方、吉田豊は、ニナはニヤの考古学遺跡の古代名であると主張している。「コータン出土の世俗文書をめぐって」(神戸：神戸市外国語大学、二〇〇五)、20.

89 以下を参照。Burrow no. 136, no. 355, no. 358, no. 403, no. 471, no. 629, no. 632, no. 674.「逃亡者」の英訳 (runaway) はサンスクリット語および比較言語学の専門家であるイェール大学のエドワード・E・ソールズベリー名誉教授からの指摘 (二〇〇六年一一月一四日の私信) にもとづいて修正した。教授は次のように語っている。「問題の語は"palayamna-"で、動詞palāyati (逃亡する) の分詞形なので…バローの"fugitive"の訳に問題はないと思うが、"escapee"または"run-away"のほうがより適しているかもしれない」

90 Burrow no. 149. Heinrich Lüders, "Textilien im alten Turkistan," *Abhandlungen des Preussischen Akademie des Wissenschaften. Philosophisch-Historische Klasse* 3 (1936): 1-38. カロシュティー文書に現れる繊維に関係した用語の多くについて、その語源を論じている。残念ながら、21～24の説明ではsoṃstaṃniを定義していない。māsaという語は分析者を悩ませてきたが、大英博物館学芸員のHelen Wangは、これは中国の五銖銭を表し、この逃亡者が旅のあいだの支出に使ったのではないかという興味深い説を提唱している。以下を参照。*Money on the Silk Road*, 68.

91 Burrow no. 566. またno. 318の盗難届には、盗まれたがあとでとりもどしたさまざまな織物が記録されている。

92 文書中で商人を表すこの語は、vaniye (サンスクリット語の

vanijから)。Stefan Baums が二〇〇八年八月一七日に、Early Buddhist Manuscripts Project (http: //ebmp.org/p_abt.php) のデータベースを詳しく調べているが、この語が使われているほかの例は見つからなかった。

93 Burrow no. 489.

94 Burrow no. 510, no. 511, no. 512, no. 523. 以下でとりあげられている。Hansen, "Religious Life in a Silk Road Community," 296-300.

95 Jonathan A. Silk, "What, if Anything, is Mahāyāna Buddhism? Problems of Definitions and Classifications," *Numen* 49, no. 4 (2002): 355-405.

96 Richard Salomon, "A Stone Inscription in Central Asian Gandhārī from Endere, Xinjiang," *Bulletin of the Asia Institute* 13 (1999) 1-13

97 Corinne Debaine-Francfort and Abduressul Idriss, eds., *Kériya, mémoire d'un fleuve: Arché'ologie et civilisation des oasis du Taklamakan* (Suilly-la-Tour, France: Findakly, 2001).

98 Stein, *Serindia*, 1: 485-547.

99 王炳華『精絶春秋』、121.

100 法顕『高僧法顕伝』、『大正新脩大蔵経』に収録、51: 857a, text 2085. 以下と比較。Samuel Beal, trans., *Si-yu-ki Buddhist Records of the Western World translated from the Chinese of Hiuen Tsiang* (A.D. 629) (1884; repr., Delhi: Motilal Banarsidass, 1981), xxiv. 法顕の旅の経路については以下も参照。Marylin Martin Rhie, *Early Buddhist Art of China and Central Asia*, vol. 1, *Later Han, Three Kingdoms, and Western Chin in China and Bactria to Shan-shan in Central Asia* (Leiden, The Netherlands: Brill, 1999), 354.

101 日本人研究者の桑山正進がインドと中国のあいだの交通路の変化を集中的に研究してきた。以下を参照。Kuwayama Shōshin, *Across the Hindukush of the First Millennium: A Collection of the Papers* (京都大学人文科学研究所、2002): Enoki Kazuo, "Location of the Capital of Lou-lan," 125-71.

〈第2章〉

ジョルジュ=ジャン・ピノが親切にもこの章にかんする詳細なコメントを送ってくれた。また彼の教え子で博士課程で学ぶChing Chao-jungが、この論文の初期の草稿をていねいに評価してくれた。

1 鳩摩羅什の生没年は習慣としてこのように伝えられている。実際には、出典によってさまざまな違いがあり、正確な生年はわからない。以下を参照。Yang Lu, "Narrative and Historicity in the Buddhist Biographies of Early Medieval China: The Case of Kumārajīva," *Asia Major*, 3rd ser 17, no.2 (2004): 1-43, とくに28-29n64. この記事は三人の伝記作家が語る鳩摩羅什の人生遍歴を分析しており、非常に参考になる。

2 Hedin, *My Life as an Explorer*, 250-51 (『探検家としてのわが生涯』)。ヘディンは以下の本で自分の旅についてもっと詳しく書いている。*Central Asia and Tibet: Towards the Holy*

City of Lassa（New York: Charles Scribner, 1903）, 63-102.

3　Hedin, *My Life as an Explorer*, 253, 261（『探検家としてのわが生涯』）。

4　ドイツの探検隊が二〇世紀の初めに発見した石窟は二三五を数えたが、近年の調査でさらに多くの石窟が見つかった。趙莉『亀兹石窟百問』（ウルムチ、中国：新疆美術摂影出版社、二〇〇三）、12.

5　Albert von Le Coq, *Buried Treasures of Chinese Turkestan*（1928; repr., Hong Kong: Oxford University Press, 1985）, 129（アルベルト・ファン・ル・コック『中央アジア秘宝発掘記』、木下龍也訳、中央公論新社、二〇〇二）。

6　放射性炭素による年代特定法では紀元三二〇年の前後八〇年のあいだとされている。『中国石窟：克孜尔石窟』（北京：文物出版社、一九七七）、1: 210. 北京大学の考古学者蘇哲が考案した日付の入っていない石窟の年代特定基準を、Angela F. Howard が要約したものは、非常に参考になる。以下を参照。“In Support of a New Chronology for the Kizil Mural Paintings,” *Archives of Asian Art* 44（1991）: 68-83.

7　玄奘『大唐西域記校注』季羡林等編（北京：中華書局、一九八五）, 61; Beal, *Si-yu-ki*, 21

8　Le Coq, *Buried Treasures*, 127（『中央アジア秘宝発掘記』）。

9　ポール・ペリオ、医師で地図製作者でもあるルイ・ヴァイヤン、撮影技師のシャルル・ヌエットが、一九〇六〜〇九年にカシュガルから西安まで旅した。ルイ・ヴァイヤンはこの旅でそれぞれの遺跡にとどまった日付や行程の地図をふくめ、詳細な記録を残している。以下を参照。Louis Vaillant, “Rapport sur les Travaux Géographiques faits par la Mission Archéologique d'Asie Centrale（Mission Paul Pelliot 1906-1909）*Bulletin de la Section de Géographie du Comité des Travaux Historiques et Scientifiques* 68（1955）: 77-164.

10　余太山『西域伝』、29; 司馬遷『史記』、123: 3168-69.

11　余太山『西域伝』、187-90; 班固『漢書』、96B: 3916-17.

12　余太山『西域伝』、180; 班固『漢書』、96B: 3911.

13　白城近くの山中に見つかった紀元一五八年の日付が入った石碑に、中国の将軍の名前と肩書きが記録されている。Éric Trombert, with Ikeda On and Zhang Guangda, *Les manuscrits chinois de Koutcha: Fonds Pelliot de la Bibliothèque Nationale de France*（Paris: Institut des Hautes Études Chinoises du Collège de France, 2000）, 10.

14　以下の文献の仏教寺院のリストを参照。Mariko Namba Walter, “Tokharian Buddhism in Kucha: Buddhism of Indo-European Centum Speakers in Chinese Turkestan before the 10th Century C.E.,” *Sino-Platonic Papers* 85（October 1998）: 5-6. クチャで発見されたサンスクリット語の経典は、中央アジアの初期の手書き文字で書かれたもので、三世紀より前のものかもしれない。桑山正進編『慧超往五天竺国伝研究』（京都大学人文科学研究所、一九九二）、187n207.

15　仏教研究者は、説一切有部と根本説一切有部のふたつの宗派の関係性について論じている。クチャ出土の多くの文書がそれと関連したものだ。以下を参照。Ogihara Hirotoshi, “Researches about Vinaya-texts in Tocharian A and B" (Ph.D. diss., École Pratique des Hautes Études, 2009).

16 『出三蔵記集』、text 2145, 79c-80a; Walter, "Tocharian Buddhism in Kucha," 8-9.

17 Silk, "What, if Anything, Is Mahāyāna Buddhism?" 355-405.

18 この旅人は朝鮮の慧超という僧。『往五天竺国伝箋釈』(北京：中華書局、二〇〇〇)、159.

19 李昉『太平御覧』125: 604,『十六国春秋』からの引用; Trombert, *Les manuscrits chinois de Koutcha*, 11.

20 Yang Lu, "Narrative and Historicity," 23-31.

21 John Kieschnick, *The Eminent Monk: Buddhist Ideals in Medieval Chinese Hagiography* (Honolulu: University of Hawai'i Press, 1997), 19; Bernard Faure, *The Red Thread: Buddhist Approaches to Sexuality* (Princeton, NJ: Princeton University Press, 1998), 26-27.

22 E. Zürcher, "Perspectives in the Study of Chinese Buddhism," *Journal of the Royal Asiatic Society* 2 (1982): 161-76.

23 *The Essential Lotus: Selections from the Lotus Sutra*, trans. Burton Watson (New York: Columbia University Press, 2002).

24 Daniel Boucher, *Bodhisattvas of the Forest and the Formation of the Mahāyāna: A Study and Translation of the Rāṣṭrapālaparipṛcchā-sūtra* (Honolulu: University of Hawai'i Press, 2008).

25 Edwin G. Pulleyblank, *Lexicon of Reconstructed Pronunciation in Early Middle Chinese, Late Middle Chinese and Early Mandarin* (Vancouver: University of British Columbia Press, 1991), 160, 203, 217, 283.

26 Victor H. Mair, "India and China: Observations on Cultural Borrowing," *Journal of the Asiatic Society* (Calcutta) 31, nos. 3-4 (1989): 61-94.

27 Victor H. Mair and Tsu-Lin Mei, "The Sanskrit Origins of Recent Style Prosody," *Harvard Journal of Asiatic Studies* 51, no. 2 (1991): 375-470, とくに392; Victor Mair, 二〇一一年九月七日の私信。

28 Douglas Q. Adams, *Tocharian Historical Phonology and Morphology* (New Haven, CT: American Oriental Society, 1988), 1.

29 Denis Sinor "The Uighur Empire of Mongolia," in *Studies in Medieval Inner Asia* (Brookfield, VT: Ashgate, 1997), 1-5.

30 本書では"Twghry"に「gh」を使ったが、ギリシア語の文字の「ガンマ（γ）」を使う研究者もいる。Adams, *Tocharian*, 2は、コロフォン全文を引用している; Le Coq, *Buried Treasures*, 84（『中央アジア秘宝発掘記』）にも、この発見についての言及がある。一九七四年、焉耆で同じ文書の一部である四四枚の葉っぱ型の紙が見つかった: Ji Xianlin, trans., *Fragments of the Tocharian A Maitreyasamiti-Nataka of the Xinjiang Museum, China* (New York: Mouton de Gruyter, 1998).

31 Adams, *Tocharian*, 3.

32　最近になって、フランソワ・ティエリが月氏関連のすべての文章を再検証し、あらためて（フランス語に）翻訳しなおした。敦煌と祁連の読み方のバリエーションをいくつかあげたあとで、ティエリは匈奴に駆逐された紀元前一七五年までに、月氏はすでに祁連山脈と天山山脈（甘粛の大部分と新疆全体がふくまれる）のあいだの地域全体にちらばり、歴史書に書かれているように敦煌近くの祁連地域に限定して暮らしていたわけではない、という可能性を指摘した。Thierry, "Yuezhi et Kouchans," in *Afghanistan: Ancien carrefour*, 421–539.

33　Christopher I. Beckwith, *Empires of the Silk Road: A History of Central Eurasia from the Bronze Age to the Present*（Princeton, NJ: Princeton University Press, 2009）, 380–83.

34　オルホン渓谷にあるウイグルのカラバルガスン遺跡で、ソグド語、中国語、ウイグル語の3か国語できざまれた石碑が見つかった。

35　W. B. Henning, "Argi and the 'Tokharians,'" *Bulletin of the School of Oriental Studies* 9, no. 3（1938）: 545–71. ラリー・クラークは、「四つのTwghry」という語が何度か現れることについて、ヘニングの見解とは違って、四つの地域にはクチャもふくまれていたと論じている。Larry Clark, "The Conversion of Bügü Khan to Manichaeism," in *Studia Manichaica: IV. Internationaler Kongress zum Manichäismus Berlin, 14–18. Juli, 1997*, ed. Ronald E. Emmerick, Werner Sundermann, and Peter Zieme（Berlin: Akademie Verlag, 2000）, 83–84nl.

36　Nicholas Sims-Williams. *New Light an Ancient Afghanistan: The Decipherment of Bactrian; An Inaugural Lecture Delivered on 1 February 1996*（London: School of Oriental and African Studies, University of London, 1997）, 1–25.

37　George Sherman Lane, "On the Interrelationship of the Tocharian Dialects," in *Studies in Historical Linguistics in Honor of George Sherman Lane*, ed. Walter W. Arndt et al.（Chapel Hill: University of North Carolina Press, 1967）, 129.

38　Stanley Insler, 一九九九年四月一一日の私信; Lane, "Tocharian Dialects," 129.

39　Douglas Q. Adams, "The Position of Tocharian among the Other Indo-European Languages," *Journal of the American Oriental Society* 104（July-September 1984）: 400.

40　テュルク系言語を話したいくつかの民族は、自分たちをテュルク人とはよばなかった。この呼称が広く使われるようになったのは、イスラム教徒との接触のあとのことだ。以下を参照。P. B. Golden, *Ethnicity and State Formation in Pre-Činggisid Turkic Eurasia*（Bloomington: Department of Central Eurasian Studies, Indiana University, 2001）; Golden, *An Introduction to the History of the Turkic Peoples: Ethnogenesis and State-Formation in Medieval and Early Modern Eurasia and the Middle East*（Wiesbaden, Germany: O. Harrassowitz, 1992）.

41　Melanie Malzahn, "Tocharian Texts and Where to Find

"Them," in *Instrumenta Tocharica*, ed. Melanie Malzahn (Heidelberg, Germany: Universitätsverlag Winter, 2007), 79.

42　Georges-Jean Pinault, 二〇一〇年四月三日の私信。

43　Georges Jean Pinault, "Introduction au tokharien," LALIES 7 (1989): 11. ピノが最近発表した次の文献も参照。*Chrestomathie tokharienne: Textes et grammaire* (Leuven, Belgium: Peeters, 2008).

44　Adams, *Tocharian*, 7n8.

45　ジョルジュ＝ジャン・ピノは、この物語を分析し、その抜粋を自由な解釈で逐語訳している。以下を参照。Georges-Jean Pinault, "Introduction au tokharien," 163-94. 原文と翻訳はピノーの以下の文献に掲載されている。*Chrestomathie tokharienne*, 251-68, 本書で引用した部分は262.

46　Lane, "Tocharian Dialects," 125, ジークとジークリングが最初に分類したトカラ語Aの文書no. 394について論じている。

47　Michaël Peyrot, *Variation and Change in Tocharian B* (Amsterdam: Rodopi, 2008).

48　Pinault, "Introduction au tokharien," 11; Emil Sieg, "Geschäftliche Aufzeichnungen in Tocharisch B aus der Berliner Sammlung," *Miscellanea Academica Berolinensia* 2, no. 2 (1950): 208-23.

49　「総数は現在、それぞれが保管されている以下の場所での概数をくわえた結果、六〇六〇となった。ベルリン三四八〇点、ロンドン一五〇〇点、パリ一〇〇〇点（約一〇〇〇点の小片はふくまない）、サンクトペテルブルク一八〇点、日本三〇点、中国五〇点（落書きと碑文はふくまない）」。Pinault, 二〇一〇年四月三日の私信。

50　この遺跡の現在の名称はYuqi tu'erで、フランス語のスペルはDouldourâqour。この遺跡全体についての詳しい説明は、以下を参照。Madeleine Hallade et al., *Douldour-âqour et Soubachi. Mission Paul Pelliot IV* (Paris: Centre de recherché sur l'Asie centrale et la Haute-Asie, Instituts d'Asie, Collège de France, 1982), 31-38.

51　kuśiñeという語は、「クチャの」を意味する。Pinault, "Introduction au tokharien," 20.

52　Éric Trombert, *Les manuscrits chinois de Koutcha*, 25-27. ペリオが回収した漢文とクチャ語の文書は、現在はフランス国立図書館に保管されている。第一次世界大戦前の時期に中央アジアで積極的に活動していた日本の大谷探検隊も、クチャで文書を購入した。これらも同じ場所で発掘されたものだった可能性が高い。以下も参照。Georges-Jean Pinault, "Economic and Administrative Documents in Tocharian B from the Berezovsky and Petrovsky Collections," *Manuscripta Orientalia* 4, no. 4 (1998): 3-20.

53　Édouard Chavannes, *Documents sur les Tou-kiue* (*Turcs*) *occidenteaux* (Paris: Adrien-Masonneuve, 1941); Christopher I. Beckwith, *The Tibetan Empire in Central Asia: A History of the Struggle for Great Power among Tibetans, Turks, Arabs, and Chinese during the Early Middle Ages* (Princeton, NJ: Princeton University Press, 1987).

54 魏収『魏書』（北京：中華書局、一九七四）、102: 2266; 余太山『西域通史』、448, 449n136.

55 李延寿『北史』（北京：中華書局、一九七四）、97: 3217–18; 余太山『西域通史』、636.

56 François Thierry, "Entre Iran et Chine: La circulation monétaire en Sérinde de ler au IXe siècle," in Drège, *La Serinde, terre d'échanges*, 121–47, とくに126. 原文は、玄奘『大唐西域記校注』、54. この文章の別バージョンでは、金貨、または金と書いてあり、銀貨や銅貨についてはふれていない。

57 Thierry, "La circulation monétaire en Sérinde," 129–35.

58 貨幣を表すクチャ語の「cāne」は、中国語で貨幣を意味する「銭（qian）」から派生した外来語。これらの記述については、ジョルジュ＝ジャン・ピノが翻訳し、以下の文献でとりあげている。Georges-Jean Pinault, "Aspects de bouddhisme pratiqué au nord de désert du Taklamakan, d'après les documents tokhariens," in *Bouddhisme et cultures locales: Quelques cas de réciproques adaptations; Actes du colloque franco-japonais de septembre 1991*, ed. Fukui Fumimasa and Gérard Fussman (Paris: École Française d'Extrême-Orient, 1994), 85–113; Pinault, "Economic and Administrative Documents." オリジナル文書はフランス国立図書館の「ペリオ・コレクション」に「série C, I」として所蔵されている。

59 Pinault, "Economic and Administrative Documents," 12.

60 Georges-Jean Pinault, "Narration dramatisée et narration en peinture dans la region de Kucha," in Drège, *La Serinde, terre d'échanges*, 149–67; Werner Winter "Some Aspects of 'Tocharian' Drama: Form and Techniques," *Journal of the American Oriental Society* 75 (1955): 26–35.

61 Klaus T. Schmidt, "Interdisciplinary Research on Central Asia: The Decipher ment of the West Tocharian Captions of a Cycle of Mural Paintings of the Life of the Buddha in Cave 110 in Qizil," *Die Sprache* 40, no. 1 (1998): 72–81.

62 Peyrot, *Variation and Change*, 206.

63 ペリオはこの峠をTchalderangとしている。現在の綴りはShaldïrang。この峠についてもっとも詳しい研究については、以下を参照。Georges-Jean Pinault, "Épigraphie koutchéenne: I. Laisser-passer de caravans; II. Graffites et inscriptions," in Chao Huashan et al., *Sites divers de la région de Koutcha* (Paris: Collège de France, 1987), 59–196, とくに67n4. ペリオの一九〇七年一月のエミール・セナールへの手紙を引用している。現在、慶昭蓉がピノ教授の指導のもとで、クチャで発見された世俗文書についての論文に取り組んでいる。本書の説明はピノの著作に完全に依拠している：雪で埋まった峠（67）; 文書の特徴（69–71）; 峠で使われた定型句（72–74）; 公式の数字の使用（79）; 締めの定型句と日付（84–85）; 情報についての表（78）。

64 外側のカバーと内側の通行証が完全な形で残っている例はない。ピノの以下の文献の出土文書の写真を参照。Pinault, "Laisser-passer de caravans," plates 40–52.

65 Pinault, "Aspects de bouddhisme," 100–101.

66 令狐徳棻『周書』（北京：中華書局、一九七一）、50: 9123.

67　陳国燦「唐安西四鎮中『鎮』的變化」『西域研究』二〇〇八、no. 4: 16–22.

68　Beckwith, *Tibetan Empire in Central Asia*, 197–202.

69　この時代の複雑な政治的事件についてわかりやすく要約したものとしては、以下を参照。François Thierry, “On the Tang Coins Collected by Pelliot in Chinese Turkestan（1906–09）,” in *Studies in Silk Road Coins and Culture: Papers in Honour of Professor Ikuo Hirayama on His 65th Birthday*, ed. Joe Cribb, Katsumi Tanabe, and Helen Wang（Kamakura, Japan: Institute of Silk Road Studies, 1997）, 149–79, とくに158–59.

70　Moriyasu Takao, “Qui des Ouighours ou des Tibétains ont gagné en 789–92 à Beš-Balïq,” *Journal Asiatique 269（1981）: 193-205; Beckwith, Tibetan Empire in Central Asia*, 166–68.

71　エリック・トロンベールは、漢文文書を専門にする日本人研究者の池田温と、唐王朝を専門にする中国人の歴史家張広達の協力を得て、これらの文書の決定版を発行した。日付入り文書すべてを網羅したリストについては、以下を参照。Trombert. *Les manuscrits chinois de Koutcha*, 141.

72　Trombert, *Les manuscrits chinois de Koutcha*, nos. 28–30, no. 5.

73　Trombert, *Les manuscrits chinois de Koutcha*, no. 21（経を唱える）、no. 6（手紙を書く女性）、no. 19（耕作地の大きさ）、no. 125（道教の旗）、no. 117（役人の仕事の評価）。

74　Trombert, *Les manuscrits chinois de Koutcha*, 35.

75　Trombert, *Les manuscrits chinois de Koutcha*, no. 121, no. 131.

76　Trombert, *Les manuscrits chinois de Koutcha*, no. I14（鉄鋼）、no. 129（布地、「一〇〇〇尺」の読みは暫定的なもの）、no 108（役人への支払い）

77　Trombert, *Les manuscrits chinois de Koutcha*, no. 41. トロンベールは、「xingke」という語は移動する軍の部隊の随行者を表す語として出てくるため（xingke ying）、敦煌やトルファンの文書に出てくる「yuanxing shangke」という語がさしめす長距離を移動する商人たちのことではないようだ、と説明している（p. 35）。

78　Trombert, *Les manuscrits chinois de Koutcha*, no. 121, no. 220, no. 77（貨幣の枚数）、no. 112.

79　Trombert, *Les manuscrits chinois de Koutcha*, no. 20, no. 93（労役の免除）、no. 24（債務者一覧）。

80　Helen Wang, *Money on the Silk Road*, 85–87で、これらの文書を分析している。p. 87の表は、それぞれの取引の日付と貸しつけ額が記載されているので非常に役に立つ。Yamamoto Tatsuro and Ikeda On, *Tun-huang and Turfan Documents Concerning Social and Economic History, vol. 3, Contracts*（Tokyo: Toyo Bunko, 1987）, 74–76は、契約内容を転記している。

81　このテーマの学術論文にかんする議論については、以下を参照。Hansen, “Place of Coins and their Alternatives”.

82　Thierry, “Tang Coins Collected by Pelliot,” 151.

83　Trombert, *Les manuscrits chinois de Koutcha*, 35.

〈第3章〉

「The Silk Road Project: Reuniting Turfan's Scattered Treasures（シルクロード・プロジェクト――トルファンの散逸した宝をふたたびひとつにまとめる）」のメンバー全員に感謝する。一九九五年から一九九八年にかけて実施されたこのプロジェクトは、それ以来、多くの情報と研究の指針をあたえてくれた。このプロジェクトでの発見は、以下の文献にまとめられている。*Asia Major* 11, no. 2（1998）, *Orientations* 30, no. 4（1999）,『敦煌吐魯番研究』4（一九九九）。わたし自身の次の論文でも、トルファンについて論じている。"The Place of Coins and Their Alternatives in the Silk Road Trade."

1　Yoshida Yutaka, "Appendix: Translation of the Contract for the Purchase of a Slave Girl Found at Turfan and Dated 639,"『通報』89（二〇〇三）: 159-61.

2　玄奘が出発した年については歴史学者のあいだで意見が分かれるが（六二七年か六二九年か）、Étienne de la Vaissièreは、六二九年説を支持する説得力ある理由をあげている: Étienne de la Vaissière, "Note sur la chronologie du voyage de Xuanzang," *Journal Asiatique* 298, no. 1（2010）: 157-68. 近年に書かれたもっとも詳しい玄奘の伝記としては、以下を参照。桑山正進・袴谷憲昭『玄奘』（大蔵出版、一九八一）、58-82.

3　慧立・彦悰『大唐大慈恩寺三蔵法師伝』（北京：中華書局、二〇〇〇）、11. 慧立が編纂したのは最初の五章までで、649年までの部分。六四九年に中国に戻った玄奘を歓迎したのは、出国禁止令を出したのと同じ唐の太宗だった。帰国の年から玄奘が死亡した六六四年までをカバーする残りの五章は彦悰が書いた。英語翻訳版は、古語についての注釈が豊富なビール版と、注釈なしでもっと新しい李版の二種類がある: Samuel Beal, trans., *Life of Hiuen-Tsiang, by the Shaman Hwui Li* (London: K. Paul, Trench, Trübner, 1911); Li Rongxi, trans., *A Biography of the Tripiṭaka Master of the Great Ci'en Monastery of the Great Tang Dynasty*（Berkeley, CA: Numata Center for Buddhist Translation and Research, 1995）.

玄奘と慧立の生年については、どの研究者も不確かだ。Alexander Leonhard Mayerは、史料ごとに異なる生年を調査し、道宣『続高僧伝』の説明にしたがい、玄奘の生年は六〇〇年である可能性がもっとも高いと結論した（ほかに五九六年から六〇二年まで、さまざまな説がある）。以下を参照。Alexander Leonhard Mayer and Klaus Röhrborn, eds., *Xuanzangs Leben and Werk*, vol. 1（Wiesbaden, Germany: Harrassowitz, 1991）, 34（慧立について）, 61（玄奘について）。この参照資料の情報を提供してくれたフレデリク・アサンドリに感謝する。

4　玄奘の伝記のなかで、彼がサンスクリット語を学んだと特記しているのは、『仏道論衡』のなかの短い文献ひとつしかない（桑山・袴谷『玄奘』、43-44）。

5　この部分と玄奘の旅にかんする本書の記述と引用は、すべて以下の文献をもとにしている。慧立・彦悰『三蔵法師伝』、11-29.

6　スタインは、玄奘の使った「里」という単位から、五里を現在の一マイルとして計算した。玄奘は旅の記録でしばしばこの数字を使っている。瓜州からハミまでは、三五一キロを徒歩で一一日かけて踏破した。玄奘の記述をもとに、スタインは彼が歩いたルートの地図を作成している（p. 268）。Aurel Stein, "The Desert Crossing of Hsüan-Tsang, 630 A.D.," *Geographical Journal* 54（1919）: 265-77.

7　以下の文献の表を参照。Yoshida Yutaka and Kageyama Etsuko, "Sogdian Names in Chinese Characters," in *Les Sogdiens en Chine*, ed. Étienne de la Vaissière and Éric Trombert（Paris: École Française d'Extrême-Orient, 2005）, 305-6.

8　オーレル・スタインはこの旅の長さを信頼できると判断した。なぜなら玄奘の四晩五日は、二〇世紀初めの旅人にとっての五回分の〝行軍〟に匹敵するからだ。彼は玄奘が水にたどり着くまでに一七一キロ歩いたと推測した。スタインも、自分の馬は水なしで四日もったと記している。そのため、水がない状態でももう少し長く進むのは可能だと考えた（Stein, "The Dosert Crossing," 276-77）。

9　桑山・袴谷『玄奘』、48-49.

10　高昌王と西突厥の可汗は、婚姻によって姻戚関係にあった。六一四〜六一九年の反乱でも、高昌の麹伯雅王は西突厥側にとどまったと思われる。呉震「麹氏高昌国史索隠」『文物』（一九八一）、no. 1: 38-46.

11　荒川正晴は最近になって、慧立が記した玄奘の従者の名前と、出土文書に記された荷馬車の御者への割りあて一覧に出てくる同様の名前を結びつけた。荒川は、玄奘は一二月にこれらの荷馬車のひとつに乗ってトルファンを出発したと論じている。Arakawa Masaharu, "Sogdians and the Royal House of Ch'ü in the Kao-ch'ang Kingdom,' *Acta Asiatica* 94（2008）: 67-93.

12　五〇二年から中国が侵攻した六四〇年まで、一〇人の王が統治した。高昌国の王については以下の文献掲載の表を参照。Valerie Hansen, "Introduction: Turfan as a Silk Road Community," *Asia Major* 3rd ser., 11 no 2（1998）: 1-12, 表は8. 五〇二年以前に支配していた複数の王朝にかんする詳しい説明は、以下を参照。王素『高昌史稿―統治編』（北京：文物出版社、一九九八）、265-307.

13　『後漢書』、88: 2928-29, 以下で英訳されている。Zhang Guangda and Rong Xinjiang, "A Concise History of the Turfan Oasis and Its Exploration," *Asia Major*, 3rd ser., 11, no. 2（1998）: 14. Zhang（張広達）とRong（栄新江）のこの文献は、トルファンの歴史にかんする英語文献としてはもっとも信頼できる。中国語の資料としては、王素『高昌』掲載の年表を参照。

14　Wang Binghua, "New Finds in Turfan Archaeology," *Orientations* 30, no. 4（April 1999）: 58-64.

15　Zhang and Rong, "Concise History of the Turfan Oasis," 14-17.

16　Yamamoto and Ikeda, *Tun-huang and Turfan Documents*, 3A: 3.

17　令狐『周書』、50: 915; 余太山『西域伝』、510-11.

18　Zhang Guangda, "An Outline of the Local Administration in Turfan," オンラインで入手可。http://eastasianstudies.research.yale.edu/turfan/government.html.

19　Valerie Hansen, *Negotiating Daily Life in Traditional China: How Ordinary People Used Contracts, 600-1400* (New Haven, CT: Yale University Press, 1995), 29-31.

20　劉昫『旧唐書』（北京：中華書局、一九七五）, 198: 5295.

21　李吉甫『元和郡県図志』[元和年間（八〇六～八一四）の郡県地図と地名]（北京：中華書局、一九八三）、40: 1030.

22　敦煌の石窟の北側地域から死者のための紙の靴（B四八窟）や紙のシャツなどが、いくらか発見された。彭金章・王建軍『敦煌莫高窟北区石窟』（北京：文物出版社、二〇〇〇—二〇〇四）、1: 151-52; 1: 177; 3: 337.

23　唐長孺編『吐魯番出土文書』（北京：文物出版社、一九九二—一九九六）、1: 10; 陳国燦、二〇〇六年四月一〇日の私信。このなかで引用されているトルファン出土の文書と写真にかんする四巻組の資料は、以前の一〇巻セットよりも信頼できる。

24　王素「長沙走馬楼三国呉簡研究的回顧与展望」『中国歴史文物』（二〇〇四）、no. 1: 18-34, とくに25;『周書』、50: 915; 余太山『西域伝』、510-11.

25　Stein, *Innermost Asia*, 2: 646.

26　Frank Dikötter, *Mao's Great Famine: The History of China's Most Devastating Catastrophe, 1958-1962* (New York: Walker, 2010), x.

27　この部分の記述は、わたしが二〇〇六年三月二九日に新疆ウイグル自治区博物館の故呉震氏と面会した際にかわした会話をもとにしたもの。

28　新疆博物館は何度か短い発掘報告書を発行してきた。『文物』1960, no. 6: 13-21; 1972, no. 1: 8-29; 1972, no. 2: 7-12; 1973, no. 10: 7-27; 1975, no. 7: 8-26; 1978, no. 6: 1-14. アスターナ古墳発掘の完全な報告書は、以下の特別号に掲載されている。『新疆文物』（二〇〇〇、no.3-4）。

29　Hansen, "Turfan as a Silk Road Community," 1.

30　唐長孺「新出吐魯番文書発掘整理経過及文書簡介」『東方学報』54（一九八二）: 83-100. トルファン文書の大部分は、全四巻の唐長孺『吐魯番出土文書』で発表された。以下も参照。陳国燦『斯坦因所獲吐魯番文書研究』（武昌、中国：武漢大学出版社、一九九五）; 陳国燦『日本寧楽美術館蔵吐魯番文書』（北京：文物出版社、一九九七）; 柳洪亮『新出吐魯番文書及其研究』（ウルムチ、中国：新疆人民出版、一九九七）; 栄新江・李肖・孟憲実『新獲吐魯番出土文献』（北京：中華書局、二〇〇八）。

31　栄新江「闞氏高昌王国与柔然・西域的関係」『歴史研究』二〇〇七, no.2: 4-14; 栄新江ほか『新獲吐魯番出土文献』、1: 163.

32　Jonathan Karam Skaff, "Sasanian and Arab-Sasanian Silver Coins from Turfan: Their Relationship to International Trade and the Local Economy," *Asia Major*, 3rd ser., 11, no. 2 (1998): 67-115, とくに68.

33　高昌市から出土した貨幣のほとんどは、一〇枚、二〇枚、一

○○枚と、三か所にまとまって発見された。以下を参照。Skaff, "Sasanian and Arab-Sasanian Silver Coins," 71-72.

34　唐長孺『吐魯番出土文書』1: 143. 以下で論じられている。Hansen, "The Path of Buddhism into China: The View from Turfan," *Asia Major*, 3rd ser., 11, no. 2（1998）: 37-66, とくに51-52.

35　以下の文献に掲載された表が参考になる。Skaff, "Sasanian and Arab-Sasanian Silver Coins," 108-9.

36　Yoshida, "Appendix: Translation of the Contract," 159-61.

37　Helen Wang, *Money on the Silk Road*, 34-36.

38　Skaff, "Sasanian and Arab-Sasanian Silver Coins," 68.

39　Helen Wang, *Money on the Silk Road*, 35.

40　王炳華、二〇〇九年六月二五日の私信：李遇春「新疆烏恰縣発現金條和大批波斯銀幣」『考古』一九五九, no. 9: 482-83.

41　二〇〇六年、スティーヴン・アルバムが新疆博物館所蔵のウチャ出土貨幣約一〇〇枚を調査した。彼は、全体の四分の一以上がササン朝の銀貨と「同時代の模倣貨幣」、または「エフタルの鋳造所で造られたペローズ様式の貨幣」だと推測している。Stephen Album, 二〇〇六年一二月六日に上海博物館で開かれた「古代の硬貨とシルクロードの文化」をテーマにした国際シンポジウムで発表された論文。以下の文献掲載のウチャ出土貨幣の写真も参照。*Silk Roadology* 19（2003）: 51-330.

42　Valerie Hansen, "Why Bury Contracts in Tombs?" *Cahiers d'Extrême-Asie* 8（1995）: 59-66.

43　Hansen, *Negotiating Daily Life*, 35, 43.

44　唐『吐魯番出土文書』、3: 517.

45　羅丰『胡漢之間—"絲綢之路"與西北歴史考古』（北京：文物出版社、二〇〇四）、147.

46　羅丰『胡漢之間』、117-120; François Thierry and Cecile Morrisson, "Sur les monnaies byzantines trouvées en Chine," *Revue Numismatique* 36（1994）: 109-45.

47　Helen Wang, *Money on the Silk Road*, 34.

48　羅丰『胡漢之間』146には、中国で発見された三二枚の本物の金貨と一五枚の偽物の金貨の一覧表がある。これらの貨幣にかんする中国語の文献は、ここであげるには数が多すぎる。そのかわりに、羅丰の詳しい注釈を参照してほしい。

49　林英・邁特里希（マイケル・メトリッチ）「洛陽發現的利奥一世金幣考釋」『中国銭幣』90, no. 3（2005）: 70-72.

50　五枚の金貨が見つかったのは北周の田弘の墓。羅丰『胡漢之間』、118, 項目21-24.

51　羅丰『胡漢之間』、96.

52　Wu Zhen, "'Hu Non-Chinese as They Appear in the Materials from the Astana Graveyard at Turfan," *Sino-Platonic Papers* 119 (Summer 2002) : 7

53　Yoshida Yutaka, "On the Origin of the Sogdian Surname Zhaowu and Related Problems," *Journal Asiatique* 291 nos. 1-2（2003）: 35-67

54　Yoshida Yutaka and Kageyama Etsuko, "Appendix 1: Sogdian Names in Chinese Characters, Pinyin, Reconstructed Sogdian Pronunciation, and English Meanings," in Vaissière and Trombert, *Les Sogdiens en Chine*, 305-6.

55 六～七世紀には、トルファンに住むソグド人のほとんどはゾロアスター教徒で、マニ教徒ではなかった。以下を参照。Valerie Hansen, "The Impact of the Silk Road Trade on a Local Community: The Turfan Oasis, 500-800," in Vaissière and Trombert, *Les Sogdiens en Chine*, 283-310, とくに299.

56 影山悦子「東トルキスタン出土のオッスアリ（ゾロアスター教徒の納骨器）について」『オリエント』40, no. 1（1997）: 73-89.

57 Zhang Guangda, "Iranian Religious Evidence in Turfan Chinese Texts," *China Archaeology and Art Digest* 4, no. 1 (2000): 193-206.

58 「薩宝」は、ソグド語の「s'rtp'w（サウトポウ）」を漢字音訳した語で、もとは「キャラバンのリーダー」を意味するサンスクリット語の「sārthavāha」から（おそらくバクトリア語を介して）派生した語である。以下を参照。吉田豊「ソグド語雑録（II）」『オリエント』vol.31, no. 2（1998）: 168-71.

59 Hansen, "Impact of the Silk Road Trade," 297-98.

60 吐魯番地区文物局「新疆吐魯番地区巴達木墓地発掘簡報」『考古』（二〇〇六）、no. 12: 47-72.

61 Jonathan Karam Skaff, "Documenting Sogdian Society at Turfan in the Seventh and Eighth Centuries: Tang Dynasty Census Records as a Window on Cultural Distinction and Change," in Vaissière and Trombert, *Les Sogdiens en Chine*, 311-41.

62 この文書には日付が入っていないが、中国語でJu Buliu (lu) duo, ソグド語でParwēkhntという男性の名前があり、この同じ名前が六一九年の日付が入った別の文書に現れる。以下を参照。Skaff, "Sasanian and Arab-Sasanian Silver Coins," 90n71.

63 Skaff, "Sasanian and Arab-Sasanian Silver Coins," 93-95.

64 八つの注記から、その前の半月は税金が支払われなかったとわかるため、一年のうち合計で四か月は税金が支払われなかったことになる。

65 高昌時代の中国のポンド（斤）の重さはわかっていない。当時のおもりがまったく発掘されていないからだ。晋王朝は古い体系を使っていた。高昌国は晋王朝の多くの度量衡体系を採用していたので、文書に現れる「一斤」の重さは二〇〇グラム程度だった可能性が高い。陳国燦、二〇〇六年五月一八日の私信。

66 Skaff, "Sasanian and Arab-Sasanian Silver Coins," 93.

67 Ronald M. Nowak, *Walker's Mammals of the World*, 5th ed. (Baltimore: Johns Hopkins University Press, 1991), 2: 1357.

68 以下でさらに詳しく論じられている。Valerie Hansen, "How Business Was Conducted on the Chinese Silk Road during the Tang Dynasty 618-907," in *Origins of Value: The Financial Innovations That Created Modern Capital Markets*, ed. William N. Goetzmann and K. Geert Rouwenhorst (New York: Oxford Universlty Press, 2005), 43-64; Arakawa Masaharu, "Sogdian Merchants and Chinese Han Merchants

during the Tang Dynasty," in Vaissière and Trombert, *Les Sogdiens en Chine*, 231-42.

69 Éric Trombert, "Textiles et tissus sur la route de la soie: Eléments pour une géographie de la production et des échanges," in Drège. *La Seriude, terre d'échanges*, 107-20, とくに108.

70 Trombert,"Textiles et tissus"; Michel Cartier, "Sapèques et tissus à l'époque des T'ang (618-906)," *Journal of the Economic and Social History of the Orient* 19, no. 3 (1976): 323-44.

71 Hansen, *Negotiating Daily Life*, 51-52.

72 Arakawa Masaharu, "The Transit Permit System of the Tang Empire and the Passage of Merchants," *Memoirs of the Research Department of the Toyo Bunko* 59 (2001): 1-21; 程喜霖『唐代過所研究』239-45.

73 Arakawa, "Transit Permit System," は、通行証(8-10)の全訳と彼の経路のスケッチ図(11)を提供している。

74 Skaff, "Sasanian and Arab-Sasanian Silver Coins," 97-98.

75 唐『吐魯番出土文書』、4: 281-97.

76 Hansen, "Impact of the Silk Road Trade."

77 Wallace Johnson, trans., *The Tang Code*, vol. 2, *Specific Articles* (Princeton, NJ: Princeton University Press, 1997), 482; Denis Twitchett, "The T'ang Market System," *Asia Major* 12 (1963): 245. この後ろで引用されているトルファンの役人は、二週間おきに価格調査をしていた。

78 池田温は、以下の論文のなかでこれらの文書を整理し転記している。「中国古代籍帳研究」(東京大学東洋文化研究所、一九七九), 447-62. Éric Trombert and Étienne de la Vaissière, "Le prix de denrées sur le marché de Turfan en 743," in *Études de Dunhuang et Turfan*, ed. Jean-Pierre Drège (Geneva, Switzerland: Droz, 2007) 1-52は、詳しい注釈つきでフランス語に完訳している。

79 記録簿のラクダの安値は2の次の1の位の数字が欠けているが、7でまちがいないだろう。

80 Arakawa, "Transit Permit System," 13.

81 王炳華「吐魯番出土唐代庸調布研究」『文物』(一九八一)、no. 1: 56-62. ヘレン・ワンは、この記事のまだ刊行前の翻訳原稿のコピーを提供してくれた。

82 Jonathan Karam Skaff, "Straddling Steppe and Sown: Tang China's Relations with the Nomads of Inner Asia (640-756)" (Ph.D. diss., University of Michigan, 1998).

83 Skaff, "Straddling Steppe and Sown," 224, 82n147, 表は86; 杜佑『通典』(北京:中華書局、一九八八)、6: 111. Skaff のものがもっとも新しく、英語の文献としてはもっとも支持されている。中国と日本の研究についても詳しく言及している。以下も参照。荒川正晴『オアシス国家とキャラヴァン交易』(山川出版社、二〇〇三)。

84 Skaff, "Straddling Steppe and Sown," 86, 244; D. C. Twitchett, *Financial Administraton under the T'ang Dynasty*, 2nd ed. (Cambridge, UK: Cambridge University Press, 1970),

86.

85 Jonathan Karam Skaff., "Barbarians at the Gates? The Tang Frontier Military and the An Lushan Rebellion," *War and Society* 18, no. 2 (2000): 23-35, とくに28. 33.

86 Twitchett, *Financial Administratian*, 97-123.

87 ラリー・クラークは、可汗の改宗の正確な年を決定するのはむずかしく、七五五～五六年、七六一年、あるいは七六三年の可能性があるといっている。以下を参照。Larry Clark, "The Conversion of Bügü Khan to Manichaeism," in Emmerick, *Studia Manichaica*, 83-123.

88 Hans-J. Klimkeit, "Manichaean Kingship: Gnosis at Home in the World," *Numen* 29, no. 1 (1982): 17-32.

89 Michael R. Drompp, *Tang China and the Collapse of the Uighur Empire: A Documentary History* (Leiden, The Netherlands: Brill, 2005), 36-38; Zhang and Rong, "Concise History of the Turfan Oasis," 20-21; Moriyasu Takao, "Qui des Ouighours ou des Tibetains" 193-205.

90 Moriyasu Takao, "Notes on Uighur Documents," *Memoirs of the Research Department of the Toyo Bunko* 53 (1995): 67-108.

91 Nicholas Sims-Williams, "Sogdian and Turkish Christians in the Turfan and Tun-huang Manuscripts," in Turfan and Tun-huang, the Texts: Encounter of Civilizations on the Silk Route, ed. Alfredo Cadonna (Florence, Italy: Leo S. Olschki Editore, 1992), 43-61; Nicholas Sims-Williams, "Christianity, iii. In Central Asia and Chinese Turkestan," in *Encyclopedia Iranica*, オンライン版、二〇一一年一〇月一八日, http://www.iranicaonline.org/articles/christianity-iii; Sims-Williams, "Bulayïq," in *Encyclopædia Iranica*, オンライン版、一九八九年一二月一五日, http://www.iranicaonline.org/articles/bulayq-town-in-eastern-turkestan.

92 S. P. Brock, "The 'Nestorian' Church: A Lamentable Misnomer," *Bulletin of the John Rylands University Library of Manchester* 78, no. 3 (1996): 23-35.

93 完訳は以下を参照。Hans-Joachim Klimkeit, *Gnosis on the Silk Road: Gnostic Texts from Central Asia* (San Francisco: HarperSanFrancisco, 1993), 353-56.

94 Klimkeit, *Gnosis on the Silk Road*, 40-41.

95 Zsuzsanna Gulacsi, *Manichaean Art in Berlin Collections* (Turnhout, Belgium: Brepols, 2001), 70-75.

96 森安孝夫『ウイグル＝マニ教史の研究』(大阪：大阪大学文学部、一九九一)、18-27, 図版1。

97 Werner Sundermann, "Completion and Correction of Archaeological Work by Philological Means: The Case of the Turfan Texts," in *Histoire et cultes de l'Asie centrale préislamique*, ed. Paul Bernard and Frantz Grenet (Paris: Éditions du Centre National de la Recherche Scientifique, 1991), 283-89.

98 Zhang and Rong, "Concise History of the Turfan Oasis," 20-21; Morris Rossabi, "Ming China and Turfan, 1406-1517,"

Central Asiatic Journal 16（1972）: 206–25.

99 Perdue, *China Marches West.*

〈第４章〉

エティエンヌ・ド・ラ・ヴェシエール（フランス国立高等研究院）、フランツ・グルネ（フランス国立科学研究センター）、故ボリス・I・マルシャク（エルミタージュ美術館）、ケヴィン・ヴァン・ブラデル（南カリフォルニア大学）の各氏が、この章の初期段階の草稿をていねいに読んで内容を確認してくれた。故マルシャク教授は二〇〇二年春にイェール大学でふたつのクラスで教えていた。この章でパンジケントについて論じている部分は、マルシャク教授の講義でとったノートをかなり参考にしている。またハーヴァード大学のオクトル・シェルヴェが、ソグド語原典と翻訳を対比し、多くの貴重な助言をあたえてくれた。ロシア語の資料を探して読んでくれたアセル・ウムルザコワと、リサーチを手伝ってくれたニコラス・A・クリシディスにも感謝する。

1 Shiratori, "Study on Su-t'ê," 81–145.

2 慧立・彦悰『三蔵法師伝』、27.

3 Arthur Waley, *The Real Tripitaka and Other Pieces* (London: George Auen & Unwin, 1952), 21.

4 研究者たちも、玄奘が天山山脈のどの道を通ったかについてははっきりわかっていない。それほど高くないベダル峠を越えるルートもあるが、それより可能性が高いのは、クチャからまっすぐ北に向かい、新疆北部の小洪那海そばの西突厥の中心部を通り、それからイシク・クル湖をめざして西に向かうルートだ。以下を参照。向達「熱海道小考」『文物』一九六二, nos. 7–8: 35.

5 Beal, *Life of Hiuen-tsiang*, 25n80.

6 玄奘が会った葉護可汗《やぶぐかがん》は、六二八年または六二九年初めに暗殺された父の統から西突厥の可汗の地位を引き継いでいた。Étienne de la Vaissière, "Oncles et frères: Les qaghans Ashinas et le vocabulaire turc de la parenté," *Turcica* 42 (2010): 267–78.

7 ソグド人の名前を漢字で表す方法はたくさんある。玄奘『大唐西域記』、73–74の季羡林らによる注釈を参照。

8 玄奘『大唐西域記』、72; Beal, *Life of Hiuen-tsiang*, 27.

9 劉昫『旧唐書』、198b: 5310; 欧陽脩『新唐書』（北京：中華書局、一九七五）、221b: 6243–44.

10 Klimkeit, *Gnosis on the Silk Road*; Nicholas Sims-Williams, "Sogdian and Turkish Christians in the Turfan and Tunhuang Manuscripts," in Cadonna, *Turfan and Tunhuang*, 43–61.

11 Frantz Grenet, "Old Samarkand: Nexus of the Ancient World," *Archaeology Odyssey* 6, no. 5 (2003): 26–37.

12 Nicholas Sims-Williams and Frantz Grenet, "The Sogdian Inscriptions of Kultobe," *Shygys* 2006, no. 1: 95–111.

13 家屋と塔の両方の廃墟については、以下の文献に書かれている。M. Aurel Stein, *Ruins of Desert Cathay: Personal Narrative of Explorations in Central Asia and Westernmost China* (London: Macmillan, 1912; repr., New York: Dover,

1987), figure 177.

14 Aurel Stein, *Ruins of Desert Cathay*, 2: 113.

15 発見時の状況については、以下を参照。Stein, *Serindia*, 669-77, map 74. 手紙の概要については、以下を参照。Vaissière, *Sogdian Traders*, 43-70.（フランス語の原書は二〇〇二年に刊行されたが、本書では英語版を引用している）。以下も参照。Nicholas Sims-Williams and Frantz Grenet, "The Historical Context of the Sogdian Ancient Letters," in *Transition Periods in Iranian History, Actes du symposium de Fribourg-en-Brisgau (22-24 Mai 1985)*（Leuven, Belgium: E. Peeters, 1987）, 101-22.

ニコラス・シムズ＝ウィリアムズは、インターネット上で1～3番、5番の手紙の翻訳を公開している：http://depts.washington.edu/silkroad/texts/sogdlet.html.

個々の手紙の最新の翻訳は以下のとおり。

手紙1：Nicholas Sims-Williams, "Towards a New Edition of the Sogdian Ancient Letters: Ancient Letter 1," in Vaissière and Trombert, *Les Sogdiens en Chine*, 181-93. 手紙2：Nicholas Sims-Williams, "The Sogdian Ancient Letter II," in *Philologica et Linguistica: Historia, Pluralitas, Universitas; Festschrift für Helmut Humbach zum 80. Geburtstag am 4. Dezember 2001*, ed. Maria Gabriela Schmidt and Walter Bisang（Trier, Germany: Wissenschaftlicher Verlag Trier, 2001）267-80; Nicholas Sims-Williams "Sogdian Ancient Letter 2," in *Monks and Merchants: Silk Road Treasures from Northwest China*, ed. Annette L. Juliano and Judith A. Lerner（New York: Harry N. Abrams with the Asia Society, 2001）, 47-49. 手紙3の要約は以下に掲載されている。Nicholas Sims-Williams, "A Fourth-Century Abandoned Wife," in Whitfield and Ursula Sims-Williams, *Silk Road*, 248-49. 手紙5：Frantz Grenet, Nicholas Sims-Williams, and Étienne de la Vaissière, "The Sogdian Ancient Letter V," *Bulletin of the Asia Institute* 12（1998）: 91-104.

16 Nicholas Sims-Williams, "Sogdian Ancient Letter II," 261.

17 手紙3～5番は、三一三年五月一一日から三一四年四月一一日のあいだ、あるいは三一三年の六月から一一月のあいだに書かれた。Grenet et al., "Sogdian Ancient Letter V," 102. 以下も参照。Vaissiere, *Sogdian Traders*, 45n5.

18 Étienne de la Vaissière, "Xiongnu," in *Encyclopædia Iranica Online Edition*, November 15, 2006, 以下で入手可。http://www.irahicaonline.org/articles/xiongnu.

19 Pénélope Riboud, "Réflexions sur les pratiques religieuses designees sous le nom de *xian*," in Vaissière and Trombert, *Les Sogdiens en Chine*, 73-91.

20 Nicholas Sims-Williams, "Fourth-Century Abandoned Wife," 249.

21 この数字は、ベシクルを一五グラム相当の重さと仮定して計算したもの。Vaissière, *Sogdian Traders*, 53-55. 重さにかんする全般的な研究については、以下を参照。Boris I. Marshak and Valentina Raspopova, *Sogdiiskie giri iz Peudzhikenta/*

Sogdian Weights from Panjikent (St. Petersburg: The Hermitage, 2005)..

22 Nicholas Sims-Williams, "Ancrent Letter 1," 182

23 Grenet et al.,"Sogdian Ancient Letter V," 100; Vaissière, *Sogdian Traders*, 53-54.

24 Grenet et al.,"Sogdian Ancient Letter V," 101.

25 Étienne de la Vaissière, "Is There a 'Nationality' of the Hephthalites?" *Bulletin of the Asia Institute* 17（2007）: 119–32.

26 Frantz Grenet, "Regional Interaction in Central Asia and Northwest India in the Kidarite and Hephthalite Periods," in *Indo-Iranian Languages and Peoples: Proceedings of the British Academy*, ed. Nicholas Sims-Williams（Oxford: Oxford University Press, 2002）, 220–21.

27 Vaissière, *Sogdian Traders*, 112–17.

28 この遺跡にかんするとくに重要な発行物については、以下を参照。Boris I. Marshak and Valentina Raspopova, "Wall Paintings from a House with a Granary, Panjikent, Ist Quarter of the 8th Century A.D.," *Silk Road Art and Archaeology* I（1990）: 123–76, とくに173n3. 現在の発掘作業の責任者は、エルミタージュ美術館東洋部門のパヴェル・ルーレがつとめている。

29 A. M. Belenitski and B. I. Marshak, "L'art de Piandjikent à la lumière des dermères fouilles（1958-1968）," *Arts Asiatiques* 23（1971）: 3–39.

30 Frantz Grenet and Étienne de la Vaissière, "The Last Days of Panjikent," *Silk Road Art and Archaeology* 8（2002）: 155–196, とくに176; Marshak and Raspopova, "Wall Paintings from a House with a Granary," 125.

31 Vaissière, *Sogdian Traders*, 190–94.

32 Vaissière, *Sogdian Traders*, 191.

33 Valentina Raspopova, "Gold Coins and Bracteates from Pendjikent," in *Coins, Art and Chronology: Essays on the Pre-Islamic History of the Indo-Iranian Borderlands*, ed. Michael Alram and Deborah E. Klimburg-Salter（Vienna: Österreichische Akademie der Wissenschaften, 1999）, 453–60.

34 Boris Marshak, 二〇〇二年二月七日の私信。

35 Raspopova, "Gold Coins and Bracteates from Pendjikent," 453–60.

36 G. A. Pugachenkova, "The Form and Style of Sogdian Ossuaries," *Bulletin of the Asia Institute* 8（1994）: 227–43; L. A. Pavchinskaia, "Sogdian Ossuaries," *Bulletin of the Asia Institute* 8（1994）: 209–25; Frantz Grenet, "L'art zoroastrien en Sogdiane: Études d'iconographie funéraire," *Mesopotamia* 21（1986）: 97–131.

37 Boris I. Marshak, "On the Iconography of Ossuaries from Biya-Naiman," *Silk Road Art and Archaeology* 4（1995–96）: 299–321.

38 Raspopova, "Gold Coins and Bracteates," 453–60.

39 Boris I. Marshak and Valentina Raspopova, "Cultes communautaires et cultes privés en Sogdiane," in Bernard and Grenet, *Histoire et cultes de l'Asie préislamique*, 187–95, とくに192.

40 Boris A. Litvinskij, *La civilisation de l'Asie centrale antique*, trans. Louis Vaÿsse (Rahden, Germany: Verlag Marie Leidorf, 1998), 182.

41 A. M. Belenitskii and B. I. Marshak, "The Paintings of Sogdiana," in *Sogdian Painting: The Pictorial Epic in Oriental Art*, by Guitty Azarpay (Berkeley: University of California Press, 1981), 11–77, とくに20-23.

42 Marshak and Raspopova, "Cultes communautaires et cultes privés," 187–93.

43 Vaissière, *Sogdian Traders*, 163; Marshak and Raspopova, "Wall Paintings from a House with a Granary," 140–42. ヴェシエールはこの神を「勝利の神」としているが、フランツ・グルネは幸運の神ファーンだと考えている。Frantz Grenet, "Vaiśravaṇa in Sogdiana: About the Origins of Bishamon-Ten," *Silk Road Art and Archaeology* 4 (1995–96): 277–97, とくに279.

44 Marshak and Raspopova, "Wall Paintings from a House with a Granary," 150-53, figure 24 (151).

45 Boris Marshak, *Legends, Tales, and Fables in the Art of Sogdiana* (New York: Bibliotheca Persica, 2002).

46 Vaissière, *Sogdian Traders*, 162, plate 5, illustration 1.

47 ワルフマーンの名前は漢文史料では「拂呼縵」と表記される。劉昫『旧唐書』、221b: 6244; Chavannes, *Documents sur les Tou-Kiue*, 135.

48 この壁画の概要については、以下を参照。Matteo Compareti and Étienne de la Vaissière, eds., *Royal Nawrūz in Samarkand: Proceedings of the Conference Held in Venice on the Pre-Islamic Painting at Afrasiab* (Rome: Instituto Editoriali e Poligrafici Internazionali, 2006), 59-74. この巻の論文は、アフラシヤブ壁画の最新の分析を提供している。以下も参照。L. I. Al'baum, *Zhivopis' Afrasiaba* [Paintings from Afrosiab] (Tashkent, USSR: FAN, 1975); Boris I. Marshak, "Le programme iconographique des peintures de la 'Salle des ambassadeurs' à Afrasiab (Samarkand)," *Arts Asiatiques* 49 (1994): 5–20; "The Self-Image of the Sogdians," in Vaissière and Trombert, *Les Sogdiens en Chine*, 123–40; Matteo Compareti, "Afrāsiāb ii. Wall Paintings," in *Encyclopædia Iranica* Online Edition, Apnl 14, 2009, 以下で入手可。http://www.iranicaonline.orgiarticles/afraslab-ii-wall-paintings-2.

49 Grenet "Self Image of the Sogdians."

50 Frantz Grenet, "What was the Afrasiab Painting About," in Compareti and Vaissière, *Royal Nawrūz in Samarkand*, 43-58, 東側の壁についてはとくに44-47.

51 Frantz Grenet, "The 7th-Century AD 'Ambassadors' Painting' at Samarkand," in *Mural Pairdings of the Silk Road: Cultural Exchanges between East and West*, ed. Kuzuya

Yamauchi (Tokyo: Archetype, 2007), 16; Vladimir Livšic, "The Sogdian Wall Inscriptions on the Site of Afrasiab," in Compareti and Vaissière, *Royal Nawrūz in Samarkand*, 59–74.

52 穴沢和光・馬目順一「アフラシャブ都城址出土の壁画にみられる朝鮮人使節について」『朝鮮学報』80（一九七六）、1-36.

53 Etsuko Kageyama, "A Chinese Way of Depicting Foreign Delegates Discerned in the Paintings of Afrasiab," *Cahiers de Studia Iranica* 25 (2002): 313–27.

54 サンクトペテルブルクのエルミタージュ美術館東洋部門の責任者ボリス・マルシャクが、壁の上部の欠けている部分の再現作業を指揮し、ソグド人の最高神であるナナ女神をすべての使節団の上にある玉座に座らせた。以下を参照。「ソグドの美術」『世界美術大全集——中央アジア』田辺勝美・前田耕作編（小学館、一九九九）、156–79. 対照的に、Grenet "Self-Image of the Sogdians"は、ワルフマーン王が同じ玉座に座っていたと主張し、Étienne de la Vaissière, "Les Turcs, rois du monde à Samarcande," 147–62, in Compareti and Vaissière, *Royal Nawrūz in Samarkand*は、西突厥の可汗がその場所にいたと主張している。

55 北側の壁は以下の文献に図版が掲載されている。Conpareti and Vaissière, *Royal Nawrūz in Samarkand*. Plate 5, 27.

56 Marshak, "Le programme iconographique des peintures;" Grenet, "Self-Image of the Sogdians."

57 al-Bīrūnī, *The Chronology of Ancient Nations*, trans. C. Edward Sachau (Frankfurt: Institute for the History of Arabic Islamic Science at the Johann Wolfgang Goethe University, 1998; reprint of 1879 original), 201–4, 222.

58 Grenet, "Self-Image of the Sogdians," 132

59 Grenet and Vaissière, "Last Days of Panjikent," 155.

60 ムグ文書は3巻で発行されている。A. A. Freiman, *Opisanie publikatsii, i issledovanie dokumentov s gory Mug: Sogdiiskie dokumenty s gory Mug* I［ムグ山出土文書の描写、発表、研究——ムグ山出土のソグド語文書1］(Moscow: Izdatel'stvo Vostochnoi Literatury, 1962); Vladimir A. Livshits, *Iuridicheskie dokumenty i pis'ma: Sogdiiskie dokumenty s gory Mug* 2［法的文書と書簡——ムグ山出土のソグド語文書2］(Moscow: Izdatel'stvo Vostochnoi Literatury, 1962); M. N. Bogoliubov and O. I. Smirnova, *Khoziaistvennye dokumenty: Dokumenty s gory Mug* 3［ムグ山出土の経済文書3］(Moscow: Izdatel'stvo Vostochnoi Literatury, 1963). 最近になって、これらの文書の新版が刊行された。V. A. Livshits, *Sogdiiskaia epigrafika Srednei Azii i Semirech'ia* (St. Petersburg: Filologicheskii Fakul'tet Sankt-Peterburgskogo Gosudarstvennogo Universiteta, 2008).

61 イリヤ・ヤクボヴィチの報告によれば、村人はソグド語をアラブ語とまちがえ、この文書が古代の宝のありかを教えるものだと信じていた。以下を参照。Ilya Yakubovich, "Mugh 1. I Revisited," *Studia Iranica* 31, no 2 (2002): 231–52

62 この部分の記述は、わたしが二〇〇〇年三月二五日にペンシルヴェニア大学でボリス・マルシャクと話したときの会話にもとづいている。マルシャク教授は個人的にプロティを知っており、プロティから直接この話を聞いたという。Livshits, *Sogdiiskie dokumenty s gory Mug 2*, 108-9 にこの話を簡単に紹介する記述があり、112の対向ページに文書1. I の写真も掲載している。

63 Yakubovich, "Mugh 1.1 Revisited."

64 この総数は、以下の文献であげられている数字。O. I. Smirnova, *Ocherki iz istorii Sogda*［ソグディアナの歴史にかんする論文集］(Moscow: Nauk, 1970), 14. ムグ文書は発見された時期順に番号がふられている。文書1. Iは一九三二年春に発見された。キリル文字の「B」(英語のV) がついている文書は一九三三年五月にプロティが発掘したもの。一九三三年夏にA・ヴァシリエフが発掘した文書も一点ある。「Б」(英語のB) がついた文書は一九三三年一一月にフレイマン探検隊が発見したもの。「Nov.」(New) の文書は一九三四年にプロティが提供した。発掘が終わり、フレイマンのチームがレニングラードに戻ると、プロティは彼がフレイマンの到着前に受けとっていたすべての文書群を渡すように圧力をかけられた。さかさまにしたかごに、ムグ山で見つかったもっとも長い文書、結婚契約書とそれに添付された「花嫁の覚書」をふくめ、皮革に書かれた六点の文書が入っていた。

65 A. S. Polyakov, "Kitaiskie rukopisi, naidennye v 1933 g. b Tadzhikistane," in *Sogdiiskii sbornik*［ソグド語文集］, ed. N. I. Krachkovskii and A. A. Freiman (Leningrad: Akademii Nauk SSSR, 1934), 91-117, とくに103, 写真は99.

66 I. Y. Kratchkovsky, "A Letter from Sogdiana (1934)," in *Among Arabic Manuscripts: Memories of Libraries and Men*, trans. Tatiana Minorsky (Leiden, the Netherlands: Brill, 1953), 142-50.

67 この書簡の英訳は、以下を参照。Richard N. Frye, "Tarxūn-Türxün and Central Asian History," *Harvard Journal of Asiatic Studies* 14 (1951): 105-29, 翻訳は108-9.

68 David Stephan Powers, trans., *The History of al-Tabari* (*Ta'rīkh al-rusul wa 'l mulūk*), vol. 24, *The Empire in Transition* (Albany: State University of New York Press, 1989), 171, 177-78, 183.

69 Freiman, *Sogdiiskie dokumenty s gory Mug* 1, 7.

70 Krachkovskii and Freiman, *Sogdiiskii sbornik*, 29.

71 Bogoliubov and Smirnova, *Khoziaistvennye dokumenty*.

72 Krachkovskii and Freiman, *Sogdiiskii sbornik*, 29.

73 第3号文書（契約書）と第4号（花婿の義務）は、もとは以下に転記され翻訳されたもの。Livshits, *Dokumenty s gory Mug 2*, 21-26. 最新の翻訳は以下を参照。Ilya Yakubovich, "Marriage Sogdian Style," in *Iranistik in Europa-Gestern, Heute, Morgen*, ed. H. Eichner, Bert G. Fragner, Velizar Sadovski, and Rüdiger Schmitt (Vienna: Österreichische Akademie der Wissenschaften, 2006), 307-44. 以下の文献にも簡単にとりあげられている。Ilya Gershevitch, "The Sogdian Word for 'Advice' and Some Mugh Documents," *Central Asiatic Journal* 7 (1962): 90-94; W. B. Henning, "A Sogdian God," *Bulletin of the*

School of Oriental and African Studies 28 (1965): 242–54.

74 Maria Macuch, *Das sasanidische Rechtsbuch "Mātakdān i hazār dātistān"* (*Teil 2*) (Wiesbaden, Germany: Kommissionsverlag F. Steiner, 1981).

75 Yakubovich, "Marriage Sogdian Style," は、さまざまな婚姻書類を調査しているが、合意書についてはもう一組しか見つけていない。エジプトのエレファンティンにあるユダヤ人入植地から出土した紀元前五世紀のアラム語の合意書で、妻が離婚の申し立てをすることを認めている。Yakubovich はふたつの可能性を指摘し、ソグド人社会が近隣の多くの社会よりも女性の権利を認めていたか、あるいはチェルが彼の保護下にある女性に対して特別に有利な条件を得ることができたかのどちらかとしている。

76 ソグド研究者は、この文章の意味を議論しつづけている。「ミトラの神に誓って」というフレーズは、「神［すなわち、アフラ・マズダ］とミトラに誓って」と翻訳すべきだと主張する研究者もいる。Henning, "A Sogdian God," 248; Yakubovich, "Marriage Sogdian Style."

77 文書B－4は、以下の文献に転記され、ロシア語に翻訳されている。Livshits, *Sogdiiskie dokumenty s gory Mug 2*, 56–58; 以下の文献にも簡単にとりあげられている。Gershevitch, "Sogdian Word for 'Advice,'" 84.

78 文書B－8は、以下の文献に転記され、ロシア語に翻訳されている。Livshits, *Sogdiiskie dokumerdy s gory Mug 2*, 47-48. Ilya Gershevitchが、以下の文献でその翻訳に修正をくわえた。"Sogdians on a Frogplain," in *Mélanges linguistiques offerts à Emile Benveniste* (Paris: Société de Linguistique de Paris, 1975), 195–211.

79 Gershevitch, "Sogdians on a Frogplain," 205–6, Gershevitchはカッコをとりのぞいて、翻訳を読みやすくしている。以下も参照。Frantz Grenet, "Annexe: Le contrat funéraire sogdien du Mont Mugh," in *Les pratiques funéraires dans l'Asie sie centrale sédentaire de la conquête Grecque à l'Islamisation* (Paris: Editions du CNRS, 1984), 313–22.

80 たとえば、Grenet, "Annexe: ' 321–22に対するPaul Bernardの反応を参照。

81 Grenet and Vaissière, "Last Days of Panjikent," は、これらの混乱する出来事を解き明かすのに画期的な貢献をした。

82 Vaissière, *Sogdian Traders*, 199–200.

83 Vaissière, *Sogdian Traders*, 161–62.

84 Yakubovich, "Mugh 1.I Revisited."

85 Frantz Grenet, "Les 'Huns' dans les documents sogdiens du mont Mugh (avec an appendix par N. Sims-Williams)," in *Études irano-aryennes offertes à Gilbert Lazard*, ed. C.-H. de Fouchécour and Ph. Gignoux, Cahiers de Studia Iranica 7 (Paris: Association pour l'Avancement des Études Irannienes, 1989), 17.

86 A–14, A–9, Grenet and Vaissière, "Last Days of Panjikent," 168–69, 172.

87 Powers, *Empire in Transition*, 172–74; Grenet and

Vaissière, "Last Days of Panjikent," 156.

88 E. V. Zeimal, "The Political History of Transoxiana," in *The Cambridge History of Iran*, volume 3. *The Seleucid. Parthian and Sasanian Periods*, ed. Ehsan Yarshater, part 1 (New York: Cambridge University Press, 1983), 259-60.

89 Richard Frye, "Tarxūn-Türxün and Central Asian History," 112-13; E. V. Zeimal, "Political History of Transoxiana: ' 259-60; Powers, *Empire in Transition*, 171, 177-78, 183.

90 Powers, *Empire in Transition*, 178. パワーズはデワーシュティーチュの名前をアラビア語でアルディワシニ（al-Diwashini）としている。同じ名前をクラチコフスキーはディワーシニ（Divashni）とよんだ。パワーズは「埋葬場所」の前にカッコに入れて「キリスト教式の」と挿入しているが、アラビア語の原典は「ナウス（nāwūs）」（Yakubovich, "Mugh 1.I Revisited," 249n31）としているので、ここでは「キリスト教式」という語をはぶいた。

91 Yakubovich, "Mugh 1.I Revisited."

92 文書A-21については、以下でとりあげられている。Polyakov, "Kitaiskie rukopisi."

93 Anna A. Ierusalimskaja and Birgitt Borkopp, *Von China nach Byzanz* (Munich: Bayerischen Nationalmuseum, 1996), item no. 120.

94 Elfriede R. Knauer, "A Man's Caftan and Leggings from the North Caucasus of the Eighth to Tenth Century: A Genealogical Study," *Metropolitan Museum Journal* 36 (2001): 125-54.

95 Hyunhee Park, "The Delineation of a Coastline: The Growth of Mutual Geographic Knowledge in China and the Islamic World from 750-1500" (Ph.D, diss., Yale University, 2008), 45.

96 Bloom, *Paper before Print*.

97 Grenet, "Self-Image of the Sogdians," 134.

〈第5章〉

1 George F. Hourani, *Arab Seafaring in the Indian Ocean in Ancient and Early Medieval Times*, ed. John Carswell, rev. ed. (Princeton, NJ: Princeton University Press, 1995), 61.

2 孫福喜、西安市文物保護考古所所長、二〇〇四年四月三〇日の私信。

3 程林泉・張翔宇・張小麗「西安北周李誕墓初探」『芸術史研究』7（二〇〇五）: 299-308.

4 重要な発見についての最新の調査と、それにかんする詳しい論文としては、以下を参照。Judith Lerner, "Aspects of Assimilation: The Funerary Practices and Furnishings of Central Asians in China," *Sino-Platonic Papers* 168 (2005): 1-51.

5 このタイプの構造物は、研究論文では一般に「石槨（家型の石室）」とよばれている。巫鴻（Wu Hung）はこれらの墓の先例の可能性がある構造物をいくつかあげている。もっと古い時代に西安から少し離れた地域やソグド人の墓のあるほかの町で使われていたものだ。以下を参照。Wu Hung, "A Case of Cultural Interaction: House-Shaped Sarcophagi of the Northern Dynasties," *Orientations* 34, no. 5（2002）: 34-41.

6 Juliano and Lerner, *Monks and Merchants*, 59.

7 扉に続く通路に、唐王朝時代に掘られた井戸の跡と思われる穴が開いていた。陝西省考古研究所『西安北周安伽墓』（北京：文物出版社、二〇〇三), 12; Rong Xinjiang, "The Illustrative Sequence on An Jia's Screen: A Depiction of the Daily Life of a *Sabao*," *Orientations* 34, no. 2（2003）: 32-35.

8 陝西省『安伽墓』、61-62.

9 母親の姓はDuで、外国人に使われる名前ではない。

10 栄新江『中古中国与外来文明』（北京：三聯書店、二〇〇一）、119.

11 情報が不十分なため、北周時代の官僚制度の職階で薩宝がどの程度の地位だったのかはわからない（いちばん下の9bから最上位のLaまで一八の階級が存在した）。しかし、北周の官僚制度をとりいれた次の隋王朝では、涼州郡（首都）の薩宝は7bのランクで、9aのランクの薩宝は人口一万人以上のすべての県で一人採用されていた。隋は北周の制度の大部分を継承しているので、北周の薩宝も同様のランクだったと思われる。Albert E. Dien, "Observations Concerning the Tomb of Master Shi," *Bulletin of the Asia Institute* 17（2003）: 105-16, とくに109-11.

12 Frantz Grenet, Pénélope Riboud, and Yang Junkai, "Zoroastrian Scenes on a Newly Discovered Sogdian Tomb in Xi'an, Northern China," *Studia Iranica* 33（2004）: 273-84, とくに278-79.

13 栄新江『中古中国与外来文明』、32.

14 Grenet, "Self-Image of the Sogdians," 134-36; 反対の見解については、以下を参照。Lerner, "Aspects of Assimilation," 29n73.

15 Grenet, Riboud, and Yang, "Zoroastrian Scenes"; 以下も参照。Yang Junkai, "Carvings on the Stone Outer Coffin of Lord Shi of the Northern Zhou," in Vaissière and Trombert, *Les Sogdiens en Chine*, 21-45. ソグド語の墓碑銘のすぐれた翻訳については、吉田豊の以下の文献を参照。Yoshida Yutaka, "The Sogdian Version of the New Xi'an Inscription," in Vaissière and Trombert, *Les Sogdiens en Chine*, 57-71. 中国語の墓碑銘のすぐれた英訳は、以下を参照。Dien, "Observations Concerning the Tomb of Master Shi."

16 八七四年の日付が入った中国語とパフラヴィー語の二か国語で書かれたもうひとつの墓碑銘が西安で見つかっている。以下を参照。Yoshida, "Sogdian Version," 60.

17 同様に、漢字の墓碑銘も、三人の息子が父親のために石造りのものを建てたと記録しているが、「石」のあとの語が失われている。Yoshida, "Sogdian Version," 59, 68; 吉田の翻訳ではこの部分をカッコで示している。

18 Grenet, Riboud, and Yang, "Zoroastrian Scenes."

19 Arthur F. Wright, *The Sui Dynasty*（New York: Alfred A. Knopf, 1978）.（アーサー・F・ライト『隋代史』、布目潮渢・

中川努訳、法律文化社、一九八二）

20 Heng Chye Kiang, *Cities of Aristocrats and Bureaucrats: The Development of Medieval Chinese Cityscapes* (Honolulu: University of Hawai'i Press, 1999), 9.

21 唐の首都の発掘を簡単にまとめた報告書については、以下を参照。『考古』（一九六一）、no. 5: 248-50; 1963, no. 11: 595-611.

22 Twitchett, "T'ang Market System," 245.

23 Heng, *Cities of Aristocrats and Bureaucrats*, 22.

24 Edwin O. Reischauer, trans., *Ennin's Diary: The Record of a Pilgrimage to China in Search of the Law* (New York: Ronald, 1955), 333.

25 Wallace Johnson, trans., *The T'ang Code*, vol. 1, *General Principles* (Princeton, NJ: Princeton University Press, 1979), 252: chapter 6, article 48; 劉俊文『中華伝世法典―唐律疏義』（北京：法律出版、一九九九）、144; 劉俊文『唐律疏義箋解』（北京：中華書局、一九九六）、478.

26 劉昫『旧唐書』、37: 961.

27 向達『唐代与西域文明』（一九五七再版、北京：三聯書店、一九八七）、28n8.

28 Rong Xinjiang, "The Migrations and Settlements of the Sogdians in the Northern Dynasties, Sui and Tang," *China Archaeology and Art Digest* 4, no. I (2000): 117-63, とくに138.

29 Matteo Compareti, "Chinese-Iranian Relations, xv. The Last Sasanians in China," in *Encyclopædia Iranica*, オンライン版、二〇〇九年七月二〇日。http://www.iranicaonline.org/articles/china-xv-the-last-sasanians-in-china.

30 Rong, "Migrations and Settlements," 141.

31 James Legge, *The Nestorian Monument of Hsî-an Fû in Shen-hsî, China* (1888; repr., London: Trübner, 1966).

32 Pénélope Riboud, "Tang," in *Handbook of Christianity in China*, ed. Nicolas Standaert vol. 1, 635-1800 (Boston: Brill, 2001), 1-42. シリア語の碑文を一行ごとに対訳した最近の研究については、以下を参照。Erica C. D. Hunter, ("The Persian Contribution to Christianity in China: Reflections in the Xi'an Fu Syriac Inscriptions," in *Hidden Treasures and Intercultural Encounters: Studies on East Syriac Christianity in China and Central Asia*, ed. Dietmar W. Winkler and Li Tang (Piscataway, NJ: Transaction, 2009), 71-86.

33 Valerie Hansen and Ana Mata-Fink, "Records from a Seventh-Century Pawnshop in China," in Goetzmann and Rouwenhorst, *Origins of Value*, 54-64.

34 Deng Xiaonan, "Women in Turfan during the Sixth to Eighth Centuries: A Look at Their Activities Outside the Home," *Journal of Asian Studies* 58, no. 1 (1999): 85-103, とくに96.

35 発見された当時の鍋などのスケッチについては、以下を参照。Helmut Brinker and Roger Goepper, eds., *Kunstschätze aus China: 5000 v. Chr. bis 900 n. Chr.: Neuere archäologische Funde aus der Volksrepublik China* (Zurich: Kunsthaus,

1980)、33. 文化大革命時代の考古学的発見の多くがそうであるように、何家村の遺跡が詳細な報告の対象になることはなかった。予備報告書には発見物すべてのリストがふくまれ、以下の文献に掲載されている。『文物』1972, no. 1: 30–42. わたし自身もこの遺跡について短い英語の記事を書いており、そのなかですべての発見物を表にまとめている。"The Hejia Village Hoard: A Snapshot of China's Silk Road Trade," *Orientations* 34, no. 2 (2003): 14-19. 中国語でのもっとも詳しい論文としては、以下を参照。斉東方『唐代金銀器研究』(北京：中国社会科学出版社、一九九九)。英語での要約は、以下を参照。Qi Dongfang, "The Burial Location and Dating of the Hejia Village Treasures," *Orientations* 34, no. 2 (2003): 20–24.

36　Qi, "Burial Location," 202, figure 47.

37　Frédéric Obringer, *L'aconit et l'orpiment: Drogues et poisons en Chine ancienne et médiévale* (Pans: Fayard, 1997); Edward H. Schafer, "The Early History of Lead Pigments and Cosmetics in China," *T'oung Pao*, 2nd ser., 44 (1956): 413-38.

38　金銀器とその外側・内側の細部、また外側に描かれた絵の写真については、以下を参照。斉『唐代金銀器』、66–73.

39　François Louis, "The Hejiacun Rhyton and the Chinese Wine Horn (Gong): Intoxicating Rarities and Their Antiquarian History," *Artibus Asiae* 67, no. 2 (2007): 201–42, とくに 207–8.

40　Liu Xinru, *Ancient India and Ancient China: Trade and Religious Exchanges, AD 1-600* (Delhi: Oxford University Press, 1988), 160-61; Jens Kröger, "Laden with Glass Goods: From Syria via Iraq and Iran to the Famen Temple in China," in *Coins, Art and Chronology: Essays on the pre-Islamic History of the Indo-Iranian Borderlands*, ed. Michael Alram and Deborah E. Klimburg-Salter (Vienna: Österreichische Akademie der Wissenschaften, 1999), 481–98.

41　Li Jian, ed. *The Glory of the Silk Road: Art from Ancient China* (Dayton, OH: Dayton Art Institute, 2003), 208, catalog entry no. 116.

42　Louis, "Hejiacun Rhyton," 207–8.

43　Louis, "Hejiacun Rhyton" 210; Yao Runeng, *Histoire de Ngan Lou-Chan* (*Ngan Lou-Chan Che Tsi*), trans. Robert des Rotours (Paris: Presses Universitaires de France, 1962), 81–84.

44　劉昫『旧唐書』、8: 171.

45　François Thierry, "Sur les monnaies Sassanides trouvées en Chine," *Res Orientales* 5 (1993): 89–139.

46　Charles A. Peterson, "Court and Province in Mid- and Late T'ang," in *The Cambridge History of China* vol. 3 *Sui and T'ang China 589-906. Part I*, ed. Denis Twitchett (Cambridge, UK: Cambridge University Press, 1979), 474–86.

47　栄新江「安史之乱後粟特胡人的動向」『曁南史学』2(二〇〇四): 102–23.

48 Vaissière, *Sogdian Traders*, 220, 200n77; Yao Runeng, *Histoire de Ngan Lou-chan*, 238, 239, 254, 346.

49 Rong, "Migrations and Settlements," 138-39; 司馬光『資治通鑑』（北京：古籍出版社、一九五七）、232: 7493.

50 Edward H. Schafer, "Iranian Merchants in T'ang Dynasty Tales," in *Semitic and Oriental Studies: A Volume Presented to William Popper, Professor of Semitic Languages, Emeritus, on the Occasion of his Seventy-Fifth Birthday, October 29, 1949*, ed. Walter J. Fischel (Berkeley: University of California Press, 1951), 403-22, 411（「伝奇小説」）、409n58（「胡」の定義）。以下も参照。Francis K. H. So, "Middle Easterners in the T'ang Tales," *Tamkang Review* 18 (1987-88): 259-75.

51 李昉『太平広記』（北京：人民文学出版社、一九五九）、403: 3252-53.

52 この判例は敦煌出土の文書P3813のなかの『文明判集』にのっている。劉俊文『敦煌吐魯番法制文書考釈』（北京：中華書局、一九八九）、444-45; 栄『中古中国与外来文明』、81; Rong, "Migrations and Settlements," 139.

53 現存する墓碑銘で商人のものはひとつしか見つかっていない。栄新江・張志清『従撒馬爾干到長安―粟特人在中国的文化遺跡』（北京：北京図書館出版社、二〇〇四）、137.

54 Axelle Rougelle, "Medieval Trade Networks in the Western Indian Ocean (8th-14th centuries)," in *Tradition and Archaeology: Early Maritime Contacts in the Indian Ocean*, ed. Himanshu Prabha Ray and Jean-François Salles (New Delhi: Manohar, 1996), 159-80.

55 パレンバンの古代名はボーガ。

56 この港の古代名はタームラリプティ。

57 James Legge, trans., *A Record of Buddhistic Kingdoms: Being an Account by the Chinese Monk Fa-Hien of Travels in India and Ceylon* (*AD 399-414*) *in Search of the Buddhist Books of Discipline* (1886; repr., Delhi: Munshiram Manoharlal, 1991), 103, 37.

58 この文章の解釈は研究者によってさまざまに異なる。羅丰（Luo Feng）は「薩宝」を形容詞とみなし、「薩宝と商人」と訳しているが、「薩宝の商人」と訳している研究者もいる。Luo Feng, "*Sabao*: Further Consideration of the Only Post for Foreigners in the Tang Dynasty Bureaucracy," *China Archaeology and Art Digest* 4, no. 1 (2000): 165-91, とくに178-79; Legge, Fa-Hien, 104, 38.

59 Legge, *Fa-Hien*, 111, 42.

60 Joseph Needham, *Science and Civilisation in China*, vol. 4, *Physics and Physical Technology*, part 3, *Civil Engineering and Nautics*, by Joseph Needham, Wang Ling, and Lu Gwei-Djen (Cambridge, UK: Cambridge University Press, 1971), 563-64.（『中国の科学と文明』第4巻、ジョセフ・ニーダム著、思索社、一九七五）

61 Beal, *Si-yu ki*, xxxiv;『大唐西域求法高僧伝』、『大正新脩大蔵経』、vol. 51, text 2066, 1-12b, とくに11a.

62 Schafer, "Iranian Merchants in T'ang Dynasty Tales," 404n8.

63 この原典についての非常に役立つ文献としては、以下を参照。Park, "Delineation of a Coastline," 87–99.

64 Sulayman al-Tajir, *Ancient Accounts of India and China, by Two Mohammedan Travellers Who Went to Those Parts in the 9th Century*, trans. Eusebius Renaudot (London: Printed for Sam. Harding at the Bible and Author on the Pavement in St. Martins-Lane, 1733), 20（品物一覧）、21（磁器）、40（のちの編集者の見解）; オンラインのGoogle Booksと、以下の会員限定のデータベースから入手可。*Eighteenth Century Collections Online* (http://mlr.com/DigitalCollections/products/ecco/), Range 1831.

　部分的な翻訳としては、以下の文献もある。S. Maqbul Ahmad, trans., *Arabic Classical Accounts of India and China* (Shimla, India: Indian Institute of Advanced Study, 1989).

65 Robert Somers, "The End of the T'ang," in Twitchett, *Cambridge History of China*, 3: 682–789.

66 Park, "Delineation of a Coastline," 98.

67 Edward H. Schafer, ("The Last Years of Ch'ang-an," *Oriens Extremus* 10 (1963): 133-79, とくに157-58に以下の文献からの引用がある。Lionel Giles, "The Lament of the Lady of Ch'in," *T'oung Pao*, 2nd ser., 24 (1926): 305–80, 詩は343–44.

〈第6章〉

　大勢の研究者がこの章の執筆に協力してくれた。なかでもペンシルヴェニア大学のヴィクター・メアと北京大学の栄新江の力が大きい。この章はすでに発表ずみだが出版にはいたらなかったふたつの論文をもとにしている。ひとつはValéria Escauriaza-Lopezと共著の"The Negotiations for Cave 17: A Case Study in Archaeological Method"。これは、二〇〇七年一一月一四、一五日に、ブダペストのエトヴェシュ・ロラーンド大学（ELTE）極東学科で開催された"Dunhuang: Past, Present, Future—100th Anniversary of Sir Aurel Stein's Expedition（敦煌——過去・現在・未来）"で発表したもの。もうひとつの"Locating Dunhuang in a Broader History of the Silk Road（シルクロード史における敦煌の位置づけ）は、二〇〇七年五月一七～一九日にロンドンの大英図書館とイギリス学士院で開催された"A Hundred Years of Dunhuang 1907–2007（敦煌の一〇〇）"でわたしが発表したもの。

1 The International Dunhuang Project（国際敦煌プロジェクト）、http://idp.bl.ukは、蔵経洞で発見された遺物の数について4万点という数字をあげている。ヴィクター・メアは複数の遺跡で見つかった文書の数の内訳を以下の文献にまとめている。Victor Mair, "Lay Students and the Making of Written Vernacular Narrative: An Inventory of Tun-huang Manuscripts," *CHINOPERL Papers* 10 (1981): 95–96.

2 Mirsky, *Sir Aurel Stein*, 212–29.

3 Lilla Russell-Smith, "Hungarian Explorers in Dunhuang,"

Journal of the Royal Asiatic Society 3rd ser 10 no 3 2000): 341-61

4 年代記については以下の文献が役に立つ。Roderick Whitfield, *Dunhuang: Caves of the Singing Sands: Buddhist Art from the Silk Road* (London: Textile & Art Publications, 1995), 341-43.

5 Éric Trombert, "Dunhuang avant les manuscrits: Conservation, diffusion et confiscation du savoir dans la Chine médiévale," *Études chinoises* 24（2005）: 11-55.

6 Rong Xinjiang, "The Nature of the Dunhuang Library Cave and the Reasons for Its Sealing," trans. Valerie Hansen, *Cahiers d'Extrême-Asie* 11（1999-2000）: 247-75. スタインは王道士がこの石窟を一九〇五年に発見したと（まちがって）信じていた。Stein, Ruins of Desert Cathay, 2: 164.

7 Lionel Giles, *Six Centuries at Tuahuang: A Short Account of the Stein Collection of Chinese Mss. in the British Museum*（London: China Society, 1944）, 28.

8 スタインの敦煌での最初の探検についてのこの章の記述は、以下の文献を参考にした。Stein. *Ruins of Desert Cathay*, 2: 28-30, 159, 165, 798; Stein, *Serindia*, 2: 805, 813, 825.

9 Donohashi Akio, "A Tentative Inquiry into the Early Caves of the Mo-kao Grottoes at Tun-huang: Questions Regarding the Caves from the Sui Dynasty," *Acta Asiatica* 78（2000）: 1-27, とくに2. 馬徳は、四世紀から九世紀のあいだに建造された九つの別々の場所にある石窟を正面から見たスケッチを作成している。『敦煌石窟営造史導論』（台北：新文豊出版公司、二〇〇三）、119-50, 図1-9. 年代別の石窟造営数については、以下を参照。馬徳『敦煌莫高窟史研究』（蘭州、中国：甘粛教育出版社、一九九六）、43-46.

10 Mirsky, *Sir Aurel Stein*, 36-37.

11 Mirsky, *Sir Aurel Stein*, 280. スタインからアレンへの一九〇七年一〇月一四日の日付が入った手紙を引用している。

12 Paul Pelliot, "Une Bibliothèque Médiévale Retrouvée au Kan-sou," *Bulletin de l'École Française d'Extrême-Orient* 8（1908）: 501-29; Stein, *Serindia*, 2: 820.

13 Rong, "Nature of the Dunhuang Library Cave," 256.

14 James Russell Hamilton, ed. and trans., *Manuscrits ouïgours du IXe-Xe siècle de Touen-houang* (Paris: Peeters, 1986), ix.

15 Stein, *On Central Asian Tracks*, 211（『中央アジア踏査記』）。

16 Asel Umurzakova, "Russian Archaeological Exploratron of the Silk Road," 一九九九年四月三〇日のセミナー "The Social History of the Silk Road" 向けの論文。以下を引用している。S. F. Ol'denburg, *Russkaya Turkestanskaya ekspeditsiya*（*1909-1910gg.*）: *Kratkiy predvaritel'ny otchet* [ロシアのトルキスタン遠征（一九〇九－一九一〇）――予備調査報告]（St. Petersburg: Imperatorskaya Akademiya Nauk, 1914）.

17 Hodong Kim, *Holly War in China: The Muslim Rebellion and State in Chinese Central Asia. 1864-1877* (Stanford, CA: Stanford University Press, 2004).

18 Helen Wang, *Sir Aurel Stein in* The Times: *A Collection of*

over 100 References to Sir Aurel Stein and His Extraordinary Expeditions to Chinese Central Asia, India, Iran, Iraq and Jordan in The Times *Newspaper 1901-1943* (London: Saffron Books, 2002), 147-51, appendix 2: "Meng Fanren's Preface to the Chinese Translation of *Serindia*."

19　Hao Chunwen, "A Retrospective of and Prospects for Historical Studies Based on Dunhuang Conducted this Century," *Social Sciences in China* 20, no. 4（1999): 95-110. これは、一九九八年の『歴史研究』に掲載された記事の翻訳、

20　栄新江「中国敦煌学研究与国際視野」『歴史研究』（二〇〇五）、no. 4: 165-75.

21　Valéria Escauriaza-Lopez, "Aurel Stein's Methods and Aims."

22　Stein, *Ancient Khotan*, ix.

23　W. M. Flinders Petrie, *Methods & Aims in Archaeology* (London: Macmillan, 1904), 35（作業員への心づけ), 119（出版), 175（発掘の権利), 187（政府の規制).

24　Stein, *Ancient Khotan*, ix. 以下を引用している。Petrie, *Methods &Aims in Archaeology*, 175.

25　Rong, "Nature of the Dunhuang Library Cave," 247-75.

26　栄新江『帰義軍史研究—唐宋時代敦煌歴史考察』（上海：上海古籍出版社、一九九六)、3.

27　John C. Huntington, "A Note on Dunhuang Cave 17: 'The Library,' or Hong Bian's Reliquary Chamber," *Ars Orientalis* 16（1986): 93-101; Imaeda Yoshirō "The Provenance and Character of the Dunhuang Documents," *Memoirs of the Research Department of the Toyo Bunko* 66（2008): 81-102. ARTstor.org のオンライン・データベースも参照（「Dunhuang」「cave 16」「QTVR」で検索）。

28　Éric Trombert, *Le crédit à Dunhuang: Vie matérielle et société en Chine médiévale* (Paris: Collège de France, Institut des Hautes Études Chinoises, 1995), 76; citing S2729, 以下で詳しく説明されている。藤枝晃「敦煌の僧尼籍」『東方学報』29（一九五九): 293-95.

29　文書〇三四五号の部分訳が以下の文献に掲載されている。Rong, "Nature of the Dunhuang Library Cave," 260; 全文の英訳としては、以下を参照。Stephen F Teiser, *The Scripture of the Ten Kings and the Making of Purgatory in Medieval Chinese Buddhism* (Honolulu: University of Hawai'i Press, 1994), 142-43.

30　最古の文書（S 797）については、以下を参照。Stein, *Serindia* 2: 821n2a; 施萍婷『敦煌遺書総目索引新編』（北京：中華書局、二〇〇〇)、27. スタイン、ペリオ、北京の収蔵書物（ロシアはふくまれない）のすべての文書が一覧になっているため非常に役立つ。もっとも新しい文献については、以下を参照。Rong, "The Nature of the Library Cave," 266.

31　敦煌出土の文書のなかで、仏教の経典以外の分類については以下を参照。*Cahiers d'Extrême-Asie* 7（1993-1994)（Chan/Zen の研究についての特集版)。

32　ヴィクター・メアが寺院で学んだ門弟たちが書き写した写本

の数について、保管場所ごとに内訳をまとめている。Victor Mair, "Lay Student Notations from Tun-huang," in *The Columbia Anthology of Traditional Chinese Literature*, ed. Victor H. Mair (New York: Columbia Universrt) Press 1994) 644-45. 以下も参照。Erik Zürcher "Buddhism and Education in T'ang Times," in *Neo-Confucian Education: The Formative Stage*, ed. Wm. Theodore de Bary and John W. Chaffee (Berkeley: University of California Press, 1989), 19-56.

33 Giles, *Six Centuries at Tunhuang*.

34 Frances Wood and Mark Barnard, *The Diamoud Sutra: The Story of the World's Earliest Dated Prirded Book* (London: British Library, 2010). 暦(Dh 2880)については、以下を参照。Jean-Pierre Drège, "Dunhuang and the Two Revolutions in the History of the Chinese Book," in *Crossing Pamir: Essays Dedicated to Professor Zhang Guangda for His Eightieth Birthday*, ed. Rong Xinjiang and Huaiyu Chen, Brill社から刊行予定。

35 Jean-Pierre Drège, *Les Bibliothèques en Chine au temps des manuscrits (jusqu'au Xe siècle)* (Paris: École Française d'Extrême-Orient, 1991).

36 現在、研究者のあいだではチベットによる敦煌の征服は七八六年と考えられている。まちがいなく七八一年ではなく、おそらく七八七年でもない。山口瑞鳳「吐蕃支配時代」『敦煌の歴史』(講座敦煌2)榎一雄編(大東出版社、一九八〇)、195-232, とくに197-98. この参考文献について情報提供してくれたSam van Schaikと岩尾一史に感謝する。

37 Rong Xinjiang, "Nature of the Dunhuang Library Cave," 251-54.

38 Stein, *Serindia*, 2: 813.

39 この史料は、当初は「ペリオ・ヘブライ(Pelliot Hébreu) 1」と名づけられ、現在は「ヘブライ写本(Manuscrit hébreu) 1412」としてフランス国立図書館に所蔵されている。Wu Chi-yu, "Le Manuscrit hébreu de Touen-huang," in *De Dunhuang au Japon: Études chinoises et bouddhiques offertes à Michel Soymié*, ed. Jean-Pierre Drège (Geneva, Switzerland: Librairie Droz, 1996), 259-91(文書の写真は291). 写真はオンラインでも見ることができる。http://expositions.bnf.fr/parole/grand/018.htm.

40 アヴェスター経典の祈りについては、以下を参照。K. E. Eduljee, *Scriptures Avesta*. オンラインで入手可。http://www.heritageinstitute.com/zoroastrianism/scriptures/manuscripts.htm; 女神が描かれた紙については以下を参照。Frantz Grenet and Zhang Guangda, "The Last Refuge of the Sogdian Religion: Dunhuang in the Ninth and Tenth Centuries," *Bulletin of the Asia Institute* 10 (1996): 175-86.

41 九世紀と一〇世紀の国勢にかんするデータは残っていないため、敦煌の七五五年以前の人口については、研究者は唐の正史の改訂版の数字——四二六五世帯に一万六二五〇人——を概数として使っている。欧陽脩『新唐書』40: 1045.

42 Jason David BeDuhn, *The Manichaean Body in Discipline and Ritual*（Baltimore: Johns Hopkins University Press, 2000）.

43 Peter Bryder, *The Chinese Transformation of Manichaeism: A Study of Chinese Manichaean Terminology*（Löberöd, Sweden: Bokförlaget Plus Ultra, 1985）; Gunner B. Mikkelson, "Skilfully Planting the Trees of Light: The Chinese Manichaica, Their Central Asian Counterparts, and Some Observations on the Translation of Manichaeism into Chinese," in *Cultural Encounters: China, Japan, and the West*, ed. Søren Clausen, Roy Starrs, and Anne Wedell-Wedellsborg（Aarhus, Denmark: Aarhus University Press, 1995）, 83–108; J. G. Haloun and W. B. Henning, "The Compendium of the Doctrines and Styles of the Teaching of Mani, the Buddha of Light," *Asia Major*, n.s., 3（1952）: 184–212. 概要書の一部を訳した部分に讃美歌の英語による完訳がふくまれる。Tsui Chi, trans., "Mo Ni Chiao Hsia Pu Tsans（The Lower（Second?）Section of the Manichæan Hymns," *Bulletin of the School of Oriental and African Studies* 11, no. 1（1943）: 174-219.

44 Mikkelson, "Skilfully Planting the Trees of Light," 87, S3969とP3884の部分訳。

45 Mikkelson, "Skilfully Planting the Trees of Light," 93.

46 これらの文書の最新の調査については以下を参照。Riboud, "Tang," 4-7. キリスト教文書のいくつかは一九一六年から一九二二年のあいだに日本人バイヤーが購入した出所が不確かなもので、それ以外は偽物だと説明している。

47 A. C. Moule, *Christians in China before the Year 1550*（New York: Macmillan, 1930）, p. 53の対向ページにP3847を複写したものがある；53-55に翻訳がある。ほかの翻訳についてはRiboud, "Tang"を参照。

48 Jean-Pierre Drège, "Papiers de Dunhuang: Essai d'analyse morphologique des manuscrits chinois datés," *T'oung Pao*, 2nd ser., 67（1981）: 305–60.

49 Mair, "Lay Student," 644–45.

50 Hansen, *Negotiating Daily Life*, 50.

51 P3348, 以下に転載。池田温『中国古代籍帳研究——概観・録文』（東京大学東洋文化研究所、一九七九）、463–64.

52 Trombert, "Textiles et tissus," 111.

53 R. A. Stein, *Tibetan Civilization*, trans. J. E. Stapleton Driver（Stanford, CA: Stanford University Press, 1972）. チベットの地理と歴史についてのすぐれた入門書。

54 欧陽脩『新唐書』、216a: 6073.

55 Tsughihito Takeuchi, *Old Tibetan Contracts from Central Asia*（大蔵出版、一九九五）; Takeuchi, "Military Administration and Military Duties in Tibetan-Ruled Central Asia（8th-9th century）," in *Tibet and Her Neighbours: A History*, ed. Alex McKay（London: Edition Hansjörg Mayer, 2003）, 43–52. 参照文献の詳細については、武内教授の論文の参考文献一覧を参照。ハンガリーの東洋学者Géza Uray の先駆的研究などに言及している。

56 漢文契約書については以下を参照。Trombert, *Le crédit à Dunhuang*; チベット語の契約書については以下を参照。Takeuchi, *Old Tibetan Contracts*.

57 池田温「敦煌の流通経済」『講座敦煌3：敦煌の社会』(大東出版社、一九八〇)、297-343, 316-17, P2763, P2654を引用している。

58 Yamamoto and Ikeda, *Tun-huang and Turfan Documents*, 13-18.

59 Takeuchi, *Old Tibetan Contracts, 325:* Yamamoto and Ikeda, *Tun-huang and Turfan Documents*, no. 257.

60 敦煌出土の貨幣について言及しているチベット語の占いの文書（P1055, P1056）は、「dong-tse」というチベット語を使っている。中国語の「tongzi」に相当する。以下を参照。Takeuchi, *Old Tibetan Contracts*, 25-26.

61 Takata Tokio, "Multilingualism in Tun-huang," *Acta Asiatica*, 78（2000): 49-70, とくに 60-62.

62 Lilla Russell-Smith, *Uygur Patronage in Dunhuang: Regional Art Centres on the Northern Silk Road in the Tenth and Eleventh Centuries* (Leiden, The Netherlands: Brill, 2005), 22; Whitfield, *Singing Sands*, 318-26.

63 Ernesta Marchand, "The Panorama of Wu-t'ai Shan As an Example of Tenth Century Cartography," *Orierdal Art* 22 (Summer 1976): 158-73; Dorothy C. Wong, "A Reassessment of the *Representation of Mt. Wutai* from Dunhuang Cave 61," *Archives of Asian Art* 46（1993): 27-51; Natasha Heller, "Visualizing Pilgrimage and Mapping Experience: Mount Wutai on the Silk Road," in *The Journey of Maps and Images on the Silk Road*, ed. Philippe Forêt and Andreas Kaplony (Leiden. The Netherlands: Brill, 2008), 29-50.

64 Jacob Dalton, Tom Davis, and Sam van Schaik, "Beyond Anonymity: Paleographic Analyses of the Dunhuang Manuscripts," *Journal of the International Association of Tibetan Studies* 3（2007): 12-17, オンラインで入手可。http://www.thlib.org/collections/texts/jiats/#jiats=/03/dalton/.

65 F. W. Thomas, "A Chinese Buddhist Pilgrim's Letters of Introduction," *Journal of the Royal Asiatic Society*（1927): 546-58; Sam van Schaik, "Oral Teachings and Written Texts: Transmission and Transformation in Dunhuang," in *Contributions to the Cultural History of Early Tibet*, ed. Matthew T. Kapstein and Brandon Dotson (Leiden, The Netherlands: Brill, 2007), 183-208; Whitfield, *Silk Road*, 126-27, 写真は127; Sam van Schaik and Imre Galambos, *Manuscripts and Travellers: The Sino-Tibetan Documents of a Tenth-Century Buddhist Pilgrim* (Berlin: De Gruyter, 2011).

66 Matthew T. Kapstein, "New Light on an Old Friend: PT 849 Reconsidered," in *Tibetan Buddhist Literature and Praxis: Studies in Its Formative Period, 900-1400*, ed. Ronald M. Davidson and Christian K. Wedemeyer (Leiden, The

Netherlands: Brill, 2006), 23.

67 Takata, "Multilingualism in Tun-huang," 55-56.

68 栄新江は八四八年から一〇四三までの一年単位の年表を、関連資料番号をそえてまとめている。『帰義軍史研究』1-43を参照。英語の文献では、説得力ある敦煌史の概略として以下がある。Russell-Smith, *Uygur Patronage in Dunhuang*, 31-76.

69 ヴィクター・H・メアは、研究者としてのキャリアの大部分を変文の研究についやした。彼の最初の本は変文4作を翻訳し、詳しく解説している。Victor H. Mair, *Tun-huang Popular Narratives* (New York: Cambridge University Press, 1983). その後に発表された彼の文献も、世界中の物語の伝統にかんするわたしたちの理解を大きく広げてくれた。

70 Mair, "Lay Students," 5.

71 Mair, *Tun-huang Popular Narratives*, 169. メアはこの文書の年代を八五六年から八七〇年としている (p. II)。

72 第一五六窟の南側の壁。馬徳『敦煌莫高窟』、4, 図133; ARTstor.org にもっと鮮明な写真が掲載されている。

73 Whitfield, *Singing Sands*, 327, P3720の翻訳、張淮深の徳を積む行動の記録は、以下に引用されている。馬徳「莫高窟『敦煌学輯刊』2 (一九八七): 129.

74 Ma Shichang, "Buddhist Cave-Temples and the Cao Family at Mogao Ku, Dunhuang," *World Archaeology* 27, no. 2 (1995): 303-17.

75 Sarah E. Fraser, *Performing the Visual: The Practice of Buddhist Wall Painting in China and Central Asia, 618-960* (Stanford, CA: Stanford University Press, 2004), 4 (絵画アカデミー); 37 (寄進者の準備); 18-19, figure 1.1 (石窟内の寄進者の肖像の位置); Fraser, "Formulas of Creativity: Artist's Sketches and Techniques of Copying at Dunhuang," *Artibus Asiae* 59, nos. 3-4 (2000): 189-224.

76 Rong Xinjiang, "The Relationship of Dunhuang with the Uighur Kingdom in Turfan in the Tenth Century," in *De Dunhuang à Istanbul: Hommage à James Russell Hamilton*, ed. Louis Bazin and Peter Zieme (Turnhout, Belgium: Brepols, 2001), 275-98, とくに287.

77 栄新江『帰義軍史研究』は、この時期の敦煌の政治史の決定版といえるだろう。

78 Moriyasu Takao, "Sha-chou Uighurs and the West Uighur Kingdom," *Acta Asiatica* 78 (2000): 28-48, とくに36-40.

79 Rong, "Relationship of Dunhuang with the Uighur Kingdom," 275-98.

80 文書は徹底的に研究されたわけではない。鄭炳林は敦煌での交易についての記事でP3547文書を分析している。「晩唐五代敦煌商業貿易市場研究」『敦煌学輯刊』45 (二〇〇四): 108. 以下も参照。栄『帰義軍史』、8.

81 栄『帰義軍史』、8, 11.

82 中国語の「酒 (jiu)」は、ビールと訳すのがもっとも適している。Éric Trombert, "Bière et Bouddhisme-La consummation de boissons alcoolisées dans les monastères de Dunhuang aux VIIIe-Xe siècles," *Cahiers d'Extrême-Asie* 11 (1999-2000):

129–81.

83　P2629とほかの2点の関連文書が以下に掲載されている。唐耕耦・陸宏基編『敦煌社会経済文献真蹟釋録』（北京：書目文献出版社、一九九〇）、3: 271–76. 馮培紅はいくらかの情報を表にまとめているが、一部の使節については省略している。「客司與帰義軍的外交活動」『敦煌帰義軍史専題研究続編』鄭炳林編（蘭州、中国：蘭州大学出版社、二〇〇三）、314–17.

84　S1366とS2474, どちらも以下で論じられている。馮培紅「外交活動」318.

85　Jacques Gernet, "Location de chameaux pour des voyages, à Touen-huang," In *Mélanges de sinologie offerts à Monsieur Paul Demiéville* (Paris: Institut des Hautes Études Chinoises, 1966), 1: 41–51.

86　Gernet, "Location de chameaux," 45. 文書P3448のフランス語訳。

87　郝春文・寧可『敦煌社邑文書輯校』（上海：江蘇古籍出版社、一九九七）。

88　馬徳『敦煌莫高窟史研究』、255–61.

89　Trombert, *Le crédit à Dunhuang*, 27, 190.

90　Rong Xinjiang, "Khotanese Felt and Sogdian Silver: Foreign Gifts to Buddhist Monasteries in Ninth- and Tenth-Century Dunhuang," *Asia Major*, 3rd ser., 17, no. 1 (2004): 15-34; この記事の中国語版は以下を参照。胡素馨（Sarah E. Fraser）編『寺院財富與世俗供養』（上海：上海書画出版社、二〇〇三）、246-60. *Asia Major*, 31-34の表は非常に役立つ。各寺院が所有するすべての日用品と、それについての言及をふくむすべての文書が一覧になっている。

91　このたとえを考えてくれた共同研究者のピーター・ペルデュに感謝する。

92　Schafer, "Early History of Lead Pigments and Cosmetics," 413–38, とくに428.

93　鄭炳林「晩唐五代敦煌貿易市場的外来商品」『敦煌帰義軍史専題研究続編』、399.

94　*Corpus Inscriptionum Iranicarum*, part 2, *Inscriptions of the Seleucid and Parthian Periods and of Eastern Iran and Central Asia*, vol. 3, *Sogdian*, section 3, *Documents turco-sogdiens du IXe-Xe siècle de Touen-houang*, by James Hamilton and Nicholas Sims-Williams (London: Corpus Inscriptionum Iranicarum and School of Oriental and African Studies, 1990), 23; Takata, "Multilingualism in Tun-huang," 51-52.

95　テュルク＝ソグド語文書A（P3134）、以下で転記・分析されている。Hamilton and Nicholas Sims-Williams, *Documents turco-sogdiens*, 23–30.

96　Vaissière, *Sogdian Traders*, 328–30.

97　以下でこれらの文書が翻訳されている。James Russell Hamilton, *Manuscrits ouïgours*.

98　Hamilton, *Manuscrits ouïgours*, 176–78.

99　森安孝夫『シルクロードと唐帝国』（講談社、二〇〇七）、103-11.

100 Stein, *Ruins of Desert Cathay*, 2: 38, 68, 99.

〈第7章〉

マシュー・アンドルーズ、熊本裕、プロッズ・オクトル・シェルヴェ、ニコラス・シムズ・ウィリアムズとウルスラ・シムズ・ウィリアムズ、Wen Xin, 吉田豊、張湛が、質問に答え、未発表の資料を提供してくれた。

1 ホータン史の概略については以下を参照。Hiroshi Kumamoto, "Khotan ii. History in the Pre-Islamic Period: ' in *Encyclopædia Iranica. Online Edition* 二〇〇九年四月二〇日、http://www.iranicaonline.org/articles/khotan-i-pre-islamic-history; *Corpus Inscriptionum Iranicarum*, part 2, *Inscriptions of the Seleucid and Parthian Periods and of Eastern Iran and Central Asia*, vol. 5, *Saka Texts*, section 6, *Khotanese Manuscripts from Chinese Turkestan in the British Library*, by Prods Oktor Skjærvø (London: British Library, 2002). 学術論文の習慣に従い、これ以降の注釈ではこの文献を *Catalogue* と表記する。

2 Huili, *Biography of the Tritipaka Master*, 164;「大唐大慈恩寺三蔵法師伝」『大正新脩大蔵経』、text 2053, 50: 25la.

3 本書のシャンプラ遺跡についての記述は、スイスのアベッグ財団が刊行している以下の文献にもとづいている。中国語の文献でそれまで報告されてきた漢文史料と調査が幅広く翻訳されている: Dominik Keller and Regula Schorta, eds., *Fabulous Creatures from the Desert Sands: Central Asian Woolen Textiles from the Second Century BC to the Second Century AD* (Riggisberg, Switzerland: Abegg-Stiftung, 2001); 鞍下については37, fig. 39, 次に言及する包丁の形をした穴の略図については50, fig. 48を参照。

4 Stein, *Innermost Asia*, 1: 127; 3: 1022, 1023, 1027.

5 Angela Sheng, 二〇一〇年六月二八日の私信。

6 Elfriede Regina Knauer, *The Camel's Load in Life and Death: Iconography and Ideology of Chinese Pottery Figurines from Han to Tang and Their Relevance to Trade along the Silk Routes* (Zurich: Akanthus, 1998), 110. タペストリー全体のサイズは長さ二・三メートル、幅四八センチ。

7 余太山『西域伝』、94-95; 班固『漢書』96A: 3881; Hulsewé, *China in Central Asia*, 96-9 7.

8 ジョー・クリブに続きヘレン・ワンも、漢字＝カロシュティー文字の貨幣の年代を一世紀から二世紀としている: Helen Wang, *Money on the Silk Road*, 37-38. Hiroshi Kumamoto, "Textual Sources for Buddhism in Khotan," in *Collection of Essays 1993: Buddhism across Boundaries; Chinese Buddhism and the Western Regions* (Taibei: Foguangshan Foundation for Buddhist and Culture Education, 1999), 345-60は、王の名前が中国語文献に出てくる名前と一致しないので、もう少しあとの二世紀から三世紀初めのものではないかと論じている。

9 『出三蔵記集』、97a-b; Kumamoto, "Textual Sources for Buddhism in Khotan," 345-60, とくに347-48.

10　この遺跡についての記述は、Stein, Ancient Khotan, 2: 482–506およびplate 40にもとづいている。

11　Rhie, *Early Buddhist Art*, 276–322. 近くのケリヤ遺跡については以下も参照。Debaine-Francfort and Idriss, *Keriya, mémoires d'un fleuve*, 82–107.

12　法顕『高僧法顕伝』、857b-c; Legge, *Record of Buddhistic Kingdoms*, 16–20.

13　Aurel Stein, *Sand-buried Ruins of Khotan: Personal Narrative of a Journey of Archaeological and Geographical Exploration in Chinese Turkestan* (London: T. F. Unwin, 1903; repr., Rye Brook, NY: Elibron Classics, 2005), 202（オーレル・スタイン『砂に埋もれたホータンの廃墟』、山口静一・五代徹訳、白水社、一九九九）。

14　Madhuvanti Ghose, "Terracottas of Yotkan," in Whitfield and Ursula Sims-Williams, *Silk Road*, 139–41.

15　Burrow, *Kharoṣṭhī Documents*, no. 661; スタインのナンバリングシステムではE.vi.ii.1. Stein, *Serindia*, 1: 276. 写真と短い説明は以下を参照。Ursula Sims-Williams, "Khotan in the Third to Fourth Centuries " in Whitfield and Ursula Sims-Williams, *Silk Road* 138. 以下も参照。Thomas Burrow "The Dialectical Position of the Niya Prakrit," *Bulletin of the School of Oriental Studies* 8, no. 2–3 (1936): 419–35, とくに430–35.

　この文書はもっと古い文書を書き写したものかもしれない：Peter S. Noble, "A Kharoṣṭhī Inscription from Endere," *Bulletin of the School of Oriental Studies* 6, no. 2 (1931): 445–55.

16　Skjærvø, Catalogue, xxxviii-xi.

17　Ursula Sims-Williams, "Hoernle, Augustus Frederic Rudolf," *Encyclopædia Iranica*. オンライン版、二〇〇四年一二月一五日、http://www.iranicaonline.org/articles/hoernle-augustus-frederic-rudolf.

18　A. F. Rudolf Hoernle, "A Report on the British Collection of Antiquities from Central Asia, Part 1," *Journal of the Asiatic Society of Bengal* 70, no. I (1898): 32-33; Ronald E. Emmerick, *A Guide to the Literature of Khotan*, 2d ed. (Tokyo: International Institute for Buddhist Studies, 1992), 6n19.

19　Skjærvø, *Catalogue*, lxx–lxxi.

20　R. E. Emmerick, ed, and trans., *The Book of Zambasta: A Khotanese Poem on Buddhism* (New York: Oxford University Press, 1968), Ysarkulaへの命令（163）、書き手による注釈（9）、女性の抜け目ない策略（283）、女性にかんする章のしめくくり（285）、神々の宮殿（19）。

21　道世『法苑珠林』。六六八年に編纂された仏教の百科事典で、一般女性についての項目をふくむ。『大正新脩大蔵経』vol. 53, text 2122, 443c–447a. Koichi Shinohara, 二〇一〇年6月25日の私信。

22　H. W. Bailey, "Khotanese Saka Literature," in *The Cambridge History of Iran*, vol. 3, *The Seleucid, Parthian and Sasanian Periods*, ed. Ehsan Yarshater, part 2 (New York: Cambridge University Press, 1983), 1234–35.

23　Skjærvø, *Catalogue*, lxxiii; Emmerick, Guide, 4-5; Emmerick, *Book of Zambasta*, xiv-xix.

24　Mauro Maggi, "The Manuscript T III S 16: Its Importance for the History of Khotanese Literature," in *Turfan Revisited: The First Century of Research in the Arts and Cultures of the Silk Road*, ed. Desmond Durkin-Meisterernst et al.（Berlin: Reimer Verlag, 2004）, 184-90, 547; もっとも古い写本の年代については184.

25　この混乱の時期をわかりやすく論じている英語の文献としては、以下を参照。Kumamoto, "Khotan."

26　Hedin, *My Life As an Explorer*, 188（『探検家としてのわが生涯』）。ヘディンは初期の著書ではこの遺跡を「タクラマカンの古代都市」とよんでいた。その後、ダンダンウイリクの名称を使うようになった。Stein, *Ancient Khotan*, 1: 236.

27　Stein, *Ancient Khotan*, 1: 240.

28　Stein, *Ancient Khotan*, 1: 241.

29　Christoph Baumer, *Southern Silk Road: In the Footsteps of Sir Aurel Stein and Sven Hedin*（Bangkok: Orchid Books, 2000）, 76–90.

30　Rong Xinjiang and Wen Xin, "Newly Discovered Chinese-Khotanese Bilingual Tallies," *Journed of Inner Asian Art and Archaeology* 3（2008）: 99–111, 209–15. この記事の中国語版が以下に掲載されている。『敦煌吐魯番研究』11（二〇〇八）、45–69, ホータン語の研究を特集した号。

31　Rong and Wen, "Bilingual Tallies," 100, tally no. 2.

32　吉田豊は、ホータンで栽培されていた穀物の名前について、もっとも新しいホータン語の中国語訳を提供している。Yoshida Yutaka, "On the Taxation System of Pre-Islamic Khotan," *Acta Asiatica* 94（2008）: 95–126, とくに118. これは吉田の重要な日本語文献『コータン出土8—9世紀のコータン語世俗文書に関する覚え書き』（神戸市外国語大学外国学研究所研究叢書、二〇〇六）を短く英語でまとめたもの。

33　Yoshida, "On the Taxation System," 104n19.

34　P. Oktor Skjærvø, "Legal Documents Concerning Ownership and Sale from Eighth Century Khotan," 刊行予定の記事の草稿。これらの文書の年代については以下を参照。Prods Oktor Skjærvø, "The End of Eighth-Century Khotan in its Texts," *Journal of Inner Asian Art and Archaeology* 3（2008）: 119–38, とくに129–31. これらの文書を表にまとめたものは以下を参照。Helen Wang, *Money on the Silk Road*, 100, table 44, "Contracts."

35　Or. 9268A: 以下で英訳されている。Skjærvø, "Legal Documents," 61, 63.

36　Or. 9268B: 以下で英訳されている。Skjærvø, "Legal Documents," 65-66.

37　Helen Wang, *Money on the Silk Road*, 95–106, とくにtable 46, "Payments Made Part in Coin Part in Textiles," 101. 吉田は、Archives no. 1 とno. 2の時期にあたる七七〇年代と七八〇年代には流通する貨幣がほとんどなかったと考えている。Yoshida, "On the Taxation System," 117n43.

38　Hoernle, "Report on the British Collection," 16; Helen Wang, *Money on the Silk Road*, 103.

39　ダンダンウイリク出土のもうひとつの文書群はArchive no. 3で、七九八年のもの。いくつかの文書にSudārrjām という名の役人の署名がある。この人物はツィツィ・スパータ（tsīṣī spāta）という役職で（ただのスパータよりも地位が高い）、漢字の「符」を自分の署名として使っている。Yoshida, "On the Taxation System," 97-100.

40　この時期の年表はまだ正確には完成されていない。以下を参照。Yoshida Yutaka, "The Karabalgasun Inscription and the Khotanese documents," in *Literarische Stoffe und ihre Gestaltung in mitteliranischer Zeit*, ed. Desmond Durkin-Meisterernst, Christiane Reck, and Dieter Weber (Wiesbaden, Germany: Dr. Ludwig Reichert Verlag, 2009), 349-62, 年表は361; Skjærvø "End of Eighth Century Khotan," 119-449; Guangda Zhang and Xinjiang Rong, "On the Dating of the Khotanese Documents from the Area of Khotan," *Journal of Inner Asian Art and Archaeology* 3（2008）: 149-56; 森安孝夫「吐蕃の中央アジア進出」『金沢大学文学部論集 史学科篇』4（1984）: 1-85.

41　Yoshida, "On the Taxation System," 100, 117.

42　ここでは吉田の記述に従っている。吉田は以下で彼の見解の根拠を説明している。Yoshida, "Karabalsagun Inscription," 353-54.

43　Yoshida, "On the Taxation System," 112-13n35.

44　Takeuchi, *Old Tibetan Contracts*, 118-19.

45　Yoshida, "On the Taxation System," 114.

46　Stein, *Ancient Khotan*, 1: 282, 307-8.

47　Ursula Sims-Williams, "Hoernle."

48　Economic History Association: "Measuring Worth: Five Ways to Compute the Relative Value of a UK Pound Amount, 1830 to Present," 以下のウェブサイトに掲載された小売価格指標を利用している。http://www.measuringworth.com/ukcompare.

49　D. S. Margoliouth, "An Early Judæo-Persian Document from Khotan, in the Stein Collection, with Other Early Persian Documents," *Journal of the Royal Asiatic Society of Great Britain and Ireland*（October 1903）: 735-60, とくに735-40. このなかで、スタインは発見時の状況を説明している。もっとも正確な英訳版としては以下を参照。Bo Utas, "The Jewish-Persian Fragrnent from Dandān-Uiliq," *Orientalia Suecana* 17（1968）: 123-36.

50　W. J. Fischel and G. Lazard, "Judaeo-persian," *Encyclopaedia of Islam Three*, ed. Marc Gaborieu, vol. 4 (Leiden, The Netherlands: Brill, 2010), 308-13. 購読登録で閲覧可能なサイト、http://www.brillonline.nl/subscriber/entry?entry=islam_COM-0400.

51　張湛・時光「一件新発見猶太波斯語信札的断代與釈読」［新たに発見されたユダヤ＝ペルシア語書簡］『敦煌吐魯番研究』11（二〇〇八）: 71-99. 発表前の段階の英語翻訳版を見せてく

れた張湛に感謝する。

52 Skjærvø, "End of Eighth-Century Khotan," 119.

53 P. Oktor Skjærvøは、第一七窟には二〇〇〇を超えるホータン語の「紙片」があると見積もった。二〇〇三年八月二九日付の電子メール。

54 Dalton, Davis, and van Schaik, "Beyond Anonymity."

55 S2736, S1000, S5212a 1, Or. 8212, 162, P2927; Skjærvø, *Catalogue*, 35-36, 44-45; 高田時雄『敦煌資料による中国語史の研究』（創文社、一九八八）、199-227.

56 P5538; H. W. Bailey, "Hvatanica 111," *Bulletin of the School of Oriental Studies* 9, no. 3（1938）: 521-43; 最新の英訳として、Skjærvøの未発表の草稿がある。

57 P4640; 張広達・栄新江『于闐史叢考』（上海：上海書店、一九九三）、112.

58 H. W. Bailey, "Altun Khan," *Bulletin of the School of Oriental and African Studies* 30（1967）: 98.

59 Rolf A. Stein, "'Saint et divin,' Un titre tibétain et chinois des rois tibétains," *Journal Asiatique* 209（1981）: 231-75, とくに240-41.

60 張・栄『于闐史叢考』、110.

61 Valene Hansen, "The Tribute Trade with Khotan in Light of Materials Found in the Dunhuang Library Cave," *Bulletin of the Asia Institute* 19（2005）: 37-46.

62 以下の文献には使節についての一覧があり、非常に役立つ。Hiroshi Kumamoto, "Khotanese Official Documents in the Tenth Century A.D."（Ph.D. diss., University of Pennsylvania, 1982）, 63-65.

63 『宋会要輯稿』、蕃夷（北平、中国：国立図書館、一九三六）、7: 1b. 原典にはLi Shengwenと書かれているが、Li Shengtian（李聖天）のまちがいと思われる。

64 Hansen "Tnbute Trade" 42n5は、七人の王子について言及している文書すべてを紹介し、翻訳も提供している。文書を八九〇年代のものとするか九六六年のものとするかでは、研究者のあいだで意見が分かれている。

65 彼らは六〇〇斤を運んだ。一斤は約六〇〇グラム。以下を参照。"Table of Equivalent Measures," in Hansen, *Negotiating Daily Life*, xiii

66 Kumamoto, "Khotanese Official Documents," 211-13.

67 P2786; Kumamoto, "Khotanese Official Documents" 122 に英訳があり、197でも論じられている。

68 P2958; 以下に英訳されている。Bailey, "Altun Khan," 96. James Hamiltonは、この手紙が書かれた年の可能性として九九三年を主張している: "Le pays des Tchong-yun, Čungul, ou Cumuḍa au Xe siècle," *Journal Asiatique* 265, nos. 3-4（1977）: 351-79, とくに368.

69 張・栄『于闐史叢考』、18.

70 P2958; 以下の英訳にもとづく。Bailey, "Altun Khan," 97.

71 Prods Oktor Skjærvø, "Perils of Princes and Ambassadors in Tenth-Century Khotan," 未刊行の論文。

72 IOL Khot S. 13/Ch. 00269.109-20; 以下の英訳にもとづく。

Skjærvø, *Catalogue*, 514

73 Khot. S. 13/Ch. 00269; 以下の英訳にもとづく。Skjærvø, *Catalogue*, 512.

74 Kumamoto, "Khotanese Official Documents," 218.

75 Kumamoto, "Khotanese Official Documents," 225

76 Or. 8212. 162. 125-b5; 以下の英訳にもとづく。Kumamoto, "Khotanese Official Documents."

77 P2786; 以下の英訳にもとづく。Kumamoto, "Khotanese Official Documents," 120.

78 IOL Khot. S. 13/CH. 00269; 以下の英訳にもとづく。Skjærvøt, *Catalogue*, 511.

79 P2958; 以下の英訳にもとづく。Bailey, "Altun Khan," 98.

80 P2024; 以下の英訳にもとづく。Kumamoto Hiroshi, "Miscellaneous Khotanese Documents from the Pelliot Collection," *Tokyo University Linguistics Papers* (*TULIP*) 14 (1995): 229-57. P2024の英訳は231-35, 解説は235-38.

81 Kumamoto, "Miscellaneous Khotanese Documents," 230-31.

82 Kumamoto, "Khotanese Offical Documents," 119, 150, 182.

83 Peter B. Golden, "The Karakhanids and Early Islam," in *The Cambridge History of Early Inner Asia*, ed. Denis Sinor (New York: Cambridge University Press, 1990), 354.

84 Andreas Kaplony, "The Conversion of the Turks of Central Asia to Islam as Seen by Arabic and Persian Geography: A Comparative Perspective," in *Islamisation de l'Asie Centrale: Processus locaux d'acculturation du VIIe au XIe siècle*, ed. Étienne de la Vaissière (Paris: Association pour l'Avancement des Études Iraniennes, 2008), 319-38.

85 H. W. Bailey, "Śrī Viśa' Śura and the Ta-uang," *Asia Major*, n.s., 11 (1964): 1-26. P5538の英訳は17-20.

86 『宋会要輯稿』蕃夷、7: 3b; Kumamoto, "Khotanese Official Documents," 64.

87 William Samolin, *East Turkistan to the Twelfth Century: A Brief Political Survey* (The Hague: Mouton, 1964), 81.

88 Maḥmūd al-Kāšġarī, *Compendium of the Turkic Languages*, ed. and trans. Robert Dankoff and James Kelly, vol. I (Duxbury, MA: Tekin, 1982), 270.

89 脱脱『遼史』(北京：中華書局、一九七四)、14: 162.

90 脱脱『遼史』、14: 162.

91 『宋会要輯稿』蕃夷、7: 17b-18a; Kumamoto, "Khotanese Official Documents," 64-65.

92 Cl. Huart, "Trois actes notariés arabes de Yarkend," *Journal Asiatique* 4 (1914): 607-27; Marcel Erdal, "The Turkish Yarkand Documents," *Bulletin of the School of Oriental and African Studies* 47 (1984): 261; Monika Gronke, "The Arabic Yārkand Documents," *Bulletin of the School of Oriental and African Studies* 49 (1986): 454-507.

93 Jürgen Paul, "Nouvelles pistes pour la recherché sur l'histoire de l'Asie centrale à l'époque karakhanide (Xe-début XIIIe siècle)," in "Études karakhanides," ed. Vincent Fourniau, special issue, *Cahiers d'Asie Centrale* 9 (2001): 13-34, とくに

33n64.

94 O. Pritsak, "Von den Karluk zu den Karachaniden," *Zeitschrift der Deutschen Morgenländischen Gesellschaft* 101 (1951): 270–300, Map 2.

95 James A. Millward, *Eurasian Crossroads: A History of Xinjiang* (New York: Columbia University Press, 2007). 紀元一〇〇〇年から現在までの新疆の歴史にかんする最適な入門書。

96 W. Barthold, *Turkestan Down to the Mongol Invasion*, 3d ed., trans. T. Minorsky (London: Luzac, 1968), 401–3; René Grousset, *The Empire of the Steppes: A History of Central Asia*, trans. Naomi Walford (New Brunswick, NJ: Rutgers University Press, 1970), 233–36.

97 Marco Polo, *The Travels of Marco Polo*, trans. Ronald Latham (New York: Penguin Books, 1958) 82–83. 引用部分は内容に一貫性をもたせるためわずかに改変している(マルコ・ポーロ『東方見聞録』、愛宕松男訳、平凡社、二〇〇〇。ほか邦訳書多数あり)。

98 Ursula Sims-Williams, "Khotan in the Third to Fourth Centuries," 138.

99 Frances Wood, *Did Marco Polo Go to China?* (London: Secker & Warburg, 1995)(『マルコ・ポーロは本当に中国へ行ったのか』フランシス・ウッド著、粟野真紀子訳、草思社、一九九七); Igor de Rachewiltz, "Marco Polo Went to China" *Zentralasiatische Studien* 27 (1997): 34–92.

100 Thomas Allsen, "Mongolian Princes and Their Merchant Partners, 1200–1600," *Asia Major*, 3d ser., 3 (1989): 83-126; Elizabeth Endicott-West, "Merchant Associations in Yüan China: The Ortoy," *Asla Major*, 3d ser., 3 (1989): 127–54.

101 Michal Biran, "The Chaghadaids and Islam: The Conversion of Tarmashirin Khan (1331–34)," *Journal of the American Oriental Society* 122 (2002): 742–52.

102 Morris Rossabi, "Ming China and Turfan, 1406–1517," *Central Asiatic Journal* 16 (1972): 206–25.

103 L. Carrington Goodrich, "Goes, Bento de," in *Dictionary of Ming Biography, 1368–1644*, ed. L. Carrington Goodrich (New York: Columbia University Press, 1976), 472–74.

104 Jonathan N. Lipman, *Familiar Strangers: A History of Muslims in Northwest China* (Seattle: University of Washington Press, 1997), 58–102.

105 Perdue, *China Marches West*.

106 James A. Millward, *Beyond the Pass: Economy, Ethnicity, and Empire in Qing Central Asia. 1759-1864* (Stanford, CA: Stanford University Press, 1998), 204–5.

107 Kim, *Holy War in China*; A. A. Kuropatkin, *Kashgaria: Eastern or Chinese Turkistan*, trans. Walter E. Gowan (Calcutta: Thacker, Spink, 1882).

108 Komil Kalanov and Antonio Alonso, "Sacred Places and 'Folk' Islam in Central Asia," *UNISCI Discussion Papers* 17 (2008): 175

109　Hamadi Masami, "Le mausolée de Satuq Bughra Khan à Artush," *Journal of the History of Sufism* 3（2001）: 63-87.

110　Rahilä Dawut, "Shrine Pilgrimage among the Uighurs," *Silk Road* 6, no. 2（2009）: 56-67, オンラインで入手可。http://www.silk-road.com/newsletter/vol6num2/srjournal_v6n2.pdf.

111　Joseph Fletcher, "Les voies（turuq）soufies en Chine," in *Les Ordres mystiques dans l'Islam*, ed. Alexandre Popović and Gilles Veinstein（Paris: EHESS, 1986）13-26, とくに23.

112　Jane Macartney, "China Prevents Muslims from Hajj," *Muslim Observer*, 二〇〇七年一一月二九日、オンラインで入手可、http://muslimmedianetwork.com/mmn/?p=1545; "Mapping the Global Muslim Population: A Report on the Size and Distribution of the World's Muslim Population"（Washington, DC: Pew Research Center, 2009）.

索引

ゴシック体のページ番号は図版ページをさす

図版出典

口絵

図版1：From Xinjiang Museum, ed., *Xinjiang chutu wenwu* (Excavated Artifacts from Xinjiang) (Shanghai: Wenwu chubanshe, 1975), plate 183 **図版2-3**： From Volume I of *China: Ergebnisse eigener residen und darauf gegründeter studien* (Berlin: D. Reimer, 1877–1912), facing p. 500. **図版4A**：© The Trustees of the British Museum, Stein IA.XII. cl AN 00031987001. **図版4B**：© The Trustees of the British Museum, Stein IA.XII.cl AN0012869001. **図版5A**：© The Trustees of the British Museum, L. A. I. 002, AN 00009325001. **図版5B**：From *Serindia* Plate XL. **図版6，7**：Wang Binghua. **図版8**：Xinjiang Museum. **図版9**： Author photo. **図版10**： From *Central Asia and Tibet*, facing page 106. **図版11A**：Museum fuer Asiatische Kunst, Staatliche Museen, Berlin, Germany, MIK III 4979 V. **図版11B**：François Ory. **図版12**：Bibliothèque Nationale de France, Manuscrits orientaux, hébrue 1412. **図版13**： From *Xinjiang Wewuer Zijiqu Bowuguan*, plate 34–5. **図版14**：From *Xian Bei Zhou An Jia Mu*, plate 42. **図版15**：From *Xian Bei Zhou An Jia Mu*, color plate 8. **図版16A**：Mathew Andrews, 12/11/08. **図版16B**：Mathew Andrews, 7/8/10.

はじめに

ページ **18**:Xinjiang Museum, Document #66TAM61:17(b). **30**:From *Xinjiang chutu wenwu*, plate 180. **36**：From Chang, *The Rise of the Chinese Empire*, plate 5.

第1章

ページ **50**：Courtesy of the Board of the British Library. **56**:Courtesy of rock art archive, Heidelberg Academy of Sciences. **65**：From *Serindia*, figure 63, Courtesy of the Board of the British Library 392/27 (89). **67**：From *Xinjiang chutu wenwu*, plate 35. **68, 69**: Wang Binghua. **76**: From *Ancient Khotan*, Page 406, plate 72. **85**：Wang Binghua.

第2章

ページ **90**: BNF, Manuscrits orientaux, Pelliot Koutchéen LP I + II. **97**：Courtesy of the Freer Gallery of Art and Arthur M. Sackler Gallery, Smithsonian Institution, Washington, D.C. **98**：From *The Art in the Caves of Xinjiang*, Cave 17, Plate 8. **103**:Takeshi Watanabe, 7/25/06.

第3章

ページ 126：From Aurel Stein, *Innermost Asia*, plate XCIII detail. 132：Author photo. 152：From Yan Wenru, "Tulufan de Gaochang gucheng," *Xinjiang kaogu sanshinian*, p. 137. 157：From J. Hackin, *Recherches Archéologiques en Asie Centrale* (Paris: Les Éditions D'Art Et D'Histoire, 1931), plate I.

第4章

ページ 162：Courtesy of the Board of the British Library, Sogdian Letter #2 T.XII.A.II.2 Or.8212/95. 177：Frantz Grenet. 178, 180：Guitty Azarpay, *Sogdian Painting: The Pictorial Epic in Oriental Art*, University of California Press, 1981, the Regents of the University of California. 183：© 2010 F. Ory-UMR 8546-CNRS. 186：Frantz Grenet.

第5章

ページ 198, 200：Xinjiang Museum (Chang'an diagram: Document #73TAM206:42/10). 204：Cultural Relics Publishing House. 206：From figure 4A, Yang Junkai, "Carvings on the Stone Outer Coffin of Lord Shi of the Northern Zhou," *Les Sogdians de Chine* (Paris: École française d'Extrême-Orient, 2005), p. 27. 210, 215：Cultural Relics Publishing House.

第6章

ページ 232：From *Ruins of Desert Cathay*, p. 188. 237：Courtesy of the Board of the British Library, 392/56 (690). 246：From Wenwu, 1978, #12:23. 248：Courtesy of the Board of the British Library, 392/27 (589). 259：Amelia Sargent, detail from Dunhuang Cave 156. 264：Amelia Sargent, detail from Dunhuang Cave 45.

第7章

ページ 270：BNF, Manuscrits orientaux, Pelliot V 5538. 276, 277：Abegg-Stiftung, CH-3132 Riggisberg, inv. no. 5157. 279：From *Ancient Khotan*, Figure 65. 280：From *Ancient Khotan*, Figure 69. 282：From Plate XLVII, *Ancient Khotan*. 289：From Plate LXII, *Ancient Khotan*. 297：From *Dunhuang tuwufan yanjiu*, Volume 11 (2008), colored plate #4. 302：Amelia Sargent, detail from Dunhuang Cave 61.

結論

ページ 320：Courtesy of the Board of the British Library, Or. 8210/p. 2.

◆著者略歴
ヴァレリー・ハンセン（Valerie Hansen）
イェール大学歴史学教授。著書に、「*The Open Empire: A History of China to 1600*」、「*Negotiating Daily Life in Traditional China: How Ordinary People Used Contracts, 600-1400*」、「*Changing Gods in Medieval China, 1127-1276*」、ケネス・R・カーティスとの共著「*Voyages in World History*」がある。

◆訳者略歴
田口未和（たぐち・みわ）
上智大学外国語学部卒。新聞社勤務をへて翻訳業につく。おもな訳書に、『デジタルフォトグラフィ』（ガイアブックス）、『インド 厄介な経済大国』（日経BP社）、『フォト・ストーリー 英国の幽霊伝説——ナショナル・トラストの建物と怪奇現象』『「食」の図書館 ピザの歴史』『図説世界を変えた50の哲学』（以上、原書房）などがある。

図説《ずせつ》
シルクロード文化史《ぶんかし》

●

2016年 7月 1日　第 1刷

著者………ヴァレリー・ハンセン
訳者………田口未和《たぐちみわ》
装幀………川島進デザイン室
本文組版・印刷………株式会社ディグ
カバー印刷………株式会社明光社
製本………東京美術紙工協業組合

発行者………成瀬雅人
発行所………株式会社原書房
〒160-0022　東京都新宿区新宿1-25-13
電話・代表 03(3354)0685
http://www.harashobo.co.jp
振替・00150-6-151594
ISBN978-4-562-05321-6

モンゴル
ジュンガリア
北部
ルート
ウルムチ
七角井
ウバオ
遺跡
トルファン
ハミ
ゴビ砂漠
居延（エジン旗、内モンゴル）
万里の長城
楼蘭
（クロライナ）
懸泉
劉園
安西
陽関
敦煌
玉門関
玉門
河西回廊
ロプ・ノール
ミーラン
若羌
アルティン山脈
黄河
涼州
（姑臧／武威）
黄河
蘭州
南部ルート
長安
（西安）
揚子江
中国
チベット
成都
ブラマプトラ川
タクラマカン砂漠周辺の主要路
□　古代遺跡

0 100 200 300 マイル
0 100 200 300 キロ
シル・ダリヤ
バルハシ湖
カザフスタン
キジルクム砂漠
ウズベキスタン
ザラフシャン川
イシク・クル
天山山脈
焉耆（ア
カラシャー
キルギスタン
キジル石窟
ムグ山
フェルガーナ渓谷
サマルカンド
アクス
クチャ
アム・ダリヤ
ソグディアナ
パンジケント
カシュガル
タリム川
タクラマカン砂漠
タリム盆地
タジキスタン
メルケト
ヤルカンド川
マザルタグ
ヤルカンド
パミール高原
カラドン
カルギリク
ホータン川
タシュクルガン
ダンダンウイリク
アフガニスタン
ニヤ
エンデレ
ホータン
ケリヤ
崑崙山脈
ヒンドゥークシュ山脈
カラコルム山脈
エンデレ
民豊
クシャン朝
ヒマラヤ山脈
パキスタン
ガンジス川
インダス川
インド
ネパール